澄心清意

阅读致远

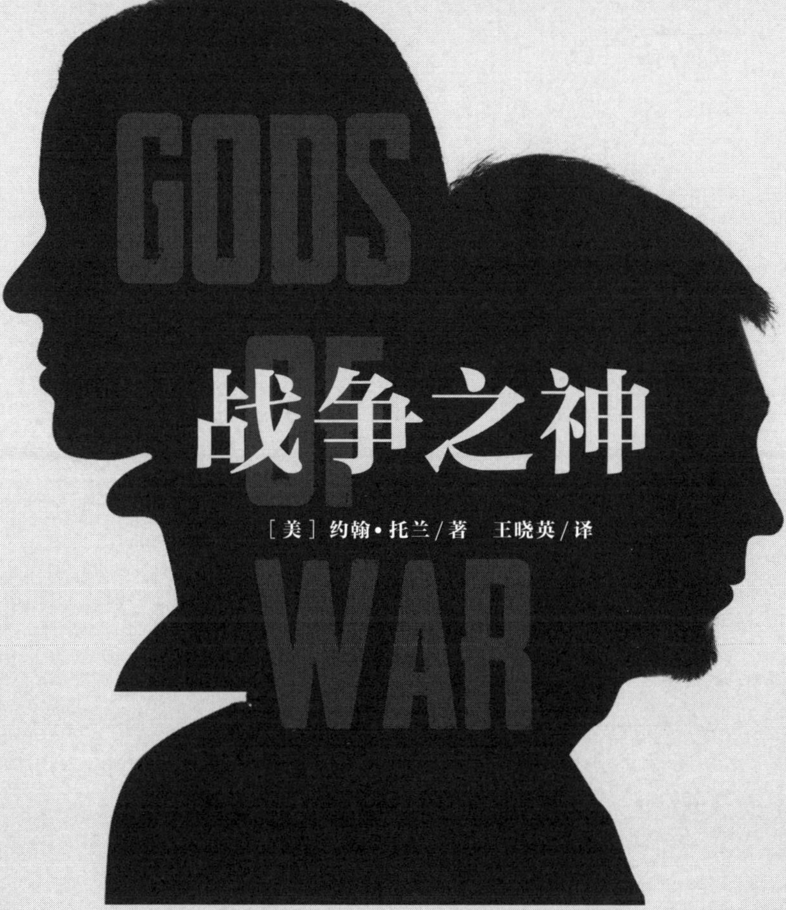

# 战争之神

GODS OF WAR

［美］约翰·托兰/著　王晓英/译

浙江文艺出版社
Zhejiang Literature & Art Publishing House

GODS OF WAR by JOHN TOLAND
Copyright: ⓒ 1980 by John Toland
This edition arranged with BRANDT & HOCHMAN LITERARY AGENTS, INC.
through BIG APPLE AGENCY, INC., LABUAN, MALAYSIA.
Simplified Chinese edition copyright:
2022 ZHEJIANG LITERATURE AND ART PUBLISHING HOUSE
All rights reserved.
本书中文简体字版版权,浙江文艺出版社独家所有
著作权合同登记图字:11-2015-217号

**图书在版编目(CIP)数据**

战争之神/(美)约翰·托兰著;王晓英译.—杭州:
浙江文艺出版社,2022.5
 ISBN 978-7-5339-6824-3

Ⅰ.①战… Ⅱ.①约… ②王… Ⅲ.①长篇历史
小说—美国—现代 Ⅳ.①I712.45

中国版本图书馆CIP数据核字(2022)第070235号

| 责任编辑 | 王莎惠 | 责任校对 | 唐　娇 |
| 责任印制 | 吴春娟 | 封面设计 | 柏拉图创意机构 |
| 营销编辑 | 宋佳音 | 数字编辑 | 姜梦冉 |

## 战争之神

[美]约翰·托兰 著　王晓英 译

| 出版发行 | 浙江文艺出版社 |
| 地　　址 | 杭州市体育场路347号 |
| 邮　　编 | 310006 |
| 电　　话 | 0571-85176953(总编办) |
|  | 0571-85152727(市场部) |
| 制　　版 | 杭州天一图文制作有限公司 |
| 印　　刷 | 浙江新华数码印务有限公司 |
| 开　　本 | 710毫米×1000毫米　1/16 |
| 字　　数 | 558千字 |
| 印　　张 | 37.5 |
| 插　　页 | 2 |
| 版　　次 | 2022年5月第1版 |
| 印　　次 | 2022年5月第1次印刷 |
| 书　　号 | ISBN 978-7-5339-6824-3 |
| 定　　价 | 99.80元 |

**版权所有　侵权必究**

(如有印装质量问题,影响阅读,请与市场部联系调换)

# 前　言

这几年，我投入大量的工作时间来研究撰写二战前及二战期间美日两国的关系，但即使经过最严谨的调查考证，历史也只能做到近似真相，所以我钻进了小说的世界，因为小说是呈现人生百态的舞台。你在这本书里会遇到虚构出来的人物，读到我没有亲耳听过的对话，看到我没有亲眼看见的场景。尽管这样，我还是认为你要读到的这个故事与正式的历史一样真实，就算做不到更真实。

书中有许多历史人物，提到的部队也都是真实存在的。很多战事围绕着海军陆战队6团一营。我之所以选这支部队，不只是因为他们二战前的那段光辉历史，还因为我觉得他们在太平洋战争中的表现代表了整个美国海军陆战队。他们在战场上是真正的兄弟，和平时期也情同手足。我不知道还有哪支军队的营长比他们的指挥官威廉·K.琼斯中校（后来是中将）更受尊敬和爱戴。但在后面的章节中出现的这支部队里的所有角色都是虚构的，任何雷同都是巧合。

战俘除了个别知名的以外，也都是虚构出来的人物，但是战俘集中营是真实的，这里唯一的例外是日本九州岛上的13号营，其蓝本是设在日本的四所战俘营。

# 目 录

## 第一部 乌云压境
第一章 …………………………………………… 003
第二章 …………………………………………… 011
第三章 …………………………………………… 021
第四章 …………………………………………… 034
第五章 …………………………………………… 042

## 第二部 "为了无谓的希望和注定的失败"
第六章 …………………………………………… 051
第七章 …………………………………………… 059
第八章 …………………………………………… 084
第九章 …………………………………………… 094

## 第三部 归途
第十章 …………………………………………… 117
第十一章 ………………………………………… 139
第十二章 ………………………………………… 152
第十三章 ………………………………………… 172

## 第四部 情同手足 共赴生死
第十四章 ………………………………………… 203
第十五章 ………………………………………… 227
第十六章 ………………………………………… 247
第十七章 ………………………………………… 268
第十八章 ………………………………………… 279
第十九章 ………………………………………… 290

## 第五部　决定性战役

第二十章 …………………………………………… 311
第二十一章 ………………………………………… 344
第二十二章 ………………………………………… 367
第二十三章 ………………………………………… 389
第二十四章 ………………………………………… 407

## 第六部　生者与死者

第二十五章 ………………………………………… 427
第二十六章 ………………………………………… 440
第二十七章 ………………………………………… 469
第二十八章 ………………………………………… 489
第二十九章 ………………………………………… 509

## 第七部　"负万钧雷霆,忍奇耻大辱"

第三十章 …………………………………………… 533
第三十一章 ………………………………………… 543
第三十二章 ………………………………………… 558
第三十三章 ………………………………………… 573

# 第一部
# 乌云压境

# 第一章

1

**东京　1936年2月25日**

　　那天下午天色尚早，厚厚的云层笼罩着东京，整个城市躺在一英尺厚的积雪下。预计当晚还会有雪，首都已经有五十四年没下过这样大的雪了。街道上几乎看不到来往车辆，生活似乎已经停滞。平静的外表下，一场阴谋正在酝酿，混乱即将席卷这座城市的大街小巷。

　　在气势恢宏的皇家御院那古老的围墙外，一群少壮派军官正在第一师营地策划哗变，民不聊生、官商勾结的现状逼得他们忍无可忍。有人已经警告当局：这些年轻的理想主义者要在那一天行刺天皇的顾问官。尽管这种暴行并不罕见，宪兵队（即军事警察组织）也没太当回事，但保险起见还是采取了措施，对几个嫌疑人进行监视，还派人把政府要员保护起来。

　　两名内阁大臣在抱怨这会搞得很尴尬。他们正准备出发去帝国酒店附近的东京会馆参加一场婚礼，一个国际性的社交活动，庆祝两个有名望的家族联姻，一边是日本人，一边是美国人。

　　婚礼的基督教仪式已经在几英里①外的青山举行过了。当时只有亲

---

① 英里是英制的长度单位，1英里=1 609.344米。

朋好友在场观礼,看着新娘在父亲的陪同下步入教堂。这名父亲就是知名的东方史教授弗兰克·麦格林。高挑纤瘦的弗洛斯身上的那件婚纱是她母亲克拉拉三十年前披过的嫁衣。当年的那场婚礼也是在这个简陋的小教堂里举行的,当时主持婚礼的是克拉拉的父亲罗伯特·达尔林普尔,一名著名的传教士。他反对女儿嫁给这个在日本的穷研究生,因为除了哈佛给他提供的一年的学术补助金之外,他一个子儿都掏不出来。当然,反对也没用。

一年后,弗洛斯出生。固执任性的麦格林不得不在卫理公会教徒开办的青山大学当起了讲师。在接下来的七年间,他不仅升了副教授,还出了一部关于明治维新历史的书。他岳父怎么都想不到,这本书居然令他一举成名,他的母校也邀请他过去任教。他在哈佛一下子就获得了成功。除了几个被他犀利的爱尔兰式幽默感刺伤的人,绝大多数学生都很崇拜他。不久之后,克拉拉生了个儿子。威拉德是个聪明快乐的宝宝,让父亲高兴的是,他长成了一个聪明快乐的男孩。到1920年,麦格林又完成了两部关于亚洲的著作,成了研究日本问题的权威专家。他之所以能成功,一方面是因为有克拉拉这个妻子。在遇到她之前,他一直怀疑自己这辈子不会结婚,因为他只能接受跟他实力相当的配偶。作为坚强的苏格兰女性的后代,她确实算得上与他"实力相当"。他已经习惯了依赖她的品位、判断力和勇气。那年的平安夜,她生下了一对龙凤胎。两天后,她就死了。

麦格林深受打击。幽默的个性转化成了暴躁,而且,跟许多其他爱尔兰男人一样,他开始酗酒。后来,他与校方达成共识,离开了哈佛。多亏弗洛斯撑着,这个家才没有散,长姐为母,年仅十四岁的她当起了马克和玛吉的妈妈。这时候,麦格林唯一能找到的工作是回青山大学教书。他振作起来,成了正教授,又写了两本书。其中一本非常成功,第一任美国驻日大使的这部传记在1931年为他赢得了普利策奖,美国威廉姆斯学院因此邀请他担任现代史教授。那对双胞胎在日本学校经历过严格的教育后,在威廉斯敦中学一年级学生中脱颖而出。与此同时,他们的父亲事业蒸蒸日上:他的课很少有人旷课,课堂总是被旁听生挤得满满的。1935

年,校方勉强同意他停薪离校一年,去日本研究他的新课题。于是,除了即将从哈佛大学毕业的威尔①,全家都在那个秋天搬到了东京。双胞胎也已经念到中学最后一个学年,玛吉被本宁顿学院录取,马克也收到了哈佛大学的录取通知书。直到这时,弗洛斯才觉得自己可以离开这个家去嫁人了。她跟户田正的关系已经拖沓了五年,虽然深爱着对方,但还不是恋人。正选择了弗洛斯,这让麦格林觉得难能可贵,因为以正的条件,娶谁都不成问题。但是岁月对弗洛斯很仁慈,今天她看起来确实很漂亮,她父亲觉得这是遗传了克拉拉的那副好骨架。

当弗洛斯快走到圣坛跟前时,她与正四目相对。与许多日本人不同,他穿燕尾服的样子很贵气,高高瘦瘦的,很像他父亲。这名父亲正坐在第一排,自豪地注视着眼前这对新人。户田晃是在克拉拉父亲的影响下信奉基督教的,他是麦格林的挚友。这些年来,两个国家之间的冲突和误解反而使他们的友谊更加牢固,因为两人都看到了自己政府的弱点。户田的右边坐着他的妻子埃米,她虽然纤瘦苗条,但有一种威严的气势。年轻时曾是个摩登女郎的她不肯服从家里的安排,拒绝嫁给一个银行家的儿子,并在结婚前夜顽固抵抗,为了不让家人太难堪,匆匆离家跑到东京,继而又皈依了基督教。从那以后,她开始拥护各项社会改革和种种不受欢迎的事业,这常常令她的丈夫感到无奈。

婚礼仪式也和这个教堂一样简单,只有一个小故障让整个流程卡了一下,其实说起来也算不上什么事:新郎的那个身着大日本帝国陆军中尉军服、英姿飒爽的弟弟胜吾在掏戒指时摸错了口袋。

## 2

参加完婚礼的人搭乘豪华轿车和出租车前往东京会馆,那里还将举办一场日式传统婚礼。马克和玛吉跟他们的父亲在同一辆车上。父亲还在生他小儿子的气,就在出发去教堂前,教授得知马克拒绝了哈佛,准备

---

① 威尔是威拉德的昵称。

去威廉姆斯学院。多年来，父子俩的关系一直很僵。马克生性叛逆，急躁冲动，所谓有其父必有其子嘛。他太骄傲，不愿意解释为什么会选择威廉姆斯学院；他不想模仿威尔的轨迹，他的这个马上就要以全班第一的成绩毕业的哥哥，不仅是校际壁球单打冠军，还是最好的几个精英社团的会员。

在东京会馆，宾客们围着二十来张圆桌就座。除了亲戚，新人以前的老师、同学、朋友和同事，现场还有不少名流政要，包括那两名内阁大臣。主桌边上的一桌是外务省的官员，正的上司和同事。他是美国局局长助理。他从东京帝国大学毕业后，在华盛顿大使馆工作了三年，然后又在美国阿姆斯特学院进修了一年的英语和英语文学。之后他被调回东京，对此，他也乐得接受。正盼望有一天能回到华盛顿担任要职，帮助促进美日两国的友好关系，他已经渐渐爱上了美国。他对弗洛斯的爱和对美国的爱所引发的问题令他父亲忧心忡忡——在这样严峻的形势下娶一个美国人是会影响仕途的。幸亏有户田家那几个在外务省位高权重的朋友——比如娶了美国人的来栖三郎①和娶了德国人的东乡茂德②——相助，正才获准娶弗洛斯。但今天有这么多重要人物出席婚礼，场面还是挺鼓舞人的。

弗洛斯和正被他们的媒人夹在中间，这两个媒人是户田家的好友，日本驻英国前大使波多野和他的夫人。弗洛斯已经换上了一条时髦的紫红色缎子裙，正也换了一套他在伦敦买的深蓝色西装。麦格林觉得，这两人简直可以说是他见过的最标致的夫妻。

开场先由认识两个新人多年的波多野大使向新郎新娘致贺词。他先说日语，然后稍微讲了几句英语。最后，这名和蔼可亲而经验老到的外交官在婚姻问题上给出了一段睿智的忠告。"作为一个老手，我可以做证，在外交部门也会有诸多问题。在这非常时期，你们在海外会面临诸多考验，但好在你们都出自很好的家庭，两人同心协力便能克服这些困难。"他

---

① 来栖三郎（Saburo Kurusu），日本外交官。著有《日美外交秘话》等。——编者注
② 东乡茂德（Shigenori Togo），日本二战时期外交官，官至外务大臣，祖上原是朴姓的朝鲜人。甲级战犯。——编者注

慈爱地看着这对新人,"这是考验人性的时候。我们必须坚守自己的理想,不改初心,同时也必须理智,谨慎行事。"

弗洛斯知道他们的这个老朋友话有所指。外务省里有些人赞成与希特勒走得更近些,还有一部分军国主义者主张占领中国北部,这些都遭到了正的公开反对。弗洛斯知道,丈夫不似她的父亲那般好斗,不适合冲突,他性情温和,富有同情心,是个理想主义者。这些都是很吸引她的特质,她被那对双胞胎激发出来的母性已经完全聚焦到了正的身上。

宾客们吃着喝着,大使鼓动在座的几个最有声望的嘉宾向新人道贺,还让新郎新娘的好友聊一聊两人的趣事。麦格林觉得,虽然这场婚礼实质上是在公开展示对新郎新娘道义上的支持,但他还是被弗洛斯的老师和朋友们真情实意的赞美以及饱含关爱的话语打动。当然,令他感动的还有正的上司的那番话,他说两人的婚姻象征着两个伟大的国家之间的友谊。美国大使馆参赞尤金·杜蒙随后用流利的日语加以肯定,一时间在场的人都自然而然地感受到了一种同袍同泽的情谊。就连麦格林这种素来讨厌多愁善感的人,此时也激动到哽咽。现场其乐融融,尽管某些要人在心底里并不赞同与外族通婚,起码也能保持理解。

宾客们陆续离开,外务省美国局局长把户田拉到一边,告诉他正要被派到国外的大使馆去。

"华盛顿?"

"不是。"

户田很担心:"伦敦?"

"抱歉,是墨西哥。"

这个消息犹如当头一棒。这就是娶一个美国人的代价,惩罚来得真快。

新人乘着豪华轿车出发去一个温泉度假村度蜜月。等他们一走,户田就把麦格林拉到一边。按说,刚结束这样的仪式,亲家是不会再聚的,但现在出了点事,需要商量一下。户田一家住在麻布,那是个历史街区,很久以前封建领主造的古庙、店铺和住宅为这地方平添了一种韵味。他们家很大,格局不太规整,是麻布地区最老的宅子之一,有个装点了花花草草的园子,还有木门,门内一道石阶直通门厅。

玛吉和马克跟户田家两个最小的孩子——十四岁的高和他七岁的妹妹澄子——玩起了巴棋戏。户田带麦格林进了自己的书房,把正被派往墨西哥的事告诉了他,两人都觉得这是在惩罚他,但无计可施。然后,户田向他坦白自己更担心的是胜吾:"你一定注意到了他不在婚礼现场,他说是要去执行任务,但这小子不太擅长说假话。"

麦格林知道,他的老朋友正为这个儿子感到苦恼。胜吾不愿意听从祖父的安排,继承家里的丝绸生意,反而加入了陆军;四年前,内阁总理大臣犬养被几个激进的军官暗杀后,九个年轻人要求替刺客接受审判,为表达他们的诚意,还附上了自己的小拇指。那泡在一罐酒里面的九根手指,其中一根就是胜吾的。那时候他还是军校的一名学员。

"他是个好孩子,只是被不切实际的目标冲昏了头脑。跟他母亲一个样!但最近,他和他们军营里的一帮危险分子混在了一起。"他们相信那些政界元老、天皇身边的人、有权有势的资本家和官僚为了私利,正企图一步步地腐化政府和军队,"我拿这孩子一点办法都没有,我只是要他做对自己最有利的事,他却一点都不理解。"

"是什么事情?"

"远离那些危险的激进分子。这只是常识而已。"

"我这么多年来一直想向马克灌输常识。我的老朋友,恐怕摆在你我面前的都是条死胡同。"

"为什么他就不能像正一样?"

"为什么啊,"麦格林跟着自嘲,"马克就不能像威尔一样?"

3

胜吾和一千四百多名参与叛乱的军官,连同负责保卫皇居的精锐部队,正在为起义做最后的准备。黎明前的一刻,袭击分队要同时突袭东京的六个目标。他们要通过武力,也就是暗杀,来革除不公正的社会弊端。

他们相信这样的犯罪手段是合乎传统的,是正当的。

各项复杂的准备工作正在紧锣密鼓地进行,而寻欢作乐的快活人正游荡在银座愈来愈暗的街头找乐子。这地方原本是一大片沼泽地,是出了名的猎野鸭的好去处,如今在年轻一代心目中它已经成了外部世界的浪漫象征,霓虹灯、精品店、咖啡馆、西式舞厅、传统的日式店铺和餐馆并存的仙界。在几英里外的赤坂,老日本也在期待一夜欢娱。像是从古代穿越过来的艺伎坐着黄包车,在狭窄的街道里穿行,道旁杨柳低垂。这里的灯光不那么晃眼,警察手里提着老式的红灯笼,幽幽柔光映着皑皑白雪,透着浓浓的怀旧气息。

在内阁总理大臣冈田的官邸,几乎没人意识到情势有多凶险。冈田在办庆功宴,庆祝他的党派刚刚在众议院大选中获胜。另外两个暗杀目标也在几个街区外的美国大使馆聚会。大使格鲁特意为刚刚被任命为内大臣的前内阁总理大臣斋藤子爵设宴,席上三十六人中,另一名贵宾是天皇的侍从长铃木贯太郎①。当晚最精彩的要数内部放映的那部电影,珍妮特·麦克唐纳和尼尔森·艾迪主演的《调皮的玛丽埃塔》。年迈的斋藤从来没看过有声电影,格鲁原以为他会打瞌睡,但他却看得如痴如醉,一直到电影结束都保持着专注。晚上十一点半,斋藤的车终于在稀稀落落、漫天飘零的飞雪中驶离大使馆。

直到2月26日凌晨四点,起义军官才命令他们的士兵出发,大多数人以为这又是一次夜间调防。各分队奔赴东京的各个目的地。此时,雪下大了,大片大片的雪花从空中缓缓飘落。

另一组人由胜吾率领挤上几辆小汽车出城去刺杀前内大臣、天皇的顾问牧野信明伯爵。他们发现他在山里的一家度假旅馆,就放火烧了旅馆。伯爵在外孙女和子的帮助下,从后门逃出。叛军开枪追击,和子张开双臂,展开和服的宽袖,挡在老人前面。

胜吾被这姑娘的勇气折服,他跑上前去,举起双臂,让大家停止射击。

---

① 铃木贯太郎(Kantaro Suzuki),日本政治家,海军大将,日本第42任首相(内阁总理大臣)。——编者注

"够了!"他大喊。"赶紧走吧。"有几个人反对,说应该把事情做到位,但胜吾还是设法把他们支走了。

这是一起极其血腥的暴力事件,但叛军在杀死七个人后,第二天便投降。对于大多数外国人来说,这场兵变只不过是极端民主主义者的又一场屠杀,几乎没人意识到这起事件的重要性;但弗兰克·麦格林意识到了,他猜测这会导致日本向中国扩张,继而有可能与美国发生冲突。

麦格林猜得没错。叛乱结束了,但导致不满的根源并没有消失,这就像丢进水池里的一块石头,激起的涟漪很快开始扩散,向东面的太平洋彼岸一波波地漫延过去。

# 第二章

1

**华盛顿 1941年7月26日**

　　一个湿热难耐的星期六下午,但首都的街道热闹得很,到处都是奔忙的行人和急躁的出租车司机。每个人都像是在执行特别重要的任务。欧洲战局日益扩大,紧急的态势似乎终于影响到了华盛顿。麦格林教授从一辆停在白宫外的出租车上下来,扫了一眼四周,竟没看到一个穿美军制服的人,倒是有很多人提着鼓鼓囊囊的公事包,像是有明确的目的,要去做什么事。他猜这些人中有许多是军人。

　　一年前,罗斯福叫麦格林向威廉姆斯学院告个无限期的长假,作为亚洲问题顾问加入自己那个名不副实的智囊团;但他担心在政策上与总统的其他顾问起冲突,最后还是采取了一个折中办法,同意偶尔给总统出出主意。这是他今年第三次应召进入白宫。他很懊恼又得放下手头的工作离开威廉斯敦,但想到自己说不定可以帮着扭转历史进程,又觉得很荣幸。

　　到目前为止,总统已采纳他的建议,继续与日本人认真谈判,没被战争部长①史汀生、内政部长伊克斯和中国游说团诱使,"对日本人要来硬的"。一定又出现了新的危机,他猜可能与上个月希特勒突然入侵苏联有关。他在东京的一个线人曾来信表示,这场入侵让陆海两军吵得很厉害,陆军想进攻西伯利亚,而海军则倾向于向南进军,抢占石油和其他资源,看样子,陆军会赢。

总统隔着桌子伸出手来,满面笑容,热情地招呼他的老同学。"我知道你刚满六十岁。恭喜啊!你这爱尔兰暴脾气,熬到这岁数真是奇迹了。"他回忆起他们在学校的那段无忧无虑的时光,聊了几分钟,他提醒麦格林自己还有一年才满六十,然后话题一转,又调侃了一番教授的那本新书。书中提到一个观点:美日两国之间日益加剧的分歧,美国与日本一样难辞其咎。曾对他的其他作品给予高度认可的评论家们预言,这本书会葬送他的职业生涯。

"我不是在为日本辩护,"他说,"几乎可以说是他们自己把自己推到了快跟我们兵戎相见的地步,但是英国——还有我们——为了不让他们成为经济上的对手,做的那些事必然导致日本侵略"满洲"②和中国。"除了这个原因,还有经济大萧条、人口暴增、发掘新资源和新市场来维持一流强国地位的迫切需求,最后还有来自苏联和毛泽东的共产主义的威胁。

"弗兰克,你可别告诉我,你现在看每张床下都躲着赤色分子③。"

"只要他们确实存在,我就不会置之不理,总统先生,"他把身子往前凑了凑,"我不明白为什么您身边那么多顾问都在叫嚷着黄祸论④,却不担心日本会是军事上的对手。您拿到的那些情报说日本飞行员效率低下,真是乱弹琴;而且,日本的战船和飞机也不是什么劣等货。我那天看到一幅漫画,画着矮小的龅牙日本士兵和水兵一副笨手笨脚的样子,让人

---

① 战争部长(United States Secretary of War),是美国战争部的首长,1789年至1947年间为美国总统内阁成员。——编者注

② 此处的"满洲"指"伪满洲国",即日本占领中国东北地区后所扶植的傀儡政权。中国及国际社会对"满洲国"政权不予承认,故被称作"伪满洲国"或"伪满"。——编者注

③ 赤色分子,最早指共产主义者,后来泛指具有共产主义倾向及社会主义倾向的人。

④ 黄祸论(Yellow Peril),是成形于19世纪的一种极端民族主义理论。该理论宣扬黄种人对于白种人是威胁,白种人应当联合起来对付黄种人。——编者注

觉得他们是嘲笑的对象,不是什么可怕的对手。总统先生,千万不要低估他们。我担心史汀生先生和赫尔先生潜意识中种族优越感作祟,向您施压,迫使您对日本人采取极端手段,最后把他们逼到忍无可忍的地步。"

"看看这个。"罗斯福递给他的是美方截获的日本外务大臣发给日本驻维希大使的一份电报的译文。不论维希政府如何决断,日军都将于7月24日进兵印度支那。罗斯福从皱着眉头的麦格林手中抽回那份情报。"当然,你没看过这个。"他在长长的烟嘴上安了一支香烟。"维希政府在期限前一天,决定不做抵抗,让日军进驻。"他又递过来另一份情报,这是日本驻维希大使发给日本外务大臣的,"赫尔看到这个,骂骂咧咧地冲进来。"

麦格林看到上面写着:"法国之所以这么痛快地接受日本的要求,是因为见识到了我们的决心有多坚定,我们的意志有多坚决。简而言之,他们别无选择,只能投降。"麦格林一言不发,慢慢地把情报递了回去。

"赫尔要我再向日本实施一道新的禁令,狠一点的,史汀生老伙计觉得我们应该冻结日本在美国的所有资产,"麦格林握紧拳头,"总统先生,您知道这意味着什么吗?"

"是的,一切与美国的贸易都将终止。"

"但是,总统先生,美国是他们的主要进口来源地啊!"

"这我很清楚,弗兰克。"

"这样做实际上就等于宣战。"

"那倒不至于。"

"可日本人肯定会那样想。请设身处地地站在他们的立场上来考虑一下。他们通过和维希法国①谈判进入印度支那。我知道您看不上维希,但那毕竟是一个我们承认的国家,日本人的做法合乎国际法。"

"那是武装占领,弗兰克,你这口气像是他们的律师。"

"我希望自己像个历史学家。冻结资产会被东京解读成 ABCD② 列

---

① 维希法国一般指维希政府,存在于1940年7月到1945年间。
② 这里分别指:美国(America)、英国(Britain)、中国(China)、荷兰(Dutch)。

强包围日本帝国的最后一步,在他们看来,这是否定他们作为亚洲老大的正当地位,是关乎存亡的挑战。"

"我希望他们把这看作是对侵略者的教训。"

"请考虑一下后果,总统先生。这样做会让我们在东京的朋友乱了阵脚,我们有很多很有影响力的好朋友,天皇的首席顾问木户侯爵向来热爱和平,天皇本人也是,还有总理大臣近卫也想要和平。这人在某些方面是个十足的傻瓜,但我相信格鲁大使已经向您汇报过,他和多名日本要员一直在努力争取让我们两国达成合理的协定。"

罗斯福吃吃地笑起来:"弗兰克,你可真是一股清风!"

"有时候我觉得您认为我送的是一股热风,一堆空话。"

"你给我指出了很多值得琢磨的问题,"总统严肃地说,"我很感谢你抽出宝贵的时间又给我上了一堂历史课。"他们握了握手,"对了,你那个儿子,威尔,已经成了乔治·马歇尔①的得力干将。我觉得他以后会比你强的。"

"但愿吧。"

"你那个小儿子也来找过我。他像你,弗兰克。"

麦格林一脸茫然,罗斯福乐了:"我只是远远地见了他一面,他当时和美国和平动员协会的人一起在前面抗议示威。"

麦格林能感觉到自己尴尬得脸都红了。

"别太当回事,弗兰克。赤色分子总好过年纪轻轻就成了共和党人。"他的笑容很有感染力。"再次感谢你,"他郑重地说,"你今天跟我讲的每句话都很有道理,但我们这个可怜的世界是受政治现实支配的。即使我不总是采纳你的建议,我也希望你知道我真的考虑过。相信我,我还没有拿定主意。我再说一遍,你给我指出了很多值得琢磨的问题。谢谢。"

麦格林离开白宫的时候,心里在想,可怜的富兰克林,虽然才干超越华盛顿一干人等,但注定要沦为政治动物。一个地大物博、从不忌惮外族

---

① 乔治·卡特莱特·马歇尔(George Catlett Marshall),美国军事家、政治家、外交家、陆军五星上将。他于1901年毕业于弗吉尼亚军事学院,参加过第一次世界大战。——编者注

的国家的元首怎么可能理解日本的处境：一个地少人多的海岛帝国，资源匮乏，还要提心吊胆地提防残忍无道的邻国苏联？罗斯福很清楚美国阻止日本移民这项政策助长了仇恨和不信任的风气，但他意识不到这是大张旗鼓的种族歧视，理所当然会激怒骄傲的日本人。对希特勒的怕和对英国的爱误导了他，令他完全站在了丘吉尔一边，而那个老家伙是不会让民主越过苏伊士运河的。

麦格林为了说服他的这个老同学摆出的那些具有战略高度、涉及长远利益的理由，罗斯福怕是不会采纳，他更关心短期的利益博弈。麦格林骂了一句，骂完又不由自主地笑了起来。富兰克林就是有一种讨人喜欢的特质。麦格林想起了1932年的那个秋天，当时罗斯福州长在与胡佛竞选总统的过程中途经威廉斯敦，马萨诸塞州州长伊利作为威廉姆斯学院的校友请他在他的敞篷汽车上跟学生们讲几句话。车停在小教堂边的山上。学生们几乎是清一色的共和党人，喝着倒彩，不让罗斯福开口。当时离车很近的麦格林和小马克都注意到了伊利怒不可遏的表情，而罗斯福只是和蔼地笑笑，就好像在说："这跟我料想的一样，我知道会在乡村俱乐部学院受到这样的待遇。"他在麦格林心目中的形象一下子高大起来，无论怎么热情洋溢的演讲都没这个小小的举动这般令他折服。见学生们这样无理取闹，麦格林火冒三丈，他把马克拽到下一个街角，那里聚集着河畔工厂的几百名工人。汽车缓缓驶过，富兰克林摘下他那顶不久就将举世瞩目的卷檐软呢帽，笑了，那是一种包容一切的微笑。麦格林一直忘不掉工人们满脸的崇敬，以及随后爆发出的诚挚而热烈的掌声。这样的罗斯福是他在哈佛的那段时间里从未见识过的罗斯福，纵使他们之间存在诸多分歧，但他仍旧不离不弃支持拥戴的也正是这样的罗斯福。

麦格林招了辆出租车，十分钟后就到了弗洛斯和正的公寓，这地方与马萨诸塞大道上的日本大使馆隔了几个街区。尽管这五年过得并不顺，但弗洛斯的脸上没什么精神压力的痕迹。她很幸运地遗传了克拉拉淡泊宁静的好性情。正在墨西哥处理贸易事务，灰心丧气地过了两年，然后被再次降级派到哈瓦那当一个小小的副领事，似乎再无出头之日，然后到了1941年初，接到一个意外的消息，说要把他调回华盛顿，他兴高采烈地赶过来，被浇了一盆冷水，原来调他过来纯粹只是因为他英语好。作为野村大使的其中一名主翻译官，他的主要任务就是熟悉与日美谈判有关的各种文件，美国和日本两边的文件。野村是一名海军大将，他很少向正咨询，指望自己是总统的老熟人这层关系能派上用场。"我是日本的朋友，"罗斯福在欢迎他到任的时候说，"你是美国的朋友，你了解我们国家，我们可以开诚布公地谈。"然而，很不幸的是，和野村谈的几乎一直是国务卿赫尔，一个来自田纳西州的老顽固，他深信日本人不值得信赖。

正曾经想提醒大使，赫尔那副友好的样子只是假象，他已经完全被自己那几个亲华派幕僚洗脑。正很清楚，谈判局势在恶化。他想起他那位丝绸商人祖父曾经跟他讲过"黑船"的故事，当年载着美国红毛鬼的黑船不请自到，霸道地入侵他们神圣的国土。老人用他那不再嘹亮的嗓音哼唱起一首歌：

> 他们来自幽冥之地，
> 长着鹰钩鼻的巨人像山里的小鬼；
> 这些巨人顶着一头乱蓬蓬的红发。
> 他们从我们的圣主那里窃取了承诺
> 欢天喜地跳着舞驾船而去
> 驶向遥远的幽冥之地。

祖父说，美国人走了又来，但他们从来都不了解这片神圣的土地。这片圣土上的人民从这些红毛鬼身上只学到了那些让他们贪婪、永不满足的劣根性。正在想，船还在来来往往，但两个地方的距离比以往任何时候都远。少数人——比如他——已经发现两边实际上并没有什么大的分歧，但红毛鬼和神的孩子们并没有意识到这点。

正内心觉得两国势必会开战。那到时候弗洛斯和他们五岁的儿子正雄会怎样？他不断地安慰弗洛斯没什么好担心的，他们两个国家不可能起冲突；但她心里清楚得很，她装作相信他那套乐观的说辞，依旧表现出一副乐天派的样子。

晚饭后，威尔也来了。别看他走路步态傻呆呆的，浑似詹姆斯·史都华，其实那是假象，他在壁球场上的对手最后都沮丧地发现外表靠不住；同样让人上当的还有他那慢吞吞的，甚至有点土里土气的话风，和他辩论的对手也已经认识到这点。他以名列前茅的好成绩从哈佛大学法学院毕业后，成了最高法院大法官法兰克福特的书记员。去年，法兰克福特建议他接受任命加入乔治·马歇尔将军的参谋部。他认为战争无法避免，于是就同意了。他很崇拜罗斯福，认为新政是大势所趋。要说有什么是他信奉的，那就是站在赢的一方；你必须遵守比赛规则，不论输赢都要保持风度，但赢总归要比输好。威尔几乎一直都在赢。而且，他在全国壁球锦标赛上拿了冠军后，着实低调谦虚，最后和手下败将成了好朋友。威尔试图把这经验传授给马克，两兄弟感情很好，但实用的忠告马克从来都听不进去，在威廉姆斯学院，他不肯加入联谊会，热衷于跟校园里的每一个怪人厮混，简直让人觉得他总是跟自己过不去，非得挑最难走的路去走不可。

威尔热情地跟父亲打招呼。"我知道你今天又去了总统办公室。"父亲和总统的交情令威尔很自豪，但他不明白父亲为什么不肯像哈里·霍普金斯那样成为总统的正式顾问。明明可以穿行在权力的走廊里，为什么偏要选择留在一个区区小学院里？

威尔从父亲嘟嘟哝哝的应答中猜到他没能说服罗斯福放弃禁令。他自己那边一整天都乱哄哄的，大家都在忙着制订应急计划。马歇尔和海军的同级将领、海军上将史塔克，一直都建议总统暂时不要有极端的举动，因为他们还没准备好应对太平洋战争。两人都主张集中精力对付希特勒，马歇尔上将曾经给威尔看过海军作战计划处出的一份警告——这样的禁令可能会导致日本为抢占石油资源提前攻打马来亚①，使美国过早地被卷入太平洋战争。

当着正的面，他们说话一贯谨慎，谁都没有提起迫在眉睫的战争威胁，话题主要围绕着马克。麦格林抱怨他反复无常，还犟得要死。在威廉姆斯学院，他坚持要打工，还一定要住校，住在穷孩子的宿舍里。大二结

---

① 马来亚，即马来西亚半岛。

束,他就宣布要搭便车去加利福尼亚,然后直到开学前一天才回来。到了第二年夏天,他又不肯去他们家在斯夸姆湖的别墅,扒火车跑到别处去了,一张接一张地给弗洛斯寄空白明信片,让家里人知道他在哪里。在威廉姆斯学院,他通过创业赚了很多钱:运营纽约专列,开办打字社,经营学生书店。标准石油公司的猎头邀请他毕业后去他们公司担任要职。可他不领情,又整个夏天扒着火车到处跑,之后还去纽约投奔了共产党。现在,他白天卖胜家缝纫机,晚上帮着组织街头集会。尤其让麦格林恼火的是,玛吉也步他后尘,跑到纽约当《先驱论坛报》的小记者去了。

听到麦格林抱怨马克看来注定要被冲动牵着鼻子走,弗洛斯忍不住笑了。

"有什么好笑的?"他问。

弗洛斯想说:"有其父必有其子。"教授的很多问题就是因为他自己被冲动牵着鼻子走造成的。他和马克实在太像了:两人都很急躁,但从来不记仇;都很叛逆,很固执,很没耐心;老爱打抱不平,急躁又冲动;出生在天主教家庭的爸爸在七年级的时候,被一个修女不分青红皂白地用金属尺打了一顿手板后,从此再也不愿去教区学校,一根筋地要去公立学校,后来又因为不肯上圣母大学惹得他父亲火冒三丈,他离开南达科他州苏福尔斯,奔赴最逊的东部,去上最逊的学校。

正没有表达意见,只是静静地听麦格林抱怨,心里在想自己和父亲之间存在的分歧。也许他当初不该违背父亲的忠告,一意孤行地娶了弗洛斯。刺耳的电话铃声把他拽回到现实。他接起电话一听,脸色煞白。他说他们收到报告:总统刚刚下令,冻结日本在美国的所有资产。他向家人告辞,匆匆忙忙赶去大使馆。

在回酒店的出租车上,麦格林在默默地诅咒那些傻瓜,是他们怂恿总统犯下了这样一个愚蠢的错误。他所热爱的这两个国家势必会两败俱伤,罗斯福和天皇都被各自的文化和政治体制缚住了手脚。就连日本的军国主义者也不是罪魁祸首,他们也只是身陷封建制度囹圄的普通人。史汀生、赫尔和伊克斯都不是元凶,尽管他们犯了一个致命的错误,把对手逼到了墙角,要是不屈服,几乎没有出路,只能开战。

麦格林担心自己的孩子。弗洛斯真是太不幸了！玛吉和马克这两人精力过剩，做事莽撞，总是闯祸。也许只有明智的威尔才能保全自己，他在华盛顿跟着马歇尔不会有事。

然后，他想到了日本。户田一家和他其他的朋友都逃脱不了厄运了。日本这样一个小国怎么对抗得了美国这样的强国？它会一败涂地，它的人民，军人也好，平民也好，都将遭受无法想象的悲惨命运。

弗洛斯在等正回家，心里在犯愁。如果真的爆发战争，他们一家三口会怎样？交战期间他们会被扣押起来吗？要真是这样，对正来说可真是太痛苦了，他会觉得是自己连累了家人。

## 2

在纽约的马克和玛吉在星期天吃早餐的时候听到了这个消息。他们同住在河滨大道附近西边第143街上的一幢小房子的底楼。两人都意识到这是迈向战争的一大步。玛吉有个按捺不住的想法——虽然战争很可怕，但她终于有机会实现自己的伟大抱负。两年前，麦格林带她去了趟欧洲，让她认识了西格丽德·舒尔茨，她便知道自己必须也成为一名驻外记者，不然不会甘心。看着娇小的西格丽德勇敢地对抗纳粹的新闻代表，玛吉萌生了效仿她的念头。战争会为她在欧洲和亚洲都创造机会。

可马克很困惑，也很沮丧。在希特勒入侵苏联之前，他真正的生活始于黄昏。在为和平奋斗的过程中，没有一个地方如纽约这般让他兴奋。除了参加附近的美国和平动员协会的街头集会，马克还作为代表出席一个全国性的左翼和平研讨会，参加在麦迪逊广场花园和其他大型场馆举行的重要集会。在这些场合，他遇到了许多有意思的激进青年，但是他想结识一名美丽的女共产党人的梦想一直都没有实现。他能在这个圈子里找到的最好的对象是一个充满活力的工会组织者，大家都叫她"红罗莎"。她的野性活力令他神魂颠倒，但自从她把性病传染给他之后，他的激情就熄灭了。为什么突然甩了她？作为绅士，马克不能说出实情。同志们纷纷纷谴责他是负心汉。

　　他加入共产党,是因为这是唯一一个真正维护弱势群体的党派,也是唯一一个对抗反犹太主义和吉姆·克劳法①并且公开支持和平的党派。但是,在6月希特勒入侵苏联后,这个党立即把美国和平动员协会变成了一个战争组织,马克对此提出抗议。他仍旧信奉和平。你怎么能星期六还称它是帝国主义战争,到了星期日就改口成了民主战争?一名很有说服力的官员从市区赶过来做了一通思想工作,才把马克留住。连着几星期,他趁地铁员工晚上下班的时候在高速公路交通公司的各车段卖《工人日报》。他一开始还挺喜欢这种挑战的,不久就有了五六个固定的客户,这了不起的功绩又使他成了党内的宠儿;但即便这样,他在组织纪律的约束下还是干得很不开心。他的主要兴趣转移到了新恋情上。他的新女友叫米丽娅姆,是他在塔利亚电影院搭上的一个犹太姑娘。他每星期都要带她来两次第143街的那幢小房子。玛吉并不赞成马克和她交往,因为这姑娘在饼干厂工作,但每次马克招待女朋友的时候,她都会很主动地出去,让他们享受二人世界。

　　"我要出去一下。"马克说着便出了门,他又是去华盛顿高地,又会在那里逛很久。他已经厌倦了这个党派,厌倦了卖缝纫机,而且他开始后悔自己当初太迷恋米丽娅姆。她是个可爱温柔的姑娘,他也很喜欢听她讲在饼干厂里工作遭遇的种种凶险,比如如何摆脱老男人色眯眯的纠缠;但现在,她谈到了结婚的事。

---

　　① 吉姆·克劳法(Jim Crow laws),泛指1876年至1965年间美国南部各州以及边境各州对有色人种(主要针对非洲裔美国人,但同时也包含其他族群)实行种族隔离制度的法律。

# 第三章

1

**东京 1941年7月28日**

　　星期天的《纽约时报》称这次的禁令是"除战争外最猛烈的一击",但就如麦格林预料的那样,日本的领导人觉得这是对他们民族生存的挑战。这一天是东京的星期一,7月28日,惊魂未定的海军军令部总长永野向天皇保证他也不想开战,眼下可以通过废除《三国公约》来应对这一危局,海军一直坚称这是影响日美关系的绊脚石。然后,他提醒天皇目前的石油储备只能维持两年,他总结说:"在这种情况下,我们最好抢先行动。我们能赢。"

　　天皇看起来不太有帝王相,穿着松松垮垮的裤子,领带歪歪的,无精打采地走来走去,透过如舷窗般厚的镜片神情恍惚地盯着眼前的一切。他浑不在意自己的外表,有时候西装纽扣扣错了也不知道,但外表是具有欺骗性的,他足够精明,听得出永野的话站不住脚。短短几句话里,永野声明他要和平,撇清海军在一切外交危机中的责任,预言将来会面临石油荒,建议孤注一掷开战,还预先放话能打赢。这位不起眼、驼着背的天皇,模样举止就像个村长,但还保留着伟人的某些素质。

"你能大获全胜吗？就像对马海战①那样？"他说的是1905年把俄国舰队打得落花流水的那场海战。

"很抱歉，这个不可能。"

"如此一来便是铤而走险了。"天皇严肃地说。

户田晃在日本制铁大厦的办公室里研究在中国中部建一个采矿、炼钢一条龙企业的可行性。他从东京外国语学院毕业后在家里的丝绸贸易公司兴味索然地干了一年，当初父亲送他去那里读书就是为了培养他继承家族生意，一年后，父亲勉强同意放他去尝试更适合他的工作。

这时候，一个电话进来打断了他的思路。电话那头是他的同学矢部友彦。他们的英语老师是丁尼生②的后裔。作为这名老师的得意门生，他们见过西方的不少重要人物。友彦现在是天皇的首席顾问内大臣木户侯爵的二秘。"我得马上见你。"这话他是用英语说的，像是怕秘密警察组织特高课③监听他们的对话。

户田晃不知道他的朋友为什么这么紧张兮兮的，他答应在日比谷公园碰头。半小时后，矢部把禁令的事告诉了他。这消息对户田来说犹如晴天霹雳，他这阵子忙，一直没时间看报。他思考时从牙缝间发出一种奇怪的嘶嘶声，大多数外国人会觉得这是嘘声。想了一会儿，他说："愚蠢，愚蠢！"

"内大臣很担心，"矢部说，"他让我找几个西方人脉广的好友悄悄咨询一下。是不是该安排总理大臣近卫和总统私下见一面？"

户田已经从麦格林那里听说罗斯福很喜欢特立独行的做法。"我想总统可能会喜欢。当然，史汀生和赫尔那些人会强烈反对，但也许有一丝的成功机会，我们还是应该试一试，不然……"他没有把话讲完，但他的朋友知道他的意思，匆匆赶去给木户报信了。

---

① 对马海战，指日俄战争中1905年两国在朝鲜半岛和日本本州之间的对马海峡所进行的一场战役。——编者注

② 阿尔弗雷德•丁尼生（Alfredlord Tennyson），英国维多利亚时代的著名诗人。

③ 特高课（Tokko），日本间谍组织，建立于19世纪末20世纪初。

户田在公园里走了一会儿。和平谈判的机会很小。他知道内大臣强烈反对日本国内愈演愈烈的军国主义和在社会高层日趋严重的绝望感,此二者正一步步将日本引向与美国开战的道路。美国那些草率的做法,比如这次的禁令,都只会刺激那些军国主义者,让战争无法避免。

他知道日本绝对无法与工业实力强大的美国相抗衡。他的三个儿子以后会怎样?这几个孩子都继承了他们母亲那种让人提心吊胆的独立意识和理想主义情怀。大儿子明明知道娶一个美国人会阻碍他的前程,可还是一意孤行。小儿子高虽然在东京帝国大学学法律,但大部分时间不是在画画,就是在公开批判军国主义。埃米一直唠叨,最后他只得同意在长假期间送高去巴黎。但他最不放心的还是二儿子胜吾。1936年的那次流产的兵变过后,胜吾没有被捕,但却从此成了辻政信中佐的忠实拥趸。辻政信特立独行的卓越气魄激发了青年军官狂热的崇拜,他们奉他为日本的"运筹之神",东方的希望。他梦想把亚洲改造成一个伟大的兄弟会,一个亚洲人的亚洲;只有用武力把西方人从亚洲驱逐出去,才能实现这个目标。

陆军大臣东条看到了辻政信具备的才干,也看到了他疯狂的一面,把他发配到了福摩萨①。胜吾作为他的一名副官,心甘情愿地跟着他去了。

## 2

皇居旁边的宫内厅里,矢部正在向内大臣汇报自己打听到的情况。尽管希望渺茫,木户侯爵还是决定争取安排两个国家的首脑见上一面,他不想自己出面,就让矢部去找近卫。

矢部在很多正式的场合见过近卫,但这是第一次私下见他,不知道该怎么做才能完成任务。这个生来就是王孙贵胄的近卫公爵崇尚社会主义,兴趣广泛,连与他政见不合的人他都能同情理解,搞得这些人都以为他认同他们的观点。他优柔寡断,凡事总要纠结很久,可一旦做了决定,

---

① 福摩萨(Formosa)是中国台湾的旧称。

就很难让他再改变主意。

矢部很清楚近卫给人的印象好像很民主，拥护社会主义思想，对所有人都彬彬有礼，但其实骨子里还是高高在上的贵族。他们近卫家族不是和皇室一样尊贵吗？

一见面，近卫很亲切地跟矢部打招呼。他们先聊了美国，矢部和外国人关系好，这是众所周知的。然后，近卫问他内大臣的高尔夫打得怎么样了——木户挥杆精准，被誉为高尔夫球场上的"时钟木户"。矢部说："老样子。"听到这，近卫赞许地微微一笑。最后，矢部有点尴尬地转换话题，提起了木户的建议。公爵的反应就好像没听到他说的话。

矢部向木户汇报自己没完成任务，但木户只是微笑着说："等着吧。"几天后，近卫召集陆军和海军的首脑，宣布他打算私下会见罗斯福，把关于中国的问题一次性解决。"如果彼此能宽宏大量，我相信我们双方一定能够达成一致意见。我向各位承诺，我既不会草率，也不会急切地想要达成协定，我会表现得不卑不亢。"

陆军大臣东条和海军大臣都被说动了，但还是不肯直接表态，想先与自己人商量一下。海军很赞成这一计划，但东条发现自己这边的人并不认同，他给近卫写信说，虽然他们担心这样的首脑会议会影响日本当前的政策，但陆军还是支持会晤，只要公爵答应，如果罗斯福不肯理解日本的处境，就带头主张同美国开战。

第二天，近卫正式告知天皇自己有这样的打算。天皇已经听木户汇报过，但还是装出一副不知情的样子。"你最好马上去见罗斯福。"他说。华盛顿方面客客气气地接受了会晤的提议，但反应并不积极。美国人这是在拖延时间吗？每拖一天就意味着消耗12000吨宝贵的石油。

9月3日上午十一点开始的联络会议弥漫着一股绝望的气氛。这次非正式会议聚集了总理大臣、外务大臣、陆军大臣、海军大臣以及陆军参谋总长和海军军令部总长。"我们的国力一天不如一天，耗到最后就会瘫痪，"海军军令部总长永野严正申明，"我确信目前我们是有机会打赢的，但这么拖下去，怕是什么机会都没有了。"敌方的命脉是其工业潜力，但那是无法遏制的，必须一战定输赢，"只能先发制人！"

陆军参谋总长站起来，提出加一个最后期限，这个险招把在座的文官吓了一大跳："我们必须在 10 月 10 日前达到我们的外交目标。如果失败，就必须迅速行动，不能再拖下去！"

近卫公爵没有反对。商量了几个小时，最后一致决定本着诚意与对方协商，争取和平，要是 10 月 10 日仍未达到目的，就对美国、英国和荷兰开战。作战计划早已经拟好，他们准备同时袭击珍珠港、香港、马来亚和菲律宾。奇怪的是，海军直到这时候才把突袭珍珠港的计划说出来，之前并没告知东条大将。

近卫两天后才来见内大臣，拖延是他的天性。他最终向木户表明来意，他得提请召开一次御前会议，把之前商量的结果正式确定下来。会议就定在第二天早上。会前二十分钟，天皇派人去叫木户。"日本能战胜美国吗？"他问。内大臣没有把握："华盛顿的谈判进行得怎么样了？"

木户建议天皇在会上保持缄默："但讨论一结束，陛下就得打破惯例了。"木户停顿了一下，接下来他要说的话有悖天皇一直以来接受的教导：立即从名义上的统治者身份转向实际统治者。也就是说，他必须自己直接采取行动。"命令海陆总长配合政府促成和平谈判。"只有这样突破传统的大动作才能化解最后期限这一策略可能酿成的灾祸。

正好十点钟的时候，脸色阴沉的文官和武将一个接一个走进会议室。每个人心里都清楚，日本已经处于危急关头。军方认为战争无法避免，文官中也有几个认同他们的观点，反对战争的那几个人知道大局已定，但还是答应木户会在会上表明反对立场。天皇坐在宝座上，端肃得像尊雕像。

军方陈述必须开战，除非日本的最低要求能得到满足，然后，木户的忠实拥趸、枢密院议长原嘉道问军部统帅："那么重点是放在外交上还是交战上？"

一阵尴尬的沉默。天皇盯着在场的人，然后做了件历代天皇都没有做过的事。他开腔发问："为什么不回答？"嗓音很高，很响。

他摆脱了作为帝王统而不治的被动角色。在座的人都惊呆了。痛苦而长时间的沉默之后，海军大臣站起来说："我们会开始为战争做准备，但当然也会不遗余力地进行协商。"他说完便坐下了。又是一阵长时间的沉默,大家都在等着海陆总长发言,但那两人都像瘫痪了似的。

"很遗憾,军部统帅都没什么可讲的。"天皇说着从口袋里掏出一张字条,念道:

四海之内皆兄弟。
为何风雨乱人间?

在座的文官武将个个都被震慑住了,他们知道这首诗是明治天皇的祖父写的。面对这样的斥责,谁都不敢说话,几乎连气都喘不过来。天皇说:"我给自己定了个规矩,时不时读一读这首诗,让自己铭记明治天皇对和平的热爱。你们有什么看法?"

最后,海军军令部总长硬着头皮站起来。他垂着脑袋,嗫嗫嚅嚅地为自己先前没有回答致歉。陆军参谋总长也站起来。他结结巴巴地解释:"不过,听到陛下亲口说因为我们不表态而感到遗憾,我万分惶恐。"他向天皇保证,最高统帅部一定会首先考虑外交,而不是战争。

天皇已经尽力,现在只能在文书上加盖御玺,同意开战,除非 10 月 10 日前谈判成功。决定是做了,但裕仁①的不满使军方那几个人心里也生出了疑虑,文官们心底涌起了希望,这是争取和平的最后一次机会。

3

在福摩萨的辻政信受命执行一项看似毫无意义的任务——收集东南亚热带战争的数据;但他并没有自怨自艾,反而把他旺盛的精力全都使出来,专心拟定"奇袭马来亚"的作战方案。

他自己想办法了解到新加坡和马来半岛末梢之间连着一条 1100 码长的堤道,这是一道牢不可破的海上要塞,但在后方几乎没什么防御工

---

① 即昭和天皇(Hirohito),名裕仁,称号迪宫。他是日本最长寿以及在位时间最长的天皇。

事,让政信计划从这个方向发起进攻。

他派胜吾和另外一名军官秘密探访东南亚各地,搜集第一手情报。胜吾的狂热程度不亚于辻政信,他学习缅甸、泰国和马来亚的语言和地理。他已经在最后这个国家待了很长时间,把这里的历史、地形和人都摸得很熟。他扮作农学家,在马来亚逗留了几个星期。他贿赂当地的官员让他把重点海滩以及马来亚一端与新加坡之间的那条具有战略意义的海峡都收进了相机。他与当地人频繁交谈,这些人有不少是高级官员,他从他们口中了解了英国在防御方面的优势和弱点,他由此得出结论:要想拿下马来亚,只能靠非常规手段出奇制胜。

得到这个情报后,辻政信就开始在东京湾①的一个大岛海南岛进行秘密演习。他在这里测试新的登陆作战方案。用运输船把兵和马运送到热带地区,这样做看起来无异于自杀,但辻政信坚持认为只要靠训练、纪律和意志就可以实现。他把马和人都关在闷热的船舱里,整整一个星期,几乎没怎么喝水,这些人在他的鼓舞下,竟然克服恶劣的条件成功登陆。

同时,陆军总部的朋友已经说服东条让辻政信发挥他出色的谋略才能。他和胜吾被召回东京去制订攻占马来亚的作战计划。他们到了以后,发现总参谋部的许多军官都极力主张攻打苏联。形势很明显,希特勒会在西线重创苏联人。

第二天晚上,在军官食堂里爆发了一场争论。辻政信慷慨陈词,力主南下:"日本参战是在拿国家的命运做赌注。我们为什么要去帮希特勒攻打苏联?如果德国拿下了苏联和贝加尔湖以东的西伯利亚,日本和亚洲又能得到什么好处?希特勒也是个西方红毛鬼。所有的西方人都必须滚出亚洲。"

只是坐在他身边,胜吾都觉得很自豪。其他桌的军官都围过来倾听他的高见,胜吾看到很多人脸上带着一种皈依者的热切神情。为了让大家都听到,辻政信提高了嗓门:"在过去的一个世纪或更长的时间里,英国殖民统治的亚洲人是苏联的十倍之多。新加坡是东南亚的关口,占领新

---

① 东京湾,旧称,现称北部湾。

加坡就可以解放受殖民压迫的亚洲人民,同时也会成为解决中国问题的重要砝码。"他站起来,大声疾呼:"不打苏联!出兵南下!"

那天晚上睡觉前,辻政信向胜吾坦白,他憎恶总部大多数年长的将领。"他们一心只为自己的勋章谋事,花天酒地,总是和艺伎鬼混。"他曾经一怒之下放火烧了一家艺伎馆,那里面满场都是他正在寻欢作乐的同僚,"我知道他们讨厌我,因为我敢当着大家的面直说,就像今晚这样;但即便如此,我还是觉得最高统帅会认同我的观点。"

他说得没错。几天后,上头决定把日本日渐萎缩的石油储备全押在南下的一场行动上。九月末,辻政信和胜吾飞到西贡制订最终的作战计划。这就需要了解他为此次入侵最终选定的那几处海滩确切的潮汐情况,他还需要考察从登陆点到新加坡堤道的地形。为保险起见,辻政信派出了两名手下:胜吾和一个机灵的参谋朝枝。上次,胜吾乔装成一个不修边幅的眼睛近视的科学工作者;这回,他成了一个衣衫褴褛的农民,潜入星若拉①和帕塔尼两地,混迹于人群中。两天时间里,他把海滩的情况摸了个透,然后徒步南下赶往新加坡。

差不多两个星期后,胜吾和朝枝回到了西贡,此刻正在作战指挥室里盘腿坐在垫子上就着一张摊开的地图讲解情况。十一月中旬的东北季风会造成三米高的大浪冲击海滩,到时候会有些人员伤亡,但是,泰国军队在那一片的防守兵力少得可怜,而且没有铁丝网,也没有碉堡。通往新加坡的路况不太好,卡车会很难开。

听到最后一句话,辻政信说:"自行车。"一阵沉默,他的参谋拿不准他是不是在开玩笑。"自行车,"他又说了一遍,"这会让英国人猝不及防。"他的热情很具有感染力。上层将领们有疑虑,但主将喜欢这个点子,听到辻政信向他保证大多数的自行车可以从当地征用,就更加支持了。

辻政信和他的参谋们埋头苦干,加紧制订作战细节,他几乎到了废寝忘食的地步,只有在胜吾塞吃的东西给他的时候,他才会吃几口。这名中佐一根筋地认定日本的成败完全取决于他,他的这种狂热也传染给了部

---

① 星若拉,即泰国南部的宋卡。

下。患夜盲症和神经衰弱的人越来越多,看起来要按时完成计划是不可能了。

一天晚上,辻政信坐在垫子上,向神明起誓,他会戒烟戒酒直到完成任务。胜吾见他好像在发愣,但他转过身说:"我要抛弃世间的七情六欲,甚至生死,我脑子里只有打胜仗这一个念头。"他注视着前方,光头被汗映得亮晶晶的。"我们会赢,"他一遍一遍地念着,"我们会赢。"

4

**东京** *1941年10月17日*

10月初,国务卿赫尔宣布总统与近卫的会面必须推迟,这加速了近卫请辞下台。10月17日,七名前总理大臣组成的重臣团推选东条接替他。这名大将正在他简朴的小屋里琢磨自己会有什么样的下场。他知道这次近卫下台,自己起了主导作用,陛下定然会不高兴。他们会把他派到哪里去?将他贬到中国去吗?夫人叫他听电话。电话那头是侍从长,他什么都没有解释,只说了一句:"马上进宫。"东条慌忙往公文包里塞进几份也许可以佐证自己观点的文件。

他坐在车里,心里七上八下的。进入皇居的时候,他已经认定自己的职业生涯到头了。他怀着敬畏感一声不吭地跟着领路的人走出候见室去觐见天皇。听到陛下命他组建内阁,他第一反应是自己听错了:"我们认为,国家正面临着极其严峻的形势。你要记住,在此紧要关头,陆海两军当更加紧密地抱团合作。稍后,我们会召见海军大臣,也这样嘱咐他。"

东条感到喉咙发干,最终鼓起勇气请求容他考虑一下,他返回候见室。他该怎么做?当总理大臣固然是天大的荣耀,但坐在那个位子上,他能好好效忠陛下和自己的国家吗?正当他犹豫不决之际,木户走了进来。内大臣一手操纵了东条当选,而且也已经建议陛下要东条重新斟酌9月6日的开战决议。天皇如此不寻常的举动能迫使这个国家最有权力的军人将和平纳入自己的思路。木户指望东条能出于对陛下的敬意,照要求去做。

"关乎我们国体的决定,"他说,"陛下希望你能深入透彻地研究国内外的形势——不要去考虑9月6日的御前会议。我这是在向你传达天皇陛下的命令。"

东条惊讶地瞪着木户。从古到今,从未发生这样的事,从来没有哪一任天皇撤销过御前会议的决定。

"陛下命令你,就当什么都没有发生过,从头开始,本着最大的诚意与美国协商,争取和平。"木户说。他虽然个子不高,但气宇不凡。

东条还是没有回过神来,无法完全理解这几分钟里发生在他身上的事。他什么都说不出来,最后终于憋出了一句话:"我接受陛下交给我的这份责任。"

后来,在回家的路上,东条坐在车里很不寻常地热泪盈眶,他发誓要奉行"以天皇为镜"的准则,每一个计划和决定,他都会上报天皇,陛下的镜子明亮澄净,他就会照此执行,只要这面镜子泛起一点阴云,他就会重新考虑。

## 5

五天后,户田家的二儿子挤进一架无标记、无机载武器的双引擎飞机,和辻政信一起于黎明时分飞离西贡去执行侦察任务。辻政信要胜吾指出他们准备攻打的是哪几处海滩。两个人都穿着空军制服,以防万一迫降在英国的属地上。现在,他们已经飞越暹罗湾,前方马来亚的东海岸变得越来越清晰。胜吾指着左边,双手拢在口边喊:"哥打巴鲁!"这是英属马来亚①最北的城镇。然后胜吾又指着右边两个小一些的沿海小镇:"帕塔尼和信哥拉!"

"下去!下去些!"辻政信告诉通话管那头的飞行员。飞机开始下降,直到他们能看清信哥拉海滩上的海浪。"很好!"辻政信大呼。他的眼中闪烁着光芒,这跟他想象的完全一样,他能想象出他的部队踩着水冲上岸

---

① 英属马来亚,简称马来亚,是大英帝国殖民地之一。

去的画面。飞机飞近一个小得可怜的机场,他们能清楚地分辨出主干道两边的橡胶园。他迎着风向胜吾大声说:"一个营!"胜吾知道他的意思是只要一个精锐营就能拿下这个机场,用来当作战基地。

飞机攀升后,突然方向一转,朝马来亚西海岸飞去。砸在飞机上的雨点越来越大,一会儿就下起了瓢泼大雨,胜吾只得叫飞行员飞低些。突然间,在6500英尺①的高度,透过雨雾,眼前出现了一个大机场。

"亚罗士打!"胜吾说。这是一个英军基地。

他们朝着南边飞去,又经过了两个同样壮观的机场。辻政信很意外,他命令飞行员再往北飞。半小时后,他们又看到两个大型英军基地。胜吾也和辻政信一样震惊。这几个基地,除了一个,其他的对他来说都是新发现,要么是新建的,要么就是他遗漏了。不管怎么样,他觉得很惭愧。

飞行员报告油快用完了。"不看了。"辻政信遗憾地说。他们掉转机头朝西贡飞去。等飞机平稳降落后,飞行员关闭引擎,转过头,满面笑容:"就剩下十分钟的油了,长官。"

"想看的我都看到了,我现在知道我们能赢。"辻政信说。

下飞机走的时候,胜吾以为会挨批,没想到辻政信说:"我们不能把基地放在西贡。"对方从新的英军机场发起进攻,可以在顷刻之间把他们的飞机全击毁:"我们必须不计代价占领亚罗士打和哥打巴鲁,登陆后立即抢占这两个地方。"

他们没换制服就驱车直奔第25军新司令官的办公室。东京方面已经任命山下将军负责这场战役,他是个很有魄力的人。汇报完侦察到的情况后,辻政信走到马来亚的大地图前。"我们必须制订新的作战计划,兵分三路同时登陆信哥拉、帕塔尼和哥打巴鲁。"登陆前两个部队,拿下霹雳河上至关重要的那座桥,占领亚罗士打机场,"其余部队必须在第一时间拿下哥打巴鲁和那里的空军基地,然后沿东海岸向新加坡挺进。"

山下和他的参谋问了几个问题,然后都同意了辻政信的计划。几天后,上级批准了经过大改的作战计划。

---

① 英尺是英制的长度单位,1英尺≈0.3048米。

6

东条谨遵誓言,以平民的身份履行总理大臣的职责,约束着一帮不满的军人,让华盛顿谈判继续进行,这令其他将领很气馁。到了十月的最后一天,他坚决主张考虑三条路:一、避免战争;二、立即宣战;三、继续谈判。但同时做好准备,如有必要立即开战。"就我个人而言,我希望外交手段能为我们带来和平。"他说。

第二天,至关重要的联络会议在帝国法庭召开,会上唇枪舌剑,气氛紧张。陆军参谋总长杉山和其他的军人都很反感。现在的东条哪像一员大将,根本就是个文官!但这位新总理大臣并没有屈服,经过一番耗费心神的激烈争辩,直到凌晨,陆军和海军才同意最后向美国发一份提案。外务大臣东乡已经起草了两份提案——美国人经常把他和东条搞混,虽然他的名字发音是"东乡"。提案一是对先前的提案做了缓和处理,同意等共产党的威胁消除后马上从中国撤军。提案二,承诺不继续向南方纵深地带入侵,等中国恢复和平或者太平洋地区实现全面和平后,日本会立即将印度支那南部的军队撤到北部。只有在提案一行不通的情况下才会推出提案二。作为交换,美国要卖给日本一百万吨的石油。

11月4日上午,十三个人一个接一个神情严肃地走进举行御前会议的房间。最后,第十四个人,也就是天皇,出现了。会议依惯例进行。总理大臣东条解释,内阁已经重新考虑9月6日的决议:"得出结论,我们必须做好开战的准备,暂定于11月1日采取军事行动,同时,我们会竭尽全力争取通过外交手段解决问题。"

海军大将永野说:"我们的作战计划必须保密,因为首战告捷对日本来说至关重要。"他说这话的时候,天皇依例保持沉默。

尽管话说得很有声势,但偌大的会议室里还是弥漫着大难临头的感觉。当有人问外务大臣两份提案成功的概率有多大时,这种感觉就更强烈了。"只剩下两个星期了,因此,我认为成功的概率不大。"他承诺会尽全力,"很抱歉,我觉得希望渺茫,也许百分之十的概率吧。"

"百分之四十!"东条乐观地大声说,这话说出没多久,他自己也发出警告:这样拖下去,最终会陷入一场持久战,"我们的麻烦没完没了。我们的人民能忍受多少年?"虽然刚刚才宣告有"百分之四十"的概率,但此刻他冷静地说恐怕是不得不开战了。"我怕我们这样观望下去,两三年后就会沦为一个三流国家。"他发誓一定会避免种族战争,"你们还有什么要说的吗?如果没有,我就当作提案照原样通过了。"

全场静默。除了上一次的御前会议,这次天皇也和以往一样没有说话。会前木户和他说过,已经没有第二招杀手锏可用了。最后要由华盛顿那边来决定了。

# 第四章

1

**华盛顿  1941年11月15日**

令人哭笑不得的是,此刻,在白宫,正是两名军方首脑在力劝总统不要采取任何可能引发危机的行动。马歇尔和史塔克都对那道禁令很不满,两人都认为打败希特勒才是他们的主要目标。他们劝总统不要给日本下最后通牒。马歇尔补充说:"至少应该再等三至四个月,到时候我们在菲律宾和新加坡的布防实力应该足够抵御一切攻击了。"

罗斯福向他们表示感谢。"我现在不会让战火烧起来的。"他微笑着说。后来,也是在那天,他把战争部长史汀生叫了进去。他说:"上校,我们必须想办法争取些时间来加强菲律宾的防卫。"

"我会和赫尔老伙计去办的。"史汀生承诺。

那天下午,野村大将带了一名特使来见赫尔。来栖三郎是外务省派来协助谈判的。这个戴眼镜的小个子留着整齐的小胡子,国务卿只看了一眼,就觉得这人不可信;而总统却亲切地招呼这名新来的客人,麦格林事先向他透露过此人是拥护和平的。三天后,来栖和野村提交的提案二令罗斯福很动心,可赫尔说这他妈的就是最后通牒,总统没听他的,用铅笔在纸上拟出一个应对方案:如果日本不再往印度支那派兵,美国愿意休战六个月,取消石油禁令。然后,消息传来:日本的侵略部队正在南下。罗斯福勃然大怒,态度来了个一百八十度的逆转,授权赫尔严厉回复东京。

11月26日下午,国务卿派人去请野村和来栖。赫尔把前一天晚上拟的新提案交给他们。来栖心凉了。这份东西看起来与其说是提案,倒不如说是最后通牒。

野村连话都说不出来。上面的条件比美方六月的那份提案更加苛刻。最后,来栖用英语礼貌地问:"我们能在将提案发往东京前,先私下聊一聊吗?"

赫尔守口如瓶,只是说了句:"我们只能做到这个程度……"

来栖很沮丧:"那么贵国的这封照会差不多就是在宣告谈判结束了。"

两天后,来栖把户田正和其中一个一等秘书寺崎英成叫进自己的办公室。关上门后,特使把他们带到房间的最里面,微笑着说:"我们都有个共同点,都娶了美国妻子。"他压低声音:"我把你俩叫过来是想请你们帮个忙。我接下来要说的话是违反外务省和政府指令的。"正的心里涌起了希望。在外交方面,来栖比野村能干得多,他一定有了新的对策。"想要阻止战争,唯一的办法是请总统发一份私人电报给天皇。"他说。

正掩饰不住激动:"好主意!"

"我转达赫尔的答复时,向外务省建议过,但他们不同意。这样一来,野村大使和我就不能以官方的身份出面,必须由另外的人来做这事。他务必得强调总统的电报必须直接发到天皇手中,不能通过外务省或总理大臣东条。"他用审视的目光打量着两个人,"我要你们做的是通过别人去劝说罗斯福。这很难,但你们两个都认识不少有影响力的美国人,我相信这事能办成。"

"这点子很棒,"寺崎说,"事实上,我也有类似的想法。"

"我必须提醒你们,一旦暴露,你们就会被当成叛国分子。"

"无所谓。"正严肃地说。

"这可能会让你送命,甚至你家人的性命也可能保不住。"来栖说。

正犹豫了。他怎么把家人往火坑里推？但是他发现自己在点头表示接受。

"外交官应该有为祖国冒生命危险的思想准备。"寺崎说。

那天夜里，正在床上辗转反侧，把弗洛斯也吵醒了。

"你不舒服吗？她问道。

"没事，一会儿就好了。"他说。他强迫自己安安静静地躺着。他暗暗做出决定，一旦事情败露，决不让弗洛斯和正雄跟他一起回日本。

## 2

**东京 1941年12月1日**

JOAK电台正在播放一首新的爱国歌曲：

> 警报，警报，空袭，空袭！
> 对我们来说那是什么？
> 一切准备就绪。
> 邻里协会团结一心，
> 保卫家国的决心坚定不移，
> 敌人的飞机只是蚊子蜻蜓。
> 我们会胜利，我们必须胜利。
> 空袭算什么？
> 我们不知道什么是失败。
> 来吧，让我们把你击落。

赫尔针对提案二强硬跋扈的答复不仅激怒了武将，连文官也义愤填膺。这首歌表达了他们在那一刻的愤慨和决心。美国的要求太无理，这是在给他们下最后通牒。日本提出从印度支那即刻撤兵已经仁至义尽，现在赫尔竟然要求日本部队全部从中国撤离，这是绝对不可能的。"满洲"是靠汗水和热血赢来的，失去它意味着经济危机。任何一个有尊严的国家都不会屈服。

遗憾的是,如果送过来的是总统原本的提案,日方很有可能接受。东条已经开始准备新的提案,再做些让步,因为他发誓要遵从圣意,避免战争。一场不必要的战争现在看来已经无法避免。

美国已经发现攻打马来亚的部队正在向南挺进,但他们没发现珍珠港航母突击队——载着360架飞机的六艘巨型航空母舰——正驶向夏威夷。不过司令官已经收到指示,如果最后一刻和平谈判奏效,就立即返航。发起进攻的时间定在12月8日,夏威夷时间的12月7日。这个月的第一天,天皇被迫在御前会议上面对开战前的最后一道程序。东条用短促的语调宣布:"受形势所逼,日本必须与美国、英国和荷兰开战以捍卫国家。"

东条把华盛顿谈判整个冗长乏味的过程都详细介绍了一遍;天皇坐在他的高台上,一言不发,听之任之。东条说:"陛下在上,我等诚惶诚恐。若陛下决定开战,我等必当尽最大努力尽责效忠,政府与军方以前所未有的紧密程度团结起来,全国同心走向胜利,竭尽全力实现国家目标,令陛下安心。"

与会人员向天皇鞠躬致敬。他面无表情、一言不发地走出会议室。几分钟后,提请开战的文件送到他面前要他签署。他独自沉思了一会儿,然后把木户叫到跟前,对他说:"赫尔的要求欺人太甚。"为了阻止战争,天皇能做的都已经做了,甚至违背了传统。他很不情愿地在这份具有历史意义的文件上盖上了御玺,就这样,正式批准了开战决定。

下午两点,陆军元帅杉山发了一份电报给南部陆军部队的指挥官,电报上只有两个词:日出,山行①。这是开始进攻的时间暗号。12月8日,海军大将山本发了一份稍微长一些的电报给珍珠港突袭部队:攀登新高山1208②。意思是:按计划于12月8日发起进攻。

---

① 原文为日文。
② 原文为日文。

3

在纽约,此刻是 11 月 30 日夜里十二点还差几分钟。那天上午,马克辞了卖缝纫机的工作,一整天大部分时间就在家附近闲逛。玛吉在纽黑文有任务,他就一个人吃了晚饭,然后,埋头看陀思妥耶夫斯基的《着魔的人》。书中描写的那些怪异的激进分子让他想起了自己的一些同志,尤其是在市中心的那帮给人洗脑的家伙。他们可以把一切都说成是正义的,包括谋杀,只要目标是崇高的。他自己都想不通,怎么会被他们愚弄那么久。

电话响了,响了一晚上,这次他还是没接。一定是曼尼,他所在那个小组的头,来问他为什么连着三场会议都没参加。他有一种莫名的愧疚感。脱离这个组织感觉就像离婚一样,他曾经全心全意信奉的东西瞬间变得毫无意义,甚至还令他反感,这点他很难适应。

铃声终于停了,但几分钟后又响起来。曼尼真是个执拗的家伙,不过也有可能是米丽娅姆。前两次约会他都用蹩脚的借口推掉了,他不想再找借口,她是个好姑娘,她语气中透出来的委屈令他无地自容,但他没办法再假装还爱她,一想到结婚,想到要被拴在一个小公寓里和她长相厮守,他就感到郁闷。

也许该出去走走,远离这座城市和它的问题。四处漂泊可以让头脑清醒。扒火车可以算是美国这片土地上最后一项探险活动了。他和流浪汉们很合得来,他们坦诚、率真、忠诚。流浪一天比寻常生活几个月都忙碌——找吃的,躲避铁路巡警,找过夜的地方。而且,他在穷人中比在富人中更能感受到善良和理解。他苦笑起来。正是因为同情这些无依无靠的人,他才会入党,但他现在觉得他们并不是真的关心弱势群体,穷人只是他们的工具。

门口有动静。门打开的同时,他听到玛吉在温和地抗议:"别这样!阿诺德,求你了!"马克猜她是在阻挡那个开朗的年轻记者的热情攻势。她一定是说服他开车送她去的纽黑文。他听到她在笑,然后门啪的一声合上。

"我成功了!"她说。那张精灵古怪的脸兴奋得放光。她被派到耶鲁去采访一名因在课堂内外发表激进言论而受到攻击的年轻讲师:"阿诺德说陪我一起去。他们是纽约市立学院的同学。"

"我看你还是照旧火速把他打发走了!"

"你想要他当你的妹夫吗?"她怜爱地抚弄着马克的头发,"现在不是谈情说爱的时候。没准哪天战争突然间就爆发了,我得尽快多挣些资历,这样我就能去国外了。"

电话响了,她急忙过去接起来。"马克,"她大声叫他,"又是米丽娅姆。"她哥哥选女朋友的眼光让她头疼,但这位"饼干皇后"至少比"阴虱红罗莎"强。她幸灾乐祸地听马克在那里编借口。谢天谢地!现在他们总算可以摆脱米丽娅姆源源不断带过来的一包又一包的次品饼干了。

马克一脸愧疚地放下电话。没过多久,电话又响了,玛吉又接了起来。"是曼尼。"她说。

"告诉他,我去阿拉斯加了。"

"他说明天市中心有一场很重要的决策会议。"

马克慢吞吞地走到电话边。"曼尼,我太忙了。"他耐心地听对方殷切诚恳地劝了一通,"对不起,曼尼,但我已经决定退出了。你很清楚我不满的到底是什么,我受不了了。"他挂断了电话。

玛吉很担心。她已经习惯了马克的情绪波动,但通常低落一阵后马上就会兴奋起来,可这次不同,自从德国入侵苏联后,他就一直处于低潮。上星期,他失踪了一天后打电话说他在波威里街,过了几天才回来,身上一股怪味,睡在救世军机构的地上捂出来的,漂亮的头发也在一家理发学校胡乱地被剪掉了。

马克的怪异举动,扒火车也好,加入共产党也好,都不是在跟爸爸作对,而是在探寻某种一直抓不住的东西。玛吉觉得只有自己认识到了这点,她知道那是因为她和马克是双胞胎,她也有类似的感受。作为一个女孩,她并没有马克那样的机会出去闯荡,她表现出来的独立性也从来没有激怒过爸爸。这两个人天生就犯冲。

在见过西格丽德·舒尔茨后,她告诉爸爸,她最大的心愿是成为一名驻外记者。教授听了很高兴,这要是换作马克,两人肯定会大吵一架,但是爸爸说服了他的一个好友——《先驱论坛报》的主管,让她进了这家报社,成了一名一星期拿二十五美元薪水的记者。她的第一批成功的报道是从本市新闻编辑派给她的一些平淡无奇的任务中发掘出来的,比如采访全国海员工会的迈克·奎尔,没想到他向她透露了工会的政治意图。

马克根本睡不着,凌晨四点,他已经决定出城。他从来没有在天冷的时候出去流浪过,现在可以体验一下真正的流浪汉必须忍受的艰难,而且他还可以去看看波卡特洛①小子,他在旅途中结识的最好的朋友。最近,波仔写信告诉他,自己在西雅图有了固定居所。不可思议,他终于成功了。

他悄悄地收拾好背包,给玛吉留了张便条,为自己这段时间太讨人厌向她道歉。他在便条下面附了张 250 美元的支票,这是他那份房租。然后,他又匆匆写了张明信片,通知波仔他大概会在一个星期后抵达西雅图。最后,他硬着头皮给米丽娅姆写了封信,为走得这么突然向她道歉。他想尽量委婉地表达他们之间的缘分已经到了尽头,告诉她分手并不是因为有第三者,然后就此打住,不再多做解释。他痛恨自己,痛恨自己耐不住情欲,凭空招惹了人家姑娘,又这样草率地把人甩了,给她造成痛苦,也让自己良心不安。

他在厚毛衣外套了件羊皮外套,头上扣了顶绒线帽。他把信塞进街角的邮筒,然后搭乘地铁去荷兰隧道。很快,他就上了一辆开往宾夕法尼亚州的卡车。当车子钻进隧道时,他想起了高尔基。这位作家在青年时代是街头的一名流浪汉,他成名后又去体验了一回流浪生活,一段多愁善感的怀旧之旅。至于马克嘛,既谈不上功成名就,也不多愁善感,但是又可以见到波仔还是挺开心的。马克最佩服的人,除了自己的父亲,排在第二位的就数波仔了。

---

① 波卡特洛(Pocatello),美国爱达荷州东南部城市。——编者注

第二天上午,户田正和寺崎英成认定最佳的中间人是一个很有声望的卫理公会传教士——E. 斯坦利·琼斯博士。通过寺崎的妻子牵线,几个人在紫鸢尾餐厅见面。让他们高兴的是,琼斯很痛快地答应充当这个中间人去向总统转达他们的请求。

那天晚上,正差一点向弗洛斯透露自己的危险行动,但最后还是决定等到琼斯见到罗斯福后再说。

# 第五章

1

**华盛顿** *1941年12月3日*

东京发给希特勒的一则电文引起了华盛顿官方的警觉。在这则截获的电文中,日本提醒德国,战争可能"很快就来了,谁都想不到会那么快"。唯一的问题是:什么时候?那天上午,弹药大楼和海军大楼都弥漫着紧张的气氛,这里面有个之前做过会计师的家伙爱开玩笑,他推算出这一天会有1776个谣言在大楼里流传。

马歇尔把威尔叫到跟前。"我们打算派你去个地方,上尉。"他说得很突然。"你要去的是马尼拉,表面上是去督促给麦克阿瑟将军运送补给,但实际上是去查证他给我们的报告是否可靠。"他把几张纸拢到一块,"这是你的出差令。总统和我都有理由怀疑麦克阿瑟将军提供的一些数据。我们希望你能去调查一下,看看到底是怎么回事,看看谁可以信任。你要定期通过专用代码向我们汇报情况。"

威尔还没缓过神来,怔怔地拿起出差令。

"外面有辆车在等你。你先去见总统,然后收拾行李,中午前出发去博林,然后搭飞机去汉密尔顿,再从那里去希卡姆机场。"马歇尔伸出手,"一路平安,小伙子,平安回来。"

和罗斯福见面没聊几句,他重复了一遍马歇尔的话,强调此次任务至关重要,热情地祝他一路平安。"我会通知你父亲,说你离开一段时间替我去完成一项私人事务。"他咧开嘴笑了,"我会搞得很神秘。你觉得他会生气吗?"

"照我对父亲的了解,先生,我觉得他肯定会的。"

"这样对他好。一路平安。"

中午12点刚过几分钟,一架中型轰炸机载着威尔向西飞去。虽然明知道自己奔赴的是险境,但他还是很高兴,也很兴奋,他终于在做大事了,而且还可能因此得以晋升。

那天下午,马克在犹他州的奥格登从一列联合太平洋公司的货运火车上跳了下来。他快冻僵了,因为他扒的是一节装满砾石的敞篷车厢。落基山脉的这一段凿了一长串的隧道,隧道中飞舞的热煤渣呼了他一脸的麻子。因为冷,他还是适应不了流浪的艰辛。他拖着沉重的步子向西太平洋铁路公司的调车场走去,往事桩桩件件涌上心头。他当初就是在奥格登认识的波仔,他们因为擅闯铁道一起被捕,还花了几天时间一起为当地的七四牛仔竞技表演筹备场地,后来波仔还教他扒火车的技巧。当年的一幕还清晰地浮现在眼前:波仔优雅地一跃,跳上一辆高速行驶的火车,避开眼看就要追上他的怒气冲冲的铁路警察,然后出现在一节冷藏车厢顶上,像捣蛋鬼提尔①那样用大拇指顶着鼻尖耍怪。他可能是这世界上最牛的扒火车高手,他穿越过莫弗特隧道,骑过梅•韦斯特(从新奥尔良运香蕉到芝加哥的快车),还搭过"20世纪快车"的铁皮闷子车②。

父亲永远都无法理解马克为什么老是去扒火车。他该如何解释自己在每天都要经历种种冒险的底层阶级中感觉更自在?除了烈日和铁路警察,还有风吹雨打的考验。挨饿是常态,一点点充饥的食物就是盛宴。这

---

① 《捣蛋鬼提尔》是一部广泛流传的德文故事集。提尔的故事自从15世纪就流传于德国,属于民俗讽刺文学。提尔借着各种不同促狭、恶作剧的行为,映照出人类思想墨守成规,容易僵化的社会。——编者注

② 闷子车是铁路上一种没有窗户、带有铁棚的货车。——编者注

是原生态的生活，满足了他内心的某种需求，令他兴奋。他看到男人们老老少少怎样用玩笑来打发痛苦，他见识过希望和恐惧，他看到过勇气和友谊。他从妇人和少女写着饥饿、寒冷和绝望的脸上看到了勇敢和信念。

他是不是在浪漫化这种生活？他的流浪生活是否只是现实的逃避而非现实本身？这想法让他心烦意乱。

## 2

虽然琼斯博士答应尽快去见总统，但是罗斯福在佐治亚州的沃姆斯普林斯，直到12月3日，琼斯才有机会见到他。为了避开记者，他由专人引路，走秘密通道进入白宫。总统爽快答应了发这封电报。琼斯提醒他电报得直接发给天皇本人，不要通过外务省，否则天皇是收不到的。

"我在想，"罗斯福若有所思地说，"我不能跑到电报处说我要发一份美国总统给日本天皇的电报，但我可以发给格鲁。"

琼斯在离开之前，叮嘱总统千万不要提起来找他帮忙的寺崎。

"我不会说出去的。"罗斯福承诺。

那天下午，正、寺崎和来栖三人在附近的一家咖啡馆里悄悄地庆祝了一下。晚上，正回到家里，弗洛斯发现他脸红扑扑的，一副既兴奋又紧张的样子。把正雄哄睡后，她问丈夫遇到了什么事："这几天你一直坐立不安？"

他几乎是带着愧疚的心情把电报的事说了出来："今天琼斯大人见了总统，他已经答应发电报过去。"

她兴奋地抱住他，然后推开他，用双手环着他的胳膊："你之前为什么不告诉我？"

"我不想让你担心，"他愧疚地说，"如果事情暴露，我就会被扣上叛国的帽子。"

"可你说总统答应不把寺崎参与的事说出去啊。"

"很多环节都可能出问题，我一开始就不应该介入此事。"

"那我也会劝你去做的。你真了不起。"

她的话还是安慰不了他,他说:"我错了。你不觉得我这样做,不仅在拿自己的性命冒险,也在拿你和正雄的性命冒险吗?"

她吻了吻他:"傻瓜,睡吧。"

## 3

两天后,停靠在海南岛的陆军运输船"龙骧丸"号的货舱内,胜吾在挥汗如雨地监督着人员登舱和物资装载的工作。等最后一个人踏上甲板,时间早已过了零点。胜吾上去找辻政信,见他正在幽暗的灯光下研究案头的文件。拂晓时分,他们这支由十二艘船组成的舰队就要启航。辻政信熄了灯,躺下来,准备睡上几个小时。

船体的晃动惊醒了他们。辻政信向驾驶台走去,胜吾紧随其后。舰队悄无声息地向南朝着马来半岛驶去。在他们的右边,中国最南端的海岸渐渐远去。这艘船没有架设火炮,从外部看,它就像一艘航空母舰。胜吾觉得像是幽灵船。笨重的船体开始颠簸。谢天谢地!他们不用待在下面。

两人注视着眼前越来越小的海南岛。辻政信想起了自己的老母亲,然后又想起了妻儿。一轮深红的朝阳在东方冉冉升起,与此同时,浅盘似的月亮在西方消失。四下静默无声,只有引擎在轰隆隆地响,听着让人安心。"开弓没有回头箭。"辻政信说。国家的命运将取决于他们的行动。"日本的命运就是东亚的命运。"这话像是对胜吾说的,其实更像是对他自己说的。

明月高悬。威尔背着一顶降落伞,拎着一个沉甸甸的手提包,钻进一架"空中堡垒"。加利福尼亚的夜晚星光璀璨。一个机组成员叫他把东西放在一堆物资上,自己找地方躺下睡觉。最后,这架大型飞机终于起飞,四个引擎咆哮着仿佛要爆炸。"天亮就能到希卡姆。"这名机组成员说。

好像才过了几分钟,威尔就被人粗鲁地推醒,那人叫唤着:"嗨,机长觉得你或许想到前面去看一看。"

威尔小心翼翼地往前移动。天已经亮了。飞机慢悠悠地在空中盘旋。威尔能看到钻石头山。飞行员指着前面:"希卡姆。"旁边是一幕令人热血沸腾的场面,一大批巨舰停泊在那里。"珍珠港。"飞行员说着吹了一声口哨,模拟炸弹坠落的呼啸声,"砰!小菜一碟!"

在希卡姆机场的待命室里,威尔尽量不引起别人的注意,为了避免有人找他说话,干脆眯着眼睛装睡。几小时后,他终于上了另一架"空中堡垒"。不同的是,这架飞机处于战备状态,机关枪里的柯斯莫林防锈油已经擦掉,子弹已经装好。"我们可能会在到达威克前遇到麻烦。"投弹手告诉威尔。

飞机向着那处小环礁飞去。途中,他们看到有一艘航空母舰和大约十二艘其他种类的舰船在向东行驶,这一发现给这漫长而无聊的旅程制造了点乐趣。副驾驶说:"肯定是'企业'号航母,它们要在威克卸一批格鲁门'野猫式'战斗机和飞行员。"副驾驶怎么会知道这样的绝密信息?威尔把心里的疑惑说了出来。周围听到的人都哈哈大笑:"这里哪有什么秘密!"

有人大叫着说他们已经穿过了国际日期变更线,丢了一天。现在是12月6日了。很快,眼前就出现了一个袖珍小岛。"威克,"有人说,"太平洋的屁眼,2.5平方英里的珊瑚碎石。有谁愿意用一瓶啤酒把它买下来?"没人愿意。

在岛上停留的三个小时里,威尔借了一辆吉普车四处转了转。湛蓝的海水很美,但这小岛是一片光秃秃的荒地。离开的时候,他很高兴。下一站是关岛,至少那里有树,还有人,包括姑娘。一名炮兵说:"丑归丑,但好歹是姑娘。"

"龙骧丸"号上的日子很太平,但到了东京时间12月7日中午(日本船只不管到哪里都按东京时间计时),消息传来:一架敌人的侦察机刚被击落。飞行员有没有发出警报?那天下午,在泰国湾的舰队上空起了雾,云团积聚起来,大家都松了口气。

威尔在关岛空军军官俱乐部里。这里暖暖的,也不太热,很舒服,还有很多菲律宾啤酒。最有趣的是,威尔听说这个岛的总督是一个名叫麦克米林的海军上校。"海军总是有办法给自己揽到最轻松的活。"有人抱怨。飞行员让威尔尽早睡觉,因为天一亮就得飞往克拉克机场。

此刻是夏威夷12月6日傍晚。海军的金梅尔将军和陆军的同级将领萧特将军都没想到,日本的六艘航空母舰正开足马力以二十四节的航速驶向进攻发起点——珍珠港以北两百英里的海面。它们会在拂晓时分就位。

马克挤在加利福尼亚州斯托克顿边缘一个草草搭建的饭馆里。他正狼吞虎咽地吃着一盘堆得高高的"千里豆子",听说这盘豆子能让每一个扒火车的流浪汉撑一千英里。几小时后,他要搭一列奔向西雅图和波仔的货运火车。

华盛顿时间晚上八点,正收到消息,罗斯福终于给天皇发了电报。这事被赫尔耽搁了一阵,他说这样的呼吁只能是最后一招,不到万不得已,不能使出来。正打电话到大使馆通知来栖,得知他在乔治敦前大使贝林的庄园里用餐。十五分钟后,他才联系上特使。特使接了电话后回到餐桌,把这个消息告诉了在座的人。"很聪明的做法,"来栖说这话就好像他事先对此事一无所知,"这样一来,天皇既不能断然回绝,也不能应允,这一定会让东京方面头疼,三思而后行。"

电报中午就到了东京,但因为一道最近刚刚实行的全面指令,被搁置了十个小时,直到晚上十点半,才送到格鲁大使手上,上面的"特急"戳记形同虚设。午夜十二点刚过十五分钟,格鲁终于带着解码后的电文来到外务大臣东乡的官邸。

东乡打电话到内大臣家。木户说:"在这非常时期,即使是深夜,也可以去叫醒陛下。"东乡开车来到总理大臣东条的官邸。东条抱着希望问他:"电文中有没有做出让步?"

"没有。"

东条看了看表,再过几个小时,炸弹就要落到珍珠港了:"好吧,那就没办法了,是吧?"

根本没办法。

# 第二部
## "为了无谓的希望和注定的失败"

# 第六章

1

**夏威夷海域** *1941年12月7日*

日本航母机动部队处于全舰战斗部署状态。凌晨3:30，机组人员都被唤醒。他们系上干净的兜裆布和"千针带①"。这是妻子、母亲或姐妹站在街角，请路过的行人每人缝上一针做成的，每条腰带都携带着一千个祝福，保佑他们平安大捷。剪下的指甲和一绺头发早已经夹进了最后一封家书。

在天亮前一小时，机动部队的司令官派出四架侦察机去确认美国的舰队是不是还在珍珠港而不是拉海纳。这六艘航母很快就会到达进攻发起点，目标以北两百英里的海面。

远处的西边，一支庞大的舰队兵分三路呈包围之势向马来半岛挺进。由十四艘舰船组成的主力舰队驶向信哥拉；户田胜吾就在这一路。左边三艘舰逼近帕塔尼；辻政信会率领这支分队发动一场堪比冒险大片的奇袭。这灵感来自一个梦中的场景：一千个日本人乔装成泰国军人攻下中

---

① 千针带，日本妇人送去前线寄托思念的由千人缝制而成的带子。——编者注

立的泰国。登陆信哥拉后,他们会拉上几个咖啡厅女郎和舞女以掩人耳目。巴士可以在当地征用。然后在辻政信的带领下,他们会欢快地挥着泰国国旗和英国国旗,一路高喊精力过剩的辻政信事先教他们的两句贴切的英语:"日本兵好可怕!""英国万岁!"他让上级放心,这种吵吵闹闹、"卵糟糟"(解释这个英式俚语让他费了一番口舌)的场面定会让边防部队彻底蒙掉,稀里糊涂地放这些日本人进马来亚。

第三路,也就是哥打巴鲁的这一路,完全不在辻政信的控制下。这三艘运输舰率先抵达了目的地,午夜时分,他们在海上下锚,这座城市近在眼前。一小时十五分钟后,他们的海军护航舰开始轰炸海岸。太平洋战争就这样阴差阳错地开始了,因为在夏威夷还只是早上 5 点 45 分。在马来亚的日本指挥官并没有弄错,这就是事先定好的时间,但是航母机动部队这边有太多的飞行员抱怨,反对这样摸黑起飞去袭击珍珠港,于是,出发时间就被推迟了。

当机动部队的机组人员系上安全带时,东方刚泛出第一道微弱的曙光。南面是一片片的云,长长的汹涌的波涛把六艘航空母舰抛上颠下,船身倾斜至十五度;在训练中,倾斜一旦超过五度,演习通常就会被取消。

主舰"赤城"号上升起了一面 Z 字旗,一时让人有点搞不清楚状况。这是仿效海军大将东乡在对马海峡战役中用的那面旗,它的意思是"皇国兴废在此一役,全体将士全力拼搏"。几位参谋官提出反对,因为这些年来,Z 字旗已经成了一种纯粹的战术信号旗。

主舰旁边的"加贺"号航母上的船员看到这面 Z 字旗很兴奋,也升起了自己的 Z 字旗,却发现"赤城"号的旗帜在风中扑棱着降了下去。过了一会儿,一架"零式"战机轰鸣着冲出主舰的跑道,其他的"零式"战机也像被弹射出去似的纷纷飞离母舰。不到半小时,一轮巨大、灿烂的朝阳在东方冉冉升起。年轻的鱼雷轰炸机飞行员莫里从未在空中见过日出。在他的前方,一架架飞机在红色的背景上蚀刻出黑色的剪影。眼前的这一幕如此浪漫,如此惊艳,他简直无法相信自己正奔赴日本最关键的一场战役。对其他飞行员来说,这是神圣的景象,标志着新时代的开始。

当辻政信的舰队抵达信哥拉的海滩时，他松了口气——胜吾的情报没有出错。脚下的沙滩很坚实，但是他的梦想计划出师不利。海滩上的接头人，一名伪装成领事馆办事员的少佐，没有出现，也没有咖啡厅女郎、舞女、巴士的影子。辻政信现在只想和其他部队会合，协助他们一起用传统方式进攻马来亚。

哥打巴鲁那边，已经上了海滩的一批人架不住碉堡的凶猛火力，不得不又撤回海里，不敢探出头去。英军的飞机扑向三艘运输舰，同时还有岸上的炮兵冲着这几艘毫无招架之力的船发射炮弹。有两艘着了火，但登陆部队余下的那批人都跳下了海，穿着救生衣慢慢地漂向海滩。战斗机开始猛烈扫射汽艇，但顽强的入侵者最终还是在海滩上掘出了散兵坑，把手榴弹投进了碉堡的枪眼和敌人的前线阵地。

在帕塔尼，胜吾的部队遭遇了不一样的困难。一开始，看起来好像很顺利，汽艇安全驶到五英尺水位的地方；但当胜吾跳下小艇后，沉甸甸的全套野战装备坠在身上，他发现自己陷进了泥沼。这种感觉很恐怖，他还以为底部是坚实的。不过，这片他从空中鸟瞰过的美丽白沙滩并没有延伸到退潮的海里。旁边的人扛着一挺机关枪奋力挣扎着想把头探出水面，胜吾试图去帮他，自己反倒陷得更深了。他挣扎出来，终于喘了口气，却发现旁边的机枪手不见了，他前面的一个机枪手也不见了。胜吾猛地向前一挣，使出吃奶的力气把双脚从吸盘似的泥浆里拔出来。每一步都是折磨，大家都自顾自逃命。差不多花了一个小时，逃出来的人才踏上白沙滩。可一上沙滩，他们就遭到了泰军的扫射。胜吾仓皇扎进沙里躲避子弹，默默祈祷中佐不要也这么倒霉。

## 2

临近中午，马克才来到西雅图的流浪汉栖息所，这里的流浪汉有的四海为家，有的从不出城。这是马克最喜欢的贫民区，因为它就在码头边上，而且充满活力。每天晚上都像一场演出，有萨莉乐队演奏，有工会发言人高谈阔论，还有一帮傻子疯子宣扬救赎、社会保障、法西斯主义。

他找到了贫民区最西边波仔住的那幢楼。墙上的涂料早就已经剥落,整幢楼又破又旧,像个瘸子一样歪向一边。一楼有个人告诉他波仔住在楼上:"但他现在不在家,他在大街上——星期天也不见得会有大收获。"

马克知道这话的意思是波仔在行乞。这方面他从来都不擅长,不好意思伸手向人要钱,怎么现在居然去街头行乞了?马克听到一下刺耳的摩擦声,瞥见半个人手压着固定在溜冰鞋上的两块木板在下斜坡。两块木板前端由一条窄木板连接,两面小小的美国国旗一左一右迎风飘扬。波卡特洛小子熟练地用两块垫了橡皮的木头嘎的一声刹住了车。他咧着嘴在笑。

看到失去双脚的朋友,马克强忍着没让自己表现出震惊。他们握了握手,马克拼命掩饰内心的怜悯。波仔的脸还是和以前一样——有了些皱纹,但依旧神采奕奕。他腼腆地笑笑。"现在警察不能因为我乞讨来抓我了。"他晃了晃一只锡杯,里面装着些硬币,"星期天能弄到这么多,已经很不错了。我现在有执照啦。"他指着钉在支架上的一张卡,架子上还固定着一个插满了新铅笔的罐子。

"上去看看我的家。"他自豪地说。依靠两条结实的长臂,他敏捷地进了楼,在走廊里停好他的小车后,转过身,倒退着上了楼梯。尽管房间里几乎什么都没有,但他还是很自豪。他向马克展示他怎么做饭,怎么上厕所,然后用一种就事论事的语气谈起了那场事故。当时,他搭着大北方铁路的"大山羊",火车驶进西雅图调车场时,波仔从一节车厢往另一节车厢跳时脚下一滑就出事了。

他的其中一件宝贝是一台修修补补的旧收音机。他把它打开,马克一听,觉得这音质很不错。突然间,一名激动的播音员声音颤抖着插播了一条新闻:日本刚刚轰炸了美国军舰,在一个叫珍珠港的地方。马克无法相信自己的耳朵。他先想到的是弗洛斯,他们一家三口会怎样?随后心头腾起一团怒火:偷袭!日本人怎么会这么蠢?

玛吉刚刚写完一篇关于德国犹太难民涌入华盛顿高地的小文章。本地新闻编辑也许会把它放进碎纸机或者丢进废纸篓里。她从 WQXR 电台调到 CBS 电台收听罗津斯基的音乐会,一条珍珠港的新闻插进来。她先想到的也是弗洛斯,继而是马克。她昨天收到一张从怀俄明州夏延寄过来的明信片,上面没几个字,就只是说他在去西雅图的路上。他会不会犯傻,明天一早就冲去参军?会的。她很兴奋——成为驻外记者的机会来了,也许爸爸认识什么有影响力的朋友。

麦格林并不感到意外,只是很难过。他预料的一切都成了严酷的现实。正可能会被扣押,那弗洛斯和小孩会怎样?在东京的可怜的户田一家又会怎样?

弗洛斯和正雄在玩一种日式纸牌游戏,还什么都不知道,直到正打来电话。"出事了!"他沮丧地说,"他们怎么会做这么蠢的事?"

"怎么了?"

"珍珠港!我们的舰载飞机把那里炸了!"

"你究竟在说什么?"

"日本完了,开战了!"

她努力控制住自己的情绪,尽量安慰他。

他说现在大使馆里乱哄哄的:"他们随时会切断所有的电话。我爱你,亲爱的。你和正雄一定要勇敢。"

"我们没事。总会有解决办法的,但我们必须待在一起。"

"我觉得我们未必能待在一起。"他说,"再见。"

"我们很快就会团聚的。"

他没再说什么,挂了电话。

3

日本民众最先是在 12 月 8 日早上 7 点从日本放送协会的播音员口中得知的这个消息:"现在播报紧急新闻。"日本已于黎明时分对太平洋上的美国和英国军队开战。

户田和妻子在吃早饭,就他们夫妻俩。他严肃地说:"形势很严峻。"虽然听到这个坏消息,但他并不觉得意外。战争期间,他们会把正扣押起来吗?这回埃米终于说不出话来了,只是本能地将双手举到了嘴边。胜吾!他们只知道他在南部。他是那么冲动,那么勇猛!

收音机在高唱战歌《海行兮》:

> 海行水渍尸,
> 山行草生尸。
> 吾为君亡,
> 义无反顾!

"胜吾会怎样?"她强忍着眼泪,无助地吐出这句话。

"出什么事了?"说话的是穿着和式睡衣、睡眼惺忪的高。

"跟美国和英国开战了。"户田说。

"啊!"这意味着他去不了巴黎了!他原本还暗自打算留在欧洲学画画,知道母亲会帮他。他很沮丧,注意到母亲痛苦的表情后,便一个劲地安慰她。

澄子一早就出了门,要准备迎接一场考试。她在郊区的一所基督学校上学。从涩谷地铁站出来的时候,她心情很好,因为这是个特别的日子——她的生日。妈妈会为她准备红豆米饭大餐,每逢要庆祝什么,妈妈都会做这个。她刚迈开步子向火车站走去,就听到街头的一个喇叭里传来声音提醒民众注意。政府在东京街头安装了无数个这样的喇叭。

袭击珍珠港的消息从高音喇叭里炸了出来。人们惊愕地停下脚步。嘹亮的战歌响起,很多人开始拍手,仿佛这是场棒球赛。几个月来,笼罩着这个国家的沉甸甸的乌云突然间散开了。澄子能感觉到人群中洋溢着一种克制的兴奋,然而她却很苦恼。户田家得和麦格林家开战了,况且日本也没机会赢。一个朋友常年往她家寄《生活》[①]杂志,无论是谁,只要看

---

① 《生活》(Life),美国图画杂志,1936年创办于纽约。

到各种车辆和设备的广告,以及描述美国工业实力的图文,就会明白小小的日本——土地面积甚至比不过加州的一小片土地——试图以一己之力挑战如此庞大的工业帝国,有多不现实。父亲不知道说了多少遍,这会是个悲剧!她很无助,也很担心,但还是加快脚步继续往学校赶。眼下先得把那场英语考试考好。

年长些的人已经涌向皇居祈祷胜利,他们个个神情庄重,没人表现出欢欣鼓舞的样子。在广场上,报贩拿着"号外"跑来跑去,手腕上丁零当啷的铃铛,响得连皇居三号东接待厅里的人都能听到。枢密院正在这里开会,起草一份诏书。

快到正午的时候,天皇在诏书上加盖御玺,正式宣战。他在上面添了一句话,表达他本人对日本帝国与英美开战的遗憾之情。他还把结尾的那句"由此在国土内外扬我皇道之荣耀"改成了语气缓和些的"由此维护我帝国之荣耀"。

东京以南约两千英里的上空,威尔搭乘的B-17已经快到马尼拉了。飞机上的人还不知道美国已经卷进了战争,因为无线电接收信号很差。"中午十二点前,我们应该能到克拉克机场。"飞行员说。但他们还是被大风耽搁了,预计的到达时间过去半个小时后,此刻和飞行员一起在前面的威尔注意到前方的大平原上赫然耸立着一座壮观的圆锥状山体。

"阿雷亚特山,"飞行员说,"照菲律宾人的说法,圆锥顶部的那个坑是诺亚方舟停靠的地方。"大飞机猛地左转。威尔能依稀看到前方的克拉克机场,许多架飞机整整齐齐地停在那里,至少有十五架大飞机,可能是"空中堡垒"。飞行员叫他回到座位上,系上安全带;他们要降落了。

威尔爬下飞机,感到一阵热浪袭来。一名士兵开始把他们的行李和降落伞堆到吉普车上,威尔趁这间隙活动一下他那抽筋的大长腿。远处传来一阵轰鸣,越来越响。士兵激动地大叫:"这是我们的海军。"

威尔和飞行员回头看到二三十架飞机从北方飞过来。"海军,见鬼!"飞行员大喊,"这他妈的是日本轰炸机!"他把威尔推进吉普车的前座,然后开始把所有行李往外扔,其他的机组成员仓皇扑进吉普车,直接压在同伴身上。车子像离弦的箭一样冲向机场维护作业区。一声轰响,像货运列车飞驰而过的声音。车子滑行一段后刹住。前方的飞机库爆炸了。"快隐蔽!敌机!"有人大喊一声。大家争先恐后地找地方藏身。此时,空袭警报已经拉响。威尔绊了一跤,有东西落到他身上,水滴到他脸上,但颜色是红的。压在他身上的人在汩汩地冒血,脑袋已被炸飞。威尔惊叫起来,但不知道自己并没有发出声音。他站起来,像一尊雕像一样杵着,直到有人抓住他,他几乎是被那人一把甩进一个浅壕里的。威尔还是没有回过神来,挣扎着要站起来。

"趴下,傻瓜!"他的恩人——一个矮小的一等兵——冲他大喊,"'零式'来了!"

威尔刚趴下,一架强击机扫射出来的子弹就从上方呼啸而过。他感到自己的心脏快要蹦出来了。他听到一阵气流划过,扭头一看,一颗哑弹插在沟里。"快他妈的出来!"一等兵大喊着爬出去,跳进了一个深一些的壕沟里。

威尔也跟着跳进去,正好落到他身上。"对不起。"他说。

"没事,"小个子一等兵说,"正好可以帮我挡子弹。"

突袭机队时强时弱的节拍声渐渐消失。活下来的人慢慢地从散兵壕里爬出来。遍地都是残肢断体。真是稀奇,有人像个气球一样被爆炸的子弹炸得粉身碎骨,但此刻在威尔眼里,他几乎是透明的。一辆卡车从他身边突然拐过去,鲜血从车厢边缝滴下来,这一车伤员是要送到斯托森堡要塞医院去。其他受伤的人自己在走,但恍恍惚惚的,像被催眠了似的。

飞机库和建筑物冒出滚滚黑烟。威尔看到整整齐齐停在作业区的十几架飞机被熊熊大火吞没,转眼间,只剩下熔化的骨架发出恐怖的噼里啪啦声,仿佛在痛苦地哀号;然后,威尔反应过来是受伤的人在哀号,他自己浑身血污,沾了一身死人的血。

# 第七章

1

**西雅图 1941年12月7日**

马克和波仔聊了一夜的前尘往事，等睡下时，早已过了午夜，但马克怎么都睡不着，虽然地上这几条毯子给他创造了离开纽约后最好的睡觉条件。他脑子里乱哄哄的，满脑子都是战争，还有波仔。最后好不容易才睡着，可是一睡着，他就梦到波仔游魂般地从一节车厢蹦到另一节，然后突然间脚下一滑，跌入两节车厢之间。他看到波仔坐在轨道边，抱着血淋淋的双腿，脸上笑嘻嘻的。"我成功了，"他说，"成功了，成功了。"马克惊醒过来，心跳得厉害，额头上都是汗。然后就再也睡不着了，也不想睡了。他试图分散自己的注意力，尽量不去想就睡在几步之外，轻轻地打着鼾的波仔。他想起了亲爱的弗洛斯。她不只是姐姐。至今他仍会在噩梦中经历东京的那场大地震，看到房子突然起火。他永远都忘不了在他命悬一线之际，被弗洛斯救出大火时那种死里逃生的心情。她现在得回日本去吗？他又想起了父亲。他一定很郁闷，罗斯福没听他劝。然后，他又想到了户田一家，他们一定很担心胜吾，他可能已经上了战场。

至于他自己，眼下只有一件事要做——明天一早就去参军。日本人怎么这么愚蠢，这么阴险？他不想与老朋友兵戎相见，但他一直都很痛恨纳粹，他要加入海军陆战队，申请去欧洲作战。

他心情轻松地迎来了黎明，从床上一跃而起。这种快速复原的生命力是专属于年轻人的幸福——否则，这世上永远不会有老人。他感觉自己将要开始一段新的人生，即将开启的冒险令他激动不已。他悄悄地穿好衣服，出了门。贫民区里空荡荡的，但他发现山上有一间报亭开着，报亭旁边是一家通宵营业的小餐馆。他吃着热燕麦粥和英式松饼，喝着咖啡，读报纸上关于战争的新闻。这事太不可思议了。

波仔坚持要带他去海军陆战队征兵处。马克一进去，他的朋友就开始摇着他的杯子愉快地向路过的人打招呼。每个人脸上都写满忧郁，全国都是这样，这是多年来美利坚合众国第一次实现真正意义上的"合"，富人和穷人，共和党人和民主党人，甚至是共产党人，在大多数情况下，想的是国家，而不是自己。街上的人互相看对方的眼神带着一种新的共性和觉悟。干涉主义论者和美国第一论者之间的激烈争吵如今已毫无意义。当然，也有例外，有些人幸灾乐祸地盼着能发一笔战争财，有些移民对自己国家的命运比对美国的命运更为关心，但这都只是极个别的现象。全美国 130 000 000 的公民几乎全都接受了全面战争。马克也不例外，与几百万其他年轻人一样，瞬间爱国热情澎湃，急着想上阵拼搏。他之所以选择海军陆战队，是因为他们总是冲在最前面。他的流浪经历和战斗差不多，他觉得这是自己的优势。

海军陆战队征召新兵的军士①高高瘦瘦的，帅气的蓝裤子两侧，从上到下各镶着一道红色的条纹，他有着十八岁般的体格，但头发已经花白了。他轻快地走到马克面前。他的左手是黑色的，他给马克采指纹时，马克细看才发现，那是用某种橡胶材料做的假肢。马克一直以为体格健全的人才有资格进海军陆战队，心中不免纳闷，这个人是怎么被录取的？

这名军士把马克带到旁边的海军征兵办公室。他在这里接受了体检，还回答了一些令人尴尬的问题，比如："最近一次性交是什么时候？"马克注意到他前面的三个毛头小子都回答得很有男子气概——"昨晚"，虽

---

① 美国陆军军士（sergeant）是低于军官高于士兵的一等军衔称号。

然这三个小家伙很有可能还是处男。

快到上午十点的时候,军士说:"安静!总统要讲话了。"他打开收音机,不一会儿,大家都激动起来,大多数的美国人也都激动起来,他们听到那个熟悉的声音在说:"昨天,1941年12月7日,成了国耻日。美国突然遭到了日本帝国海军与空军的蓄意攻击……"

体检后,军士领马克出去吃中饭。马克已经把身上的钱都给了波仔,军士咧嘴一笑:"孩子,这顿饭海军陆战队出钱。"他们进了一家小餐馆,军士点了些吃的,还给马克叫了一个盒饭,让他带着在路上吃——他一会儿要去圣地亚哥新兵训练营。吃饭的时候,军士讲起了自己在尼加拉瓜和中国站的服役经历,字字句句流露出自豪。他说他这件蓝色上衣上的三条金色V形臂章代表他的军衔,袖子上有两条金色的军役袖章,每一条表示服役四年,他还有一枚紫心勋章①,这表示他曾经负过伤,他还有四条励表,中国一条,尼加拉瓜一条,优良表现一条,马克很好奇第四条——蓝色上面点缀着七颗星——代表什么。等军士离开去拿空白申请表的时候,他那个脸上沟沟壑壑但透着硬朗之气的副手说:"孩子,那是荣誉勋章。"这是海军陆战队队员的最高荣誉。"他在尼加拉瓜对抗桑地诺②政权的战役中荣获了这枚勋章,他抓起了一枚快爆炸的手榴弹,救了全班战友,失去了一只手。海军陆战队会照顾好自己人。"

听到这番话,马克自惭形秽,第一次感觉自己加入了一个特殊的兄弟会。

独手军士看了看马克填好的申请表,虽然斐陶斐荣誉学会会员这一点他很欣赏,但一连串的监禁服刑经历和曾经加入过共产党这事让他很担心。马克向他解释说自己已经出于反感退出了这个党派,被判刑是因为他扒火车和擅闯私地。军士听完,递给他一张新的表格:"这些个破事一个字都不要提。"

马克吞吞吐吐地问能不能让他去欧洲,他没有提自己会说流利的日

---

① 紫心勋章(Purple Heart),诞生于美国独立战争,是第一种向普通士兵颁发的勋章。
② 奥古斯托·塞萨尔·桑地诺(Augusto Cesar Sandino),尼加拉瓜反美游击队领导人。

语，担心会因此被派去太平洋战区当翻译。

"在新兵训练营跟他们说就行。"大名鼎鼎的海军陆战队 6 团已经在冰岛开练，他们无疑会是第一批迎战纳粹的美国人。

马克和其他的新兵走进另一个房间。锃亮的桌子后面坐着一个神情严厉的男人，他的身后有两面旗，右边是星条旗，左边是海军陆战队军旗。这一位胸前满是勋章，领子上佩着金银色的锚和地球，两边肩上各缀着一片银色的橡树叶，表明他是一名中校。

"你们谁还有疑虑吗？"他问。没人说话。他又说："你们即将加入一个大家庭，成为一名海军陆战队一等兵。请举起你们的右手，跟着我宣誓。"

他们从办公室齐步走出来时，马克的内心充满了自豪感，他是海军陆战队队员了。

那天早上，弗洛斯被联邦调查局一个板着脸、西装笔挺的年轻特工叫醒。他通知她，户田正和其他官员一起被软禁在日本大使馆，她可以去买东西，也可以出去散步，但必须在联邦调查局的监控下才可以去做。他解释说，民众的反日情绪高涨，总统先生采取这样的措施，重在保护而非限制人身自由。

"正雄能去幼儿园吗？"

"这么做不明智。"他说。她没有反驳。

三个人倒是真的一起去买了点东西，后来，还让正雄在附近的一个公园里玩了一会儿。他惊愕地奔向弗洛斯："妈妈，你看！"日本赠送给华盛顿的一棵樱桃树被砍成了碎片。他又问："谁弄的？"

"某个傻瓜。"弗洛斯转向陪着他们的特工，"我什么时候能见我丈夫？"

"我不知道，夫人。"

"我能给他打电话吗？"

他真的很同情："抱歉，夫人，这事急不来。"

她的父亲正在给罗斯福写信。他在信中说,虽然美国的专家嘲弄日本宣扬的泛亚主义是赤裸裸的宣传,但在东方,这的确是一种相当普遍的思潮。"所有亚洲人在内心深处都觉得白人是(或者可能是)他们共同的敌人,就连我们的盟友,比如菲律宾和中国,都在暗中看我们如何对待我们自己的黑人和东方人。"世界各地有色人种暗中抱团的形势愈演愈烈,"大多数白人都没意识到或者没察觉到可能会形成一种基于种族肤色的全新联盟。相信我,总统先生,亚洲人知道这点。是时候采取行动了,我们应该摒弃种族歧视的负担;否则,我们会在国内就被瓦解。请原谅我这么直率,但是那帮有种族偏见的人叫嚣对西海岸的日本公民实施监禁,让我实在很担心。"

他的儿子威尔已经在马尼拉城墙围抱的城区维多利亚大街1号麦克阿瑟的司令部报到。他买了一套夏季军服,在一个单身军官宿舍里安顿下来,还礼节性地拜访了甲米地的海军基地。他还没从那场狂轰滥炸中缓过神来,但令他宽慰的是惊魂未定的绝对不止他一人。他很快就结识了一个哈佛的校友——一名海军少校;而且,当天晚上,就已经是军官俱乐部里一个受欢迎的来客。大家在聊的话题主要是那场大乱:有珍珠港前车之鉴,麦克阿瑟居然还如此麻痹,让克拉克机场毫无防备地遭受袭击;空军的心脏,包括大多数轰炸机,被完全摧毁。

"我听说,那些飞行员有了个新的口号:'他妈的鱼雷!快逃吧!'"其中一名海军军官说。

威尔一直没说话,他本可以讲讲克拉克机场一整夜几近恐慌的状态,但他忙着在脑子里做记录,准备向马歇尔做首次汇报。第二天,12月10日上午,威尔回到陆军司令部。他通知麦克阿瑟的参谋长萨瑟兰将军:马歇尔将军授权他向麦克阿瑟保证,会将一切能提供的物资运送给他。萨瑟兰带着一丝可能是嘲讽的笑意回答他,他们刚刚收到马歇尔的无线电报,要麦克阿瑟将军放心,战争部绝对信任他。

威尔正和几个陆军军官在海湾附近的马尼拉酒店吃午餐,忽然听到飞机飞过来的轰鸣声。所有人都冲到外面,正好看到机翼上带着旭日标志的轰炸机从头顶掠过。有人数了一下,说总共二十五架,还有人说是二十七架。炸弹开始一枚枚地落下,城郊冒起了烟。"尼科尔斯!"有人大叫起来。他们在攻打战斗机基地。然后传来一阵高频的呜呜声,一大批"零式"战斗划过头顶去袭击尼科尔斯机场。

马尼拉的教堂钟声响了起来。没多久,另一组轰炸机从北方逼过来。"它们是冲着我们来的!"威尔大喊。大伙儿四下散开,各自找地方躲避,然而这时,飞机却突然向右一转,开始往停泊在马尼拉湾的舰船扔炸弹。

第三个大机群组成一个巨大的 V 阵形飞越科雷吉多尔岛①向他们逼近。威尔惶恐地看着这些飞机飞过甲米地,没有袭击它,然后突然间掉头往这个海军基地投放炸弹。甲米地三英寸②高射炮向飞机开火,但火力高度远低于高空中的轰炸机。海军基地一片火海。威尔默默祈祷这火千万不要烧到弹药库。就在这时,风向突然一转,火一下子蹿得老高,但所幸没有引起大爆炸。

那天下午,威尔借助他那本小小的密码本发了第一份报告。他大致讲了讲轰炸的情况和估计的损失,还汇报了他了解到的关于克拉克机场溃败的情报。麦克阿瑟的空军司令布里尔顿将军在得知珍珠港遇袭后曾想用他的"空中堡垒"去轰炸福摩萨的高雄港,但麦克阿瑟否决了他的提议,说不能先公然动手。在陆军信息中心发出电报后,威尔很沮丧,这场战争好像一切都乱了套。

第二天上午,马尼拉一片欢欣鼓舞,昨夜仁牙因湾有一场大捷,方圆几英里都听得到陆炮的巨响。日本人企图强行登陆,但菲律宾陆军第 21 师击沉了大部分的登陆艇,浮尸把海湾都堵住了,海滩上到处都是日本人的遗骸。

威尔在维多利亚大街 1 号麦克阿瑟的司令部没打听到什么,但那天晚上得知《生活》杂志的摄影师卡尔·迈登斯去了趟仁牙因湾,没发现海滩上有任何残骸和尸体,只看到一些士兵在晒太阳。迈登斯揭露这是场骗

---

① 科雷吉多尔岛(Corregidor Island),一个只有 8 万平方米的小岛,位于菲律宾马尼拉湾口的海洋之中,是马尼拉湾的咽喉重地。

② 英寸是英制的长度单位,1 英寸≈2.54 厘米。

局,虽然炮弹轰了好几吨。然而,马尼拉的早报头版刊登了"目击者"的描述,麦克阿瑟的新闻官迪勒少校亲口证实了这场激动人心的大捷。他向记者分发了一份详尽介绍这场胜仗的通告。其他记者都赶去发稿,但威尔发现迈登斯把迪勒叫到一边,听到他在反驳:"哥们儿,我刚刚去过仁牙因,那里根本没打过仗。"

迪勒指着他刚刚宣读的那份公报:"这上面说有。"

除了威尔,谁都没留意迈登斯。司令部里洋溢着胜利的喜悦,这不仅因为又有重大胜利,而且还出了美国的第一位大英雄——科林·凯利上尉。他击沉了日本"榛名"号战列舰,壮烈牺牲。

东京的日本海军司令部正在嘲笑麦克阿瑟的两份公报。没有一艘日本战舰在仁牙因湾,而"榛名"号在被科林"炸毁"的当时正在1500英里外的暹罗湾,科林的其中一枚炸弹击中的只是一艘大型运输船,而且那艘船所受的损伤并不严重。

## 2

几天后,弗洛斯接到一个电话,对方告诉她户田正马上会被带回来,但必须一早就返回大使馆。这个一本正经的声音还说,她也可以跟他一起回大使馆。她挂断电话,心里已经做了决定。但疲惫不堪、郁郁寡欢的丈夫回来后指出这意味着她和正雄都得陪他一起回日本。

"当然。"她平静地说。

他抓住她的两只手:"你不明白,日本会被彻底击败的。"

"我知道。"

"那边的生活很快就会变得很惨,所有的日本人都一样。想象一下,作为一个敌人在那样的环境中生活会有多难。"

"我不是敌人!"

"你知道我的意思。我们在东京的邻居会憎恨你。"

"我们必须和你在一起,正。"

"正雄有一半的美国血统,会被他们嘲笑的。"

她摆出一副大无畏的表情:"我和正雄会照顾好自己的。"

"但如果他们发现我参与了给天皇发电报那件事呢?你可能会进监狱的。"

"如果,如果!如果明天陨石撞过来怎么办?我们跟你走,就这么定了。"她又开始反对,"我曾祖母曾经是移民来南达科他州定居的先驱,她有九个孩子,而我只有一个。"

这场争论就这么结束了,但那天夜里,正根本睡不着,他叫醒弗洛斯:"你可以去威廉斯敦你父亲那里。"

"那比东京还糟。"她亲了亲他,翻过身继续睡。

菲律宾的形势日益危急。12月21日,一艘美军潜艇证实一支大型舰队正在逼近仁牙因湾。凌晨两点,四万多日军中的第一批开始从最前头的一艘运输船上下来。他们的指挥官本间雅晴①中将焦急地等着岸上的火力报复,然而,唯一的噪声是登陆艇撞击运输船发出的声音,唯一的敌人是大浪。

马尼拉的麦克阿瑟正在通过无线电向马歇尔申请空军和海军支援。金梅尔的太平洋舰队不能把战斗机运到菲律宾海域吗?"会有这样的支援吗?"这不可能。太平洋舰队在珍珠港遇袭后已经乱了套,但即便状态完好,也不可能这样瞎冒险。

本间的部队在几天内击溃了菲律宾的两个师,这两个师没什么战斗经验,他们企图用步枪和不断卡壳的老式水冷式机枪来抵挡武器精良的日本军队。靠着所剩无几的海军、空军残部,麦克阿瑟无法按计划把敌人阻截在海滩上,他的部队不得不考虑转而启用橙色-3战斗计划,这个老方案主要是为保卫马尼拉湾而制定的。抵御日军的地面部队将逐渐向巴丹半岛撤离,在那里,他们至少可以守半年,届时,美国海军的增援也该到了。

第二天上午,又有坏消息传来。一夜之间,又有二十四艘日本运输船

---

① 本间雅晴(Honma Masaharu),日本帝国时代陆军中将,英国问题专家,诗人将军。

抵达马尼拉东南方向六十英里外的拉蒙湾。"我们现在是被两面夹击了。"和威尔一起吃早饭的一名陆军中尉沮丧地说,"我听说头儿准备叫帕克把他的两个师从吕宋①南部撤出来,去巴丹。"他说这意味着南部的这场仗还没开始就结束了。两个小时后,这个预言成真了。中午前,麦克阿瑟的参谋被紧急召集起来开会。当他们垂头丧气地从房间里走出来时,中尉看到了威尔:"萨瑟兰跟我们说司令部今晚要迁到科雷吉多尔岛。"这是马尼拉湾入口处的要塞小岛,中尉又说:"我们可以带上野战装备和一个行李箱或者一个铺盖卷。祝你开心!"

谈话被越来越响的飞机轰鸣声打断。有人大呼:"空袭!"警报狂啸。威尔冲到外面,正好看到一枚炸弹击中玛斯曼大楼,海军司令部所在地。很快,整个港区都燃起了大火。几个街区外,一辆电车冲进了一幢大楼,轨道在后面卷了起来,那样子十分怪异。水泥和石块粉碎后形成的滚滚尘土与黑烟融合,要把整片区域都笼罩进这死亡的大幕。

威尔想再发一份报告给马歇尔,但信息中心在忙着撤离。他打算走到大使馆去碰碰运气。街道被军车和征用的矮墩墩的菲律宾公交车堵得水泄不通,车上载满了垂头丧气的士兵和物资。车辆排成长龙在烈日下缓缓爬行,每辆车都在朝北方开,那是巴丹的方向。他发现大使馆里也是一片混乱。大家心烦意乱地跑来跑去,好像都在执行什么极其重要的任务,没人有空来应付他,他看得厌烦,转身离开。在林荫大道上,威尔认出了吉普车上的一个陆军航空部队的熟人。他要去麦金利堡,那里眼下是空军司令部,他说可以载威尔一程。然而,他们发现这地方一片慌乱,谁都不知道发生了什么事。威尔被一个满腹牢骚的上尉拉住,硬着头皮听他数落大佬:"他们自己急着开溜,留下我们光屁股对着风。我们剩下的这些人应该搭运输船走的。走得了才怪!"说是这么说,他还是匆忙跑去收拾东西,以防万一。

威尔和他那个陆军航空部队的熟人又开车回到了维多利亚大街。一个参谋把威尔拉到一边,偷偷嘱咐他在天黑前赶到码头,他们要搭乘一艘

---

① 吕宋(Luzon Island),菲律宾北部的岛屿。

汽轮去科雷吉多尔岛。威尔决定去,因为可以在那边发消息给华盛顿。他到码头后,终于找到了那艘汽轮——"唐·埃斯特班"号。一个小时后,其他人开始陆续到达,大家都带着行李箱或铺盖卷,威尔这才意识到自己的东西都落在了维多利亚大街。最后,麦克阿瑟将军也到了。轮船横穿海湾驶向仅三十英里外的那个蝌蚪形状的小岛科雷吉多尔岛。天很快就黑了,明月当空,温暖宜人。威尔和其他人坐在甲板上。大家很小声地在交谈。他们能看到,在后方,甲米地基地的几个油库燃起了大火。威尔心想,总算有人在做有用的事了。

"圣诞快乐!"黑暗中传来一个声音。

早上发完电报后,威尔仔细察看了一下这个小岛。他听说它被称作"磐石",还真是恰当,这就是个天然的防御工事。站在这只蝌蚪的主体上,他能看到马尼拉,有些地方还在冒烟。他转向左边,目光投向下方蝌蚪的尾巴尖,发现它与海面齐平。岛上有一个很小的简易机场。北面仅三空里外,他能依稀辨认出巴丹半岛最南端的海岸;再过去,几座壮观的圆锥状高山巍然耸立,他猜那可能是死火山。

科雷吉多尔岛最高处海拔五百多英尺,凉风习习,但在海平面处的人很可能热得直冒汗。他明白为什么麦克阿瑟会来这里。这个小岛像一根骨头一样支在海湾的咽喉处,只要控制了它,就控制了马尼拉湾。他沿着曲折的公路走下去,发现一批伪装得很好的大炮架在岩体上凿出来的水泥炮台上。在路的尽头,他看到了前一晚登陆的码头。他在平地上走了几百码①,来到一个硬岩质的大山包前,一个士兵告诉他这是马林塔山。威尔看到一个大大的隧道口,得知隧道里面有很多旁支,造得很巧妙,可供10000人在这阴湿的地窖里躲避炮火。隧道里正在搭设办公室。

他还听说,将军住在隧道另一头,一英里外的小屋里。那个圣诞节的上午,麦克阿瑟就在那里冥思苦想。没有空军支援,也没有海军支援。真是屈辱。

---

① 码是英制长度单位,1 码≈0.91 米。

3

位于马萨诸塞大道的日本大使馆内,圣诞节的气氛不是很浓郁。看到楼下大厅里亮起了一棵巨大的圣诞树,孩子们很开心,而他们的父母则在为日本和自己接下来将要经历的苦难发愁。户田一家在他们的小房间里单独庆祝圣诞,正雄拆礼物时的心情也跟这个国家的几百万其他孩子一样,满怀期待与喜悦。"我爱圣诞节。"他说。

两天后,有人叫他们收拾行李。接下来要去弗吉尼亚温泉城的一个酒店。他们会被拘禁在那里,直到能跟在日本的美国外交人员进行交换。大使和几名高官会有专车送到火车站,其他人得乘巴士过去。一群人聚集在大使馆门外,冲着排队上车的人叫嚷。日本男人在上车前,摘下帽子,对着大使馆深深鞠躬,招来又一阵讥讽。弗洛斯催正雄上车,人群中有几个人发现她不是日本人,开始大声辱骂她。

他们在联合车站下车时,情况更糟。这里的人群叫得更起劲,四面八方都有照相机冲着他们噼里啪啦地打着闪光灯。便衣推开人群。最后,他们终于上了火车。火车朝南开去,车轮的咔嗒咔嗒声和火车的运动让弗洛斯安心了些,正默不作声,漫长的回国旅程才刚开始。日本那边又会怎么迎接他们?等待他们的又将是什么?

**马来亚** *1941 年 12 月 29 日*

正的弟弟胜吾在和辻政信中佐庆祝又一场胜利。他们几乎不费一兵一卒就拿下了战略重镇怡保①,现在已经快攻到马来联邦的首都吉隆坡。辻政信现在对他们的战略信心满满。一切都在照计划进行。在这几天里,他还在做一件同等重要的大事:对精心物色的青年军官进行政治和道德教化。他和胜吾挨个走访前线分队,总是趁着晚上的休息时间,把一些曾经流露出这种想法的人聚集起来,一边喝着从英国人那里缴获的威士

---

① 怡保(Ipoh),马来西亚霹雳州首府。

忌,一边向他们讲述从前的事。辻政信每次都让胜吾找一处偏僻的地方,比如橡胶园里的僻静地,然后,大家围着一小堆篝火,辻政信会讲述西方人在亚洲强取豪夺的漫长历史,讲述英国人、荷兰人和葡萄牙人何等傲慢。他告诉他们,为遏制日本发展为工业强国,美英中荷结成四国联盟,形成封锁之势将它包围,截断燃料输送。这些话胜吾已经听了许多遍,但辻政信情绪激昂地摆事实讲道理,总是能把他感染得热血沸腾。

要是胜吾知道他的这个上级还暗中与某些军官秘密会面,他一定会反感,幡然醒悟。这些重点培养对象都怀着极端的想法,坚信攻占马来亚只是解放全亚洲的第一步。辻政信对他们说,等到所有国家都解放了,下一步就该惩罚那些与红毛鬼狼狈为奸的叛徒,这些人也必须赶尽杀绝,以儆效尤,只有这样,亚洲才能真正归还到亚洲人手中。辻政信告诉他选的这批信徒他们的祖先是如何涤清在长崎蔓延的基督教毒患的,当地的日本基督徒连同葡萄牙教士又是如何被施以火刑、水刑和被钉上十字架的。"残酷无情!"他大声感慨,"我们必须下定决心准备好效仿我们的祖先!"在摇曳不定的火光中,复仇的念头令他面容扭曲。在听的人眼里,他仿佛是神,他们怀着满腔热忱,一心要投身于他的改革运动。

到了 12 月底,辻政信已经身心俱疲。胜吾一个劲地劝他多休息,但是离新加坡越近,他越来劲。他脸越来越瘦,深邃的双眼似乎有火在燃烧。他很暴躁,容不得一点小错。他坚持要留在前线,这样就能盯着进攻的部队,把他们逼到极限。

## 巴丹　1941 年 12 月 31 日

这场仓促组织起来的往巴丹半岛的迁徙演变成了一场噩梦,南北两个方向都有军车涌进来,车队长龙望不到头。巴丹基地几乎没几个宪兵,交通状况就这样一直处于混乱之中。大家都急着赶路,一路上撞坏的车辆数不胜数,随处可见停滞不前的长龙。这就够乱了,再加上数千名被本间火速推进的部队追着逃命的惊惶的平民,他们赶着牛车、马车,开着破旧的汽车。没人去拦他们,虽然原计划要求巴丹半岛上所有的菲律宾人统统撤离。村民们不知道出了什么事,茫然地盯着卡车、汽车和炮车组成的源源不断的车阵轰隆隆地驶过他们村里的泥路,为竹屋覆上了一层厚厚的尘土。

威尔在科雷吉多尔岛已经没料可掘,他得到批准,搭乘一艘海军汽艇去马尼拉。那天下午,他发现这座城市也是一片恐慌,甚至更严重。主干道上挤满了开往巴丹半岛的南吕宋军的卡车和炮车。

老百姓扛着或用手推车载着大包小包四处逃窜,有些人跟在军队后面,有些人则往反方向走,看情势那个方向现在似乎安全得多。威尔徒步走向维多利亚大街1号,他的手提包就落在那里。看到空荡荡的司令部大楼,他惊得倒抽了口凉气。没有家具,没有文件,就连灯也没了,什么都没留下,除了几堆纸和垃圾。他走进男厕所,这里也被拾荒者扒得一干二净,洗脸盆上装的配件全没了,马桶座圈也不见了。他想要冲小便池,但没有水出来。他上楼去作战指挥室,尽管确信自己的东西也和其他所有值钱的东西一样,已经没了。办公室被洗劫一空,除了一些没用的废物和纸张。他惊讶地发现他的蓝色手提包竟然还在,鼓鼓囊囊地立在那里。他总算可以用自己的剃须刀和剃须膏刮胡子了,还可以换上干净的内衣裤。

天已经黑了,威尔觉得睡在这幢被废弃的大楼里会安全些。在往地上铺纸准备打地铺时,他想起马克曾讲过在货车车厢里睡在包装纸上的经历。他没特别当回事,但当他辗转反侧,体验到那种不舒服的感觉时,他开始纳闷:马克到底是中了什么邪,才会主动去找这样的罪受?他挨过午夜,又等了几小时,才离开这幢鬼楼。外面黑漆漆的,在这片被墙围起来的老城区,听不到一点声音,他似乎成了地球上的最后一个人。他听到远处有卡车声,于是加快脚步奔向海湾。几辆熄了灯的车在往北跑。他快到林荫大道的时候,一支轿车和卡车组成的车队驶了过来。他猜这又是南吕宋军的部队。他冲着一辆卡车招手,它没有停,但一辆又脏又破的轿车开到他身边,打开了后车门。

"上来吧,孩子。"有人说。

威尔和后座的两名军官坐到了一起。

"不知道一个脑子清醒的人怎么会愿意跟着我们跑。"他旁边的这名军官乐呵呵地说。然后,他介绍自己:"琼斯,我负责这支部队。"威尔听说过这名准将,他刚刚接管这支南吕宋军,传言说他是个暴脾气的威尔士人,西点军校出身,总是有法子照自己的路子来行事。

他们要北上去二十英里外的一个小镇。"刚刚接到通知,要我到那里拦截日本人。靠什么?"他不满地抱怨。沉默了一会儿,他转向左边的同伴:"瘦子一定出事了,他应该在那边顶一个星期的,不该这么早南下来巴丹。"威尔知道,"瘦子"指的是温莱特将军,北吕宋所有部队的指挥官。

一个小时后,司机选了一所校舍当琼斯新的战地指挥所。第一缕晨曦呈现出一个典型的菲律宾小镇。琼斯研究了一番铺在大桌子上的地图。菲律宾两个师的余部正赶过来,本间的部队紧随其后。这批逃过来的残兵最前头的一拨说是已经到了此地以北几英里的地方。"尽量把他们都用起来。"琼斯指示手下。他派出自己的一个营在那条路上横跨布阵,正对北方。

在威尔看起来,琼斯面对的是不可能完成的任务,但这位将军用兵如神,黄昏时分,进攻的日本军队已被逼退。威尔大为折服,他看着紧张了一天的将军慢慢放松下来。"除了等待和希望,现在已经没什么可做的了。"琼斯说,"出来透透气吧。"他们走进夜色里,小镇看起来空无一人,听不到任何战斗的噪声。皎洁的月光洒在一座喷泉上,琼斯迈步走过去。他安详地仰面躺在石板上,手臂枕在脑袋下,凝视着璀璨的夜空。威尔坐在他旁边,双手交叉放在双膝上。空气中弥漫着一股鸡蛋花的奇香。他们能听到远处卡车的隆隆声,这些从马尼拉过来的车辆正驶向巴丹半岛。"我们的人。"琼斯轻声说。"他们都能安全抵达吗?"不一会儿,这位将军坐起来,咧嘴一笑,"你觉得乔治·马歇尔会喜欢今天这样的日子吗?"

"我想他会的,长官。"

在科雷吉多尔岛上他的那间小屋里,麦克阿瑟正在看马歇尔发过来的一份电报:为什么奎松总统①没来美国建流亡政府?麦克阿瑟想了几分钟,然后用铅笔写下了答案。要撤离菲律宾总统,无论怎样做,都存在

---

① 曼努埃尔·路易斯·奎松(Manuel Quezon),菲律宾联邦共和国第一任总统。

巨大风险；而且，他离开"会摧毁菲律宾军队的士气"。麦克阿瑟绝大多数的兵力是菲律宾人。"鉴于他们的努力，美国必须坚决给予支持，否则就羞愧地退出东方。"他在纸上匆匆写下这段话。是不是过于强硬了？不，只要能让弹药大楼采取行动，怎么说都不为过。

他走上一个斜坡，想要看一看马尼拉。眼前的城市一片黑，除了几处火。麦金利堡肯定还在烧，还有尼科尔斯机场、尼尔森机场和甲米地。烧得最旺的可能是潘达肯油库。真是暴殄天物！但绝对不能给日本人留一点东西。敌人就在城门口。这座城市，曾经是那么美。他想知道马尼拉酒店是不是已经被炸毁。菲律宾政府给他的那套七个房间的顶层豪华套房是不是还完好无损？

麦克阿瑟慢悠悠地走回小屋，刚进门就接到报告，心情好了些。看样子，本间真的被他糊弄了，他的许多部队也许可以逃进巴丹。下令撤退是很丢脸，但这意味着这仗还是会继续打下去，直到华盛顿派来增援。

陪着琼斯将军进巴丹后，威尔又被派到"瘦子"温莱特的司令部，温莱特负责两支巴丹守军的其中一支。麦克阿瑟坐镇科雷吉多尔岛指挥这两个兵团。1942年1月7日，15000人和45000菲律宾军人已经准备好抵抗日军的第一波攻击。麦克阿瑟得坚持六个月，这几乎是不可能实现的，因为这批菲律宾人中只有一万是菲律宾精锐师的专业军人，其余的几乎完全没有受过训练。

好在巴丹的大部分地区都是高山和密林，便于隐藏防守据点，不易被敌人从空中侦察到。这个半岛宽十五英里，长三十英里。岛上只有两条路。主干道沿着平坦、多沼泽的东海岸一路延伸；另外一条是狭窄的鹅卵石路，横贯巴丹半岛，像一条带子一样穿过夹在两座巨大的死火山中间的峡谷。

麦克阿瑟计划把主阵地放在这条鹅卵石路以北大约七八英里的地方。这是一个战略要地，它以纳蒂布山为核心屏障，这座火山地势极为陡峭，易守难攻，敌人根本无法通过，只需要在它左右两翼布防即可。

温莱特负责防守左翼。威尔之前看到进入阵地就位的士兵们一个个步履沉重,筋疲力尽,垂头丧气,不到四十八小时,见他们已经恢复了斗志,他也感到振奋。食物和休息创造了奇迹。他心里终于有了几分乐观。他借了辆吉普车,沿鹅卵石路开过去探访帕克少校指挥的右翼。

等威尔回到位于半岛另一边的温莱特的司令部,天已经黑了。吃晚饭的时候,没人垂头丧气,他们做好了坚持到底的准备。温莱特在威尔对面坐下来。"先生们,明天早上会有一位客人,麦克阿瑟将军要来看我们。"他转向一位少校,"他希望每一位将官都到场。"

这是一星期以来头一次,威尔一觉睡到有人把他推醒。吃早饭的时候,温莱特建议他加入第1兵团的将官队伍。"我相信道格拉斯一定会很高兴看到你还活着。"这一小队将官来到鹅卵石路西端边上的一块空地。过了一会儿,四辆轿车从帕克的防线那个方向开过来。麦克阿瑟从一辆福特上下来,快步走到温莱特跟前。"乔纳森,"他亲切地说,"我很高兴看到你从北部安全撤离。你部成功撤退并掩护南吕宋军撤退,这功绩足以载入史册。"

这些话在威尔听来像是在演讲,他甚至以为麦克阿瑟会给温莱特别上一枚勋章。他注意到后者脸上疑惑的表情,似乎在纳闷自己是不是当得起这么高的赞誉。

"你的155毫米火炮呢?"

"走,我们去看看。"温莱特说。

"我不想看,"麦克阿瑟说,"我想听。"

威尔心想,这句台词妙,应该放在电影里。

麦克阿瑟走向等候在一旁站成一排的第1兵团将官,和每一位都简短说了句话。看到站在后面的威尔,麦克阿瑟走过去握住他的手:"很高兴看到你还活着,年轻人。"然后他转过身去向全体人员致辞,表达对目前战况趋势的乐观和热情。

士兵们看着这场景,听不到麦克阿瑟说的话,但他们在嘲讽他潇洒的上衣、笔挺的裤子和平整的领带。其中一个说:"这瘦子看上去就像刚从散兵坑里爬出来。"温莱特和他的将官们身上的卡其布军服皱巴巴的,沾着泥垢、汗渍和血污。另一个人说:"防空洞道格这帮人,就像准备去参加舞会一样。"

麦克阿瑟对他看到听到的一切都很满意。下午准备离开的时候,他问威尔想不想跟他一起回科雷吉多尔岛。威尔接受了他的提议——马歇尔得知道巴丹的情形。看着巴丹半岛的海岸渐渐远去,他觉得自己有点像逃兵,但一进马林塔隧道,他就觉得自己的决定是正确的。上层要有麻烦了。奎松总统已经心灰意冷,不再幻想华盛顿能派救兵过来。"我听说他都快要气炸了,但好像麦克对此一无所知。"一名海军中校告诉威尔。

从巴丹半岛很快传来了令人不安的消息。温莱特的横贯半岛中部的防御阵地——阿布凯防线——虽然守住了,但压力越来越大。1月24日,又听说日本一个联队的兵力创造了奇迹——他们带着小型山炮爬上了纳蒂布山,现在已经到了美军防线的后方。关于防线被突破的传闻传遍了阿布凯防线。尽管守军拼命反击,但到了下午,情势已经很明显,他们的阵地守不住了。黄昏时分,部队开始撤退,通往后方的小道上挤满了军人,有的乘着车,有的徒步跋涉。没有月光,潜入的日本人又和菲律宾人身高差不多,可以轻松地混进这支南下的垂头丧气的队伍。然而,混乱中还保持着纪律性的队伍中并没有出现大恐慌,眼下大家最大的愿望是不要有炮弹落到这条小道上。

在科雷吉多尔岛上,麦克阿瑟正在草拟一份给马歇尔的电文。他损失了百分之三十五的兵力,要退守皮拉尔—巴加克公路——那条鹅卵石路——后面的一道防线:"这个位置是我亲自选定布防的,很安全。"接下来的二十四小时将决定巴丹半岛和美国远东部队的命运。

4

**马来亚** *1942年1月31日*

辻政信辗转于各个作战单位之间,靠激励而非威胁督促各部冲锋陷阵。他和胜吾让自己暴露在枪林弹雨中,仿佛子弹伤不了他们。这大大鼓舞了士气,士兵们纷纷表现出不怕死的劲头。对辻政信来说,现在似乎样样都顺。他头脑清醒,制定的战术能迅速奏效。

他有了一个新的口号:"速度,速度,速度!"虽然日军在兵力上吃亏,美军有二比一的优势,但他不断地敦促带队的指挥官不要巩固战果,不要重组,也不要等待补给。山下很明智,把权力下放,让辻政信自行决断。这些侵略者骑着自行车沿着马来亚的主干道一窝蜂地涌进来。什么都阻挡不了他们。桥断了,他们就抬着自行车涉水过河;水太深,强壮的工兵就扛起原木,让他们踩着过河。

得知受高温影响,自行车出现爆胎的情况,辻政信传话,那就光辘轳继续骑;咔嗒咔嗒的声音听起来像坦克,会让守军闻风丧胆。日军这样火速推进,也许只有辻政信一个人不感到意外。胜利从来都不会令这个"运筹之神"感到意外,只有失败才会。

到1月底,英国军队存活下来的一批人已经撤到了半岛末端。1月31日子夜,大部队已经过了连接半岛与新加坡的那条七十英尺宽的堤道。天刚破晓,风笛声划过,阿盖尔营残部九十个人步履轻快地踏上了桥,他们的指挥官殿后,他是从马来亚撤出的最后一个人。爆破小组在堤道上放置炸药。早上八点迎来一声沉闷的巨响,硝烟散尽后,站在一边的人看到水从一个大口子涌出来。"新加坡要塞"安全了,日本佬过不来了。这个岛东西跨二十六英里,南北十四英里。大部分的居民集中在岛南端的城市里,岛上也有几个分散的小镇,但其余地方都是橡胶种植园和丛林。珀西瓦尔将军决定在海滩上阻击敌人。从理论上说,他是有优势的:日军只有30000人(他还以为是这个数字的两倍),而他有85000人。然而,在这些人中,15000人是非战斗人员,其他的很多都没受过严格训练,也没有像样的武器。但日本佬要想渡过柔佛海峡攻过来,可没那么容易,必定得遭受重创。

山下把他的司令部安置在绿宫,一幢高高的砖瓦建筑,人站在上面,可以俯瞰横跨柔佛海峡的堤道。战地指挥所设在一幢五层高的观测塔的顶楼,有战略视野优势,可纵览新加坡岛北岸。一名军官反对,说这会让他们成为靶子,但辻政信说:"凭英国人那点想象力,绝对想不到我们这么不要命。"

山下笑了:"我敢肯定,英国人的政策也不允许他们轰炸一幢这么精美的建筑。"

开阔的视野让辻政信受到了启发,那天晚上,他彻夜未眠,靠着胜吾给他沏的一壶壶茶撑着,通宵制订作战计划,他要让木讷的英国佬措手不及。他猜测对方会把实力在滩头防卫中和盘托出。因此,这个计划不仅需要打破常规,而且还必须不计代价硬上,在最初的两天时间里决定胜负。胜吾认同他的想法。

反复斟酌之后,辻政信做了决定:"我们用两个师团在堤道右侧发起主攻,夜里行动。"

一早,辻政信就汇报了他的计划。山下表示赞成。辻政信说:"要想成功,必须绝对保密。"两个师团悄悄就位的同时,柔佛海峡十几英里范围内的居民必须统统撤离。

山下把四十名师团指挥官和高级军官召集到附近的一个橡胶园里。辻政信和胜吾看着将军向大伙儿宣读进攻指令。他的脸红彤彤的。每个人的水壶盖里倒上了仪式专用的酒——"菊正宗",他们按照传统,祝酒干杯:"这是块宝地,我们一定要把它拿下,就算死在这里也值了。"

5

在科雷吉多尔岛上的威尔,求战心切,已经等得心烦气躁,他刚刚上了一艘海军汽艇,准备去巴丹半岛。新的防线已经设好,还是分成两路指挥,温莱特负责守半岛的西半边,帕克守东半边。

威尔在巴丹半岛岛尖上的马里韦莱斯小镇下了船。一个水兵坐在一辆破破烂烂的轿车里在等他。车子载着他沿着东海岸公路行驶。看到阿布凯防线一役溃败的幸存者经过休息已经恢复了战斗状态,他信心大增。随后,车子折回马里韦莱斯,到了半岛的西边。温莱特正和几名军官在商议。他看上去比先前还要憔悴,但目光敏锐犀利。他抬起头微笑着说:"很高兴又见面了,上尉。安顿好马上过来聊聊。"

第二天早上,威尔随温莱特将军和他的副官驱车去前线。他们视察了几个连的指挥所,跟各班班长和士兵聊了聊。返回途中,炮弹落下来砸在小路两边。车子猛地一晃停下来,所有人都跳进了散兵坑里,除了温莱特,他坐在一排沙袋上和一名步兵上尉说话。

威尔在散兵坑里惊奇地看着将军在那边聊个不停,仿佛这不是战场,是弹药大楼。敌人停火后,威尔说:"长官,你不觉得那样冒生命危险有点犯傻吗?"

将军嘴角一歪笑了笑。"威尔,"他慢吞吞地说,"我们能拿出什么来给这些兵?食物?弹药?我们什么都给不了这些可怜的家伙,除了士气。这就是我天天往一线跑的原因。"

一个多星期以来,威尔一直在半岛两边跑,与官兵们交谈,这里面不仅有美国人,也有菲律宾人。其中最有意思、最有见识的,杰斯·维拉莫尔算一个,他是菲律宾军中唯一的一张王牌。他们是在某个炎热的上午在马里韦莱斯附近一个简易机场认识的。整个巴丹半岛就只有这么一个机场,这是一座小山包背脊上辟出来的一块光地,只能起降战斗机和侦察机。维拉莫尔刚刚主动请缨去航拍甲米地东南的那片区域。他解释说,"磐石"上的大人物需要这份情报,那一片有几架隐藏得很巧妙的日军火炮,一直在对科雷吉多尔岛狂轰滥炸。

"听起来跟去自杀差不多。"威尔说。

维拉莫尔苦笑着说:"我本以为他们会给我一架快一点的飞机,结果发现是一架 P-40,我在上面没法航拍。"他指着孤零零地停在跑道尽头的一架训练用的老飞机:"斯蒂尔曼 PT-11,达不到作战高度,也许最高几千英尺,没有机载武器,最高时速大概八十二英里吧。"

威尔惊呆了:"你会成为'零式'的活靶子的。"

"嗯,全体空军会护送我的。"六架 P-40 的引擎开始发动,这是菲律宾仅存的几架美国战斗机。"希望还能再见到你,上尉。"维拉莫尔说完,便跑向了他的那架孤零零的飞机。

威尔曾听过一些美国人嘲讽菲律宾人在战场上的表现,他真希望他们能亲眼看看维拉莫尔的小飞机轰隆隆响着滑过跑道,慢吞吞地向着护送他的机队攀升。威尔和一群人一起看着飞机在眼前消失,他们朝着空荡荡的天空张望,似乎过了很久,威尔才在东南方的树顶上方看到低空低速飞行的几架P-40护着下方一架飞得很慢的飞机。有人说:"天哪,他们放弃了作战高度。"突然间,传来一阵尖锐刺耳的呼啸,六架战斗机猛地俯冲下来。"'零式'!"航空情报官大叫起来。随即,爆发出一阵单调的机枪声。地上那一小群人畏缩的反应就好像子弹是冲着他们来的。一个被禁飞的飞行员挥舞着拳头大声叫骂。

威尔看到一架"零式"脱离机群扑向维拉莫尔的斯蒂尔曼。一通扫射就能击毁这架老飞机。维拉莫尔全速冲向跑道,那架快得像闪电一样的"零式"在后面紧追不舍。斯蒂尔曼的轮子轻轻点地,一侧的土喷溅起来。另一架"零式"像一只老鹰一样飞扑下来。当它靠近斯蒂尔曼的时候,维拉莫尔突然方向一转,避开了子弹。"他会失控的!"有人说。但不知维拉莫尔是怎么办到的,总之这架小型训练机被他稳住了。又一架敌机冲下来,一通扫射,维拉莫尔的右侧机翼的碎片划过座舱,飞机突然转向另一个方向,正当右侧机翼开始散架的时候,左侧的机翼也被击中。飞机冲向一个机堡,轮子刮擦地面发出刺耳的声音,斯蒂尔曼在飞扬的尘土中猛地停住——正好在机堡内。摄影师拿着胶卷从飞机上一跃而下,维拉莫尔紧随其后。为了躲避另一架"零式"的追逐,他们冲进了一片竹林。

没多久,战斗就集中在空中了。"零式"和P-40上下腾挪,闪转翻飞,上演了一场精彩的空战。群体混战穿插一对一近距离激战。威尔看得目瞪口呆。这就像第一次世界大战的情形。他能听到忽长忽短的机枪声,随着油门和气缸之间的负压不断攀升,P-40漫天乱窜。他真想冲着机身较重的P-40大喊——不要再往上爬了! 他看到其中一架正在攀升的P-40很快被一架"零式"超越,"零式"小,看起来宛如一只蝴蝶。机枪一阵快速扫射,P-40燃烧着从空中坠落,但其他几架P-40向着体形较小的对手扑过去,同时爆出两团火,两架"零式"一起旋转着双双坠落,简直像是经过设计的舞蹈动作。

最后,战斗终于结束了。维拉莫尔向上级汇报了成果。

"我们今天干得不错,"维拉莫尔告诉威尔。"我听说斯通死了,但我们今天干掉了他们四架。"然后,他又痛苦地说,他们终于知道怎么对付"零式"了,但太晚了。大多数战友都因为和机体相对轻盈的"零式"抢占高度,被击落了。

那天下午,威尔搭车前往帕克麾下的菲律宾师。他得知奎松的某个好友的儿子想和他谈谈。他花了两个小时才找到马蒂奥·多明戈少尉,一个离开法学院就为了参军的热血青年,他瘦瘦小小的,但挺结实。他冲威尔大吐苦水抱怨了十五分钟。"美国佬总是在骂娘,说要不是因为这个破国家,就不会有这场战争,他们不会被蚊子咬,也不会吃恶心的饭菜!"他的手下很讨厌美国佬傲慢的态度,"他们都觉得好的伙食都给了你们。况且,这场战争到底是谁的?我们把能给的都给了,然后被丢在这里等死。"

威尔总算有机会插一句话,问他能做些什么。

"你可以和我一起去科雷吉多尔岛,我把情况跟总统汇报一下。"威尔刚开口反对,就被他堵了回去,"我已经得到林将军批准,你可以向总统证实我说的是真话。"

"'我来证实你说的话'是什么意思?"

比威尔矮了差不多一英尺的多明戈抬头看着他,目光坦诚:"我们的人见过你,他们觉得你是同情我们的。"

"这没错,但——"

"我们只是希望你能实话实说——就你亲眼所见。"

威尔勉强答应了他,心里七上八下,不知道怎样才能避免惹恼麦克阿瑟。去马里韦莱斯这一路很无聊,威尔一直惴惴不安;可当他们登上一艘小渔船在暮色中出发时,不安感顿时消失,冒险的兴奋感油然而生。天上没有月亮,科雷吉多尔岛只现出影影绰绰一大团影子,透着神秘的气息。快到岸边时,海面变得欢腾起来。多明戈开始扒衣服。

"怎么了?"威尔问。

"渔夫不肯再往前了,他怕喜欢乱开枪的美国哨兵会冲我们开火。"威尔很不情愿地扒下自己的衣服,然后学多明戈的样往自己身上抹重油,他惊奇地看着他的小个子同伴把一个包捆在背上。"当救生圈用的,"他解释,"里面都是乒乓球,这东西美国人倒是给了我们很多。"

"乒乓球!"

他也递给威尔一个这样的包。"没有救生圈。"然后,他带着一丝歉意又加了一句,"抱歉,我不太会游泳。"

威尔惊讶得说不出话来。这人一定是疯了。他把那个包丢在一边,这东西只会是累赘。小船晃得很厉害。他猜想前面的水流一定很急。船停了下来,渔民挥挥手示意他们跳下去。威尔看看前面,离岸边差不多有一英里。他自己是个游泳健将,曾经一口气游过十英里横渡斯夸姆湖。他一只手抓着缠成一团的衣裤,一头扎进水里。这水比想象中冷。他回头看到同伴笨手笨脚地往船下爬,差一点把船弄翻。

多明戈的狗刨式不太管用,前进得很慢,一个大浪把他掀翻,闷得他喘不过气来。威尔扒拉了几下游到他身边。一个小时后,他们遇到了一股湍急的逆流,多明戈再次遇到了麻烦,威尔不得不拽着他游到五十码外平静些的水域。威尔心想,这小子真是疯了,胆量倒不小。多明戈张嘴要说谢谢,呛了水,威尔又得救他。最后,他们终于能听到海浪拍击海滩的声音。"别出声。"威尔在多明戈耳边轻声说。他们尽量不拍击水面弄出大的动静,慢慢地向岸边游去,直到双脚触到沙地。多明戈兴奋地指着前方——他们就在隧道入口。见附近没有人,他们把湿衣服拧干穿上,然后进了隧道,朝着奎松一家的住处走去。多明戈已经筋疲力尽,威尔不得不扶着他。几分钟后,他们在亮着灯的走廊里遇到了两个年轻女人。"妮妮!贝贝!"多明戈叫的是总统的两个女儿,她们一开始没有认出多明戈来。"你真是瘦了好多!"说这话的那位打开了她父亲房间的门。

"爸爸!看看是谁游到科雷吉多尔岛来了。马蒂奥·多明戈!"

多明戈向奎松敬礼,然后亲吻他的手以示对长者的尊敬。他介绍了一下威尔。总统叫他们俩都坐下:"你真瘦啊,马蒂奥。巴丹那边情况怎么样?"

多明戈的疲态消失了。"挺顺利的,阁下。"然后他说起了美国士兵和菲律宾士兵之间不断加剧的矛盾。

"你得了解美国人才能理解他们,他们暴躁粗野,但人家就是那样的风格。"他转过头,面对威尔,"我希望你听了不要生气。"

"不会的,先生。"

"但是,阁下,"多明戈争辩,"为什么他们的口粮比我们的好?为什不能一视同仁？我们只能吃鲑鱼和沙丁鱼,一听罐头三十个人分,一天两顿都是吃这个。"

"什么？"奎松又惊又怒。

"是这样吧,上尉？"多明戈转头看向威尔。

"是的,先生。"他承认。

"三十个人一听鲑鱼罐头、还有米饭加炼乳当早餐。"

奎松的目光转向尴尬的威尔,他不得不点头确认。这要是被麦克阿瑟知道了……

"混账！"奎松大声怒喝,"我一直被蒙在鼓里。"

就在这时,麦克阿瑟走了进来。威尔的心沉了下去,但他马上起身立正,多明戈也站起来立正。

"将军,这是马蒂奥,我的内阁大臣里戈韦托的儿子。"奎松说。

麦克阿瑟与多明戈握了握手。

"我还以为你在巴丹,麦格林。"将军没有伸出手来。

奎松呼吸变得吃力起来,多明戈扶他坐下。"马蒂奥,我希望你来跟将军说说你刚才告诉我的事。"奎松喘着粗气说。

马蒂奥在说的时候,威尔注意到麦克阿瑟身后的几个军官局促不安地动来动去,威尔看到其中一个狠狠地瞪了他一眼。

奎松转过头冲着将军说："我希望你能改善一下口粮。"

"绝对会的,阁下。"麦克阿瑟又握了握马蒂奥的手。"你很勇敢,办了件大好事,年轻人。"他瞥了一眼威尔。

"我是来这里给华盛顿发电报的,长官。"他说。

麦克阿瑟面无表情："上尉,下次试试巴丹的设施吧。要知道,我们已经在那里架设了电缆。"

"谢谢,长官。"

麦克阿瑟和他的手下刚出去,病弱的奎松就伸出一条胳膊搂住多明戈的肩膀,惆怅地说："哎,我要是年轻四十岁,一定会和你们在一起。告诉你在巴丹的战友,我的心永远和你们在一起。"

### 新加坡  1942年2月12日

辻政信突袭新加坡岛的计划让英军措手不及,士气高昂的日军突击队虽然在人数上吃亏,以一对二都不足,但在攻上岛后马不停蹄继续向新加坡城区火速挺进。三天后,先遣队逼近城区边缘的赛马场,此时弹药严重不足,储备告罄。有人说该撤退,但辻政信建议虚张声势吓唬一下英军司令珀西瓦尔将军,要求他们投降,看看能不能奏效。

几个小时后,一架日军侦察机在被围困的城区外投下了一根拖着红白彩带的管子。这是投降通牒,要英军投降以保全军人和平民的生命。整整两天,没有回音。2月15日早上,胜吾闷闷不乐地预言:"如果他们再拖二十四小时,就能打败我们了。"一台战地电话响了。一名副官激动地大喊:"长官,前线报告,英军举白旗了。"

那天下午,辻政信和胜吾看着投降方在城郊的一个村子附近的福特工厂前下车。"我们真的把他们唬住了,"他低声对胜吾说,"如果当时进城打的话,我们输定了。"

晚上7:50,双方终于签订了停战协议。四十分钟后,按照约定,枪炮声突然停息。狮城新加坡,这个全世界最有名的要塞之一落入了日本人手中。英国人——统治东方这么多年的领主——败给了东方人。

那天晚上,辻政信叫胜吾在新的战地指挥所维持秩序,自己偷偷去会见那些激进的追随者。"我们已经向亚洲兄弟证明了白人不是打不败的!"他说这话的时候,两眼发光。

# 第八章

## 1

**加利福尼亚州圣地亚哥　1941年12月9日**

抵达圣地亚哥后,马克和其他新兵下了火车,开始七嘴八舌地向站在月台上的一个高高瘦瘦、面相刻薄的海军陆战队中士发问。"集合!"他大吼,"你们这帮蠢货,给我闭嘴,直到我叫你们开口!"在他那顶木髓头盔的边沿下,瞪着两只小眼睛,现场立马安静下来。"快上车——!"他大拇指朝一辆卡车一摆。

马克爬上车斗,心里在琢磨:中士是在装样子,还是真的像外表看起来那样?新兵们在经受粗暴的迎接后,屏声敛气,战战兢兢。他们一个个脖子伸得老长,好奇地盯着沿途的棕榈树和别致的西班牙建筑。他们中的大多数人从来没有到过这么远的南方,想想十几英里外就是墨西哥可真是刺激。他们直愣愣地盯着外出自由活动后返回基地的海军陆战队队员。看到新兵站大门的那一刻,马克心潮澎湃。一名哨兵在检查进出的车辆。对于马克来说,这就像第一次踏进贫民窟的那一刻,心里充满了好奇,不知道会有怎样的奇遇。

卡车通过一道西班牙式灰泥拱门,开到一个柏油训练场上。场地很大,一边是一长排两层楼的灰泥营房,对面是一排排的帐篷和搭在木甲板上的活动房屋。一个帐篷住八个新兵,一间活动房屋住十六个。

让马克着迷的是训练场上的活动。无数个排的年轻人跟着教官抑扬顿挫的口令在僵硬地齐步走,间或,连贯的节奏被打断,一整个排直挺挺地立正站定,教官叉着腰训斥一名倒霉的新兵,两张脸只隔着几英寸。

卡车在活动房屋区前停住。中士头都不回,大吼一声:"下车!"不一会儿,一群人就惶恐不安地站在了他周围。他朝他们扫了一眼:"你们这些脑子进屎的蠢货,还有人在嚼口香糖。给我吐出来!"有人正准备吐掉,他又吼道:"不是叫你吐在地上,你个脑子进屎的蠢货,这是你的口香糖,给我咽下去!"

他说要过几天他们才能编成排,等他说完,马克问:"洗手间在哪里?"

"我的老天,脑子进屎的蠢货,头①在那里。大学生,说话要像个海军陆战队队员。"

"我可以先去方便一下吗?"马克说。

中士噘起嘴。"我可以先去方便一下吗?滚,趁你还没尿裤子。"马克起步离开的当儿,他又加了一句,"顺便把那里打扫干净,每个马桶。"

在接下来的几天里,活动房屋住满了。来自密西西比河以西各州的年轻人开始涌进来,于是单人铺换成了双人铺。这些人高矮胖瘦,身形各异,国籍不同。他们来自农庄、工厂、大学、加油站和高中。马克是年纪最大的,大多数只有十八岁,来的时候,眼睛睁得大大的,满怀希望和忧虑。这时候,马克已经学会了一门新的语言,对他来说就像扒火车族的行话一样有意思。这门语言的很多术语都与海军有关:甲板上,是上;甲板下,是下;左舷,左边;右舷,右边;甲板,地板;舱顶板,天花板;舱壁,墙壁;船梯,楼梯;淡水桶,闲话;布恩码头②,沼泽及偏远的地方;布恩码头儿,野战军靴。

"你们不是平民,"一名严厉的教官说,"讲话得有海军陆战队队员的样。"他开始掰着手指数:"例如这玩意儿外人统称枪,咱们这儿叫来复枪;

---

① Head(头),俚语,指舰船上的厕所。
② 布恩码头,原文 boondocks 是"荒野"的俚语,其中后半部分 docks 是码头的意思。

这个呢,这个不叫咖啡,叫乔司令;这叫牛哞,不叫咖啡伴侣;这个不叫牛肉糜盖浇吐司片,叫粪便浇在瓦片上;这个不叫牛肉干夹吐司,叫包皮夹吐司。"

有人自作聪明打断了教官的话:"中士,我要给我妈我爸写信,他们有什么特别的叫法吗?"

"没有,"中士毫不客气地甩给他两个字,"但是,'你累得屁股拖不动'倒是有个特别的说法,那就是'绕操场跑十圈'。"

他们一窝蜂地被驱赶着领了服装:木髓头盔、卡其衬衫、领带、长裤、短裤、T恤、袜子和粗皮靴。接下来,又领了单兵携行具:弹带、带鞘刺刀、急救包、水壶和背包。所有东西全都装进一个水手袋里。最后,终于领到了步枪,对于很多人来说,是第一次摸枪,包括马克。然后,在忙乱快速的节奏中,他们挨个打预防针,剪头发,领床垫、被单、毯子、床笠、枕头和枕套。

最后,他们被编成了排,马克这个排每个人心里都在叫苦,因为负责他们的中士就是那个刻薄的瘦高个。"你们有苦头吃了,"他拖腔拉调地说,"落到我手上,但你们很幸运,分到了一间带纱门的营房,不是那边沙地上的帐篷。妈的!这里的蚊子大得都可以咬死一只火鸡了,平平地站着就行,都不用踮起脚!"

他给他们分配床位。"上面,大学生!"他指着一个上铺命令马克。睡马克下铺的是一个来自爱荷华州的农夫,这个脸红扑扑的年轻人叫马文·欧文斯,他承认自己以前从来没有出过州。马克在流浪时曾经见过许多这样的人,庆幸自己没跟一个多嘴多舌的家伙拴在一起。

等大家都安顿好后,中士命令他们站成一排:"我叫瑞德。叫我长官!我来自密西西比州,我很自豪。脑子进屎的蠢货,你们都是新兵蛋子。我不想听到有哪个该死的北方佬顶嘴,我不想听到有哪个混蛋说一个字,除非我让你开口。在这里,你要是在队伍里说话,傻笑,动来动去,就是在胡闹,就是在惹麻烦!都给我记着!现在,叫到名字的回答。"最后,他点到马文的名字,一声大吼:"欧文斯!"马文紧张得几乎说不出话来。中士又喊道:"我听不见,脑子进屎的蠢货!大声点!"

马文气得满脸通红:"我不是脑子进屎的蠢货。"

"你是脑子进屎的蠢货,长官!"瑞德用一根轻便手杖戳戳马文的前胸,小伙子让开,可瑞德还是不肯放过,抬脚冲着他的小腿狠狠地踢了一脚,痛得他大叫。"我告诉过你不要胡闹!"他又在马文的另一条小腿上补了一脚。

站在马文身边的马克挺身出列以示抗议。瑞德一把揪住他的衬衣。"这也是胡闹,大学生。现在拿出你最好的牙刷,去把每个马桶都给我刷干净。这次可得给我打扫干净了! 去,别等我发火!"然后,他转过头看着其他人,脸上带着令人作呕的微笑,"我要你们知道,我爱我妈妈,我爱我爸爸,我爱我弟弟,我爱我妹妹,我是个大好人,"然后,语气一下子生硬起来,"即使你们这些脑子进屎的蠢货以为是乌鸦在石头上拉了泡屎,太阳晒着把我给孵出来的。"

接下来的几星期是没完没了枯燥乏味的训练:密集队形操练,跑步去上课,拼刺刀练习,障碍跑,还有就是保持立正姿势站一个小时。在训练间隙,瑞德会把大家都召集起来站在营房前接受他的视察,刺激他们"胡闹",然后再实施惩罚。有一次,瑞德走到马克跟前,瞪着他,刺耳地来了句:"你想上我老婆?"

"不想,长官!"

"噢,她配不上你,是吧,大学生? 做一百个俯卧撑给我们看看!"

第二天,瑞德又问马克同样的问题。

"想,长官!"

"笑什么笑,你吃屎啊,麦格林,你是个混蛋!"瑞德命令他那天夜里背着步枪和一个大沙袋绕操场正步走。

第三天早上,瑞德又重复他的问题,这一次马克一声不吭,保持沉默。瑞德又吼道:"怎么了,大学生? 没胆子说出自己的想法吗? 他妈的这算什么海军陆战队队员? 看到那根旗杆了吗? 跑个来回,一边喊'我是从亚马孙来的脑子进屎的蠢货!'你最好给我快点。"马克照他的要求跑过去又折回来。

其他的教官也用类似的方法训练士兵的自控能力，但他们只是严厉，并不刻薄。有的会这样来嘲弄新兵："你真是没用到跟公牛面前的奶子一样。"刚开始，还有几个人发笑，但几星期后，这个教官又说："你真是没用到跟修女阴户上的肉棒一样。"这时候，他们就连眼睛都不眨一下。

　　下士本兹也是一名严格的教官，但他粗俗的幽默感是单调的训练生活的一种调剂。他会在营房里播放喧闹的国歌《星条旗》，把大家都闹醒后，他会大叫："起床！穿上衣服！"当他们穿衣服时，他再开始早间训话："这就是你们最快的速度？你妈每天早上都得忍受你们这副熊样？"第二天，他让每个人都一丝不挂地站着，床褥卷起来夹在左臂下。大多数人会晨勃，阴茎像枪上的通条一样硬挺。本兹就会扯开大嗓门，方圆一百码都能听到他在嚷嚷："我的排不准有人勃起！"

　　在这样的严格管制下过了三星期后，那天，瑞德宣布当晚去看一场电影。新兵们不敢相信竟会有这样的好事轮到自己头上。他们放下步枪，在黑暗中齐步走到剧场，一个接一个走进去，坐下来。有那么一刻，马克几乎忘了自己是在哪里。他看了看周围的同伴：一群被剥了头皮的鹰，不敢大声呼吸，不敢说话，不敢拉屎。他蹲过监狱，但什么都不似现在这般糟糕。他们就像在重刑犯监狱里的囚犯。他不知道自己是不是能撑到进入战斗部队的那一天，好在不是他一个人这样，每个人都像一只被烫伤的猫。他想起了自己在征兵处看到的海军陆战队手册上的一句话："我们会把个性抹得一干二净。"他们是在这样做，希望这样能让这些兵在战场上保住性命。

　　最后，新兵们终于领到了绿色的上衣和裤子，还有教官身上系的漂亮但不经用的同款皮带。他们终于看起来像一名海军陆战队队员了。这时候，瑞德和马克之间的斗争也已经升级。有人在瑞德的床脚箱里拉了一坨屎。他吹哨让大伙儿集合，围成一个圈，然后把屎倒在马克手上。

　　"传下去。"他说。这坨屎传了几圈之后就消失了。瑞德凑到马克面前，两人的鼻子之间只隔了几英寸："脑子进屎的蠢货，这是你干的吗？"

　　"不是的，长官。"

　　"你知道是谁干的吗？"

马克犹豫了一下,因为他知道:"是的,长官。"

"好。是谁?"马克一声不吭。"我问你,'他妈的是谁?'"马克还是保持沉默,瑞德拿手杖狠狠地捅他肚子,痛得他弯下腰去,这还不够,脚脖子又挨了一脚。"好吧,自作聪明的蠢蛋,你给我背上一整袋石头,操练一整夜。"

他们之间最激烈的一次冲突发生在第一堂柔术课上。那堂课的教练是一名前职业摔跤手,他向大家示范了一下如何卸下敌人的武装,进行突袭,然后叫人自愿上来扮日本兵,他指着马克:"你来。"马克在日本上过柔道课,他小心翼翼地走上去,他是打算让教练摔他的。

"我来演示。"瑞德顶替了教练。在马克面前显得人高马大的瑞德慢慢地向他逼近,突然间迅速出击,马克非但没有后退,反而冲上前去,把瑞德重重地摔在沙地上。多亏这几个星期的训练让他们长了记性,新兵们才没有放声欢呼起来。

恼羞成怒的瑞德从沙地上爬起来:"我脚滑了,再来。"这次他上前冲着马克的脸甩了一把沙子,马克倒下去,两手双膝撑地,就势一滚,翻身起来,半蹲着。虽然被沙子迷了眼,他还是能看到瑞德正冲他扑过来,他抓起一把沙子照着中士的脸甩过去,一个扫堂腿把他踢倒在地。

"反应很快,小伙子。"前摔跤手一边对马克说,一边把瑞德扶起来,"瑞德,这个排你带得很不错啊。"

那天下午接下来的时间,马克背着步枪和全副装备一直在操场上跑。真是老天帮他——第二天,整个排都被拉到打靶场进行为期三个星期的小型武器训练。这对马克来说,就像休假一样。几名教官是冷峻的特等射手,很耐心。新兵们都挺开心。在过去的两个月里,他们吸取了惨痛的教训,忍受了瑞德的虐待。他们已经知道怎么拼刺刀,能够在障碍训练场上轻松地通过一个个障碍,他们学会了怎么挖火炮掩体和散兵坑,在打靶场上,手里的枪也不再重得要死,脑壳上也已经长出了半英寸多的头发。他们开始觉得自己像个真正的海军陆战队队员了。

在打靶场上,他们还有机会在每个月80美元军饷的基础上再多挣点钱。任何人,只要达到了特等射手的级别,就可以额外得五美元;优秀射手,三美元。更重要的是,接下来几天里学到的东西能够救他们的性命。教官们都很粗暴,但很热心。马克永远都不会忘记他的那位教官充满智慧的忠告:"把你的枪当成你的爱人。你和她上床的时候,你是狠狠地拽她的奶子,还是轻轻地捏?所以你扣扳机的时候也得轻,手不能重!深吸一口气,屏住呼吸,然后温柔地、轻轻地扣下去。"

一开始,马克的卧姿总是不标准。"不要翘着屁股像个意大利鸡。"教官告诫他,把他往下压,"放平,像这样。"这样的训练没完没了,日复一日。最后,他们排的射击成绩破了纪录,四个新兵达到了特等射手的标准,马克是其中之一。

新兵们兴高采烈、趾高气扬地离开了打靶场。所有人都合格了,离考试只有一星期了。马克高分通过了考试,有人建议他申请去一所专业军士学校,但谁都没想到他最终选择了海军陆战队6团。这支部队刚刚从冰岛返回,马克觉得他们会是最先被派回去打希特勒的部队。

不需要瑞德和本兹下士来催促他们为最后的阅兵做准备。自打从打靶场回来后,瑞德瞪了马克好几回,但没有再招惹他。最后一次集合的哨子终于吹响了。教官们沿着队列来来回回地检查每个人的军容,整理头巾和帽子。他们身着整洁的绿色军装,自豪地走在偌大的阅兵场上。他们是美国海军陆战队队员了,这辈子都是。马克从来没想到自己也会激动,当乐队演奏《海军陆战队赞歌》时,他感到喉咙口堵了一大块东西。教官们层出不穷的侮辱、虐待和羞辱在这一刻都释然了,因为他意识到这是在为战斗做准备。但混蛋瑞德可不一样,他像钢管般直挺挺地走在前面,他发狠不是为了新兵们好,他根本就不是个好人。

营房里充斥着喜悦的尖叫声,大家在收拾装备,准备离开这个鬼地方。这时候,一声刺耳的"听着"从远处传来——是瑞德的声音:"我最后讲几句。除了几粒老鼠屎,你们总体还是挺不错的。记住我教给你们的,你们就能保住性命。无论如何,祝你们好运。"

有几个人上去和他握手,但其他人只是瞪着他。然后轮到本兹下士说话:"你们的调令下来了,伙计们。"大多数人被分配到警卫连,有几个去专业军士学校,还有一个去打靶场当教官。"麦格林,你和欧文斯去海军陆战队6团。"本兹宣布完毕,大家一阵欢呼,每个人都想上去跟他握手。瑞德一转身,大步走了出去。

## 2

马克和马文背着水手包来到了基地,两人被安排进一个暂编连,等几星期后海军陆战队6团过来进驻附近的艾略特营。在新兵训练营里,马克只能在忙碌的间隙寄几张明信片,现在终于可以坐下来写长信给玛吉、波仔、威尔和弗洛斯,他给父亲的信写得没那么长,因为他觉得父亲不会有兴趣了解自己在新兵训练期的详细情况。

除了捡香烟屁股和巡逻,没什么事可干的。刚开始,马克和马文很难适应自由和大把的空闲时间。他们在基地走动时,身板挺得直直的,以为随时都会有一声暴躁的"听着!"来喝止他们,但并没有人留意他们。整整一个星期,他们都待在基地,看看电影,去附近的帐篷区看看朋友,看信写信。那天,马克在军营中的福利商店给弗洛斯买一个花里胡哨的枕头,正巧得知玛吉在格兰德大酒店。半个小时后,他在人头攒动、烟味刺鼻的大堂里找到了她。她飞奔过来,亲吻他。"天哪,你的头发!"她捋了捋他的寸头,"你真黑——不一样了。"他瘦了,冷酷了,看上去没以前友善了。她抱住他,这才注意到他夹在胳膊下的那个花哨的枕头:"什么东西?"

红、蓝、绿、橙,几种艳俗的颜色混搭,正中一条大斗牛犬,海军陆战队的吉祥物,项圈上刻着"斗志昂扬"几个字。他咧嘴一笑:"给弗洛斯的。"

她哈哈大笑,大声地念出印在斗牛犬下的那首诗:

**我的母亲**

无论我走到哪里,我总是思念着母亲。
尽管我远在他乡,我总是思念着母亲;
朋友与许多其他人,最后往往都是虚情假意,
但母亲不是——她待你永远是满腔真情。

"你觉得弗洛斯会喜欢吗?"他问。

"喜欢!她一定喜欢得不得了!"

他们手挽手走在街上,玛吉问他是否打算去专业军士学校,他笑了:"我吗?当个大官?别逗了。我只想上战场,我进海军陆战队可不是为了飞黄腾达。"

玛吉心想,这小子就这样。她解释说,正他们被拘押在温泉城的一家酒店,到时候都会被遣送回日本。两人都觉得,弗洛斯那么开朗,那么勇敢,有她在,这一家子在东京一定能渡过难关。

玛吉把自己目前在西海岸的任务告诉了马克。她现在是华盛顿周刊《内幕》的流动记者。老板是他们父亲的老朋友马克斯·斯坦纳,他自诩为林肯·斯蒂芬斯和其他"扒粪者"的接班人,他爆当权者的不端行为和怪癖这种最令他们尴尬的料来吸引读者,这些爆料有的供读者当笑料一笑置之,有的气得他们怒火中烧,有的让他们从中得到些启迪,看清真相。

"你会爱上马克斯的。收买、恐吓对他都不起作用。他穿的那身西装自从罗斯福上台后一直没熨过。他派我来这里调查加利福尼亚的'二世'①被扣押的情况。"

马克大吃一惊,因为这方面的新闻他一个字都没看到:"可这些人绝大多数是美国公民啊!这是什么鬼民主?"

"这是我的第一条大新闻。"她兴奋得说个不停,"他们几天后会在一个叫曼赞纳的地方开放第一个集中营,我会过去!"

他不放心:"可能会有危险,不要乱说话。"

"看看这是谁在说话!我们全家都有这毛病。"

旁边走过去三个新兵,头发才刚刚开始长出来。"他们看起来就像罪犯,骄傲的罪犯。"玛吉说。

"我们都是这样。"马克说。

几天后,马克和马文得知6团有一批人即将抵达米拉马尔城外的一

---

① "二世",指父母为日裔移民、出生在移居国家当地的子女。

处铁路岔线。他们搭乘出租车火速赶过去，到的时候正赶上 6 团的人穿着冬装、戴着毛帽子慢吞吞地从车上下来。他们背着"1903 式"斯普林菲尔德步枪，披着北极熊毛皮，佩着法国政府为感谢他们的先辈在贝洛森林战役中英勇奋战授予的功绩绶带。他们胡子拉碴，疲惫不堪，但很性感。"枪挂肩上""向左转"两声令下，他们踏着便步向艾略特营走去，不一会儿，就被太阳逼出了汗，脚步开始重了起来。一支陆军小分队迎面走过来。没有任何命令，海军陆战队队员们啪的一下全体立正，动作一致，然后昂首阔步、自豪地从那队步兵旁边走过，而后者在南加州看到这样的奇景，惊得目瞪口呆。

"哇！"马文惊叹。

"就像拿破仑的老近卫军。"马克说。他们比基地的那些海军陆战队队员年纪大，更彪悍。

"你觉得跟这些人共事能成吗？"

"怎么不成？"马克感受到了强烈的期待。

对于在温泉城的正一家来说，真是度日如年。家园酒店很舒适，每天下午，大堂里都会有音乐会，看押他们的人很周到，尽力营造好的氛围，允许他们看《纽约时报》、杂志和书，只要内容不涉及政治；尽管如此，终究是监狱，弗洛斯很难让正开心起来。几乎每天都有新的谣言，让他心烦意乱。他们先是以为会在一星期后从旧金山出发，然后又传来消息说他们会在两星期后从新奥尔良走。

正雄交了新朋友，在附近的山上滑雪橇玩得很开心，但正要么不停地来回踱步，要么坐在房间里盯着窗外发呆。见他这副样子，弗洛斯就没把自己怀孕两个月的事说出来。

第八章

# 第九章

1

**科雷吉多尔岛 1942年3月**

威尔没有和多明戈少尉一起回巴丹半岛,他留在马林塔隧道,秘密调查奎松和麦克阿瑟打算做些什么。这个马歇尔得知道。威尔打听了差不多两星期,但得到的几乎都只是些不可靠的传闻。一天下午,一个海军联络官鬼鬼祟祟地把他带到离麦克阿瑟的办公室很远的一个又脏又暗的房间里,小心翼翼地关上门,向威尔展示了一样东西,奎松在1月3日签署的一份文件的复印件,上面标注着"总统令第1号"。这是这名海军上尉用两瓶威士忌从一名陆军文员那里换来的。

"我的天!"威尔惊呼,"真不敢相信竟然有这种事!"为酬谢麦克阿瑟和他的三名手下对菲律宾联邦的杰出贡献,"总统令第1号"中还有这样一句话:"特此就1935年11月15日至1941年12月30日期间提供的卓越服务授予微薄补偿及报酬,聊表寸心……"

麦克阿瑟的酬金令威尔大跌眼镜,上尉说:"五十万美元!"麦克阿瑟的参谋长、副参谋长和副官的酬金数额相对少一些。威尔说:"这钱拿不得!"

"他们就敢拿。"上尉说。

"可收礼违反一切条令啊。"

"你先看看这个吧!"他拿出一份无线电报。这是麦克阿瑟发给战争部的,说奎松想从大通曼哈顿银行的菲律宾存款账户转六十四万美元给麦克阿瑟和他的三个部下。

"这下麦克阿瑟完蛋了!"威尔说。

"才不是呢。今天刚刚从华盛顿收到消息,麦克阿瑟的五十万美元已经妥妥地进了他在纽约的化学国家银行信托公司的账户。"

威尔由惊转怒:"不敢相信战争部竟然会同意。"

"他们同意了,出于某种愚蠢的理由。"上尉干笑了几声,"现在就可以理解了:为什么麦克不肯撤销奎松'禁止把大米和糖这些重要物资从各省运走'的命令?为什么他会听从奎松的要求,把轰炸计划延后?这事你权当没听过,别说出去。当然,你知道麦克一直拒绝华盛顿的要求,不让奎松去美国。他老说这样太冒险。猜猜明天会发生什么事。奎松要搭乘'剑鱼'走了。麦克阿瑟得知他的钱进了化学银行,一小时后,海军就收到了命令。巧合吗?呵呵。我妈总是说'有钱能使鬼推磨'。"

威尔感觉像被掏空了似的,浑身无力。一定是哪里出错了,但他知道不会有错,也许背后的原因很复杂。有一点他确信:乔治·马歇尔是绝对不会拿一分钱的。一定有很充分的理由,他和总统才会同意这桩无耻的交易,但公众永远都不会知道,也许不知道最好。

他给马歇尔写了最后一份报告,把它留在信息中心,申请返回巴丹半岛。马林塔隧道的空气让他窒息,这好像说不通,但他一心想回去跟那些正在战斗的可怜的家伙待在一起。

他天黑了才到。远处有轰隆隆的响声,但巴丹半岛看起来很安宁。然而,第二天在温莱特的司令部,威尔得知士气很低落。最大的问题是食物短缺。一线部队每天只有三分之一的口粮。士兵们一个个像行走的骨架。在吃午饭时——所谓的午饭,其实还不够塞牙缝——温莱特告诉威尔,水牛快吃光了。"马肉味道还不错,上尉。"还有250匹战马和近50头骡子,包括他的那匹宝马约瑟夫·康拉德。温莱特从餐桌旁站起来,转过身面对军需官:"你马上开始杀马,少校。先杀约瑟夫·康拉德吧。"在将军把脸别过去之前,威尔看到他眼里噙满了泪水。

那天下午,威尔走访了几个部队。一些染了疟疾的士兵躺在散兵坑旁。他问为什么没人管他们,一个神色忧郁的副官向他解释:"长官,基地的医院都满了,伤员接收站、战地救护点和卫生所也满了!你到底想让我把他们带到哪里去?"

散兵坑里满是被饥饿、疟疾、痢疾、脚气病、坏血病和登革热折磨得有气无力的士兵。他们还能坚持多久?更糟的是,科雷吉多尔岛那边传来官方消息说马上会到一大批食物、飞机、弹药和援军。直到不久前,每个人都相信这传说中的"一英里长的舰队"正浩浩荡荡地赶过来,甚至还有人相信舰队会送来一整支黑人骑兵师,他们会驾着白马奔向巴丹半岛这样荒诞不经的谣言。

但今天,就连最幼稚的人也意识到什么都不会过来。散兵坑里的诗人们在写打油诗讽刺罗斯福和"防空洞道格",他们的战友在抱怨后方的人——后勤部队——口粮和钢盔拿得比打仗的人还多。他们说的有些是事实。一线的作战人员四个人才分到一条毯子,至少两万人没有鞋子。还有传闻说科雷吉多尔岛上的人过得极度奢侈,有喝不完的美酒、抽不完的烟。

几星期后,有消息说麦克阿瑟已经乘鱼雷快艇离开了科雷吉多尔岛,正赶往棉兰老岛,准备从德尔蒙特机场飞去澳大利亚。巴丹半岛上一片恐慌,士兵们感觉自己被抛弃了,"防空洞道格"逃命去了。一星期后,温莱特接到科雷吉多尔岛上打来的电话,是毕比将军,麦克阿瑟的副手,他负责执行澳大利亚那边下达的命令。

"有好消息,将军。"毕比说。电话里静电干扰很厉害,温莱特听不清楚。毕比又说:"刚刚收到战争部发来的电报,升你为……"

"是,是,我听着。"温莱特说。

"……升你为中将。在菲律宾的部队以后改称驻菲律宾美国陆军部队,你任总司令。你明天一早能过来吗?我会派一艘快艇过来接你。"

"我八点会在马里韦莱斯码头。"

一早,温莱特把吕宋军的指挥权移交给了少将爱德华·金。温莱特的第三颗星是从一个罐头上剪下来钉在他的衬衣上的。"当一个战士又得到一颗星时,他希望仪式更隆重一些也不为过。"他说完这话,向手下的军官和威尔告别。他急着去"磐石"接指挥权。"当年李在盖茨堡的军队比我在这里的人还少,我们不会轻易被打败的。"他说。

在前线战场上,士兵们在传阅亨利·G.李中尉写的一首诗:

在巴丹……又挨过了一天
为了饥饿、伤痛与炎热
为了慢慢衰竭,艰难撤退
为了无谓的希望和注定的失败

## 2

让所有人都害怕的全面进攻终于来了,这一天是4月3日,耶稣受难日。日军的目标是崎岖不平、丛林覆盖的萨马特山,守军是林将军率领的第41师。那天上午,威尔正在前线与多明戈少尉说话,一枚炮弹炸在前方五十码外的山脊上,弹片像雨点一样飞过来,威尔和多明戈一头扎进了避弹壕。"来了。"多明戈说。他以为这是开场,但接下来没有任何动静。日军炮兵只是在校准。一个小时后,他们来真的了。密密麻麻的炮弹飞过来,威尔觉得像是一个叠着一个在炸。两人缩在狭小的避弹壕里。震耳欲聋的噪声、尘土、硝烟和震动,让人难以忍受。威尔听到"咻——嘎吱",紧接着一声闷响。一枚炸弹扎进了旁边的地里,在地底下爆炸了。然后又传来飞机嗡嗡的响声,又一批炸弹爆炸。最后,士兵们爬出散兵坑,一个个目光呆滞,像梦游一样开始走动。军官大声呼叫他们回坑隐蔽。飞机又来了!威尔抬头看到一簇簇的棍子从天上杂乱无章地落下来。干枯的树叶和竹子瞬间燃起了熊熊火焰。

"燃烧弹!"有人大叫。

又来了一个机队，又扔下一批燃烧弹。从马尼拉湾吹过来一阵风，火势蔓延开来。顷刻间，威尔发现周围都是火，喷发出阵阵热浪，火焰越蹿越高。散兵坑里挤爆了，没处可躲的人一起奔向第二道防线，但掩体已经被炸毁，硝烟弥漫的场景在威尔眼里就像他在照片上看到的第一次世界大战中的无人区。

更恐怖的是，第二轮轰炸又来了。炮弹呼啸着在四面八方开花。在一阵劲风的煽动下，大火从不毛之地蔓延到了远处的密林。威尔看到许许多多的人体火炬在尖叫，扭动，最后倒下去。活着的人像发狂的动物一样冲上坡地。威尔看了一圈，没找到多明戈，他也冲上去，大长腿步子大，跑在最前头。他的肺在烧，但他逼着自己继续跑。透过烟雾，他看到前方有绿色的丛林，便朝着那个方向冲过去。最后，他终于可以深吸一口气，可这一下不知道吞进了什么东西，噎住了，一阵干咳，总算把喉咙口的异物咳了出来。

一名上尉跟跟跄跄地走到他跟前。"我们败了！"他两条胳膊狂挥，"我的兵被活活烧死了！"他的眼神充满了恐惧，头发乱蓬蓬的，身上的军服也被烧焦了。恐慌传染给了其他人。一名菲律宾少校拔出他的 45 毫米口径的手枪顶在上尉的脑袋上："住嘴，混蛋！"

"杀了我吧！开枪啊，杀了我！可我们是败了！"

少校抽了他一巴掌，正准备抽第二下，上尉说："对不起，长官。"

"我也是。"少校说。他向威尔打了个手势，两人把上尉带到一块空地上。少校掏出两根包得很仔细的香烟，一根给上尉，一根给威尔，威尔不抽烟，但他还是不由自主地接了过来："日本人可能会派坦克过来。帮我搭一道防线。"一个小时后，坦克冲破了可怜的防御工事，在萨马特山前撕开了一道三英里宽的口子。威尔和几个人爬上山坡，逃了出来。这一小队人整晚都在密林里摸索。天刚亮，他们碰到一队正在撤退的炮兵，炮都被炸毁了。"我们现在往北走，然后向东去海岸公路。"一名美国中尉告诉威尔。

丛林里没有路，加上太阳炙烤，他们走得很慢，很艰难。没什么吃的，只有少数几个人有水壶。威尔很幸运地从一名中士那里喝了两口水。那天夜里,有人发现了一条小溪,大伙儿都跳了进去,很快就把它搅成了一个泥潭。

复活节的黎明清亮如洗,不到一小时,就酷热难耐。他们能听到后方传来的枪炮声。在他们身后几英里外的地方,日军已经攻上了萨马特山,不到中午,旭日旗就已经插在了山顶,现在日本人可以居高临下俯瞰美军崩塌的防线了。

那天夜里,威尔一行人走到一小片林间空地停下来。夜空星光璀璨。"南十字星座。"有人说。这幅动人心魄的画面美得不像真的。第二天,天刚泛白就很热。走了不到一个小时,终于撞见一条挤满了人的小路。在这逃避追兵的人流中,不断有伤病员掉队,痛苦的呻吟饱含恐惧,但战友们也没力气背着他们一起走,他们知道只能听天由命。时不时从北面传过来的枪响引起阵阵恐慌,这时候,走在后面的人便会疯狂地推搡前面的人。威尔已经完全失去了时间概念。最后他们总算看到了那条东边的路,一大群人在慢吞吞地向南移动,像是一大群羊。威尔的队伍中有微弱的欢呼声,脚下的步子也快了起来。可刚松了口气,马上就感受到了惊恐——日军的飞机向着撤退的人群俯冲下来,一通轰炸扫射。士兵们一哄而散,纷纷钻进丛林,留下几百个被打死的战友。

军官们大叫大嚷,甚至出言恐吓,让士兵们回到路上来。有些被枪逼着回来了,但大多数已经逃得无影无踪。威尔继续沿着这条路走下去。不久,成群结队的人从丛林里涌出来,重新填补了这股稀稀疏疏的人流,如春汛的河水一般。

又是一轮轰炸扫射。士兵们再次躲进林子,这一次肯乖乖听话回来的人更少了。威尔仍旧留在路上。他能听到霸道的汽车喇叭声,路上出现了六七辆满载士兵的卡车。第一辆卡车车尾处有一个美军下士在喊:"天塌了!日本人杀过来了!"他俯身把手递给威尔,威尔抓住他的手,借力翻上了车。其他人试图跟着上车,但被踢了下去。

惊恐的平民像没头苍蝇一样在卡布卡本的街头转来转去。车队鸣着喇叭从人群中挤出一条道来。路在小镇的另一边突然急转向右。他们经过了巴丹机场,上次威尔就是在这里目睹了维拉莫尔的壮举。通向山顶的路蜿蜒狭窄，行进速度慢得令人抓狂。最后，他们终于抵达山顶。威尔看到地上有一个用几张白床单做的大十字，得知这是为了标记1号综合医院的位置。此时黄昏已过，前面的山路陡峭曲折，天黑夜路不好走，威尔不敢冒险，他谢过司机，跳下车，在医院外蜷作一团，很快就睡着了。

第二天又是个炎热、晴朗的日子。一早，日军的轰炸机开始在白色十字架上空盘旋。一个面容清瘦、头发花白的随军牧师向威尔介绍自己，他是威廉·卡明斯神父，他违抗命令离开自己的教区，成了一名随军牧师。

威尔很佩服。"散兵坑里没有无神论者，这话是不是你说的？"卡明斯神父点点头。威尔笑了："我猜你也可以在不可知论者身上套用同样的话。"

敌机飞低了。卡明斯冲进医院的骨科病房，威尔也跟了进去。他听到一阵怪异的呼啸，然后是一声恐怖的巨响。一枚炸弹落到旁边山道上的一辆弹药车上。一时间，弹片、石子和泥土啪啪地砸在铅皮房顶上。威尔看着护士和医护兵匆忙割断牵引带，让伤员们下床。卡明斯神父举起双臂，威严地要求大家背诵主祷文，自己脸上的眼镜还歪着，顾不上扶正。

在一连串爆炸之后，有人大叫说"食堂被炸了，医生和护士的宿舍也被炸了！"这时候，传来一声镀锡薄钢板和木头被撕裂的声音，就像报丧女妖的尖叫。铁床像火柴棍一样犬牙交错地断成了两截。伤员们大叫起来。威尔担心会爆发恐慌，病人们会逃出去白白送命。这时候，卡明斯神父爬到一张护士台上大声祈祷，让人在飞机的轰鸣中都能听到他的声音。他那强大的气场令大家平静下来。威尔有一种身心受到了抚慰的奇妙感觉，仿佛此刻他的命运已经不由他自己做主；他身边的一名护士欣慰地流下了泪；有些人在大哭。

飞机的声音小了。神父吃力地从台子上爬下来。"找人来替我，我受伤了。"他小声说。

威尔得知自己在这里帮不上忙，于是就走了。又一支卡车车队慢吞吞地驶过。病人们拍打着卡车大喊："带上我们！"但车上都满了，司机们没理会这凄惨的叫声。威尔沿着陡峭的山路走了一个小时后，又遇到了这支车队，他们停在半道上在修车。一个司机叫住了威尔："上尉，你还记得我吗？我是格兰姆斯，琼斯将军的司机。"他冲威尔招招手，威尔挤进了司机室。车队又动了起来，山路在一连串的弯道中突然下冲，车速加快。这时候，威尔真希望自己是在走路，这么危险，肯定得出事。但最终车队还是平安到达了马里韦莱斯，巴丹半岛的最后一个小镇。无数支部队的士兵一群群地聚集在路两边，混乱无序。谁都想去码头，码头上有几艘船正在接人准备去科雷吉多尔岛。

一名准将拦住了威尔的卡车。"你们不能去科雷吉多尔岛！"他大声说。

"那些船是干什么用的？"格兰姆斯问。

"反正不是为我们这种人准备的，"这名一星准将嘴一歪，不自然地笑了笑。"行了，倒回去吧。"他疲惫地说，"受够了，我们就等在这里好了，鬼子要杀要抓随他们去。"

威尔跳下车。他能看到海湾里的船被一条条拖出去。然后他听到炮弹嗖嗖地从头顶飞过，这些炮弹在几百艘逃向"磐石"这个"避难地"的螃蟹船和木筏间落下炸开。威尔能隐约听到溺水者的呼叫。他帮着格兰姆斯和准将把卡车车队的士兵赶离码头。只有几名士兵不肯服从，但他们很快就发现上船也逃不了。天迅速黑下来，仿佛拉下了一道帘幔。威尔和格兰姆斯下士爬上一座可以俯瞰马里韦莱斯的小山，在一丛芒果树下躺下来睡觉。威尔被格兰姆斯弄醒，他在发抖。"太冷了。"他把领子也扣上了。威尔摸摸他的额头："你发烧了。"

下士急得爆粗口："他妈的，疟疾！"

山下面是熊熊火光。马里韦莱斯城内火光冲天，把天空映得通红。然后传来几声钝响。"有人在炸弹药。"格兰姆斯猜测。数吨炸药和弹药像火山一样爆发，开花的炸弹、彩色的光和彩虹柱映得夜空一片绚烂。格兰姆斯的牙齿一个劲地打架，威尔把自己的破毯子盖在他身上。

大地开始震动。他们听到附近有个人被吓得大喊："这是世界末日！"

威尔在日本经历过多次地震，眼下这情形让他想起了1923年的那场地震。"我们得离开这里！"他把格兰姆斯从芒果树下拉了出来，这些树晃得厉害，很危险。突然间，大地静止了，但爆炸还没有停息，只是威力渐渐减弱。这是巴丹的末日。

威尔扶着格兰姆斯下山来到了马里韦莱斯。一间间草屋都燃起了熊熊大火。惊恐的士兵们没头苍蝇似的转来转去。一个威严的声音高呼："别给日本人留下纪念品！把话传下去！"有人想知道为什么，威尔解释说这是因为他们很快就要被俘了。大家开始焚烧个人文件和连队档案。有个二等兵把一面美国国旗扔进火里，被一个菲律宾人揍了一顿。看着国旗着火，有人流下了眼泪，威尔发现自己也止不住泪水。

黎明展现的是一片残骸废墟和一大群蓬头垢面的败兵。废墟上还在冒呛人的烟。路上的灰尘和烟雾混合成一种有害的白色粉末。威尔能看到南面那座雄伟的死火山——巴丹山。这情形就好像前天夜里火山爆发，埋葬了巴丹半岛的整个岛尖。

然后，他看到一团尘土疯狂地打着旋一路冲过来。像怪兽一样的坦克向他们逼近。日本兵从灌木丛里钻出来，端着上了刺刀的步枪恶狠狠地走过来。第一辆坦克的回转炮塔被打开，钻出一个日本军官，他扯着嗓子大喊："上路①！"

"走到路上去！"威尔翻译他的话。"出来，带上所有的东西。"他扶格兰姆斯站起来。

"我不行了。"他说。

"你必须行。"威尔扶着他走了几步。

但格兰姆斯挣脱了他："别管我了。"

一个日本兵用枪托捅了捅伏在地上的格兰姆斯。威尔站到两人中间抗议他的行为："不要②！"

日本兵对着格兰姆斯的脑袋开了一枪，然后转身作势要用刺刀去捅威尔的胸口，但被那个日本军官厉声喝止。军官把威尔扶起来："我是南加州大学 1935 届的毕业生。"他爬上坦克，这回用英语对他的俘虏说："大日本皇军会好好照顾你们的，我们会让你们吃好，也会善待你们。请原谅

---

① 原文为日文。
② 原文为日文。

一些无知士兵的行为。我们会遵守《日内瓦公约》的。"

一个小时后,威尔艰难地爬上蜿蜒曲折的山路走向1号医院。眼看着格兰姆斯突然惨死,他惊魂未定。沟壕里到处都是烧毁的卡车、垮塌的自行式火炮架、步枪和设备。迎面而来的一伙步兵拦住了俘虏们,很快就洗劫了他们的毯子、手表、首饰、剃须刀片、食物,甚至牙刷。最抢手的是戒指,一个美国军官摘手上的婚戒,因为卡得太紧,结果整根手指都被剁掉。

威尔一行人抵达山顶1号医院的时候,已经接近正午。旭日旗飘扬在主建筑上方。威尔注意到一支坦克分队的日本兵正在巡逻,不让其他部队的日军骚扰抢劫病号。也许日本人真的打算遵守《日内瓦公约》吧。在山路的拐弯处,几乎每个人都扭头看了一眼伤痕累累的科雷吉多尔岛,这是最后一眼。有几个人在叹息,其中一个人说:"最后的要塞。"但其实大家心里都清楚,这地方也快守不住了。炸弹和炮弹的袭击,已经令岛上烟雾缭绕。

队伍沿着尘土飞扬的山路继续前行。快到路尽头的时候,他们看到了令人痛心的一幕。从2号医院出来的数千名菲律宾伤员从岔道上源源不断地涌出来加入这支南进的队伍。他们听到传闻说日本人把所有的菲律宾伤员都赶了出来,根本不听医生的劝,日本人都疯了。那些腹部严重受伤的菲律宾伤员摇摇晃晃地跟在他们后面。

当威尔再度经过巴丹机场的时候,他的喉咙已经被灰尘呛得发疼。脚下的路一个急转通向卡布卡本。在小镇边上有一条小河,押解战俘的日本兵允许他们喝水,清洗一下自己和身上的衣服。一个小时后,卫兵们还在旁边休息,抽烟,根本不管他们。他们终于松了口气,甚至还有几分愉悦。突然间,几声不祥的巨响惊得大家瞬间安静下来。他们身后的日军大炮发射出来的炮弹掠过他们头顶飞向科雷吉多尔岛,几秒钟后,炮弹爆炸,"磐石"上升起巨大的烟柱。

大家不安地看着对方。威尔听到一阵声响,就像牛奶车经过鹅卵石路,几百个瓶子在铁丝筐里撞击的声音。"'磐石'过来的迫击炮弹!"一名中尉说完这话,慌忙找地方隐蔽。威尔和其他人跳进一条沟里,与此同时,四周炸起了一座座"间歇喷泉",碎石、泥土和灌木枝像雨点一样砸在威尔身上。

卫兵们吹着哨子把俘虏们从沟里赶出来,看到动作慢的就踢,还哇哇大叫,直到俘虏开始跑起来。队伍进入卡布卡本时,行进的速度慢了下来。这地方已经成了一片废墟,看不到一丝生命的迹象,除了六七条瘦骨嶙峋的狗在尸体间觅食。卫兵们扔了几块石头赶狗,然后马上开始重组队伍。

威尔在第一批,他们先出发沿着巴丹东路向北行进。左边是巍峨的巴丹山,经历岁月侵蚀的火山口顶峰被云团笼罩着;右边是马尼拉湾蓝绿色的海水。在和平时期,这是一幕令人惊艳的美景,但今天,曾经鲜艳的树叶蒙着一层厚厚的灰,日军的火炮、坦克和卡车轰隆隆地向他们驶来,搅得路上一直尘土飞扬。卡车上的有些步兵指指点点嘲笑他们,有些拿着长竹竿挑他们的帽子和头盔。临近傍晚,一支迎面而来的坦克大队还专门停下来,让士兵向俘虏们扔石头。一队步兵零零落落地跟在后面,他们把自己的水壶借给口干舌燥的俘虏,他们的军官还向威尔敬了个礼。日本人这种截然相反的行为让人觉得莫名其妙。"他们到底是什么人啊?"一名士兵问威尔。

"跟我们不一样。"他说。他知道日本兵在训练中会遭受虐待,被士官扇耳光,拳打脚踢,棍棒相加,那都是家常便饭。他也知道日本人从小把投降看作最可耻的事。然而即便知道这些,威尔也无法理解这种强烈的反差。

黄昏时分,一行人走得筋疲力尽,终于在一个只有几座尼帕屋和两家破店的小村边停下来。卫兵们把他们领到两口自流井旁,每口井配有一个龙头。一开始,战俘们直接含着龙头嘴喝水,一个日本军官用英语教训他们:这样不仅不卫生,还很自私,很浪费,只可以用水壶接水,而且得按次序来,否则谁都别想喝了。这番话赢得了大多数人的赞同,有些人甚至还想鼓掌。后来,战俘们被押到一个甘蔗地旁的营地里过夜。

威尔是被太阳给热醒的。他感到全身都疼,怀疑自己是不是得了疟疾。编队后,战俘们被陆续打发上路,沿着岸边的公路走下去。但威尔这队直到十点左右才出发,这时候,他周围的人已经顶不住大太阳的炙烤,一个接一个地倒了下去。路上的灰尘比前一天还多。没过多久,威尔所在的这支数百人的队伍就开始变得松散。卫兵们要他们保持队形,但不到一英里,体力不支的人开始掉队,还有一些人被烈日和灰尘灼得口干舌燥,停下脚步从路边的沟里掬起水来喝。威尔虽然舌头上沾满了厚厚的灰,但他不会去碰沟里的水,他下定决心一定要活下去。

一个小时后,他们停了下来。那天下午,就一直正对着大太阳坐在一片用铁丝网围起来的野地上,旁边是一个荒村。这比走路还难受。有几个人开始像孩子一样胡言乱语。日本人承诺过一会给他们吃的,但什么都没有。湿热难耐的夜晚,这么多人挤在一起,连翻身都困难。更糟的是,还有成群的蚊子。可就算这样,威尔最终还是睡着了。

3

**巴丹半岛  1942 年 4 月 11 日**

头两天的虐待并不是计划好的,但是以"宣扬英国殖民主义"的罪名煽动杀害五千个新加坡华人的辻政信中佐一来,情况就发生了变化。

辻政信的借口是他要亲自来看看在东京策划的最后一次进攻行动的最后阶段。他把具体事务交给胜吾去打理,自己大部分的时间都在游说本间将军参谋团队中的几个主要军官,让他们相信这是一场种族战争,在菲律宾的所有战俘都得死,美国人是白人殖民主义者,菲律宾人是亚洲同胞的叛徒,他们都罪有应得。

辻政信的游说很成功,命令起草好,本间都还没批示同意,就已经在前一天晚上下达到巴丹半岛上几乎所有的重点部队。有几个指挥官怀疑这道命令不是来自皇军大本营,不见书面命令,拒绝执行;而有些人则盲目地接受了这道口头指令。于是,在威尔被押送的第三天,暴行变得更加堂而皇之。在去巴朗牙的途中,威尔看到十几个掉队的人不是挨刺刀,就是挨枪子。一个耗尽了体力的菲律宾人被扔进沟里活埋,结果被水一泡又清醒过来，他挣扎着站起来，一名日本兵又把他踢进了坟墓，然后命令威尔和另一个美国人铲土埋他。威尔犹豫的当儿，背上被刺了一刀。活儿刚干完，土里就伸出一只手来，看得人毛骨悚然。威尔走上前去，又挨了一刺刀才回到路上。

他们刚刚踏上横穿半岛的鹅卵石路，一场大雨就泼了下来。在这条路上，还有几千名战俘从半岛西面涌过来。一开始，被雨淋透的感觉非常好，战俘们尽情享受着倾盆大雨的凉爽感，举起双手，任雨水落入他们干得冒烟的喉咙，冲刷大汗淋漓的身体，但很快，每个人都感受到了寒意。脚下的路也成了泥潭，裹了一层泥巴的鞋子如同铅块一般。

突然间消失的太阳又冒了出来。温暖的阳光犹如雪中送炭，直到湿衣服开始冒蒸气，又是另一番痛苦。他们艰难地在泥泞中跋涉，经过了曾经的阿布凯防线，临近傍晚，他们已经离巴丹省的首府布朗牙不远。大批大批的战俘在这座满目疮痍的小镇两边落脚。威尔已经能闻到前面过去的几批战俘大队留下的大小便和腐尸的恶臭。

现在涌入巴朗牙的数万名战俘被分成几拨，拘在不同的地方。有些有铁丝网围着，有些则是开阔的场地。他们涌进西班牙人造的老建筑的庭院和监狱，一下子就把这些地方填满了。

然后开始发吃的了，这时候好歹有了点秩序，大家也都很配合，这是前所未有的，但是有几拨人刚进来就出去，只来得及喝口水。威尔他们挤在一个牛棚里，很幸运地分到了吃的——一个饭团和一块岩盐。他旁边那人狼吞虎咽，吃到呕吐。米饭是馊的，嘴唇也起了水疱，可威尔还是细嚼慢咽吃得津津有味。尽管臭气熏天，但这是自耶稣受难日那场袭击之后，他睡得最好的一次。

一大早，他们大步走出巴朗牙。几个菲律宾人默默地注视着。其中一个对威尔眨眨眼，偷偷地用手指比了个生路。一个女人递给他满满一叶子的米饭，但卫兵抡起刺刀就把米饭给挑飞了，还扇了她一巴掌。一小时后，他们走到一片完全暴露在太阳底下的空地上。卫兵叫他们坐下来，面对冉冉升起的太阳。帽子摘得不够快的，会被打掉。火辣辣的太阳毫不留情地炙烤着大地。威尔抹了抹脸上和脖子上的汗，拿着水壶正喝水时,大腿上被刺刀狠狠地扎了一下。

一个军官用英语喊话要他们注意:"在日本,我们是有秩序和纪律的。我在教你们秩序和纪律。"

在巴朗牙,辻政信中佐正在视察各个集合点。战俘的状况让他觉得恶心。他对胜吾说:"你能想象日本战士退化成动物吗?他们没有纪律,没有尊严。"

胜吾也和他一样震惊:"但是长官,改善卫生条件不是我们的责任吗?"这情形看起来严重缺乏组织筹备。

"这些懦夫这么快就投降,搞得本间将军措手不及。"再说了,都已经投降了,还算什么男人,活该受这样的待遇。

胜吾也看不起投降的人,但还是心怀恻隐。他早就已经脱离了基督教,但依旧秉持着人性教义。

辻政信叫胜吾继续巡视从巴朗牙到圣费尔南多这后半段行程。活下来的战俘会在圣费尔南多乘闷罐车去北部的一个战俘营。他说他自己要去南部视察,而他的真实目的其实是去监督各部执行那道惩罚菲律宾和美国战俘的口头指令。

几分钟后,胜吾的车驶过,他看到一大批战俘头顶烈日,蹲在地上,像日本新兵一样在学习纪律。辻政信会赞同这样的做法,但这悲惨的景象还是令胜吾于心不忍。他仍旧坚信必须把所有的西方人逐出亚洲,但不是用这种手段。他担心的是,辻政信,这个自己最崇拜的人,似乎对那些不必要的暴行视而不见。

威尔他们被太阳炙烤着盘腿坐了两个多小时。那些昏过去的人又被踢醒。最后,军官终于命令战俘们戴上帽子站起来立正。这可太痛苦了,尤其是那些年纪大一点的,双腿痉挛要站起来就更难了。虽然威尔腿上的刺刀伤并不重,他还是得靠一个下士扶着才能站起来。

"加把劲,上尉,你行的。"下士鼓励威尔,扶着他走了几步。

"我没事了。"他一瘸一拐地往前走。

这一天,又是人间地狱。在前往奥拉尼小镇十一英里的路程中,两个菲律宾军人试图穿过一片甘蔗地逃跑，遭到枪击，还有三名战俘——一个美国上尉和两个菲律宾士兵——因为太虚弱掉队挨了刺刀。道旁的沟里都是前几批战俘经过后留下来的肿胀的尸体。

威尔还以为不会有比巴朗牙更臭的城镇，然而，当他们走向远处奥拉尼的建筑时，一股更加恶心的味道，一股气状的恶臭，扑面而来。这里也跟巴朗牙一样，成了一座鬼城。大部分的建筑已被摧毁。战俘们被赶进一个像是牛圈一样的地方，地上到处是爬满了蛆的粪便。威尔心想，安德森维尔集中营也不过如此吧。好几百人患了痢疾。有些人还能憋着拉到沟里，但大多数人把自己和旁边的人弄得一身污秽。黑夜又带来了另一种威胁——恶毒的蚊子成群来袭。夜晚的空气又闷又热，时间走得很慢很慢。

日出时分，战俘们分到了一种叫"卢膏"的米粥。"这味道就像糨糊一样。"有人抱怨。但其他人都狼吞虎咽，吃个精光。这天早上，暴晒的酷刑免了，但赶路的速度简直要把人逼死。威尔听到一名卫兵对另一个说，指挥官想在天黑前赶到下一站卢保。那地方离这里十六英里。威尔的大腿一阵阵地痛，他得强撑着走下去。太阳越升越高，越来越毒。又有人掉队，被踹进沟里等死。

十点左右，他们已经抵达巴丹基地。过了一座桥后，转向东南方向前进。看到前方一条平坦的直道，威尔痛苦地叹了一声。眼前没有一处阴凉地。

他这两天一直尿不出来，苦不堪言。最后，好不容易挤出几滴。火烧火燎的感觉就像一块热铁被塞进阴茎，但有一种说不出的松快。他怎么都想不到自己竟然会感谢这种火辣辣的灼痛。

中午时分，他们来到一个村子。村里有一口自流井。威尔跟跟跄跄倒在前面一个骨瘦如柴的二等兵身上。二等兵转过身："抓着我的皮带，上尉。"威尔抓住皮带，硬撑着又走了一个小时后，感觉两腿都发麻，像是废了。二等兵说："坚持住！"他拽着威尔向前走。

威尔能看到前面几百码处有几幢尼帕屋和一丛树，像绿洲一样闪闪发光，他必须撑到那里，可他还是倒了下去，二等兵扶起他："你能行的！

再走几步。"

但威尔一步都动不了。他开始失去知觉。好像是在做噩梦,他隐约听见一个军官在说日语。他开始耳鸣,感觉自己慢慢地熔向大地。日本军官的脸变大了,像是胜吾。威尔想说出他的名字,但是嘴里发不出任何声音。他最后的记忆是一声短促尖锐的噪音,像是手枪声,他知道自己要死了。

4

威尔感觉到额头和面颊上有凉水。有人在轻柔地擦洗他的面庞。他睁开眼睛,瞥见一张亲切的脸。

"我是奥马利神父。我们一直在担心你。"神父说。威尔挣扎着想起身,但被对方轻轻地按住。"别急。"神父是个中年人,领章上的军阶线显示是上尉,他从一个生锈的锡罐里舀起水来喂威尔。

威尔辨认出一个奇怪的房顶。他是在某个竞技场里吗?他很困惑:为什么自己没有死?

"昨天一个日本军官送你过来的。"神父说。

威尔想起了那张盯着他的脸:"他长什么样?"

"跟大多数日本人一个样。"神父继续往他嘴里送水,"这里是圣费尔南多,孩子,走到终点了,接下来要搭火车过去。"

"那个日本军官?我还以为他朝我开枪了。"真的是胜吾,还是他的幻觉?

"他一直不肯离开,直到我向他保证我会照顾你,他才走。"

威尔坐起来,脑袋嗡嗡地响了一分钟才清醒。他看了看四周。这是一个斗鸡场,挤满了战俘。有个人大叫起来:"麦格林!"是多明戈少尉,瘦得像麻秆一样,他的脸像尸体一样苍白。

"我刚才见到我父亲了。"他轻声说。"日本人把我带到一个营房去见了他。他和宪兵队的一个大佐在一起。大佐告诉我,父亲是劳雷尔新政府的一个领导人,他说他可以放了我,让我跟父亲回家。我说我不能抛弃我的战友,就留了下来。"他凑近了些,声音压得更轻。"但是爸爸不是通敌分子,威尔。他告诉我奎松总统命令他和劳雷尔假装配合日本人。你信的吧?"他的语气是在哀求,"爸爸绝不会当叛徒。"

"我信。"威尔嘴上这么说,但其实并不信。

"他告诉我,他们正在做本间将军的工作,争取释放所有的菲律宾战俘。我说:'快点吧,爸爸,我们这里不断有人死掉,像苍蝇一样,一倒一大片。'"

第二天早上,包括威尔和多明戈在内的一批人出发前往附近的火车站。街道两旁都是平民。很多人不顾卫兵的阻拦跑出来把一罐罐水和一篮篮食物递给战俘。看到这些饱受虐待的巴丹的男人被迫挤进狭窄的闷罐车,人们连连叹气,毫不掩饰地表示同情。威尔和多明戈连同一百多人被塞进一个木质车厢,挤得只能站着。车门关上后,闷热加剧,头顶没有足够的空间让沉闷的空气流通,站在后面的人开始喘不过气来,大叫:"开门!"这么一来,更糟了。有几个人狂躁起来,开始疯狂挣扎。车头往后朝这排闷罐车厢猛地一撞。一名卫兵打开了一扇门,这下终于可以喘口气了。大家没有商量,主动让那些在后面憋得难受的人到前面呼吸最新鲜的空气,前面的人自觉地退到后面。威尔看在眼里,感动到哽咽。人性至善啊!

火车咔嗒咔嗒驶向克拉克机场。大家在拥挤的车厢里自发地轮换位置。车厢内的空气变得越来越臭,患痢疾的人憋不住。大约每隔一小时,火车就会在一个站点停下来,卫兵会让那些要解手的人下车。每一站,都会有老百姓围着火车送上西红柿、米饭、炸肉、甘蔗、糖果和一瓶瓶的水。管威尔那队的卫兵还算仁慈,只是默不作声地看着,其他的卫兵则会把他们赶开,但食物还是会越过卫兵的头顶飞向饥饿的战俘。当地的电报会传送火车的行程消息,聚集起来的人一站比一站多。

差不多三个小时后,火车离安吉尔斯越来越近。站在门口的人跟里面的人说,他们可能会在这里下车,因为离克拉克机场就只有一英里了。但火车甚至都没有慢下来,就这样又跑了一个小时到了卡帕斯。卫兵跳下车,很不耐烦地示意战俘们下来。多明戈扶威尔下了车。许多车厢关了一路,一打开,战俘就像从爆开的袋子里滚出来的苹果,纷纷落地。他们无比珍惜地呼吸着新鲜空气。大量平民在涌出来的战俘中找寻亲人和朋友。人群中,时不时爆发出惊喜的叫声和哭声。两个朋友上前拥抱多明戈,才刚重逢,没聊几句,就被卫兵打断了。

"我们要去奥唐奈营地,"多明戈告诉威尔,这是个菲律宾陆军基地,还没建完,"离这里就只有六英里的路。"

战俘们踏上了一条尘土飞扬的路,整条路不见一处树荫。新鲜空气就像灵丹妙药,能脱离闷罐子,大家都很开心。在多明戈的帮助下,威尔感觉自己渐渐有了力气。从圣费尔南多远道而来的人们表现出来的善意温暖了他,令他振奋。

卫兵们催促战俘赶路,但不再拿刺刀伤人,也不再拳打脚踢。他们把体力不支倒下的人留在路边,说到时候一定会有车子来接。没人挨枪子,而且最后卡车还真的来了。

走了一英里后,威尔感到不需要人搀扶了,他又恢复了生命力,最坏的时期已经熬过去了。在一个土丘顶上,他依稀看到一片迷宫般的破败建筑散布在连绵起伏的平原上,一眼望去,这片辽阔、干燥的平原没什么像样的植被,只有几棵蔓生的树。这一定就是奥唐奈集中营!走近时,可以清楚地看到,大部分营房还没完工,有的没有屋顶,有的就只是个竹架子覆个草盖作屋顶。看上去就像一个规划不当的住宅项目,由于缺乏资金,早就废弃的一个烂尾工程。

营地围着一圈高高的铁丝网,隔一段就是一个木哨塔,持枪的哨兵看着眼前过来的一大批憔悴肮脏的战俘。威尔回头看了一眼铁丝网外的世界;没有任何生命的迹象,除了几丛高高的白茅草在闷热的空气中一动不动。威尔穿过狭窄的入口,入口两边是哨塔,塔上架着机关枪;此刻,他想起了但丁这样警告进入地狱的人:"入此门者,抛却希望吧。"

他跟着人群穿过一个焦干的操场。点名,然后搜查武器,凡是被卫兵看中的东西都被没收。一名士官大声下令,战俘们被押着走上一个斜坡,来到一间挂着日本军旗的屋子前。

他们站在大太阳底下被烤了一个小时后,从屋里出来一个军官,他是这里的指挥官恒吉大尉。这个罗圈腿的小矮子趾高气扬地走向一个高台,腰间的长刀哐当哐当作响,那不可一世的样子,仿佛他是东条将军。他狠狠地扫视一圈全场,开口说话,声音尖厉刺耳,隔一会儿,突然停下来,让站在他旁边的一个矮矮胖胖的菲律宾人翻译。

"大尉说你们是他的敌人!"菲律宾人怯生生地说,"大尉说你们现在归他管了。你们应该感激伟大的皇军饶了你们的性命!"恒吉狂舞着手臂伊哩哇啦地叫嚷:"大尉说你们不会被当作值得尊敬的战俘,你们只是被俘获的敌人。"翻译在流汗:"大尉他说日本已经占领了爪歪(哇)、苏麦(梅)、新几尼(内)亚。大尉他说我们很快就会攻下澳大勒(利)亚和新西勒(兰)。大尉说你们没有军人的样子,一点纪律都没有,大尉说话的时候你们不立正。"

翻译紧张地瞟了一眼全场,用一种近乎温顺的语气说:"大尉说他会给你们苦头吃的。"

恒吉越是恶狠狠,菲律宾翻译就越是怯生生。大尉气势汹汹地抡着拳头,谴责西奥多·罗斯福干预1905年的日俄谈判。翻译说:"大尉说你们必须忘了美国,你们现在要为亚洲人重建亚洲国际新秩序下的新菲律宾,再也没有该死的英美帝国主义了。"

战俘们渴望能有口水喝,能到阴凉处躲躲太阳,但一直没有喘息的机会。

"大尉说你们只要走到距离铁丝网二十英尺的地方,哨兵就会击毙你们。"翻译几乎带着歉意说完了最后这句话。

大尉转身,气呼呼地走了。战俘们被按军衔分成一组组的军官和士兵。威尔和多明戈被拆散,威尔连同十五个其他美国军官被带到营地最北边的一间摇摇欲坠的棚屋里。眼下大家最需要的是水。一排棚屋边上有两根水管,但是龙头不出水,泵坏了。几小时后,日本人允许一批战俘到一英里外的丛林里取河水。水一到,威尔他们就开始用集中营指挥官发的米做饭。这明显就是从碾米厂的地上扫来的垃圾,煮着煮着成了一锅紫色的糊。威尔吃了一大口,咽下去就后悔了,这味道实在太恶心了。

他尽可能地咳出了一些,余下的留在胃里让他极度不适。

"我们得学会怎么把这恶心的东西吃下去,要么咽下去,要么饿死。"一个少校说。他瘦得皮包骨头,眼睛陷在两个深深的窟窿里。

威尔喜欢少校脸上那种严厉的神情。这是一个苦难压不垮的人,他也要成为这样的人。威尔又吃了一大口,这一次没呕出来,他恶心得颤抖,硬挤出一个笑容,他想起了马克跟他讲过的一句玩笑话。"这味道像屎一样,但我喜欢。"他说。

其他人哈哈大笑,然后十分嫌弃地去舀这锅巫婆汤。一个年轻的中尉刚吃进一口,就吐了出来,跌跌撞撞地跑出了棚屋。

"他熬不下去的。"少校说完又硬吞了一勺下去,"我可以。"

# 第三部
# 归途

# 第十章

1

**东京 1942年4月18日**

就在威尔进奥唐奈集中营两天后,十三架B-25双引擎轰炸机出现在东京上空,开始投放炸弹。巧的是,这里刚搞过一场模拟空袭,几分钟后,美军飞机就来了,很多平民还对着杜立特飞机招手。虽然一开始的几篇轻描淡写的报道并没有引起恐慌,但消息灵通的市民第二天早上是带着惴惴不安的心情去上班的。几个世纪以来,他们从小就被灌输祖国是坚不可摧的信念;现在,他们心里有了疑虑。

从物质层面来说,这次空袭并没有造成什么实质性的破坏,可以说是失败的,但在心理层面,对整个美国的影响却是巨大的。率领本次空袭编队的詹姆斯·杜立特中校立即成了大英雄。巴丹半岛沦陷令整个国家士气低落,这一次的英勇壮举是在表示:美国终于主动出击了。这大大鼓舞了各地战场上的盟军,那些困在菲律宾的战俘在设法得知这一消息后也看到了希望。

让民众更为欣喜的是,罗斯福总统发挥他无与伦比的戏剧才能,宣称这批舰载轰炸机来自太平洋上一个叫"香格里拉"的秘密空军基地。香格里拉是詹姆斯·希尔顿的畅销小说《消失的地平线》中神秘的世外桃源。

这当然是无稽之谈。无独有偶，总统在麦克阿瑟逃到澳大利亚后也讲过同样荒诞离奇的故事。他咧着嘴，带着感染人的笑容，解释说，将军乔装成一个日本渔夫，划着一条小破船躲过了全体日本帝国海军。

虽然麦克阿瑟脱身和杜立特空袭这两件事令全国民众欢欣鼓舞，但位于宪法大道上的弹药大楼和海军大楼里的人知道没什么值得高兴的。短期内还不能解放菲律宾；在爪哇海战役中，同盟国军队几乎全军覆没；美国东部沿海和墨西哥湾的潜艇被击沉的速度远远超过建造的速度；美国海军长久以来都是国家的骄傲，而此刻却似乎毫无招架之力；希特勒正准备大举进攻苏联。

四月下旬，海军大楼的美国海军情报局特别战略科来了个新招募的文职人员。麦格林教授暂别宁静的伯克希尔山，在战争期间作为顾问加入一个主要负责太平洋战区心理战的秘密海军作战情报机构，来帮助美国打败日本。

他的小儿子正背着全副装备在拉霍亚附近、圣地亚哥北部的科尼梅萨爬山，这座光秃秃的山有个绰号，叫"内莉的奶子"。这就是艾略特营，海军陆战队西岸训练基地。这地方很荒凉，山多，岩石多，沙多，植被少，但却是个绝佳的训练场地，从班到营拉出来就可以越野行军。往西几英里处有几个沙丘和德尔马市的几片人迹罕至的海滩，很适合进行橡皮艇训练。

马克现在是一名二等兵，隶属海军陆战队 6 团 1 营 4 连（武器连）下面的三个机枪排中的其中一个排。这个连下面还多出了一个 81 毫米迫击炮排，比 1 连、2 连、3 连这三个步枪连都大，所以连长是一名少校，二级指挥官副连长是威廉·约瑟夫·沙利文，他同时也是营里的机枪军官，因此，这三个机枪排也归沙利文管，这样一来，他就相当于一个步枪连的连长。马克发现冰岛的老兵比新兵训练营的新兵有意思多了。他们闹腾，活泼，好色。在冰岛，男女比例是一比六，长得最丑的海军陆战队队员都能找到姑娘。

马克在艾略特营的第一个月，他和其他的新兵被反复灌输 6 团的光辉历史。1918年,第2师的这支主力部队在贝洛森林战役中狠挫德军,令其闻风丧胆。据传,海军陆战队的英雄在二十四小时内反复强攻敌军的机枪阵地,纵使伤亡1087名官兵也不退缩,到后来士气衰竭,攻势减弱,一个老资格的中士高呼那句不朽的名言:"来吧,混蛋!你想永生不死吗?"士兵们闻之士气大振,冲上去攻下了这片森林,法国政府赠予功绩绶带以表感谢。"自豪地戴上它,这是诱饵,意大利妞会扑上来的!"讲述这段光荣史的人常常会这样说。

机枪训练的目的,是训练士兵在敌方火力攻击下尽快架设好机枪,并进入战斗状态的能力,他们需要瞄准事先安在几码外的其中一根白桩子,在遭受伤亡的同时仍让机枪保持火力。作为送弹手,马克必须一手捧一只四十磅①重的弹药箱,还不能落下自己的M1步枪。负荷太重,马克渴望能成为一名副机枪手,这样只需要佩一把手枪,扛一架十五磅重的三脚架即可。

马克很快就掌握了任务的简单程序,一遍遍的重复练习让他厌烦。这引起了上士马奥尼的不满,这个瘦小结实的爱尔兰人让马克联想到吉米·卡格尼。马奥尼的鼻子是歪的,他虽然个头不高,但叉着腰对着犯错的士兵大吼的凶相还是挺吓人的。这个"老大"(绰号)经常嘲弄马克懒散的态度。有一次,马奥尼在检查军容时发现马克没戴弹带,也没有上刺刀,就让他把弹带套在脖子上挂了两天,睡觉时都不许拿下来。在屡次出现类似的错误后,马克又在周一早晨集合时迟到了半小时,马奥尼忍无可忍:"我要把你上报到连部,麦格林。"

马克惴惴不安地走向连长办公室。少校不在,现在管事的是副连长。虽然马克只是远远地见过这个人的尊容,但他在每个新兵的心中已经是一个可怕的角色。大多数人称呼他"上尉",军官和高级士官管他叫"队长",但在背后,所有人都没规矩地叫他"比利J"。冰岛的老兵对他推崇备至:一个了不起的军官,你所想象的最好的人,但如果下属犯了错误,他那双纯真的蓝眼睛就会射出冰冷的目光,被这样注视着的你会感觉生不

---

① "磅"是英美制质量单位,1磅≈0.45公斤。

如死。

沙利文上尉正在看文件,马克立正站在他的桌前:"二等兵麦格林依令向您报告,长官。"

沙利文抬起头。"稍息。"他的声音轻轻的,听起来一点都不可怕。"你为什么会错过列队点名?"他平静地说。

"我昨晚错过了从圣地亚哥过来的末班车,长官。我的表停了。"马克解释说,自己没钱叫出租车,只能搭车到拉霍亚,"我在公园里睡到今天早晨,长官。我搭车回到营地,但早上点名有点迟到。"

只比马克大两岁的沙利文已经很老成:"麦格林二等兵,你的表为什么停了?"

"我忘记上弦了,长官。"

沙利文盯着马克:"你为什么不从拉霍亚步行到营地,非要在公园里睡一夜?"

"我没想到,长官。"

"比利J"的眼神突然变得像钢一样。"我希望我的队员上刀山下火海都要完成任务。这跟你结婚时在圣坛前说'我愿意'一样。你宣誓过要履行自己的职责。你明白吗?"他短促利落的话似乎啪的一下从墙壁上弹飞,就像一颗跳跃的子弹。

"是,长官。"

"鉴于你这是初犯,我打算给你一个警告,放过你。别让我在办公室里再看到你。出去!"

"向后转,"马奥尼厉声说,"往前走。"

刚开始,"比利J"看起来似乎很好糊弄。现在马克知道他们说的"那冰冷的眼睛"是什么意思了。他也有很粗野的一面。马克不太搞得懂"比利J"和那些从冰岛过来的士官。他们很粗野,这点毋庸置疑,在海军陆战队的问题上,他们绝不容许你乱来,他们也难以捉摸,又很排外。如果你不是他们中的一员,他们就当你透明,都不会正眼瞧你。然而,因为他多次吊儿郎当,马奥尼把他上报之后,"比利J"为什么会放过他?

他突然意识到"比利J"这样对他网开一面是姑且相信他,给他机会,

"比利J"还真是相信了他。马克很困扰,搞不懂这些人,但他下定决心,绝不再进连队指挥官办公室挨训。

训练强度加大了,野外演习一搞就是三到四天,顶着大太阳徒步行军的时长也增加了。行军十五英里到达德尔马后,结果大出所料。大家不用再挤帐篷,睡的是赛马场上干净的马房,四人一间。这样的早晨真是太难得了,同伴在梦里学马叫,宣称自己是"赛马之王",马克居然没被吵醒。

第二天,他们在德尔马酒店北面的海滩上开始橡皮艇训练。四人和七人的橡皮艇都用上了。他们练习迎着涌向岸边的海浪把船划出去,然后再乘着大浪把船划回来。两样都不容易。橡皮艇倾覆在浪里的时候,叫声此起彼伏。一开始还挺好玩的,但很快就成了苦役。手臂和肩膀都痛。头两天,他们只穿了泳裤,训练只持续一小时。到了第三天,"比利J"下令:必须穿上制服,戴上木髓头盔和单兵携行具,延长训练时间。到了第四、第五天,他们已经全副装备上身,除了武器。马克喜欢训练中这种短暂的变化,但还是觉得花在橡皮艇训练上的时间实在是浪费——傻瓜才会划着这么笨重的玩意去敌人据守的海滩。

当他们踏上回程,开始长途跋涉回艾略特营时,过去几天一直亢奋的情绪开始逐渐冷却。马克陷入了沉思。他能感觉到训练快结束了;而且,很明显,1营不会去欧洲。他们很快就将赶赴太平洋上被日军占领的那几个岛屿了。

2

玛吉在圣地亚哥告别马克,立志一定要挖掘出加利福尼亚愈演愈烈的反"二世""疯潮"的内幕。她觉得这是成为一个成熟的驻外记者的第一步。玛吉在内心总是很抗拒自己是个女孩,从小就缠着马克让她参与他的各种恶作剧和冒险。而且,她也很看不惯中产阶级上层家庭出身的那帮女孩,她们唯一的梦想就是嫁给标准石油公司的总裁。她发誓这辈子绝不嫁人,毕竟,哪个男人能与爸爸、威尔或者马克相提并论?

与她的雄心相匹配的,是她在工作中吃苦耐劳的毅力以及突出的采访天赋。短短几分钟,她就能说服大多数人抖出藏得最深的秘密。她有一种令人信任的魅力,事实上,她也的确发过誓——即使联邦调查局威胁要把她关进监狱,她也绝不把线人供出来。说实话,她还盼着进监狱呢,这是一种磨砺,可以让她成为一个更好的新闻记者。到目前为止,她的这种热情还没有经过实践检验,可要是让马克来评价,他会说,她这样一个天生的傻瓜,肯定是第一个主动要求入狱的,进去后,也是最后一个抱怨的。

令这种雄心抱负更加坚定的是义愤,"二世"所遭受的不公正待遇令她愤愤不平。这不仅是因为她从小在日本长大,而且作为半个爱尔兰人,她天生就是弱者的卫士。她在加利福尼亚到处奔走,采访高官和被这股正在西岸蔓延的盲目的恐慌情绪祸及的受害者。她没有被冷冰冰的官僚逼退,她锲而不舍地守在大人物的门口,直到他们很不情愿地接见她。她还上门采访已经六神无主、准备迎接厄运的日本人,在他们凄凉的家中度过了无数个小时。她使出检察官那种追究到底的劲头,为《内幕》揭露了受人景仰的开明人士"两面派"的说辞。比如厄尔·沃伦曾在2月初对着媒体公开宣称:"如果我们因为一个人的先辈而歧视他,这会影响团结,使我们不能全力对外。"然而,几小时后,他对一个重要的反日组织的成员说,他觉得军方可以"把所有的日本人移出战区",而且也"应该这么做",军队"有权力这么做"。对他来说,战区当然指的是加利福尼亚。而且他还警告说,如果不立即让这些日裔美国人撤离,珍珠港的惨剧可能会重演。

虽然西岸大多数的日本人都是美国公民,但他们现在已经成了"敌侨"。尤其令玛吉恼火的是,以往思想高尚、开明进步的朋友全都赞成把这些无辜的人关进集中营,而德裔公民则几乎没有受到什么骚扰。

反日情绪也不止限于太平洋沿岸。在一场全国性的民意调查中,五分之四的人相信"日本人一直都想发动战争,尽可能地扩充自己的实力"。罗斯福这个高明的政治家听从了这种声音。在美国公民自由联盟和其他的民主捍卫者的支持下,他下令战争部组织"二世"大规模转移,而最高法院拥护这一行为的合法性也就不足为奇了。

玛吉打听到第一个战时安置营在加利福尼亚一个叫作曼赞纳的地

方。3月下旬,她去亲眼见证第一批愁容满面的家庭入驻他们悲惨的新家。见她笑盈盈的,还说自己是美国红十字会的代表,卫兵怎么能不被迷住?就这样放她进去了。怎么能怀疑这样一个穿得漂漂亮亮的大美女?

"曼赞纳"在西班牙语中的意思是"苹果园",然而在玛吉看来这里如同一片沙漠。附近有几英亩绿色,种着香瓜和蔬菜,但营地本身尘土飞扬。西边是高高的惠特尼山,美国本土最高的山,但东南方是死亡谷。这样反差强烈的地貌会导致白天极热,夜晚极冷,而且营地还没有建好,木工和管道工还在忙碌,十四幢沥青毡棚屋会隔成二十英尺乘二十五英尺的单间,两个家庭——通常是素不相识的两家人——挤一间房。

玛吉很快就发现只有两幢棚屋配有淋浴设施和抽水马桶,住在其他棚屋的人必须忍受冷水和露天厕所(厕板下就是注入了化学分解剂的贮槽)。玛吉能够理解为什么这糟糕的卫生条件会让极爱干净的日本人不安。一个老妇人,一位奶奶,告诉她几星期前他们接到一个大概是联邦调查局打过来的神秘电话,警告说他们动身的时间"会比你们想象的来得早"。一个小时不到,来了两个男人,提出要把他们所有的家当都买下来,价格低得离谱:心爱的钢琴五十美元,汽车七十五美元,煤气炉和全套厨房用具二十五美元。

和奶奶他们住在一起的这家人遭遇也差不多。他们把自家店里的货都装上车拉到洛杉矶拍卖,价值三万多美元的货只换来五千美元。

玛吉看着两家人平静地同意分房,他们在房间里拉起铁丝,挂上布帘,对半隔开。这屈辱的景象令玛吉流下了眼泪,但住在这房间里的十个人丝毫没有怨言。

"你们太逆来顺受了。"她为他们抗议。

其中一家的父亲感谢她关心他们的处境。"我们怎么能反对自己的政府呢?我们在打仗,我们都应该尽自己的一份力。"房间里的每个日本人,不论老幼,都表示认同,"这是我们的义务,忠于自己的国家,为国家做贡献,这是我们的责任。"但当玛吉离开的时候,她注意到大多数的女人都在强忍眼泪。

玛吉提交的材料让《内幕》杂志那位不修边幅的胖主编兼东家很高

兴。斯坦纳叫她接下来去关注对政府这种不法行为意见相左的两派，支持的也好，反对的也好，都去调查一下。马克和玛吉的心里都住着一个顽皮的魔鬼，她兴奋地发现颇具声望的民主代言人沃尔特·李普曼认同沃伦的观点：第五纵队问题在西部很严重，很特别。他说："太平洋沿岸正面临内外联合攻击的危险。"因此，必须把那些危险的"二世"关进集中营。而埃德加·胡佛这位进步人士眼中民主的头号大敌却极力劝说总统不要签署这份迁移令。他在文中写道：采取这种措施的诉求，"主要是基于政治压力，而非事实依据"。

玛吉在首都四处奔走，从各个渠道挖掘零碎信息，她挖出来的趣闻把那位《内幕》主编逗得直乐。比如约翰·福特写给总统的那份报告，这名电影制作人正在夏威夷拍摄以珍珠港为题材的电影，他警告罗斯福：夏威夷的绝大多数日裔美国人都"已经被毒化"，不需要对他们仁慈。这名导演走到哪里都会发现"大多数的重要职位"被"日本佬"占着。也是通过同一个白宫线人，玛吉了解到一个住在宾夕法尼亚州的人写的信引起了总统的重视。这个人声称：所有的日本人都怕蝙蝠怕得要死，只要在日本上空投放蝙蝠，"让日本帝国丧魂落魄，士气大消，对蝙蝠的恐惧愈演愈烈"，就可以赢得这场战争。总统把这封信转给了战略情报局的头——"疯子比尔"多诺万。他还加注"这人不是疯子"，虽然蝙蝠计划听起来是个非常疯狂的想法，但还是"值得研究一下"。于是，多诺万就聘请了美国自然历史博物馆哺乳动物科的科长，还拉上了陆军航空部队一起来搞。玛吉查不到有谁验证过日本人怕蝙蝠这事是否属实，但她可以告诉总统这不是真的。不管怎样，她还是向主编报告，飞行大队的投弹手已经开始训练用降落伞投放蝙蝠，尽管这些哺乳动物老是在高空的飞机上活活冻死。

读完这篇文章后，《内幕》杂志的主编笑得前仰后合，差点连椅子一起栽倒。"太可惜了，这消息我们不能发表，"他对玛吉说，"否则我们会被当成叛国贼关起来的。"到了四月，他派她去弗吉尼亚的温泉镇调查日本官员和平民被拘押的情况。玛吉很高兴，因为她向马克保证过，她一定会想尽一切办法去看看弗洛斯和她的家人，她也许可以凭记者证安排一场会面。

然而，她发现家园酒店如同堡垒一般森严，她的记者证和笑容都打动不了彬彬有礼的联邦调查局守卫。她转了几天，向当地的居民和两个在酒店里工作的女孩打探消息，只打听到联邦调查局的一个好心人给了她外甥正雄一些玩具，还有就是野村大使组织了几个委员会，让大家能更好地适应回国的生活。其中一个委员会开设了针对中小学生的学校，主要目的是帮之前在美国学校上学的孩子纠正日语口音。她敢打赌，弗洛斯一定加入了这个委员会。

在最后一天，玛吉最后一次恳求让她见姐姐几分钟："就让我跟她道个别吧。"特工被感动了，但还是坚持这是违反规定的。玛吉又说："她不能到楼顶跟我挥挥手吗？"

"倒是没规定说不可以。"

几分钟后，她看到弗洛斯和正带着正雄冲向楼顶边缘，她的心跳得快要蹦出来。他们向她挥手。弗洛斯大呼："别担心，亲爱的！"随即眼泪夺眶而出。正雄也在大喊，玛吉听不懂他在说什么，但看到他没哭。正一直忧郁地挥着手。

玛吉强忍住眼泪，大喊："爸爸和马克让我带话，他们爱你们。别灰心！"她也哭了出来，悲愤的眼泪夺眶而出。特工轻轻地抓住她的胳膊，她最后一次挥了挥手。

午夜时分，她才回到第143街上的小屋。马克不在，这里就像坟墓一样。当她伤心地拖着疲惫的身子往床上躺时，电话响了。是杰森·弗雷德里克斯。蔫蔫的她瞬间振作起来。这位报业大亨，旗下拥有从俄亥俄州哥伦布市到堪萨斯城的一系列中西部报纸。他先是恭喜她，说《内幕》的报道很精彩。

"不是我写的，弗雷德里克斯先生……"

"我知道，但消息是你发掘的，你有发现好新闻的嗅觉。你愿意到我这里来工作吗？"

她惊讶得几乎透不过气来。"做什么呢？"她问。

他要她马上去夏威夷，进一步报道那个重点地区"二世"的待遇和行为。除了调查，她还可以自己来写新闻稿。这可是她的人生梦想。她结结巴巴地应承下来,激动得还在发抖,就给父亲拨了个电话。过了几分钟,他才接起电话,对着话筒怒吼:"你是谁啊?"他睡得正酣,被电话吵醒,但听到这个消息,转怒为喜。

接下来,玛吉战战兢兢地打电话给斯坦纳。听到这事,他沉默了一会儿,然后嗓门很大地来了句:"祝你好运,丫头。我就知道你不会在我这儿待很久的。"她怯生生地问他是否能接受提前两星期的辞呈。"两星期?哎呀,亲爱的,在那老东西变卦前赶紧滚去堪萨斯城。"她开始表达自己的谢意,"不用谢,好好干,丫头!"

一个星期后,玛吉已经在夏威夷了。同事们被她层出不穷问不完的问题逗得直乐,可也实在是疲于应付。她孜孜不倦地从每个角度调查当地的"二世"和"一世"(在日本出生的移民)的情况。她听说,瓦胡岛中心附近的斯科菲尔德帐篷城里的"二世"士兵在珍珠港事件爆发几天后,醒过来后发现自己被端着机关枪的士兵包围,还有一些日本人因被怀疑从事间谍活动或破坏活动而被逮捕,与此同时,并没有出现疯狂的仇日情绪,没有大规模的逮捕,最重要的是,甚至连一点苗头都看不出要把他们转移到安置营去。

这里的仇恨和恐惧到了另一个层面,日本居民生活在怀疑的阴云下。克制的种族情绪在珍珠港事件爆发后变本加厉,比原先直白激烈得多。玛吉亲眼看到一些很难堪的场面:军人和战务工作者公然对日本人泄愤;在大多数情况下,日本人只是一味隐忍,不加反抗。几个家境富裕的美国女人向玛吉抱怨说,她们的日本女仆和杂役一点都不爱国,居然要求加工资,有的干脆撂挑子不干了。她调查后发现这些抱怨的女人本身就为人苛刻,很难伺候。檀香山的报纸上刊登的读者来信也看得她很来气,这些信咄咄逼人地谴责美国出生的日本年轻人傲慢、没教养、对战争漠不关心。

在采访日本家庭的过程中,她发现他们不太愿意抱怨。年长些的一心想表示忠诚,他们承认现在已经不再公然穿着和服和木屐外出。他们想尽量表现得美国化,甚至改革了旧式的婚礼和丧葬习俗。寺庙、神社和语言学校这三种基本的日式机构已经被废弃。进一步的调查又发现,为了与过去彻底切割,他们把照片、族谱、护照,甚至是从日本移民过来的证明材料,都一把火烧了。

这些自我约束的行为并不是疑神疑鬼,反应过度,而是因为有过痛苦的经历。在战前,女人们穿着和服走在檀香山的街头,根本不会有人多嘴,但在珍珠港事发后,就会遭到冷嘲热讽。在公共场合说日语会招来侮辱,甚至暴力威胁。他们觉得在家里挂日本国旗很危险。国旗和武士刀连同故国的其他物件都被悄悄地趁天黑埋在了后院。有些"二世"甚至连名字都改成了夏威夷或者葡萄牙的,青木明竟然成了安格斯·麦克唐纳。

玛吉发现,这些日本人很依恋夏威夷,但他们中的大多数人对美国的历史、地标和机构都知之甚少,所以他们的忠诚实际上是针对夏威夷,而不是美国。两个星期后,玛吉觉得可以开始写她的第一篇新闻稿了。在《"二世":受审判的一代》这篇文章中,她试图用有人情味的语言去诠释那些被夹在两种文化当中的人所处的困境,他们现在被迫向社会证明自己一颗红心只忠于美国。在大约三十年的时间里,他们一直被当成二等公民,现在投放在珍珠港的炸弹逼着他们做出令人心碎的决定,抛弃自己极为珍视的传统生活方式,以免自己的美国身份遭到质疑。在文章结尾,玛吉引用了瓦胡岛居民保卫家园委员会主席坂卷俊三的话:"已经没有回头路了,不能向敌人妥协。日本选择跟我们开战,那我们就应战,这是一场死拼到底的硬仗。"

她惴惴不安地把这篇稿子发给了在堪萨斯城的弗雷德里克斯,担心自己可能写得过于情绪化,过于同情"二世"。堪萨斯城回过来的电报很简短:很好。继续写。

玛吉大受鼓舞,决定拓展到军事领域。她结识了一名与情报打交道的青年海军军官,她同意跟他约会,怂恿他吹嘘自己的工作有多重要,几杯酒下肚,她从他口中得知日军正在"策划另一起珍珠港事件"。所以当她听到6月4日中途岛大捷的喜讯时并没有太惊讶。在这场战役中,日军损失了海军航空部队的精锐、四艘航空母舰和一艘重型巡洋舰①,而美

---

① 原文的 heavy carrier 应是笔误,heavy cruiser(重型巡洋舰)更符合逻辑和历史事实。——译者注

军只损失了一艘航母。

玛吉打电话给他的海军上尉,但他一直脱不开身,两天没见她。她提议在市中心找个安静的地方一起吃晚饭。他一个劲地爆料,生怕人家瞧不起他,玛吉没怎么鼓动,他就抖出了没公布的细节,比如日本舰队的阵容,他还透露了支援入侵部队的四艘轻型巡洋舰连同突击部队的四艘航母的名号。他以为晚上能跟这姑娘上床,结果大失所望,玛吉只是在他脸上轻轻地啄了一下,说自己要赶稿子,就急匆匆地走了。

一个小时不到,她就把信息通过电报发给了堪萨斯城。也不知道是怎么通过审查的,6月7日一早,弗雷德里克斯旗下所有的报纸头版都刊登了这则新闻,隐去了玛吉的署名。凑巧的是,几个小时后,《芝加哥论坛报》上也出现了他们的战地记者斯坦利·约翰斯顿提供的同样的消息。海军方面大为光火,担心这么准确的信息会让日军警觉大部分密码已被破解。总统也大发雷霆,有人说得起诉《芝加哥论坛报》和弗雷德里克斯,但最终认定这样做可能会对战争不利。"让历史来审判他们吧。"据说,罗斯福是这样说的。

弗雷德里克斯给玛吉写了一封热情洋溢的信,承诺稍微给她涨点薪水。一开始,因为报上没给自己署名,她还有点泄气,但信上说可能不久就会派她去战区,这让她欣喜若狂,兴奋得一晚上没睡,想象自己将来的巨大成就,甚至有朝一日有望超越西格丽德·舒尔茨。

3

**东京　1942年6月11日**

白宫担心那几家报纸捅破了中途岛战役得以成功背后的秘密,这是没有根据的。事实上,日本海军坚信自己的密码外人无法破解。东条大将仍旧兼任总理大臣和陆军大臣二职,他已经下令向公众和高官封锁中途岛的消息。得知打了败仗后的第二天,他去面见天皇,只字未提中途岛的事。在皇军大本营的内部会议上,东条提议,宣传阿留申群岛的军事行动,借此来转移公众的注意力。中途岛战役结束三天后,另一支海军部队不费一兵一卒就拿下了阿图和吉斯卡两个具有战略意义的小岛。

于是,6月11日,《日本时代与广告报》的头版标题是"海军取得又一划时代胜利"。在对阿留申群岛的荷兰港和中途岛实施突袭的过程中,又击沉了两艘敌方"巨舰":"顺带提一下,战争伊始,美国拥有的七艘航空母舰如今只剩下两艘。著名画家松枝坚在上图中描绘了中途岛附近一艘航空母舰爆炸的场景。"

那天上午,户田晃打电话给好友矢部说,日本制铁公司刚刚命令他带手下去中国中部,重组一家大型轧钢厂和铁矿。

"我必须马上见你。"矢部说。户田晃不知道为什么木户侯爵的这名二秘听起来这么不安。他们约好在日比谷公园见面。半个小时后,矢部把传到木户那里的关于所谓的中途岛和阿留申群岛大捷的消息告诉了户田。一名海军军官偷偷向这名天皇的首席顾问透露,四艘日本航母被击沉,而且海军航空部队损失了大批飞行员,这一损失无法弥补。矢部又说,内大臣担心这意味着不可避免的转折点已经到来,他让矢部谨慎地找几个有西方人脉的好友问一下,是否该趁着日本还有议价能力开始试探和平解决的可能性。

户田摇摇头,他认识几名将军,心里很清楚这种主动示好的行为在军方眼里就是叛国。即使有天皇支持,这样的提议也为时过早:"我们不到一败涂地的境地,总理大臣东条是不会考虑求和的。"

户田回到办公室,把桌子清理了一下,然后回家去打点行装,准备起程去中国。他女儿澄子刚刚放学。这一天太令人激动了。一个自负的青年陆军军官在视察完学校后,带着批判的口吻对校长黑木小姐说,顶楼有一个西方女人的画像。毕业于韦尔斯利学院的黑木小姐藏不住笑容,因为那是一幅复制的《蒙娜丽莎》。

"这可不是什么好笑的事,校长。天皇的像在那个外国女人像的下面一层,这可不行。"

"我明白。"黑木小姐说话的时候,依然保持着一贯的优雅庄重,"我已经叫人把天皇陛下的肖像拿走了。你看我们的校舍是木头搭的,一场空袭就会把天皇的像烧毁。谢谢你的好意,中尉。"

这个年轻人就像被自己的校长打发了一样，红着脸行了个鞠躬礼，带着歉意走了。这件事一下子传遍了整个学校，不管是不是基督徒，学生们都大受鼓舞，校长在她们心目中的形象更加高大了。澄子尤为佩服，她暗暗发誓要以同样的勇气捍卫自己的信仰。在回家的火车上，她注意到两个在美国出生的同学在用英语交谈，澄子边上的一个中年男人突然厌恶地大喝一声，脱下一只草履，啪啪两记耳光。两个女孩被打哭了，澄子一下子蒙了，动都不会动。这个怒气冲冲的男人在下一站下了车。澄子羞愧得无地自容：事到临头，怎么就没勇气了呢？

从地铁站到家很近，她一边走，一边在担心胜吾。他在哪里？她也担心高。这个一心只想画画的哥哥不久后就要从东京大学毕业，然后不得不参军当兵，不是陆军，就是海军。她很想和妈妈聊一聊这些事。快到家的时候，她迫不及待地想告诉妈妈黑木小姐是怎么把那个傲慢的军官制服的。埃米打开门，对她说："今天爸爸回来得早，他过几天要去中国。"澄子听得出妈妈很不安："这一走要很长时间，不知道什么时候才能回来——现在什么都不知道。"

澄子发现爸爸正在为长时间外出做准备。之前，他也多次离家去外地，但都是短途，他会寄明信片，也会带礼物回来；这次，他要去很远的地方，离开很久。她会想他的；她想知道经常训导她要自立的妈妈此刻是否觉得没有安全感，觉得很无助。

那天吃晚饭时，户田对他的儿子高说："你现在得是家里的男人了，我要指望你了。以后的日子会很艰难。"

"哪方面，爸爸？"

"战争，还有其他方方面面……"他说得含糊其词。

晚上，高去找好友加藤顺，他是青山大学英语系的学生。"你听说了吗？据说明年秋天会让我们提前毕业去当兵。"高说。

"千万不要啊！"顺大叫。想到要上战场去对抗美国，他很头疼，因为他是在檀香山出生的。十年前，他和妹妹被父亲带到日本，当记者的父亲迫于生计，觉得凭自己赚的这点钱只够养活两个年长的儿子，于是，顺和妹妹就留在了爷爷奶奶身边。老人务农为生，也只能勉强维持生计。

顺觉得自己是个弃儿,从小就祈望获得自由,这样就能回到自己热爱的美国。他瞒着家里上了一所卫理公会主日学校,争取到了青山大学的奖学金。严厉的爷爷气得暴跳如雷,但最终还是在奶奶的劝说下,让他利用这个机会上了大学。

珍珠港事件对顺来说是个可怕的打击。错综复杂的情感和左右为难的忠诚令他无法厘清自己的反应。后来,一连串的胜利让他意外的同时,也禁不住感动自豪——小小的日本竟然取得了这么大的成就。尽管如此,他内心还是在抵触。他还是会激动地想起国歌《星条旗》,想起三年级的时候,每天早晨手捂胸口,对着星条旗宣誓。

同时,年复一年,他已经在不知不觉中成了日本人,但是对待这场战争,他还是不能像普通日本人那样。日本和美国,他不希望任何一方输,他希望两边都赢,他很困惑。他该怎么办?参军就意味着他不得不与他依然热爱的国家为敌。

两个年轻人离开顺的公寓去赴约会,他们约了青山大学的两个女学生。快到地铁站的时候,他们听到一阵呼声,从街角过来一队人打着灯笼在游行。这一带在庆祝中途岛大捷。两个学生看着男男女女老老少少群情激昂地高呼着"万岁!"向神社走去。同一批人很可能在日军突袭珍珠港和攻下新加坡后也这样高呼着游行过,再有胜仗,他们还会这么做。

"你觉得日本会赢吗?"高问道。

"当然。"顺含糊地回答,然后马上岔开话题,他不愿意去想这个问题。

两人搭乘地铁前往涩谷,去一家咖啡店前跟女孩会合,如果被发现成双结对走在街头,会被抓起来的,因为法令规定在战争胜利之前不允许谈情说爱。这两个青山大学一年级的女生虽然紧张,但非常兴奋,可以跟学长和一个东京帝国大学的男生这样约会。在咖啡店坐了一小时后,顺建议去他的住处听爵士乐唱片,女孩们想去,但是作为淑女,碍于礼数不敢答应,而且,法律也不允许听这种音乐,两个小伙子顶多希望拉拉小手,也许再亲一口,也就没有坚持。

第二天星期五早上,东京的报纸称海军再度受创令罗斯福总统大为震惊,他召集了太平洋战争委员会特别会议。他们认为,在美军落败的中途岛—阿留申战役中,日本的"闪电行动"非同小可,必须重视起来:"根据国际电话传来的消息,公众毫无根据的乐观情绪令美国的高官们乱了阵脚,他们一直在拼命隐瞒日本最近在阿留申群岛取得胜利的消息。"

星期天,户田向家人告别,嘱咐了几句就走了。家里人已经习惯了他不在,但这次埃米觉得自己像是在送他上战场。他不是去上海,而是去一个陌生的地方,很远,很危险。过去给她们送米的小伙子和送蔬菜的男人都死在了中国。埃米跟松聊起了自己的心事:如今家里的帮佣只剩下她一个女佣了。

第二天,顺来找高一起去教堂。他们出发朝地铁站走去,澄子和她母亲远远地跟在后面。雨季还没到来,他们经过的花园里,山茶花和6月初的各种花开得正艳。

青山的小教堂里几乎找不到一个空位。澄子注意到最后一排有一张新面孔,一名年轻的陆军中尉,长着一张娃娃脸,腰杆笔挺地坐着,他在一个黑皮本子上做记录。她猜这又是来监听的,看卫理公会教徒是否有煽动性的言论。想到这,她勃然大怒。他们有什么权力带着笔记本踏进天主的家? 但是一向好斗的妈妈却没有站出来反驳第一个监听员的要求,那人要大家以后在礼拜开始前先面向皇居鞠躬并高唱国歌。"理智些。"她对澄子说,"连累家人的话一句都不能说。"澄子还是不服,她崇拜黑木小姐能公然教导她的学生们:只有一个上帝,虽然应该尊敬作为君主的天皇,但他毕竟只是个凡人。

礼拜结束后,这名年轻的中尉把高和顺叫到一边:"我想你们两个年轻人是会以死报效天皇的。"他们表示是的。中尉又问:"天皇和上帝,谁更重要?"

两个年轻人支支吾吾的,澄子打断了他们,她决心效仿勇敢的黑木小姐:"只有一个万能的上帝。我们尊敬作为君主的天皇,但他只是个凡人。"

她这话让中尉大吃一惊,中尉说:"我奉劝你一句,说话小心!"澄子的心怦怦直跳。

高和顺在教堂外等她,当面把她夸了一通,她很不好意思,逃到妈妈身边,妈妈轻声表达了内心的自豪。

"她有点像我的表妹裕子。"顺对他的朋友说。两个年轻人道别后,顺在回家路上想起了裕子,她比他小四岁,但在他心目中,无论哪个女孩,都不能与她相提并论。她和澄子有很多相似之处,两个人都很叛逆,但裕子更加直言不讳。再过几星期,她就要离开广岛了。她爸爸把她寄养在姨妈家,让她在那边上学。现在,她得回去了,回那个无聊的塞班岛。她父亲在那里开了一家糖厂。从出生起,他就跟许许多多的日本父亲一样,嫌她是个丫头,不是小子,对她一直很嫌弃。

顺自己的前途一片灰暗。不久,他就得参军入伍了。在青山大学参加军训已经够糟的了,幸亏每次只持续两个小时左右,而且,一星期也就两回。先是密集的队形操练,虽然很乏味,但却并没有那么令人讨厌;然后是拼刺刀,虽然很刺激,可他极度反感。即使只是用刺刀去捅稻草人都让他觉得反胃,因为他无法想象对着一个美国人这样做。

4

### 西弗吉尼亚州白硫磺泉镇　　1942年春天

弗洛斯一家于四月从家园酒店搬进了另一个舒适的酒店,仅相隔三十英里的绿蔷薇酒店。在家园酒店楼顶与玛吉挥泪道别的那一幕令弗洛斯至今无法释怀。这次见面只是徒增烦恼,令她更加担心家人。战争已经爆发,爸爸一定会大有作为,威尔也一样,他是天生的赢家;但那对双胞胎肯定会有麻烦。玛吉仍旧会由着性子来,去做随军记者。马克冲动行事的老毛病也已经表现出来,参军不说,还专挑海军陆战队这最严格的军种。他居然能熬过新兵训练营,没有被送上军事法庭,真是不可思议。

住在绿蔷薇酒店自有它的好处:阿巴拉契亚山脉还有些积雪,正雄和小伙伴在附近的山坡上滑雪,玩得很开心。但也有坏处:这个酒店还拘禁了几百名德国人,每次一得到纳粹打胜仗的消息,他们就会高呼"希特勒万岁!",举起右手敬礼。这时候,弗洛斯就得盯紧正,因为他会公开表示反感,她得使出浑身解数才能息事宁人,让他上楼。"大多数德国人是很好的。"她会这么说,他虽然认同,但仍然会争辩说有些德国人实在很恶心。他会保证下次尽量控制自己的情绪,但他无法掩饰对前途的担忧。他担心自己会因为亲西方观点而遭到贬黜:"他们可能会打发我去对付媒体,或者让我去做无聊的文书工作。"她提醒他,在外务省还有些很有影响力的朋友,比如来栖:"寺崎先生也一定会帮你说话的。"

"如果他们知道罗斯福发给天皇的电报我俩都脱不了干系,还有谁会帮他说话?"

那天晚上,他们在和一对日本夫妇吃饭时,对方的妻子眼尖,随口问了一句:弗洛斯什么时候生?正大吃一惊。两个人独处的时候,弗洛斯告诉他,他们的第二个孩子九月初就要临盆。他吓坏了。她说没什么好担心的,晨吐症状几乎没有,而且医生也说绝对不会出现生第一胎时的并发症。

"你在华盛顿的时候为什么不告诉我这事?"

她亲了亲他:"怕你大惊小怪,要把我送到威廉斯敦去啊。"

5月底,德国人要起程回国了。这时候,两国人员之间已经有了感情,有不少人成了朋友。大多数日本人聚集在大堂送行。挥泪告别后,正一家和观念一致的日本人纷纷离开,支持轴心国的留在大堂,高唱爱国进行曲,为德国高呼三声激动人心的"万岁!",德国人齐声回应:"德意志万岁!"

远远看着这一幕的正握紧了拳头。弗洛斯搂住义愤填膺的丈夫,把他拉走了。然而到了第二天早上,看到《纽约时报》上关于"二世"安置营的最新报道,她成了那个需要克制的人。"这地方应该叫集中营!"她气呼呼地说。正也和她一样生气,但他认为讨厌也没用,拘禁是免不了的。"他们也这样对待在日本的美国人。"他说。

弗洛斯一般不会跟人争执,但今天不同,报纸上这几则轻描淡写关于大批移民进安置营的报道让她火冒三丈:"但这些人是美国公民啊!在日本的美国人是外人。你这样相提并论真是太荒唐了。"她突然停下来不说了。几分钟后,她念给他听的是国务院发布的一则对他们来说是好消息的公告：他们不久就要搭乘瑞典船"格利普霍姆"号回国了。

一周后，绿蔷薇酒店里一片欢腾，因为他们得知 6 月 10 日夜里要乘火车去纽约市，但美国海军中途岛大捷的消息给他们泼了一盆冷水。弗洛斯暗自高兴。大家三五成群地凑在一起愁眉苦脸地讨论听到的传闻，据说战局发生这样的变化可能会导致购买遣送船只成问题。正向弗洛斯解释说，中途岛的事意味着他们回日本的行程可能会被耽搁。她觉得这想法很傻，根本说不通。事实证明也是这样。第二天上午，他们接到国务院通知：收拾行李，准备按计划起程。不幸的是，不能带宠物，于是小孩也好，大人也好，为了他们不得不割舍的宠物猫和狗，哭哭啼啼，伤心不已，惹得正雄也难过得大哭，他一般是很少哭的。

他们在闷热的火车里关了一整夜，第二天抵达了泽西城，烦人的手续过后，便被送上了瑞典邮轮。高级官员连同贸易公司与贸易协会的高管都被安置在第一层，户田家觉得自己还挺幸运，被安排在第二层一个相对舒适的地方。接下来就是长达一星期的干等，谣言又甚嚣尘上：他们会被送回绿蔷薇酒店。不，这次要去的地方可差多了。一个几近疯狂的女人告诉弗洛斯，他们全都会被关进联邦监狱，一直到仗打完。

这段等待的时间里，孩子们的情绪可没那么糟。他们玩纸牌，打乒乓球。正雄一直很开心，因为同龄的孩子都不是他的对手。到了 6 月 18 日，轮船终于起航。户田一家三口站在甲板上看着曼哈顿的高楼渐渐消失在海面。弗洛斯强忍住眼泪。她还有机会再看到自己的祖国吗？等待她的又是什么？她会被当成敌人吗？更重要的是，正雄能被他的同学接纳吗？她能感到自己体内被夹在两种文化间的另一个生命的胎动。在这兵荒马乱的年代，这样的一个孩子会有未来吗？

对于船上的绝大多数乘客来说，这趟回家的旅程真是漫长得没有尽头，有太多的时间让他们担心。船一路向南，7 月 2 日，在里约热内卢又接了 380 个日本人，然后改变航路向东前往非洲，绕过好望角，驶入非洲东海岸的葡萄牙港口洛伦索马克斯。这一天是 7 月 20 日，乘客们的情绪好了很多，因为要在这里与横滨过来的美国人换船。两天后，从日本过来的船真的到港了，一艘是意大利的"康提凡蒂"号，另一艘是"浅间丸"号。

大多数在"格利普霍姆"号甲板上的人见到那艘日本船上飘扬的旭日旗都欢呼起来。在非洲的高温下搬运行李是件很辛苦的事，怀着七个月身孕的弗洛斯连爬梯子都很困难。

户田一家上了"浅间丸"号。十天后，这艘船穿过印度洋，到了新加坡。这个繁忙的港口停满了飘着日本旗帜的舰船，欢迎他们的汽笛声和口哨声此起彼伏。记者们蜂拥而上。有几个围住了弗洛斯和正，她说了几句无关痛痒的话来敷衍他们，随后便锁上了舱门。夫妻俩待在船舱里，让正雄和其他孩子一起在甲板上嬉戏玩闹。直到感觉船动了，弗洛斯才从闷热的船舱里出来，走到甲板上。她看到一架盟军飞机的残骸，可能是英国的，她为机上的人祈祷，希望他们还活着。在码头上干活的一个英国俘虏注意到了她，他竖起两根手指比了个胜利的手势。即使隔了老远，她也能看到他在咧着嘴笑。她挥挥手，正雄跑到她身边，小家伙也热情地挥手。又有几个战俘也做了同样的手势。

弗洛斯感觉有人在往后拽自己，是正，他吓坏了。回到舱内，他对弗洛斯和正雄说，现在必须当自己是在日本，不要再公开表露出同情。正雄很困惑，弗洛斯打发他出去玩。把孩子支开后，她感谢正提醒，同时也让他以后这种话别当着孩子的面说，除了把他弄糊涂，起不到什么作用，跟她一个人说就够了，她会管住他的。

就如正提醒的那样，从新加坡起航后，船上就出现了一种新风向。海军军官向他们说教论证，日本正在进行一场反抗西方帝国主义的正义战争，只要每个日本人都各尽其责，就一定能够取得胜利。所有人都必须到场听，弗洛斯硬逼着自己表现得一本正经，尽管有些话真的很蠢。这些海军军官没完没了地唠叨，回国人员可能在美国沾染各种危险思想，告诫他们必须肃清余毒，以免传染给祖国的人民。

现在轮到弗洛斯来提醒正小心了。一名海军情报官坚持要审问弗洛斯有关美国的情况，还放话威胁，虽然说得不那么直白，可还是把正气得差一点发脾气。她很得体地服从了要求。事后，她安慰正，自己说给他们听的，随便哪个游客就能了解到。

8月20日，"浅间丸"号驶入了横滨港。弗洛斯在煎熬中等待记者，结果却一个问题都不用回答,可以直接下船。在码头上,正的母亲、高和澄子热情地迎接他们。正雄是焦点。"小伙子真棒啊!"奶奶大声夸赞自己的孙子。高假装小家伙已经大到他抱不动了。

一大家子都上了为回国人员准备的专列,不到一个小时,火车抵达东京站。车子已经等在那里,把每个人都送到二重桥——皇居的入口。所有人,包括弗洛斯,都恭恭敬敬地对着皇居鞠躬。然后,埃米和高把他们带到一套小公寓里,这是特地为他们租的。这片住宅区很不错,而且距户田家也很近,走路只要几分钟。

这幢公寓楼建在山顶。正雄兴奋地跑来跑去,逐个窗户往外看,觉得特新鲜。就在下面不远处,有一个佛教墓地,几个人正在虔诚地埋葬一位过世的亲人。高指给他看一个名气更大的寺庙,汤森·哈里斯于1856年在那里设立了第一个美国公使馆。高向正雄保证,一定会带他去看看庙里那棵著名的七百年的老银杏树。著名的高僧亲鸾长老,把他的手杖插在地上,声明今后以此法行祈祷礼,手杖立即爆出了嫩芽,长成了一棵雄伟挺拔的银杏树,如今树围已经超过了三十英尺。

弗洛斯虽然已经筋疲力尽,但她没有抱怨,可埃米知道儿媳妇有多辛苦,她让弗洛斯放心,他们已经找了家很好的医院。预产期是什么时候?

"五分钟后。"她开玩笑,"我想不会超过两个星期吧。"

一直文文静静的澄子终于走上前来,她递给他们一个小包裹,这是礼物。正打开后发现三小块肥皂。高很惊讶。这么宝贵的东西,到底是从哪儿弄来的?澄子承认这是用一本珍贵的《生活》周刊换来的。弗洛斯心中一凛,意识到这是个苗头,接下来苦日子要开始了;然后她又得知煤气和电都实行配给,定量供应,洗澡的热水傍晚才有,只供应两个小时。

埃米把正叫到一边,问他为什么坚持要在外面租公寓,长子应该住在父母家里。他把罗斯福总统给天皇发私人电报的事告诉了她:"我们尽量少接触为好,也许会有麻烦,我不想连累你们。"

埃米承诺一定会小心行事,但暗暗发誓一定要竭尽全力让他们在东京的日子好过些。

埃米他们还带了晚上吃的东西,这样夫妻俩就不用下山去店里采购了。吃饭的时候，正几乎没怎么说话。晚饭后，他们安顿正雄在小房间里睡下；这个房间几乎完全被一张榻占满。儿子一睡下，正就开始道歉，不该把妻儿带到东京来。"我到底做了什么！你们在这个不友好的国家会过得很苦。"他小心翼翼地抱住弗洛斯，不敢挤到她隆起的肚子。

第二天早上，高又来了。他向哥哥保证，自己只是来带他们去正雄的新学校，之后会照正说的，跟他们保持距离。一行人乘了半个小时的地铁，到了一所卫理公会教徒办的私立小学。校长让弗洛斯放心，正雄在学校肯定会很受欢迎。跟正雄聊了几句后，校长惊呼："天哪，这口音！正雄，你这样讲话，如果班上的小朋友笑话你，你可不要生气。"小家伙没说什么，但是绷着脸，很不爽。

坐地铁回家的时候，母子俩引起了乘客的好奇。他们瞟一眼，就急忙转过脸去。弗洛斯听到一个女人对她的小女儿说，她旁边坐着的是一个外国人，不要靠太近："他们比朝鲜人还坏，很凶。"小女孩怯生生地往边上挪，想要尽量避开弗洛斯。

对面的一个老头一直对着正雄笑，他旁边的一个年轻女人（也许是他孙女）使劲扯扯他的袖子，大声说："我觉得他们是美国人。"

其他乘客以为这两个外国人听不懂，话说得很刻薄。见正雄一副生气的模样，弗洛斯叫他不要在意人家怎么说。她自己仍面带微笑，若无其事，但还是坚持下一站就下，改乘汽车，人会少一点。

十天后，她生下了一个六磅重的女婴。他们给她取名叫龙子。第一次抱起女儿的时候，正说："我们把你带到了一个什么样的世界啊？"

# 第十一章

## 1

**奥唐奈集中营** **1942年4月**

进奥唐奈集中营几天后,威尔在同伴的劝说下决定去找医生检查一下自己的大腿。他一瘸一拐地走到医院区。垂头丧气的战俘排成了一条长龙,从一个大棚屋里延伸出来,缠绕着屋子。他也在这缓缓爬行的队伍里占了个位置。站在后面的人推推搡搡地往前挤,想要躲开太阳,免受暴晒之苦。

一个小时后,一名医生从前门出来:"嗨,麦格林,很高兴看到你还活着。"巴丹半岛沦陷前,威尔在1号医院见过他。医生哀伤地摇摇头。"我们的人又脏又肿,就剩一口气了。"他压低声音,"看那个可怜的家伙,他的手脚肿成了两倍大。"医生看了看队伍:"这是我见过的最凄惨的场景。你怎么了?"

"我被刺刀扎过大腿,一阵一阵,痛得厉害,然后就好像没感觉了。"

"你得去找罗森看看,他在这方面比我在行。"他们握了握手,"告诉罗森,你是我朋友。"

最后,威尔终于排到了门口。他很震惊——里面没有床,没有医疗器械,就只有六个医生坐在椅子上检查病人。威尔听到一个神情忧郁的男人告诉最外面的那名医生,他每天要拉五到六次:"可拉出来的只有这灰色的东西和血。"

"痢疾。"医生说,"但是我没药给你,日本佬答应很快就会给我们。"

"你没办法吗?"那人哀求道。

"倒是有个法子。食堂后面,你可以找到他们扔柴灰的地方。那是木炭,嚼细了,咽下去。下一个。"

后面那人摇摇晃晃地走上前,紧紧抓着一张小桌子防止自己倒下:"昨天晚上我一个劲地颤抖,然后感觉冷得要死。"

"是疟疾,年轻人。你得待在这里。你要休息,就算犯恶心,也要尽量多吃,你得增强体力。"他对一个护工做了个手势,"把他带过去。"他指着屋内的一个角落,十几个人躺在光地板上:"几天后就有床了,孩子,坚持一下。"

威尔前面的那个人抱怨说自己已经一个星期拉不出屎了。"天哪!"医生生气地大叫起来,"这里排队的人一天拉十几次,痛苦得不得了。你给我出去,别浪费我们的时间。"他抬起头看着威尔:"什么事?"

"我刚才在外面和韦伯斯特医生聊过,他说我该找罗森医生看看我的刺刀伤。"

"我就是罗森。把裤子脱了。"他检查了一下威尔的大腿,啧啧了几声,"溃烂了。样子不太好,但我今天还见过更糟的。"

"有什么办法吗?"

"有,你可以祈祷鬼子给我们送一些磺胺过来。本该来几卡车的药品和器械的。尽量别让它恶化,但也别整天呆坐着,多动动。下一个。"

威尔穿过乱哄哄的人群,慢吞吞地朝自己的棚屋走去。此情此景令他想起了陀思妥耶夫斯基的一本书里描写的俄国监狱。一支负责埋死人的小分队带着十几具尸体从他身边经过。这简直就是美国人的"死亡营"。威尔看到很多人站在大太阳底下,几十米长的队伍就守着一个水龙头。每人可以接一水壶。水龙头下面放着一个五加仑①的罐子,用来接

---

① 加仑是一种容(体)积单位,分为英制加仑和美制加仑。1 加仑(美)≈3.785 412 升。

两个水壶交接时滴下来的水。威尔问一个快排到最前面的人等了多久。

"五个小时,我还算幸运的。后面的人至少得等八个小时。"这是因为日本人只在特定的时间段开闸放水,这是几千号战俘唯一的水源。

在奥唐奈的每一天都像是一个世纪。现在,食堂已经开放,供应一日三顿难吃的"卢膏",有时候,也会加一些番薯进去做成汤。这些没有盐分的流质食物,有些人吃下去,胃里留不住,身体弱的就开始渐渐滑向死亡。

每顿饭都是在和硕大的丽蝇争抢。威尔不得不用一张硬纸板把饭盒盖起来,只掀开一个角,迅速从里面挖一勺出来,即使这样,苍蝇也会贪婪地跟着勺子进入他口中,所以吞下一两只不足为怪。成群结队的苍蝇不断骚扰着战俘们,它们的威胁和无休止的嗡嗡声使白天的生活几乎无法忍受。密密麻麻停满了这种致病害虫的灌木被摧折得东倒西歪。

美国战俘的景况差,菲律宾战俘更是处在水深火热之中。卫兵们会把他们拉到开阔的场地上集合,进行训话,无非就是辻政信鼓吹的那套,"大东亚共荣圈"啊,东方人支持红毛鬼甚至屈服于他们有多罪恶啊。威尔有一次为了找多明戈少尉,在背阴处等着看他们训话。最后人群慢慢散开,场上留下二十来个人,有的已经死了,有的离死就差一口气了。很快就有一支负责埋葬尸体的小分队冒了出来,用毯子系住竹竿做成的担架往外搬运尸体。在这支向着坟场艰难移动的队伍里,威尔认出了多明戈,他就在其中一个担架的一头,被沉甸甸的尸体坠得趔趔趄趄。当他从威尔身边走过时,他说:"我们还是这样,一死一大片。"

"不许说话!"一名卫兵冲他大吼,踢了他一脚,他一个踉跄,尸体滚落到尘土里。

2

美军战俘为了争抢食物和水引发的激烈争吵屡见不鲜。威尔隔壁屋就有人为了争一只用老鼠夹捕获的老鼠吵了起来。其中一个人已经把老鼠煮了,正在吃,之前帮他一起做鼠夹的同伴进来正好撞见这一幕,抢起拳头就扑过去，两人大打出手，直打得鲜血淋漓，最后旁边的人不得不上来拉架，不然就要出人命了。

还有一次，威尔路过食堂，正赶上一辆军需专用车在往下卸给养。看到食物，一大群战俘围了过去。其中一个日本人拿起一块牛后腿肉，这是绝大多数战俘自从离开巴丹半岛后第一次看到肉。那个日本兵把牛肉抛给另一个日本人，那人接到肉后，向战俘示意：想来点吗？所有人都大声赞成这个提议，包括威尔，尽管他担心日本人只是在逗他们。然而那个日本兵真的俯下身割下一块，足足有二十磅，他拿着那块肉比画的样子就像是要喂笼子里的狗，然后一扬手就抛进了人群中。那块肉正好落到威尔脚边，被他一把抢到手中，他拿出偷藏在身上的折刀切肉。这时候，那一大群战俘像秃鹫一样扑过来。

"退后！"他大叫一声，一条胳膊紧紧夹着那块肉，另一只手挥舞着刀。其他人往后退了几英尺，他趁这机会切下几磅，把其余的留给他们，他往后退，差点被猛冲上来的人撞倒。他看着眼前骂骂咧咧、推推搡搡、吵吵嚷嚷的混战场面，心想：天哪，我们怎么会这样？

威尔把肉塞进衣服里，匆忙赶回了自己的棚屋。同伴们看到这个战利品，欢呼起来，直到有人提醒："拜托，小声点！会招来一大帮人的。"他们偷偷地准备了一场盛宴。每个人都贡献了一点东西——一个藏起来的番薯、一个洋葱或者几根野草。大家一致决定做一道炖菜，一名中尉用威尔的小折刀把肉和蔬菜切开。大家围成一圈坐着，盯着那个沸腾的锅，让威尔联想到《麦克白》里的女巫。傍晚时分，有几个人已经等不及，坚持要尝尝看。这份荣幸归威尔。他咬了一小口肉，那样子仿佛是在一家高级餐厅里品鉴红酒，他点点头表示满意。于是大家都拿出餐具，威尔开始一块块地分肉。有块肉特别大，他借着火光仔细一看，发现是只青蛙。"他一定是最后一跳蹦进了锅里。"他说着就准备扔掉。

"给我吧。"中尉说。他很快就把这只青蛙给解决了。

吃完这顿，大家在黑暗中聊起了难忘的家常菜，一直聊到那堆火完全燃尽，一点火星子都看不见，这才爬到硬邦邦的床上。威尔很意外，自己感受不到胜利的喜悦，反而很郁闷。吃下去的东西很不落胃，有几次，他甚至感觉要呕出来。他们的表现,与畜生何异?饥饿,令人堕落得如此彻底。再过一个月、一年、两年,又会怎样?如果能保住性命,他们值得活下去吗?

天亮后,他主动要求第二天去埋尸体。当天晚上,大雨如注,下了很长时间。茅草屋顶漏了十几个地方,大家挤在一起取暖。天蒙蒙亮,威尔就被叫醒。他们要去"零号病房"收死人。这零号病房就在医院后面,看样子就像一个小仓库,即使一百码外也能闻到阵阵恶臭。领队的迪克斯中士扎了条手绢捂住鼻子,走了进去。威尔觉得自己会被熏晕过去。瓦楞板屋顶上的太阳已经把这地方烘成了一个烤箱。污秽不堪的地上躺着一个个人,这些人就躺在自己的粪便上,皮包骨头,全都瘦成了骷髅。有几个幸运些,躺在竹帘上。有个人还站着,他慢慢地朝威尔挪过来。

"你在这里干什么,士兵?"威尔问他。

"等死,这就是他们把我放在这里的目的。"他咧着嘴笑的样子很狰狞,"但是我有话要告诉他们,我不会死的,我会从这个停尸房里出去的,先生!"

他是这个偌大的房间里唯一的一丝生气。其他人都已经放弃了希望。一个眼窝像窟窿一样的男人摇摇晃晃地蹲下排便,他憋足了劲,被剧痛折磨得直呻吟。他掐着自己的屁股,又试了一次,还是拉不出来。"痔疮,我已经两个星期没有拉屎了。"他说。

"为什么不找医生看看?"

那人绝望地抬起头:"我就是医生。"

其他人已经开始动手把竹帘上的尸体连着竹帘一起抬出去。威尔抓住地上一个死人的肩膀,没想薅了一手的皮,把他吓了一大跳。这具腐臭的尸体最后终于被放到了担架上,四个人合力才抬起来。每个人都是一副行走的骨架,眼珠子暴凸,两颊凹陷,肋骨尽显。威尔抬的这副担架太短,赤裸的尸体屈着膝盖,两条腿垂下来挂在一头,手臂和脑袋挂在另一头,头倒垂着,于是就成了一副睁着眼、张着嘴、伸着舌头的模样。这十几具尸体的队伍刚出发,就遇上了从医院出来的另一支队伍。

"零号病房的补员。"迪克斯中士的话虽然尖刻,但也不乏幽默。

这支送葬队伍行经营地,并没引起关注。刚开始,沿途经过的人看到这种场景还会立正敬礼;现在死亡成了常态,没人会去看他们第二眼。威尔觉得好像根本没人在乎。也许天性使然,这是一种自我保护,不然会疯掉的。

他们在一间棚屋外被拦下来。有人指指屋底——又一个可怜的家伙知道自己快不行了,用最后一口气爬了进去,死在那里。就在这里,奥马利神父也加入了他们的队伍,他认出了威尔,问他的伤怎么样了。

尽管每一步都很艰难,他还是回答:"好一些了,神父。"

"他们不让我行使神职,但有时候我会装作在干活。"神父把走在担架后面的威尔挤到一边,抢过了他的活,威尔不肯,可神父说:"你想让我吃苦头吗?过一会儿你接手就是了。"

走到大门那块,有人递给迪克斯中士一面日本军旗。他们穿过那道门,爬上石坡,走向坟场——一个长长的已经填了一半的乱葬坑。因为下雨,坑里的尸体都浮了上来,一根根胳膊和腿竖在那里,成了秃鹰啄食的目标。迪克斯驱散鸟儿,指给大家看该把尸体往哪儿放。想到要沾手,威尔头皮发麻,但迪克斯中士已经是老手,他教大家怎么把长得高高的白茅草搓成绳子:"这样你就可以不用沾到腐肉,把尸体从担架上抬起来了。"

威尔和他的同伴小心翼翼地把尸体放进积水的坟墓里。奥马利神父诵了一段拉丁文,然后在尸体上撒了一把土。当威尔开始往尸体上铲土时,神父口中念念有词:"耶和华是看护我的牧者,我必不至缺乏。他让我躺卧在青草地,他把我领到宁静的水边……"尸体老是浮上来,有两人不得不用竹竿压着它。

一个名叫凯利的样子很暴躁的爱尔兰二等兵认出了下一具准备下葬的尸体。"墨菲中尉!"他惊喜地大叫起来,"我跟这家伙说过,就算我得把他从坟里挖出来,我也要在他尸体上撒泡尿!"别人来不及阻止他,他就已经解开裤裆,往尸体上淋尿。

在回营地的路上,凯利一直在絮絮叨叨讲述他对墨菲的积怨,但一到自己的那间棚屋前,他就蔫了,像一条老狗一样钻进了屋子底下。

"十有八九明天早上我们得把他从那里拖出来。"迪克斯中士说,"他和墨菲互相恨透了对方,现在他已经在墨菲的尸体上撒了尿,对他来说,已经没有活下去的动力了。"

威尔还以为自己无论如何都走不回去。他瘫倒在自己的硬板床上,室友本尼·威廉姆斯,一个娃娃脸的中尉,端来一杯水。威尔几大口就灌了下去,他叫本尼再给他些水。然后,他感觉肚子快要爆炸了,大腿火烧火燎的。有人建议他去看医生,但他实在不愿意再回到医院,他甚至连食堂都不想去。这样挣扎求生有什么用?

那天晚上,坟场的恶臭似乎一直缠绕着他,他还闻得到腐肉的气味,还有零号病房里粪便、呕吐物和腐尸的臭。夜晚静悄悄的,突然,不知从哪个营房里传出一声尖叫,随之而来的是怒吼、呻吟和抱怨。最后,谢天谢地,总算又安静下来了。没多久,他又听到远处野狗的嚎叫,他知道为什么,它们是在刨坟场的尸体,享用大餐。此时,他脑海中浮现出白天看到的那幕秃鹰啄食胳膊和腿的惊悚画面。他深深地吸了一口气,一下子被呛住。死亡的恶臭就在这里,不是幻觉。死亡的味道真真切切,就在他嘴里,他快死了。

他乏得昏睡过去,后来被威廉姆斯叫醒。本尼是一个瘦瘦高高的小伙子,刚从大学毕业,但看起来还是个孩子。被俘后的长途行军和奥唐奈集中营的生活,他都咬着牙挺了过来,一句都没抱怨过,他还总是主动承担额外的活。别人嘲讽他老是看玛丽·贝克·艾迪的《科学与健康》,他也不去计较。

"我带你去看医生。"他说。

威尔吃力地咧嘴笑了笑:"我还以为你是基督教科学派①的信徒。"

"我还是啊,但你不是。"本尼硬是把威尔拉起来,扶着他去医院。他们快到时,看到一个劳务组正在往外拖那间棚屋底下的尸体。这情形比威尔上次看到的还要糟。几个病号赤身裸体地躺在医院外的地上,没有东西垫,也没有东西盖。

看到威尔还活着,罗森医生很惊讶,他忧郁地摇摇头:"我那些长老会

---

① 基督教科学派,该派信徒推崇信仰疗法,强调祈祷可以治病。

的同事不会相信我说的，但前提是我还回得去。看看那些可怜的家伙，痢疾、疟疾、脚气病，还有什么湿性脚气病。瞧那人的大肚子，这种鼓胀护工们叫'饭桶肚'，说是营养不良的结果。什么营养不良，根本就是没得吃，纯粹饿出来的！那些腿脚浮肿的家伙，瞧见没？水肿。"他叫威尔脱下裤子，轻轻地摸了摸溃烂的伤口周围的部位："肿了，肯定很疼。"

"是的，大夫，这几天疼起来一阵阵地往上蹿。"

罗森小心翼翼地检查了一会儿，威尔觉得像是过了好久他才开口："上尉，很抱歉。你必须得吃磺胺片，不然这条腿就得锯掉。"

"我的天！"威尔大声惊叫起来。据说，他们做手术不用麻醉剂，谁要是听过病人的惨叫，一辈子都忘不了。更糟的是，往后就只剩下一条腿。不能打网球，不能爬山。在这样的地狱里，一个只有一条腿的人活下去的机会能有多大？天哪，他真希望自己昨晚就死了。他听到耳朵边嗡嗡的声音，意识到这是医生在对他说话。

"也许我能搞到点磺胺片，上尉，但最好别抱希望。"罗森走了出去。

威尔感到有一只手搭在他肩上。"别灰心。"本尼轻声说。威尔的心里涌起了希望。罗森回来的时候一副垂头丧气的样子，眼神柔和又哀伤。"对不起，上尉，没有磺胺片了。"他俯下身，"我得动手术，不然你绝对会死。"他抓住威尔的一条胳膊。

威尔挣脱了他："我宁可去死。"医生想要制止他，但他一瘸一拐逃到了门口。一名护工去拦他，被本尼推到一边。本尼扶着威尔下了台阶："你不会死的，威尔，又不是一定得死。"

他们差一点和奥马利神父撞在一起。神父坚持要威尔去他的竹屋单独聊一聊。这里没人打扰，一进门，神父就说："我刚才一直在关注你，孩子。"他瘦得不可思议，感觉一阵风就能把他吹倒，但他那张苦行修行者的瘦脸流露着祥和宁静。

"我想死。"威尔说。

"不，这不是上帝的旨意。"奥马利说。

"我们在这样的地狱里，你还相信有上帝？"

"正因为有上帝，这一切才顺理成章。"他说。

威尔心想：怎么会有人蠢到这种地步？

"我想我能帮你搞到磺胺片。"神父说。

威尔感到一股希望涌上心头："哪里？"

"你有钱吗，孩子？"

威尔在一只鞋子里藏了两张二十美元的钞票。

"我在麦金利堡有个熟人，是个菲律宾人，他曾经在布里尔顿将军手下当过文书，我已经从他那里搞到了些奎宁。"他解释说，一大批通信兵已经被调去了麦金利堡，那地方存放着从巴丹半岛拉过去的大量电话线。有一组人在忙着搬运，把这些材料从麦金利堡运到马尼拉港区去，每隔几天，就会派人去麦金利堡轮换。"你愿意去吗？"奥马利神父问。

"我愿意，神父！"

两天后，天快亮的时候，威尔被一个骨瘦如柴的二等兵叫醒。"我是迈克，奥马利神父派我来的。"他只说了这么一句。其他人都已经开始按各自的任务组别集结，他们俩朝着军官食堂走去。六个战俘站在一辆破破烂烂的小卡车车斗里。威尔和迈克爬上车，几分钟后，卡车驶出了大门。

"跟司机和日本卫兵坐在前面的那个美国人是谁？"威尔问。

"二等兵波波夫，奥唐奈集中营的头号混蛋，无人能及。"迈克说。

威尔听说过这个人。他应征入伍前是职业俱乐部拳击手。在宿舍里，他是老大，对人发号施令，搞得好像他是麦克阿瑟似的。此人脾气暴虐，谁要是反抗，他一拳就能把人撂倒。卫兵纵容他，是因为他能维持秩序。他经营着集中营里最大的黑市，通过贿赂，他搞定了日本人，可以至少一星期跑一趟麦金利堡或马尼拉去采集食物、香烟等各种货品。听说这个神通广大的波波夫一到马尼拉就在一家声名狼藉的夜总会入了股，现在还在和当地的恶棍做生意。

"我在巴丹半岛跟他一个连，但凡有苦差事，他都逃避，我们一个个饿得要死，就他一个人胖了。"迈克说。

空气还有点凉，威尔享受着难得的自由。途经一片村落时，当地民众默默地看着他们，显得很淡定，但有几人偷偷地比画了个胜利的手势。沿途有几幢被烧毁的建筑,但马尼拉郊区的大部分地区都没有遭到破坏。这里的老百姓谨慎些,好像在刻意忽视他们。在麦金利堡门口,威尔想起了上一次他来这里的时候,想起了那些被落下的人当时的恐慌和怨恨。卡车在一间仓库边停下来,大家都下了车。迈克用胳膊肘碰了碰威尔,手指指一个站在一堆电话线旁正在书写板上做记号的菲律宾人:"就是他。"

威尔的心开始狂跳,劲头大到他觉得都能听到声音。他故作随意地走过去:"奥马利神父说你能帮我搞到磺胺片。"

"也许。"那人的嘴唇几乎没动。

"多少钱?"

"你有多少?"

"四十美元。"

"行。"菲律宾人偷偷地接过钱,动作很熟练,"六点钟,这辆车要回奥唐奈,你等在这里。"

"这很重要……"威尔刚开口,一名日本卫兵走过来,菲律宾人转身走开,威尔背上被步枪枪托顶了一下。

一直在往车上搬电线的威尔熬到中午已经累得筋疲力尽,他一瘸一拐地走到仓库的阴凉处想喘口气。一名卫兵恶狠狠地向他走来。正在这时,波波夫和一个眼神迷离的日本中尉从仓库里出来,波波夫对中尉说了一句话,那人有点醉醺醺的,挥挥手,遣开了卫兵。

"来,上尉。"波波夫一把拉起威尔,把困惑的他带到附近的一间营房里,"留下来干活的人就住在这里。"威尔眼巴巴地看着一排排小床,内心充满渴望。"换一身像样的衣服。"他指着一排排的床脚柜,"大多数陆军航空兵没带东西就跑了。"威尔找到一身下士卡其装,刚好合身。波波夫已经穿上了一件颜色很热闹的菲律宾衬衫,还抛了一件给威尔。"穿这个。我和你要跟那个日本中尉一起进城去找乐子。"他解释说,他一直在拿军官俱乐部那边没收来的酒贿赂这个中尉。

波波夫把中尉扶上了一辆挡泥板上飘着小小的日本军旗的轿车,中尉坐前座,他和威尔钻进后座。日本司机把车开出大门时,门口的哨兵敬了个礼。中尉转过头,咕哝了一声"奥纳"。

"嗨,嗨!"波波夫应道。他叫司机开到海湾边的林荫大道上去。"他要女人。"波波夫说。他指引司机开到一家破败的卡巴莱夜总会前。波波夫把中尉扶下车,威尔战战兢兢地跟在后面,感觉自己像个傻子。进门后,日本中尉一屁股坐下来,嚷嚷着要威尔和一个坐台小姐跳舞。他挑了个最高的。"你是德国人吗?"她用英语问道。

"是。"他希望谈话到此为止。

"你会说英语?"

他用大拇指和食指示意:"一点点。"

女孩笑了,然后小声说:"美国人?"

他点点头。一个日本上尉和舞伴旋转着从他们身边划过。他说:"我是个战俘,别声张。"女孩抱住他,小声说:"我喜欢美国佬。"

他走到醉得越来越厉害的日本中尉旁边刚坐下,又有一个女孩走上前来邀请他跳舞。他们一进到舞池,她就问他有没有在奥唐奈见过二等兵吉尔勒莫·佩拉尔塔。另一个女孩插进来,想要打听她哥哥的消息。他忙得招架不住,只得解释自己受了伤,一步都跳不动了。这个女孩叫他干脆跟着她去后门直接逃走算了。他确实很心动,但还是拒绝了。如果他逃掉,会连累组里的其他人受罚。

这时候,日本中尉已经在嚷嚷着要女人。他要女人,但不想跟她跳舞。"把司机叫过来。"波波夫说。在他的帮助下,威尔好不容易把中尉半抬半扶弄到车边,塞进后座,那家伙倒头就睡着了。

快到晚上六点的时候,菲律宾人回到仓库。威尔和波波夫等在空卡车旁。

"拿到了吗?"威尔问。

菲律宾人点点头,他掏出一小包东西:"但这多花了我二十美元。"

威尔很绝望:"我没钱了。"

菲律宾人耸耸肩:"那你下次再来。"

"放屁。"波波夫开口就骂,一拳打在菲律宾人的肚子上。他把那包东西丢给威尔,翻了一通口袋,最后从还在呻吟的菲律宾人身上搜出了两张二十美元,递给威尔。

"给他吧。"

"他是个骗子。你不要,我要。"他把钱塞进自己的口袋,进了卡车驾驶室。"上来,坐到前面来。"他招呼威尔。司机从营房里出来,带着一包由刚刚轮换下来的那批人贡献给他的食物。卡车开动起来,波波夫探出身指着刚才被他揍过的菲律宾人:"菲佬,你要再敢这样,我就把你交给日本佬。"

威尔数了一下包里的磺胺片,一共有十二粒。他灌了一大口水壶里的水,咽下一粒药。他知道是幻觉,但大腿已经没那么疼了。他闭上眼睛感谢上帝。几天后,这已经不是幻觉,伤口确实开始结痂,火烧火燎的感觉和随之而来的阵阵剧痛消失了。他给奥马利神父看日渐好转的大腿。"这是奇迹,孩子。"他说。到底是奇迹,还是药在起作用,还是两者兼而有之?威尔并不在乎,他感谢神父为大家所做的一切。

"他们比我更接近上帝,"神父说,"他们已经接近死亡,很快就会见到上帝。我能为他们做的微乎其微。"

"可你能做的都做了呀!"威尔说。

奥马利咧嘴一笑:"我必须坦白,威尔,有时候,我会馋得睡不着觉,满脑子都在想那香味,一块上好的里脊牛排,配上土豆泥和新鲜胡萝卜,再来一杯啤酒。"

6月初的一天,整个营地都在传:他们要被转移到另一个营地去,第一拨人一早就要出发。威尔他们屋里的人并没有当回事,在他们看来,这跟说希特勒已被暗杀的那个传闻一样不靠谱。然而,当天深夜,他们连同几百名战俘被转移到了医院那间早已人头攒动的棚屋里。天下起了大雨,但是听着雨滴撞击坚固的房顶,不必受屋漏之苦,还是很惬意的。天快亮的时候,雨停了。在微弱的晨曦中,大家被赶上敞篷卡车,挨肩叠背,挤得够呛,跟一车车的牲口似的。

车子在卡帕斯上了公路,这时候有人说:"我们在朝南走。"不到一个小时,他们到了一个小镇的郊区。有人说这是甲万那端。车子一停下,老百姓就围上来。卫兵们似乎都懒得管,甚至都没吓唬一下。

一个穿着低胸连衣裙的漂亮姑娘冲着威尔他们那车人飞吻。"天哪,胸真大!"一个瘦得皮包骨头的二等兵说,"我已经开始兴奋了!"威尔一点反应都没有,也不知道为什么,他觉得挺丢脸的。有人厌恶地说:"那混蛋连猴子都会上,只要你能摁住猴子不让它动。"另一个人接过话:"是啊,我情愿来一个鲜美多汁的大汉堡!"大家纷纷表示赞同,这让威尔心里好受了些。

　　车队驶上了一条土路。这时候,有人提醒说今天是纪念日。正好六个月前,日本鬼子袭击了珍珠港。威尔活了这么多年,都没有在这六个月里经历得多。在这短短的六个月里,他和车上的其他人遭受了不可思议的痛苦。他们是幸运儿,他们熬了过来。经历了巴丹半岛上的战火、饥饿和疾病,又经历长途行军,经历奥唐奈集中营的种种磨难,还能活下来,真是奇迹。他目睹的死亡、痛苦、刻薄、懦弱和英勇超越了自己读到过的任何一个小说人物的故事,但在这里,这只是一种寻常经历。这对他造成的影响有多大?这是第一次,他开始怀疑一次次地面对恐怖,自己是否变得冷酷了,被腐化了。他是否丧失了人性?他想起奥马利神父那张苦行者般的消瘦面容。他以前从来没遇到过这么高尚的人。然后他又想起了他们像野兽一样争抢牛肉,想起了那些军官自私地藏起食物不与人分享,想起了那个愤怒的爱尔兰人往仇人尸体上撒尿。

　　有一件事他很确定,他已经不再是那个自信的佼佼者威尔·麦格林了。好好表现,让马歇尔将军满意,争取步步高升,这已经不重要了。现在驱使他的只有一个动力——在不损害他人的前提下,争取活下去。他感到内心有一种比希望更强烈的东西在涌动。这一车的人也许有三分之一能活下来,他知道自己会是其中的一个。也许很多人会利用坑蒙拐骗、私藏食物、打小报告的手段来求生,他发誓自己决不这样做。

　　"嗨,上尉!"靠后面有个人在叫他。他抬起头看到一张瘦得不可思议的脸。"还记得我吗?"威尔不敢相信自己的眼睛,这是他在零号病房里看到的那个跟跟跄跄晃来晃去、被判定没救了的家伙,"我告诉过你,那帮混蛋会被我耍的。"

# 第十二章

1

**瓜达尔卡纳尔岛　1942 年 8 月**

盟军攻向东京的第一步是踏在所罗门群岛南纬 10 度一个看似祥和宁静的岛上，瓜达尔卡纳尔岛，日本最南端的前哨基地。从空中看，它是一个热带天堂；而在地面上，热气腾腾的丛林、凶猛的白蚁、鳄鱼、蚂蟥、蝎子、烈日和暴雨组成了一个人间地狱。

日本海军因为过度自信而导致中途岛战役失利，但这次惨败并没有让他们有所收敛。日军统帅部没料到盟军的反攻来得这么快，美军不费一兵一卒就登陆了瓜达尔卡纳尔岛。随着他们一步步向日军阵地推进，东京的高层意识到必须采取极端手段。辻政信中佐和胜吾刚回到东京不久。这个"运筹之神"说服他的上级派他南下去查看一下瓜达尔卡纳尔岛的实际情况。在腊包儿的第 17 军司令部研究了严峻的战局后，他说服司令官百武将军让他制订一个新的作战计划，夺回岛上唯一的机场。这个机场此时已经成了美军司令部驻地，改称"亨德森空军基地"。辻政信和胜吾跟第 17 军的高参一起制定了袭击这个基地的最终方案，随后，辻政信又主动请缨作为非正式顾问去瓜达尔卡纳尔岛帮助落实自己制订的这套作战计划。

在离开腊包儿的前一夜,辻政信召开了一场记者招待会。他跟胜吾说不用陪他,因为他不想这个年轻的理想主义者听到他要说的话。他很信任胜吾,但同时也意识到这个年轻人一时还接受不了下猛药的必要性。他虽然脱离了基督教,但还是太脆弱,无法理解只要目的正当,就可以不择手段。但是被蒙在鼓里的胜吾还是悄悄地跟着长官去了记者招待会,听到他在那里叫嚷:"嗨,记者们!你们知道卧薪尝胆的意思吗?"他们知道,因为近来政府就在呼吁民众卧薪尝胆。从字面上看,意思是"身卧柴草,嘴舔胆",实际上是要民众为战争忍受艰苦生活;而对于辻政信来说,"卧薪尝胆"是复仇的号召。他夸张地举起一块像是红糖的东西:"这是敌人的肝,我每天都要舔一舔。"他还真的舔了。

胜吾看得毛骨悚然,更可怕的是辻政信脸上的狞笑。是什么让这个变得如此恐怖?

10月9日,载着瓜达尔卡纳尔岛增援部队的几艘运输船和载着第17军司令部的一艘驱逐舰安全抵达塔萨法隆加角。百武和他的参谋连同辻政信和胜吾一起蹚水上了岸。当胜吾踏上干地的那一刻,恐惧感袭遍全身。前面等待他们的是什么?一袋袋大米和补给品被搬上岸堆起来。这时,他看到一个个衣衫褴褛的人影从灌木丛里钻出来。他们怯生生地靠近这堆物资。这些行走的骷髅真的是军人吗?他们的头发又长又脏,沾满污垢的破衣烂衫看不出一丝军服的痕迹。其中一人跟跟跄跄地走到辻政信跟前,向他解释说他们的部队跟美国海军陆战队在机场附近的山脊上血战了一场,他们几个活了下来:"我们是来帮忙卸货的。"

这些新来的人被领到了海滩上第17军的野战司令部。拂晓时分,他们抵达目的地,旁边有一条小河。吃早饭的时候,传令兵带来了一个坏消息:前一夜卸下来的大米大部分都被那些自告奋勇的苦力给偷了。百武没有发火,只是叹了口气:"这都是我的错,把如此忠诚的战士带到如此悲惨的境地。希望他们用我们的粮食填饱肚子后,又能重新成为好战士。"

胜吾咽不下口中的食物。将军真是个君子。白天,跟美国海军陆战队在山脊交战后活下来的最后一批人从丛林里跌跌撞撞地走出来,一个个肋骨暴凸,黑头发脏成了土褐色。胜吾看到有人抓下一大把头发。他们的眉毛和睫毛也在掉。有个人咬了一口食物，吐出几粒牙齿。

胜吾注意到一名士兵在贪婪地喝海水，问他怎么能这样。他说他体内太缺盐了，以至于这海水入口的感觉是甜的。海水喝下去，一会儿就难受得想排泄，但他太虚弱了，其他人也在痛苦地扭来扭去，他们用手指帮对方抠，解出来的畅快感难以言表。当胜吾讲述这一切的时候，辻政信绝望得直摇头。然后，消息传来说美国海军陆战队刚才又在五英里外的马他尼可河打了场胜仗，他听到后更加沮丧。他们赶来接替的这支部队，几乎三分之一的有效兵力都死在了马他尼可河沿岸。

百武发电报到腊包儿：瓜达尔卡纳尔岛的形势比估计的严峻得多。他要求立即增派援兵，提供物资。美国海军陆战队刚刚取得的这一胜利迫使辻政信制定一个新的作战方案，准备在十天后实施。他们不打算过马他尼可河沿海岸发起进攻，而是准备在夜间从后方突袭亨德森空军基地，让新的增援部队第2师团穿过奥斯汀山脚下的那片丛林，兵分两路发起进攻。这座山就在基地后面，高1500英尺，地势崎岖不平。

他们从后面绕过奥斯汀山开辟了一条半环形的小路，如今历时一个月，差不多已快完工。小路在丛林中穿行约十五英里，这片丛林植被浓密，人直着身子走不了几步。工程兵们仅依靠手工工具把巨型大树砍倒，把手臂一样粗的藤条劈开。他们在沼泽地铺上原木，在草原路段遮上伪装网，用粗壮的藤条架起穿越大峡谷的索桥，用细一些的藤条做攀越陡坡时的扶手。辻政信的计划成功与否，取决于部队能否准时穿过这条小路，这样两路进攻才能协同配合。

## 2

### 加利福尼亚州艾略特营　1942年10月

美国海军陆战队6团准备登船，目的地未知。大家都觉得是去瓜达尔卡纳尔岛，5团在那里和日军苦战，伤亡惨重，这种时候照例又得靠6团出马去营救。马克和大家一样兴奋，但心底里也在担心：真的到了炮弹在头顶嗖嗖飞过的时候，他会怎么做？

那天晚上，1营开始以连为单位登上"美森"号豪华邮轮。一名士兵把4连领到下面的住处。马克铺开毯子，将背包挂到床脚，把步枪绑在上铺的栏杆上。知道管装运的是他们的沙利文上尉，4连的六七名士兵便把乐器夹带上了船；而且比利 J 也鼓励大家唱歌。舱内一阵闹腾，副排长让大家安静下来，开始点名："船要开了。如果你们不再表现得像群受惊的阉公牛似的，我就让你们上去。"士兵们争先恐后地跑到甲板上。一支海军乐队正在演奏；家人、朋友和爱人在挥手，呼喊。海军陆战队队员们挤在一起大声回应。马克就只是静静地看着。

大家回舱的时候就没那么闹腾了。士兵们有的被分配到食堂帮忙，有的被派去站岗，马克负责船尾警戒。弃船演习和消防演习结束，气氛明显消沉下来。在那之前，谁都没有想过有可能还没到瓜达尔卡纳尔岛就被敌人的潜水艇击沉。

日子过得很慢，好在几乎每天夜里都能看一部电影，虽然通常都是看过的。船长说海军陆战队队员用水太浪费，于是每人每天连喝带用被压缩到仅一水壶水。几天后，舱内弥漫着难闻的烟味、体臭和汗臭。有消息说他们是去新西兰的奥克兰，不是瓜达尔卡纳尔岛。马克暗自庆幸，这样可以再多训练一阵了。

第十二天，船驶进奥克兰港。港口很美，城市景色怡人，新西兰两座主岛总人口的三分之一聚集在这里。渡船和拖船围拢过来，一支新西兰乐队为他们奏起了小夜曲。这时候，消息传来说船停错了港，他们应该去惠灵顿，此地往南约五百英里的地方；欢庆仪式就这么突然中断。

次日，船抵达惠灵顿。连绵起伏的群山郁郁葱葱，点缀着维多利亚式建筑和舒适的住宅，眼前的景象令有些人想起了旧金山。眼下正值十一月初，新西兰的夏天，但他们下船的时候，天上飘着冷飕飕的细雨。当地人热情地迎接他们眼中的救星。年轻的海军陆战队队员趾高气扬地踏上异国的土地，对他们中的绝大多数人来说，这是有生以来第一次；而那些从冰岛过来的老兵则已经有了一种进入主场的感觉，他们知道接下来可以玩得很开心。

营地在东北方向大约三十五英里外的地方，派卡卡里村边上。他们要在这里待六个星期,建营地,训练,在周围长满青草的高山上来回跋涉,以恢复体能。顶着仲夏酷暑,全副武装爬上(很快就被冠以"滇缅公路"绰号的)陡峭崎岖的高山固然痛苦,但对马克来说,更遭罪的则是那四五英里下悬崖和峡谷的过程。每走一步,沉重的背包就狠狠地撞你一下,等最后到达山底,他已经双膝打颤,两腿发麻。

住在一个帐篷里的新兵有一半人跟马克合不来。人家叫他一起去惠灵顿,他不去,说那"只是个乡下地方",自己一个人如饥似渴地埋头看书。这几本书,他很珍惜,是他在圣地亚哥买的。有一天,一个外号叫"金翅雀"的大块头一等兵,他在艾略特营就开始讨厌的家伙,一把抢过他正在看的《战争与和平》,抛给了另一个人。一开始,马克还耐着性子劝他们把书还给他,但这两个坏家伙不肯罢休,丢来丢去,根本不顾惜他的宝贝。马克被惹恼了,把金翅雀的东西往地上丢。幸亏马奥尼进来,他们才没有打起来。

之前,因为马克把帽子戴在后脑勺上,两次把香烟扔在地上,这名上士早就看他不顺眼了。第二天,马克带着步枪去集合,但他觉得既然当天的训练项目是空枪练习,不需要子弹,就没必要佩弹带,也没必要上刺刀。他们排里,就他一个人这样干过;其他人都太迟钝,摆在眼前的事实都看不出来。不过,今天马克不走运,训练的时候,马奥尼正好经过。

"麦格林,"他大声喊道,"立刻去拿上你的弹带和刺刀,回来向我报到。"马克撒腿就跑,一边搜肠刮肚地找借口试图为自己开脱,可马奥尼没给他机会。"把弹带挂在脖子上,"他说得很干脆,"吃饭、睡觉、休息的时候都给我挂着,直到我叫你拿下来。"马克还没来得及抗议,上士就说:"走开。"

那天下午,比利 J 注意到忸怩不安的马克脖子上挂着弹带。"怎么回事?"他问。听了马奥尼的解释,他说:"等你觉得麦格林吸取了教训,再安排他来办公室。"

两天后,马克又站在了比利 J 面前,因为少校在医务室。马克脖子上缠着弹带,感觉自己就像神话里的古舟子。耻辱和不适令他开始认识到不能钻空子。"二等兵麦格林按要求前来报到,长官。"他说。

"稍息。"沙利文还特地仔细查看了马克的档案,他很好奇:为什么一个堂堂大学毕业生,一个优等生,会表现得像个傻瓜一样?凭他的资质,本该是一名优秀的海军陆战队队员,甚至成为军官也有可能。马克迅速跨立站定,双手交叉放在后腰上。

"麦格林,你这么快就成了这支部队有名的刺儿头。也许你觉得我是个糊涂蛋,上回相信了你的话。我没有处罚你,只是警告你:我希望我的队员任何时候都能履行自己的职责。我还和你说过我不想再在办公室里看到你。"他的蓝眼睛又显出马克上回已经领教过的、令他不寒而栗的冰冷的眼神,"这是最后一次警告,拿出海军陆战队队员的样子,别像个被妈妈宠坏的小阿飞。听明白了吗?"

马克窘得满脸通红:"是,长官。"

"比你优秀的人想要糊弄我,麦格林,他们最后都被关了起来。"他盯着马克,然后轻声说,"你觉得你挂着弹带很委屈。一位智者说过:'训练中汗流得越多,战场上血流得越少。'这句话是经过事实验证的。我的任务是让你们最终能平安回到父母身边。他们指望我们能照顾好你们。我不奢望把你们每个人都平平安安地带回来,但我会尽力让更多的人活下来。要是有一天因为你觉得没必要,刺刀没上,你想想会有什么后果?你有可能因此送命。更重要的是,你会害了其他人。我们不能容忍这种事发生。你应该尽到自己的本分。如果你不在乎自己的小命,最好顾顾战友的死活。在海军陆战队里,我们互相信赖,彼此依靠——像兄弟一样。"他的目光像是要刺透马克,但这回他的目光里没有冰冷的寒意,而是饱含关切。"去吧。"他轻声说。

"向后转,正步走。"马奥尼说。

马克离开的时候,心里暗暗发誓不能再让这个他崇拜的男人瞧不起他。他要做给比利 J 看,他不是被妈妈宠坏的小阿飞。

第二天早上,马奥尼让他把弹带摘了下来。"滇缅公路"往返越野训练结束后,他跟着大家一起去了惠灵顿。与奥克兰不同,惠灵顿不是军营镇,训练之余,这是个休闲的好去处。海军陆战队第 2 师是第一支抵达的美国主力部队,小镇里最好的宅子对他们敞开大门,当地的姑娘无论对军官还是士兵都一样友好。他跟着大家来到了塞西尔俱乐部,这里的姑娘都亲切得不得了,但长得好看的几个已经名花有主。他走出门,来到了街上。有好几次,当地的居民拦住他,邀请他去家里做客,都被他婉言谢绝。他想找一个姑娘。最后,他进了一家酒吧——"三X",却发现这里不对女人开放。一个胖乎乎的女招待咋咋呼呼地欢迎他:"嗨,美国佬,别扭扭捏捏的,快过来,姐给你倒酒。"他谢过她,正打算离开,他们排里的一个一等兵大声招呼他去他们那桌。看这几个人吵吵闹闹的,马克犹豫了一下,但还是觉得应该学会和排里的人相处。他点了一杯啤酒,小口小口地抿着,其他人喧闹地唱着从在冰岛待过的老兵那里学来的下流歌曲。他们从《一个蛋蛋的赖利》(堆起来,叠起来,连同蛋蛋,哼哼唧唧,干下去哟)一直唱到这首歌:

> 啊,在漂亮的"维纳斯"号上,
> 上帝,你真该睁眼看看,
> 艏饰像是床上的妓女,
> 桅杆是肿胀的阴茎,
> 船上的侍童是活泼又邋遢的小屁孩,
> 他把碎玻璃塞进自己屁股,
> 对船长行了割礼。

还有很多段,一段比一段下流。马克跟大家打了个招呼,说去上厕所,便径直出了门。他慢悠悠地晃到火车站,想回营地,但下一班车,也就是末班车,要一个小时后才开,于是,他就进了一家小餐馆。

"想吃点什么,美国人?"女招待问他。

"咖啡。"他说。

"就这个?"她建议他再来一份店里自制的派。

"不了,谢谢。"她有着招人喜欢的脸蛋和苗条的身材,她也有一头暗红色的秀发,看来这是城里第一个冒出来的没被缠住的漂亮姑娘,"这么多美国人,你们一定看得很烦吧。"

"怎么会？这儿的男人都去了北非，我们还指望你们来抵抗日本佬呢。他们越来越近了。"

他注意到她手上的婚戒："你丈夫也在那里？"

"他死在希腊了。"

"对不起。"

她走开去招待另一名海军陆战队队员，那是个二等兵，看得出来酒喝了不少。他年纪不大，个头小小的，看样子像是农场出来的。

"嘿，美女，给我来杯乔。"她端给他一杯咖啡。"加点甜的好吗，宝贝儿？"她递给他一个糖钵，"不是，我的意思是亲一口。"

"菜单上没有，美国人。"她脸上挂着友好的微笑。

"你只喜欢军官和士官吗？你不知道他们大多数人都有性病吗？所以他们的蓝裤子上才有粗粗的红色条纹。"他伸手去抓她的胳膊。

马克走过去，轻轻地拍拍二等兵的肩膀："嘿，老弟，我知道你不想惹麻烦。希拉和我下星期就要结婚了。"然后他重重地在那小子肩膀上拍了一掌："要不这样吧，我来帮你付咖啡钱，你给我滚出去。"他一把揪住二等兵的领子。

"见鬼，我没有恶意。"二等兵说完，跟跟跄跄地走了出去。

"谢谢你，"女招待说，"但我的名字是莫莉，而且我女儿也不想我跟个美国人结婚。"

"为什么？"

"因为他们都一个样，第一次约会就想跟你上床。"

"聪明。她多大了？"

"四岁。"

"我希望有一天能见见她。你住在附近吗？"

"不远，我们有个小公寓。"

他问起了新西兰的情况，听到她说这里没有蛇，他很惊讶。"跟爱尔兰一样，是圣人把它们赶出去的。"马克说。

"我觉得这里本来就没有，我是说蛇，不是圣人。也有可能是毛利人把它们赶出去的。"

他对毛利人很感兴趣。"种族歧视很严重吗?"她不明白他这话是什么意思。"你知道,就像美国的黑人。"她承认人们会避免和毛利人通婚,但大多数人还是以他们为傲。他们的毛利营很有名。

马克突然话题一转:"下星期四是感恩节,我有假,一直到星期一。要不我们找个时间碰个头?看场电影或者吃个饭怎么样?"

她犹豫了。他突然发现已经过了十二点。"我的天,我错过末班车了!"他骂自己太蠢。

她说:"你可以搭出租车,一般总能在外头找到几个也错过了末班车的海军陆战队队员。"马克向门外走去。"要不你下周四过来一趟吧,我也许会有空。"她又说。

马克转过身咧嘴一笑:"到时候见。顺便说一下,我叫马克。"

在饭馆外,他发现三个二等兵正在和一个出租车司机讨价还价。他问能不能一起拼车,事实上,有人分担车费,他们高兴还来不及呢。上车时,马奥尼上士出现了。想到又得面对比利 J,马克吓得脸色煞白。并不是说,他在镇上胡闹了一夜,活该受处分。

"还坐得下吗?"上士说着便挤进车里。有他在,他们就不能钻围栏偷偷溜进营地,都得从大门进去,接受处分。马克确信自己这次一定逃不过军法审判,一定会在比利 J 的黑名单上排第一位。当他们快到营地时,马克觉得自己这下死定了,那三个二等兵也一样心事重重。

"停车。"就在进入大门口岗哨视野范围的前一刻,马奥尼叫停了车,"下车,把钱付了。"他们照做了。"跟我来。"他领着他们从围栏的口子钻了进去。马克心里在琢磨,上士要么是自己开小差了,要么是动了恻隐之心。马奥尼闷着头朝 4 连的营区走去,似乎并不知道马克就跟在身后,他一个字都没说就拐进了自己的帐篷。

马克蹑手蹑脚地上了床,内心比先前任何时候都更加坚定:一定要做出成绩来。他不会再把帽子扣在后脑勺上,他要戒烟,他要在训练中时刻保持警惕,他要第一个登上"滇缅公路"的顶峰,第一个冲到山脚,他要和大家和睦相处。他很纳闷为什么流浪途中从来没有这种麻烦。和流浪儿在一起,他从来都不是个势利鬼。现在到底是怎么回事?真蠢啊。这些人很快就将同他一起上战场面对死亡,他得把自己的性命托付给他们。他意识到自己是训练得腻烦了,才把气撒在同伴身上,他甚至都没费心去了解他们是怎样的人,他们追求的是什么。

## 3

在瓜达尔卡纳尔岛上,日军对亨德森空军基地发起的拼死反击以失败告终。辻政信这个计划的成败取决于各路人马能否及时抵达各个攻击发起线,但有些部队在崎岖的山道上耽搁了行程,最终导致此役溃败。

辻政信和胜吾都保住了性命,活下来的人要回到海边,漫漫跋涉,路途之艰难,如同登天。很多人倒在路上,气力耗尽,只想一死解脱了事。可胜吾没想到辻政信竟然越来越有精神。看到一个大队长躺在小路边,下半身已被鲜血浸透,辻政信说:"坚持住,我们会派人回来救你的。"

"我从前天开始就没吃过东西。"对方无力地回答。

辻政信打开他的便当包,夹起一筷子米饭送到受伤的军官嘴里,那人吃下去后,又吃了一筷子,然后无力地指指躺在边上的几个士兵。他们像雏燕一样张着嘴,"运筹之神"温柔地把米饭一筷子一筷子喂给每个人。胜吾看到哽咽。这还是那个用残酷的把戏恶搞"卧薪尝胆"的人吗?

一路上,辻政信始终没有懈怠,他敦促大家吃草根、芽苞,只要能活下去,什么都可以吃。到了第三天,小路上到处都是腐烂的尸体。晚上,暴雨如注。他们跑进一间简陋的小屋躲雨。地上躺着三个人,都被疟疾折磨得只剩一口气;还有一个人,已经死了,头边放着一块硬饼干,这是朋友留下的,让他带着在去极乐世界的路上吃。前面经过的人,谁都没有去碰这宝贵的食物。

那天夜里,辻政信和胜吾就睡在这个死人和几个将死的人身边,老是被贪婪的蚊子咬醒。第二天,大家继续赶路。士官不得不用树枝抽打年轻些的士兵逼他们走。胜吾几乎迈不开步子。傍晚时分,他走出黑压压的丛林,进入一小片棕榈树林。前方是无边无际的碧海。他们已经到了机场以西七英里处的克鲁兹角。

"嘿！大海！"一名士兵大叫起来。他冲进浪里，大口大口地吞下海水。辻政信已经向胜吾演示过怎样回收一部分流失的盐分：用手绢拭去脸上和身上的汗水，再吮吸那块手绢。可身体缺盐实在太痛苦，胜吾灌下好几口海水，直到辻政信警告他，让他停下来。

到第十七军司令部后，辻政信立即下令让人送米饭去前线；然后，他发了一份无线电报给陆军参谋总长杉山：

> 第2师团落败，我应负全责。此役背水一战，众将官连日奋勇作战，人员伤亡过半。此役失利皆因我低估敌军作战实力，一意孤行，坚持我错误的作战计划所致。

他声明自己应该"死一万次"谢罪，他还请求跟第17军一起留在瓜达尔卡纳尔岛。此前，胜吾或许对辻政信的品行有所质疑，看到这份电文，瞬间释然。

但东京方面命辻政信立即返回。几天后，他和胜吾向他们的朋友辞行道别。

4

### 新西兰  1942年12月

马克现在已经是一等兵，跟马奥尼上士和同帐篷的伙伴都相处融洽，不再有冲突。他被提升为副机枪手，佩一把经历了一战的手枪，而且负担也没那么重了，只需要拿一个相对轻便的三脚架。这比进斐陶斐荣誉学会还让他高兴。住同一个帐篷的士兵说起自己或家人时，他会认真倾听，并且开始理解他们。他甚至还跟他们一起唱下流歌曲。尤其是那首《狗的歌》，他觉得实在是太有趣了，甚至还抄了下来，想让威尔看看，让他见识一下另一半人是怎么生活的，这对他有好处。他在执行罗斯福的高级机密任务。威尔到底是威尔，认识的都是些头面人物，一定能在战争中利用天时地利人和，出人头地。

哦，狗狗们开会了，
它们从四面八方赶来，
有些是搭公共汽车来的，
有些是乘小汽车来的。
一进入会堂，
每条狗都可以看一看
得把它的屁股高高地挂在
哪个钩子上
它们集合在一起
狗儿子和狗爸爸，
一条斗牛犬
跳起来大叫："着火了！"
招来一片恐慌，
场面那叫一个乱啊，
每条狗从钩子上随手扯下
一只屁股，
每条狗都觉得痛，
毕竟戴着别的狗屁股，
这是有生以来第一次。
这就是为什么直到今天
狗会丢下骨头，
追着别的狗去嗅人家的屁股，
它想知道这是不是自己的屁股。

  马克和莫莉的关系也有了进一步的发展。感恩节那天，他俩去看了场电影，接下来的两个周末，他带她去塞西尔俱乐部跳舞，又带她出去吃饭。离圣诞节还有一个星期的那天，她早早下了班，把马克带到了她的公寓。她四岁的女儿贝琪很开心，因为马克把她驮在背上，扮演难驯服的野马。把她哄睡后,莫莉和马克便在沙发上做爱。

结束后,谁都没有说话。莫莉依偎着马克,最后轻声吐出一句:"好久没这样了。"她亲了亲他的脖子,伸手去拿枕头。"给我点一支,亲爱的。"她说。她已经习惯让他给她点烟。他伸手拿起她的烟盒,点了一支。一股霉味。他想不通自己怎么会在艾略特营抽起烟来。她吸了几口,满足地叹了口气。他转过头,避开她喷出的烟,偷偷地瞄了一眼手表。末班车一个半小时后才开,为礼貌起见,他还得再待上一个小时。

莫莉掐灭那根烟,又依偎到马克身边。她是个可爱的姑娘,但他不想再跟她做爱了,她令他想起米丽娅姆,她们很像,连头发都是一样的红色,他暗暗在心里骂自己混蛋。

"你好安静,马克。怎么了?是不是我……?"

他亲了亲她的额头:"你很棒。"

"下星期就是圣诞节了。你又可以休长假了吧,亲爱的?"

他犹豫了一下,想找个借口。

她惊慌地坐起来:"你要走了!你知道你要走了!"

他恨自己太懦弱,不敢说出实话:"嗯,一直在传部队要开拔去瓜达尔卡纳尔岛。"

她紧紧地抱住他:"再爱我一次,亲爱的。"

他硬着头皮又和她来了一次。两人安静了很长时间,然后,她说:"我爱你。"

骗她的话他说不出口,只能亲吻她。

"亲爱的,我会为你祈祷的。"她说。然后又是一阵沉默。

最后,时间到了,该走了,马克开始穿衣服。"我不想再失去你。"她说完又加了一句,"她会没事的。"他不懂什么意思。她解释说:"这是新西兰的说法,意思是'一切都会好起来的'。"

"躺着,别起来。"他说完吻了她一下。

她紧紧贴着他:"在那个烂丛林里记得想我。"

"我会的。"他老老实实地说。然后,他满怀羞愧,匆匆离去。

莫莉的担忧很快就被证实了。12月24日,海军陆战队开始走下惠灵顿的码头,登上停在那里的四艘运输船。前一批乘这些船前往瓜达尔卡纳尔岛的海军陆战队队员把它们戏称为"四大恶船"。马克的连队被分配到"海耶斯总统"号上,他们必须攀着装卸网上船。翻过栏杆的那一刻,他听到一个枪炮军士对另一个说:"他们很强悍,已经准备好了。"可他觉得自己既不强悍,也没准备好。舱内很闷,大家在抱怨:这样过圣诞节真是太糟了。等了好久,人才上齐,漫长的等待令他更加觉得恶心,想吐。大船开始慢慢驶离港口,这时候,他有一种强烈的感觉:自己一定会死在瓜达尔卡纳尔岛。他总是想到莫莉,想到她最后跟他说的话。

接下来的九天,他们除了在食堂当值,还被安排干其他的杂务,比如擦舱板,此外,还要背负全套装备进行登陆演习。到了晚上,有的凑在一起唱歌,有的写信,有的没完没了地打扑克。马克玩牌很有策略,赌起来胆子很大,总能让对手不知所措。船接近赤道的时候,船舱里的热和臭到了简直无法忍受的地步。歌不怎么唱了,但扑克牌还是照打不误,马克赢的钱已经超过了一千美元。

第九天夜里,他们到了赤道以南大约五百英里的海面。马克和另一名士兵在站岗。午夜过后,凌晨时分,他们看到远处有一座黑色的金字塔。"萨沃岛!"同伴说。这是一座小火山岛,就在浓雾笼罩的瓜达尔卡纳尔岛的最西端附近。"海耶斯总统"号静悄悄地驶入平静水域。万籁俱寂。马克心里发毛。几分钟后,从瓜达尔卡纳尔岛吹过来的一阵风充斥着沼泽和丛林的腥臭。刹那间,迷雾散开,放眼望去,一座座高山被蚀刻成黑色,映衬着渐渐清朗的天空。眼前的景象看得他哽咽。他会死在哪里呢?

然而,晨曦中的"瓜岛"——现在大家都这么叫——看起来并不凶险,反而像是一幅南太平洋天堂的海报。他们顺顺利利地上了岛。长长的海滩边长着优雅的棕榈树,如同度假胜地一般静谧。他们大踏步向内陆推进,过了一个椰子园,开始朝着亨德森空军基地挺进。这时候,当地人围上来。他们比马克见过的黑人都要黑。这些人操着一口洋泾浜英语要用椰子跟他们交换给养。可随着夜幕降临,马克又对这座岛充满了恐惧。

周围静悄悄的，寂静中夹杂着丛林的噪声。他开始心神不宁；可排里的其他人似乎并不害怕，他们说说笑笑，仿佛是在演习。接下来的几天，他们推进得很慢，这是岛上部队总司令——一名陆军将军——的指示。海军陆战队队员们大发牢骚，抱怨这蜗牛一样的速度；他们想投入战斗，一路上骂骂咧咧地发泄着对陆军的不满。

美军不知道的是，圣诞节当天，日军统帅部已经决定从瓜达尔卡纳尔岛撤军。这批倒霉的部队正有条不紊地撤离，留下一批人殿后，要让敌人每前进一步都付出代价。日本士兵背井离乡，到这里来为祖国和天皇奉献生命。战斗虽然已经结束，但日军这支负隅顽抗的后卫部队还在给美军制造大麻烦。马克想象不出还有哪个战场比这里更糟。这是个热气腾腾的蒸笼，泥泞，多雨。死亡的气息和矮树丛的腐臭令人作呕。丛林里有些地方密得无法通行，他们不得不披荆斩棘开出一条路来。

海军陆战队 6 团沿着海岸向前推进，去接替 2 团。2 团往后方撤离，从他们旁边经过的时候，一个个像鬼一样。大多数人患上了疟疾或黄疸，他们已经连续战斗了五个月，每天分到的净水只够喝和漱口，吃的是罐装的 C 口粮，通常是冷的。

"这不是糖果宝贝 6 团吗？宝贝们到底是吃了什么迷魂药，来这么可怕的地方？"马克听到 2 团一个胡子拉碴的中士这么说。

"错不了，我们来得正是时候。"马奥尼反唇相讥，"如果让你们这些混蛋再待下去，整个岛会变成纽约的开底驳船。你们确定自己还是海军陆战队队员吗？在我看来，你们已经成了当地的土著。"

6 团的队伍沿着山脊往前移动，山势突然一沉，没入茂密的丛林。在通往阵地的山坡上，一个个土堆标出日本人倒下的位置，显然，他们是在原地草草埋葬的，埋得太仓促，土都没盖全，东一只手，西一只脚。这情形让马克觉得恶心，但整个排里只有他一个人不憎恨日本人，他得把这种感情隐藏起来。他真是太蠢了，没有去东岸参军，不然一定会被派去打纳粹的。

在防线上的第一晚，只有去过冰岛的老兵睡得着。临近午夜，消息传到营里说能看到日本兵在丛林覆盖的峡谷里抽烟。他们召集了一大批大炮来轰击这些大意的敌人——竟然敢在夜里点火。一枚枚炮弹呼啸着从空中划过，落进峡谷，炸出巨响。比利J和马奥尼上士都被惊醒，跑出来看究竟发生了什么事。一名激动的哨兵指给他们看还在炮火中抽烟的日本人。比利J摇了摇头，什么都没说。马奥尼扯着嗓子大吼，整条防线都能听到他的声音："拜托！你们这些白痴没见过萤火虫吗？停止射击！安排警戒！睡觉！"

接下来的几天，马克他们排没有人员伤亡，但他内心却越来越恐惧。夜里最难熬，尤其是当前方有人开始呻吟的时候，但排长塔夫茨中尉向他们保证，这是敌人耍的诡计，想诱使他们前去营救。排长本人有个不太光彩的绰号——"卡斯帕·米克吐司①"。

第一个星期快结束的时候，马克的袜子都烂掉了，浑身脏得要命，他发誓如果能活着回家，从此只穿白衬衫。这地方每天晚上都要下雨，在泥泞的散兵坑里根本无法入睡。他已经习惯了地蟹抓挠和爬行的声音，但这声音听起来还是像日军在搞动作，企图潜入他们的防线，他必须按捺住开枪的冲动。

他后来得知4连并不是他一个人处于持续的恐惧中，这才松了口气。第九天，"老虎"罗杰斯中士死都不肯出散兵坑，被打发去了后方。这个重量级的"金手套"冠军，强悍的海军陆战队队员的最佳形象代表，大家都以为赢第一枚军功章的人非他莫属；而他们的排长，不起眼的小个子塔夫茨，则表现得相当镇定，仿佛还在新西兰。会计出身的塔夫茨沉静但威严地带领着士兵们在椰子树林里穿行。每个班一部分人负责留意隐藏在树冠里的狙击手，一部分人提防敌人躲在灌木丛里。一旦发现狙击手，整个班就会集中火力对准那堆叶子，有时候会从上面掉下一具尸体，有时候就只出现一只脚或者一个头，因为日本兵会把自己绑在树上。

1月初，1营推进到科昆博纳河边。他们在对岸布防后，终于可以刮刮胡子，洗个澡，再把一身脏衣服给洗了。医护兵在岸边走来走去，治疗丛林腐皮病的重症患者。马克现在总算明白了为什么之前在艾略特营各

---

① 卡斯帕·米克吐司，一个胆小的漫画人物。

排排长每次都要检查大家的脚,他当初还觉得荒唐透顶。

当马克在河里跟斯基、来自洛杉矶的古惑仔小不点和恶霸金翅雀一起嬉闹的时候,他觉得这一刻真是无比幸福。他心里在想:"天哪,我竟然能受得了金翅雀了!"那天夜里,他们在河对岸设置了防线。第二天,继续沿着海岸向塔萨法隆格角推进。还没走五十码,前方的侦察队就遭到了强火力攻击。塔夫茨镇定地指指他手下的一个班长,然后又指指一丛树——狙击手就藏在那里往外连发子弹。在新西兰经过缜密的训练后,班长完全能够领会他的意思。几秒钟后,这个班的成员就两两一组散开。没过多久,日本人就一个又一个地从椰子树上掉下来。这回,塔夫茨指指另一个班长,然后又指指一丛浓密的灌木。这个班便冲着那丛灌木开火。塔夫茨中尉都不需要指马克他们班,他们就已经开始包抄那片灌木丛。几个机枪手就在马克身后。架机枪的时候,机枪手斯基肚子上中了一枪。看着汩汩涌出来的鲜血,马克吓呆了。"你来。"受伤的斯基咕哝一声,就昏了过去。马克试图给他止血,徒劳地折腾了一番后,手忙脚乱地把他往后方拽。

"你搞什么?想把那人带到哪里去?"

马克一惊,转过身。是比利J沙利文上尉。他现在是连长。

"我带他去找医生,长官!他中枪了!"

"把他放下。"沙利文叫过来一名医护兵,"麦格林,你为战友的安危着想,这值得表扬,我也很欣赏这点,但是你这样带他出来,破坏了整个机枪班的行动,你们这批人是要负责掩护部队前进的。"

"他死了。"医护兵说。

"好吧,"比利J轻声说,"麦格林,要是每个人都像你这样做,你觉得会有什么后果?你昏头了,我不希望再有下一次。明白吗?"

"是,长官。"马克没有动。

"赶紧回去。"

马克拔腿往回走,心里在想:是我临阵退缩了。正因为如此,他才拖着斯基中士往后方跑。比利J很清楚这点。为什么他没有揭穿我?是想再给我一次机会吗?他赶到原位,发现仗已经打完,其他排长正在恭贺塔夫茨指挥得当。

第二天,他们遭遇了几拨更密集的日军。有些战友表现出来的残暴看得马克毛骨悚然,他们似乎把杀日本人当成一种乐趣,而且还很喜欢掳走他们身上的物件,甚至用枪托砸掉他们的金牙。吉普车上垒着一堆堆骷髅。几个被俘虏的日本人都在去后方的途中死了。

部队继续缓慢向前推进。停下来休息的时候,马克试图给莫莉写信,但他既不能违心地说爱她,又不能实话实说。要是他死在这里,倒能一了百了。

他们又过了一条河,又有机会好好清洗一下。还是那一幕场景:在对岸河滩外远远地设置起防御;架起的步枪,一排排摆得参差不齐,前面是背包和头盔;赤身裸体的海军陆战队队员,有的在洗澡,有的在洗衣服,有的在水里嬉戏。斯基死了,马克成了班长。他意外地发现自己竟然很享受这新的责任,就连金翅雀都乖乖地服从他的命令。

塔夫茨中尉刚走到马克身边,正打算问问他们班的情况,他就听到一声惊讶的喘息,看着中尉倒了下去。马克还在呆呆地看着,塔夫茨抓住他的胳膊。"狙击手!隐蔽!"马克立即做出反应,把塔夫茨拖到了一株灌木后面。

"打在胳膊上了。"中尉咬着牙说,"感觉伤口挺干净的,出血不多。"

马克把他上衣渗血的部位撕开,拿出急救包,尽可能轻柔地把伤口包扎好。他叫两名士兵送中尉去找医护兵:"其他人看看能不能把那个狙击手找出来。"

一分钟后,金翅雀发现了狙击手,一枪就把他击落在地。小不点弯下身用脚踢踢尸体:"皮包骨头的混蛋!一条腿还缠着绷带,浑身都是泥。见鬼,他本来就已经快死了。他们一定是让得了病的躲在树上充当神枪手。"

"好了,准备上路,马上出发。"马克发出命令。他有点不好意思,天哪,这口气活似比利J。

他们还是会时不时遇到敌人,但是如果风向对,马克能闻到他们的气味。由于没水洗澡,日本人就在身上洒大量的古龙水。

"妈的,这古龙水!这些混蛋把整片林子都熏臭了,闻起来就像旧金山的妓院一样。"金翅雀抱怨道。

腐烂的尸体已经见怪不怪,看得所有人都麻木了。尸体发臭比任何其他的腐烂动物都恶心。

快到一月中旬的时候,四十架"零式"战斗机飞过来,但一大批陆军和海军陆战队的飞机已经严阵以待,直扑过去,空中随即上演了一场激烈的混战。海军陆战队队员们站起来观战。突然传来一阵轰鸣,七架三菱 97 轰炸机擦着树顶滑过,在海滩和内陆撒下一枚枚炸弹。他们逃得快,但金翅雀被炸飞到十码以外,躺在一摊血泊中。

自接替 6 团以来,1 营已经挺进了五千多码,但这短短几天里,马克他们排已经一伤两死——塔夫茨中尉负伤,斯基和金翅雀阵亡。马克不再一见血就犯恶心,而且,他也已经能够区分夜间正常和不正常的响动。他浑身臭烘烘的,瘦了足足有二十磅,但他还活着。

1943 年 2 月 1 日夜里,十艘日本驱逐舰从瓜达尔卡纳尔岛北部撤离了 5424 人。这些被解救的人个个愁眉不展,不仅因为吃了败仗很恼火,还觉得愧对战友,连个像样的葬礼都没给他们。接下来的一个星期里,又有八千人通过所罗门群岛间的海峡被接回去,这个危险的水道被美国人称为"槽沟"。还有 25000 人被留在岛上,这些人不是死了,就是已经快死了。最后,美国海军陆战队队员和陆军大兵扫清了瓜达尔卡纳尔岛,但美军大部分人都被疟疾、痢疾、黄疸和俗称"怪病"的丛林腐皮病折磨得痛苦不堪。

1 营开始慢慢撤回隆加角边上的露营地,每经过一条河,他们都要停下来洗澡,洗衣服。虽然上头安排他们负责海岸警戒,可他们知道仗已经打完了。然而,每天都会有人开始控制不住地狂抖,告病求医。马克所在的连,几乎人人都染上了疟疾。

二月初,几艘灰色的运输船终于出现在海天交界处。一个星期后,1

营开始攀着"亚当斯总统"号的装卸网往上爬,每人都驮着笨重的大背包。马克也和少数几个幸运儿一样,没有被疟疾拖垮,这得感谢塔夫茨中尉慈母般的救治,用阿的平①帮他逃过一劫,虽然这药吃得他满脸蜡黄。对他来说,爬这装卸网不是什么难事,但他发现身后的比利J爬得很吃力。

上尉得了黄疸,可他自己并不知道,他爬到一半,就已经没力气了,强逼着自己挺住。要是跟这八十磅的背包一起掉下去,他会直接沉到海底。每上一级都无比艰难。最后,他终于看到了栏杆,伸手去抓,但体力已经耗尽,就在他倒下去的一瞬间,马克抓住了他的背包,将他一把甩过船舷上缘。比利J跌到甲板上,昏过去以前,心里在想到底是谁救了他一命。

马克走到栏杆边,跟大家一起最后再看了一眼这个鬼地方。从远处看,它就是个天堂,但实际上却是地狱!"大家听好了!"喇叭里传出来嘶哑的声音,"我们的目的地是新西兰惠灵顿。"大伙儿欢呼雀跃,马克也很高兴。终于可以回到凉快的地方,回到天堂!然后,他想起了莫莉。他该怎么对她说呢?

---

① 阿的平,黄色,味苦,呈粉末状,广泛用于预防和治疗疟疾,现已被氯喹取代。

# 第十三章

## 1

**甲万那端战俘营  1942年6月**

当午后的太阳从云层里钻出来的时候,来自奥唐奈战俘营的卡车车队也快到新的战俘营了。地势平缓起伏的乡野有一种别样的美。滚滚乌云在顷刻之间散尽,就像被施了魔法一样。放眼望去,东面大约二十英里处是阿拉亚特山壮观的火山锥,西面是三描礼士山脉,高高耸立着,犹如顶天立地的哨兵。有人说这是甲万那端战俘营,这地方以前是美国的一个农业站,后来成了菲律宾第91师的训练营。

即使在远处,也看得出这里的建筑比奥唐奈战俘营摇摇欲坠的棚屋要坚固、整齐。空中架起了一道彩虹。威尔在想:这是不是个好兆头,预示着好日子要来了?车子驶进营地,原本被关押在这里的人像看怪物一样盯着他们。

"我们可真是受欢迎啊。"威尔旁边的人说,"大概是多来一个人,他们就少一点口粮吧。"

卡车停了下来。威尔艰难地往下爬,这时候,他认出了在科雷吉多尔岛结识的一名海军陆战队少校。"哈里!"但是对方没睬他,他又叫了一声,少校疑惑地看着他。

"你到底是谁?"

"麦格林。"

少校惊得下巴差点儿掉了:"我的天,这是怎么了!你瘦了足足有七十五磅吧。"

"是吗?"威尔看了看自己已经习以为常的这副骨架,意识到站在这个魁梧的海军陆战队少校旁边,一定被衬得像一副骷髅架子,但看到科雷吉多尔岛过来的人个个状态都不错,他很振奋——这说明甲万那端的条件不错。

新来的战俘按四人一组进行编队。威尔旁边的人患痢疾,虚弱得必须靠人扶着才行。"我又得拉屎了。"他说。威尔向一名卫兵招招手,示意想带他去边上。卫兵点点头。威尔把那人扶到沟边。他使劲哼哼,一脸痛苦的表情,但挤出来的只有血。

一个小时后,威尔他们一百号人才被领到一间由竹子、尼帕桐和竹篾做成的六十英尺长的营房里。一条走廊贯穿到底,走廊两边是一个个两层隔间,每个隔间约八英尺长,原本应该睡两个人,但现在要容纳五个人。床板是篾条编的,但让大家高兴的是,每人都有一条毯子。一名准尉抬高嗓门,叫大家听好了:"你们很走运,这是最后一个有毯子的营房了。"

大雨开始落下来,雨点砸在尼帕桐屋顶上,它居然没漏。惊奇之余,威尔觉得这又是一个好兆头:"你们新来的人得记住,绝对不能靠近铁丝网。如果你晚上要拉屎,去茅坑拉完就回来,别瞎转悠,不然在围栏边巡逻的卫兵会开枪的。明白吗?老一批的人怎么做,你们照做就成。要知道鬼子是很喜欢乱开枪的。"

这时候,屋外已经是大雨如注。准尉继续说:"好了,吃饭时间到了。你们就在这里吃。"叮叮当当一阵乱响,一百个人迫不及待地掏出餐具准备享用他们在甲万那端的第一餐。两名战俘摇摇晃晃走进来,各抱着一个五加仑的食桶。朝威尔这侧走过来的那人扯着嗓子大叫:"今天有汤有饭,兄弟们!"人群中响起了几声口哨表示赞赏。

威尔伸出饭盒,接了一大份米饭,绿叶菜汤也进了他的杯子。米饭不错,他甚至都没有费事把看到的几个象鼻虫挑出来。"这叫'暗器伤人汤'，你会习惯的，会觉得是人间美味。"给饭的人说。

绿叶菜很嫩，很好吃，威尔狼吞虎咽扫了个精光。水顺着屋檐在往下流，威尔走出去洗餐具，其他人也跟着做。"带自来水的房间。"有人这么说，引来一阵笑声。他们已经不习惯这种久违的声音。威尔心想这也是一个好兆头，但等他回到隔间时，他和其他几个新到的战俘被一阵剧烈的胃痉挛折磨得痛不欲生。

威尔痛得直打滚。他感到额头上搭了一块冷的湿毛巾。有人在安慰他："别紧张。"胃里不抽筋了，但还没消停一会儿，他又感觉要拉肚子了，快憋不住了。外面雨还很大，他匆忙扒下裤子和上衣，穿着短裤去茅坑。粪沟周围的地已经成了泥浆，他差一点栽进污秽里。狂泻一通后，觉得轻松了，冒着大雨跟跟跄跄回到营房，用毯子擦干身子，重新穿上他的裤子和上衣。

雨小了，轻柔的雨声很像他在威廉斯敦的那个小房间里听到的，雨落在屋顶，也是这样的声音。他在潮湿的毯子下瑟瑟发抖，尽可能蜷成一团，他试图靠哈气来取暖，到最后总算迷迷糊糊地睡过去。很不踏实地眯了一会儿，又被疼醒，又一阵胃痉挛发作，比前一次更严重，他能感觉到"暗器伤人汤"在他肚子里沸腾。他意识到得马上去茅坑，但刚走到过道上，他就拉了出来，粪水便顺着他的腿流下来，他知道如果站着就会淌一路，于是就手脚并用地爬着出去。雨还在淅淅沥沥地下，但是顺着屋檐流下来的水不够冲洗。他看了看四周；围栏另一边有个日本兵离他很近，但最终还是走开了。威尔想找一个大一点的水洼，看到大约一百码外有一个。他脱下被"暗器伤人汤"弄得臭烘烘的衣服，先用短裤擦洗了一下自己的身体，然后拧干了又穿上。卫兵又出现了。威尔一动都不敢动。卫兵看了看四周，然后又走开了。等把其他衣服都洗完，威尔已经累得够呛，只能爬着回营房。中途，卫兵又回来了，威尔伏在泥浆里紧紧地贴着地面。一分钟后，他又继续这段艰难的行程，用最后一口力气爬进营房底下。他又蹭得一身脏，但这是干净的脏。很快，他就睡着了。

他感觉有人轻轻地踢了一下他，睁开眼，发现是准尉。天已经亮了："你给我出来。"

威尔爬了出来。

"你在下面搞什么？"

威尔解释了一番。

准尉问："你在哪里洗的？"威尔告诉了他。准尉训斥道："你这蠢蛋，如果卫兵看到你，他会开枪的。"

"我不能臭成那样再回去。"

准尉摇摇头，这样子好像是在说："这可真是荒唐透顶。"大滴大滴的雨点开始砸下来，速度越来越快。准尉说："好吧，你给我进屋去。一会儿就开饭了。"

威尔捧着肚子一路小跑赶去茅坑，还算及时，这次他很小心，避免再在烂泥里打滑。回营房的路上，雨水冲刷着他的脸。他看到之前那两个人搬着食桶走进他们的营房。真是想不到，他发现自己竟然饿了。幸亏排队及时，分到了一勺卢膏，晚一步就没了。"今天没有'暗器伤人汤'。"给饭的人笑着说。

对于威尔来说，甲万那端的头两个星期过得很快。这里的伙食分量大一些，他能感到自己在一天天强壮起来。随着体力逐渐恢复，他下定决心，一定要活下去，向马歇尔揭发高层的问题。他们一拨人被转移到营地东边的一间小营房里。这里四十号人，全是军官。这间屋子本来的设计只能容纳十二个人，现在每个隔间每个人只分到两英尺宽的空间。威尔挤在两个年轻的陆军中尉中间，铺位在上层，每次都得顺着杆子爬上去。现在，日本人准许他们去找科雷吉多尔岛的朋友，他们终于知道了岛上最后那几天发生的事。把麦克阿瑟拿五十万美元好处费的事捅给威尔的那个海军联络官热情地招呼他。"我听人说你活下来了！"他紧紧地握住威尔的手。"你听说了吗？咱们的老伙计麦克阿瑟去澳大利亚了。"他说的时候笑得不怀好意，"他现在可是老家的大英雄了。"

温莱特手下的两名少校参谋也凑过来，开始痛骂麦克阿瑟。"他把我们给卖了。"其中一个说。

"他在澳大利亚说得可有气势了，说什么'我挺过来了，我会回去的'。"海军上尉说。

这招来一通脏话。

上尉用胳膊肘顶顶威尔："是的,他会回来的。冲着五十万美元和马尼拉酒店,我也会回来。"他把威尔拉到一边,讲起了在科雷吉多尔岛上最后几小时的惨状,他的表情很严肃。"我从来没想到会亲眼看到我们的国旗被降下来踩在地上。杂种!"他一只手握拳重重地砸在另一只手掌上,"我不是指日本鬼子,我指的是麦克阿瑟和他的狐朋狗友!"他冲那两个少校扬了扬头:"瘦子的参谋,他们毫不掩饰对麦克阿瑟的看法。他今天要是走进来,他们很可能会把他揍个半死。"

威尔他们营房那个管事的海军陆战队上尉很讨人厌,大家给他起个绰号叫"布莱船长"。他总是在说教,要保持干净啊,要行军礼啊,要爱国啊。他还总是为难同威尔一个隔间的威尔金斯。"他当我们是在新兵营呢。"威尔金斯说。他吃不下东西,很虚弱,很消沉。"你把剩下的吃了吧。"他把自己的饭盒递给威尔。威尔劝他再吃几口,他放下勺子:"吃不下了。我保证,一定把今天的晚饭吃完。"

布莱船长的其中一个规矩是必须自己动手打饭。尽管这样,晚上开饭的时候,威尔还是带着他自己和威尔金斯两人的饭盒顺着杆子滑了下来。

布莱双臂交叉,两腿跨立,守着面前的五加仑食桶。"一人只能打一份。"他说。

"这是威尔金斯的,他实在没力气下来。"

布莱一把抓住威尔金斯的饭盒:"他必须得自己下来,不能搞特殊。"威尔开始争辩。"快点,别挡着队伍。"然后,上尉又开始训斥队伍里的其他人,"拿出军人的样子来,站直了!你们这鬼样,就是在慈善食堂里等吃的一群废物。"

威尔带着坏消息回来了。"这烂饭,谁稀罕。"威尔金斯说。他翻了个身。威尔摸摸他的额头——发烧了。

"你得试一试,别放弃。"威尔说。

威尔金斯挣扎着支起身,跪起来,攀着杆子下地。他呻吟着,使出吃奶的劲蹭到地上。其他人正在吃饭，这时候都停下来，看着他一只手抓着饭盒，另一只手抓着杯子，慢慢地爬向那个五加仑的食桶。威尔在想，这区区二十英尺的距离对他来说一定犹如一英里。整个过程就像一部慢动作电影。大家默默地为他打气。最后，他伸直胳膊，手中的饭盒终于碰到了食桶。

"行了，把他扶回去吧。"布莱说。四个人把威尔金斯抬回到上铺。布莱把盛好的饭盒和杯子递了上去。

威尔扶威尔金斯坐起来。"他为什么要这样对我？为什么要逼我爬过去，然后再把我抬回来？"两眼迷离无神的威尔金斯说。

"看看这里的人就知道，你自己要是放弃，必死无疑。"说话的是跟他们睡在一起的布利斯中尉，他总是为布莱辩护，"上尉这是在救你的命。如果你自己都帮不了自己，你还不如挖个坑把自己埋了算了。"这个毕业于斯沃斯莫尔学院的布利斯中尉，志愿是当一名英语教师。他把小勺子塞到威尔金斯手里："快吃，娘的！"

威尔金斯舀起米饭送进嘴里。最后，累得倒头就睡。午夜过后，威尔听到他在咕咕哝哝地祷告，然后一声惊呼："天哪！"

"怎么了？"威尔小声问他。

"十字架！"威尔金斯敬畏地说。"你看到十字架了吗？有一英尺高，亮得不得了！"他挣扎着坐起来，"你没看到？"

"没。"

"它就在我面前。现在我一点都不觉得难受了，我不难受了。"他又倒头睡过去，就像被下了药似的，但到了早上，他开始痛苦地呻吟。威尔带着两个饭盒滑下杆子。这次，布莱倒是让他打了两份饭，但无论是布利斯还是威尔，谁劝都不管用，威尔金斯一口都不肯吃。

"来，吃一口吧。"威尔苦苦相劝。

"如果你朋友不想吃，那就给我吧。"下铺有人说。

布利斯一脚蹬在那人的脸上："滚开。要是有机会，你连死人的眼珠子都会吃。你个臭秃鹫！"布利斯喘着粗气，像是在平复自己的情绪。后来，他说："他们也没办法。我们的头号敌人不是鬼子，是饥饿。"他在威尔的帮助下轻轻地扶威尔金斯坐起来:"好了,老兄,咱为了老妈吃一口。"威尔金斯干燥的嘴唇微微一咧,露出一丝笑意。他使劲咽了一口米饭下去,在威尔的帮助下又喝了一大口水,威尔金斯又吃了一口饭,但吐了出来。布利斯为他擦掉吐在怀里的东西,威尔给他擦干净嘴巴。布利斯又舀起一勺:"好了,现在为你三年级老师吃一口。"威尔金斯努力咽了下去。

2

这时候,战俘们已经被编成了十人一个小组。只要有一人逃跑,其余九人就要被处死。威尔很幸运,他和布利斯、威尔金斯连同其他七个人所在的这个班,大家抱成一团,结成生死与共的兄弟,他们立下誓言:绝不试图逃跑,除非十个人能一起走。布利斯信任他那两个睡在一张铺上的哥们儿,但是内心对其他七个人并不信任。他绷了绷身上的肌肉,恶狠狠地嘀咕了一句——谁要是想逃跑,哪怕只是动动念头,他都会把那人的脖子拧断。

随着更多战俘从奥唐奈战俘营转移过来,伙食开始越来越差,越来越少。那些点子多的人就组成了"圈"。每个圈都会搭起一个土灶,烹制他们四处找来的食物,从野草到老鼠,五花八门,什么都有。出去觅食他们叫"圈食",威尔不知道父亲看到自己在一个排水沟里捕老鼠会作何感想。这个水沟有一英尺宽,约两英尺深,越来越庞大的老鼠族群把这里当成了它们的交通壕。猎人们要死死盯着沟边长出来的一溜杂草后面的动静,蹲守几个小时。当老鼠开始在沟里窜的时候,猎人们会大喊大叫,对着老鼠挥舞棍棒。走运的人就可以带着死老鼠回去煮熟了吃。如果是只好老鼠,据那些在当兵前吃过松鼠的人说,味道就跟松鼠幼崽一样。

米饭的质量一天比一天差,象鼻虫多得看上去就像米饭上撒了大量的胡椒粉,而且,还有白色的小蠕虫,这些蠕虫长着褐色的头和大大的眼睛。没有盐,也没有任何调味料能让这顿饭吃得可口些,但威尔会把它全吃光,包括象鼻虫和蠕虫,他觉得这样可以摄入些蛋白质。就连威尔金斯也在吃这劣质食物,他现在已经能够自己爬下杆子打饭了。

几乎每天晚上在睡着前,威尔都会在脑子里勾勒他钟爱的食物:浇透卤汁的烤鸡和五分熟、一英寸厚的炭烤牛排。当他在想象中把牛排一块块切开时,他能闻到诱人的香味。然后,他会在脑海中呈现所有他不喜欢的食物:西兰花、抱子甘蓝、肝、血布丁。他甚至想尝一口甘甜的抱子甘蓝!有一天夜里,他想起马克说过,有一次他在科罗拉多州东部漆黑无垠的平原上吃烤面包片抹狗粮;这在甲万那端绝对算得上是大餐。在过去的这一星期里,威尔心怀感激地吃下了煮熟的老鼠、猫腿、蜥蜴和蝗虫。他猜想这里有人甚至连人肉都会吃,只要有机会。他会吗?当然不会!当然不会?他也不敢打包票。

食物成了执念。他再也无法入睡,因为胃一直在痛。必须得多搞些吃的来,不然这样下去会死的。第二天早上,他做了件以前无论如何都想不到自己会去做的事。早饭后,他在厨房里晃来晃去,像《雾都孤儿》里的奥利弗·特威斯特一样,拿着碗要人家再赏他点吃的,他也跟奥利弗一样被人拒绝了。他注意到有两个人搬着五加仑的食桶去别的营房,便慢慢地跟了上去,看到那两人最后拐进了一间士兵住的大营房,他急忙跑向另一道门,偷偷地混进了队伍。等候的过程感觉漫无尽头。他又窘又慌,紧张得直冒汗;但这个营房里的人很麻木,谁都没有注意到这儿有个陌生人。最后总算轮到他了,他伸手递上自己的饭盒,接了一大团卢膏。

"汤?"负责打饭的人说。

他忘了带杯子,慌忙说:"今天算了,谢谢。"

"嗯,理解!"

威尔悄无声息地溜出去,觉得随时会有人拍他的肩膀。他溜到营房一侧,似乎想找个地方把饭给吃了。当他确信已经没有危险了的时候,一刻都没有耽搁,加快脚步奔回自己的营房。他爬到自己的铺位上,谁都没有注意到他又多打了一份饭。谢天谢地,此刻隔间里没有其他人。他开始吃卢膏,一边安慰自己——其他营房的人或许也会溜到他们这里来加餐。一个脑袋探出来,是布利斯。威尔慌忙把饭盒藏到身后,羞得满脸通红。

"别坐在你的饭盒上。"布利斯漫不经心地说。

威尔心虚地拿出饭盒。"我去了其他营房。"他坦白。

"你不是第一个,也不是最后一个。我们都在偷,连你也是,还有我,只是形式不同、方法不同而已。"布利斯下了床,留下威尔一个人。饭盒里落进了尘土,但威尔狼吞虎咽吃得一点不剩。他还是无法释怀,羞愧得要死。他发誓再也不干这么缺德的事了,他也不会再批评别人自私了。

那天夜里,要命的胃痛又犯了,这次,他决定换一种不可耻的方法。第二天早上,他走向营地的另外一头。据说一个士兵在那里经营黑市买卖,生意很好。他找到了这个地方。这是一间士兵住的营房,两个体格魁梧的二等兵手持棍棒守在那里。两个隔间里堆着罐头、水果、香烟和旧衣服。这是一个小卖部啊!懒洋洋地坐在安乐椅上的是二等兵波波夫。他认出威尔后笑了,他搓搓双手,一副大权在握但平易近人的派头。他解释说,他买通了这里的日本卫兵,让他把货偷运进来,货是从菲律宾首都那几个他在战前打过交道的卖家那里拿的,他会抽一部分给日本人。

"我没钱,我可以用别的法子来抵吗?"威尔说。

波波夫摇摇头:"你们这些军官的话不能信,信了我就惨了,这是经验之谈。"

"好吧,还是谢谢你。"威尔转过身,拖着脚往外走。

"等等,我觉得还是有办法解决的。"

威尔急切地转过身,心跳得很快。"我什么都愿意做,"然后马上又加了一句,"只要是正当的。"

"上尉,我可不是该死的基佬。"波波夫说着气势汹汹地站起来,那样子就像一头公牛。

"我不是这个意思。"威尔说。

波波夫平静下来,脸上露出一丝阴险的笑意。"之前有个少校想非礼我,我只好把他揍个半死。"然后,他又成了平易近人的小卖部老板,"我听说你这人还不错,上尉,我会给你两百美元的贷款,你只要签了这张空白支票就行,战后再把钱还我。"

威尔不敢相信自己的耳朵。这真是慷慨得近乎荒唐,把钱收回去的机会几乎是零。他连忙在支票上草草签上自己的名字,写下他在华盛顿的那家银行的名称。波波夫把支票吹干后塞进一只巨胖的钱包:"上尉,你在我面前从来不像其他军官一样摆架子。现在来挑你想要的东西吧。"

威尔花了半个小时把所有的货都看了一遍,走的时候带了一罐金枪鱼和一罐咸牛肉。"二十五美元。"波波夫说着在一本破旧的笔记本上记了一笔。

虽然很虚弱,威尔还是揣着淘来的宝贝,三步并作两步赶回了营房。威尔金斯和布利斯正守在他们的"圈"灶旁。所谓灶,其实就是一个三脚架上挂着一口古老的铁锅。威尔悄悄地把两个罐头塞给布利斯。"吃的。"他说。那天晚上,布利斯用一把借来的折刀打开了罐头,他们享用了一顿大餐。

威尔的两百美元两个星期就花完了。波波夫说不能再放贷给他,他没有表示反对。老鼠已经被抓光了,三兄弟又只能靠那点少得可怜的口粮度日,回到饥肠辘辘的状态。

临近6月底,一个消息传遍了整个营地。这比美军航母来了或是希特勒死了都更重要,更可信:当晚会有一道很特别的菜——肝汤!

整个下午,大家都在兴奋地谈论这下可以在汤里吃到肉了,总算不是"暗器伤人汤"了。对绝大多数人来说,这会是几个月来的第一口肉。有人带来了确凿证据:他经过厨房的时候闻到了肝的味道。几个人拔腿冲向厨房去享受这诱人的香味。威尔坐在营房外的长凳上,看着一群人在厨房外聚集起来,他们仰起头来使劲嗅,那样子就像狗捕捉到了什么感兴趣的气味。威尔看到他们点点头,脸上露出了笑容。一定是肝汤!

最后,五加仑的食桶终于送到了营房。大家围上来,簇拥着那个桶,像是圣诞节早上等着拆礼物的孩子。彼此从来没有说过话的,都开始像老朋友一样聊起来,大家都很兴奋,平日里有仇有怨的,也暂时抛开了积怨。为公平起见,由布莱船长负责分汤。当他用一把长木勺搅动那桶汤时,大伙儿目不转睛地盯着浮在上面的大块肉。

威尔金斯眼窝深得像两个窟窿似的,他急巴巴地递上自己的杯子,看着一块特别大的肉扑通一声掉进去,兴奋得两眼冒光。汤是深褐色的,很浑,但闻起来很香。大家围坐在一起,边吃边聊,像在过感恩节。

威尔正洗着杯子,布利斯凑过来:"嘿,大餐是吧?"

威尔热情地表示赞同。

"但这不是肝呀,"布利斯说,"日本鬼子杀了一头水牛,我们吃的是血块。"

"轻点,要是传出去,绝大多数人会呕出来的。"威尔自己刚赶到茅坑,就吐了出来。

吃肝汤也是千载难逢的待遇。由于口粮越来越少,加上痢疾、疟疾和脚气病,从奥唐奈转移过来的人已经死了 750 个。阴影笼罩着整个营地。这时候,又传来一个消息,"第一手"消息,据说美军准备在 7 月 4 日先对这片区域进行一次大规模的空袭,然后再派出一支陆地救援部队实施救援。这个消息写在一只鸡蛋上,是由一个好心的菲律宾男孩偷偷送进来的。

威尔和布利斯都觉得这纯粹是胡说八道,但很多人都信了。7 月 3 日晚上,布莱船长把大家召集到一块。"也许是扯淡,但如果美国飞机真的来了,你们不管在哪里,都给我安安静静地回自己的营房,别说话,也别乱跑。"他恶狠狠地瞪着眼,"还有,任何情况下都不能离开这个营地,绝对不能,除非这里已经被美国军队控制。如果想送死,你就去加入菲律宾的突袭队。有问题吗?"

7 月 4 日这天终于来了,但什么都没有发生,除了又分到几份"暗器伤人汤"和长了蛆的米饭。战俘们变得更加消极,更加麻木。高层军官当中,对麦克阿瑟的意见越来越大。准将威廉·布鲁尔说:"他心里清楚得很,这是在判我们所有人死刑。他和他的参谋都知道我们会死在这鬼地方,而他们自己此刻正在澳大利亚吃牛排和煎蛋。该死的混蛋!"布鲁尔建议在战后成立一个老兵组织,成员仅限于 1942 年 4 月 1 日后还留在菲律宾的高级军官,"跟麦克阿瑟那帮混蛋划清界限!"

然而瘦子温莱特平息了这种情绪。"我们自己私下里抱怨一下就算了,不要把这种不满情绪扩散开去,让全天下都知道。"更糟糕的是,校级军官开始计较食物和床铺分配不公,吵来吵去,软绵绵地打了几架后,温莱特把他们召集起来,"你们这些先生多年来养尊处优,现在总算尝了点苦头。显然,有些人吃不消了。最近发生的这种行为,我不想再看到。"

争吵停止了。高级军官开始发号施令,似乎他们还有绝对的权威。初衷是好的,想让大家守秩序,但这种努力很快就失败了。命令下了,几乎没人服从,因为这里盛行的是丛林法则,适者生存。

虽然上下级的概念越来越淡漠,有些高级军官还是在尽力维护士兵,为他们争取劳动中和营房里的权益;而有些人则只顾自己。有一次,威尔差点动了拳头;那人说:"在这个人的部队里,军官一直都是特权阶级,我看不出有什么理由去改变这一传统。"

威尔在他那个宝贝小本子上把这笔账记了下来。

## 3

这个小本子是要给乔治·马歇尔的。此刻,在华盛顿的马歇尔刚刚发了一份电报给正在澳大利亚的麦克阿瑟,建议授予温莱特荣誉勋章。这一最高军事荣誉奖章麦克阿瑟在撤逃到澳大利亚后自己已经拿了一枚,几乎全美国的人都觉得他当之无愧,但他觉得温莱特没资格。他在回复的电文中义愤填膺,称马歇尔起草的嘉奖令"与事实不符,绝对不符"。授予温莱特荣誉勋章对巴丹半岛上的其他将官不公,他们"表现出来的领导和激励才能远远超越温莱特中将,他们对指挥的稳定和战役的成功推进都起到了更大的作用。对其授予此项殊荣,将是一个严重错误,而且很可能会导致令人尴尬的后果"。

这份言之凿凿的控诉令马歇尔颇为苦恼,但"尴尬的后果"这几个字让他起了疑心。瘦子是否真的做了什么他们不知道的错事,理应受到谴责?勋章颁发了,这事会被公布于众,让陆军难堪吗?

马歇尔叫他的副参谋长麦克纳尼将军研究一下这个问题。第二天,麦克纳尼将军汇报说:"我本人对麦克阿瑟将军的动机表示怀疑。从情感上来说,我个人倾向于颁发这枚勋章。"同时,麦克纳尼也认为瘦子和陆军到时候都会经历一场相当于公听会的考验。他建议先不要采取任何行动,马歇尔虽然不情愿,但还是表示赞同。他遗憾地收起了这份提案,向自己保证,总有一天要让瘦子戴上这枚勋章。麦克阿瑟那些贬损性的评语被盖上了"高度机密"的印章,锁进了保险柜。

4

夏去秋来。在甲万那端,战俘们还在熬着苦日子。时间久了,日本人开始准许他们组织娱乐项目和讲座,防止大家颓废下去,由受过专业培训的战俘为大家讲解园艺、养蜂、手工和文化方面的知识。大伙儿翘首以盼的一场讲座,主讲人是斯普林少校。他女儿莫莉是好莱坞新秀,她的照片是许多散兵坑里亮眼的风景。斯普林答应跟大家讲讲他所接触过的很多明星"背后的一面"。仿佛是为了庆祝,日本人在这场讲座开始前又开恩赏赐了一顿超级大餐:一大杯豆子配日常的米饭。

跟大家一样,威尔也把豆子和米饭拌在一起,这样就能让豆子的味道持续得久一点。第一步,他在杯子里倒上水,旋动杯里的水,不放过任何一点豆子残渣,然后将这"琼浆玉液"喝下去,这是第一道菜。第二步,享用豆子饭,他也和大家一样,细嚼慢咽,吧唧吧唧,吃得津津有味。

吃过饭,要去听讲座的人在布莱船长的带领下齐步走向附近的一个营房。屋内很快就挤满了人。斯普林少校刚开始讲,就有人叫起来:"要不我们来睬一眼贝蒂·格拉布背后的一面吧?"另一个想看"正面"。少校挺随和,也不恼,接着讲下去,继续这场精彩的好莱坞观光之旅。直到后排有人放了个屁,大家没注意,接着又是一个,比前一个响亮得多,全场一阵哄笑。"嘿,哥们!"那个作恶的人得意地大喊,"我这次放屁没有把屎带出来!"又是一阵哄堂大笑。

斯普林少校笑了笑,开始讲加莱·古柏。这时候又传来一声屁响,还加了一句评语:"让我们为加莱·屎伯伯鼓掌!"又有四个人同时放屁,此时好莱坞被抛到了脑后。闹腾了一分钟大家才安静下来,但斯普林少校已经没心情再讲下去了,他板着脸站起来,搬起自己的椅子大步走出了营房。他一出去,屋内的人像是得了信号,全都开始大鸣大放,引起阵阵喧闹的笑声。一直持续到屋顶上响起噼里啪啦的雨声,大家这才散场,急急忙忙奔回自己的营房。

威尔他们刚到营房,滂沱大雨就铺天盖地泼下来。他们把刚才发生的事告诉了留守的室友。布利斯也没去,这会儿他从铺位上探出身来,用他惯有的那种学者腔调说:"肠胃气胀,乔叟觉得这在日常生活中光明正大,莎士比亚也把这当成舞台表现手法。"他解释说,他在研究中发现《哈姆雷特》中有一段很有戏剧效果的涉及放屁的情节被后来那些古板的审查员给删了。他从上面爬下来:"我来演示一下。"天已经黑了,但大家都能看到他脱下长裤和短裤,然后弯下身,黑暗中一根火柴燃起一簇火苗,一个响亮的屁,然后一道一英尺长的蓝色火焰冲出他的屁股。这一幕太惊人了,一时间全场被震慑得鸦雀无声。寂静中,威尔金斯突然放声大笑,这笑有传染性,引得大家全都笑了。有人恳求布利斯再表演一次。

布利斯庄重地一鞠躬。"只加演一场。"他说。喧闹声戛然而止,全场肃静,大家屏声敛气,翘首以待。又一根火柴,一个更响亮的屁,一道更长的蓝色火焰。爆笑如雷,惹得一个日本兵砰砰地砸墙,大吼:"安静!闹什么闹?"

有人用蹩脚的日语解释了一通,但那个日本兵听不懂,他显然很生气,威尔用日语说:"警卫阁下,有人用火柴把他的屁点着了。"

沉默片刻。"为什么?"日本兵被弄糊涂了。

"一道长长的蓝色火焰,很壮观。"威尔说。

"美国人,疯子!"日本兵摸着脑袋说。

几天后,卫兵们辗转于各个营房,他们要找一批身上的衬衣还算齐整的战俘。威尔和布利斯也被选上。几百名战俘被卡车送到一个偏僻的山区。他们在这里领到了新裤子、钢盔和步枪,然后,被押到一片野地上。有个日本平民站在一个竹子搭的平台上,操着流利的英语对着喇叭大喊:"我们在拍电影。你们是美国兵,一会儿要拿着步枪从树林里冲出来。到时候会炸几个地方,但不会伤到你们。"卫兵给战俘分发椰肉,就好像他们是表演节目的狗;然后,又让他们站到林子里的指定位置。战俘们端起日本步枪掂掂分量，爱不释手。

日本导演又冲着喇叭大喊起来，先是日语，然后是英语："注意！请注意！请不要扣动扳机。"战俘们听得愣愣的。"出错了，"导演继续说，"卫兵们把自己的步枪发给了你们，枪里有子弹，抱歉。"这场面可真是荒唐：卫兵们面对着几百名荷枪实弹的战俘，手无寸铁，寡不敌众。

布利斯中尉带了个头。他走到一名卫兵跟前，把枪递了过去；对方鞠躬表示感谢，布利斯也低头回礼。威尔也交出了自己的武器，对方也表示感谢。很快，大家都跟着照做，交还了武器。

站在导演旁边的一名美国少校接过了喇叭："你们在那座山下集合。"他指着五十码外的一个地方，另一名美国军官手执两面白旗站在那里。他们走到那个位置后，那名军官解释说，两个人要拿着这两面白旗朝着摄影师走，"其他人都跟在后面，直到导演喊停，然后我们再零零散散地从摄影师身边走过去，拍个特写镜头"。

导演走上前，大喊一声："开始！开机！"

"这是给我们的信号！快。"美国军官伸手递出旗子，但是没人接。

日本人发飙了。美国军官恳求他们："拜托，拿着！不然我们大家都会吃苦头的。"

"妈的，我已经投降过一次，再多一次也无所谓。"布利斯说着，接过一面旗子，威尔接过另一面。战俘们开始往山上走。快到山顶的时候，威尔看到几辆美军卡车在燃烧，还有几枚炸弹在冒烟。但是大家零零散散地经过摄影机时，漫不经心的样子仿佛走在自己家乡的大街上，他们边走边聊，很多人还嚼着椰肉。

山顶上的一个副导演大喊："不要港话！不要七东西（有口音）！"战俘们被赶下了山。这一次，绝大多数人从摄影机旁走过去的时候都是一副闷闷不乐的样子，只有一个小家伙按捺不住，大拇指顶着耳朵，弹着手指，做斗鸡眼。一名卫兵抡起枪托照着他的背狠狠地砸过去；要不是两个战友扶住他，及时把他拖走，他就倒下了。

那天晚上，威尔无法入睡，感觉火烧火燎的，全身都被汗水浸透了。一股恶心劲冲上来，他急忙爬下床，可还没等跑到外面就吐了出来。他跪下来正要清理地上的污秽,就被布利斯拉了起来。"我们会打扫的。"他搀着威尔走到外面。虽然营地里弥漫着恶臭,但外面的空气还是挺舒服的。

"你一定是染上疟疾了。"布利斯说。他和威尔金斯合力把威尔弄回上铺,他们用湿布给他擦脸。威尔的牙齿开始打战,全身发冷,他快冻僵了,布利斯和威尔金斯赶紧把自己的毯子都甩到他身上;可一会儿他又出汗了,被毯子捂得喘不过气来。

第二天早上,布利斯和威尔金斯连搀带背地把威尔送到了医务室。"疟疾。"给他检查的医生说,"如果有奎宁的话,是能治好的,也许下个星期能搞到一些。"他指着地上的一处空位:"让他躺在那里。"

威尔的朋友们在地上铺了一条毯子,轻轻地把他放平。"我们会想办法搞到奎宁的,别放弃。"布利斯说。

威尔吃力地点点头。他知道最好的良药是意志力,他决心一定要活下去。连着三天他狂汗如雨,一天要吐十几次,但什么都吐不出来。有两次威尔金斯来的时候还带着一杯牛奶,这是他用四根烟换来的。尽管威尔把吃下去的牛奶泡饭吐了出来,但这东西好像还是给他提供了一点能量。

眼看着旁边的病友每况愈下,威尔的求生欲更加强烈了。这个步兵上尉素有骁勇善战的威名,颇受部下爱戴,他们每天都会给他送额外的口粮,但是都被上尉偷偷地丢进地板上的洞里,他一天天地萎缩下去,不到一个星期,就死了。

最后,布利斯带来了四片奎宁。他不肯说这药是怎么搞到的,但是威尔注意到他一直戴着的那块心爱的手表不见了。威尔说他不该这么做,布利斯只是咧嘴一笑:"哎呀,那家伙拿了那块表,明天就会被人偷了去,不然也会被没收的。"

现在躺在威尔身边的人都是新来的,之前的那几个要么死了,要么已经被转移到了零号病房——坟墓的前一站。威尔知道不想死就得一直动,他要让自己保持忙碌,一趟又一趟地带着病友的空水壶爬向水龙头,每灌一壶得花上一个小时。这样孜孜矻矻,不知不觉中日子很快就过去了。他成了医生们最喜欢的病人,其中一个还会偶尔塞一片奎宁给他。

大多数病人都讨厌这个医生,他会在一排排躺在地上一动不动的病人旁边转来转去,有谁闭上了眼睛,就用棒子抽他的脚底板。

这个医生对威尔说:"谁要是不想活,我们就得把他弄走,把地方腾出来,留给那些自己肯努力,想活下去的人。"他冲着房间对面一个瞪着他的人一扬头:"他恨透了我,他会活下去的。"他大步走到那人身边,作势要用棒子抽他,转头冲着威尔狡黠地一笑。

威尔身边的人死了,新来的是个很年轻的士兵,他得了某种类似象皮病①的热带病。他才十八岁,长着一双圆溜溜的天真的蓝眼睛和一头嫩黄色的头发。"我叫斯科蒂·亚当斯,是爱荷华州人。"他说。医生们给他架了一张特别的床,床头有背板,这样他就可以坐着睡。旁边还给他放了一个木盆,这是医生从日本人那里连哄带骗要过来的。

"这是什么?"威尔说。

"便桶,他没办法去茅坑。我不在的时候,你能搭把手吗?"医生说。

"当然。"那天夜里,斯科蒂讲起了农场的生活和他抛下的姑娘。看着他潸然泪下,威尔一个劲地安慰他。"我要拉屎,你能帮我弄到那东西上面吗?"他说。

威尔取下他身上套的大裙子上的别针。昏暗的光线下,眼前的一幕匪夷所思:睾丸简直有足球那么大。威尔把便桶摆好,开始去搬斯科蒂,他疼得哇哇大叫,威尔停下来,尽量让自己的动作轻一些。尝试了五六次后,费了老大的劲总算让斯科蒂就位。拉完后,他说:"我自己擦不了,你能帮我擦吗?"

想想都觉得恶心,威尔咬紧牙关,还是硬着头皮帮他擦了,然后尽量小心地把他搬到床上。这对他们俩都是折磨,等到斯科蒂最后回复坐姿,威尔已经累得几乎没力气再动一下。

"谢谢你,上尉,你真是个大好人。"斯科蒂说。

威尔顿时对这可怜的孩子产生了强烈的怜爱,他知道自己再也不会抗拒给他擦屁股了。形状怪异的睾丸在他脑海里挥之不去,令他无法入

---

① 象皮病,又称血丝虫病,是因血丝虫感染所造成的一种病。

眠。上帝啊，还是造物主啊，不管是什么，为什么要这么残忍地对待这个孩子？最后他总算睡着了，但几乎随即就被一阵气阻的声音惊醒。斯科蒂倒在一侧，喘不过气来。威尔使劲把他扶正。

威尔对斯科蒂的感情与日俱增。小伙子从来不抱怨，如果威尔搬他下床解手时痛得他大叫，他过后就会道歉。有天晚上，经历了一场从床上到便桶尤其痛苦的折腾后，斯科蒂喘着气说："长官，怕是快了……"

威尔误解了他的意思："没事，我帮你擦。"

"不是的，上……尉，我快……不行了。"他上气不接下气，威尔连忙站起来把他扶正。

"没用的，"小伙子说，"没法呼吸，没法……我很高兴，上尉。"他冲着威尔一通乱抓。"抓着手！"威尔紧紧地握住斯科蒂的手；他的指甲掐进威尔的手掌里，但威尔没有任何感觉。"妈——妈！"斯科蒂像一条出水的鱼一样扑腾了几下，突然间安静下来。他死了。威尔哭了。

快满三个星期的时候，威尔已经能够自己独立行走，他被打发回了营房。他知道自己再也不是以前的那个威尔了。那天晚上，躺在自己的铺位上，他在想：有布利斯和威尔金斯这样的朋友，何其有幸；能认识斯科蒂，何其有幸。他想起了家人，他深爱的家人，他们的怪癖反而令他们更加可爱。他发誓，等回去后，他会尽量去理解他们，不去批评他们。他能看到威廉斯敦那幢难看的老房子，每个房间都历历在目。他记得风吹过他床边的山墙，电话线被带出悦耳的嗡嗡声。他能听到雨撞在窗户上。真舒服啊！他能闻到甜甜的香味从厨房飘出来，爬上后楼梯；那是弗洛斯在那些美好的日子里扮演妈妈的角色。他们都觉得她来照顾家人理所当然，所以当她离家去和正组织自己的家庭时，所有人——包括他——都觉得她抛弃了他们。他心想，我们真是太不公平了。屋顶上的雨声把他拽回到现实，拽回到甲万那端。这雨声令他想起了在东京经历的那场暴风雨。那一次，一棵树倒下来砸穿了屋顶，他吓得哇哇大哭，妈妈跑进来安抚他。当时他是三岁，还是四岁？妈妈说的话还在他耳边："当你感到害怕，觉得自己没有朋友，觉得全世界都在和你作对的时候，你就祈祷。"真有意思，他甚至都想不起来妈妈长什么样，但是她说的话他还记得。他已经有好些年没有祈祷了，但此刻他在祈祷，然后，他睡着了，睡得很沉。他做了一个美梦。他在家里，但看上去又不像是威廉斯敦的老家。他坐在一张长桌的桌头，大家都在，全家都在，妈妈也在。桌上堆着他这辈子见过的最美味香醇的食物，多得他们一大家子都吃不了：有一只大火鸡、土豆泥和热气腾腾的肉汁，有一大盘自制的蔓越莓酱，有松饼和牛奶，还有南瓜派、柠檬酥饼、坚果和糖果。大家都在笑，没有争执，没有愁闷的情绪，没有来来回回无休止的争吵。

他一觉醒过来，感觉神清气爽，充满了希望。现在他知道自己一定能够活下去。他有信念，有好朋友，只要让自己保持忙碌就可以了。吃过早饭，他告诉两个朋友，他打算申请去营地的农场当监工。军官是不需要干活的，但如果你想找点事做，可以带一组人监督他们干活。

## 5

那天早上，威尔进了农务组的队伍。他戴着威尔金斯那顶破旧的宝贝宽檐帽。战俘们被押着走出大门，沿着一条尘土飞扬的路走向农场。这一大片约300英亩的空地上种着水稻、玉米和蔬菜。

"出来走走真不错。"威尔说。

一个瘦得皮包骨的高个子像看疯子一样看着他。"你肯定是第一天来。"他这话是从嘴角缝挤出来的，"别说了，天使来了。"

一个矮矮壮壮的三星日本列兵拿着一把四英尺长的锄头柄突然过来："弯腰！"

威尔装作没听懂他的话，但这个卫兵粗暴地把他的头往下一按，抡起锄头柄就朝他的屁股打了六下。"这是罚你讲话。"皮包骨的瘦子轻声说。

威尔跟跟跄跄站不稳，得靠瘦子扶着才能跟上队伍。瘦子说："别停下，别说话。"幸好再走几码就到目的地了。各小组开始散开去执行各自的任务，有的抬水，有的锄地，有的除草。统管农务的美国少校把威尔叫到一边，告诉他，他要管的是除草小组。

"让他们快点干,但也别太快。最坏的两个卫兵是天使和一个小矮子混蛋,我们管他叫'空袭',这家伙坏透了。记住,你的目的是要让大家看起来很忙。"他向小组成员介绍威尔,"麦格林是第一天来这里,所以你们别耍花招。空袭今天心情很差,他要你们把那边番薯地里的草拔得一根不剩,他说你们不能跪着,也不能蹲着,你们必须弯下身保持双腿笔直。"

有几人哼哼唧唧地抱怨。

"今天空袭只想在这边看到屁股和胳膊肘。快,开始干。"

威尔注意到大多数人穿着一种从两英寸厚、四英寸宽的木板上裁下来的自制木鞋——"前进"鞋。太阳很快就变得火辣辣的,让人难以招架。有个人停了下来,威尔提醒他得保持劳作状态,那人叫他滚蛋。这时候,出现了一个魁梧的三星日本列兵,嘴里嚷嚷着"快!快!",手里很起劲地挥着一根棍子,同一个字重复喊了六遍后,他走开了。

"那是大块头,"有人告诉威尔,"他就只知道这一个英文单词。别看他棍子挥得起劲,但他从来没有打过谁。呃,糟了,小块头过来了。"他装出一副很卖力的样子,这时候,一个一脸刻薄相的小个子走过来,嘴里也在叫"快,快!",但他一边喊,一边用一根长竹竿狠狠地戳战俘。

一个小时内,威尔又见识了十几个卫兵,他发现这些人可以分成三类:三十五、六岁的正规军人,严厉,但有军人作风;新兵蛋子,没经历过战争,想表现自己很强硬;强征入伍的福摩萨人,日本人待他们不好,战俘成了出气筒。

十一点,战俘们被押回营地吃中饭。威尔这一组的士兵拔了一上午的草,被这单调又吃力的苦役折磨得苦不堪言;威尔心里很过意不去,觉得自己光监督不干活,愧对他们。经过两个小时的休息,大家缓了过来,再去番薯地的时候总算有了点活力。

等他们被押回到营地时,连威尔都累垮了。他想在晚饭前休息一会儿,刚在自己的小床上躺下,就有人冲进营房大喊:"上校在视察!"抱怨声此起彼伏。营地的助理指挥官巴特利特上校曾是科雷吉多尔岛的一名军需官,他动不动就搞检查,弄得大家都很不好过。威尔摘下蚊帐,把他自己和睡在一张铺上的兄弟搞来的几件额外的衣物都藏起来;布利斯和威尔金斯则在外面手忙脚乱地把额外的瓶瓶罐罐和炊具都塞到营房底下。

"混蛋来了!"有人大喊一声。大家都无精打采地站到隔间前排成一排,队形很不整齐。没见过战争场面的巴特利特上校昂首阔步地走进来,俨然一副突击队员的架势,下巴抬得就像船头一样高。他四下看了一圈:"很好!井井有条!"然后向后一转身,很利落的军姿。当他走出去时,有人打了个嗝,但他没在意,仍旧大步流星,一步不停。

"美国人就是有这种超凡的能力互相为难,让彼此的生活雪上加霜。"布利斯说。

"这混蛋就是想进来显摆一下自己有多重要。"平日里一向温顺的威尔金斯也忍不住抱怨道。

第二天早上,当大家列队准备前往农场的时候,发生了一件不寻常的事。一个绰号叫"郁闷的格斯"的大块头一等兵兴高采烈地说个不停。有人解释说:"自打来营地的行军途中被日本人踢到了蛋,他就再也没笑过,唯一一次开口说话是问人家他该怎么告诉老婆,他的老二再也硬不起来了。"

郁闷的格斯很兴奋。前一天夜里,他梦遗了,现在他又是一个男人了。

今天,威尔小组被派去附近的一条小河打水来浇番薯地。每个人都得拎两个五加仑的桶,他们没有把桶装满,每个桶只装了一半,因为要拎着满满两桶水跑两百码根本不可能。天使和三个卫兵守在路上监视,不准他们在半道上偷偷把水倒出来。

这活本来就很吃力,可更让人受不了的是,谁要是洒出点水,天使的锄头柄就砸过来。

午休过后,他们不用再运水了,还是继续拔草。太平无事。天使转来转去,似乎很想看到有人偷懒,但大家都干得很卖力。郁闷的格斯还是很兴奋,他开始边拔草边心满意足地唱起歌来。突然间,天使从他身后扑过来,抡起锄头柄照他的腹股沟狠狠地砸下去。郁闷的格斯跟跟跄跄地站起来,转过身。天使像一只愤怒的猫一样瞪着他,抡起锄头柄,格斯举起右臂一挡,"咔嚓"一声,听得人胆战心惊,他痛得都蒙了。天使没有罢休,一直打到格斯瘫倒在地。

统管农务的美国少校跑过来。他不但没有抗议,反而冲着战俘们大吼:"回去干活!管好你们自己!"

那天晚上,大家回到营地,有人说要报仇——不是冲天使,而是他们自己的少校。威尔磨破嘴皮劝他们冷静下来,可他还是不放心,几个愣头青放狠话说要在哪天夜里伏击这个混蛋,他怕他们真这么干,但军官们用自己的方式保护了少校,让他退出了农务组,只在军官的地盘上走动。一个星期后,郁闷的格斯死了。

到十二月初,从奥唐奈集中营转过来的战俘已经死了两千多个,但甲万那端营的生活总体上要好过些。体罚少了;而且现在营地的指挥官允许战俘们在自己搭的露天戏台上表演节目,自娱自乐;随军牧师们开设了艺术品和手工艺品小卖部;圣诞节当天,他们还搞了狱友作品艺术节和歌曲创作比赛。获得第一名的是一首软绵绵的情歌;第二名也是;第三名则是一首关于甲万那端生活的欢闹下流的讽刺歌曲,威尔他们觉得夺冠的该是这首歌。

所有的演出都少不了营地乐队的伴奏。威尔金斯是这支乐队的队长,他会四种乐器,包括小提琴。有一次,他演绎独臂小提琴手,博得了满堂彩。他站到舞台上,左手的袖子空荡荡的,他忧伤地用一只手演奏了一支曲子。现场响起了掌声。他微微弯腰鞠躬以示答谢。那条失踪的左臂的中指突然从裤子裆口冒出来,钩住了琴弓。全场欢声雷动,观众乐得互搐拳头。日本卫兵不明白发生了什么事,听了一通解释更加云里雾里。

第一批红十字会的包裹送到营地,给圣诞节的庆祝活动画上了一个圆满的句号。在这批物资中,香烟是最抢手的,很快就被拿来当钱使。那些不抽烟的人,比如威尔,就可以用一包烟换相当多的食物。这些食物加上红十字会送过来的东西,给了他恢复体力的营养。

绝大多数的战俘都把吃的囤起来,有节制地慢慢享用,但有些人在第一天就全塞进了肚子,至少有五个人暴食而亡,还有数十人虽然没死,但也病得很严重。有些包裹被卫兵劫掠,但好在他们不喜欢咸牛肉和再制奶酪。

1943年初,又有情况好转的迹象。先是有传闻说他们可以和家里通信了。有些人还珍藏着在巴丹半岛收到的家书,这些珍贵的破纸已经翻来覆去看了很多遍。最后,威尔他们屋的人都被叫到一起,每人分到手的卡片上印着些短语,他们要做的就是在某些词下面画线,不可以自己写。有人抱怨,也有人抗议,但布利斯还是一如既往,很看得开:"最重要的是要让亲人知道我们还活着,没有丧失意志。"

威尔金斯都快哭出来了。"我有一肚子的话要对她说啊。"他说完又陷入了沉默。

接下来的那个星期,威尔他们营房的人又享受了一次款待。他们和其他的幸运儿可以看场电影——马克斯兄弟的《客房服务》。大家虽然被影片中的丑角逗得哈哈大笑,但目光主要集中在露西尔·鲍恩和安·米勒身上。"还能再看到美国姑娘,这感觉真是太好了。"有人说出了全场观众的心声,"她们看起来可真是美味啊!"好多张嘴一起发出热烈的咂巴声。电影结束后,接下来放的是一段日军进军东南亚的镜头,银幕上出现了突袭珍珠港的场景,军舰燃烧的画面触目惊心。坐在威尔身边的人用胳膊肘轻轻地推推他:"看这个,是不是想再回去跟他们搏杀?"

二月初,威尔和同铺的两个兄弟又有机会暂时摆脱单调的生活,他们三个人一起被选上去甲万那端干活。星期天早上五点半,他们被叫醒,吃过早饭,和其他军官一起爬上一辆卡车。光是看到走动的行人就令他们无比兴奋。空气清新怡人。当车子开进城的时候,正逢在教堂做礼拜的人散场。几百个姑娘穿着鲜艳的连衣裙走在路上,每个人的黑发上都插着鲜花。

威尔发现这座镇子的公园已经荒废,游乐场也空荡荡的,国会大厦前曾经精心打理的庭院如今杂草丛生。卡车在当地的垃圾场把他们放了下来。他们的任务是把垃圾装上车。干这活又热又累,但卫兵们允许他们采用轮班制,十五分钟换一班。趁着间歇,还可以懒洋洋地躺在一条小河旁的树荫下乘凉。

这是个赶集的日子。川流不息的菲律宾人带着玉米、茄子和其他蔬菜从旁边经过。老百姓甚至都不敢看美国战俘,只有日本卫兵跟他们说话的时候才敢开口。布利斯用一包烟买通了一个卫兵,容他买了几根玉米,然后交给一个男孩去煮熟。即使没加盐和黄油,玉米还是非常好吃。

下午,威尔金斯溜到街边,偷偷地叫一个菲律宾人弄些冰激凌过来。

十五分钟后,另一个菲律宾人推着一辆小车来了。卫兵在他们的劝说下,点头准许他们买点冰激凌。威尔拿出五支烟,换来满满一杯椰子冰激凌。他大口吞下这清凉的美味,吃得太慌,感觉眼珠子都要暴出来了。其他的战俘都排起了队,卫兵们也站在队伍里。威尔想要再来一杯,但已经卖完了。照他的胃口,他能吃下两夸脱。回营地的一路上,战俘们很开心,直到走进营房的那一刻,威尔和他的两个伙伴还很兴奋。布莱船长面色阴沉,身边围着一大群人。

"这事和你们有关,"他对这几个刚回来的人说,"你们连坐小组的四个人今天下午企图从农场出逃,但被抓起来送到了警卫室,现在应该正在审讯,我猜他们会被枪毙的。"

威尔的心咚咚直跳。这意味着这个生死与共的小组里的其他六个人也要被处决。他看看布利斯,布利斯提议去警卫室看看情况。威尔金斯正要一起去,布莱说:"三个人一起太显眼了。"

他们看到一个军曹从指挥部冲出来,进了警卫室。过了一会儿,三个美国军官被卫兵推出来,跟在后面的就是那个日本军曹,个子矮矮的,右手总是扎着绷带,据说他在巴丹半岛丢了三根手指。

军曹抡起棍子打那三个美国军官。威尔怔怔地看着,吓傻了,布利斯把他拉到一幢小屋后面躲起来看。他们想知道另外一个战俘的情况。

五分钟后,三个美国军官鲜血淋漓,毫无招架之力。身为柔术高手的小个子军曹抡起其中的一个上尉狠狠地摔在地上,那个美国军官像一麻袋土豆似的砸在坚硬的地面。他呻吟了一声,然后又被抡起来。威尔不敢再看,但听到一声重重的闷响和一声痛苦的惨叫。另外两个美国军官也遭受了同样的惩罚。打完之后,每个人都被逼着跪下来,膝弯里夹着一根两英尺长的竹竿,双手反拧在背后,绳子绑住脖子,往下缚住双手,再往下捆住双脚。威尔很清楚,这根竹竿会切断血液循环,而且人一旦打瞌睡,就会窒息。

三个人排成一排,卫兵们走过去,有的吐唾沫,有的扇耳光。这时候,指挥部的门开了,第四个美国军官——一个满头鲜血的少校——从里面单脚跳出来,他抓住栏杆,不想一头栽下台阶,可卫兵在他腰上一捅,他还是狠狈地滚下了台阶。他想挣扎着爬起来,没成,卫兵把少校架起来,然后推推搡搡地让他往前走。他一瘸一拐艰难地走向小个子军曹,那家伙一把抓住他,看架势像是准备施展柔术摔他,结果却只是轻蔑地把他往地上一推,然后他也被五花大绑捆了起来。

那天晚上下起了雨。威尔不知道这场雨对这四人来说算是好事还是坏事。营房内冷得不得了,他裹着自己那条珍贵的毯子,缩成一团。那些可怜的家伙在外面一定冻得要死。

第二天早上,日本人宣布:除了那些要出去干活的人,所有战俘都必须禁足三十天;口粮减少到一天一顿。当农务组拖着沉重的步子走出营地大门的时候,威尔看到四个战俘被绑在铁丝网外大马路边的柱子上。三个人只穿着短裤;那个瘸了腿的少校一丝不挂。

中午,农务组回来休息,威尔看到那四个人显然被烈日晒得痛苦不堪了。卫兵逼迫路过的菲律宾人用竹竿打他们。一名卫兵大声责骂一个菲律宾人下手太轻,抡起棍子揍他,命令他狠狠地打;菲律宾人被迫照办,眼泪哗哗地往下淌。

第二天早上,当农务组走出大门时,威尔大吃一惊,看到那四个美国军官正被押上一辆卡车。他们站得笔挺,面无表情,尽管明摆着,这是要送他们去刑场。卡车缓缓开动,围栏另一侧的战俘立正,敬礼。

卡车开了一段,停下来,离威尔他们小组正在照料的那片番薯地只隔了一百码。他能看到那四个人背对着刚挖的坟坑站着,双手反绑,香烟被塞进还在流血的开裂的双唇间,点燃后,猛吸了几口,随即被抽走。行刑队走过去,十来个人,在死刑犯面前一字排开,队形不太整齐。四个战俘昂着头,没有人呜咽,没有人求饶。

一名日本军官扬起军刀,行刑队举起步枪;军刀落下,子弹齐发。一个人倒在自己的坑里,第二个跪倒在地,第三个向前栽倒,但第四个——一个红头发的少尉——还站在那里,直视前方,下巴抬得高高的。日本军官又扬起长刀,又一阵枪响。这个年轻的美国人一个趔趄跌进了自己的坑里,但威尔看到从坑里冒出两只手,随后又露出一头红发。他又爬了出来；日本军官把他又踹了进去，拔出手枪，在他脑门上开了一枪，结束了他的痛苦。日本军官对着每个坑里的尸体挨个补了子弹，然后一声令下，行刑队向后转身，队形参差不齐地走出刑场。他们从威尔眼前走过去，离得很近，他能看到他们苦恼的表情，其中一个年轻的士兵眼里还含着泪。走在后面的是农场的四个卫兵，有说有笑的。

第二天，营地里有人挨了打。一名士兵手执一根杆子在营地里走来走去，杆子上插着一个菲律宾人的头颅，人头下面是块粗糙的牌子，上面用英语写着："他帮美国人。"

当天晚上，一名卫兵来到威尔的营房，宣读了一份名单，是与那四个已经被处决的战俘同在一个连坐小组的其他六名成员。威尔、威尔金斯、布利斯和其他三人出列，在夜色中被押着前往主警卫室。什么都没交代，日本人就把他们关了起来。夜里，他们发现周围加派了人手巡逻。

每天，他们都以为日本人会来审讯他们，但两个星期过去了，看押他们的卫兵一句话都没有说，只是每天塞两次霉烂的米饭进来。一个有老婆和两个孩子的上尉实在受不了了，他对着卫兵直嚷嚷日本人这样做是违反《日内瓦公约》的，布利斯劝他安静，但他仍旧不肯作罢，结果被卫兵砸了脑袋，还是用他自己的饭盒砸的。

"他们不会枪毙我们吧？他们不会真的枪毙我们吧？"上尉问道。

没人回答。最后，像是琢磨了很久，布利斯开口了："连坐，统统毙掉，其他组没有先例吧？"

"那为什么要把我们关在这里？"

另一个人说他们是受《日内瓦公约》保护的。

"你们看过这个公约吗？"布利斯问道。没人看过。"日本佬也没有。"他苦笑着解嘲。那天，来了一个军装笔挺的日本少佐，像背书一样地用英语宣布，第二天一早他会过来宣布判决结果。

当天夜里，谁都没有睡。大家聊起了自己的家、爱人和父母。有个人还把妻子写给他的信念了出来。在此之前，他无论如何都不肯把信拿出来跟别人分享。他们听到信里大段大段地讲述他六岁的儿子第一天上学的情形,他女儿的舞蹈课,还有婆婆坚持要惯着孩子而产生的婆媳矛盾。最妙的是那句结束语,简简单单,但情真意切:"晚安,我亲爱的哈里,期待能再次将你拥入怀中。爱你的格伦达。"

威尔金斯讲起了他在威斯康星州吃的最后一顿圣诞大餐,详细介绍了每道菜的色香味。等他讲完,一名年轻的上尉说:"再讲一遍吧。要是能吃上那样一顿大餐,挨枪子儿都值。"

"哎,我只要一打炒鸡蛋、半磅煎得呲呲冒油的培根和一壶纯正的咖啡就够了。"

快到九点的时候,有人看到那个日本少佐朝着警卫室走过来,跟在后面的十几个人都背着步枪。威尔的一个朋友在这片维持治安,他扒着窗口往里瞧,嗓子沙哑地说了句:"威尔,挺住,要有男人样。"

六个人握手约定绝不让鬼子看好戏,不能求饶,也不能腿软。他们被带到外面,站成一排。少佐一本正经地站在面前,念完他们的名字:"听好了,以下是对你们的惩罚。"

威尔想起了陀思妥耶夫斯基等待死刑判决,又奇迹般地迎来赦免的情形。陀思妥耶夫斯基痛恨那些人,他们让他饱受煎熬,虽然只是片刻。威尔祈祷同样的幸运能降临到自己身上。

日本少佐宣布他们要在自己的营房里禁足两星期,做深刻的反思,好好想想那些企图出逃的人,要认清他们被处决是公正的。其中一个美国人突然哭起来,其他人都保持沉默。威尔感谢上帝让他逃过一劫。

少佐举起一只手以示警告。他说得有一个人接受重罚,让其他人引以为戒。这个人要在铁丝网外的柱子上绑一星期。他指着一块地方,那里很恐怖,一直有红蚁出没。

少佐要大家自愿站出来,没人动。他一个个地看过去,那双冷冰冰的眼睛扫过去后,威尔松了口气;但他的目光又折回来,定在了威尔脸上。少佐点点头。

威尔刚被剥光,绑上柱子,一行红蚁就开始顺着他的腿爬上来。刚开始,这些虫子好像还构不成什么威胁,只是有点烦而已,然后其中一只咬了一口,像针扎一样,热辣辣的,另一只也咬了一口,接着十几只同时咬下去。威尔痛得大叫。一名卫兵走出来,轻轻地用棍子打了一下他的后脑勺。"只有懦夫才会哭。"他说。

一个小时后,威尔感觉自己再也撑不住了。他试图定神去分析什么是疼痛,但根本不管用;他祈祷,也不管用。正当他以为自己已经到忍耐极限的时候,那些红蚁最后咬了几口之后就撤了。谢天谢地!他感到全身一阵一阵地疼,咬过的地方好像都肿了起来。这时候,一种新的难受袭遍全身——阵痛之后紧接着就是痒。他想要在柱子上蹭一蹭,但只能蹭到很有限的局部。无数处奇痒难受,可就是挠不到,他感到自己快被逼得尖叫起来。

汗水冲刷着他的面庞。他闭上双眼,但眼皮根本挡不住太阳的灼烧。最后,柱子总算投下了一道阴影遮在他脸上。谢天谢地!几分钟后,一名卫兵站到他面前,给他换了个位置,让他的头又完全暴露在阳光下。

最后,太阳落了下去,消失在三描礼士山脉背后,总算凉快了。谢天谢地!他面对着营地,能看到围栏内一排战俘正注视着他。其中一个好像是布利斯,但他被太阳灼伤的眼睛还在疼,他看不清楚。卫兵盯着铁丝网内的战俘,没有要赶他们走的意思。看这情形,营地的指挥官就是要拿他开刀,让其他人看看他有多惨,引以为戒。

天黑下来,夜色中吹来一阵冷风。他打了个哆嗦。轻柔的雨点落下来,抚慰着他千疮百孔的身体;然后,雨越来越急,越来越大,风也大了。他真想念自己的毯子。他觉得自己一定会冻死在这里,此刻他多希望让太阳烤一烤,怕是等不到了。

第二天早上,炙热的阳光很快就成了敌人,而且还把红蚁又引了出来,这一次仿佛咬得更狠了。他的嘴唇肿了,他能感到自己在脱水。干渴的感觉已经强烈到盖过了红蚁的啃咬。脑袋开始嗡嗡作响,眼前的景物在旋转。等他恢复知觉,已经是下午三点左右,他的脸藏在阴影里。但没缓多久,他又被挪到阳光下。卫兵给他调整方向的时候,他一直闭着眼睛。

他睁开眼,看到一个列兵正盯着自己。他的脸看上去不算冷酷。威尔用日语说:"求求你,水!"

这个卫兵偷偷地瞥了一眼哨塔,那里坐着一个持枪的卫兵。他无奈地摇摇头。

"那就杀了我吧,我实在受不了了。"

卫兵偷偷地把自己的水壶凑到威尔的嘴上,但还没等他咽下一滴,就传来一声怒喝。一名军官挥舞着长刀冲了出来,卫兵连忙抽走水壶,军官一通怒斥,他一动不动直挺挺地站着挨训,然后大步走开,领罚去了。

还是有几滴水洒到了威尔身上,反而让他觉得更渴了。红蚁的最后一波攻击过后,是美丽的日落,再过后是黄昏,是黑夜。尽管前一夜那么受罪,威尔还是希望再来一场大雨,抚慰一下他那被炙烤过的身体,可是今夜星星出来了,他本可以在午夜的月光下看看报纸。知道自己无法再这样熬一天,他抬头去撞柱子,可实在太虚弱,根本没力气造成重伤,他还是没停,一下,又一下。他祈祷让自己快点死掉,这一次是认真的。

一大朵浮云挡住了月亮,刹那间,天地一片黑暗。他听到铁丝网围栏那边一阵窸窸窣窣的响动,然后看到有东西向他爬过来。某种动物?也许是野狗从坟地拖了尸体出来在吃。那东西越来越近,但他一点都不害怕。月亮又从云背后露出脸来,虽然只是一小会儿,但威尔已经看清楚那是一个人,面朝下趴着,一动不动。随后,一大朵云又遮住了月亮。

是波波夫。他在威尔的嘴唇和脸上沾了点水,然后慢慢地喂水给他。他想要再喝些,但是波波夫不让。这个黑市之王把一种乳液抹在他身上,一阵刺痛过后便觉得浑身舒爽。波波夫像喂婴儿一样把咸牛肉喂到他嘴里,接着是炼乳。

"只有你没把我当人渣。"他说。那一大朵云就快飘过去了。"明晚我会再来的。"他轻悄悄地踩着碎步跑了,刚好赶在月亮出来之前,钻到了围栏底下。

威尔又感受到了力量和希望,他为刚才一心求死乞求宽恕。他会活下去的——多亏了一个人人都鄙视的人。在这一年里,威尔懂得了一个道理:最矛盾的品质可以出现在同一个人身上。营地里最自私的战俘为他人铤而走险,置生死于不顾。

威尔会活下去的,他发誓要找机会逃出去,把日本人作恶的罪证带回去。

# 第四部
# 情同手足
# 共赴生死

# 第十四章

1

**新西兰 1943年2月**

从瓜达尔卡纳尔岛驶出的舰队快到惠灵顿时，已是夏末。海军陆战队6团的战士们冲到船栏边，放眼望去，很多人怕自己再也看不到的郁郁青山就在前方，和煦的暖风在帆缆上嗡嗡作响。从蒸笼一样的瓜达尔卡纳尔岛丛林里钻出来，吹到这样的风着实舒服。当船靠近码头时，马克能看到其他团的仪仗队和师乐队。突然间，音乐声响起，乐师们奏起了《永远忠诚》，听得马克起了层鸡皮疙瘩，喉口哽咽，他能想象出父亲咧着嘴嘲笑他的样子。

看到码头上有一群女人，甲板上的男人欢呼起来，但马克只觉得愧疚。他得跟莫莉坦白，可怎么开口呢？

营地还没完工，因为有那么多体格强健的新西兰男人去了海外，许多工程车都是由女性驾驶的，海军陆战队队员在营地卸装备，跟她们打招呼，咋咋呼呼的，闹得很。马克帮着支起了帐篷，搬进小床、垫子和毯子。有几个人被传染病击中，倒下，去了医院。

头几日，任务很轻松，上头管得也很松，给大家大把的自由，可以进城去惠灵顿。他们冲进牛奶店，放肆地享用一通牛奶、冰激凌苏打和奶昔后,就开始找姑娘,喝当地的常温啤酒和烈性酒,城里还剩下些什么酒,有什么喝什么。

马克不肯跟他们班的人进城,最后不得不坦白原因。大家七嘴八舌出了很多主意。其中一个说:"就说你对她没感觉了。"另一个说:"鬼子把你的蛋蛋打飞了。"第三个说:"告诉她,你爱上了塔菲。"塔菲也就是先前大家口中的卡斯帕·米克吐司,他们的排长,他在瓜达尔卡纳尔岛上英明神武的表现为他赢得了这个新绰号。已经养好伤的中尉正好走进来,笑声一下子就息了。他什么都没说,只是微微咧开嘴笑了笑,然后叫马克去他的办公室。

"麦格林,我还没有机会私下跟你谈谈你在那场伏击中的表现。"马克尴尬地解释说,他被沙利文上尉拦住,训了一顿之后,又被打发回去了。塔夫茨说:"那样的话,我就不用再多说什么了。走吧。"马克向后一转身,正准备起步走,中尉说:"我无意中听到了你的问题。你是否愿意听听我的建议?"

马克转过身:"是,长官。"

"告诉她实话——当面说。"

"当面说,长官? 不是写信?"

"男子汉,就该这么做。"塔夫茨说。

马克慢慢地走回帐篷,心里在想:塔菲看上去比以往任何时候都更像一个童子军队长。那天下午,他还是搭乘拥挤的火车去了惠灵顿。他硬着头皮走到餐馆,看到在柜台后面站着的是另一个女孩,顿时有一种被判了死刑后获得缓刑的感觉。

"莫莉呢?"他问道。

"她在家里——病了。"

马克在街上晃了一个小时,然后买了一个毛利娃娃,毅然决然地走向莫莉的公寓。开门的是贝琪,她高兴得尖叫起来,一下子蹦到他怀里。他把娃娃给了她,她抱得紧紧的。然后,他看到了脸色蜡黄的莫莉,她好像变老了。"我以为你死了!"她泪汪汪地向他走过来。他搂住了她。贝琪缠着他,一定要他扮演很难驯服的野马;最后,马克给她讲了一个叫"布莱基"的会说话的猫的故事,她听完后终于肯上床睡觉了。

"出什么事了?你的表现太奇怪了。为什么现在才来?"莫莉问他。

他感到嗓子发干:"我……我们那儿有传染病,疟疾什么的,我也中招了,所以住院了。"

她紧紧地抱住他:"噢,马克。"

他挣脱她的怀抱。"不。"他终于把实话说了出来,每个字都说得很艰难。莫莉没有哭,也没有说话,她像是在克制情绪,让自己振作,最后,她终于开口:"明白了。"

马克试图说些好话,让她好受些,但被她制止了。"没什么可说的了。"她把他领到门口,打开门,她看着他,眼里没有怨意。"会没事的。"她这话的意思是"一切都会好起来的"。


越来越多的人因为疟疾复发失去了战斗力。团医院很快就人满为患,只有病情特别严重的才会被送去银溪的后方医院,其余的都待在帐篷里,由朋友和医护兵照料着,医护兵就按最大剂量给他们喂奎宁。这个营有八成以上的人已经病倒,那些还能四处走动的,营地里特地为他们搭了个电影院。

马克厌倦了这种消遣,闲暇的时候,就跑到惠灵顿一个人溜达。他常想起威尔,因为玛吉在信里说他已经被俘,囚在菲律宾。威尔一直都那么顺,没有经历过什么风浪,他不可能知道怎么在逆境中生存,马克甚至无法想象他跟人讨吃的,他真想陪着他,两兄弟在一起,就可以熬过去。

有一次,马克乘缆车来到凯尔本的山上,想看看美景,但几十个海军陆战队队员和约会对象在那里野餐、亲热,满眼都是卿卿我我的小情侣,逼得他当即跳上下一趟车下了山。他又改去居民区溜达,这样就不太会碰到其他的海军陆战队队员。有几次,他被当地人邀请到家里吃饭,喝傍晚茶,人们如此热情好客,让他的心情好了很多。

三月底的时候,马奥尼被疟疾夺去了生命。新来的上士把马克叫了过去。图利奥·罗西个子矮矮的,体重只有135磅,但是那些挑战他权威的人很快就被他放倒在地。他赢过几十场业余拳击比赛,右拳很厉害,没人能招架得住。在马克看来,年仅二十二岁的他已经显得很成熟。"沙利文少校让你去银溪医院见他。"他递给马克一包信,"把他的信带给他。"

马克很担心:"他为什么要见我?"

"怎么不自己去问他?开连里的吉普车去,但别趁机去兜风。"

这家医院就在去惠灵顿的半道上。一路上马克一直在担心:是不是因为那次他在瓜达尔卡纳尔岛开溜,比利 J 要把他打发回国?已经有几个士兵被打发回去了。要真是这样,那就太丢脸了。医院里,少校的病房是空的。马克发现他在排队买裹了巧克力的樱桃。

"上士说您要见我,长官。"他交出信件,等着斧头落下来。

"我好像以前在哪里见过你。"

马克犹豫了一下:"我参加了那次伏击,长官。"

沙利文认出了他:"噢,对。我想和你说的是,我听说是你在'亚当斯总统'号上救了我一命,我想谢谢你。"

"是,长官。"

沙利文咧开嘴笑了笑:"哈,我想起来了,你还到我办公室挨过训。弹带,对吧?"

"是,长官。"

"我们都会犯错,麦格林。"他们聊起了瓜达尔卡纳尔岛——那里的恶臭和沼泽。"如果真有地狱,那鬼地方倒是个蓝本。"然后,他话题一转,"我现在是咱们营的副营长了。"

"我听说了,长官。"

"马克,我要把你调到本部连去。"马克惊得忘了回答。沙利文以为他在犹豫:"这机会不错。营房的条件会好一些,不会那么吵,你甚至还能找到会下棋的人。"

## 2

不到一个星期,沙利文少校就在一营走马上任。他的上级不久要去别处就任,也已经是板上钉钉的事,所以很多时候他都待在团部和师部,这么一来，比利J成了事实上的营长。他的任务很艰巨。眼下的兵力太弱，无法开始严格的训练，迎接下一场战役。补充兵员源源不断地从美国本土输送过来，涌入整个师，第一批到的都是些毫无经验的毛头小子，根本不能指望他们。

尽管新的工作单调乏味，马克还是觉得如鱼得水。本部连都是些有真本事的技术兵，他们受教育程度较高，不那么吵闹，也不太会来管你的闲事。从一开始，见马克处理各种文书那么有效率，图利奥·罗西就很敬重他，而且，他也佩服马克的教育背景，大学里的校园生活是他百听不厌的话题；而图利奥讲述的宾夕法尼亚州一个昏暗的煤矿小镇的生活也同样深深地吸引了马克，图利奥生病的父亲、有主见的母亲和正在意大利打仗的弟弟托尼都成了他熟悉的人物。

有一天，马克看到了罗西的另一面。两人带着一队补充进来的新兵行军十英里，检验他们的体能状况。图利奥一路喊着口令走完后半段的五英里后，他让新兵们立正。他们一个个神气活现，得意扬扬，以为罗西会表扬他们。收拾得干干净净的罗西看上去就像刚洗完澡，挎着步枪，枪托跟鞋子一样锃亮的，皮带和手枪皮套已经被汗水泡得发白，也和他身上的其他部位一样整洁。他开口说话，声音轻轻的，就好像是要在当地小教堂的礼拜天唱诗班里开唱似的。

"姑娘们，你们看上去可真是漂亮。现在你们一定以为自己已经是一群有男人味的海军陆战队队员了。哎哟，我们不是完成了新兵营的训练了吗？指挥官不是给我们佩上特等射手章和优秀射手章了吗？今天你们可真是辛苦了。站在后面的那个好心的下士是不是应该给你们弄点热水，让你们洗个澡？我想是的。最后一英里辛苦吧？你们甚至把它走成了两英里。现在听我来给你们讲一个小故事。"

新兵们局促不安地动来动去。

"我老妈还健在，就在宾州老家。当年，她怀着你们面前的这个丑八怪整整九个月，同时家里所有的衣物都是她亲手洗完，亲手挂起来晾晒的，然后还要把洗过的衣物每一寸都熨得平平的。还不止这些；她还在睡觉前把面包全做好，给我们九个孩子都披好被子，还来得及给我们每个人都讲一个故事。她这样做是因为我家的老头子不是喝醉了，就是出城在外。现在这个小老太太只有九十五磅重，还不到五英尺高。这里站在我们面前的这批人是这个世界上受过最好的教育、吃得最好、穿得最好的男人。可别告诉我，我得给这个住在宾州的小老太太写信，让她过来帮你背那个没什么分量的包和七磅重的步枪。"他要大家回头重走一遍，这次得增加背包的重量。

新兵们向后转身，互相往对方的背包里塞石头，然后，按照图利奥和马克要求的速度原路返回。马克很惊讶，他们居然没有抱怨，也没有抗议。

"他们不想输给一个小老太太。"图利奥说。

当天晚上马克躺下的时候人都快散架了。唤醒他的军号让他想起今天可以自由活动。想想都觉得没劲，又要在惠灵顿无聊地晃一天，但这总好过在营地里闲逛。吃过早餐（牛排、鸡蛋、麦片粥和一夸脱牛奶），他帮着巡逻了一会儿，然后穿上了他的绿军服：绿色海军帽，绿色的军服配上漂亮的皮带和正装鞋。他跟着同班的人去上士的办公室拿外出通行证。罗西也换上了绿军服。"马克，要去什么特别的地方吗？"他问道。

"没呀。"

"要不跟我一起去慰安之家吧？"

"慰安之家？还是算了，我还从来没有在这方面花过钱。"

图利奥不高兴了："你小子以为我在说什么？慰安之家是修女办的天主教孤儿院。野兽还有其他几个士官也要去。"

野兽！马克不敢相信自己的耳朵。这是一个三十多岁的大块头，脸上挂着在街头和酒吧一百次斗殴的痕迹，两条强健有力的长臂垂在膝下，那模样就像个大猩猩。

"就跟孩子们去玩玩，我想你会喜欢的，而且你还能在那里见到从惠灵顿过来做义工的好姑娘。"

马克、图利奥和四个冷酷的参谋军士徒步走向两英里外的麦凯交叉口。士官们抱着漆成战地绿的机枪弹带箱，箱子里装满了糖果和饼干。

那是马克永生难忘的一个下午。首先，他大吃一惊，看到他所见过的最粗暴、最刻薄、嘴巴最下流的野人竟然和孩子们玩了起来。一个在教一个六岁的孩子跳房子；另一个驮着一个瘸腿的男孩；第三个也就是野兽，抱着一个三岁的小女孩，那样子仿佛捧着件稀世珍宝，丝毫不介意她扯他的勋表，拧他领子上的徽章。

现场有十几个海军陆战队队员，包括一名少校和一名中校。奥布赖恩神父也在，这名神父的本名倒没有"大乔"这个绰号名气大，他是团里的天主教神父。他热情地和马克握手表示欢迎，马克的手指都被他捏麻了。

"孩子，我从来没在做弥撒的时候见过你。"

"神父，我不是天主教徒。"

"那居然还有个麦格林这样的姓？"他笑了笑，"其他人也有一半不是天主教徒，马克，希望你能来。"他注意到马克在盯着一名平民义工，这是马克见过的最具异国风情的姑娘。"海尼莫阿，"大乔冲着那个姑娘喊，"你过来认识一下这位新来的海军陆战队队员。"

她身材修长，举手投足像个舞蹈演员，她的皮肤是浅棕色的，一头秀发乌黑发亮。这是马克见过的最美的姑娘。他说不出话来。她的声音柔柔的，温柔的笑容看得他心怦怦直跳。他们聊了几分钟，至于自己说了些什么，事后马克一句都想不起来，只记得临走前咕哝着说他希望下周还能再见到她。

在回程的火车上，马克话很少。把行李网当成吊床躺的图利奥俯下身说："刚才和你说话的姑娘长得挺好看。"

"她一个毛利姑娘干吗跑到天主教孤儿院里来？"

"她是天主教徒。没看到她的十字架吗？她爸爸肯定是爱尔兰人，好像是姓弗林什么的，她是个杂交种。"

马克的火气腾的一下蹿上来："胡说八道。"

"你火气这么大干吗？我只是说她有个白人爸爸。"

"你这说法太伤人。"

"我没想伤人，"他试图息事宁人，"那我到底该把她叫作什么？"

马克想找一个合适的称谓，想不出来。他笑了笑："美人，这是最合适的叫法。"那天夜里，他梦见了她。通常，他的梦都是黑白的，但这一次就像一部彩色电影。她的眼睛是奇异的褐色,然后变成了紫色,她说着一种马克听不懂的语言。

接下来的六天对马克来说简直度日如年。他呆呆地坐在打字机前,在花名册上一遍遍地写着"海尼莫阿"。图利奥生性浪漫,很识趣,在马克面前绝口不提这个女孩。又到了外出的日子,这次马克也带了个装满糖果的绿箱子。这支营里的小分队一踏进孤儿院,孩子们就迫不及待地围了上来。

"今天你带了什么?"一个小男孩问野兽。他把箱子举起来。"我来拿好吗,求求你?"小男孩说。

"当然,小家伙。"这个魁梧的海军陆战队队员说,"那你拿什么跟我交换呢?"小男孩抱住了他。

马克把自己的箱子给了两个看上去像双胞胎的小女孩。她们惊奇地盯着箱子里的糖果,但什么都没碰。一个轻柔的声音说:"这两个小女孩几天前才过来,她们不知道包装纸里面是什么。"说这话的是海尼莫阿。

马克手中的箱子差点脱手。他把它放下来,剥开一根银河棒,咬了一小口,把它递给其中一个小女孩,她尝试性地咬了一点点,小脸一下子就亮起来,她把这根糖果给了姐姐(妹妹),两个人你一口我一口分着吃。看那享受的样子,马克猜想这是她们吃到的第一块糖果。

整个下午,马克都在帮着海尼莫阿组织游戏,分发冰激凌和蛋糕。当义工们都准备离开的时候,他问她能否送她回家。她说她不跟人约会,她已经订婚了,未婚夫是毛利营的一个小伙子。他说他对毛利文化感兴趣,只想讨教几个问题,比如,她的名字是不是有特殊的含义。她告诉他,这是她爸爸照着一个传说中的女主人公的名字起的,这是他们最喜欢的一个故事,海尼莫阿爱上了勇士图唐纳凯,他很英俊,可是很穷,住在罗托鲁瓦湖的一个岛上,她的族人不许他们结婚,但在一个寒冷的夜晚,海尼莫阿循着爱人的笛声游到了他的岛上和他结了婚。

等到故事讲完,他们已经上了一辆有轨电车。

"给你起这样的名字,你爸爸必定有诗人气质。"马克说。

她轻声笑起来:"他是个木匠,但几杯酒下肚后,他的确喜欢高谈阔论。"他叫杰克·弗林,当年他父亲是从科克郡过来的。

"我曾祖父也是。"马克说。

他们到了惠灵顿后,马克不顾海尼莫阿的反对,又跳上一辆有轨电车,要把她一路护送到家。她家那幢整洁的小屋坐落在山坡上,人在那山上可以俯瞰东方湾的风景。

马克一直送她到门口。开门的是一个高大的男人,顶着一头乱蓬蓬的黑发,咧着嘴,满面笑容。他一定要马克进屋喝一杯。她妈妈矮矮胖胖,说话声音也跟女儿一样,轻轻柔柔的。得知马克也是爱尔兰人,弗林很高兴,又听马克说他父亲是个历史教授,还写书,更是觉得不一般。他自己也打算写一本书,书名已经想好了,就叫《爱尔兰人在天堂》,讲他自己的故事,到时候肯定大卖。马克也写书吗?

马克说他没什么才能,只会听比自己有意思的人讲故事。弗林叫他留下来一起吃晚饭,他识趣地谢绝了对方的好意;但这位父亲坚持要马克接下来那三天假期住到他家来,尽管海尼莫阿在偷偷地向他示意表示反对。他还开着他的木炭燃料车把马克送到了火车站。

那天晚上,马克写信给玛吉,告诉她自己爱上了一个人,这次是认真的。

第二天,有消息说他们营的大权交给比利J了。营地里一片欢呼声,仿佛他们都获得了晋升;大家很自豪,他们的比利J,年仅二十六岁,是海军陆战队最年轻的野战营营长。早饭后,他把整个营都拉出去,野外行军十英里,要让大家在松懈后恢复体能。第二天,他又下令恢复枯燥的高强度训练,先来爬陡峭的"滇缅公路",爬上去后再折返。比利J和绝大多数指挥官不同,他没有坐在吉普车里,而是自己徒步在前面带队,他也不需要拉一支啦啦队来激励大家。现在他们已经恢复了体能,反而很享受这种严格的训练。秘诀就是比利J。马克跟营里的其他人一样,在尽力效仿他。天已经转冷,但空气很清新。6团1营的官兵们身负全副装备,爬上"滇缅公路",大家都跟得很紧,丝毫不拖拉。到了山顶,他们会做个小结,吃一顿热腾腾的午餐,然后急匆匆地下山,就好像有日本鬼子在跟他们抢第一,要先赶到麦凯交叉口去领邮件一样。到了山脚,最后这一英里回营地的路,他们会快步走或者一路慢跑回去。

后来,也是在这周,马克被叫进沙利文的办公室。"愿意当我的勤务兵吗,马克?"他问道。

马克惊呆了,没有立即回答。

"这工作是这样的,你必须一直跟着我。你要做的事以你的教育背景来说可能会显得屈才。我所有的时间都得用来照管这里的其他海军陆战队队员,保证他们有食物和水,确保他们安全,守规矩,不出乱子。你得替我去领饭打水,给我挖散兵坑。我们得时时刻刻待在一起,我去哪里,你就去哪里。"

"我愿意的,长官,我一点都不觉得屈才。"

"马克,你会一直陪在我身边,成为整个营里跟我走得最近的人;从某种意义上来说,你也会是我的警卫员,坐在车子前排保护我的安全。当营长在执行指挥任务时,勤务兵必须时刻保持警惕,提防狙击手和各种危险。"

"是,长官,"马克兴奋地说,"我会尽全力的。"然后他有点迟疑地加了一句:"那次伏击,我吓破了胆,我觉得就是因为这个原因我才会带着战友往后撤。"

"是的。我看出来了,你当时很害怕,但这没什么,我们每个人都有害怕的时候。"

"你也怕吗,长官?"

"是的,马克,只有傻瓜才会说自己从来都不害怕。你只要开一枪吓唬吓唬,他们肯定吓得尿裤子。重要的是你没有屈服。如果你屈服了,你就不会帮那个受伤的战友了,你会自个儿逃命的。"

马克心里在想:比利 J 虽然只有二十六岁,但已经是个响当当的男人了:"为什么你当时没有当面揭穿我?"

"那样会让你在战友面前抬不起头来的。如果我那样做了,你在这支部队里就成了废人了。我不要一个不信任自己,也不信任战友的海军陆战队队员。"他咧开嘴笑了笑,"你当时要是再犯,我一定会明明白白地大声说出来。"

"你会把我调到别的部队去吗?"

"家丑不可外扬。"他从桌子后面走出来,一只手搭在马克的肩膀上,"别再怀疑自己了。如果我有一丝疑虑,你觉得我会把自己的命托付给你吗?"

3

马克怕海尼莫阿当面取消邀请,决定不再去孤儿院。两个星期后,他背着包来到了弗林家的门前。海尼莫阿在杂货铺里打临工,还没下班;杰克·弗林也在外头工作。然而,一下午的时间,马克与海尼莫阿的妈妈也聊得挺有意思。她跟他讲起了来这里的第一批毛利人的故事,他们划着七艘独木舟在1050年来到新西兰,从塔西提岛以西的哈瓦基岛出发,在海上漂了数月后,最终在新西兰北岛东岸惠灵顿北边下了船。

海尼莫阿的妈妈讲起了毛利人与白人的血战,也讲起了他们为最终达成一份体面的协定所做的抗争。自那以后,白人和毛利人的关系逐渐好转。她微笑着说,她年轻的时候,白人小伙子只能偷偷地和毛利姑娘约会,不然就会遭到嘲笑:"现在好多了。"

晚饭时几乎一直是杰克在说话,饭后,他坚持要带马克去附近的三叶草酒吧,向人家炫耀家里来的这位新客人。等他们回到家,母女俩已经睡了。马克的小房间冷得不得了,裹着毛巾的热砖头也没有把床尾焐热。最后,天亮了,一顿丰盛的早饭下肚,他才暖和起来。这天海尼莫阿休息,杰克坚持要她带着马克去城里转转。马克看得出她不太愿意。一出门,他就建议,还是去孤儿院吧。他们跟孩子们待了一整天。

第二天早上,杰克叫他们开着他的小车出去逛逛。他们早早就回了家,让海尼莫阿换衣服打扮,然后,两人又去了美琪卡巴莱大戏院吃晚饭。当天晚上,他们在客厅里互道晚安,她在他的脸上轻轻地啄了一下就跑上了楼。第二天,他们开车去了乡下芬恩爷爷的牧羊场;晚上,去看了场电影,马克牵她的手,海尼莫阿没有拒绝。

马克要回营地了，海尼莫阿的父母叫他下次再来家里做客。杰克正准备要陪他去电车站，被妻子领进了厨房。最后，单独面对海尼莫阿，马克问能不能吻她。

"求你别这样。"她说着微微往后退避。

他放开了她，没有反对，只是温柔地看着她。她感到一阵暖意涌上心头，冲动之下，主动吻了他。他轻柔地回吻。

"下星期我还能见你吗？"

她点点头。

起初，马克担心做比利J的勤务兵，自己有一天会厌倦，但他发现层出不穷的问题每天都能给他带来新鲜感。他的角色跟一个助手差不多，而且他发现少校担心的时候，他也跟着担心，少校得意的时候，他也跟着得意。今天上午的问题是找一个人接替本部连连长。现任连长巴克上尉一直管束不了手下的个人主义作风，对待那些认为检阅、视察这种事是在浪费时间的技术兵，一味靠强权施压。

马克推荐二连的副连长"月亮"穆恩·穆林斯中尉，他是营里公认的花花公子。带他的连队行军时，他会穿不规范的牛仔靴，系不规范的皮带，他还会带上一只足球，时不时地在半道上停下来，和士兵们一起玩触球。但是他总能让他们比其他连队先到达"滇缅公路"顶峰；当他的连队在回营地的路上落后时，他也从来不用开口劝导激励，作为陶笛大师的他，只需要从屁股兜里掏出他的那颗"红薯"（陶笛），吹奏一阕欢快的曲子。

沙利文觉得月亮是个人才，但看到他跟手下这么热络，多少还是有些顾虑。即便如此，他还是决定把他调到本部连，而且，他在这里还可以盯得更紧些。那些自命不凡的家伙顿时士气大振。

现在，天已经很冷，帐篷里的炉子一直在烧。训练的进度加快了，拉练过程中出现的问题也增加了，少校坚持要徒步视察，让马克疲于奔命。他们从一个部队跑到另一个部队，到后来，他也和比利J一样，营里的每个人都认识了。

7月，埃莉诺·罗斯福出现在麦凯交叉口，给一成不变的军营生活带来了些生趣。这段时间,她一直在新西兰各地巡游,走访医院,问候伤员,亲切得如同他们的阿姨。她的一些打破传统的做法——比如与毛利妇女蹭鼻子这样的行为——逗得当地的平民很开心。她的淳朴和友好也令身着绿色军服迎接她的全营官兵深感欣慰。马克作为部队选出的其中一名代表,有机会和她说说话,他很想问一问怎样才能进一步打听到威尔在战俘营里的情况,但是轮到他时,她伸出一只手,他所能做的就只是感谢她千里迢迢来到这里看望他们。

他把这次和罗斯福夫人的会面情况写信告诉了玛吉,鼓动她叫父亲利用他和总统的交情打听一下威尔的消息。他在给教授的短信中,简单讲了讲训练的情况以及新西兰人对他们有多友好,还提到自己终于升了下士。而给玛吉写信,他则大段大段地介绍野兽、穆恩·穆林斯、图利奥·罗西和比利J这些人,详详细细地讲述他和海尼莫阿的约会。他们要去塞西尔俱乐部,随着第2师的乐队演奏的音乐翩翩起舞。不管信不信,他已经学了吉特巴,还在教海尼莫阿怎么跳。对于玛吉很有希望去太平洋战区跑新闻的事,马克在信里硬着头皮表示高兴,他实在不愿去想她睡在一群满嘴脏话的海军陆战队队员和陆军大兵边上的情景。他暗自希望他们能把她留在夏威夷,那地方已经够糟了。

在接下来的几个星期里,他的求爱攻势虽然进展缓慢,但稳扎稳打,卓有成效。跟他在一起的时候,海尼莫阿感觉像被催眠了一样,他似乎对她施展了某种魔力,他犹如外星来客,跟那些与她一起长大的男孩截然不同,但她的疑虑被他炽热的爱意打消。九月初,在一个明媚的春日,她向他承认已经写信给塔拉——她的毛利未婚夫,说自己不能嫁给他了。她埋下头去,一副羞愧的样子,可内疚感终究还是渐渐消退。她的父母看得很清楚——女儿爱上了马克。

接下来,马克又去惠灵顿,两人带了孤儿院的五个孩子到凯尔本山顶野餐,然后又带他们去了市中心的一家冰激凌店。对马克来说,时间从来没有像这半天这么难熬。最后,他们单独在一辆电车上,他把她搂进怀里,吻了她:"你知道我有多爱你吗?"还没等她回答,他又说:"你愿意嫁给我吗?"

虽然是意料之中的事，但她还是很惊喜。她看着他，停顿片刻后，说："我愿意。"

他开始细数自己的各种毛病：没耐心，固执，不成熟……

"你可真会挑时机说这事。"她嘴上这么说，但笑得很开心。

他向她保证一定会改。他们到家后，杰克高兴坏了，弗林太太不仅亲吻了女儿，还亲了亲马克。他解释说他还得去向上级请示，但应该不会有问题，因为他们关系很好。下个星期，马克有三天假，杰克坚持要小情侣到时候开着家里的车，去岛的北部转转，弗林太太建议他们至少在罗托鲁瓦待一天，她有亲戚在那边。

马克回到营地，迫不及待地想找个人说说这事，他叫醒了正在睡觉的图利奥。"我倒是一点都不感到意外。"图利奥说。被马克吵醒，他非但不气恼，反而觉得荣幸："她是个好姑娘，你们会很幸福的。"他说有些繁文缛节要对付，马克首先得征得随军牧师的同意，然后再让比利J批准。他以为马克会去找新教牧师小乔，但马克不愿意："那家伙冷冰冰的。我去找大乔不行吗？他比较通情达理。"罗西说反正他也不是天主教徒，找哪个都无所谓。

那天临近傍晚，马尔来到奥布赖恩神父的帐篷前。帐篷外的布告牌上，有一张《绅士》杂志的中间插页，一个美女身披质地轻薄的晨衣卧在躺椅上，神父在上方写了一句话："除非你想娶的姑娘有这么漂亮，否则就别费事了。"

马克敲了敲帐篷框架，里头让他进去。他说他想结婚。神父说："我想你已经看到外头的照片了？"

"是的，神父。"

"那我猜她应该也有那么漂亮吧？"

"比这漂亮多了，神父。"

"好吧，跟我说说她的情况。"

"你肯定认识她，海尼莫阿·弗林。我在慰安之家遇到她的。"

"是的，她是个好人家出来的好姑娘，"他叹了口气，"但是有点问题。"

马克恼了："因为她母亲是毛利人吗？"

"当然不是,孩子,那不重要。我的意思是你们两个人来自不同的世界。"

"你的意思是,她是天主教徒,而我是新教徒?"

"不是的,那不是问题。我们不会因此就排斥你,即使你确实有个很好的爱尔兰姓。"

马克不愿意笑:"我们真心相爱,这才是关键。"

"来这里的人都是这么想的。你俩相爱,这我信,但你长时间不在国内,已经脱节了,在那里等着你回去的美女多得你做梦都想不到。"

"我不是十八岁的小毛孩,神父,别跟我来这一套。"马克说。

"好吧,那我就跟你来摆事实。我从沙利文少校那里了解了一些你的情况。你父亲是一位很有名的教授,而这边的这位是个管子工。"

"他是木匠。"

"你知道我的意思。你来自一个有学识、有修养的家庭,而海尼莫阿一下子进入你的生活环境,会很难适应,她会很痛苦。而且,你觉得你家人会欢迎一个毛利姑娘吗,就算她长得很美?"

"我家人没有愚蠢的偏见。"马克火冒三丈。

"她从来没离开过新西兰,她父母也没有。你在他们眼里肯定跟火星人差不多。"

"他们已经同意了,神父,我和他们处得不错。"

"但你怎么就认定海尼莫阿会喜欢美国?她是个很敏感的姑娘,一个可爱的姑娘。你让她离开她热爱的地方,把她丢到一个陌生的文化环境中,这样做公平吗?她会很痛苦,你也会很痛苦。这意味着你们的婚姻从一开始就行不通。"

"神父,这只是一种假设。你要是能把我的申请签了,我会很感激的。"

"噢,我会签的。"他在上面潦草地画了几笔,"不同意。"

"神父,你觉得你这样替她做决定公平吗?"马克说。

神父撕了那张纸:"你说的有道理。一个星期后再带一张过来,这段时间,我会找海尼莫阿聊聊的。"

那个星期五,海尼莫阿和马克开着那辆木炭小汽车开始北上。这是个明媚的春日早晨,清风和煦。他们拍了很多照片,镜头前郁郁葱葱、连绵起伏的青山点缀着白羊和牛。下午过半,他们到了新普利茅斯。当地的房屋和建筑大多簇拥在海边。他们在一家整洁的小旅馆里订了两间单人房。旅馆位置好,可以一览积雪覆盖的埃格蒙特山的美景。那天晚上,马克来到她的房间,把他的恋爱史,包括跟莫莉那段,都一五一十地交代了。听他讲完后,她说:"我也要坦白。"

"关于塔拉?"

"是的。"

"你们做爱了?"

她又羞又恼:"不是的,但差一点。"

他笑了,吻了她,然后又回到了自己的房间。

第二天一大早,他们驱车前往内陆。还没到中午,已经能看见几座冒烟的火山。一路上,他们经过了一长串蒸气袅袅的湖泊和冒着气泡的热泥潭。这些湖泊由于富含矿物质,有的呈水鸭蓝,有的泛着漂亮的半透明的绿色。午后,他们到了度假胜地罗托鲁瓦。这个地方以硫黄温泉和矿泉浴场闻名。他们直奔附近的一个村庄,去看望海尼莫阿的祖父母。两位老人住在传统毛利人棚屋里,肤色比海尼莫阿深得多,他们用简单又不失庄重的礼节迎接了马克。村子里到处都是沸腾的泥浆池,噼噼啪啪爆着泥浆,冒着泡。

那天晚上,他们跟游客一道观看了一场激烈的战舞——"战争式哈卡①",一群战士挥舞着长棍,队长大声号令,其他人齐声应和,一起跺脚,打手势,翻白眼,激烈地扭曲面部。

"太可怕了。"马克说。

"你应该看看年轻人跳这个舞。"

接下来是优美柔和的波伊舞。穿着银色的亚麻裙子、黑发上缀着绿

---

① 哈卡(Haka),在新西兰泛指毛利人的传统舞蹈形式。于各太平洋地区中,诸如汤加、塔希提岛、萨摩亚等国都有略异的哈卡舞。

玉头饰的少女和妇女,随着有节奏的吟唱开始挥舞蒲草做成的波伊球。

马克想去罗托鲁瓦住酒店,但是海尼莫阿说如果晚上不住在祖父母家,他们会生气的。

回家途中,他们在一座小山脚下的野地里吃完中饭,便直接躺下看天上云来云往。亲吻缠绵了好一阵,海尼莫阿发现天色已晚,两人便收拾东西准备走,马克突然感到脚下的地在晃动。地震!他抓住海尼莫阿,拉着她往路上跑。"站着别动。"她镇定地说。

他紧紧地抓着她。轰隆隆一阵怪响,就在他们面前,奇迹般地裂开了一道五十多码长的口子。海尼莫阿说地震已经过去了,但马克吓得动不了。他还从来没有这么害怕过,就连在瓜达尔卡纳尔岛都没有这么害怕。海尼莫阿镇定地走到那道长裂缝边,往下看。马克也小心翼翼地走过去看。深不见底。他朝裂口扔了一块大石头,听不到声音。

他回到营地后听到的第一件事是毛利营回来了,前一天晚上在电影院发生了一场经典的斗殴。前天开始就有点争执,因为很多毛利人被海军陆战队队员抢走了女人,心情很不好。跟往常一样,电影开始前,全体起立,英国国歌响起,可是当《星条旗》响起时,全场的毛利人却齐刷刷地坐下了。海军陆战队队员们受不了这种侮辱,动起了拳头。毛利人就在等着这个机会发泄怒火,他们一窝蜂地冲上去扑向美国人。海军陆战队队员虽然人数不占优势,但在打架方面都是老手,他们扯下皮带,用金属扣砸毛利人的脑袋。新西兰和海军陆战队的宪兵赶到,才阻止了这场群殴。但已经有消息说,下个周末,毛利营会全营出动,把海军陆战队队员全都撵出惠灵顿。即便如此,马克还是决定周六去找海尼莫阿。到那时,她应该已经和大乔谈过。这桩婚事肯定会被批准的。

星期五,奥布赖恩神父的确在慰安之家见到了海尼莫阿。"我知道你们两个年轻人彼此相爱,但我不认为你们的婚姻会美满。我不打算批准这桩婚事,这个忙我不能帮。"他把劝马克的那套理论重复了一遍。

她说她愿意去美国生活,因为她很爱马克,同时她也承认确实有点紧张,不太敢见他的家人。她争辩说一开始也许会有点难,但是既然他们彼此相爱，就一定能克服困难。

"亲爱的，他马上就要上战场了，他可能会死，你嫁给这样一个男人不明智。"

她抑制不住眼泪。

他抓住她的手："我这是为你好，你知道吧？"

"我知道，神父。"

神父说："我知道马克是个好男人，而且他是真心爱你，但时机不对，我们必须为将来考虑。现在我得问你一个很私人的问题，你不要生气。"

她点点头。

神父问："你和马克发生性关系了吗？"

"啊，没有，神父！"

他放心了："不然我会很失望的。现在请认真记住我要求你——乞求你——去做的事。耐心些，不要让马克有后顾之忧，觉得抛下爱人去上战场，对不起她。在战争结束之前，他回来的机会很渺茫。等到你们俩最终结婚的那天，我会为你们祈福。好好劝劝你的男人，让他理智些。"

这番话她伤心地向马克和盘托出。他很不服气："比利 J 一定会支持我的。"差不多有五百个人已经获得批准，可以娶新西兰姑娘。马克说："我当初应该去找新教牧师的。一个该死的傻瓜神父阻止不了我们。"

"马克！你怎么可以这么说奥布赖恩神父？"

"他也不是永远都正确，他不是上帝。"

她很震惊："他只是要我们耐心些。"

"你们在讲什么耐心些？"这话是杰克·弗林说的。他在酒吧灌了几杯酒，此刻刚进家门。听完马克的解释，他破口大骂奥布赖恩神父："我要去训一训这个爱尔兰黑杂种！"

马克忍不住笑了起来。

"他喝醉了。"海尼莫阿为他道歉。

"他有点像我父亲。"马克说。他轻柔地亲吻她："我永远都不会让你离开我的，亲爱的。"

这时候,传来一阵咚咚咚急促的敲门声。门外站着一个穿新西兰军服的男人,一副怒气冲冲的样子。"塔拉!"海尼莫阿惊呼。

他狠狠地瞪着马克走进门来:"看来你就是那个美国佬。"

"是的。"

海尼莫阿站到他们中间。

"我收到你的信了。"塔拉说这话的时候握着拳头。

"对不起。"姑娘苦恼地说。

"我只想告诉你——"

弗林摇摇晃晃地走过来,一只手抓着一瓶啤酒:"见鬼!你来这里做什么?"他准备干上一架。

塔拉走到海尼莫阿跟前:"我只想让你知道我希望你能幸福。"

弗林马上就成了好客的主人:"噢,留下来跟我们喝几杯吧。"

塔拉谢绝了他,急匆匆地走了。

马克看得出来海尼莫阿有多难过,他说自己也得走了,然后匆匆地亲了她一下就离开了。在回去的路上,马克想到塔拉,觉得他刚才的表现很爷们。

第二天早上,马克问沙利文少校能否占用他几分钟,请示一个私人问题。"我能理解为什么大乔不同意那些小家伙结婚,可我又不是什么没阅历的毛孩子,我是个成年人,知道自己在做什么。"

比利J开始问马克几乎一模一样的问题。马克怀疑这两人是串通一气来对付他:"你是不是已经和奥布赖恩神父聊过这事?"

"没有。碰到这种情况,我都会问这些问题。我觉得你会铸成大错的。"

"少校,这是我见过的最好的姑娘,我非常爱她。"

"这个我不怀疑,马克,但我还是觉得她去美国生活会跟鱼离了水一样痛苦。"

"我知道差不多有五百名海军陆战队队员获得了批准,可以结婚。为什么轮到我就这么小题大做?如果你允许我直说,长官……"

"说吧。"

"我觉得海军陆战队没有权力瞎干涉我的私生活。"

"等等,你太过分了。你是我的手下,你就是我的责任,我有责任确保你不把自己的生活搞得一团糟,因为那样的话,你在部队就成了废人了。"

马克说起了大乔找海尼莫阿的事:"他把她吓死了。他有什么权力那样做?"

"你如果很爱这个姑娘,就不会忍心让她受这罪。你们可以写信给对方。等仗打完,如果你要是还爱她,那就回新西兰娶她。"

马克觉得再争下去没什么用,他很生气这样被自己倚重的人拒绝,身体绷得紧紧的,站得笔挺。

"马克……"比利J还想说点什么,"哎,见鬼,走吧。"

## 4

在惠灵顿市中心温莎酒店第2师司令部,作战参谋跟海军与陆军航空部队的代表正在研究下一次进攻的计划。袭击目标是吉尔伯特群岛的塔拉瓦环礁。该计划要求先登陆代号为"海伦"的比蒂奥小岛。从空中看,这个岛就像一个锚尖;这里是敌军的主要基地。海军陆战队有很多人反对,他们认为,应该先在邻近的几个岛登陆,这样陆基炮兵就可以支援主攻部队登陆比蒂奥岛。

会间休息时,几个海军陆战队军官凑在一起讨论,话说得很不客气。这次的突袭行动得由他们带队。他们担心这回敌军的抵抗会强硬得多,就因为麦克阿瑟将军在那年九月接受赫斯特报业采访时说了不该说的话。"这个家伙在发牢骚,因为他唱不了主角了,"一位上校说,"他还透露,海军将采用跳岛战术发起主攻。那鬼子还不得严阵以待等着我们啊。"

团里传出消息说很快就要开拔了,马克说服了图利奥周末放他出去,让他去见女朋友。他带了一大包英镑钞票,大部分是他打牌赢来的。他叫她把钱存到银行,这样到战争结束时,就会有足够的钱买房子,做点生意。她听了这话,脸色煞白:"你要走了?"

"马上。"他叫她别担心,他是营长的勤务兵,一直都待在营长身边,不在第一线,没有危险。她什么都说不出来,只是把他抱得更紧了。

他告诉她沙利文少校不肯干涉奥布赖恩神父的决定,但他想到了一个办法:要不她干脆对大乔说恐怕自己怀孕了?

"这可不好笑。"她说。他明确表示自己不是在开玩笑,她很震惊:"我不能跟神父撒谎!我在你眼里是个什么样的天主教徒?"

"那我去和他说。"

"不行,你别去。"她愤怒的样子吓得马克立马打消了念头。她原谅了他。他们花了一个小时的时间道别。

次日早晨,上面传来指示,准备拔营。三天后,他们登上了一艘运输船。然而,船并没有驶向塔拉瓦,而是在霍克湾向北一转,开始演练比蒂奥岛登陆行动。这次演习非常失败,许多橡皮艇都被巨浪掀翻。

让新西兰人又惊又喜的是,第2师又返回了惠灵顿,被送回到他们的空营地。训练又恢复了,但士兵们求战心切,变得越来越不耐烦。最后,快到十月底的时候,东方湾挤满了运输船。10月28日,1营开始陆续登上"费兰"号,每晚都有驳船往返接送。马克获准在第一天晚上和第三天晚上外出,这两晚他都泡在弗林家里。

作为比利J身边的人,马克在第四天得知他们次日早上要登船。他申请外出,但图利奥说他不在外出名单上,因为他已经出去过两次了。马克只得厚着脸皮去求沙利文少校。

"你在名单上吗,马克?"

"不在,长官。"

"从我们上船开始,你外出过几次?"

"两次。"

"这对下士来说已经够多了。"他已经和图利奥商量过,两人都觉得不应该在最后一晚放马克外出,他有可能会开小差。

"但是,少校——"

"不行,马克。我的装备你都检查过了吗?"

检查过沙利文的装备后,马克花一英镑从一名司号兵手上买了一张通行证,他趁图利奥不注意,溜了。码头上,一群眼泪汪汪的姑娘在等她们的男人。她们迎上前去,没怎么说话,手牵着手,满怀惆怅地走了。

在弗林家吃晚饭时,气氛没往常活跃,就连杰克都没什么话,只是骂了奥布赖恩神父几句。饭后,马克和海尼莫阿小声商量他们的计划。他建议她拿一部分钱出来,去上秘书学校,这样将来就可以有一份好一点的工作,而且,同时也能让她保持忙碌,不闲着;她顺从地答应了他。她父母与马克依依不舍地道别后,便早早地上了楼,不去打扰两个年轻人。

海尼莫阿紧紧地抱着他,他一个劲地在安慰她,想让她相信自己和比利J在一块不会有危险。她狂热地亲吻他,这一次终于冲破了禁忌,他们做爱了。结束后,马克心花怒放,他温柔地亲吻她,发现她的双颊是湿的。"怎么了?"他嘴上这么问,其实心知肚明。她低声说自己很羞愧,犯下了罪过。"我们跟结了婚的夫妻也没什么差别。"他说。

马克的话安慰不了她。"都是我的错。"她说。她抚摸着他的头:"我真的很爱你。"

他们静悄悄地聊了很长时间,发誓海枯石烂,永不变心。

在有轨电车上,他发现时间已过十点,最后一艘驳船已经开走了。他慌了,这才开始害怕。在码头上,他看到了一幕奇异的景象:已经升为上尉的穆恩·穆林斯领着六名不守规矩的海军陆战队队员,像"穿花衣的魔笛手"一样,用陶笛吹奏着欢快的曲子。

一艘小船被派过来专门接这批迟到的人。刚上"费兰"号,他就被图利奥一把抓住胳膊。"你死到哪里去了?我们整晚提心吊胆的,担心死了。"他很生气,但松了口气,"该死!马克,你没有通行证。你这是擅离职守。"

马克什么也没说,只是在心里暗暗地责骂自己,完全没必要惹这麻烦。

图利奥把他和其他六名迟到的人带到一间船舱外。"军士长忙完会见你们的。"罗西说。一个小时过去了。漫长的等待让每个人都忐忑不安。他们会被关进禁闭室啃面包喝白开水,还是被降级罚款?他们把这些可能性讨论了一遍。如果是第一种的话,后果不堪设想,因为那样会没力气应付战斗的。有人认为他们会被军士长痛斥一顿,然后再被比利 J 训一通。但马克知道沙利文那么精明的人绝对不会这样做,不然,下一次这个营一半的人都会溜号了。

最后,舱门开了,军士长示意他们进去。他审视着他们,目光像锥子一样,然后一个个大声数落过来,对神明大不敬的粗口都爆了出来,把他这二十年行伍生涯学到的最恶毒的脏话全用上了。最后,他说:"好了,少校要见你们,你们去走廊里等着。"他们终于被带到沙利文的船舱外。其中一个人先被叫了进去,五分钟后出来,脸色煞白。"去轮机舱干活。"他咕哝了一句,急匆匆地走了。马克是最后一个被叫进去的。他立正站定。

"报告长官,麦格林下士报到。"

比利 J 在一张小桌子后面厌恶地看看他。"我对你很失望。"他轻声说。少校的话冷冰冰的,听得马克不寒而栗:"你是什么?懦夫?你害怕了?"

"我不是故意迟到的,我只是想最后再上一次岸。"马克为自己申辩。

"你甚至都没有通行证。要是整个营的人都这样乱来会有什么后果?"

"我不知道。"

"他们是海军陆战队队员,所以他们不会这样乱来。你居然有脸穿这身军服。我还曾经对你寄予厚望,我现在认为你不是个真正的海军陆战队队员。"沙利文严厉地看了他一眼,"好吧,我们会让你上岸,让你待在后方部队,我可以在勤务营给你安排个差事。"

马克深受打击:"你不可以这么做!"

"我当然可以。这一个月来,你一直表现得像个哭哭啼啼的娃娃。你觉得我愿意带着一个哭哭啼啼的娃娃去打仗吗?"

马克试图道歉。

"没通行证私自外出已经够恶劣了,晚回来这点更是不可饶恕。"他摇摇头,"你没必要告诉我你今晚干了些什么,你去会那个——她叫什么来着——是吧?"

"是的,长官。我觉得我有这个权利。我想娶她,你们不批,那我想在走之前去陪陪她总可以吧,而且——"

沙利文毫不客气地打断了他:"成为海军陆战队队员,你是宣过誓的。你也知道,在部队里,令出必行,但最令我不安的是,麦格林,我选你做我的勤务兵,你就是我最贴身的亲信了,你居然辜负了我的信任!"

"长官,那是两码事。"马克申辩道。

"'那是两码事'是什么鬼话?不是已经给你下过命令了吗?你要对美国海军陆战队和你的战友负责。"他在纸上记了一笔。"我必须完全信任我的勤务兵,我必须知道他一定在他该在的地方。这很重要,关系到我的性命。"他的眼睛像钻头一样锐利,"你已经动摇了我的信任,麦格林。出去。"

"是,长官。"马克利落地向后一转身,绝望地走了。


几艘船没过多久就消失在海平线上;作为运输船来说,这样的航速并不寻常。有传言说,他们只是回霍克湾演习,有些人信以为真,但到了第二天黎明,就发现不是那么回事。当巡洋舰和驱逐舰从海天交界处驶过来时,事实已经明明白白,他们这是要去打仗了。然而,就连比利 J 都不知道目的地是哪里,这曲折的航线意在迷惑敌人,让他们猜不透目标是什么。

# 第十五章

1

**海上 1943年11月**

离开新西兰奔赴战场的第二天晚上,6团1营的士兵们已经开始感到无聊,之前的兴奋劲过了。除了在甲板上训练外,几乎没什么事可做。被赶回越来越脏、越来越臭的寝舱,他们就只能打打扑克,看看书,写写信,擦擦已经一尘不染的枪械。可此刻在轮机舱里受刑的马克和六个难兄难弟觉得这是天大的幸福。他们被迫脱下军装,从失物招领箱里捡一身人家丢掉的破水手服。"出于卫生方面的原因",他们被剃成了光头,搞得好像准备进新兵训练营似的。他们在闷热的机房里劳作,上午半个小时,下午半个小时,再加上开饭时间,可以出去透透气。每逢这时候,伙伴们就会无情地嘲笑他们,还有人大声嚷嚷:"自以为是的新兵蛋子!"

马克忍受得了苦活累活,但这种时候真是太屈辱了。他觉得比利J的用意主要是为了给他们一个教训,便下定决心一定要成为他带过的最出色的勤务兵,虽然此刻心里恨透了他。第四天,马克在甲板上遇到少校,他说他在下面已经学到了不少东西,很希望能回到原来的岗位上做正事。

沙利文冷冷地打量着他:"我还没有决定是不是让你回来,麦格林,还是该另找一个更值得我信任的人。军士长会通知你下一步的安排。"

马克万念俱灰。他回到轮机舱,意识到要是重新回到列兵的单调日常,那就太凄惨了;他甚至有可能被打发回美国,想想真是不寒而栗。

次日晚上,"费兰"号上的老兵已经能闻到陆地的气味。到了早上,甲板上的人依稀看到一座郁郁葱葱的大岛,这是新赫布里底群岛的埃法特岛。船经过一个港口,他们看到一大批灰色的军舰,从珍珠港调过来的驱逐舰、巡洋舰和战列舰,聚集在这里,令人望而生畏。"马里兰"号上的几门十六英寸大炮已经擦亮,做好了战斗准备,它驶向这支朝着梅莱湾前进的新来的舰队,"老玛丽"将是这场战役的旗舰和指挥舰。

接下来的六天,作战分队忙得不可开交,他们在炎热的海滩上进行登陆演习,但轮机舱里的人几乎没事可干,除了尽可能地溜到甲板上去探查消息。11月12日下午,这几个弃儿接到命令去军士长的船舱报到。"我们六点起航。"他说。他叫他们换上军服。马克正换着衣服,图利奥·罗西过来热情地打招呼:"少校想见你。"

"我还留在本部连吗?"他不安地问。

"但愿吧。你的事,比利J一个字都没提。"

马克惴惴不安地敲了敲沙利文办公室的门,里面叫他进去。马克说:"报告长官,麦格林下士前来报到。"

沙利文面无表情地看着他,马克的心沉了下去。然后,比利J开口问他:"还想当我的勤务兵吗?"

"是的,长官!"

"好,出去,晚点再来说你的任务。"

"是,长官!谢谢,长官!"

马克发现有两封信等着他。一封短的是父亲写的,信中提到弗洛斯和正已经回到了东京,她怀孕了,威尔仍旧被关押在吕宋。另一封是玛吉写的,又长又唠叨,信中讲到了她报道的中途岛大新闻(看得马克头皮发麻),还有她写的关于夏威夷"二世"的文章(这个他很满意)。他原本还盼着能看到海尼莫阿的信,虽然明知道新西兰寄过来的信是不可能这么快就到埃法特岛的。

第二天,这几艘运输船开始驶出梅莱湾。从旁边的萨凡纳港驶过来"马里兰"号、另外两艘老战列舰、一艘重型巡洋舰、三艘轻型巡洋舰、九艘驱逐舰和两艘小型扫雷舰,还有一艘模样怪异的船。这是船坞登陆舰,上面载着十四辆谢尔曼中型坦克和第五舰队两栖部队的一个连。

马克怀着敬畏的心情看着运输船和军舰在靠近埃法特岛的海面上排成阵形。甚至还没等岛上那壮观的火山峰在眼前消失,远方隆隆的炮声就从左侧传过来。三艘战列舰正在试放炮弹。伴随着这令人振奋的声音,一个消息几乎同时在运输船间不胫而走:他们的目的地是威克岛。他们要为那些在战争初期浴血奋战的海军陆战队队员报仇!每个营都希望自己能作为先头部队率先登陆。第二天,从"马里兰"号传来的指示扑灭了大家的希望:"向全体通报行动大纲,向执行任务的全员交代必要的作战细节。"于是,每一艘运输船上的人都知道了,他们的目标是鲜为人知的塔拉瓦环礁中的一个细长形小岛,叫比蒂奥。此外,还有一个让6团1营失望的消息:打头阵的不是他们,他们只能作为预备队待命。比利 J 掩饰着自己内心的失望安慰大家:"你们会如愿的,会有机会上的。"

登陆行动定在六天后。第一批上的几个营在预备队面前耍威风。运输船上的海军看不懂这些人在乐什么,打头阵是最苦最危险的,他们也不理解这些人唯一担心的居然是怕到时候海军的炮火太猛,没等他们上岸就先把大批鬼子灭了。

舰队离塔拉瓦越来越近,马克意识到自己先前表现得像个傲慢的混球心,于是洗心革面,变得格外勤快,图利奥甚至戏称他"冈加丁"。大家没事可做,便觉得时间过得很慢。船接近赤道,船舱内热得令人喘不过气来。仅有的一两本可供消遣阅读的书在大家手上传来传去,除了马克带来的那几本。他在新西兰买了几本特罗洛普和莎士比亚的二手书,但没有人对莎士比亚的戏剧或牧师的蠢故事感兴趣。马克已经看完了《巴彻斯特大教堂》,此刻正埋头沉浸在哈尔王子的坎坷遭遇中,这多少令他联想到自己做过的傻事。

在旗舰上举行的新闻发布会上,海军陆战队第2师师长朱利安•史密斯将军不耐烦地听着一名海军指挥官放大话,他说要把自己的军舰开到离海滩仅 1000 码处,进行密集轰炸,他说有装甲保护,敌人伤不到他。另一艘军舰的指挥官吹嘘说,他的装甲更厉害,他会停得更近。史密斯实在听不下去了,他站起来:"先生们,当海军陆战队队员站在敌人刺刀前的时候,他们唯一的'装甲'就是身上的卡其布衬衫。"

攻击发起日倒数第三天,第五舰队的巡洋舰开始轰炸比蒂奥岛。第二天,陆军航空部队的轰炸机提供了前后矛盾的报告:先是说他们没有遭遇防空火力,然后又说正在遭受攻击。在运输船的船舱内,一些专家认为,比蒂奥会是另一个基斯卡,他们只会在这里看到一条狗。接着又传来一个令人毛骨悚然的消息:他们要越过的这片暗礁拦着一道屏障,日本人用钢索把珊瑚石连了起来。

到行动日的前一天下午,他们已经离开惠灵顿在海上航行了三千英里,马上就要越过赤道,再过几个小时就抵达目的地了。此时,"费兰"号舱内的状况比马克在流浪时经历的还要糟得多,他觉得自己就像住在城市的垃圾场里,每隔几个小时就会来一批新的垃圾。温度一直都没有下过 100 华氏度①,臭气熏天,这还不够,这群野蛮人还会想出最损的招来让这地狱般的环境更加恶劣,比如在黑暗中放屁。而且,你还得戴着头盔洗澡,你躺下来睡觉时,上下左右都是人,几乎都贴在一起。

这时候,这帮士兵已经成了一群野狗,随时准备凭着利牙啃进地狱去。即使是去面对满满一海滩的鬼子,也好过再在舱内熬一天。马克觉得也许某个聪明的虐待狂早就琢磨出了这一点。

临近傍晚,大乔在甲板上最后做了一场弥撒。

马克陪着比利 J,他也可以参加,这里的很多人也都没有皈依天主教的打算。仪式简简单单,看得马克很感动,感动之余,他在想象,父亲要是知道他居然参加这样的迷信活动,会有多惊讶。

天黑后,大家开始写最后一封家书。"亲爱的妈妈:再过几小时,我们就要登上一座你从没有听说过的小岛……"马克给海尼莫阿、玛吉和父亲都写了信,然后检查了一遍自己的野战行军包:雨披、毯子、锋利的卡巴军

---

① 华氏度 = 32 + 摄氏度 × 1.8。

刀、一套换洗的内衣和一双袜子。噢,对了,还有子弹,足够多的子弹。其他东西打仗时派不上用场,都不带了,比如他的宝贝小说,除了一样东西——莎士比亚的《亨利五世》,这本窄窄的已经被翻烂了的书,他没丢下。

## 2

11月20日黎明时分,"费兰"号上还没醒过来的人被震耳欲聋的响声惊醒,第五舰队开始有条不紊地摧毁比蒂奥岛上的棕榈树和椰子树。马克已经在甲板上,和"月亮"穆恩·穆林斯一起看着炮弹在小岛表面炸出一个个坑。看到这个平坦的小岛化作一片火海,感觉很爽。

"可怜的家伙,那里肯定跟地狱一样。"月亮说。

他们能看到附近的几艘运输船上的海军陆战队队员纷纷跳到希金斯登陆艇上。"等他们靠岸的时候,岛上已经不会有鬼子活着了。"马克说。

月亮摇摇头。"你没看见珊瑚上跳飞的那些十四、十六英寸的炮弹吗?战舰靠得太近了,应该远一点,弹道就会高一些,这样开炮,才会有效果。"他像一只鸡妈妈一样咂咂嘴,"又要搞砸了。"

沙利文少校也走过来。马克看得出来他也很担心,尽管大量的炮弹正在往岛上抛。陆军航空部队跑哪儿去了?他们本该在这座岛的角角落落投放一触即炸、威力巨大的炸弹。航空母舰上起飞的俯冲轰炸机和强击机也没起多大作用,因为此刻小岛已经完全被浓烟笼罩。不仅如此,岸上的防御工事和礁脉也被东南风带过来的烟遮住了。

很明显,第一批登陆的海军陆战队队员正在遭受强劲的火力攻击。还有很多鬼子活着。然而,那片翻滚的浓烟下面正在发生什么,观战的人只能猜了。几个小时过去了,"费兰"号上的人心里开始发毛:他们什么时候进去?返回的几辆水陆两用登陆车带回了第一份惨痛代价的实证。透过眼镜镜片,沙利文能看到伤员被担架抬着送上他们的运输船。然而,这样的景象并没有对6团1营的士气造成多大的影响,他们很快就恢复了热情——一些士兵开始吹嘘:这局面又得靠6团出马!初级军官们在打赌谁能先干掉一个鬼子。马克发现这些人没有一个参加过瓜达尔卡纳尔岛的那场战役。

那天晚上,他睡不着,心里很害怕,明天他们可能就要进那个地狱了,不知道会发生些什么。凌晨时分,他又彻底检查了一遍比利J和自己的装备。早餐和午餐,他都没怎么吃,只扒拉了几口。然后,消息传来,让沙利文去团长所在的一艘运兵船报到。他跟马克和参谋乘上一艘车辆人员登陆艇——一艘带坡道的普通登陆艇——赶了过去。他们将挂在运兵船船帮的装卸网前后两端钩住,同时往下拉进艇内,六名海军陆战队队员把网往外微微撑开,比利J开始往上爬。马克不禁想起了上回达尔卡纳尔岛爬装卸网的情形,但这次沙利文像猴子一样,蹿得可快了。

"跟我来,少校。"等候在甲板上的一名传令兵把沙利文带到了团长的船舱。马克站在舱外候着,他卸下挂在肩上的步枪,摘下头盔,保持警觉,看到军官要随时立正。

在舱内的沙利文得到命令,6团1营将在第二天登陆比蒂奥的东北角。正当沙利文和马克攀着网下船时,他们又被叫了回去。刚刚收到了一个好消息:迈克·莱恩少校已经在海滩西区往内陆推进了大约一百码。这样一来,6团1营就要在几小时后出发前往小岛西端的绿滩。

直到下午三点左右,6团1营才开始上登陆艇。每艘艇拖着六条空的橡皮艇。马克坐在比利J旁边,当他隐隐约约透过烟雾看到比蒂奥岛的轮廓时,心跳开始加速。他希望自己别反胃干呕。然而,敌人没有朝他们开火。登陆艇在一个离岸一千码的珊瑚礁旁停下,大家爬上橡皮艇,解开缆绳,向岸边划过去。大海看似平静,但其实浪头并不小,一眼望去,全是橡皮艇,一直排到天边。沙利文对马克嘀咕:"天哪,这叫我怎么指挥这帮人?"他不停地通过无线电联系每个连长,询问进度。到目前为止,大家都没有撞上沿礁埋设的水雷。马克已经看到底下两枚水雷缓缓滑过,几乎刮到了他们的船底。

海滩那边还是没有冲他们开火,马克不知道鬼子是不是在等他们再靠近些。他们的左方突然爆炸,两辆装载物资的水陆两用登陆车有一辆翻了,死了六个人。

旁边"月亮"穆恩·穆林斯和图利奥·罗西乘的那艘橡皮艇被锋利的珊瑚钩破，沉了下去。图利奥消失了，但月亮把他拖起来扛到肩上，他递给上士一包烟和一瓶威士忌。"给我拿命护着。"月亮说着，在快没到下巴的水中，一步一步慢慢地向岸边走去。

现在，马克能听到岛上有轻武器开火的声音。"莱恩少校他们一定是在给我们提供火力掩护。"沙利文说。他们爬上岸时，天色在顷刻间暗了下来。莱恩坐在那里迎接他们。他刚开始向沙利文介绍情况，电话兵就说："长官，舒普上校找你。"沙利文接过听筒："比尔，我是舒普。你知道这里由我指挥吧？"

"是的，长官。"

"行动计划是这样的。"次日早晨，6团1营要穿过莱恩部，沿着临时机场右侧向岛的南部挺进，"你们要一路攻到凯尔部所在的位置。"他的2团1营被敌人的火力压制在临时机场中段，夹在跑道和海滩间，动不了。

沙利文召集他手下的各连连长，让大家蹲下，因为头顶有流弹。马克撑着雨披挡在他头顶，他借着手电筒的光研究地图。然后，他示意莱恩少校过来："迈克，明天你的两辆坦克要派上用场了。"

莱恩不情愿地嘟哝了一声。

"你不一定用得上。"莱恩没有直接表态，因为这两辆坦克可是他的救命法宝；但沙利文据理力争，最后还是把莱恩说服了，但他让沙利文郑重许下承诺：这次任务结束就物归原主。这是两个虔诚的爱尔兰天主教徒之间的承诺。

马克试图给自己和少校挖两个散兵坑，但这沙子一铲出去，就有一铲滑进来。他总算在海滩上找到一处好一点的地方，地势相对高一些，他在这里挖了两个浅坑。午夜刚过，马克听到一阵飞机的轰鸣声越来越近。"鬼子！"有人大吼一声。马克紧紧缩在坑底。一枚炸弹呼啸着落下来，在几百码外炸出一声闷响。在瓜达尔卡纳尔岛上，敌人也朝他们扔过几枚炸弹，但这是1营第一次遭遇真正意义上的空袭。这时候，只能祈祷，听天由命。炸弹落得更近了，被击中的连连惨叫。

好在没人被炸死。天刚破晓，6团1营几乎全军出动。由于临时机场和海滩之间的空间很有限,因此进攻阵形以连为单位排成纵队,由两辆坦克在前头开路。跟在坦克后面的是2连以排为单位的纵队。进程极度缓慢,每隔十码左右,就会遇到一个碉堡或地壕。这些掩体是用竹子搭建的,外面覆了一层沙子和混凝土。必须先用炸药包攻破,然后再用喷火器清理。沙利文不断催促前头的分队加快速度,让他们别管漏网之鱼,交给后面的分队去清理。不到一个小时,行进速度快了起来;中午时分,他们终于与被围困的2团会合。此时,沙利文的部队已经在岛上最严密的防御工事区推进了六百码,但他们没有停下来。到目前为止,伤亡很少,但有一次,令比利J咬紧牙关,在心里默默祈祷。2连的连长脖子中弹,当场瘫痪。沙利文命令1连上前去打头阵。大家精疲力竭,烈日炎炎,加之燃烧的地壕散发出滚滚热浪,简直要把人热死。在两个堑壕或挡坡之间狂奔,要消耗大量体力,他们很快就没力气了,动作越来越慢,也顾不上保护自己了,死伤人数也就多了起来。

沙利文自己尽可能地往前线跑,马克紧随其左右。他们猫着腰从一个炮弹坑跑到下一个。潟湖和机场之间的空间变大了,行进的速度也慢了下来。前方传来报告,伤亡惨重,但团长舒普命令继续进攻,他还说:"我觉得你可以让那两辆坦克开到机场对面去,比尔,开过去。"

"不行。"

"怎么不行?"

"我答应了迈克要还给他的。"

"倒霉。"

"是,长官。"比利J说。他遗憾地下令开走坦克,然后叫马克去把上士找来。他在前头不远处。马克大步慢跑过去。图利奥和两名士兵正走向一个地堡,直挺挺的,就好像是在阅兵场上接受检阅。他看到图利奥很随意地扔了一枚手榴弹进机枪口,然后走向下一个用椰子树干和沙袋做成的地堡。满地都是日本人的尸体和装备:步枪、头盔、小捆小捆的衣服。马克感到一阵恶心。这些尸体中会有他的老朋友吗?

马克依旧猫着腰跑到图利奥旁边。图利奥说了声"小菜一碟",溜达到下一个地堡,他刚开始动手拔手榴弹的保险销,机枪的子弹就冲着他们喷射过来，手榴弹像雨点一样从地堡里飞出来。一发迫击炮弹爆炸，图利奥身边年轻的詹克斯被炸掉了头，戴着头盔的脑袋骨碌碌滚过去，就像保龄球在球道上滚。图利奥一头扎进第三个地堡，马克紧随其后，扑到他身上。两人都跌得头晕目眩。他们在一个约十二英尺宽、六英尺深的洞里。入口处和被炮弹炸穿的地方有光透进来。马克的两只手都是湿的，他马上意识到这不是水，是血和尿。图利奥呛了一口，在吐。两人都能听到奇怪的咕咕哝哝声，等眼睛适应后，他们才看清楚自己跳进的这个地方，满满一窝死伤病残的日本人。

活着的几个实在太虚弱，根本没发现进来的是敌人。图利奥示意马克保持安静，他们慢慢地小心翼翼地摸出了地堡。马克惊魂未定，沾了一身的水、血和尿。图利奥更惨，一直在吐，想去掉嘴巴里的味道。他那一身衣服看着闻着都让人觉得恶心，虽然很快就被热带的太阳烤干，但感觉就像上了浆似的。

马克用沙子清理了一下双手，回头向少校报告说图利奥刚受了严重惊吓，还没缓过来。在本部连战地指挥所，五名日本俘虏举着双手走过来。

图利奥手下的两个兵把这几名俘虏带到他面前。他大发雷霆："妈的，你们让我怎么处理？"不太可能赶在天黑前把他们押到船上，这不是他的事，他才不管这些人是死是活。

图利奥并没有把这些话说出来，但迫击炮排的一名刚刚升上来的中士领会了他的意思，举起了步枪。他正要开枪，穆林斯上尉从散兵坑里爬上来，他的脸涨得红红的。"杀这些战俘是违反《日内瓦公约》的！"他说。那名中士以为月亮又在开玩笑，于是又把步枪举了起来。月亮一把按下枪。从来没人见他这么严肃过，他不是在开玩笑，他是认真的。

"好吧，月亮。那你说我们该怎么处理这些混蛋？"中士说。

月亮点了四个人："你，你，你，还有你，快把他们押送到海滩，如果我听到半道上有枪声，我一个都不会放过。"

士兵们推推搡搡地押着俘虏走了。大家从未见过这样的月亮，但谁都没有因此而怨他。至于图利奥，他更是佩服。要不是月亮让他们清醒过来，那些日本佬早就因为他犯傻而送命了。

天色暗了下来。1营从早上开始已经往机场尽头推进了一千六百码,团部命令他们就地掘壕防守,等天亮再行动。6团1营拉开队伍,3连守在潟湖和跑道北侧之间;1连和2连首尾相接,守在左边。此刻1营是唯一驻守在前线的部队。沙利文让月亮把他们的战地指挥所设在2连后面,他的指挥部和一个迫击炮排也在这里。他们离前线只有五十码。

各连开始分发食物,从一大早直到这会儿才吃上东西,弹药也分发下来,但他们从新西兰带过来的那些五加仑罐子里的水已经不能喝了,因为船舱内的高温已经把罐子内壁的搪瓷融化了,这些水只能灌在机枪的冷水套筒里用来冷却机枪了。能喝的水全在每人身上带的那两个水壶里,这是他们在离开运输船之前灌的。马克想起来白天曾看到有几个人把最后剩的那点珍贵的水都给了受伤的战友。

夜间防御的最后一道拦阻线架了起来。离地一英尺的,30口径枪弹和曳光弹交织,看似把敌人防得严严的。机枪旁边也配置了喷火器来保护机枪手,提防鬼子的敢死队突破防线,危及机枪手;从心理上来说,也能让他们坚守在这最后一道防线上。天黑前,机枪已经就位,散兵坑也已经挖好,士兵们都做好了准备。

四下一片寂静,听不到鸟、兽、人的声音;然后,远处传来一声步枪响,然后是突突突的机枪声;过后,小岛又恢复了寂静。

在1营的战地指挥所,马克支着耳朵听前方的动静。又传来一声步枪响,过后又是一片寂静。图利奥悄无声息地溜到他身边。

"妈呀!拜托!别这样突然吓我。"

图利奥柔声细语地安慰他:"别冲着朋友开枪。"他想知道比利J是不是已经接到今晚和明早的行动命令。

"3营刚刚登陆,明早七点左右就会到我们这里,他们会继续向前推进,扫清剩下的障碍。"马克轻声说,"你没事吧?"

"我还是很臭。"他已经尽力清洗了他的脏衣服,"我知道我还很臭,但我什么都闻不到,什么味道都尝不出来。"停顿了一会儿后,他说:"等我们拿下这个岛,我要再去一下那个地堡。"

"去干吗?"

"去看看那里是不是跟我想的一样糟。"

要说沙利文,他都快乐翻了。自己带的兵这么争气!他们突破重重防御,推进了一千多码,而且伤亡人数相对来说不多。他相信今晚不管敌人怎么反扑,他们都能够抵挡住。他有一肚子的话想说,他兴致勃勃地把这一天又重温了一遍,马克被他感染,也沉浸在胜利的喜悦中,几乎忘了白天地堡里的恐怖经历。枪声近了。沙利文联络1连和2连的连长,他们都受到了敌人的火力试探,都很有把握地表示准备好了:"击锤已经扳起,一扣扳机,子弹就能出膛。"沙利文叫他们在敌人正式进攻前不要发射自动武器。他通知右方的驱逐舰在1连和2连前方五百码处投放照明弹和烈性炸药,然后他校准了辅助火炮的射击角度,这些75毫米驮载榴弹炮是他们唯一能带上岸的火炮。他要求增加照明。很快,马克的眼前就如同白昼一般,他小心翼翼地贴着坑边往外瞄,看得到棕榈树桩和被炸毁的椰树树干炮台。几个人影正鬼鬼祟祟地朝他摸过来,一下子暴露在照明弹下,慌慌张张地逃走了。

"他们只是来看看情况,"沙利文说,"想摸清我们阵地的位置,他们要来袭击我们了。"他有点不安,他没有预备队。白天,他照上头的指示已经派3连去了机场的另一边。他让马克去把副营长和作战参谋叫来;他自己则去找"月亮"穆恩·穆林斯和迫击炮排的排长。等人都到齐后,他命令他们把迫击炮排的送弹手和指挥部可以腾出来的人手——文书、打字员、勤务兵、通信员、炊事兵——统统集结起来组成一支预备队。

"上好刺刀。"沙利文平静地对这批人说,"我不知道什么时候会用上你们,但如果敌人攻过来,突破了我们的防线,你们的任务是上前把他们赶出去。"马克本以为这些"闲杂人员"会吓破胆,但没想到,听了这短短两句话,大家都很振奋,包括一天到晚抱怨的人。加油打气的话只会让他们发怵,所以干脆不说了,只能指望他们会自觉完成任务。

几个小时后,又一颗照明弹暴露了几个正在刺探军情的日本人,轻武器开火,驱散了他们。凌晨三点左右,沙利文说:"我觉得他们马上就要来了。"十分钟不到,寂静就被一阵重复的呐喊声打破,听得马克心惊胆战。"敢死队来了!"比利J说。他命令驱逐舰在前沿阵地一百五十码外投放五英寸炮弹:"还有,持续投放照明弹。"

借着光,马克能看到有人影在逼近。沙利文下令将火炮后撤一百码。日本人不断地涌上来,马克能听到他们在喊:"海军陆战队,去死吧!""日本人喝海军陆战队的血!"

突然间,机枪同时开火,曳光弹划出的轨迹像无数根发光的手指,缠在一起,在光亮中能看到重机枪正在进行点射,以每分钟近四百发的速度往外喷射子弹。尖叫声响彻夜空,夹杂着海军陆战队队员的呼喊声。

"医护兵,这里!"

"补充弹药!补充弹药!"

"老天!看他们倒下去那样!"

"是啊,可这些蠢杂种倒下一拨,又来一拨!"

火药的刺鼻气味飘到齐腰高,在照明弹的照耀下就像地面上的雾气。

看起来敌人就要突破1连和2连的交接处了。"我们被突破了!我挡不住他们。"2连汇报。

"必须挡住,这是命令。"沙利文说。

"我说了挡不住!我需要增援!"

"我说了,我再说一遍,必须挡住,这是命令。明白吗?"

"是,少校。"

现在连线的是1连的连长墨菲上尉。"少校,他们已经进入我方阵地。"他像是在通报受欢迎的客人终于到了。

"你们挡得住吗?"

"我们会挡住的。我想他们已经把我们跟2连切断了,看来我方阵线中间有个缺口,他们是从那里闯进来的。"

尽管头顶落下来的烈性炸药如雨点般密集,日军还是持续不断地扑过来。

沙利文转身对"月亮"穆恩·穆林斯解释了一下目前的情况,命令他带上那支仓促组建的预备连出动。月亮匆匆赶去传达命令。然而,一批日军已经逼近1营的战地指挥所,一名军官一边哇哇大叫,一边挥舞着军刀,正要跳进他们的坑里来。马克一刺刀捅过去,然后猛地一拽,拔出刺刀,慌慌张张地爬出了战地指挥所。

"你给我回来!"比利J急得大叫,根本没发觉此刻另一个日本人正准备冲他开枪,马克先开枪把那人放倒了。第三个日本人就在几步外朝马克开枪,子弹撞歪了他的头盔,震得脑袋嗡嗡作响,马克想开枪反击,但步枪却在这时候卡住了,来不及用刺刀,他抡起枪托狠狠地砸向对方的脸。

沙利文在大声叫他,让他回散兵坑里躲避子弹,但他直挺挺地站在那里,蒙了:"麦格林,给我滚回来!快!"

马克跳进散兵坑:"我干掉他了!我杀了个鬼子!"

有人从后面一头扎进坑里,一只手抓着一个加仑罐。

"你来干什么?有什么事?"沙利文问。

"少校,总技师要我把这个交给您。"

"总技师。这是什么玩意?"

"酒,少校。"

"好,年轻人,"少校说,"谢谢你,也替我谢谢这位总技师,现在你给我向后转,滚出去。明白吗?"

"是,少校!"他满怀感激地爬了出去。

天刚亮,沙利文就摇醒了马克:"我们去看一看。1连和2连今早都派了人出来巡逻,我跟他们说我马上过去。"

马克极度沮丧,手忙脚乱地爬出这个大坑。战斗的激情已经消失,取而代之的是强烈的内疚感。附近有十几具日本人的尸体。他和沙利文朝2连的方向走去。地上到处都是尸体,大多数是日本人。大家慢慢地从散兵坑里爬出来。沙利文拍拍一个矮矮的、脸脏兮兮的小伙子的头:"年轻人,你们昨晚的表现让我很骄傲。"

小伙子咧开嘴笑了:"少校,您叫我们必须守住,老天做证,我们真的守住了。"

前面趴着两名牺牲的海军陆战队队员,伸着手,似乎要去抓两个死了的日本人。沙利文含着泪,但控制住自己,没让声音发颤。

在下一个班,沙利文拍拍每个人的肩膀:"谢谢!"

"少校,我们做到了。"一名下士得意地说。

其中一个生前和他们一起拼杀过的战士,此刻正定定地盯着他们。比利 J 转过身去,抹掉眼泪;然后,他注意到一个士兵,被他在办公室训过五六次:"希尔斯通,自从离开艾略特营,我就一直打算开掉你,你却坚持到了这里。"

希尔斯通笑了:"我太顽强了呗,少校。"

他们巡视完 1 连的防线后,沙利文说:"老墨,给我一个班,我想过防线去走走。"

"我能一起去吗?"他热切地问。

"当然。"

这个班的人也很高兴能出来走走,大家都想看看昨晚的炮弹有多近。马克发现地上并没有炸出多大的坑,因为都是些针对人的杀伤性炮弹。日本人的尸体上满是弹片,胳膊、腿和脑袋被炸飞的比比皆是。

墨菲数了一下:"我数下来有两百个鬼子死在我们的防线上,少校,但是你看得出来是在哪里开炮的,炮弹离我们的防线有多近,昨晚那阵势听起来就像是炸在我们头顶。"

"我下的命令,"沙利文咧嘴一笑,"朋友,这可救了你的小命。"

"是!但这是我的小命,不是你的,拜托你下次多关心一下。"墨菲说。

越过防线走了约七十五码后,他们停下脚步。

"天哪,"有人嘟哝着说,"看这一团糟!"在火炮和舰炮的双重袭击下,这里遍地都是尸体,很多甚至被炸成了碎片。

墨菲一只手遮着阳光,四下环顾,他平静地说:"说不准,我猜这里有一百二十五个鬼子,还没攻到我们的阵地就送命了,但冲过去的居然有那么多!"

没有任何生命迹象,没有狙击手放冷枪。马克放眼望去,目光越过机场,能看到小岛另一边的海湾。一切都静悄悄的。一个小时后,3 营由两辆坚固的坦克引路穿过 1 营的阵地去扫荡据守在小岛另一头的日军。6 团 1 营的战斗任务结束了。一夜之间,共有 55 人牺牲,144 人受伤。沙利文和马克在伤员被水陆两用登陆车撤离之前,跟每个人都聊了聊。"月亮"穆恩·穆林斯也负了伤,肩膀中了一枪,他还是跟往常一样乐呵呵的,唯一的要求就是叫人去把他背包里那支心爱的陶笛拿来。

运输船上的干净水送了过来,他们开始剃胡子、刷牙齿,然后吃饭。大家纷纷吹嘘自己的战斗事迹,添油加醋,一个比一个能吹。还能四处走动的伤员绑着绷带很自豪,脏了都不肯拆下来。

比利J利用日军的一个坦克陷阱新设了战地指挥所。他叫马克休息一会儿,但大白天的,马克睡不着,在莎士比亚的书里寻求慰藉。他看到《亨利五世》中有一节说到他心坎里去了:"少校,你听这段。"然后,他念了出来:

> 吾等寥寥,快活欢喜,情同手足,共赴生死;
> 今日同流血,永世为兄弟。
> 言何身卑名贱?从此高贵无比。

沙利文深受触动:"他这是在写海军陆战队啊。"

黄昏时分,图利奥带来了个坏消息。月亮的担架登上水陆两用车的时候被狙击手盯上,头部中枪,就算不死也命在旦夕。短短几分钟,全营就笼上了一层阴云。大家很懊恼,不能出去再杀几个日本人为他报仇。

## 3

早上,马克被死亡的恶臭熏得透不过气来。他的衣服、食物,甚至战友都被这种可怕的臭渗透了。一切都散发着死亡的气息。之前,他也闻到过,但当时由于太紧张,太疲劳,转念就过了;现在这感觉真是太恐怖了。他机械地完成了任务。看到少校有水漱洗,便去取了他的口粮,清洗了他的装备后,便站在一旁待命。

比利J察觉到他很难受,就叫他去找负责后勤的比米斯少校。比米斯正在海滩上监督物资卸船。海军陆战队的几支部队有的已经撤离,有的被派去清理附近的几个岛,这批物资是给留在比蒂奥岛上的这批人的。"把这张字条给他。我们需要弄点葡萄柚汁来兑酒。"他一只手搭在马克肩上,"我在想莎士比亚的那句话——情同手足,共赴生死。等你回来,把它写下来。别急,先去海滩上跟哥们疯一疯吧。"

于是马克就出发了,沿着机场走下去。才早上八点,太阳已经很厉害。他左边的海滩埋着一排排地雷,拉起了双层铁丝网。他爬上一个大地堡的废墟,站在顶上,放眼望去,比蒂奥从头到尾,尽收眼底。岛上只剩下光秃秃的椰子树,像骷髅哨兵一样站在那里守着下方这个巨大的停尸坪。远处,一支负责埋葬尸体的小分队正把一具具尸体丢进一个巨大的乱葬坑。

他能看到正前方6团1营一步一步炸出来的死亡之路。负责收埋尸体的士兵们还来不及把这块地方彻底清理干净,每个碉堡里面和周围都有尸体。一个身形高大的海军陆战队队员半蹲着,身体前倾,手里拿着步枪——死了还在冲锋。马克跳到另一个地堡上。这是他和图利奥扎进去的那个吗?他三步并作两步想快点离开,差点被脚下的尸体绊倒,他分不清这个血肉模糊的死人是海军陆战队队员还是鬼子,看到没被炸飞的那条腿上缠着绑腿,才知道这是个海军陆战队队员。一个活着的海军陆战队队员站在一堆碎石中看着这具尸体,他的脸十分消瘦。"他没活下来,我活下来了。"他说。

马克转身朝北岸走去,没多久就看到了那个潟湖,第一天有一大批战友死在这里。他爬上海堤,惊恐地发现水里漂浮着几具尸体,胀得像气球一样。为什么没把他们打捞起来?这太不体面了。

马克很快就找到了比米斯少校,他看了字条后咧嘴一笑:"你们老大要我顺一箱葡萄柚汁给他。"这一大箱果汁很重,马克扛着它走回到机场时脸上爬满了汗。士兵们三五成群地躺在潟湖边,神情肃穆。今天早上没人再像敢死队进攻过后那样逞英雄耍威风。他坐到2连的几个哥们儿身边,他们在聊牺牲和失踪的战友。

"嗯,你原来那个班大多数人都死了,马克,我看到塔菲趴在枪上,手还扣在扳机上,子弹都打完了,班长脸冲下趴在他旁边,特克斯·博伊尔仰面躺在地上,大半张脸都没了,看样子,鬼子一枚手榴弹,把他们全炸死了。"

"小不点和潘乔呢?"马克问道。他心想:天哪,斯基和金翅雀死在了瓜达尔卡纳尔岛,现在这三个人也没了。

那人回答他:"小不点没看到,但潘乔走来走去,咧着嘴一直在傻笑。"然后,他们说起了月亮,声音轻得简直跟耳语差不多。再也不会有像月亮这样的军官了。马克觉得这就像葬礼后的守灵,这是他们共同的伤痛。

他发现比利 J 坐在一张搭在竹桩上的帐篷门帘下,正在接受三名记者的采访,他们刚上岛,不像《时代·生活》杂志的记者鲍勃·谢罗德第一天就来了,他们没有亲眼看到战争场面,只是一个劲地想从比利 J 口中挖些素材来凑一篇吸引眼球的报道。沙利文很高兴马克进来打岔,他起身去调葡萄柚汁鸡尾酒。马克问能不能准许他回 4 连去看看老朋友。

"当然,天黑前回来就行。"他说完这话,问记者们要不要来点杜松子酒兑葡萄柚汁。

他们在 4 连吃中饭,很丰盛,因为增补伙食刚送到岛上。他们也在聊牺牲的战友。过了一会儿,图利奥来了,他要组织一批人去埋尸体。他和马克连同另外十几个人带着雨披迈着沉重的步子走到先前的战场,用雨披把尸体裹起来搬到战地公墓。这个公墓就在师部战地指挥所旁边,枪声还没停止这里就已经开挖。每个牺牲的海军陆战队队员都被雨披裹着,恭恭敬敬地安放进沙地上刨出来的一个浅浅的墓穴。简简单单一个木桩标出他下葬的位置,两个身份识别牌一个挂在木桩上,另一个埋进墓里。马克看到其他组的人正把敌人的尸体丢进一个乱葬坑——日本人自己挖的一个长长的坦克陷阱。

回到地堡区,马克和图利奥撞见一个头发剪得像个阿帕奇人的年轻的印第安列兵正在用钳子拔一个日本人的金牙,他又拧又拽,嘴里哼哼唧唧。马克不敢相信自己的眼睛。图利奥气得满脸通红,一把掐住那人的喉咙。马克和另一个人上前把图利奥拉开。"见鬼!反正他也没感觉了,他去的地方也不需要牙齿。"印第安人说。

马克和其他人向图利奥保证,不会再有这种事了。上士扬言要把这个年轻人遣送回国接受军事审判,冷静下来后,他叫那人回去干活,该干什么就干什么去。

跑第二趟的时候,图利奥向马克坦白,就这样把尸体并排放在沙滩上,他实在无法安心:"他们教我一个道理:尸体是神圣的,必须安葬在圣地福地的墓穴里。"他们小心翼翼地把尸体安放在沙地墓坑里。"这样做,我是会下地狱的。"图利奥说。

"嗯,大乔到底跑哪儿去了?他不是该搞个什么临终圣礼什么的?"马克说。

"他在海滩上帮他们撤离伤员,他已经连轴转了四十八小时没合眼了。"

第三趟他们到那三个地堡收尸,可怜的詹克斯就是在这里被炸掉了头。他们只找到他的躯干,找不到头。记者谢罗德惊呆了:"这种死法,简直……"

"可不,绝了!"图利奥说。他在烈日底下用小折刀在一个饭盒盖上刻下几行字:

尉官弗兰克·詹克斯
美国海军陆战队中尉
1943-11-21阵亡
塔拉瓦

"其他这些可怜的家伙可以没有墓碑,但詹克斯一定得有。"他说。

一批海军陆战队和海军的高级官员大步走向墓地,脸刮得干干净净,军服也干干净净,与收埋尸体的这拨人形成鲜明对比。他们就在那里看着马克和图利奥极小心地把詹克斯的尸体放进他的墓穴。图利奥火冒三丈:"那些混蛋睬都不睬我们,把我们当麻风病人一样。"

一名海军上校走过来,对图利奥说:"上士,你有没有挨个搜过那些尸体的证件?"

马克看见他的朋友攥紧了拳头。"没,长官。"图利奥简短生硬地回他,"别让我手下去做这事,他们已经恶心得吐了。"

上校涨红了脸,想说些什么,但显然觉得还是不说为妙,大步走开了。

"对,我们是一群邋遢鬼,但他们至少应该打个招呼吧。我要过去告诉那些混蛋我是怎么看他们的。"说这话的时候图利奥的火气腾腾地往上蹿,被马克一把拉住,"我们在埋的这些可怜的家伙就是在为大佬们犯下的错偿命。"

军官们朝地堡那边走去。"我们在地堡区设几个机关吧,他们肯定吓尿。"马克说。

他们折回去继续收尸体,看到一只骨瘦如柴的狗在一个炮台边醉醺醺地游荡。马克吹了声口哨,图利奥叫了一声;狗颤抖着向他们跑去,突然间,瘫倒在地,一动不动。

临近黄昏,马克正在琢磨白天伤心的经历,听到有人在用陶笛吹奏《漂亮的维纳斯号》。他站起来:"少校,你听到了吗?"

比利J也站着。

这只有月亮能吹得出来。有人在欢呼。朝指挥所走过来的正是月亮,他一条胳膊吊着三角巾,额头上的绷带缠得很马虎,一副著名的独立战争战士的模样。兴高采烈的士兵把他团团围住,带着爱意捏起拳头捶他。

在一片喧闹声中,他大声解释:"我很走运,头是中了一枪,但子弹弹开了,肩膀上的伤口很干净。"他说他在医院里又给《漂亮的维纳斯号》填了十几段歌词。他交给比利J一块牌匾,说是史密斯将军给的,表彰比利J率领一百五十艘橡皮艇成功登陆,特授予"安全套海军上将"这块奖牌。

4

第二天早上,图利奥拉住马克:"我们去看看那个地堡吧。我得亲眼去验证一下是不是我在胡思乱想。"马克很不想去,但不忍心拒绝。地堡周围的尸体都没了,可臭味却更厉害了。两人在外面站了几分钟,最后,图利奥拿着手电筒走了进去,马克跟在后面。狭小的空间里到处都是苍蝇,嗡嗡嗡叫个不停。借着手电筒微弱的光,他们看见四五具腐烂的尸体。闻到这股血腥味,马克感到胃里一阵翻搅,冲了出去。图利奥脸色惨白,他说:"我必须亲眼来看看。"在回去的路上,他承认自己在地堡里什么都没闻到:"我觉得我再也闻不出任何气味了。"马克不知道该怎么安慰他。"不过这也未必是件坏事。"图利奥说完就陷入了沉默。

接下来的一个星期,时间过得很慢。还得继续埋葬尸体,没完没了地穿梭往返于小岛与船只之间,把东西装上船,把东西卸下船。马克终于有时间来想家,想海尼莫阿。在战斗过程中和刚结束的那段糟糕的日子里,他刻意不让自己去想;现在他可以无所顾虑地写信给海尼莫阿、玛吉和父亲。给父亲的照旧是短短几行字。他向他们讲述这场战役,略去了平民不该知道的各种细节。地堡和埋葬阵亡人员这种事,他们怎么可能会理解呢?还是讲讲月亮的胜利复活吧,讲讲现在愈演愈烈的战利品争夺战吧,讲讲他们找到的军刀和手枪,日军的公文和军旗,讲讲他们怎么用这些东西来换取食物和酒。每个连队都会清点搜罗的战利品,定好价格,然后派出最能干的代表去船上和海军议价。马克是本部连推选出来的代表,但比利 J 免了这趟差事,让马克不用去,他会搭乘希金斯艇过去,带好多的钱和美食回来。

最后,命令下来了,要他们撤离。12 月 4 日,1 营上了一艘太平洋邮轮。这艘船虽然很老,但很大,很干净,也很舒适,最棒的是,船舱里没有臭味。船开动了,在甲板上的马克觉得还是能闻到比蒂奥的气味。最后,小岛终于消失在眼前,仿佛被大海吞没了似的,但臭味并没有消失,马克觉得肯定是自己这身衣服散发出来的,尽管他已经洗了十几次,但也有可能他这辈子都甩不掉这臭味了,可就算这样,他也还是幸运的,图利奥更惨,硬生生地被剥夺了一种官能。

马克希望他们是回新西兰,回到海尼莫阿身边,但到了晚上,听说他们是去夏威夷大岛,在那里训练,为下一场行动做准备。那又会是怎样的情形?又一个不为人知的平坦小岛吗?他希望那里至少有几座青山,好让他们偶尔喘口气,避一避可恶的太阳。他又给海尼莫阿写了一封信,他说 6 团 1 营不回新西兰了,但他的心与她在一起,他希望她在秘书学校学习有所进展。

# 第十六章

1

**甲万那端战俘营 1943年2月**

那天晚上波波夫来过之后,第二天早上,绑在柱子上的威尔就被放了下来。他还在纳闷为什么提前放自己下来,刚被押回营房,他就知道了答案:大约250名军官要被遣送到菲律宾大岛棉兰老岛最南部达沃市的一个特殊的集中营,威尔也在名单上。可惜他的两个最好的朋友——布利斯和威尔金斯——都不在这批人当中。

一周后,威尔一行人被押着走向甲万那端城区。这段时间以来,朋友们一直匀口粮给他,把他喂得饱饱的,这时候,他的身体已经恢复得不错。战俘们抵达城区时,太阳还不是很厉害,他们兴奋地上了一辆货运列车。这次,车厢里不算太挤,卫兵也没有关上门。火车在下一站停了下来。威尔听到有叽叽喳喳的声音。他往外张望,看到有妇女儿童手里举着炸鸡块、香蕉和饭团。

威尔接住了一块鸡肉和一根香蕉。他狼吞虎咽,一通狂嚼,鸡肉实在太好吃了。正当火车慢慢开动时,他听到了歌声。一群小男孩从眼前掠过,他们在哼唱《上帝保佑美国》。他很激动。菲律宾人没有丧失勇气,也没有丧失对美国的感情。他相信他们一定会助他逃跑。无论怎么样都比被关进另一个地狱集中营里强。火车停靠的每一站都有民众聚集,而且一站比一站多。食物像雨点一样抛过来:菊苣、煮鸡蛋、用香蕉叶包裹的米饭。有几个人公然向他们比画胜利的手势,然后往人群里一闪,溜得无影无踪。女人们同情地看着他们,孩子们在向他们抛飞吻。威尔所在的车厢里似乎谁都没察觉很热。时间过得很快。中午前,他们在马尼拉的铁路货场下了车,然后顶着炎炎烈日沿着一条街道走向比利比德监狱。数千个菲律宾人站在两边的人行道上,神色忧郁,默默无言。威尔能看到他们温和的棕色眼睛里噙着泪水。许多人偷偷地向他打招呼。一个女人轻声地对威尔说:"胜利,大兵,上天保佑你!"是的,如果他有机会逃脱,他们一定会帮助他的。

战俘们在这个西班牙人建的两层楼监狱里待了三天。监狱四周是高高的砖墙。新来的人没有床也没有草垫,只能直接睡在水泥地上,伙食跟甲万那端战俘营一样糟,但难得的是,自从离开巴丹半岛后,这是第一次,威尔可以敞开了喝水,而且每天早上都能洗个澡。

在他们被押着走出监狱大门之时,威尔觉得自己几乎完全恢复了体力。天气潮湿闷热,放眼望去,满目疮痍,一片凄凉。许多建筑只留下伤痕累累的残骸,整片整片的住宅区成了一堆堆的灰烬。尤其令人心痛的是那条沿着海湾延伸的杜威大道,以前这里有西式酒店、银行、商店和公寓楼,常令美国人联想到繁华的南加州大道,曾经那么美的一条街道,如今是一片接一片丑陋的废墟,除了几幢建筑还突兀地耸立在那里。豪华的马尼拉酒店完好无损,还有陆海军俱乐部和美国高级专员官邸,但这些象征美国和菲律宾繁荣合作的标志反而令大片大片的残骸和废墟显得更加凄惨。

在码头上,威尔跟跟跄跄地踏着摇摇晃晃的跳板上了一艘岛际轮船,然后爬下垂直的梯子进入货舱。每个人都有足够的伸展空间,不会撞到别人。很热,但舱口有新鲜空气飘进来。临近傍晚,威尔听到马达的震响,感觉到船动了,在往大海上开。有人说他们很快就会经过科雷吉多尔岛。大家都想看最后一眼。威尔攀着梯子往上爬。甲板上的一名日本士兵恶狠狠地用步枪戳他:"下去!"威尔假装听不懂日语,他用手势表示要上厕所,然后继续往上爬。"便所!"他用很蹩脚的发音说着日语的"厕所"。

这名卫兵一定是新兵,因为他犹豫了。威尔重复说了两遍"便所",卫兵勉强让他爬上了甲板。威尔环顾四周,卫兵指了指搭在船舷外的一个简陋的坐便器,威尔坐了下来。眼前是一幅美丽的画面:夕阳缓缓沉入科雷吉多尔岛背后,金色的南中国海波光粼粼。一时间,他忘了身后的甲万那端,也忘了前方那未知的地狱。

"快点!"卫兵大吼,一边用枪托敲敲坐便器的一侧。

威尔踏上甲板,又最后看了一眼科雷吉多尔岛。有那么一刻,岛上那伤痕累累的山峰似乎燃起了一道金光,然后一片乌云遮住了太阳。威尔向卫兵鞠躬。"谢谢。"年轻的卫兵被搞糊涂了,也开始鞠躬回礼,但刚一弯腰就收住了,他尴尬地笑了笑,然后敷衍地用步枪捅了捅威尔。

接下来的几天过得很不错。分发伙食的卫兵几乎算得上客气,饭菜也很好。每个战俘都能分到一大份新鲜米饭和一壶汤。有时候是用卷心菜和美味的猪肉片做成的汤。有两次,不得了,他们还吃到了大块的咸牛肉。

大家都觉得此前日本人从来没让俘房享受过这样的大餐,也许达沃跟奥唐奈和甲万那端不一样。这种乐观的想法并没有令威尔打消逃跑的念头,他比以往任何时候都更坚定,他要回美国,控诉日军的暴行。在第二次享用牛肉宴的那天晚上,威尔无意间听到一名卫兵对他同伴说快到宿务岛了,黎明前会在宿务市下船。这意味着他们已经进入维萨扬海域,此刻在莱特岛和宿务岛之间。宿务岛上有一支战斗力很强的游击队,领导这支队伍的是传奇人物吉姆·库欣。他和他的两个兄弟曾在吕宋岛当过地雷工兵,据说他们是墨西哥爱尔兰混血。

威尔一直等到估摸凌晨四点的光景,才开始爬上梯子,身上只穿了一条仅靠一粒纽扣拴住的旧短裤。甲板上的卫兵弓着背,挂着步枪。威尔轻声说:"便所。"被惊醒的卫兵没回过神来,由着威尔慢悠悠地朝舷外的坐便器走去。威尔停下脚步,仿佛是要享受一下新鲜空气,再看看西边群山清晰的轮廓刻画出的风景。前方远处有高山,这一定是宿务。离岸大概有三英里。月光太亮,他差一点要放弃计划——至少有一分钟时间,他很容易被击中。突然间,他跃过船舷,从五十英尺的高度跳下去,脚先入水,比预想的要快,他在惯性作用下迅速往下沉,没气了,他以为永远都到不了水面了。海水比想象中要凉,他感觉刚才那一下像是砸穿了屋顶。他探出头喘气,听到砰砰的枪声,子弹打在附近,也许是他挣扎的动作引起了水面的光。他深吸一口气,潜入水下,像一条鼠海豚一样蠕动着前进。当他再次尽可能慢地探出水面时,还听得到枪声,但已经很远。他一动不动地顺水漂浮。又传来几声枪响,然后就安静了。

海面不平静,浪头起起落落。远处依稀可见山体的剪影,他开始朝那个方向游去。一开始,尽管浪不小,他还是游得挺快;后来就感觉吃力起来,很明显,潮水正冲他涌过来。

他继续奋力朝前游去,就在他快坚持不住的那一刻,他看到了一棵棕榈树。他成功了!他把脚放下去,但水没过头顶,他冲破水面,大口喘气。一个浪头轻轻一推,把他送到了静水区,他使出最后一点力气扒拉了几下,终于触到了沙地,他倒在海滩上,很快就睡着了。

他醒过来的时候浑身发抖。右脚很痛,一定是撞上了暗礁。他感受到了第一道曙光,然后又昏睡过去。

## 2

有什么东西在戳他的肋骨。他醒过来吓了一跳——一张脸正盯着他。这是个皮肤黝黑的男孩,他悄声说:"鬼子巡逻兵!"然后拽着威尔往一大丛灌木里拖。威尔的心咚咚直跳,他看着男孩冲到海滩上刷掉脚印,然后再倒退着擦掉自己的脚印。

威尔能听到日本人粗暴的声音,听得心惊肉跳。他们在找人。男孩刚躲起来,三个日本兵就出现了。其中一个大叫:"过来看看!有人来过这里。"威尔看到他们盯着自己之前躺的那块地方查看了一会儿后,朝他走过来。他正准备逃,男孩从一棵棕榈树背后跳出来,大叫一声,向内陆冲去。三个士兵拔腿就追。

接下来的一个小时对威尔来说真是煎熬。他拿不定主意该怎么做。男孩被抓住了吗？日本兵会回来吗？他应该再往内陆走走吗？但他断定大白天这样走太危险。突然间，一张脸出现在眼前，惊得他差点叫起来。男孩悄无声息地回来了！他咧嘴一笑："嘿，大兵。"他说他把日本人引到了一英里外的一片沼泽地里，他们被困住了。他示意威尔跟着他，他们走了几百码后进了一片茂密的矮树丛。"待在这里。天黑后我会回来。别担心，大兵。"男孩又咧嘴笑了笑，说他叫希柏里多，然后就走了。

时间过得很慢。窝在这里，又闷又热，还有凶猛的蚊子，但至少没有红蚁，他渴得要命，这处境也不比甲万那端好多少，除了有自由。自由！什么自由？他随时都会被抓住，毒打，示众，处决。然后他想起了被困在蚂蚁堆里的那几个小时，想起当时一心求死的绝望，相比之下，眼下这点苦算得了什么。事实是他刚才吓得要死，现在又怕自己会死。终于熬到了傍晚，天一下子暗下来。窸窸窣窣，有点轻微的响动，接着一声鸟叫：是希柏里多。

威尔跌跌撞撞地跟着他，一路摸黑，走着走着，进了一片棕榈树林，有明亮的月光照着，威尔觉得路好走多了。晚风和煦怡人，花香馥郁，过了一会儿，这丝丝沁甜的花香中袭来村落的刺鼻气味。有人在烧饭。他听到了女人们欢快的笑声。他们走过了几幢架在桩子上的尼帕榈小屋。

"这边。"男孩说着爬上一幢尼帕榈小屋。里面有三个女人，其中一个年纪很大，皱纹很深，另外两个年纪很轻。威尔早就听说过宿务女人长得好看，但没想到竟然这么美。她们的皮肤像缎子，黝黑细腻，五官清秀，身材苗条，但胸部丰满。两个女孩羞怯怯，笑盈盈的。希柏里多说："妹妹。"威尔惊讶地发现她们还很小，一个十三岁，一个十四岁，而另一个女人不是祖母，而是母亲。

晚饭吃的是炸香蕉和米饭。吃饭时，希柏里多说第二天晚上会有人过来护送他去山里的一个游击队营。看得出来，他妈妈很担心，对威尔客气归客气，可总是不安地打量他。虽然威尔已经学了点塔加路语——菲律宾北部的语言，但这家人在说些什么他几乎一句都听不懂。他猜这个做妈妈的想赶他走，于是就主动提出要离开，但三个孩子不答应，他们给

第十六章

他在角落里铺了一张草垫子让他对付一晚。

白天的时间过得很快。两个女孩尽管对英语几乎一窍不通,但还是教了他几种纸牌游戏。黄昏时分,她们的哥哥带回来一件衬衣、一条裤子和一双破旧的鞋子。裤子根本穿不下,衬衣也太小,扣不上,幸亏威尔虽然个头高,但脚并不大,最后总算挤进了那双鞋里。

吃晚饭的时候,有人砰砰地敲门。一家人慌忙把威尔藏进一个小壁橱里。他听到一个男人激动地说了几句话,然后就跑了。希柏里多说日本人正在搜查附近的马斯洛村,下一步就要来这个村子。他让威尔躲进屋下的木箱里,然后在他上面堆了些柴火。几分钟后,威尔听到一阵沉重的脚步声,又听到日语,说他们在抓一个逃犯,然后声音渐渐小了下去,最后听不到了,他才敢喘气。

午夜过后,有人轻轻地在叩门。在夜色中,威尔看到一个人影,身形小小的,套着白色的修女服。希柏里多悄声说他的向导来了。威尔想表示感谢,但男孩叫他快点动身,他们握了握手。希柏里多的一个妹妹把一枚圣人的像章塞到他手里;另一个说了句宿务语,然后吻了一下他的面颊。

向导是个个子小小的修女。他跟着她进了丛林,她脚步轻快,他却一路磕磕绊绊。两个小时后,她终于停下来。"这里安全。"她说话的声音沙沙的,像是患上了永远都好不了的感冒。他想知道她长什么样,但天色太暗,他只看得出她是个小个子。"我们睡觉。"她冷冰冰地说着,往地上一躺,蜷成一团。他太紧张,睡不着。夜晚的各种声音听得他毛骨悚然,呻吟声、尖叫声、爬行声,过了一会儿,安静下来,可万籁俱寂同样让他心里发毛。为什么所有的鸟兽突然没动静了?是日本人来了吗?听到修女平稳的呼吸声,他渐渐安定下来。这些菲律宾人可真好啊!他想着想着就睡着了。

他醒来时一身露水,穿着自己那条破旧的短裤,冷得瑟瑟发抖。就在天边露出第一道曙光的前一刻,原本蜷缩着的修女像被闹钟惊醒了似的,突然间伸直了身体。威尔闭上眼睛,但感觉她在看他,就假装醒过来。她现在打扮得像个村妇,瘦瘦小小,相貌平平,很严肃。"我们出发吧。"她说完就迈开轻快的步子沿着羊肠小道往上走。一个小时后,山路越来越陡,可修女并没有放慢脚步,威尔要求停下来休息一下,但她又走了一百码,来到一条水流湍急的小溪旁。她趴下掬起水,润了润嗓子,他也一样。她从小包里掏出些鱼干和几片面包。

走着走着,他们的前方出现了一片空地,威尔看到好几幢尼帕榈小屋。她没有过去,反而进了灌木丛,她说他们得绕过这个村子,以免被发现。灌木丛里很热。后来,他们走进了一小片柚树林。这树很大,叶子像大象的耳朵一样。他央求她停下来,借这么好的树荫歇一歇。她勉强答应了。这时候,她才开始对威尔表现出兴趣来,她打量着他,仿佛是在相马,好像还挺满意的。她问起了奥唐奈和甲万那端战俘营,听到菲律宾战俘遭受的种种尤其残酷的虐待,她的黑眼睛燃起了怒火,她说了句宿务语,像是在诅咒。听到修女居然会说这种话,威尔大吃一惊。

他问是不是要去库欣的营地,她默不作声地站起来,又开始疯狂赶路。他们不得不再绕过两个村子。傍晚时分,威尔已经累垮了;而她还是神清气爽,精力充沛。她开始准备晚餐。她用几层香蕉叶把可食用的野菜、蕨类植物的嫩尖、切成薄片的青木瓜和吃剩的面包统统包进去,放在余烬上烤。

次日早上,他们开始爬一座小山的陡坡。头一英里对威尔来说简直是折磨,但修女看在眼里,无动于衷,依旧一步不停。威尔抱怨,呻吟,最后干脆一屁股坐下表示抗议。修女不理他,等她走得不见人影了,威尔只得强撑着站起来,跌跌撞撞地跟上去。最后,终于看到她正走在一段马蹄形的山路上,整段路光秃秃的,看不到一棵树。他气冲冲地大骂,她只管笑,只管继续赶路。这么一来,他更生气了,加快脚步跟上去。他很想骂几句发泄,但实在累得喘不过气来,索性一鼓作气往上爬,很快就看见她坐在一块大石头上,赞许地冲着他微笑。"我就知道你行。"她说。五分钟后,她又站起来,没和他商量就自顾自走了。他正打算痛快地数落一通,突然意识到自己已经不累了,肌肉也不疼了。她转过身来,那张严肃的脸此刻换上了调皮的表情:"我,索科罗,救苦救难的人。"她看上去更像个小妖精,而不是修女,脸上活泼生动的样子为她平添了几分魅力。

等他们爬上一座雄伟的山脊，天色已临近傍晚。威尔回过头来，放眼望去，好一派壮丽的风景，远处是他跳船的那片深蓝色的大海。她蹲在一棵灌木后面。"在这里休息到天黑。"她说。白天沿着山脊走太危险了，因为根本没有东西遮挡。前面的山路窄到只有两英尺宽，左边是一堵石壁，右边是几百英尺的悬崖。威尔吓得面如土色。

"最好休息。"她说完这话，立马就打起了鼾。

威尔睡不着，他还在想着黑暗中狭窄的山路。当他们再度动身赶路时，天上看不到月亮，大部分星星被云笼上了一层面纱。他跟着修女模糊的身影，眼睛直勾勾地盯着前方。一块岩石被他弄松，滚落山谷，闹出很大的响动。他望向右边黑咕隆咚的深渊。

"别往下看。"索科罗镇定地说，"手放我肩膀上。"他们在一个急转弯处慢慢地移动，威尔紧紧贴着石壁，一点一点往前挪，两只脚不敢离地。

"抬起脚。"她说。

最后，他们走进了一大片高高的树林。"巴兰班森林。"她说。他们要在这里过夜。

第二天早晨，威尔惊讶地发现这些树竟然是庞然大物，像拔地而起的教堂一样巍峨。每棵树都挂着长长的藤蔓。索科罗用刀砍断特别粗壮的一根，流出来的汁液灌满了他们的水壶。

两人高高兴兴地出发了，很快就走到了森林的尽头。小路又变窄了，但此时威尔已经很自信，大步流星，完全不担心会有危险。她叫他小心，话音刚落，他就从边上滑了下去。他从陡坡上滚下去，两只手拼命地去抓灌木的残根，他滑了四十英尺才停下来——就在悬崖边。在索科罗的指引下，他爬到牢固些的灌木丛落脚，最后，总算爬了上来，两只手血淋淋的。索科罗轻柔地给他清洗伤口，像母亲一样责备他。

他们继续赶路，一直走到低头俯瞰可见一个宁静的山谷，才停下脚步。山谷里长满了椰子树和香蕉树，小小的人影在一大片空地上耕种劳作。索科罗挥挥手，那些人影也挥挥手。

他们停留了一会儿，又开始爬山路，临近傍晚，见到一条湍急的山溪。上游有一个大池塘，池塘底部是沙床。她叫他去洗个澡，她自己会去茂密的灌木丛背后的另一个池塘里洗。威尔一头扎进水里,水冰冷刺骨,冻得他哇哇大叫着跑上来。他在岸上扑腾了一阵,湿漉漉的后背被树缝漏进来的阳光烘得暖暖的。他能听见索科罗在灌木丛背后笑。

他进出水塘十几次,直到索科罗喊他穿衣服。他钻出水面,四处张望,却找不到她。

"我在你后面。"她说。

他转过身,看到她躲在一棵树后面张望。

他们沿着一条极其陡峭的小径走了半个小时。威尔感到浑身都是劲,就连手上的伤口也不疼了。他们爬上一块巨大的岩石,他觉得有点像新罕布什尔州乔克鲁阿山山顶附近的岩石。靠近顶部有一个洞,一大块突出的板岩,上方还悬着一块岩石。他们捡了些树枝往地上一铺,打算打地铺。威尔坐在自己那堆树枝上,极目远眺,眼前的景色很开阔,能一眼望到峡谷对面的密林。

真是天堂。晚饭后,索科罗拿出两根雪茄。她叼起一根,熟练地点着了,把另一根递给威尔。他说已经戒了,但她一定要他至少抽几口她的那根。他只吸了两口,头就晕了。看他那副样子,她乐了,又接过那根雪茄。这时候威尔才觉得古怪,修女居然抽烟。

夜幕降临,气温骤降,毕竟此刻他们在海拔 3000 英尺的地方。他们在山洞前生了个火堆。她告诉他,第二天就能到库欣的营地。"吉姆了不起。"她说。吉姆和他的兄弟是美国的地雷工兵,她解释说,沃尔特还在吕宋岛组织他自己的游击队。两人都有勇有谋,他们三兄弟中的另外一个,她觉得应该是住在马尼拉附近。他们都和菲律宾人关系很好,但是吉姆有个叫哈里·芬顿的搭档,对队里的大多数菲律宾人都不信任,尽管他还娶了个菲律宾老婆。芬顿的真名是亚伦·费因斯汀。他来菲律宾的时候还是一名士兵,被派到马尼拉斯特恩伯格医院执行任务。后来,他设法脱离部队,成了宿务市 KZRC 电台的播音员。在美军投降前,他常在节目中炮轰日本人,以言辞激烈闻名。后来他把无线电设备带进了山里,至今还在乐此不疲地抨击侵略者。他仇恨日本人,连带着也仇恨所有的间谍和通敌分子,抓到的嫌犯,未经审判就被他绞死。索科罗说,芬顿的手下惧怕他,而库欣却颇受手下爱戴。库欣公开反对芬顿的鲁莽行为,但觉得必须得跟他联手。他们的大本营划分成两部分:芬顿负责管理,他的营地与库欣的营地相隔七英里,库欣负责战务。索科罗承认,从理论上讲,这样安排是很好的,因为芬顿擅长管理和宣传,而吉姆是天生的战将,他带出了一支强大的部队。可惜的是,事实上,芬顿已经处决了太多的嫌犯,令宿务地区的游击运动受到了全局性的影响,岌岌可危。而且,库欣患了疟疾,根本没精力去管束他。

她自豪地告诉他,库欣非常信任她,提拔她当了军官:"我是中尉!"

索科罗添了一把柴火,足以让火一直烧到天亮,然后躺到树枝堆上像猫一样蜷缩起来。几分钟后,威尔就睡着了。他梦见自己在和一个年轻漂亮的女人做爱,醒过来却发现索科罗正抱着他。她亲吻他,身子贴得更紧了。他想,天哪,我居然被一个修女勾引了!他还勃起了,一年多来,这是头一次。

她悄声说了句什么,他没听懂。

此刻,他只知道说:"不!"一个劲地想把她从自己身上掰开。

她轻声笑起来:"别担心,温尔,不是真修女。"那件袍子只是伪装。

他试图尽量和气地摆脱她,但她的力气大得惊人。

"日本鬼子杀死了索科罗的丈夫。"

"不是因为这个。"令他尴尬的是,短裤的最后一颗扣子啪的一声掉了,而她的裙子也不知怎的已经掀到了腰部以上,他触碰到了她紧实温暖的肌肤。

"觉得索科罗丑?"

"啊,不是!"

"你家里有老婆?"

"不是。"

"噢,索科罗还是找错对象了。你喜欢男孩?"

"当然不是!"

她很困惑:"那你一定喜欢女孩,不是?"她性感地扭动着身子。

"是,我喜欢女孩,但……"

"不说话,温尔。"她低声耳语的同时引导他进入了自己的身体。

她身材纤细,却出奇地丰满,威尔发现自己在主动配合,但一结束,他就把她轻轻地放到一边,心头一凛:要是被马歇尔将军知道这事就完了!他是出了名的拘谨保守,威尔还清楚地记得有一次他把克莱尔·陈纳德关于如何对付"零式"战斗机的报告扔到一边,咕哝了一句:"你怎么能信任这么一个放荡的家伙?"据报这位飞虎队的将领和多名女性有染。就因为这个原因,他的报告虽然详细介绍了飞虎队成功击落"零式"战斗机的方法,但并没有被采用,传达给在菲律宾的那些最终被击落的战斗机飞行员。

索科罗看到他忧心忡忡的样子,试图安慰他。

"现在正常的,吉姆和芬顿都有菲律宾老婆。"

索科罗在他脸上亲了一下,依偎在他身边,几分钟后就睡着了,而威尔苦恼了好几个小时才睡着。黎明时分,他醒来时发现她不在身边。一股食物的香味飘过来,他转过身,看到索科罗蹲在火堆前。她把吃的用一片叶子托着送到他手上。

"给,这个开胃。"她表现得好像前一天夜里什么都没有发生。

威尔用他的最后一枚别针固定住短裤。爬出山谷后,是一片开阔地带。关于昨晚的事,两人还是只字未提。走着走着,到了一个村落,这里的屋子是用白茅草盖的,人们怡然自得地抽着自制的雪茄和香烟,态度很友好,热情地跟索科罗打招呼。不久,脚下的山路又变得陡峭起来。下午,他们走到一个崎岖不平、长满了参天大树的山脊上。

索科罗用手一指:"塔布南。"塔布南是游击队的大本部。威尔什么都看不见。他们钻进茂密的丛林里。索科罗吹了声口哨,出来一个矮小的菲律宾人。他招招手,他们跟着他走进灌木丛深处,来到一个前哨基地。一名卫兵在他们经过时点点头。前方是披屋和小草屋,各屋之间由林间小径相连。威尔意外地看到许多妇女和儿童。为数不多的几个美国人表现得很友善,但一些菲律宾人则满腹狐疑地打量着他。大多数男人头发和胡子都很长。

这个地方完全被绿色的树冠罩住。索科罗把威尔带到主建筑前。她解释说这屋子既是司令部,也是教堂、礼堂,她说库欣就在里面。

"我……对不起。"威尔结结巴巴地说。

"别担心,索科罗不说出去,可能再也不见了。"她说完就走了。

他走进前厅。角落里有一张行军床,躺着一个男人,三十几岁,戴着眼镜,皮肤像红木一样,头剃得光光的。他睁开一只眼打量了一下威尔。他看起来既不像菲律宾人,也不像美国人。

"我找库欣少校。"威尔说。

那人朝里面的房间一撇大拇指。听得到里面有人在发火。"开会。"他苦着脸说。

"你跟着库欣很久了?"

他点了根黑色的烟,漫不经心地躺下来,抽烟的架势颇有亨弗莱·鲍嘉的范儿。"太久了,怪人。"他说话带着南方人慢吞吞的腔调。

"哪方面?"威尔开始感到无法自在地跟这样的人聊下去。

"他害怕,犯怵,但这些傻瓜都不知道。他从没想过要带这支三流部队,他只想带着老婆孩子躲在山里熬过这场战争。"他吹出一个烟圈,接着就咳嗽起来。"比起打打杀杀,吉姆更愿意喝酒。"他把烟蒂弹进一个空罐子里。"当过摔跤手、拳击手,但实际上给他套上个纸袋子,他都挣脱不出来。"他用一块脏手帕擦去脸上的汗水,一只手肘撑着身体,"你知不知道这岛上有十几个游击队阵营?互相水火不容,就像一群汪汪乱叫的狗,只有吉姆才管得了他们,让他们联合起来。"他嘿嘿地笑起来,那样子像极了恶魔梅菲斯特:"你说他傻不傻?摊上这种事,这帮人无法无天,就算是圣人也管不住。"里面房间的声音更响了。

威尔蹲下,伸出手,自报姓名来路:"你是库欣少校吧?"

"我以为你永远都猜不到。"库欣咧嘴一笑,笑容腼腆,狡黠,让人心生好感。他擦了擦脸,身体一下子抖起来。他把粗麻布袋做成的毯子拉到身上。

里面的房间里冲出来三个人——两个菲律宾人和一个美国人。后面那人冲另两个人疯狂地挥舞着拳头,眼里燃着怒火。"他们是叛徒!必须枪毙他们!"他大吼。浅黄色的长头发和英俊的面容让威尔联想到画像上的耶稣,但他的眼睛透着冷酷和怀疑。这人想必就是哈里·芬顿。

其中一个菲律宾人转向库欣:"这家伙杀了我弟弟!"

"他勾结日本人!我有证据。"

"他所谓的证据就只是一个抱日本人大腿的混蛋市长的鬼话。"

"他通敌,帕拉古雅!"芬顿大声说,"我不管他是不是你兄弟。"

另一个菲律宾人也有不满:"吉姆,他还是不肯印钞票发放给士兵。我已经失去了六个身手很好的队员。他们需要钱养活家人。"

"说得对,"库欣说,"我们每个月损失百分之十的人员。"他转向两个菲律宾人:"但哈里也有道理,如果我们印钞票,也许没过多久这些钞票就没价值了,所以说,可能还是得靠阿贝拉纳州长给我们筹集真钱。"

一提起这个战前的宿务省省长,芬顿又火冒三丈:"他从日本人那里逃出来,那是在演戏!实际上还在为他们卖力。他这号人,太不靠谱,绝对不能相信。"

库欣咧嘴一笑,带着嘲弄的神情。"哈里,有时候我甚至觉得你连我都不相信。"他强撑着坐起来,"如果你们三个不能解决矛盾,我就回家。没有我,你们也能打鬼子。出去吵,我要休息。"三个人安安静静地走出去,但绷着脸,很不高兴。

库欣裹紧粗麻布袋毯子,想让自己暖和些:"跳海逃出来,真是受苦了。是叫麦格林吧?"

3

在接下来的几个星期里,威尔渐渐适应了当游击队员的新生活。起初,他夜里不敢合眼,躺在小茅屋的地板上,时刻在提防树皮墙上的害虫:大拇指那么大的马陆,咬一口能让人失明;还有十英寸长的大蜈蚣,被它蜇过的人轻则高烧,重则丧命。他也费了些时间来适应这里奇特的食物,但现在,他的身体已经对鸡肉、野猪肉、水牛肉和蔬菜有了反应。打猎过程中,他不再感到疲劳,可以在崎岖陡峭的山地上一刻不歇地徒步走上几个小时。他已经成了库欣的心腹,看样子库欣在训练他当自己的参谋长。

每天从邻近村庄传过来的消息都表明，芬顿在夜间广播时骂得太凶，导致日本人接二连三对平民实施报复。他手下走了些人，可这反而刺激他去夜袭日军基地，日军在全岛发起反击，库欣只得命令各部潜伏，以待来日重新集结。如今，物资和弹药几乎耗尽，游击战这条路似乎已经前途无望。此时，有消息传来，说麦克阿瑟的司令部派出的一批人乘潜艇过来，已在宿务以西的内格罗斯岛登陆，他们是来协调游击活动的，领头的维拉莫尔少校派了一名代表来跟库欣和芬顿磋商。

威尔很意外，库欣竟然对此没什么热情。"哈里不一定会听的。"他解释说。而且，他自己也不信任麦克阿瑟。

威尔问这个维拉莫尔少校是不是他在巴丹半岛见过的那个飞行员，库欣疲倦地点点头。"我敢保证，这人信得过。"威尔说。

"但哈里谁都不信。"

一个星期后，芬顿把一名俘虏带到了塔布南。这个名叫马丁的美国人是希利曼大学的化学教授，他被枪顶着后背，解释说维拉莫尔派他来传达麦克阿瑟的提议："总部急于任命一名宿务岛的指挥官，你们俩谁来当？"

芬顿两眼冒火。"这里还是照旧——联合指挥。"芬顿恶狠狠地瞥了一眼威尔，他听说库欣很器重这个新来的家伙，"我负责搞书面和组织工作，吉姆指挥战斗。你凭什么认为我们需要麦克阿瑟来承认我们？他能给我们什么好处？"

"好了，哈里，这提议还是不错的。你把枪收起来吧。"库欣说。

"去他妈的！"芬顿挥舞着手中的武器，大声说，"我们不需要任何人的承认，"最后一个词说得咬牙切齿，"管他是麦克阿瑟还是谁，我们不需要那种东西，直到美国国旗又在这里升起的那一天。"

威尔很沮丧。马丁也是，他无法相信自己的耳朵，绝望地转向库欣，库欣微微地摇摇头以示警告，马丁知道他的意思，但不肯就此作罢。他说："如果你们的人得不到应有的承认，他们也许会放下武器，向日本人投降。"

芬顿噌的一下跳起来，大吼："让他们试试看！"

"别上火,哈里,来,再喝一杯。"库欣说。

但芬顿已经完全不受控制:"告诉维拉莫尔,如果他脑子那么不正常,下次还敢再派人来,别指望他能活着回去!"马丁开口反驳,见芬顿要扑过去,库欣挣扎着站起来:"哈里,帮把手,扶我去床上。"趁芬顿扶着他,库欣给威尔递了个眼色,威尔悄悄地把马丁领出门,带到了一间离芬顿的住处很远的坡屋里。

天还没亮,威尔就被库欣叫醒:"我们得在芬顿醒之前把马丁送出去。"他抖得像筛子一样,拉起一条破毯子裹住身体。天快亮的时候,他们三个人和四名向导出发沿着狭窄的山路往山下走去。库欣坚持要送一程,他走了半英里后,停下来,叫向导去前头一百码外的地方等着。他绝望地看着马丁,犹豫了一会儿。"我希望你到时候跟维拉莫尔汇报宿务的情况,说的不全是负面的话。哈里昨晚心情不好,他人真的挺好的。尽量理解一下吧。"他的声音突然饱含痛苦,"但是我不能再这样下去了。"他跟马丁握了握手,慢慢转过身,拖着沉重的步子朝营地走去,每一步都很艰难。威尔跟在后面。

5月7日,科雷吉多尔岛沦陷一周年纪念日。库欣懒洋洋地躺在行军床上,向威尔吐露心事,他说他永远都不会忘记这个耻辱日。他回忆起那段往事。1942年3月中旬,齐诺维斯将军来到岛上,发现士气低迷。前任指挥官没有制订出什么靠谱的防御计划,他所谓的游击战争就是挖一连串的战壕。大伙儿意志消沉,弹药匮乏,只有少数人愿意打。齐诺维斯能做的都做了,但已经太晚了。他苦着脸,皱起了眉头:"我也属于少数派,一帮蠢蛋,战斗热情超高。"他叹了口气:"你真该看看我在得病前的样子——宿务的埃罗尔·弗林!"他呵呵呵地笑了几声:"那时候,确实是靠哈里·芬顿,我们这个组织才建起来,后来发生了一件事,把他彻底逼疯了。芬顿手下的一个军官,菲律宾人,被日本人抓了,为了自保,他供出了芬顿的混血老婆和孩子的下落。日本人放出话说,如果芬顿投降,就放了他们。他当然没有,后来我们就听说他老婆和孩子都被杀了。从那以后,哈里对谁都怀疑,尤其是菲律宾人。"

库欣还没痊愈，靠人搀扶着转移到深山静养，所以接下来的几个星期，几乎没什么行动。没有库欣在身边约束他，芬顿在广播里骂得更凶了。日本人对这一带加强了巡逻。越来越多的人脱离芬顿的队伍，他把抓到的都处决了，这么一来，村民们的心也凉透了，最后剩下的一点忠心也没了。

尽管威尔极力反对，库欣还是下了病床，赶回了大本营。他叫人带话给芬顿：情况危急，必须寻求外援。第二天，芬顿来了。威尔从没见过一个人发那么大的火。绝不寻求外援！芬顿的态度很坚决。被他处决了弟弟的帕拉古雅少校当场表示反对，库欣使出浑身解数，才阻止了一场枪战。

库欣勾着芬顿的肩膀，轻声说："哈里，我听你的，你说得对，我们不寻求外援。先放松一下，形势太紧张了。"他陪芬顿沿着小径走了几百码，回到小屋时，已经筋疲力尽，他瘫倒在床上。威尔帮他擦洗了汗湿的额头。过了一会儿，他说："威尔，我要去内格罗斯岛见维拉莫尔，我要你和几个绝对可靠的人一起去。"他在一张纸上匆匆写了几行字，递给威尔看。这是给帕拉古雅少校的，命令他在库欣被捕的情况下，接管全体作战部队。他在上面签了名，塞进信封封好，然后派人去叫帕拉古雅。

"这是书面命令。"他把信封递给帕拉古雅，"如果你觉得实在有必要，可以逮捕芬顿，但前提是他实在闹得太出格了。"

"是，长官！"帕拉古雅走了。

威尔不高兴，库欣看得出来："我必须这么做，天知道哈里接下来会做些什么。我们已经有一半人去了别的岛。食物快吃光了，我们有可能会解体。"

"我不喜欢帕拉古雅的表情。"

"我也不喜欢，但你有更好的法子吗？"没有回答，他继续说，"既然这样，我们就准备出发吧。路上得走一个多月才能到维拉莫尔那里。"

除了威尔，库欣还带了四个信得过的团长，都是菲律宾人。索科罗会陪他们到宿务岛南部，然后，其他六个人会划着两艘舷外浮杆独木舟穿过狭窄的海峡前往内格罗斯岛。下山的过程缓慢而艰难,每走一段,库欣就得停下来休息。第二天,一场雷阵雨把他们浇成了落汤鸡。到了早上,他们走在湿漉漉的小道上,脚底一直打滑。大雨招来的蚂蟥从高高的树上落下来,附在他们的脸上和胳膊上,很快就吸了血鼓起来。威尔一开始还用手去拔,但发现虫子的口器还叮在肉里,又疼又痒。想要对付它只有两种方法:用点燃的烟头烫,或者在它下面插进一块薄薄的竹片,然后快速一掀,把它抖掉。

刚踏上连接东岸的宿务市和西岸的托莱多的那条路,库欣就坚持要威尔跟他一起穿上牧师的白袍,威尔不太情愿,直到库欣很少见地板起脸发火,叫他服从命令,闭上嘴。

他们安全抵达了托莱多北区的一个村落,当晚在当地一户人家留宿,主人很友好。第二天早上,他们被吵醒,一群妇女带着孩子来请神父施洗。威尔借口说圣水没了,才搪塞过去。

他们继续向南走,索科罗乔装成修女打头阵,每到一个村子,都由她先进去探风。十天以后,他们在港口小镇阿列格利亚与她作别,然后划着两艘小船横渡海峡前往内格罗斯岛。

途中,库欣问威尔是否知道索科罗的经历:"她是一个非常了不起的女人。"

"她跟我说起过她丈夫。"

"她没有跟任何人讲起过她有一次落到了日本人手里,我也是从她婆婆那里听说的。索科罗去年回家,被人出卖。日本人打了她两天,所以她说话声音才会那样,但她坚决不肯供出我在哪里。第二天晚上,看管她的日本兵强奸了她,趁着他打盹,她操起那混蛋的刺刀,刺进了他的喉咙,然后逃了出来。了不起的女人!"

威尔怀疑库欣是否知道他和索科罗做过爱,但见库欣没再说下去,这个话题就此打住,便确信她没有违背承诺。

刚上内格罗斯岛没多久,库欣旧伤复发,腿上的一处弹片伤感染了,行程耽搁下来。直到一个星期后,他们才在内格罗斯岛南部见到维拉莫尔少校派来接应他们的人。维拉莫尔要那人把库欣带到小河边,自己躲在对岸观察他们是否有诚意。他惊讶地看到一个小个子从浓密的树丛中走出来，在小河边停下脚步。奇怪的是，他一身牧师装束。身后也是一个牧师，个子很高。再后面是四个身穿卡其布服装、手持卡宾枪的菲律宾人。

维拉莫尔意识到这个矮小的牧师必是库欣无疑。这么温和的人真的是那个号令整个宿务岛、被日本人全力追杀的豪杰库欣吗？模样如此孱弱，不像他见过的那些游击队首领。维拉莫尔从树丛中走出来，伸出双臂蹚过小溪："欢迎来内格罗斯，库欣，我是维拉莫尔。"

库欣睁大了眼睛，没有立刻回应，沉默片刻后，脸上露出了他那吸引人的笑容。"我很高兴！"他说。两人拥抱在一起。

库欣向维拉莫尔介绍威尔，起先他没认出威尔。三人席地而坐。库欣激动地讲起他的游击队在宿务岛所面临的问题，双手抖个不停。"主要的游击队领导人，就剩我一个还没被认可。"泪水在他眼眶里打转，"除非我得到麦克阿瑟的承认，不然宿务的游击运动必定会失败。"他们最需要的是能立即到位的经济援助，他们希望麦克阿瑟授权他们发行自己的代币，防止人员离散。

维拉莫尔领着他们来到他大本营的住宅区。手下在给客人们安排住宿的时候，他用无线电通知麦克阿瑟库欣来了，并将他的要求也一并做了汇报。澳大利亚那边的回复很简短："发行货币是菲律宾联邦政府的职能。"维拉莫尔很意外，也很失望。库欣一听，如五雷轰顶，威尔觉得他都快哭了。四个团长都闷闷不乐，说不出话来。

两周过去了，澳大利亚方面没有做出进一步的解释，维拉莫尔再次请求向库欣提供资金，得到的答复是，库欣必须从此听命于内格罗斯和棉兰老岛游击队首领，从他们那里领钱。库欣被激怒了。威尔找到维拉莫尔："难道他们不知道，吉姆在抗日方面也许可以算得上是整个菲律宾群岛所有游击队首领中贡献最大的？"

维拉莫尔叹了口气："别告诉别人，吉姆在澳大利亚有几个位高权重的敌人。咱俩都知道他应该得到承认，应该拿到钱。"他没有提那人的名字，但麦克阿瑟和盟军情报局局长考特尼·惠特尼将军听信了一名德高望重的菲律宾专家的话,认为吉姆是靠不住的,他在战前跟一个海边的流浪汉也没什么差别。

更糟糕的是,麦克阿瑟发来一道命令,要库欣立即向他的上级——棉兰老岛的游击队首领——报到。库欣满腔愤慨。他为什么要冒险去棉兰老岛?这样做有什么好处?郁闷了三天后,他写了个答复给麦克阿瑟,说他要去棉兰老岛,但必须先回趟宿务岛去取重要文件:"我会告诉他我患有疟疾,这样到时候我无法离开宿务,他也不会感到意外。"

威尔和维拉莫尔都觉得库欣是在玩火,但他不愿意再拖,急得很,少校极不情愿地把库欣的原话一字不漏地传达了过去。

两天后,库欣一行人准备离开。维拉莫尔伸出双手走向库欣。维拉莫尔目睹了他的煎熬,已经喜欢上了这个饱受误解中伤的男人。"保重。"他握住库欣的手说。

"放心,老子的命很重!"库欣声音沙哑地说完这话,猛地一转身就走了。

他们踏上宿务岛几个小时后,索科罗前来接应。她脸色阴沉。"他们杀死了哈里。"她说。

"谁杀了谁?"库欣大惊失色。

"帕拉古雅杀死了他。"经过审判,他被判定犯叛国罪和谋杀罪。

"我的天!"

她说帕拉古雅召集了各营的营长开会,说服他们认同必须除掉芬顿。他声称哈里以勾结日本人的罪名处决了宿务的传教士帕特里克·德隆神父。

"哈里真的做了?"

"也许。"索科罗说。德隆神父是被处决了,但没有证据证明是芬顿干的。

库欣破口大骂:"帕拉古雅只是想找一个借口。"

她说帕拉古雅已经开始重组整个游击队:"以你的名义,吉姆,他对我们说他所做的一切都是为了你好。"

那天晚上,威尔在放哨,索科罗蹑手蹑脚地走到他身边。两人一句话都没说,就做爱了,这次是威尔主动。

第二天早上,库欣执意要抓紧时间赶路,尽量少休息。一行人马不停蹄一路北上。威尔想尽办法让他缓一缓,但库欣憋着一口气,铆足了劲,牧师袍也不穿了,一路上安全措施也不顾了。快走到那条横贯宿务岛的公路时,一个情报员带来了最新的消息:帕拉古雅不仅霸占了芬顿囤积的所有财物,而且已经挥霍一空。

威尔看得出来,库欣的体力快耗尽了。尽管如此,他还在催促大家加快速度。有好几次,他在通往白马客栈的狭窄山路上,差点失足跌下悬崖。这几次死里逃生反而像是让他更有劲了。离大本营还有一天的行程,库欣一直信任的几个营长前来接应。顶着11月初的冬寒,大家围坐在一小堆篝火旁,听新来的这几个人控诉帕拉古雅如何试图在库欣返回之前控制所有的部队。更可怕的是,证据确凿,帕拉古雅已经答应把库欣交给日本人以换取六万比索的赏金。

库欣想知道作战司令部营地的人是不是还忠于他。四名营长很愤慨。当然!这些人就在等着库欣回去对付帕拉古雅。他们决定推迟计划,等第二天天黑后再进营地,搞个突然袭击,让帕拉古雅猝不及防。

库欣一行人来到营地附近,里面一片寂静。有人已经跟守卫打过招呼,让他们直接放行,不要阻挠。威尔心里在嘀咕这是不是圈套,帕拉古雅精心策划的计划,要出其不意地生擒库欣。过来十几个游击队员,全都默不作声。库欣和他们一一握手,悄声交代几句后,游击队员们散开将司令部所在的那间棚屋包围起来。一只猫头鹰在哀呼,几条土狗像鬣狗一样狂吠起来。威尔能看出里面坐着两个人——卫兵。棚屋边隐约可见一些模糊的人影。这些人影——库欣的人——蹑手蹑脚地走到卫兵身边。一阵扭打,动静不大,然后听到一声鸟叫。

"好了。"库欣说。他沉着地走进去,威尔紧随其后。两个卫兵老老实实闭着嘴。帕拉古雅迷迷糊糊、睡眼惺忪地走到门口,身后跟着一个女孩,长发凌乱。

"我回来了。"库欣只对帕拉古雅说了这四个字,"把他绑起来。"

第二天早上,库欣带着威尔和一小队人离开营地,去外围部队重整秩序。三个星期后,他们回到营地,得知帕拉古雅经审判,被判叛国罪,已经处决。库欣装出一副惊愕的样子,但威尔知道这是装的:"天哪,吉姆,自己人杀来杀去,这种事什么时候才算完啊?"

"快了,威尔,快了,"库欣说这话的时候脸上带着讨人喜欢的微笑,"但首先我们得再拿起枪去杀鬼子。"他亲昵地把一只手搭在威尔的肩上:"你是我的良师益友。"

库欣腼腆地看着他,脸上挂着魔鬼精灵墨菲斯托菲里斯那种毫无悔意的微笑,逗得威尔忍不住大笑起来。

# 第十七章

1

1943年在日本是羊年，对同盟国而言堪称"会议年"，在卡萨布兰卡、开罗、魁北克、德黑兰等地分别举行了一系列会议。罗斯福和丘吉尔原本计划第一次会议与他们的盟友斯大林碰头。这样一场极其重要的大会放在卡萨布兰卡开，真是再合适不过了，卡萨布兰卡这个名字本身就代表着神秘与阴谋，但多疑的斯大林借故推辞，说他必须投入全部精力、全部时间来阻击希特勒的大部队，无暇分身。

一月中旬，美国军方领导人参谋长联席会议在卡萨布兰卡城外四英里处的安法酒店进行初步讨论，更深入地研究全球战略。此前两个月，盟军在欧洲与远东战场都出乎意料地取得了重大战果；现在是时候为两边战场的最终胜利制订长远计划了。参谋长联席会议认为，英国军方领导人希望在希特勒被打败之前在太平洋地区保持有限战争的规模，这是严重低估了日本人。

会议一开始，美方就有理有据地提出要立即攻下特鲁克岛和马里亚纳群岛，但英方不为所动，他们坚持认为凡是会削弱对德进攻的行动都不可取。暴躁的金将军冷冷地反驳："在太平洋地区何时何地发动攻击，都由美国人自己说了算。"到了第三天晚上，在一番激烈的争吵之后，英国人终于让步,他们意识到,对美国公众来说,珍珠港、巴丹半岛、瓜达尔卡纳尔岛这几个名字比罗马、巴黎和柏林更重要。双方同意,在羊年"继续在太平洋地区实施军事行动,不让日军有喘息的机会",但不得过度消耗欧洲战场的资源。

然而,更具有深远意义的是,有一次,罗斯福在泛泛地聊到战争进程时,向媒体宣布的一句话语惊四座。"彻底消灭德国、日本和意大利的战争力量,"他一字一顿地说,"也就是要让德国、意大利和日本无条件投降。"

在场的每一个人都大吃一惊,除了丘吉尔,他不久前刚在一次私人午宴上听总统说过这话。丘吉尔皱起了眉头,但马上就笑着说:"好极了!我能想象戈培尔那帮家伙叫嚣的样子!"

麦格林教授在报上看到这句话的时候,正在吃早饭,他真想摔了咖啡杯,像他的许许多多爱尔兰先人碰到类似的情况会做的那样,但他克制住了自己,只是骂了一通发泄。富兰克林怎么能如此专横!他自己可以专横(也许他不知道自己有这一面),但别人专横,他特别受不了。怪只怪罗斯福有个摩根索这样的邻居,被带坏了,这位仁兄在这个问题上的观点是众所周知的。麦格林早就已经劝说过总统,公开声明要对方无条件投降,等于向东条和希特勒拱手奉上求之不得的宣传资本,他们大可以借此煽动民众顽抗到底。事到如今,盟军只能靠军事力量去歼灭敌人,一切外交武器都已抛弃,他们现在已经踏上了无限战争的不归路,只能一条道走到黑了。这么一来,不仅要多搭进去几万人的生命,而且打赢之后,德日两国遭灭顶之灾,到时候势必会天下大乱。

麦格林发过誓,再也不向罗斯福进言了,但那个秋天亚洲的局势让他无法坐视,经美国海军情报局特别战略科的负责人埃利斯·撒迦利亚上校同意,他给总统写了一篇长文。他在文中指出:日本政治企图的核心,即所谓"大东亚共荣圈",并非如西方专家所分析的那样,是一出荒诞闹剧。它是由日本的理想主义者创造的,他们希望把人民解放出来,摆脱白人的剥削。

11月27日,麦格林向白宫递交了这份报告。当天,罗斯福和丘吉尔刚结束开罗会议,直接动身前往德黑兰举行首次三巨头会晤。在开罗会议中,美国、中国和英国无法就中国的军事战略重点和亚洲的政治前途问题达成一致,各自怀着各自的目的在打各自的仗。

看到开罗会议的报告,麦格林很郁闷。他的告诫并没有引起自己这位哈佛同窗的重视。而且赛珍珠①也发出过类似警告:亚洲人民决意摆脱西方的统治,不管这场战争到最后是哪边赢。显然,总统也没当回事。看到德黑兰会议的报道,麦格林更加不安。在这次历史性会议上,斯大林在为太平洋战区取得的战果鼓掌叫好后,承诺等德国战败,他会立即向东西伯利亚派兵增援:"那么,依靠统一战线,共同对敌,我们就可以取得胜利。"听他这样说,罗斯福非常高兴,以至于在第二天的非正式午餐席间,建议允许苏联使用"满洲"的热水港大连。

麦格林一整天都在琢磨羊年的会议。他看不出这几场会有什么好的效果。反正,纸上谈兵的阶段已经结束,接下来就看前线的官兵(包括马克)怎么打了。

2

**东京　1943年**

户田晃在中国经营采矿炼钢企业,战争结束前无法脱身,埃米觉得家里大大小小的事得自己拿主意,别去打扰丈夫。听了朋友小畑的话,她十分担忧,但并没有表现出来。小畑警告她,局势会很快恶化,她应该把钱投在材料和服装上,比如和服、宽腰带、套装和外套,这样等到钱贬值的时候,就可以拿这些来换取需要的东西。小畑提醒她,虽然目前食物和商品并不短缺,但是如果战争再持续一年——他觉得这是肯定的——一家人就只能喝西北风了,除非她有足够的东西来交换。小畑说:"我们不能指望胜利,美国人会一直打到日本投降。这是很严重的。"但很遗憾,他最近被军队派去朝鲜帮着采购原材料,她没有人可以商量。谁来帮她分忧?

---

① 赛珍珠(Pearl S. Buck),美国作家、人权和女权活动家。

做这样的决定当然应该先和户田晃商量一下,因为需要动用一大笔钱才能买到足够的商品,让这个家渡过几年的困难时期。很多东西已经变得稀缺,价格一个劲地往上涨。别人为了战争放弃了那么多,不仅是财产,就连命都奉献了,而自己却要采用这种手段,苟且偷生,一想到这,她禁不住感到厌恶。晃和埃米也已经心甘情愿地把他们的婚戒和其他贵重金属器件捐献给了政府,但现在埃米不得不为家庭的生计谋划。

埃米担心晃那么正直的人不一定会赞同她去做这种交易,他也许会觉得这种行为不爱国,太自私。她很难在信中与丈夫讨论这些事情,他是不会理解现在国内的情况的,提起这事只会令他徒增烦恼,因此,务实的埃米决定自己看着办,先去做,以后再告诉丈夫。高很快就要参军,不是陆军,就是海军,而正为了养自己的小家,肩上的担子已经够重了。埃米曾反对他娶弗洛斯,但现在看来这样的媳妇打着灯笼也难找,个性坚强,头脑冷静,还很幽默,她会是个不离不弃共患难的好伴侣。婆婆不惧压力时常给予支持帮助,她欣然接受;婆婆教她如何节省燃料,如何购物,如何做饭以及如何在外头应对侮辱,她也从善如流。

这一年过得很艰难。龙子很瘦,体弱多病,一直让人担心。今年四月刚上小学的正雄也遇到了麻烦。尽管老师试图纠正他的发音,他还是改不过来,班上的同学常常嘲笑他的口音。令弗洛斯难过的还有大多数老同学冷冰冰的态度。他们曾经发誓要做一辈子的朋友,但现在绝大多数人在公共场合看到她都唯恐避之不及。有几个人顶住压力,仍旧拿她当朋友,经常来看她,让她挺开心的。这幢公寓楼有两个女邻居也很友好,但其他人看到有个"敌人"在走廊里自由走动,毫不掩饰敌对情绪。许多女人去了兵工厂干活,很难找到女佣。每回埃米好不容易找来一个,可没干多久就会离开,因为扛不住众人的眼光和辱骂,怪她轻贱到甘愿去伺候一个美国人。

第一个冬天来了,对于一个习惯了战前的舒适生活的人来说,如同当头棒喝。唯一可以取暖的是便携式取暖器。她也像其他妇女一样穿上了劳动裤,这种裤子就像宽松的灯笼裤。她还在里面穿了厚厚的毛底裤、毛裙子和长筒毛袜。见她穿得这么狼狈,正很难过,但弗洛斯却自得其乐,觉得很保暖。

1943年初,煤气公司说他们用量过度,把他家的煤气给停了。弗洛斯买了一个小炭炉。第一次点着的时候,搞得一屋子浓烟。要避免这样,就得先在外面的小门廊上把它点着,等烟消了再拿进来。她的厨艺不太好,但在一个热心邻居的指导下,到春天时,她已经会在她的小炭炉上烤蛋糕了。

正雄再也无法忍受同学的羞辱奚落。他们在课间休息时冲他大喊:"杂种!""美国恶魔!"他找个头最高的男孩单挑,对方比他高半个头,他被打趴下两次,但还是不肯服输,气势汹汹地挥着胳膊,把那个男孩吓跑了。

"他们为什么要骂我,妈妈?我没有欺负过他们啊。"

他的不安和困惑让弗洛斯心痛:"你没有做错什么,宝贝。这……只是因为战争。我去市场,也有女人辱骂我,但我不去理会,随便她们怎么说,但要是有人想在我前面插队,我就会捍卫自己的权利。我这样做,好像也赢得了其他女人的尊重。"

"你想让我也这么做?"

"是的。"她说是这么说,心里却在犯嘀咕,不知道这样教孩子到底对不对。

到了夏天,必需品的配给成了大问题。现有物资的最新信息会从城市配给中心传达到组长,也就是街道主任这里,然后,她再派人到社区内的十五幢楼前大喊:"配给来了[①]!"听到消息,弗洛斯和其他女人就会排起长长的队伍。

1943年的夏天还算太平,除了正雄一个劲地咳嗽,日本人称之为"百日咳"。战争使日本传统的家庭结构发生了巨大的变化。共同面临的困难迫使大家更多地依靠邻里互助,而不是亲人扶持,因为亲人也许住得很远。各个阶层的妇女如今都参加了社区空袭演习,大家不拘贫富,一起传递水桶,搬运担架、木材和沙子。

弗洛斯得在公寓楼后面挖防空壕供家人避难,并确保壕内有一个背

---

[①] 原文为日文。

包,包里有急救用品、大米、锅具和棉兜帽。戴这种兜帽是为了防止烧伤。在一次社区会议上,弗洛斯提醒大家,帽子里的棉絮可能会着火,戴了反而不好。她的话引起了一阵骚动。有几个妇女抱怨说这个外人可能是间谍,但也有些人说应该调查清楚再说这种话。

弗洛斯最担心的是正,他被贬到一个无足轻重的岗位上,终日郁郁寡欢,他想争取一个好一点的差事,可对方总是敷衍他,说没有合适的工作。更糟的是,他讨厌国民服的裹腿。按规定,每月八号是穿国民服的日子,这项硬性规定是为了纪念珍珠港的那场空袭;有一次,正穿着一身常服出现在办公室里,遭到上司严厉警告:下次再这样"吊儿郎当",后果会很严重。

这次挨训之后,他变得更加沉默寡言。弗洛斯觉得,如果告诉他有人(可能是宪兵队即军警组织派来的)在跟踪她,可想而知他得多担心。但转念一想,这样有问题一直瞒着他是不对的。她已经习惯了扮演那对双胞胎的母亲,所以把丈夫也当儿子一样对待。

"我必须和你谈谈。"她把宪兵队跟踪她的事说了出来。

"我的天!我为什么要答应把你们带过来?"

一开始,她很后悔把这事说了出来,但突然间恼怒地冲着他嚷嚷起来:"我受够了,没完没了地听你的道歉!我们不是都说好了一家人必须在一起吗?你觉得看到你这样,我是什么感受?我需要的是你的支持,不是道歉!我是一个外国人,在一个对我不友好的国家,可自从我们到这里后,我就一直在想法子哄你开心!"

"我没意识到。"他伸手抱住她,"对不起!"

她推开他:"见鬼!别再说对不起了!"

他大吃一惊:"这是我第一次听到你说粗话。"

"如果你还是这样自怨自艾,这肯定不会是最后一次。"她抱住他,"噢,亲爱的,这确实是我的错,我一直都没有把你当成男人来对待。"

他吻了吻她:"是时候表现得像个男人了。我会去找宪兵队理论的!"

"千万别这么做,无视他就行了。我是美国人,所以他完全有权力来监视我。我有办法折腾他,忙死他,让他跟不下去。"

这是一个月来第一次,正放声笑出来。

这也是他们到日本后第一次,弗洛斯心里感到踏实。

澄子成了埃米最依赖的人。这对母女的关系很罕见,澄子是家里唯一的女儿,独立意识很强,她默默承受着家里没有父亲支撑的战时生活的艰辛。她很有主见,但也善于接受批评,避免再犯同样的错。校长黑木小姐对她的影响也很重要。黑木小姐曾经参加过一个去美国的和平布道团,民族主义精神在其他学校盛行的当下,她没有让这种思潮在自己的学校里蔓延。是的,澄子是个勇敢的孩子,很像她,埃米真希望几个儿子能多像她一点。至于澄子,她很爱妈妈,但有时也希望她能像其他妈妈一样——多点"慈",少点"严"。

1943年8月,新规要求中学生穿校服。澄子在学校领到了自己的那套。藏青色的校服用的面料是一种合成织物:嫘萦。学校正常上课上到十月,高年级的学生被安排去学校附近的小工厂里为政府打工,给海军军服缝扣子或做胶木制品。澄子她们班被派到东京代代木陆军训练场附近的一家洗衣店,帮着清洗军装和床上用品。这家店是座三层楼的大型木构建筑,店长是个基督徒,认识黑木小姐。有别于其他学生去的工厂,在这里,大家可以做晨祷,每隔一天还有一个小时的时间跟着班主任楢桥小姐学习英语。女孩们被分成几组,轮流做不同的工作——洗衣、干衣、熨烫、运送和修理熨斗。澄子发现,用洗涤碱刷洗平民套装的袖子和领子,这活又冷又湿,而刷衣服上的毛絮时,都是扬尘,也很烦,很讨厌。最后,她被安排进熨衣间,发现相比之下这活称心多了,很快,她就成了一名高手。

学生们熟悉工作流程后,洗衣间的生活变得单调辛苦起来。没有什么可供消遣娱乐,许多女孩便如饥似渴地利用工作间隙和路上的时间埋头阅读。楢桥小姐曾在美国留学,回到国内。她像校长一样直言不讳,不受传统思想的束缚。她毫不避讳地戴着一枚有"PAX"字样的徽章。澄子查了词典才知道这是拉丁文的"和平"。姑娘们觉得她真是太勇敢了。她们对她的着装风格也很感兴趣。她去洗衣店会穿一件长袖衬衫,外面搭一件短袖开衫。没人敢这样穿！有一次，澄子注意到她在火车上看一本英语书。一个老头大叫"叛徒①"，但她镇定自若，继续看她的书。当那老头冲着她猛戳手指，指责她时，她冷静地盯着他，最后，那老头嘴里嘟嘟哝哝地自己走开了。澄子发誓，总有一天她要像楢桥小姐一样。

到了十月，战争形势变得异常危急，以至于大学生免服兵役的政策也被暂时取消。高所在的东京大学的那个班没等到第二年三月，直接被打发毕业。高和他在学校里最要好的朋友前田颖雄公开谴责军方的压迫。梦想成为诗人和小说家的前田断言："他们是在荼毒文化。"与此同时，他也觉得他们必须为日本尽一份力。

高也认为他们该上前线保卫自己的国家，即使这意味着放弃画画。"我嘛，那本唐璜的传记也许永远都写不完了。"前田说。

高的另一个好朋友加藤顺也提前从青山大学毕业了。他向高坦白，他很庆幸自己心脏有点杂音，入伍体检因此推迟了两个月。他说，他是忠于日本的，但他怎么能上战场去打美国呢？那可是他出生的地方。在这期间，他找到了一份很有意思的工作——在《东京新闻》的外国部当记者。

他跟经济部比他年长的藤田走得很近，藤田叮嘱他千万别让自己通过体检。"绝对不要为败局已定的事去送命。"他说。藤田从来没有提过马克思主义，但他显然是秘密左翼运动的成员。

尽管藤田可以看所有的外国经济新闻，但他的权限并不包括看驻外记者发过来的有关外交政策的电讯，顺在内的少数几个人可以接触这些材料，藤田就经常追问他有什么新的进展，然后再结合自己了解到的信息，做一个概要总结。顺觉得这就像是在上政治课。对于政府在军事和政治上的错误决定，藤田直言不讳，明确表示日本的唯一出路是尽早争取和平。藤田在办公室里很谨慎，缄口不语，他们只有在日比谷公园散步时或者值夜班时才会私下聊起这样的话题。

---

① 原文为日文。

高和前田已经决定选陆军，不选海军。"我们可能会被碾死在某个凄惨的小岛上。"前田说。但是，有献身精神的知识分子有一种不言而喻的责任，那就是与基层士兵共进退。

高离家去接受基础训练的前一晚，家里静悄悄的，气氛很伤感。母亲心里难过，知道这个小儿子不是这块料，承受不了这场风暴，但她没有说出来。澄子也在尽力克制，不想让高在家里的最后一个晚上过得凄凄惨惨的。

他睡得并不踏实，老是醒过来，天亮前一个小时就爬起来检查他的背包。他意识到自己书带太多了，经过一个小时的筛选，最后只留下兰波的诗集和一本素描簿。天刚亮他就走进里屋，母亲允许他把这个小房间当成他的画室。画架上是他刚刚画完的长滞的山岩。这会是他的最后一幅画吗？吃过早饭，他向母亲和妹妹辞行，他怕自己情绪失控，不敢逗留，简短的道别简直是在礼节性地客套。前田已经等在火车站，加藤顺也在。三个人聊得很拘束，很不自然，都在掩饰内心的感受，所以当火车来的时候，每个人都松了口气。

全日本还有大约130000个像他们这样刚刚毕业的法律、文学、经济或农业专业的大学生也出发去接受陆海军的艰苦训练。

顺回到日比谷会堂对面的办公室，心里沉甸甸的，他很同情自己的这两个朋友，他们将要面对的生活必定是糟糕的、艰苦的，而且几乎必定会以死亡告终。在接下来的日子里，顺和藤田的关系给他的生活带来了乐趣和启示。他以前从没遇到过这么见多识广的人。藤田说话总是很有逻辑，轻声细语的；他从不争论，也不使用夸张的语言。顺是个求知欲很强的学生，对于藤田分享的种种惊人的信息和见解，他全盘接受，深信不疑。

除了翻译该报驻新加坡、马尼拉、北京和香港等地的记者发过来的外文电讯和日文报道，顺还负责到外务省和政府信息局跑新闻。这两个部门的办公地，走过去都不超过十五分钟。藤田介绍他认识了两个部门的重要官员。这些人都属于亲英、亲美派，其秘密职能是在日本被摧毁之前实现和平。其中有一个刚从上海回来的外交官，给了顺一本盗印的埃德加·斯诺的《红星照耀中国》。顺只花了两个晚上就看完了。斯诺在书中揭示的内容令他震惊，但由于事先受过藤田的教导，他相信自己读到的每一个字。另一个他自行结交的朋友是高的哥哥户田正。他们很投契，经常在新闻发布会后一起吃午饭。

十一月初，顺收到一张白字条，命令他两天后去接受体检。他要去的联队驻扎在本州最南端附近的山口市。同事们为他举办了一场欢送会，还送了很多礼物。藤田的礼物是陪他在公园里走了很久，除了送上最后的忠告——"一定要活着回到东京"，还教他怎样保证体检通不过。顺锁好办公桌的抽屉，乘火车去岩国向他的祖父母告别。老人招呼他的时候，态度还是像以往一样严厉，但看得出来，他终于觉得孙子替他长脸了，不久就要像个男子汉一样为国效力了。他甚至把顺的朋友都叫了过来，搞了场米酒宴为他壮行，一直到深夜才散。第二天，顺到了山口。天很冷，下着毛毛雨，遵照藤田的指示，他故意不穿厚外套。他在山口乘公共汽车前往第42步兵联队的营地。等到他报到时，已经在打喷嚏，额头也是烫的。

在接下来的十天里，他领到了制服、鞋子和裹腿，还接受了许多检查。X光片显示右肺有几处模糊，咳嗽和高烧都令医生很不满意。第十天，一名医生遗憾地告诉他，不合格。"明年一定要健健康康地来体检。"顺掩饰着内心的喜悦，说他一定会尽力的。他装出一副伤心的样子走回到公交车站点。上了开往东京的火车，他才敢露出笑容。成功了！他是自由人了。他没有在岩国下车，因为他知道祖父会觉得耻辱。他听说，有些父母在得知自己的儿子被拒收后自杀了。回到东京，他受到了同事们的热烈欢迎，藤田还带他出去吃了一顿，庆祝他脱身。

户田家刚刚收到一家之主寄过来的又一封信。这封信还是很短，照旧只是说在中国中部的这个炼钢厂一切顺利，他希望家里的生活不是太贫苦。这次，他在最后又加了一句，问胜吾有没有消息。瓜达尔卡纳尔岛一役大败后，他跟让政信中佐被派到了中国。现在是不是还在那里？

几天后，还真的收到了二儿子的信，这是时隔六个月的第一封信，也跟他父亲的信一样没什么实质性的内容。南京那边一切都好，尽管让政信和日本驻中国远征军司令之间有些分歧。胜吾含糊其词，没明说他们的任务是什么,只提到他和中佐经常到各地考察,胜吾并没有说很多时候这是辻政信个人的决定,他依然在暗中煽动青年军官加入他倡导的"亚洲人的亚洲"大业,胜吾也没有说自己对这一激进运动的热情正在迅速冷却。他担心自己的这位偶像已经不太正常。

# 第十八章

1

**澳大利亚 1943年11月**

几乎就在威尔和库欣回到宿务营地的同时,杰斯·维拉莫尔少校也乘潜艇抵达珀斯。他满脑子都是收集到的情报以及如何更好地协调游击队的计划。他走进麦克阿瑟在布里斯班的司令部,本以为会受到热烈欢迎。主管情报的威洛比将军一如既往,还是很友好,很热情;但当时已经是总司令亲信的考特尼·惠特尼则很冷淡;参谋长萨瑟兰也还是像以往一样态度疏远。

在接下来的日子里,维拉莫尔感到一种难以名状的不安。他是否卷入了一场争宠的斗争,一场权力的较量?终于,有一天晚上,一个朋友在吃饭时警告他小心行事,他现在确实被夹在威洛比和惠特尼、萨瑟兰两派当中。

维拉莫尔投入全副精力写了一份长长的调查报告。其中一节回顾了各游击队的部署情况,最后请求立即承认库欣并提供物资帮助。不出所料,威洛比对整份报告评价颇高,也许正是由于这个原因,麦克阿瑟同意安排维拉莫尔去美国,亲自将报告面呈奎松总统。杰斯抵达华盛顿的那天,很冷,他发现这位菲律宾总统病得很重。"我真的不能骗您说情况很好。"维拉莫尔对躺在床上的奎松说。

奎松的脸色沉下来:"你是说,目前的问题看来不可能立即得到解决?"

"是的,但幸亏人民还是支持游击队的。"

奎松无力地抬手示意杰斯坐在他旁边。"我觉得总司令部没有尽力,"总统哀伤地摇摇头说,"那里面有人在给菲律宾人制造麻烦,我不认为他们会允许这种情报送到麦克阿瑟手上。"奎松快速翻了翻维拉莫尔的这份七十页的报告,他摸摸自己的额头:"麦克阿瑟看过这个吗?"

"我不知道,总统先生。"维拉莫尔沮丧地说。

"这不怪你。我知道麦克阿瑟的司令部有谁会为难你,这些人在战后有企图,对于他们来说,你可能是块绊脚石。"

离圣诞节还有几天,杰斯被叫到奎松的床边。"我有几句话要对你说,维拉莫尔。"他的黑眼睛里像有团火在烧,"我希望你千万不要忘记,你回到菲律宾后,告诉我们的人民,麦克阿瑟的司令部的那些家伙,那帮杂种,"他竭力控制自己的情绪,"那些家伙敢愚弄我们的人民,一定会受到惩罚。"他气力耗尽,又瘫倒下去,然后一阵狂咳,咳到身子发抖:"我不会让任何人毁掉我们国家的未来!狗屁!在他们眼里,我们是他们的棕色皮肤的小弟。自以为高人一等的混蛋!"

奎松锋利的言辞又点燃了维拉莫尔心头隐灭的希望,他归心似箭,想立即回澳大利亚,然后再回到菲律宾,把总统刚才说的话告诉他的同胞。

奎松用双手紧紧握住维拉莫尔的右手:"我向你发誓,维拉莫尔,我不会让我们的人民失望的。"

# 2

**宿务  1944年1月**

在威尔的帮助下,库欣正在重建摇摇欲坠的组织机构。他终于摆脱了疟疾长年累月的困扰,可现在又被关节炎折磨得走路都困难。即便如此,他还是很拼,一个劲地逼自己和威尔,不容丝毫懈怠。各部队的士气高了,民众对库欣的信心也恢复了。1月中旬,日军发动了猛烈的报复性攻击。他们针对库欣的大本营展开了三次猛攻,最后一次经过殊死反击才被逼退。然而,日军加强攻势,于1月27日夜间,袭击了库欣部队的六个据点。

库欣通过无线电向内格罗斯岛上的"行星党"营地讨要急需的弹药,但什么都没有。"该死,威尔,"他气呼呼地说,"为什么麦克阿瑟不让我直接跟他联络,非得通过内格罗斯来传话?为什么他给玻尔岛弹药,不给我们?我手下的人不明白为什么麦克阿瑟不承认我。"他抓起铅笔在纸上写了起来:"我要叫内格罗斯转告麦克阿瑟,我受不起他的承认,让他自己留着擦屁股用吧。"

"我来写吧。"威尔平静地说。

库欣烦躁地把铅笔扔给他:"别写错了——蠢蛋!"

威尔哈哈笑起来,库欣也忍不住咧开嘴笑了。几分钟后,威尔把稿子递给他:

> 日军于1月27日猛攻我部六个据点。
> 敌人占领一假发射台。
> 我将尽最大努力执行一切命令回报信任。
> 以往无组织无纪律乱来均酿成严重后果……

库欣突然大笑起来:"威尔,你这个狡猾的混蛋!我真希望我也上过哈佛!"他接着读下去:

> ……我方情报称玻尔岛收到武器及160箱弹药。
> 望能将80箱30口径弹药转运我部。
> 祝好运,祝空投顺利。

"我喜欢最后一句。"库欣说着,脸色一正,"你觉得这次能要到东西吗?不会又是一通说教吧?"

"作为你的律师,我建议你照这样发过去。发牢骚无济于事。"威尔说。

这段话发到了内格罗斯岛上的"行星党"营地,然后又转给了澳大利亚。一个月不到,补给、武器、设备和其他物资开始陆陆续续一点一点地输送进宿务。然后,他们又收到了总司令部发过来的一台功能强大的无线电短波收发设备和一套专用密电码;所有人都很新奇,除了威尔。3月底,他们接到通知:麦克阿瑟正式承认库欣中校为宿务军区司令。

他们庆祝了整整两天。库欣虽然喝得多,但好像一点都没醉。他很兴奋。终于可以直接向麦克阿瑟要武器、弹药、药物、信号设备、钱和衣物了。他不知道曾经站在对立面的考特尼·惠特尼在研究了行动报告后成了他最坚定的支持者,也正是他说动了麦克阿瑟同意库欣的补给申请。在一份给麦克阿瑟的备忘录中,惠特尼夸奖了库欣的斗志和领导力:"我觉得理应在合理的范围内尽可能给予他和他的追随者一切援助。"

库欣的队伍因此士气大振,对斗志和效率产生了立竿见影的效果,他们不仅逼退了日军的进攻,而且还在全岛部署了一个卓有成效的情报网。四月的第一天,这个情报网给盟军带来了一个大礼。凌晨两点,一艘四引擎的川西水上飞机在宿务岛附近耗尽了燃料。它是从帛琉群岛起飞的,机上坐着联合舰队参谋长福留繁将军。福留能看到月光下那座狭长形的岛,但当飞机下降时,大海却看不见了,黑茫茫一片,飞行员分不清方向,操作失控。福留是一名经验老到的飞行员,他紧紧抓着个公文包,摸到前面,猛地拉回控制装置,阻止这架笨重的飞机继续向下俯冲。但这一把拉过了头,飞机突然熄火,翻了个跟头,飞机上的人被颠得天旋地转,跟着一起扎进了海里。

飞机沉向海底的同时,福留奋力往水面游去,手里紧紧抓着公文包不放。包里的"Z字行动"文件是莱特湾的一场关键性海战的作战计划,这是日本赢得战争胜利的最后一线希望。

在岸上,巴赫德村的渔民们看到海上一道强光一闪。颜色有红有黄,所以不可能是闪电。渔民们认为肯定是什么东西爆炸了,于是划着小木船赶过去,想去捡点值钱的东西。他们看到福留一只胳膊死命扒着一块坐垫浮在海面上。福留担心这些过来的小船上有游击队员，于是松开了手中那个宝贵的公文包。一个渔民看到它沉下去，一把捞了起来。

渔民们把这名将军和其他九名日本人救上来，交给了驻扎在附近的游击队。这支队伍的首领曾在东京帝国大学待过一年。他注意到其他日本人对福留以高级将官的尊礼相待，由此判断这人也许是一个将军。福留公文包里的文件上红色的绝密标记让他觉得这事不简单，他把这些信息写下来，派人送去给库欣。他没等回复，就和手下动身前往库欣在山里的大本营。九名俘虏已经恢复了体力，走路没问题，但福留的一条腿在事故中严重受伤，只能用担架抬着他上山。这样在缠绕的藤蔓丛中一路跋涉，无论是他本人，还是抬着他的人都苦不堪言。蜿蜒陡峭的山路更是难走，往往一个小时才前进一百码。一个星期后，他们离目的地还有一英里。

那天晚上，库欣通过无线电向麦克阿瑟汇报，十名日本俘虏在来大本营的路上。

请指示如何行动。敌人持续施压，情况很不稳定。进一步消息等审问后再报。

第二天午后，一行人终于抵达了目的地。库欣对福留说："只要你在我手上，你就是安全的。"福留鞠躬表示感谢。库欣让他休息了几个小时。让他美餐一顿后，威尔开始用日语审问他。艰难的长途旅行让他疲惫不堪，他辩解说他撑不住了，没体力再回答问题，只肯交代他是 Furumei 将军，马卡萨陆海部队的指挥官。

威尔把库欣拉到一边："我觉得他在撒谎。我猜他是个海军高级军官。"他们让福留去睡觉，趁这时间，威尔自己研究起文件来。有几页烂掉了，虽然有些汉字看得他云里雾里，但他很清楚这文件非常重要。"吉姆，这可能是一场大规模的海军反攻计划！"另一套文件看起来像是一整套密码系统，"你最好提醒一下麦克阿瑟。"

消息刚发给澳大利亚，索科罗就拖着疲惫的身体回到了大本营。她带来了一个坏消息：从那场飞机事故逃生的两个人逃到了宿务市；日本巡逻队现在离这里只有一英里了。威尔注意到她后背衬衫上有块血迹，但她不要人家给她包扎,说那只是"撞痕",库欣听着还以为是"折痕"。他当即下令拔营。

福留躺在担架上随一支先遣队向深山进发。库欣匆忙给他的部队写书面指令,命令各团边战边撤,尽可能减少伤亡。他派出十几个人往西去抵挡一阵,然后下令摧毁那台大的无线电收发设备,他会带上那台小的ATR4A设备,通过内格罗斯岛随时向麦克阿瑟汇报情况。

枪声响了。"上山!"库欣说着便带领大家往陡坡上爬,他的大丹犬桑塔跑在最前面。尽管有关节炎拖累,他还是健步如飞,威尔都很难跟上他。黄昏前,他们找到了一处安全的落脚地过夜,之前派出去拖住日军的那批人也赶了上来。库欣带着二十五名战士、索科罗、另一名女中尉、几名护士和十名俘虏。远水救不了近火,不管是哪个团,都没办法及时赶来增援,而此刻看起来至少有五百个日本人向他们一步步逼近。

库欣把威尔和三名军官叫到一起,在黑暗中讨论他们的困境。眼下的主要任务是把机密文件用潜艇送到澳大利亚。库欣说,麦克阿瑟肯定还想要这十名俘虏。有人建议他们前往宿务岛东南岸的潜艇接头点,但库欣认为带着这么多俘虏肯定过不去,去东北海岸最可行。与此同时,他们必须让日本人以为他们是要逃去内格罗斯岛或玻尔岛。借着微弱的营火,库欣和威尔起草了一份电文:

> 日本战俘来自玻尔岛。敌人知道他们在我手上。
> 我们处境很糟,正佯装撤离本岛,以分散敌人兵力同时等候命令。
> 现在宿务东南不可行。将尽全力控制日本将军和次级军官。
> 请火速指示。东北海岸仍安全,可进潜艇。

电文在发送的同时,索科罗向库欣和威尔汇报了她不想让其他人知道的情况:岛上的日军指挥官大西生徒中佐正四处张贴布告,说要是不马上交出俘虏,就要放火烧村子,杀老百姓。

一阵压抑的沉默过后,库欣问威尔是怎么想的,可威尔不太想回答。

作为一名美国陆军军官,他理应建议库欣不惜一切代价留住这名"陆军将军",但他最后却说:"我觉得我们应该把俘虏都放了。"

库欣松了口气:"如果我们不这么做,就会彻底失去民心。"他叫索科罗去找先遣队,把那个日本将军送回来。一天后,她回来了。福留躺在担架上,四个人抬着他。

"将军,"库欣说,"我打算把你和你的人都放了,但是你必须先写个字条给你的部队,命令他们不得伤害老百姓实施报复。"

福留答应了。字条是用日文写的,署名是联合舰队司令古贺将军。威尔笑了:"谢谢你,海军将军。"

"海军将军?不是陆军?"库欣说。

"海军将军,库欣中校。"福留用英语说。

黎明时分,索科罗小心翼翼地带着福留的字条出发了。一个小时过去了。俘虏们紧张得顾不上掩饰,除了那个将军,他躺在担架上,抚摸着库欣那条凶猛的大丹犬,这狗对另外几个日本人都很凶。威尔坐在福留旁边,他们聊起了箱根的美景。库欣也加入进来。尽管他对所有的日本人都有一种本能的反感,但他从一开始就很佩服这个将军坦然承受疼痛的态度,如今这种钦佩之情已经发展成了友情。他问起了福留的家庭情况。

四个小时后,他们听到一阵窸窸窣窣的响动。库欣来不及让桑塔安静,它已经吠了一声。一声鸟叫,是索科罗。她把一张字条递给库欣,库欣转手传给了威尔。他微微一笑:"大西中佐答应照办。"

临近傍晚,库欣亲切地和福留握了握手。四名游击队员抬起他的担架,沿着山路往下走,后面跟着其他俘虏。一个菲律宾人举着休战旗走在队伍的最前头,一个排的游击队员解除武装,全程护送。威尔和索科罗远远地跟在后面。不到一个小时,他们就来到了一棵大榕树前。一百多名日本兵等在树下。

游击队这边的人都停下了脚步。威尔和索科罗在一个小隘谷的另一头全神贯注地看着这两拨人静静地对峙着。看起来好像是福留下了命令,日本战俘走向前去,后面跟着担架和手无寸铁的游击队员。两边的人慢慢靠近，没有人说话。然后，一名日本士兵递给一名游击队员一包香烟，对方犹犹豫豫地接了过去，其他日本人也拿出自己的烟，也被接了过去。衣衫褴褛、瘦瘦高高的游击队员和营养充足的日本人点燃香烟，开始吞云吐雾。福留的担架换手后，游击队员们慢慢地转过身沿着隘谷往回走。将军坐在担架上挥着手。威尔心想，这一定是这场血腥的战争中最怪诞的一幕。

黄昏时分，库欣一行人已经回到塔布南。库欣和威尔一直争论到午夜，怎么跟麦克阿瑟汇报，威尔坚持认为摆事实就够了，不要扯太多借口。最后，他们决定这样措辞：

> 无力继续扣押日本俘虏。日方大肆杀戮平民，
> 我与其谈妥日后不再骚扰平民，以此作为条件交换俘虏。
> 敌人不知仅有25人在我们身后抵挡约500人的进攻；
> 而且，我们无法脱身。
> 现敌人已向城内撤离。

棉兰老岛的游击队接收到了这条信息，随即转给了总司令部。萨瑟兰将军勃然大怒，回复道：

> 你在与敌人谈判后释放重要俘虏的行为理应受到最严厉的谴责，此举令我怀疑你的判断力与效率。特此解除你第7军区司令一职。

库欣悲愤交加，潸然泪下："这家伙把我贬成了列兵！他一回到菲律宾就会把我扔进牢里！"

威尔建议他给将军发份电报，为自己迫于情势交出俘虏的无奈之举道歉："提醒他你急着想把那些缴获的文件交上去。"库欣一边起草电文，一边痛斥麦克阿瑟。这时候，一名游击队侦察员送来了一本小册子，说是日本战斗机扔下来的。收件人指明詹姆斯·库欣先生，宿务区日本帝国海

军卫戍司令签署,要求库欣在一周内将"所有文件、包和衣物,无论是从失事的水上飞机上捡的,还是从乘客和机组人员那里抢的",统统归还到圣费尔南多市市长那里。

库欣没时间再生气,他觉得必须马上采取行动。他说得把文件送到内格罗斯岛"行星党"营地附近有一个备用的潜艇接头点。他把这点也写进道歉电文里,并建议十天后在那里会合。

"如果让你把这些文件送到内格罗斯岛去,你身体撑得住吗?"他问威尔。

"没问题。"

"我会让两个最好的手下陪你一起去。日本人给了我们一周的时间归还文件,然后他们就要来狠的了。你越早动身越好。"

威尔几乎抑制不住内心的激动,把文件交给潜艇艇长后,他可以要求一道前往澳大利亚,这样他就可以把日本暴虐无道的证据交给马歇尔了。如果库欣知道他打算这么做,肯定会派别人去,所以他什么都没说。

"快点。"库欣不耐烦地说。

威尔朝他的小屋走去,突然冲动地转过身:"吉姆,我希望你能允许我搭潜艇回去。"

库欣听了很愤慨:"我需要你!"

"我首先要对马歇尔将军尽责。"

"见鬼,威尔,你在这里能发挥更大的作用。我派别人去吧。"

"我可以告诉马歇尔麦克阿瑟是怎么为难你的。"

库欣用塔加路语骂了一句:"你这个狡猾的混蛋!"他叹了口气:"哦,见鬼,去吧。"

一个小时后,兴高采烈的威尔收拾好了行李,然后匆匆赶到索科罗的小屋。她的反应很冷静。他吻她,但她没有回应。

她哀伤地笑了笑,给了他一枚天主教证章:"别死了。"两人吻别后,他便走了,心里沉甸甸的,觉得自己这么兴奋,愧对她。

威尔和库欣握手道别。

"该死,威尔。以后谁来管我,让我保持清醒?"然后他脸色一正,"上帝与你同在。"

"我不知道你还信教，吉姆。"

两人紧紧握着对方的手，就好像永远不会再见面了似的。文件用油布包好，塞进两个迫击炮空弹匣，连同应急的军用干粮一起装进背包。威尔主动要求背这个包，他建议两个同伴带上步枪和水。与威尔第一次去内格罗斯岛的情形不同，这次走得很快，中途也只是稍作休息，歇口气便继续赶路。三个人的状态都很好。在山路上，那两个人个子小一些，比较敏捷，很占优势，但在平坦些的地方，他们就很难跟上威尔的大步子。一个星期不到，他们就抵达了宿务岛南部，虽然途中有五六次险些落在日本人手上。

在黑暗中划着小木船横渡海峡前往内格罗斯岛的途中，差点出事。船离岸后，一艘日本巡逻艇的探照灯发现了他们。威尔一动不动地躺着；两个菲律宾人两度改变航向，然后全速划向两个小岛。巡逻艇马达轰鸣，一个急转弯，紧跟其后。当小木船从两个小岛间掠过去时，被探照灯捉住。子弹几乎擦着桨手的头顶呼啸而过，下一步机关枪开火，他们就全完了，结果这时候，从身后传来刺耳的嘎吱声，像是有什么东西被撕裂划破，灯一下子就灭了。菲律宾人哈哈大笑。他们引追兵撞上了水面一英尺下一块锯齿状的礁石。

他们在天亮前一小时赶到了内格罗斯，但还要走上一天才能到"行星党"营地。当他们抵达原来维拉莫尔的基地时，天已经黑了。接替维拉莫尔的人焦急地迎接他们。他说潜艇来得比约定的时间早。夜里十二点，它会在接头地点出水，他们必须准时赶到那里。一个小时后，威尔在匆忙中被树根绊倒，他挣扎着站起来，右脚踝钻心地疼，但他还是一瘸一拐尽快赶路。

快到海滩时，他们遇到了一支日本巡逻队。威尔知道自己跑不动，绝对甩不掉敌人。他恨自己实在倒霉。他放下背包，小声说："我去把鬼子引开，你们两个待着别动。"

他拨开灌木一瘸一拐地朝海滩相反的方向走去，闹出很大的动静，引来一阵枪声和喊叫声。他艰难地在丛林中手忙脚乱地奔走了半个小时后,被一根木头绊倒,一下子摔蒙了,他爬起来,手电筒的光对着他的脸,他什么都看不见。

他慢慢地举起双手投降。令他感到欣慰的是,他给菲律宾人争取了时间把"Z字行动"计划送达潜艇。

# 第十九章

1

***华盛顿  1943年12月***

麦格林教授作为美国海军情报局特别战略科负责人埃利斯的文职助理,他的处事做派尽管招人恨,但也颇具趣味。他批评那些企图用无条件投降来胁迫日本就范的"无知之徒",尖酸风趣讽刺人的本事发挥得淋漓尽致,如此一来,对于他也已经有了截然相反的两派意见,不是崇拜,就是痛恨。

他畅所欲言,无所顾忌地抒发自己对于太平洋战争所有问题的见解。他给《华盛顿邮报》发了一封公开信,将西海岸日本人受到的待遇与希特勒对待犹太人的做法相提并论。自此,几个月来,总统再没找他咨询过任何问题。他那个苦恼的上司是个犹太人,尽管私下里也认同他的观点,但还是求他不要再继续刺激白宫,闹僵了,于事无补。

他最终还是妥协了,转而写信劝诫总统,只是从来不寄;但自觉文采斐然,越看越得意,索性将这些信寄给了在檀香山的玛吉。他还在给她写的信中大段大段地倾诉自己对威尔与日俱增的担忧。通过马歇尔办公室的一个朋友,他得知威尔和其他军官被押上了一艘开往棉兰老岛的船,但他最后没有抵达目的地。显然,他曾试图逃跑。虽然对方让麦格林做最坏的打算，但怎么都无法想象威尔会死，他总有办法活下去的。在信末，他又简短地提了一句——自从一年前有报告称弗洛斯和正他们抵达日本以后，就再也没有进一步的消息了。

他也给马克写信，但写得没那么长，而且没什么人情味。他也试图表达得不那么僵硬，但发现根本做不到。马克身上有一种东西在抑制他，他们之间有一种障碍，尽管他尝试过很多次，却始终无法跨越，似乎每次他们俩当中有一个想要突破这障碍的时候，另一个总是在发火。这也许是天生犯冲吧。

马克正在前往夏威夷的半道上。这艘船散发着死亡的气息。没有干净的军服，海水洗不掉血腥味和黏腻的臭味。跟很多人一样，马克也把行囊弄丢了，但他靠卖战利品从水兵那里赚了几百美元，攒了下来，这些钱加上他打扑克赢来的，他的"海尼莫阿基金"已经有了两千多美元。

马克在帮着图利奥编写修正伤亡报告。他们在船上寻找失踪人员的同伴，力图从他们口中挖掘信息：这人是怎样、在哪里、什么时候中弹身亡或失踪的。没有归档系统，没有什么表格或登记簿可以填写，图利奥只能用厕纸和一根铅笔头，他的头盔就是办公桌。比利J把大部分事务都交给了图利奥，他的时间都用来做一件很痛苦的事——给死者和重伤者的父母写信。

最悲惨的是11月22日那一天。所有走得动的海军陆战队队员都被叫上甲板为准备海葬的战友充当仪仗队。这批杂七杂八的仪仗队队员依然穿着脏兮兮、汗淋淋的粗布衣裤，有的身上缠着绷带，有的胡子拉碴，有的虚弱得必须靠人搀扶，什么样的都有。临终圣礼由奥布赖恩神父和船长主持，礼毕，一名水兵割断绳索，让第一个人滑进大海。马克看着他撞击水面，永远消失。尸体一具接一具地坠入大海。想起不久前，其中有几个曾和自己一起翻过船舷，跳进一艘希金斯艇，马克感到后背一阵发凉。他们没活下来，此刻正沉向太平洋底部，连块墓碑都没有。当号兵吹起丧葬号音时，最强悍的海军陆战队队员眼中都含着泪。

最后，眼前出现了两座山峰的轮廓和郁郁葱葱的地貌。这是夏威夷大岛。船在希洛湾下锚停泊，他们下船，上了登陆艇。希洛镇到处都是棕榈树。这里有姑娘，而且都很漂亮，但是在马克眼里，谁都不能跟海尼莫阿相提并论。天气温暖怡人，这是个天堂，大伙儿觉得这下终于可以在一个完美的营地好好享受了。岛上的一切都令人舒畅。他们爬上有六个驱动轮的卡车，心早已飞到了塔拉瓦营地，听说那是在一座大火山的另一边。全程六十五英里，第一段路沿着海岸，尘土飞扬，可坐在驾驶室里的人很享受，然而，马克和图利奥坐在后挡板那头，颠得要命。

"我觉得我的屁股都要从嘴里跳出来了。"图利奥抱怨道。

马克扒过火车，有经验，教他如何减轻冲击力度，但图利奥被颠得只够力气说："我觉得我要死了。"他咳了一下，手帕上有血。

"我要把你弄到驾驶室里去，那里不会这么颠。"马克说。

图利奥拽住他，拖他坐下来："要是我去前面，大家都会开始叫苦的。"

前面的卡车扬起的沙尘在他们头顶盘旋，除此之外，还有浓重的废气。眼睛、鼻子和嘴巴里都是灰尘。然后，车子开始爬坡，他们能看到一座火山顶上压着积雪。气温开始骤降，当他们抵达塔拉瓦营地时，感觉就像是置身于十二月的阿拉斯加。营地在辽阔的帕克牧场上，位于莫纳罗亚火山和莫纳克亚火山之间的鞍部，但没有人欣赏这壮丽的景色。马克正要去扶图利奥下车，他噌的一下就跳了下去，动作很敏捷，强忍着痛，装作没事的样子。

"下车！"他扯着嗓子大吼，"列队集合，马上行动起来。"他们眼前的景象连最强悍的海军陆战队队员都接受不了——到底做错了什么，要遭这样的罪？这天寒地冻的，这些人刚从赤道附近过来，还穿得很单薄，一下子冻蒙了。风像堪萨斯州的沙尘暴一样打着旋。这就是梦想中的营地？一垛垛堆在一起的平板，甚至都没有拆卸。他们是沦落在苦寒之地的孤儿，这样的地方还美其名曰"天堂"。

"又是这种破烂玩意儿。"图利奥说。他吩咐士兵们去搭帐篷。没有热乎乎的食物等着他们，晚餐还是冷冰冰的口粮。后来，太阳下山时，马克去溜达了一小会儿。风已经停了，他可以好好欣赏这壮丽的景色了。

他们在一片高原上,被两座火山夹在当中,微微起伏的平地绵延数英里。

即使盖着几层毯子,也还是很冷,于是他在毯子与毯子中间铺上报纸(这是他在流浪时学会的招数),好不容易才睡踏实,直到被一个虐待狂号兵吵醒。有个人在外面看了一眼后回来说:"见鬼!我们还不如去新墨西哥州呢,仙人掌、尘土、龙舌兰,还有风!"这是他醒来后听到的第一句话。

比利J给大家分发了口罩来挡灰尘。他解释说,选这个地方不是出于什么恶意,也不是因为不了解情况,而是考虑到寒冷的天气对那些疟疾反复发作的人有好处,而且这里的地形非常适合训练,附近有海滩,也有高山。

虽然有美食,有正宗的美国啤酒,还有一个劳军联合组织的剧团为大家表演振奋人心的节目,但这个圣诞节大多数士兵都过得很消沉。有些人还没从战斗的身心创伤中恢复过来,又陷入了乡愁,迷雾和寒意在他们的心头蒙上了一层阴影。作为营长的比利J意识到得想个办法。他把图利奥和司务长叫到跟前,交给他们一箱酒。他说他相信他们一定知道该怎么做。这两个人用酒、葡萄柚汁和橘子调了一大桶的鸡尾酒,然后放出消息说十点到午夜,上士的帐篷里有免费的饮料。

到了十点,一大批捧着杯子的暴徒已经聚集起来。这烈性混合物马克只喝了一口,两只眼睛就开始冒火,胃里火烧火燎的,像得了溃疡。图利奥一口都不肯尝,因为他要去参加午夜弥撒,不可以喝酒,也不可以吃东西。不到一个小时,营区就变成了一个喧闹的酒吧间。没有军官出现来制止他们的行为。奇怪的是,居然没人打架。到十一点半时,连队的各条道上已经躺了几十个不省人事的士兵。

图利奥和马克监督大家把路上的醉汉搬走后,图利奥就去做弥撒了,马克回了帐篷,但熏人的酒气逼得他带着纸笔逃到了食堂。他给海尼莫阿写了一封长长的信,回复刚刚收到的她的两封来信。虽然她的信并不如他所希望的那般热情,但她毕竟是用"我最亲爱的"来称呼他,而且信尾写的是"我全部的爱"。他向她讲述了塔拉瓦的一些情况,但省略了那些令人毛骨悚然的细节,他还说等想到办法,他会立即把打扑克赢来的钱寄给她。"现在,至少我们凑够房子的首付款了。"然后,他在给父亲的信里多披露了一些战斗细节,但只字未提扑克。最后,他把在塔拉瓦发生的所有趣事都告诉了玛吉,还说他已经知道沙利文少校在为他申请青铜星章,他鼓动她到大岛来参加授奖典礼。作为一名记者,她应该可以来报道这事。他在信中一个劲地夸海尼莫阿怎么怎么好,他能遇到她并且得到她真是三生有幸,他希望玛吉最终也能找到心爱的人。

她在回信中讲述了她追踪新闻的种种经历,写得很有意思。她厌倦了报道军队训练,也厌倦了写离火线这么近,老百姓如何英勇顽强,她渴望看到战争,她想要实战,而不是大量的。她用的这个字眼,在6团1营很通俗。马克大吃一惊。他觉得,当记者跑新闻的生活改变了她,她变了——已经不是以前那个乖乖女了。

整个第2师面对的似乎是个无法完成的任务。每个连都有大量伤亡,很多伤病人员无法再回到前线参加战斗,补充进来的主要是些没见过实战的十七岁的小毛孩。

还有满满几架飞机的各级军官也从美国飞过来,包括中校,因为第2师的六个步兵营营长都是少校。相比之下,比利J的资历太浅,看这情形他可能会失去6团1营的临时指挥权,可他却被就地提拔为中校,这让1营的官兵们松了口气,大家欢欣鼓舞。马克陪着比利J到师司令部参加晋升仪式,他骄傲地看着比利J的少校金叶子被换成了银色。

这时,马克和中校已经恢复了亲近的关系。有一次,他们视察完迫击炮排的实弹训练,在回营的路上,中校又一次提起在战场上胆怯的问题:"有些士兵在塔拉瓦表现不错,但下一次可能会崩溃。但愿不会,可谁知道呢。只要有一两个兵这样,就会引发多米诺骨牌效应,如果没有人在那里激励他们或者带头做榜样臊臊他们,他们就会吓蒙,成为敌人的活靶子,很多人会因此丧命。"

刚走进沙利文的办公室,他们就大吃一惊:穆林斯上尉回来了,他的胳膊还吊着三角巾。"你不在医院待着跑出来干什么?"比利问,"你两个星期后才能出院。"

"嗯,中校,"月亮慢吞吞地说,"我好像犯了个错误,我跟一个护士搞到一块去了,可她恰巧是外科主任最喜欢的妹子,她开始迷上我了。"他咧着嘴像一只柴郡猫一样傻笑起来。

"你能回来,我很高兴,你这无赖。"他们握了握手,"这是我写的要所有新军官遵守的纪律,你去转告你的下级军官。"

月亮念道:"这不是基督教青年会营地,不是童子军,也不是足球队。说你们是一个团队,不是说你得当他们的教练或者跟手下打成一片。"

"是,长官。"月亮说。他心里很清楚这是写给像他这样的人看的。"我会传下去的。"他用左手敬了个军礼,利落地一转身,走了出去。

"我真不愿意失去他,"中校嘟哝着说,"这人是个疯子,但他做事是真有一套,是个干才。"

## 2

第二天早上,当马克报到的时候,比利J递给他一份文件。"我是申请给你青铜星章的,但现在降格成了嘉奖令,抱歉。"马克没有表现出失望来,"明天,尼米兹将军和很多大人物会从珍珠港飞过来,给我们师颁发奖章。"

马克苦着脸说:"我敢打赌,我妹妹肯定会说服人家让她上飞机的。"然后又尴尬地加了一句:"我告诉她上头要给我颁青铜星章。"

"谁给你通风报信的?"沙利文有点不安。

"您真的想要我说出来吗?"

"算了吧。"

翌日是个阴冷的雨天,风还挺大。授奖典礼在一片光秃秃的平地上举行,仪式很简单,没有阅兵式,也没有乐队演奏,只有获奖者在场。马克远远地看到从几辆车上下来一个威风凛凛的军官代表团、几名摄影师和记者。玛吉也来了,她穿着雨披,戴着帽子。尼米兹将军首先向获得海军十字勋章的人授奖,接下来是银星勋章,将军给站成一排的官兵挨个颁发奖章,最后来到比利J面前,给他别上银星勋章,跟他握手。尼米兹现在走到获青铜星章的这一行,这一行队列更长。马克看到玛吉徒劳地伸着脖子在找他。

后来,他把她带到了比利J的办公室。这是中校自己提出来的。他夸了一通马克,叫他们安心待在他办公室,随便多久都没问题,然后就走了。她顶着一头乱发,容光焕发。她张开双臂拥抱马克:"怎么回事?"

他把嘉奖令的事解释了一下。她很气愤,说要在回珍珠港的飞机上,向尼米兹将军投诉:"他是个老甜心!"

"拜托,玛吉,别!"

她急匆匆地扫了一眼嘉奖令上的文字后,更加愤愤不平:"我的天,你应该拿荣誉勋章!"

"别犯傻了。这里几乎每个人都比我表现出色。"他恳求她小声些,别再举着那份嘉奖令挥来挥去。已经有路过的人好奇地透过办公室两边的屏风往里看。

"哦,马克,我真为你感到骄傲。我能复印一份吗?"

"拿去吧,反正我也不需要。"

"我给爸爸复印一份过去,他一定会很得意的。"

马克没说什么,但心里很怀疑。他把打扑克赢来的钱交给她,托她存入自己在纽约的银行账户。玛吉怂恿他请个假去檀香山,她亲了亲他,然后拔腿就跑,飞奔着去搭"老甜心"的车去机场。


第二天,比利J当着马克的面对副营长说:"我们得想想办法,别把训练搞得那么无聊。老兵们已经经历了太多恶战,不会喜欢这种常规的训练的。"他打算把工作和娱乐结合起来:"与此同时,我们不能让他们知道我们下一个目标是什么。"他先是在离营地不远的一个很棒的海滩上亲自指导橡皮艇训练,搞得就像一场体育运动。一开始,士兵们只会像驾冲浪板一样划着橡皮艇向岸边靠拢;几天后,他们找到了感觉,知道如何来驾驭橡皮艇和汹涌的海浪,返回的同时还能排成队形,这样各火力组、各班、各排就能保持联络了。下午,比利J和军官们会跟士兵们一起游泳,冲浪、打垒球和排球。

在山区行军途中偶尔也会穿插着去帕克牧场的甘蔗地。对士兵们来说,这些教育性的旅行就像度假一样。他们没有意识到沙利文这是在为接下来进塞班的甘蔗地做准备。这之后,又训练他们攻占工兵们搭建的地堡。每个人不仅要精通火箭炮,还要精通火焰喷射器。

3

三月初,马克又收到了一封从新西兰寄过来的信。像往常一样,他一直等到进了办公室才看。海尼莫阿的每一封信都很珍贵,他要独自享受。他完全没想到自己也收到了一封特别的信,这种信,部队里有一种专门的叫法。当他终于读到"我很痛心,不得不告诉你,我不能嫁给你"这一句时,感觉就像突然挨了一闷棍,一下子就蒙了,过了好一会儿才能继续看下去。她说她会永远爱他,但在他的新世界里不会快乐,奥布赖恩神父说得对,她在美国会像出水的鱼一样痛苦:"当你说起你的新英格兰时,听起来这地方真的很好,可现在你不在我身边了,我就觉得在你的国家我活不下去。"信的结尾是最残酷的一句话:"我准备嫁给我的同类塔拉。请不要恨我,今生今世每一天我都会为你祈祷。"她在信中附了一张支票,把存在她账户里的钱悉数奉还。

他一冲动想把支票撕了,寄还给她。眼泪夺眶而出,但他并没有感觉到。他一边骂,一边挥拳砸向柱子。很疼,但他觉得痛快。他冲进帐篷,从床脚箱里翻出她所有的来信和珍贵的小礼物,他把所有东西包括一绺黑发和支票都塞进一个马尼拉纸大信封里,一并寄去了新西兰。那天晚上,他躺在黑暗中,能逐字逐句地回想起海尼莫阿的信。他能清清楚楚地看见她在写——那么干净利落,那么规矩理智,那么朴实。胸口的疼痛不是幻觉,他能感觉到热泪在眼眶里打转。

他没有告诉任何人自己收到了一封"绝交信",但那样子明显是出问题了。图利奥不敢直接问他,就去找中校,比利 J 向他保证:"我会和他谈的。"

他问马克有什么烦心事。

马克掏出那封信,曾经有十几次,他都想把它撕了。沙利文仔仔细细地看完,他很同情:"这是够呛。"马克一言不发。

沉默了好一会儿后,比利 J 说:"你不如去找大乔聊聊吧。"

"他也只会说,'我早就告诉过你'。"马克收回信,"我可以走了吗,中校?"

接下来的一星期,马克睡得很少,吃得很少,做事也是一副机械呆板的样子。比利 J 终于受不了了。

"我受够你了,马克,你又在耍小孩子脾气了。在第 2 师,这一星期可能有一百号人收到了绝交信,可你也没见到有谁成天绷着个脸。"他一只手搭在马克肩上,"我要告诉你一件事,这里没人知道。战前,海军陆战队有一条规定,正规军官在头两年不能结婚,不然,就会被撤职。海军陆战队是希望初级军官等有了经济能力,至少可以体面地供养自己的妻子了,然后再结婚。马克,我当时在跟一个女大学生交往。我告诉她有两年的限制,她理解尽管我们彼此相爱,但还是得等。"

马克一开始听得很不耐烦,此时开始感兴趣了。

"我在冰岛的时候,我们书信往来很频繁。从冰岛召回后,我们营一半的人在横穿整个国家去艾略特前可以有两个星期的假,我是这批幸运儿中的一个。我在纽约做的第一件事就是给我的女朋友打电话,她说什么要跟一个陆军航空部队的上校订婚,我叫她在我回家之前什么都不要做。我知道我能说服她,于是我和几个朋友开着车离开纽约去堪萨斯城。我们到的那天晚上,我打电话给一个老朋友,告诉他我第二天要去见女朋友,他说:'比尔,玛丽明天早上结婚,她要嫁给一个航空部队的上校。我之所以知道是因为我收到了喜帖。'马克,我这辈子从没觉得自己这么蠢过。我的朋友没取笑我,但我自己越想越生气,我想到婚礼,想到蜜月,气得要命,真想把她痛骂一顿。然后我听到内心深处有个声音在说,'受伤的是你的自尊心,虚假的尊严,你应该自豪,对,为自己是一名海军陆战队队员而感到自豪,这才是你的尊严'。我对自己说,我要找一个姑娘,真正适合我的姑娘,在合适的时机娶她。"他们静静地坐着,看着莫纳罗亚火山,"记住我跟你说的这些。我要你去见大乔。我是以朋友,也是以指挥官的身份,对你说这话。"

比利J呵呵地笑起来："该死，可我当时真的是恨透了那个航空部队的混蛋上校，还有玛丽。至少你女朋友把这事放到明面上，我女朋友可没有。你那个姑娘会永远爱你的，马克，她在用脑子而不是感情处理这事。"

马克什么也没说。

"在这方面，大乔比我懂得多。他是个很有智慧的老家伙，他会为你们两个人着想。你会去见他吗？"

"好吧。"马克不情愿地说。

当他站起来准备走的时候，沙利文说："我们接下来有一场硬仗要打，马克，如果你想活命，就得集中精神，把注意力放到那头，把这事给忘了。"

"是，长官。"

第二天，马克让奥布赖恩神父看了那封信。神父说："她是个好姑娘，马克，她做的决定是正确的，对你们俩都好。你们会成为一辈子的好朋友，你会关心她和她家人的事。她也关心你和你家人的事，有这样一个姑娘，对你怀着这样纯真的感情，为你祈祷，你很幸运。"

"幸运？"马克气愤地说。

"你是觉得委屈，可你看不出来海尼莫阿有多难过吗？她实在是很爱你，但是你们的婚姻不会有好结果的。"

马克站起来："谢谢，神父。"

"你下次再过来，我们可以再聊聊。"

"行。"马克闷闷不乐地说完就走了。

海尼莫阿在看马克的回信。看到自己所有的信件和那绺头发（她还希望他能留下的），她哭了。连着几个星期，她一直痛苦不堪，明天就要嫁给塔拉了。她对马克的爱一如从前，但她意识到在一个不友好、陌生的地方生活对她来说太难了，她会很痛苦，弄得马克也很痛苦。他的行为，甚至是他说的话，一开始让她意乱神迷，如今令她担心自己永远都无法跟上他的步伐。她对塔拉和盘托出，听到她已经怀孕，塔拉的心都碎了，但她知道他绝不会因此而嫌弃她，他很爱她，她对他的感情也会越来越深的。

她把那张已经背书的支票给母亲看，母亲叫她给孩子存起来，什么都别和塔拉说,她相信塔拉最终会同意留着这笔钱给孩子将来上学用的。

马克不打算再去找大乔,但一个星期后,他发现自己走着走着就来到了神父的帐篷前。这一次,他谈起了自己和父亲无法克服的疏离感。

"不管我怎么努力取悦他,他就是不待见我。"

"也许你的努力不在点子上,也许他是那种不太会表达父爱的人。"

"他很会对威尔和玛吉表达啊。"

"所以你很生气,也许还表现出来了。"

"这不是他的错吗?"

"当然。但这有什么关系?我是在和你说,不是你父亲。"

"那我到底应该怎么做?"

"你应该爱他。"

"我爱啊!"

"不够。"

马克沉思了一会儿,接着说:"你知道吗,我父亲出生在一个天主教家庭?"

"我不意外。"

马克讲起了修女用铁尺打他的事。"在他的影响下,我从小就讨厌天主教徒,走路也绕开天主教堂,但有一天,一个信天主教的朋友把我带进了教堂,那些塑像和祭坛,还有蜡烛和香的气味,阴森森的,吓得我鸡皮疙瘩都起来了。"他尴尬地笑了笑,"几年后,我开始偷偷地读《圣经》,我很不好意思,因为我知道父亲会取笑我的,但我迷上了耶稣,只是作为一个故事角色,你知道的。我很喜欢他那样勇敢地对抗神殿里的那些肥猫。"

大乔笑了:"我要在下一次做弥撒时讲讲耶稣和肥猫的事。"他说随时都欢迎马克来找他聊天。

马克正要走,大乔桌上的一首诗吸引了他的目光:"神父,这诗名有意思,《天堂猎犬》。"

"很怪的一首诗,一个名叫汤普森的英国人写的。他年轻时染上了毒瘾,后来穷困潦倒,沦落街头,一个妓女把他带到自己的住处,照料他,让他养好了身体,在这期间,他恢复了信仰。他在这首诗中讲述了整个过程。猎犬是追逐它的基督。他的语言很奇特,你也许会喜欢。"

"能借我看看吗?"

"当然,诗里有一些很重要的思想,你可能会受到点启发。"

那天晚上,马克看得又着迷,又反感。

> 裸着,我等待你激扬的爱抚,
> 身上盔甲被你片片劈落,
> 我被你击倒,双膝跪地,
> 我彻底丧失招架之力。
> 我睡过去,我想,我醒过来,
> 悠悠凝视,我已浑身精光。
> 在青春充沛的莽撞与冲动中,
> 我摇撼轴柱时光,
> 我拖起生命覆我上方,
> 污垢满身的我
> 立于年月之风尘里
> 伤痕累累的青春横尸年月中
> 当太阳从小河上冉冉升起时
> 我的日子喷吐着,爆裂着,
> 噼里啪啦,化为烟云。

马克很感动,但又觉得自己很傻,竟然会感动。这些文字让他一夜都没合眼,天快亮的时候才睡着。一个星期后,他把诗还给大乔:"神父,这诗很怪,我理解不了,太难了。"他很紧张,过了一会儿,他说:"这事我希望你不要告诉任何人。怎么才能成为天主教徒?"

神父的反应并不热烈:"年轻人,这么重要的事,最好不要急着做决定。"

"我一直在想你对我说的话。也许要填补我生命中的空白,可以……"

"慢着,我不确定你是不是真的已经准备好了皈依。你想成为天主教徒,不应该出于某种情感上的原因,想摆脱失去海尼莫阿的悲痛,或者以此来报复你父亲。"

"一开始可能是这样的,"马克承认,"但这几天我一直在分析自己的问题出在哪里。你不知道我那次在瓜尔卡达纳尔岛临阵脱逃,吓坏了。"

"谁都有可能会这样。你在塔拉瓦怎么样?"

"还可以,但我还是怕得要死。"

"我们都会害怕,任何一个脑子正常的人都会害怕。"

"但沙利文中校和图利奥他们总是能坚持下去,他们好像知道该怎么去面对——"他顿了顿,一时找不到贴切的词——"死亡"。

"好吧,"神父说,"所以你认为你的指挥官和图利奥是很了不起的人,也许你甚至还觉得我也是个了不起的人,恰好我们三个又都是天主教徒。你可能认为你的价值观模式跟你对待生死乃至一切问题的行为有很大的关系,但天主教徒中也有形形色色的人,跟其他任何团体一样。作为一名天主教徒,如果你选择成为一名天主教徒的话,你可能会慢慢变得宽容,接受他人本来的样子。"

马克咧开嘴笑了:"这话听起来不像是爱尔兰人说的。"

"嗯,这好像是一句古老的比利时谚语。神可能正在为某个计划塑造你。关于皈依的问题,再考虑一下,过一周左右,要是还有这个想法,你再过来。"他拍了一下马克的肩膀,"就算没这想法,也可以过来找我。"

马克在比利 J 面前只字未提他跟大乔这几次见面的事,但是没对图利奥保密。图利奥警告他不要没想清楚就贸然决定皈依,可还是答应下次带他一起去做弥撒。

4

随着春天的到来,训练的节奏加快了。坦克、步兵和工兵部队在塔拉瓦战役中配合得相当有效,现在各部的协同能力又进一步提升,为了增强实战感,舰载机喷射着实弹从空中俯冲下来,近距离配合演练。到四月下旬,第2师已经做好了战斗准备。

马克现在经常和大乔见面。最初的几次,神父通过问答测试马克对上帝、宇宙和创世的认知,之后又让他去研究天主教的阐释。他交给马克一本书,一本教义问答。"好好去研究里面的问题和答案,把所有的内容都吃透,要带着批判的眼光。"马克回来的时候带着许多问题,大乔鼓励他争论,有时候争得很激烈,"我不能全盘接受这种仪式性的东西,但我还是想成为天主教徒。"

"我认为你还没有准备好,你对一切都要做纯理性探究。"

5月1日,大家收到消息,黄昏时分,营地后面会有大量啤酒。在新西兰待过的老兵知道这意味着什么,因为在登船奔赴塔拉瓦之前也是这样。这回,军官和士官会摘下领子和袖子上的徽章,和士兵们打成一片。酒和伙食已经存了好几个星期。黄昏时分,1营的士兵们向一片还算平坦的野地游荡过去。起初,他们只是吃吃喝喝,聊聊天,然后,小口小口抿演变成了一口闷。这时候,营里的大多数人都已到场,比赛开始了。"你能一口气喝下一整瓶吗?""我敢打赌中尉能把你摔趴下。"被点到的人接受挑战;很快,连长和一等兵,参谋军士和步枪手,成了摔跤对手。有些人唱歌,清唱,没伴奏,下流的,不成调的,各种各样的歌,有几首歌是关于陆军和海军的,即兴填了新词,没一句好话。

军官们终于知道了士兵们给他们起的绰号,只有一个例外,营里有一条不成文的规矩:绝对不能让沙利文中校知道大家在背后叫他比利J。他们一直喝啊,闹啊,虽然有很多激烈的摔跤比赛,但是没有人打起来,谁都没有抽皮带,不论军衔等级,人人平等,和和气气地胡闹撒野。军官和士官借此机会向这些即将跟着他们奔赴战场的士兵表明他们也是人;消除了一切隔阂和障碍,士兵们也可以发泄不满情绪。列兵把军官摔趴下也不要紧,双方不但不翻脸,反倒生出几分惺惺相惜的感觉。说来也怪,也许是受比利J仁爱气场的影响,竟然没人闹出格。到了午夜,大家彼此之间已经有了一种同舟共济的战友情谊,这种情谊将伴随他们终生。

士兵和初级军官都不知道第 2 师的目的地是马里亚纳群岛的塞班岛。一开始,运输船先是驶向邻近的毛伊岛,这里的海滩长长的,很适合登陆演练。之前,有人还觉得在新西兰霍克湾的登陆演习是史上最失败的一次,可令他们懊恼的是,接下来马阿莱亚湾的这场演习更是一团糟。好像一切都出了问题,还有警报添乱说发现有潜艇,驱逐舰冲过来用深水炸弹轰炸整片水域,造成了轻微的海啸,把很多艘登陆艇都卷了进去。最后发现,所谓的潜艇原来是两条鲸鱼。

霍兰德·史密斯将军点评之后,大家都以为这位"号叫的疯子"那传说中的暴脾气会发作,没想到他只是咕哝了一句:"排练得不好,戏倒是挺精彩。"这些船受命先到珍珠港集结修复,然后再去塞班岛。抵达珍珠港的那天,沙利文中校给马克、图利奥和其他几个军士放了个小假,允许他们上岸去逛逛。马克想直接去玛吉住的旅馆,但图利奥劝他跟那几个军士去喝一杯:"野兽觉得你是基佬,因为你从来不跟我们去酒吧。"

"我不喜欢喝酒,也不喜欢打架。"

"接下来的这场仗你也许会需要他们中的某个人的照应。让他们知道你跟他们是一伙的。"于是,六个人走进了一家喧闹的酒吧,看起来不像是个正经地方,里面坐着十名陆军士兵。野兽大摇大摆地走到吧台前,笑眯眯地点了一瓶威士忌:"所有人的酒钱都算在我头上,我请客。"陆军士兵们表示接受他的好意。"是啊,"野兽甜甜地说,"就连你们这些狗脸步兵也算上。"他狂吠了几声。一个身形高大的陆军士兵拿着凳子走过来。

"别价,哥们。"马克想劝架,"他是在开玩笑。"

"当然了,"野兽晃着他那带伤疤的脑袋,"汪,汪!回你的狗窝去,罗孚。"

陆军士兵抡起凳子砸向马克,他挨了这记,朝后倒下去。图利奥一个箭步冲过来,虽然比对方矮了一英尺,可他一拳头砸在那人肚子上,对方闷哼一声,捧住肚子,然后,图利奥左手佯攻,右手抄过来一拳打在他下巴上,那人砰的一下倒在地上。与此同时,其他陆军士兵从两边围过来。野兽已经抽出皮带,他一边兴奋地嚷嚷,一边怪模怪样地甩着皮带。图利奥在抵挡一个陆军士兵,另一个偷偷地从他背后抡起一个破瓶子朝他的脑袋砸过去,马克抓住那人的胳膊一拧,对方疼得大叫,松开了瓶子。另一名陆军士兵挥舞着一根小小的棒球棒向马克扑来,他躬下身,猛地一拽,那人失去了平衡。听到野兽喊叫:"后面,马克!"他转过身,正好看见一个魁梧的中士朝他冲来,他像斗牛士一样往旁边一闪,那人收不住,马克趁势在他背后狠狠地劈了一掌。

这时候,已经有人大喊:"海岸巡逻队!"马克发觉自己是被野兽拉出后门的。跑过一个街区后,他们停下来,开始吹嘘自己神勇无敌。野兽拍拍马克的后背:"你没问题,孩子。"

半个小时后,马克在向玛吉道歉自己来晚了,还忙不迭地解释为什么军装弄得这么脏。她告诉他还是没有威尔和弗洛斯的消息,但她自己一旦有机会就能被派去战区,上司已经向她承诺过。"这不是女人待的地方。"他说。一想到她在后方和一帮敢用《漂亮的维纳斯号》来逗女朋友的海军陆战队兵油子在一起,他就皱起了眉头。他又给了她一笔打扑克赢来的钱。"随便你怎么处理。"他说完,便把海尼莫阿的事告诉了她。

她没有当回事,轻飘飘地说了句:"天涯何处无芳草。"

见她这副态度,他心里很不好受,但什么也没说。

"对不起。"她向他道歉。

"没关系。"

她一脸焦急的神情:"你们准备去攻另一个海滩了吗?"

他想搪塞过去,但她猜到了:"怪不得你把钱都给了我。噢,马克!"她抱住他。

"我们还在进行抢滩演习,没什么好担心的。"她不相信他的话,"我是比利J的勤务兵,我的工作是全营最安全的。"

他跟她说起了准备皈依的事。

"你逗我的吧!"但他严肃的表情告诉她,他是认真的。

"爸爸会气疯的!"

"早就该气疯了。"他说完这话,两人都笑了。

5月25日,所有的坦克登陆舰带着补充好的水、弹药和物资驶离西洛赫,整个过程堪称神速。这些笨重的船朝着差不多正西方3500英里处的目标前进。五天后,速度快一些的运输船也跟了上来。

图利奥给远在宾夕法尼亚州矿区小镇的母亲写信:"我们不久就要登陆了,到时候日本佬要有好果子吃了。等收到这封信的时候,下面的故事——什么地方?什么时候?为什么?谁?——你也就知道了。这里的伙食一直很好,我住在上士宿舍,有正儿八经的床单、淋浴和其他享受。我有时候会让我的哥们马克溜进来洗个澡。别担心,妈妈,有很长一段时间会没有我的信,记着我一直都在想你,还有妹妹和托尼。我不知道那小子现在在哪儿,但我敢打赌不久他就会在欧洲那边再得一枚军功章的。爱你的儿子,图利奥。"

6月11日,他们接到了最后的指示。约有19000个鬼子把守着一个七十二平方英里、扳手形状的海岛,岛中央是1500英尺高的火山——塔波加峰。他们要在塞班岛南岸的海滩登陆。这片海滩位于查兰卡诺阿村和加拉班小镇之间。加拉班住着两万查莫罗人,这些人也许是友善的。长长的海滩外,离岸五百至一千英尺的海上有一道暗礁形成的天然屏障。

6月13日,比利J给他的父母写信,说他们正在赶赴一场迄今为止最壮观的大戏。"我可以向你们保证,会很精彩,会让鬼子很不高兴。不容易,但我们不能失败。无论是士兵还是军官都信心满满,我想我们都习惯了真刀真枪地干。"在法国的那场大规模登陆让所有人都很高兴,"这是天大的好事。我们也要在这一边尽自己的一份力。我们两天后登陆,我们已经准备好了。"

那天晚上,船上黑咕隆咚的。在甲板上,比利J看到年轻的士兵有的独自坐着,有的三三两两聚在一起,有的只是抬头望着星星,有的在小声说话。在船舱里,马克也发现气氛不怎么活跃,甚至比甲板上更安静。尽管如此,大家都很自信:自己来自整个海军陆战队最牛的尖刀团的尖刀营的尖刀连的尖刀排的尖刀班!在瓜达尔卡纳尔岛,他们是怀着仇恨在战场上拼杀;在塔拉瓦,是豁出命去殊死拼搏;这次,他们将拿出专业军人的姿态去战斗。

上午进行了最后一次船上操练,每个士兵都装备齐整,在规定时间到达规定地点就位。天黑后,马克走到甲板上,放眼望去,远处影影绰绰伏着一个庞然大物,这就是塞班岛。他能看见些星星点点的火光,不知道那是什么东西,心里有点好奇。那是第58特遣舰队三天的舰炮轰炸和舰载飞机空袭留下的最后一点痕迹。

马克走下去参加最后一场弥撒。人很多,许多人跟他一样,也不是天主教徒。仪式很简单,但是很感人。大乔吟诵着基督在最后的晚餐会上说的话:"这是我的身体,这是我的血,拿去吃,拿去喝。"在昏暗的灯光下,马克看到沙利文接过代表圣体的圣饼,一块薄薄的脆饼。他带着一丝亲切的笑意看了马克一眼。

# 第五部
# 决定性战役

# 第二十章

## 1

**塞班附近的海上**　*1944 年 6 月 15 日*

　　这一夜热得仿佛置身于蒸笼之中,马克睡得很不安稳,登陆日早晨四点,被船上的铃声吵醒。四十五分钟后吃早餐,仍旧是牛排和鸡蛋,他逼着自己吃下去。接下来会有很长一段时间吃不到热的,这也可能是他的最后一餐。"感觉就像在圣昆廷监狱的死刑犯一样。"一个参加过塔拉瓦战役的老兵说。

　　咔嗒咔嗒的噪声还是和往常一样响,但有一种紧张的气氛,令这声音听起来很独特。下面很闷,马克和图利奥索性抓起背包,带着来复枪、头盔、手枪腰带和刀来到甲板上。天还没有完全破晓,马克能看到朦朦胧胧的一团紫色——塞班岛。

　　马克很少看到如此美丽的日出景象。塞班岛一片宁静祥和之态,尽管它那样子连同岛上的山脉令他觉得像是一头从大海里钻出来的史前怪物。在海上漂了这么久,看到绿色,马克精神一振。他比在塔拉瓦时还要紧张,他知道他们会在这一天早晨跟在第一批人后面登陆,会有大批人员伤亡。

　　突然间,战列舰和巡洋舰上的大炮发出隆隆巨响,打破了宁静,接着,又传来驱逐舰震耳欲聋的炮声。这是为削弱敌军武力实施的最后一轮轰炸。马克想起了塔拉瓦的情形，心中默念越多越好。他在弹带里填入八十发子弹，检查过急救包和水壶，拴紧背包。几艘载着"鳄鱼"的大型坦克登陆舰出现在他眼前。所谓"鳄鱼"其实是一种水陆两用牵引车，每辆车可以载二十个人翻越堡礁。

一个牧师的声音突然从扩音器里炸出来。图利奥听不出那是谁，但肯定不是大乔。"有上帝保佑，我们一定能够成功，你们中的大多数人还会回来，而有些人得去见创造你的上帝。"底下有一些不恭敬的评论，"忏悔你的罪过。希伯来教的信徒跟着我说。"他照着希伯来祈祷书念了一段："现在，基督徒、新教徒和天主教徒，跟着我说……"

"我真想往他的大嘴里送几枚子弹。"图利奥说。马克虽然很想拿枪冲着扩音器突突突来一通，但他只回了句："呵，这送别方式。"

比利J和马克一前一后攀着装卸网爬下船，跳到一艘车辆人员登陆艇上，乘着这艘小艇去坦克登陆舰。他们下到坦克登陆舰的大肚子里，这里停着一批咆哮的"鳄鱼"（用的是飞机发动机，噪音很大），他们找到自己的那台，爬了进去，"鳄鱼"肚子很快就被人、背包和步枪填得满满当当，满到了船舷上缘。震耳欲聋的轰鸣声加上滚滚浓烟，简直如同炼狱一般，马克觉得还没到"鳄鱼"下水的地方自己就会闷死。但最后，坦克登陆舰前侧的大挡板终于打开，"鳄鱼"像水虫一样扑通扑通地蹦进海里。猛烈的撞击颠簸差点把马克甩出去。比利J在马达的轰鸣声中大声命令大家卸下沉重的弹带，以防万一他们得游过去。马克感激地呼吸着新鲜空气，咸咸的水花拍在脸上，他觉得很舒服。他们在海上漂浮，等待第一批人上岸后筑起滩头阵地；无论何时何地，只要有需要，6团1营就得上。

八点刚过，炮艇和两栖坦克前头开路，"鳄鱼"载着海军陆战队的八个营跟在后头。这支四英里宽的舰队一直挺进到离岸不足八百码的地方，便遭到迫击炮和火炮的猛烈攻击。第一批"鳄鱼"开始像螃蟹一样翻过堡礁，有几艘沉到了水下，但后面的几艘一个劲地往前拱，从浅浅的潟湖里钻了出来。巨浪拍打着堡礁，有的"鳄鱼"被掀翻了，有的迷失了方向。由于偏离了航线，攻击梯队最终在目标海滩以北登陆。

6团1营迅速就位的同时,他们看到数十架飞机俯冲下来扫射海滩。军舰对敌人的海岸防御工事发起最后一轮轰炸。这壮观的景象令马克震撼。场面看似混乱,但有章法有条理,噪声震天,硝烟弥漫,他都看不见第一波进攻梯队进展如何。

8:44,第一批海军陆战队队员登陆,但遭到猛烈的火力攻击,迫使后面的"鳄鱼"把载的人和东西统统丢在了海滩边上。那些走得远一些的牵引车,要么陷进沙里,要么困在弹坑里动不了。即便如此,九点刚过,就有八千多名海军陆战队员上了塞班岛,顶着强火力拼死向内陆推进。

10:15,沙利文终于接到命令:上岛支援海军陆战队6团的另外两个营。现在要面对的是行动中最棘手的部分——越过堡礁。前面把海浪劈开的就是这段礁体。问题在于如何保证过去的时候不发生横转,也就是被风带偏,横过来撞向堡礁。

1营状态良好,顺利靠近堡礁,正向翻越这道障碍后,爬进了蓝绿相间的平静的潟湖。然而就在这里,他们遭到了迫击炮和火炮的攻击;更致命的火力来自隐蔽在侧面的一辆坦克。在混乱中,"鳄鱼"晕头转向,撞在一起。各个方向都有军官不顾来自海滩上的重机枪火力,探出头来指挥交通。马克弯下腰躲避越来越密集的小武器火力,子弹打在"鳄鱼"船身被弹开。比利J站在他旁边贴着船舷往外张望,突然间一屁股坐到弹药箱上。马克俯下身,想问他出了什么事。他们的头顶上方闪过一道光。马克看到中校身上都是血,他自己也浑身是血。他心中一凛——是中校的血。随即,看到比利J摆摆手指,似乎在检验自己是不是还活着。他们都转过头。站在后面的作战参谋没了脑袋,他旁边的人也死了,但因为这"鳄鱼"肚子里实在太挤,所以两个人都还立在那里。见此状,马克顿时感到一阵恶心,胃里的东西要翻出来,但还是强忍着压了下去。"万福玛利亚,满被圣宠者,主与尔偕焉。"他只嘟囔出这两句,后面的想不起来了。又一枚炮弹点燃了他们的50口径的机枪弹。

"尽量往前开!"比利J对着司机大喊。

"我不能再往前了。"

沙利文大声命令大家从离火远一点的右舷下去:"一次过两三个,然后在前面海滩上集合。"听到的人接力一样,把话传给后面。与此同时,沙利文通过无线电询问各连的位置,下达命令。马克还是动不了,看到指挥官如此镇定,又惊讶又佩服。这到底是个什么样的人啊?他冷静地说:"别走散,待在原地,等待集结。"他推了推马克:"快!"

马克感到一点力气都没有,比利J一把把他拽起来,但他还是耷拉着直不起腰。图利奥也凑过来:"赶紧下去,别等鬼子再给你炸个窟窿!"

他们三个是最后离开"鳄鱼"的。

"你没事吧,中校?"马克怔怔地说。

"当然。你该看看你自己,浑身都是血。"

马克呆呆地看着沙利文匆匆洗掉身上的血和脑浆。"你真是一团糟,马克,该死,跟我来!"马克几乎是无意识地照着他说的去做。他们走近海滩时,喧嚣声不绝于耳,听得人胆战心惊。士兵们一个又一个地倒下去,有的很安静,有的在惨叫。沙利文看到他的连队分散在海滩各处,东一拨,西一拨——得把他们召集起来。他派连队的勤务兵去左边。"马克,你去那里的海滩。"他指着右边,"去找3连的贝尔丁上尉,往陆战队8团那个方向,看看你能不能找到他,亲自把他带回来。"马克依然半蹲着。沙利文喊道:"快滚。"

沙利文严厉的声音就像一杯冷水泼在他脸上。"是,中校。"他甩开步子跑了,没多久,他看到一位身材高大、精神抖擞的神父,那模样令他联想到塔克修士。他弯着腰,像是在对一个倒在地上的海军陆战队队员施临终圣礼。不,他伸手从一个帆布包里掏出来一个炸鸡腿,递给那个吓呆了的海军陆战队队员:"来,孩子,你会没事的。"那人咬了一大口,神父又从背在另一个肩上的袋子里取出一瓶苏格兰威士忌:"要来点喝的把它冲下去吗?"惶恐不安的海军陆战队队员哈哈一笑,喝下一大口后,拾起步枪冲进了灌木丛。

马克朝神父挥挥手,不顾在他四面八方爆炸的迫击炮弹,闷着头跑开了。机关枪一阵猛扫,沙子在他右侧噗噗飞溅。他就地一滚,匆忙爬起来,弓着腰跑了。他还是很害怕,但是能控制住自己,他不会让比利J失望的。几枚炮弹在水中爆炸,接着,又一发炮弹从头顶呼啸而过,咻,咻,落在二十码外,炸起一大片沙尘,弹片四处飞溅,但是马克已经条件反射地扑到沙地上,弹片愤怒地呼啸着从他的头盔上飞过。

伤员已经在归拢,这里一拨,那里一拨,等海滩和堡礁上的敌方火力被压制住,就可以把他们送到医疗船上。马克发现自己正盯着吉姆·克劳那两撇著名的红色八字胡,他是8团2营的营长,比利J的老朋友。马克急忙跑过去,倒在地上的克劳,大拇指插在胸口,胸膛已经被血浸透。

"嗨,马克!"他无力地说,"我胸口有个洞,我不敢把大拇指抽出来,要等医生把纱布塞进去,不然这血一直流下去,我肯定会死。"

马克伸手去拿自己的急救包,克劳说:"别,你跟比利J可能会需要,你只要把我的背包放在我肚子上就可以了,这样弹片就不会进我肚子了。"

马克照他的话把背包安放妥当后,急匆匆地离开了,他很快就找到了贝尔丁,一个黑头发、蓝眼睛、个头小小的爱尔兰人。两人往回跑。看到还在分发鸡肉和威士忌的神父,贝尔丁乐了,大声说:"我妈绝对不会相信有这种事"。

沙利文在海滩边的灌木丛里。他正在向爬过来的通信兵打手势。"给我接团部。"他冲贝尔丁点点头,快速下达了命令,就把他打发走了,然后他说,"我是比利·瑞德,6团。我们准备开始行动,两个连齐头并进,留下一个连作为预备队。"他听着,点点头:"是,长官。我们攻到第一个目标,我立即向您汇报。"

邻近的几个营传来了消息:两名营长都受了伤,由副营长接替指挥;尽管如此,两支部队都在朝内陆缓缓推进,一次派出一个火力分队,轮流上阵。然后是3连的贝尔丁首次汇报:他已经召集了他的人,正井然有序地向前推进。他本人手部受了伤,但拒绝撤离。

十分钟后,3连又来汇报。这次是副连长:"中校,我很遗憾,贝尔丁上尉中枪了。"

"有多严重?"

"死了,妈的。"

"你接管。"

"是,长官。"

沙利文向团部汇报,得到命令:继续进攻,直至到达目标地,方可掘壕防守。

加藤顺最喜欢的表妹裕子在一个可俯瞰加拉班的山洞里一直关注着底下的战争场面。她是一名志愿者护士,这个选择违背了父亲的意愿,她那个经营大型糖料种植园的父亲可不赞成她这么做。在昨天的那场可怕的轰炸中,救援站被美国海军的一枚炮弹炸得粉碎,她就在前一刻逃了出来。她逃到塔波加峰的山坡上,此刻,看着一大群美国海军陆战队队员乘着奇怪的船慢慢地逼近海滩,她在想:"我活不到结婚生子的那天了。"可能整个岛都会被美国的野蛮人占领,在那之前,她必须了结自己的生命,不能任他们强奸。

亲爱的加拉班还在燃烧。她的家不见了;爸爸妈妈和小妹妹一定已经死了,哥哥在其中一辆坦克里,准备出动去阻止入侵者。她高喊一声:"哥哥,时治!"

一名士兵大声说:"姑娘,别出来,在里面安全的地方躲着。"可她向来胆大,无所畏惧,哥哥比她大两岁,但允许她跟着一起去山里探险。她又往前挪了挪,想看得更清楚些。下方的码头上,日本坦克正在朝那些向岸上涌过来的"鳄鱼"开火。在远处的海面上,她能看到大军舰发出的闪光。几秒钟后,从加拉班传来一连串低沉的隆隆声和惊天动地的爆炸声。敌人的飞机犹如愤怒的蜜蜂,开始扫射海滩。一个个小小的人影高举着步枪跳出登陆艇,他们在潟湖里蹚着及胸高的水向码头逼近,向她亲爱的哥哥逼近。她吓呆了。没过多久,这些小人已经在往码头上爬,他们就要冲向坦克了。许多坦克冒着浓烟,没有一辆开火。哥哥和所有英勇的坦克兵想必都已经牺牲了。两天前,时治还自豪地向她展示自己的坦克——"燕子"。他让她爬进去瞧个究竟。太有意思了。她当时真希望自己是个男孩,这样就能开坦克了。现在哥哥死了,加拉班城连同城里所有的人可能也都死了。

她想不通自己怎么会哭不出来。这一切就像一场噩梦,马上就会醒来,但这不是梦,是现实,她孤身一人在一个遍地都是野蛮人的岛上。她想起了表哥顺曾经跟她讲过的那些精彩的故事,夏威夷的那些美国人,他们是多么善良,多么聪明。她一直都深信不疑,直到现在才醒悟,爸爸说得对,美国人是野蛮人。她现在必须为自己的国家尽一份力。那些受伤的勇士不是缺人照料吗?她突然决定,去岛的另一边,唐纳山附近,那里有个野战总医院,她要去当一名护士。

她俯身向加拉班鞠躬。码头上的美国人已经在向内陆蠕动。"哥哥,永别了。"说完这话,她毅然决然地迈开步子往山脊上走。午后时分,她已经翻过山脊。这里还是一片宁静,仿佛根本没有战争这回事。等她走到唐纳山半山腰时,已经临近傍晚。直到天开始黑了,她才跌跌撞撞地闯进医院。她惊呆了。眼前就是一片光秃秃的野地,近千名伤员一排排地躺在地上。恶臭熏得她几乎要干呕,有那么一刻她想逃,但最终还是咬紧牙关沿着一条狭窄的通道走进去,她不得不侧过身子小心翼翼地往前移动。

"你究竟在这里做什么?"一个穿着脏兮兮的白外套的年轻医生指着她,"这不是女孩子该来的地方。出去。"

一个累得背直不起来的中年医生走过来。"怎么了,福田中尉?"他举起手电筒,看到一个女孩子站在眼前,他十分惊讶,"我亲爱的小姐,这里不安全。"他叫裕子趁着天还没有完全黑,赶紧下山。

"可是我没有地方可去,我家人都死了。"

福田中尉粗鲁地抓住她的胳膊,把她往外拉。她甩开他,跑到老医生后头,他走到哪里,她跟到哪里。"你不明白,我是来当护士的。"她解释说自己上过急救课。他没有理睬她,但她不肯作罢。见她如此执着,他叹了口气:"虽然我觉得不妥,但我还是打算让你留下来。"

"但是小川少佐,姑娘家不应该待在这里。这成何体统!"福田反对这个决定。

"中尉,"小川说,"眼下哪里还顾得上体统。这姑娘也许有点胆量,真能帮上忙。"他摘下自己的红十字袖章,递给裕子。"这样的话,你就得服从命令,完全照我说的去做。"他摘下头盔,砰的一声扣在她的头上,"你算是入伍啦。"

福田皱起了眉头,对这玩笑很不满。

小川严厉地对她说:"从现在起,你要一心一意只想着伤员。我们这儿有十个人,三个医生和七个卫生员,你是第十一个。"他打量了她一番,然后声音柔和了些:"这需要勇气,但我认为你有。尽力去做吧,小姑娘。"

她自豪地拍拍自己的红十字袖章。

"她还以为会像电影里演的那样,等到她看到实际情况是什么样时,她肯定受不了。"福田说。

小川少佐把手电筒塞到她手里:"做事吧,护士。"她打着手电筒,两个医生和一名卫生员开始对排成一长溜的伤员挨个进行检查处理,整个过程很匆忙。鲜血淋漓的惨状看得她直犯恶心,她生怕自己要吐。

"别晃,照着伤口!"福田抱怨道。

"稳住,护士。"小川轻声说。裕子努力控制住自己。

他们走到一个手臂受重伤的人身边:"把绷带取下来,护士。"

绷带被血浸透,已经和伤口粘在了一起。裕子使劲一扯,病人呻吟起来,她不敢再用力,轻轻地扯,根本弄不下来。

"这样不行。"福田不耐烦地说。他把她推到一边,猛地一扯,绷带撕了下来,血汩汩地涌出来。

裕子脸都白了。

小川少佐摇摇头:"我们得锯掉你这条胳膊,战士。再把旧绷带给他缠上,护士。我们过一会儿再来解决他的问题。"

他们走到下一个病人身边,小川说:"这个我要让你自己来搞定。"

裕子希望这只是个小伤,但事实上这个病人腿部的伤很严重。他微笑着看着她。这次她像中尉一样用力一扯,血迹斑斑的绷带被揭了下来。小川看了看伤口,咕咕哝哝地表示满意,随后吩咐裕子换掉绷带。她做得很好。

就这样忙碌了快一个小时,这时候,就连福田都不再指责她了,而且,她还很清醒,提醒少佐,他忘了给那个手臂受伤的士兵动手术。

"谢谢你,护士,我忘了。把他抬到手术台上。"担架员把担架搁在两个箱子上。小川把锯子架在伤员肘部上去一点的位置开始锯,裕子突然感到一阵心悸。病人痛得从牙缝里吸气,她几近失声哽咽。

裕子硬着头皮说:"坚持住,战士!快好了。"她感到腋下直冒冷汗。最后总算锯完了,她刚松了口气,紧接着又是一阵恐慌——血从刀口喷了出来,小川去夹那条血管,没夹住,滑掉了,他抹了抹眼镜,再试,还是不行。"我找不到!"他说。但年轻的裕子视力好,她把他推到一边,一声不吭地拿起钳子,一下子就夹住了那条蠕动的血管。不一会儿,便完成了缝合,包扎妥当。就连福田都对她刮目相看,但他什么也没说。病人虚弱地笑笑表示感谢。

"干得好,护士。"小川说。

裕子信心高涨,有一种强烈的自豪感,她终于有用了。

在岛的另一边,6团1营向内陆推进了几百码后,已经到达目标地,他们就地掘壕防守,等待天亮。沙利文和马克静静地躺在充当新指挥所的一个大弹坑里。"我觉得今晚鬼子会派敢死队上来。"中校说。他派人传话到前方阵地:"提高警惕,到时候鬼子会孤注一掷,把所有东西都砸过来,有洗碗槽的话,洗碗槽也会砸过来。"

到了十一点,图利奥也爬进来。过了一会儿,附近传来一阵窸窸窣窣的响动。马克抓起步枪,向外张望。

"是陆地蟹啦,鬼子不会弄出那么大动静的。"图利奥说。

战地电话响了。3连的人小声说"前方有动静"。比利J通知支援他的驱逐舰提供照明。没过多久,带吊伞的照明弹被引爆,照亮了整片战场。不见一处阴影,也看不到有敌人在动。虚惊一场。

午夜时分,前方一阵骚动。照明弹升起,马克看到昏暗中有一辆日本坦克,然后听到一阵有节奏的呐喊声和恶狠狠的吼叫声,之后,便安静了下来。突然,一个美国人大喊:"告诉老头子,洗碗槽在这里!"引起一阵爆笑,大伙儿扯着嗓子骂日本天皇。敌人显然是被激怒了。一个号手在坦克里吹响了冲锋的号角。当坦克哐当哐当地前进时,有人发射了一枚火箭弹,运气不错,坦克停了下来,日本步兵退了回去。

没过多久,整个前线阵地便安静下来。"我想今晚他们不会再过来了。"说完这话,中校倒头就睡。

2

黎明时分,比利 J 撤回了他的前哨部队。他看到前方有有利地形可供隐蔽。"准备出发!"命令传达到他的三个连队,然后大部队开始朝着前方的山丘缓慢而艰难地挺进。

前方是平缓起伏的山地,有几座农场建筑的废墟,香蕉树和面包树散布四野。灌溉用的浅渠和日军遗弃的战壕是挺不错的掩体,可以供他们隐蔽。一路上,他们遇到了无数的机关枪窝、蜘蛛陷阱和隐蔽的狙击手,直到黄昏时分也只推进了几百码。沙利文下令掘壕防守,他几乎确信敌人会在当晚发动强攻。他和马克都没有合眼,但几个小时过去了,除了轰隆隆的炮火对决一直在持续外,敌方没有任何行动的迹象。月亮躲在薄薄的云雾背后,所以前方的情况看不太清。马克终于迷迷糊糊地睡过去,没过几分钟就被战地电话惊醒。他听见比利 J 在轻声说话:"随时向我汇报。"他说完就挂了电话。"2 连正在召回他们的前哨部队,"他告诉马克,"他们听到前方有响动,听起来像是履带车。"他给 1 连打电话:"你们前方有什么动静吗?"他们没听到。

"马克,你去告诉信号连的麦克道尔上尉,让他在右翼大力照明。"马克爬出坑,跑向联合攻击信号连的联络小组,联络小组通知他们的驱逐舰投放照明弹。当他回到营指挥所时,头顶上的照明弹已经引爆。

沙利文给本部连打电话,提醒穆林斯上尉注意。他慢吞吞地说:"头儿,外面没人,只有我们这些小鸡崽。"月亮挂上电话,向图利奥招招手:"通知突击排和所有能够召集的人员做好准备。"他没有解释,只是说他要去营指挥所接受比利 J 的进一步指示。"噢,一定得带上自动步枪。"他拿起自己的勃朗宁自动步枪,乐呵呵地咧着嘴笑,他正想痛快地打一场呢。等到月亮回来的时候,图利奥已经让突击排和"零配件"——总共 25 个人——都荷枪实弹,做好了准备。月亮很兴奋。他们要去给步枪连运送补给并且支援他们。"跟我来。"他说完便领着大家朝 2 连的散兵坑走去,仿佛是去野餐似的。他们慢慢地穿过一个坦克陷阱,走到一片开阔地带。几分钟后,图利奥听到坦克陷阱里传来哼哼唧唧的声音,好像有人在扭打。他的一个兵掉了进去,正好砸在了一个活的日本人身上。他一条粗壮的胳膊捂着敌人的脸。"怎么解决?"他喘着粗气说。

"勒死。"图利奥小声说,"但是拜托,别出声,利索点。"

图利奥知道不对劲了,他们已经越过了2连的防线,进入了敌占区。一队士兵带着两个步枪连的弹药和物资,松松散散地排成一列跟在他身后。他模模糊糊地辨认出一挺重机枪,三个日本人把守着。"机枪!卧倒!"他大喊。

图利奥看到他们的人大多数都倒了下去,快得就跟喝醉酒的陆军大兵一样,月亮只顾着把他前面的人按倒,子弹啪啪啪地被他的头盔磕飞。一颗照明弹被引爆,图利奥看到月亮满脸是血。枪炮军士凯利,也就是野兽,骂骂咧咧地举起霰弹枪,把两枪管的子弹都送进了敌人的机枪窝,几乎立刻就让他们安静下来。紧接着是一阵骇人的噪声,日本坦克一窝蜂地从四面八方向图利奥和突击排扑进来。他大喊:"撤退!进1连2连的坑里!"他突然想到他们正处于两边的火力中间,他朝着后方大喊:"我们是海军陆战队!"他听到身后传来一声尖叫,一个日本军官挥舞着军刀。"拜托,谁把这家伙给我毙了!"他自己一枪都打不出来,最后2连的一个人突然从散兵坑冒出来,朝那个耍军刀的日本人当脑门开了一枪。

图利奥冲刺似的满场跑,把他所有的弟兄都推进2连的散兵坑里。他从未见过这样的混乱场景。坦克在散兵坑间徘徊,海军陆战队队员站起来,手持火箭筒,发射出去的炮弹被坦克侧面的钢板砰砰地弹开。在这混乱激烈的场面正中坐镇的是2连的连长罗林斯上尉,他像印第安酋长一样指挥着战斗。图利奥从来没见过比他更有胆量的人,他完全不顾自己正暴露在照明弹下,子弹在他头上飞来飞去。在他周围的海军陆战队队员个个表现神勇。一名士兵蜷缩在坑里,一辆坦克在上方打转,他竟然没有被碾死,还跳上了坦克,坦克指挥官打开炮塔想看看发生了什么事,这名海军陆战队队员趁机把一枚铝热剂手榴弹的保险销一拔,把手榴弹往坦克里一丢,然后砰的一声关上炮塔盖子,他站在坦克上,直到手榴弹爆炸，里面的一切都被大火吞噬，才跳了下去。

在2连的战地指挥所里，罗林斯上尉正在给比利J做战况解说，就好像他在现场直播足球比赛一样："他们正从四面八方扑过来，他们进入了我们的阵地。"比利J听到一声爆炸，步话机没声音了。他转向马克："罗林斯牺牲了。"但过了一会儿，罗林斯又说话了。"我刚刚发射了我的枪榴弹，"他平静地说。"我打中了那个混蛋。我没事，只是听不见了，我能说话，我也没受伤，中校，但我什么都听不见，所以我让我的副连长来接听。"

副连长接过步话机，沙利文命令他来指挥。他转向马克："去后方指挥所找格罗根上尉。"五分钟后两个人就来了。他对格罗根说："带一个搬运队去2连。我想鬼子的大部分步兵已经撤离。搬运队把伤员送回来，你让罗林斯跟着一起回来，你留下指挥2连。"

十五分钟后，罗林斯的副连长打来电话。"搬运队到了，"但格罗根上尉在来的路上牺牲了，他们把他留在了原地。

"好吧，下面由你指挥，让罗林斯上尉和其他伤员一起回来，你随时向我汇报。"

他和马克能看到前方到处都是燃烧的坦克。这是一场激烈的混战，数不清的人在用刺刀拼杀，在交火，最厉害的要数2连那些不怕死的火箭炮炮兵，个个弹无虚发。

坦克战持续了不到一个小时，但分散的日本步兵一直攻到天亮。比利J爬出弹坑去视察战场。一片狼藉。超过二十五辆坦克成了燃烧的残骸。只有一辆还能开，已经溜了，他看到它正沿着一条蜿蜒的山道爬上陡峭的山坡。联合攻击信号连的麦克道尔上尉也看到了，几分钟后，支援6团1营的驱逐舰上的海军军官把炮管对准目标连轰了二十次，最后一辆日本坦克冒出滚滚浓烟。

在2连的防线上，野兽正在为月亮的死而悲叹，他和图利奥都发誓要照顾月亮的母亲和十二岁的弟弟——他引以为傲的那个丑孩子。月亮是他们的亲人。

比利J和马克正在2连视察杀戮现场。罗林斯的副连长陪着他们沿着防线巡视。在一辆冒烟的坦克旁边，他们发现了五六具日本人的尸体，堆在一起,看着很怪异。见比利 J 垂下头,像是在祈祷,马克很惊讶。就在这时,有人大叫起来。士兵们吵吵嚷嚷地围着一个人,两名卫生员扶着他。是精力旺盛的月亮,他的额头上缠着绷带:"只是擦伤,比尔,但我需要一个新的头盔。"

"送他走。"沙利文对卫生员说。

"哎呀,我只是有点头晕而已。"他看着四周被摧毁的坦克,"见鬼,看我错过了什么!求你了,中校。"

"我觉得他没事。"其中一名卫生员说。

"我只需要一杯酒和一顶新头盔。"

"好吧,给我滚蛋。"比利 J 转向马克,"我情愿放弃和海蒂·拉玛尔睡觉的机会,也要带这批疯子。"

3

在 6 月 17 日的晨光中,加藤裕子发现这个所谓的"医院"坐落在一个盆地里,被几座陡峭的山环抱着。

她走到一个年轻的中尉跟前,他只裹着一块兜裆布,双手捂着脸,好像很害羞。她把他的手拿开,看到他浮肿的左眼上满是蠕动的蛆虫,她差一点干呕起来,他的另一只眼睛是空的,已经被幼虫吃光了。她想拔腿就跑,但强忍着,尽量让声音保持平稳。"我想我能帮你。"她熟练地用钳子把蛆一条条夹出来,"我哥哥是个军人,他是一名坦克兵,他为天皇尽忠,献出了自己的生命。"

她告诉这个叫岛田的中尉,她来当护士是因为家人差不多都死光了。眼泪从他的左眼流下来。他艰难地从兜裆布里掏出一张皱巴巴的相片。一个漂亮的圆脸姑娘,穿着和服。是他的妻子。

到了中午,大太阳底下闷热难耐,伤员们恳求再给口水喝。裕子去找年轻医生福田:"中尉,我可以去打水吗?"

"不行,"他一口回绝,"荒唐。"敌人虽然没有轰炸医院,但只要出了这里去溪边,就会成为他们扫射的目标。可她实在受不了伤员哀求,趁福田不注意,偷偷地收了他们的水壶,来到一英里外的小溪边。她先掬起水,喝了一口。真甜啊!她把十几个水壶都灌满后,挂到肩上。好沉。她想减轻点负荷,可想起伤员们讨水的呼声,又打消了念头,继续咬着牙往前走。

当她回到山谷时,福田一副要来兴师问罪的样子走到她跟前:"你从哪里弄来的水?农舍?"

"不是,去小溪打的水。"

"我不是命令你不要做这种傻事吗?你必须学会服从上级。"他生气地说。

那天晚上,裕子给伤员们一匙匙地分发最后一口水。那个眼睛长蛆虫的中尉问她是否知道《旅愁》的歌词,这首歌相当于日本的《家,我温暖的家》;她知道。

"请唱给我们听听吧,护士。"另一个战士说。

裕子展开歌喉,声音清亮甜美。伤员们侧耳聆听,连呻吟也停止了。

  在远离家乡的天空下,秋夜渐深,
  我独自怅然,难掩心痛。
  不舍的家,不舍的双亲,
  梦里的我走在回家的路上。

  在远离家乡的天空下,秋夜渐深,
  我独自怅然,难掩心痛。
  窗外的风雨把我从梦中惊醒,
  我的思绪飘向远方的家。

  不舍的家,不舍的双亲。
  林子的树梢在我心头闪过。
  窗外的风雨把我从梦中惊醒,
  我的思绪飘向远方的家。

等她唱完,场地另一边有人喊她:"小夜莺,到这边来,唱给我们听听。"

福田拉拉她的袖子:"护士,我不得不说,你真是太棒了!要知道,我有个妹妹和你一样大,我不敢想象她在这个可怕的地方。请原谅我。"

那天下午,6团1营缓慢地沿着山坡往上推进。一辆坦克在1连前头开路,走在旁边的是连长墨菲上尉,他因塔拉瓦战役得了一枚海军十字勋章。坦克引来一阵弹雨,山上的轻武器在开火,但墨菲毫不在意,他抓起坦克后座的电话,准备指挥火力干掉阻碍部队前进的机枪手。砰的一声枪响,墨菲应声倒地,死了。

副连长莫罗中尉用步话机呼叫沙利文。"老墨死了!"他激动地说。

"知道了,"比利J平静地说,"你接管。"

"你没听明白吗?"他情绪有点失控,扯着嗓子大叫,"老墨死了!"

"是的,我听明白了。墨菲上尉死了。我再说一遍,你接管。"

停顿了一下:"是,是,长官!"

比利J和马克沿着一条土路向1连走去:"我得去看看莫罗,他情绪不稳定。"莫罗正在路的尽头等着他们。他受了点皮肉伤,一副快要哭出来的样子。

"没事,中尉,"沙利文说,"你现在去后方,我会让下一级军官来顶上。"

莫罗表示反对。

"你受伤了,中尉。离开这里,这是命令。"说完,他又冲着一个卫生员喊,"医生,你来照看他,把他带回后方。"

他们发现1连状态不错,虽然失去了一位大家都喜欢的好连长,惊魂未定。比利J走了一圈,夸赞他们的表现,他下令当晚攻下悬崖。没有,发起进攻前没有炮火准备。比利J说:"我们要打他们个措手不及。"等他们爬回自己的指挥所后,马克想问问到底为什么非得当晚攻下那破悬崖。这是自杀!吃口粮时,马克很安静。"有心事吗,马克?"比利J问道。

"没有,长官。"他放下罐头,"今天发生的事,你好像一点都不担心。你要知道,墨菲上尉没了,然后莫罗又走了,接下来又是这破悬崖。"

"我们状态挺不错的。"

这人怎么这样啊?"你要知道,中校,自从上岸以来,我们自己都已经经历了好几次死里逃生。"马克说。

"我相信上帝在关照我。"沙利文说。两人都陷入了沉默。前方传来一阵机关枪响。比利J打电话到2连,对方说应该是某个紧张的鬼子开的枪。"我会在睡觉前感谢上帝,在进攻前醒来时,祈求他的保佑。"比利J说。

这话令马克想起之前比利J像是在为死去的鬼子祈祷:"你是在为他们祷告吗?"

"是的。我们相信自己是正义的,他们也相信自己是正义的。我们中的很多人会失去生命,这是场残酷的战争,我的任务是确保消灭鬼子的同时,尽可能地保全我们自己的人。"他沉默良久,又接着说,"老墨这家伙根本不用跟着那辆坦克,他应该待在他的指挥所里指挥,而不是在那里逞能。其实老墨也只是想看看情况,那颗子弹正打在他眉心。"

午夜过后,传来一阵枪响,然后电话响了。比利J接起来听。"突袭成功了,好。伤亡情况呢?只有三人受轻伤。很好。"他挂了电话。

"他们顺利攻下悬崖了?"马克问这话的时候,中校裹着雨披蜷起了身子。

"是的,毫不费力。明天黄昏前我们应该可以推进到下一段。"

天快亮的时候,马克叫醒了他。"奥布赖恩神父在做清晨弥撒。"他说。比利J往满是胡茬的憔悴的脸上沾了点水。两人在离后方一百码的地方跟二十来个人会合。天刚刚破晓,他们来到一片小树林里,周围的树都已经被炸毁。一小群人围着大乔,他看上去也一样疲惫。还没等到仪式结束,比利J看看表,手肘轻轻地推推马克:"我们该回指挥所开始行动了。"他们往外走时,大乔正说道:"上帝与你同在。"突然传来一声刺耳的呼啸,神父大喊:"趴下!"

日本人藏在塔波加峰无数个山洞里的其中一门大炮瞄准了这片树

丛。比利 J 跳到一块低洼处,马克紧随其后,当他撞到坚硬的地面时,他听到一声爆炸,感觉到弹片嗖嗖地划过头顶,然后他听到了叫喊声和痛苦的尖叫声。大乔站过的地方一堆人横七竖八倒在一起。马克目瞪口呆地傻站着。沙利文在大喊:"医护兵!"大乔趴在最上面,血从他的背上渗出来。有个人从下面挣脱出来,哭得很伤心,边哭边说:"大乔跳过来挡住了我!他救了我的命!"

医护兵跑过来,中校简短干脆地下令成立一个搬运队,火速把伤员送到海滩上。马克把大乔旁边的一个人翻了个面,是他的一个朋友,半张脸不见了。他心想,幸亏上帝保佑。"本来咱俩也在劫难逃,中校。"他说。

"扯淡!下士,你负责搬运队,马上带他们去海滩。"

二十分钟后,马克在帮着把大乔往"鳄鱼"上抬。神父的眼睛眨动了一下,当他看到马克时,颤巍巍地伸出一只手:"上帝保佑你。"

"医生,照顾好这个海军陆战队队员。"马克对医护兵说。

"别担心,告诉比利 J 我会及时把他送过去的。"


裕子被呻吟声惊醒。天亮了,但是太阳还没升高,很冷。一晚上,她没怎么睡,忙着照料夜里讨水喝的伤员。她摇摇晃晃地站起来,叫来两名卫生员,开始早上的例行工作。现在她已经感觉熟门熟路,不需要谁开口指点,她知道该做什么,怎么去做。病人都叫她小夜莺,他们跟她开玩笑,还能笑的人会冲着她微笑。

她发现岛田的身体黏糊糊的:"中尉,你冷吗?"他什么也没说,一动不动。她摸到有脉搏,他没有死,但他旁边的人死了。她急忙跑去找福田中尉,问他是否允许她把死者身上的衣服脱下来,给岛田穿,他只裹了块兜裆布。

福田犹豫了,但一名卫生员说:"这姑娘的想法不错,长官,死者是没有眼睛的。"

卫生员和裕子把这名死去的战士抬进了树林。她犹豫了一下,最后还是硬着头皮脱了他的军装,给岛田穿上。但是就这样扒了死者的衣服,她于心不安,于是跑到附近的一间废弃的农舍,在壁橱里找了一身脏兮兮的工作服,把这身衣服套在了尸体上。

她回到岛田身边,解开他眼睛上的绷带。蛆虫在纱布上爬,消毒剂没能杀死它们。"中尉,你老家在哪里?"他轻声说自己来自爱知县,然后又掏出妻子的照片,"我死后,请把它寄给我妻子。"

"为什么要说这种话!你不会死的。我要治好你。"

4

这一夜过得很平静,但就在他们匆匆忙忙吃早餐的时候,舰载飞机从海上冲过来,看那架势是要越过塔波加峰,飞到山的那头去。这声音听起来就像天空中有个巨人在撕上好的丝绸。那天下午,突击排的一名勤务兵来报告说,本部连的一支巡逻队发现了一个山洞,里面有人。他们想让上士马上过去瞧瞧。图利奥请示比利J,让马克一起去。这样也可以,但两人都必须在黄昏前回来。他们小心翼翼地走到一个被香蕉树遮掩着的山洞前,看到野兽拿着霰弹枪在戳那个洞口,在他身后,有五个人,拿着一支喷火器、两支火箭筒和几个炸药包。

野兽带着南方口音向山洞里喊:"滚出来①!"

"这是什么意思?"马克问道。

"出来,你们这些蠢杂种!"

马克走到洞口边用日语说:"我们不会伤害你们的。我们是军人,但我们不想伤害你们。"他说得很镇定,很有说服力:"我们有很多水和食物可以给你们。"

没任何反应。

"让他们尝尝苦头。"野兽对喷火兵说。

"我来看看。"图利奥说,"帮我拿着枪。"他跪下来朝洞里看。他听到一个孩子在哭,然后又听到一阵痛苦的呻吟。他把头伸进洞里一看,脊梁骨发冷。他看到一个受伤的西方女人抱着一个孩子。他伸手想要扶她出

---

① 原文为日文。

来,但她却愤怒地推开他的胳膊。

"拜托,女士,我不会伤害你的,我只是想帮你。要么你自己马上出来,要么我把你拖出来!"他一拉,很不情愿地出来一个中年修女,她身后跟着七个孩子和两个年轻的修女。

图利奥改用意大利语,可没说两句,反而把这个修女惹得更加生气了。马克讲英语,放慢语速,她能听懂。她来自俄亥俄州哥伦布市,但在马里亚纳群岛待了太多年,母语已经差不多忘光了。她一个劲地推图利奥,不让他靠近,好像生怕他会强奸她似的。马克花了半个小时才让她相信他们是朋友,没有恶意。

那天晚上,比利J把马克叫到一边:"我真该揍你一顿。你参军时的申请表上并没有提会说日语。"

"我当时想去打希特勒,不想打日本。我是在那里长大的。"

"你为什么不把这一切都告诉我?"

"我不想被派到团部去当翻译,我想待在6团1营。"

"但是……"沙利文没说下去,"哎,见鬼,不管了。"这是他自己的错,早就应该想到,有麦格林教授这样的父亲,马克自然能说一口流利的日语。

美军三个师不屈不挠地步步进逼,日军主帅斋藤义次被迫再次迁移司令部,这次是迁到塔波加峰以北一英里处的一个小山洞里。他一声不吭地坐着,看着他的作战参谋在往岛内推进三分之二的地方画出最后一条防线。问题是,只有几千名健全的士兵,区区几条通信线路,这仗该怎么打?状态最好的军官被派出去联络各处的部队。一名少佐被派往唐纳山集合第36联队的残部,但他能在这一带找到的只有野战医院的病人。

那天下午,裕子终于有时间去看她最喜欢的病人岛田中尉,给他抓眼睛里的蛆虫。他不在原来的位置上,而是躺在边上一动不动。他脸上的蛆虫竟然奇迹般地消失了,一条都没有。他看起来很安详。

"你昨晚为什么不来看他?"一个病人说,"可怜的岛田中尉喊了你一晚上,他刚刚才死。"

昨晚她听到许多呼叫,就像听蝉鸣一样。她怎么可能一一回应呢?但她还是很自责,怪自己没有听到岛田特别的召唤。

第二天早上,6团1营来了一批补充兵员。其中一名军官——凯文•麦卡锡上尉——此前因为瓜达尔卡纳尔岛战役得了一枚海军十字勋章,这会儿正急切地盼着投入战斗。他穿着笔挺的卡其布军服,系着领带,一顶船形帽,神气活现地歪扣在脑袋上。

"你搞什么?你的头盔呢?"沙利文问道。

"我还没来得及取战斗装备,长官。"

"好吧,我们这里必须穿戴装备,去换上。"

"是,长官。"

"我要把1连交给你,你要带的是一批没经验的毛头小子。"沙利文说。

"别担心,"麦卡锡急切地说,"我会照顾他们,把他们带好的。"

两天后,比利J和马克出去视察1连的情况。麦卡锡穿着笔挺的卡其布军服,打着领带,没戴头盔,大摇大摆地走在队伍前面,一边还像野狗一样狂叫。士兵们跟在后面,乐呵呵的,仿佛是在游行。

比利J招招手叫他过来,把他带到一块大石头后面:"你到底在瞎搞什么?"

"嗯,看到穿卡其装的军官,士兵们高兴,这对士气有好处。"

"也许,但这对你的健康可没好处。如果下次再让我看到你没穿戴战斗装备,你就回图拉吉去,伙计。别跟比尔•沙利文耍花招,明白吗?你怎样我不在乎,但如果你不戴头盔,我怎么能指望你手下的兵戴头盔?他们我是在乎的。"

"是,长官!"

第二天早上,比利J正在庆幸自己把麦卡锡给调教好了,就接到图利奥报告说前方有个马戏团。中校和马克翻过小山丘,看到一幕奇景。麦卡锡,挺括簇新的一身行头,正像一条狗一样在嗥叫。在他旁边,一名士兵举着一根竹竿,撑着一面硕大的旗子。这是一面自制的旗,鲜红鲜红,还挂着沉甸甸的流苏,旗面上几道黄色:Ａ 1/6①。士兵们仿佛着了魔似的跟在麦卡锡身后往前冲,这场景虽然荒诞,但着实刺激。

几分钟后,沙利文接到团部电话。"你们前线那面破旗在搞什么鬼?"一名上校气呼呼地命令一小时内把这面旗送到团指挥所。

比利 J 追上还是没戴头盔的麦卡锡,把他带到一块大石头后面,命令他把旗交到团里去。

"啊,别这样,"他恳求道,他已经得了个"疯狗"的绰号,"士兵们很喜欢,我不担心鬼子的子弹,从来都伤不到我。"

"我一点都不在乎你的死活,麦卡锡,如果他们打中了你,反而帮我解决了个大麻烦,但你在拿那面破旗子耍我的兵。你的头盔呢?"

麦卡锡摸摸脑袋:"哎呀,一定是忘了。"

"下一次我再看到你不戴头盔,我就撤了你这个连长。听清楚了吗,上尉?"

到 6 月 25 日,崎岖的山地已经成为美军克敌制胜的唯一障碍。日军只剩下三辆坦克和两千多健全的兵力,但是这些残部非常顽强,美军每一次推进都损失惨重。在这一天,6 团 1 营 3 人死亡,17 人受伤。此时,比利 J 已经失去了他手下大部分的士官和军官。这段时间,马克越来越成熟,让比利 J 相当惊喜,他建议马克去 2 连辅佐一名新来的中尉排长。

"不了,谢谢。"马克说。

"这样你就能升中士了,当我的勤务兵,你就永远只能是个下士,要是你在 2 连干得好的话,也许能成为军官。"

"我不在乎。在这里可以遇到更多有趣的人;而且,跟你在一起我觉得安全多了,鬼子永远都杀不了你。"他请求准许他去后方和新来的神父聊聊。他在散兵坑里找到了约瑟夫·卡拉汉神父,他正在给一个惊恐的补充兵赦罪。轮到自己时,马克说他想成为天主教徒。

"是不是有什么顾虑?"卡拉汉问道。他四肢瘦长,笑容很有感染力,

---

① Ａ 1/6 即 6 团 1 营 1 连。

大家已经给他起了个绰号——"爱跳的乔":"有什么事困扰你吗?"

"没有,"马克犹豫不决地说,"嗯,有。我觉得自己还没完全准备好。"他讲起了他跟着大乔是怎么学习的,大乔又是怎么解答他的大部分问题的:"我还是会做噩梦,梦见我在塔拉瓦杀死的鬼子,看到他们一脸责备的样子瞪着我。"

"你那不是在自卫吗?"

"是的,但是……"

"那就不是罪过。这就好比警察为了保护自己或者拯救受害者,不得不杀死罪犯一样。如果你冷血地杀死一个俘虏,那是一种罪过。有的日本人从山洞里出来,身上只裹着兜裆布,举着双手,冷不丁会拔出一把刀来。假设有人正是因为怕这种事,所以先下手为强,把俘虏击毙了,你能说他有罪吗?不能吧?当然,这么做确实狠心,俘虏挺惨的,但说到底这也是为了保家卫国啊!你必须杀人,你这是在履行职责。"他一只手搭在马克的肩上,"但我很高兴这事让你良心不安。"

那天晚上,在山的另一边,唐纳医院的厨子端出了一道意想不到的美味——蟹肉米糕。老医生拿起一块凑到裕子的嘴边:"我们的护士先来一块,大家再一个个分。"这就像父亲在哄他的小女儿吃饭。年轻医生福田中尉很高兴,感慨道:"多么好的一幕电影场景啊!"

裕子张大嘴,一口吃下去。太好吃了,好吃得让她觉得内疚。

一名海军大佐躺在担架上被抬了进来。他一条腿受了重伤,军服上沾满了血。"为什么我没死?"他一遍又一遍地说着这话,"只可惜我没死!"

医生处理了他的伤,然后把他移交下去。一个小时后,她听到一声高呼:"陛下!万岁!"然后一声枪响,耳膜一震。

她跑回去一看,大佐的下巴鲜血淋淋,手里还握着一把枪。她暗暗感叹:死得真英勇啊!她惊呆了,但没有流泪。她想也许哥哥也是喊着"天皇万岁!"赴死的。照顾大佐的年轻少尉忍不住哭了起来。小川少佐和福田中尉见到这一幕垂下了头。

第二天下午,也就是6月的最后一天,日军的防线被攻破了,医院很快就收到了司令部下达的命令——"宁死不屈"。天色渐渐暗下来,医院里在分发手榴弹,每八人一枚。小川疲惫地爬到一块隆起的高地上,大声宣布:"奉统帅部的命令,野战医院要转移到离这个岛北端四英里处的一个村庄。"

偌大的场地上,鸦雀无声。小川少佐喊道:"走得动的各位都跟着我走。我很痛心,不得不抛下你们这些不能走的同志。朋友们,效仿那位海军勇士昨晚的做法,拿出日本军人的样子,光荣赴死吧。"

"我要留下来和我的病人一起结束自己的生命!"裕子说。

小川走到她跟前:"你跟我们走,这是命令。"

她低下头。那些走不动的病人向她爬过来,每个人都有话要带给家里的亲人,每个人都想跟她讲讲自己的家人;她一次又一次地承诺:如果能活着回到日本,她一定会把这里发生的一切告诉他们的家人。

有个人在狂挥手,想引起她的注意。这人的下巴被打烂了,他在泥地上写下"九段坂",然后,"歌"。

"你想让我唱《九段坂》这首歌吗?"

他使劲点头。

这是她很喜欢的一首歌,很感人。当她开始唱时,正在往外走的大批人流停了下来,每个人都在明亮的月光下听得如痴如醉:

> 我是一只生了雄鹰的黑母鸡。
> 这样的福分岂是我配拥有的。
> 我想让你看看你的金鸢勋章,
> 我来九段坂见你,我的儿啊。

天然的露天剧场里一片静默,过后响起了声声高呼。这阵呼声过后,他们在喊的是:"永别了,小夜莺!谢谢你,小夜莺!"

月光下,裕子跟着一长队的伤员,耳边还回荡着后面被留下的那批人的叫声。午夜时分,他们走到一片甘蔗地里。时不时,天空中会亮起照明弹，映得夜空明晃晃一片。每逢这时候，大家就会卧倒，裕子实在没精神，只能勉强蹲一下，到最后晕了过去。当她醒来时，听到小川少佐在大声呼叫担架，但只有一副担架，抬着一位老将军。裕子尽量想跟上担架，但脚步踉跄。

"过来。"将军说。他让她抓着担架借点力："你多大了？"她告诉了他。"我女儿跟你一样大。"他拍拍她的手，"是你把自己的血输给了我，是吗？是我拖累了你。"他叹了口气："都怪我。"

又一颗照明弹燃起。她回头看过去，一长排的游魂野鬼，很多个走得跟她刚才一样跟跟跄跄。见此情形，她感觉自己突然又有劲了，她折回去扶别人。那人告诉她，就在他起程来塞班岛的前一刻，他的孩子呱呱坠地。"让我倒下吧，"他乞求，"我实在没力气了。"

"挺住！"她说，"明天早上我们就安全了。你必须回家去见你的妻子和宝宝。"他嘴里哼哼唧唧的，但两条腿还是不自觉地在移动。

## 5

第二天早上没什么行动，比利 J 叫马克开着吉普车去接一个来补充空缺的老兵。本部连折了好几个人，这名中士来了可以顶上。本部连现在是后备军，连长穆林斯主动提出他来开车，送马克去海滩。一路上，月亮一直在讲他给弟弟做的人生规划，一副若有所思的样子，上个月他想让他成为一名建筑师，今天换成了医生。穆林斯把吉普车停在一棵棕榈树下，拿出他的"红薯"，长腿往放下来的挡风玻璃上一架，开始吹奏一首伤感的曲子。前方的堡礁上，一艘"鳄鱼"遇到了麻烦，它被风浪横转，随时有倾覆的危险，上面有个人站起来，一边还挥舞着双臂，最后，船终于调正方向，爬上了海滩。这名乘客看来就是那个新来的人，他骂骂咧咧的，满口下流话，南方口音的咆哮声唤醒了马克的记忆。

是瑞德中士，让马克和他的同伴们在新兵训练营里过得痛苦不堪的那个家伙。有人把一个沉甸甸的床脚箱扔到海滩上，这又招来好一通数落。

"这不是老朋友瑞德中士吗?"马克说。

瑞德认出了他:"哦,天哪。你在祸害哪支部队?"

马克告诉了他:"我有辆吉普车停在那边。搭把手,一起拎一下你的床脚箱。"

"你自己拿。"瑞德拖腔拉调地回了一句,便朝着吉普车走去。

马克背着一个行军背囊,跟在后头。他把背囊甩到吉普车的后座上。月亮伸出一只手表示欢迎,然后自顾自继续吹他的陶笛。

"这地方的安保搞成什么鬼样?"瑞德气冲冲地抱怨。

月亮没有理睬他。

"好了,下士,把我的床脚箱拿来。"

"太重。"马克说。

"这是命令。"

"门儿都没有,瑞德。"

"我要让你受处分,脑子进屎的蠢货。"

"小家伙,"月亮慢吞吞地说,"我们对中校的勤务兵可不兴这样说话。"

"你们俩都给我滚下车,把我的床脚箱拿过来。"

月亮看着马克,两人都笑了。

"我要让你们两个脑子进屎的蠢货都受处分。"

"哎呀,中士,别呀。"月亮慢悠悠地下了车,"来吧,马克,趁着还没被降级处分,我们去把箱子拿过来吧。"

在营指挥所,比利J和瑞德握了握手:"中士,欢迎加入。"

"我有几件事要说,长官。"瑞德说着掏出他的黑色小笔记本。

"待会儿,中士,看来你已经见过你的新上级穆林斯上尉了。"

月亮和蔼地冲着惊愕的瑞德微笑:"中校,我会好好照顾他的。"

"我想你会觉得这里有意思的,中士,"中校说,"明天早上我们要攻下甜面包山。"他指着一座小石山:"日本人把它挖成了一座堡垒。很棘手。"

"是,长官。"瑞德说。在场的人只有马克注意到他已经面如土色。

7月2日8:30,他们与另外一个营同时出动,发起进攻。最初的几个小时很轻松,不费一兵一卒,转了个小弯,就到了这座危机四伏的甜面包山。比利 J 上前去指挥行动。中午时分,两个营的步枪连下坡时,遭到凶猛的火力阻击,敌人躲在山洞里朝他们开火。一名列兵攀过一块山岩,被子弹击中左眼,切掉的半张脸飞溅到一名中士身上,中士跳起来,对旁边的人大吼:"娘的,麦克,我们上去灭了这帮王八羔子!"两人爬起来冲向峭壁上的山洞,后面跟着他们的战友,他们在岩石丛中飞奔,艰难地攀爬着迂回向上,紧紧抓着山体表面突出的石疙瘩,将一颗颗手榴弹投进了山洞。

马克站在下面,看到 2 连的新连长——一名年轻的中尉——扔出一枚手榴弹,随即就倒在了坚硬的地上,这是该连在塞班岛第四位倒下的连长。其他的海军陆战队队员被击中后也倒在岩石上牺牲了,但后面的人丝毫没有退缩。几分钟后,一群人来到了山洞前。二十来个日本人疯狂地尖叫着冲出山洞,要拼死一搏。海军陆战队队员们匍匐在地上,一枪一枪地把他们全解决了。

在下方,野兽带着一批人正沿着山坡往上冲:"别躲在散兵坑里!那里是赢不了紫心勋章的!"

月亮气得七窍生烟。他对着马克喊话:"那个新来的胆小鬼中士!他躲在山脚下那片紫色的灌木丛里不敢出来。"

早上,比利 J 叫月亮打发瑞德走人,他让马克和野兽开车把他送到登陆区。一路上,瑞德一句话都没说,到了目的地,也没让任何人帮他搬床脚箱。他爬上一艘"鳄鱼"。当它缓缓爬进水里时,野兽在岸上大喊:"嘿,脑子进屎的蠢货!给你留点纪念!"他说着就往"鳄鱼"肚子里扔了枚手榴弹。其他人都没有理会,唯独瑞德一声尖叫,噌的一下蹿起来,跳进了海里。他从水里冒出脑袋,迎接他的是一阵讥讽的笑声。一名海军陆战队队员把这枚没有危害的手榴弹扔回给野兽:"接着你的小玩具,中士。"

下午,6 团 1 营继续清理山洞,马克和图利奥负责建一个安全些的指挥所,联合攻击信号连的人也在,他们在设置通信系统。他们的艾德·麦克道尔上尉已经被调到海军陆战队第 21 团,接替他的是一个没什么实战经验的新人。他决定带着所有手下去附近查看一下,他没有和图利奥商量就离开了。半个小时后,信号连的一名士兵跑了回来,大喊上尉他们被敌人火力困住了,可能全都死了。他带着图利奥、马克、一名中士和一名操作火焰喷射器的列兵朝着两座大约五十英尺高的悬崖走去。他们找到了那个没经验的上尉,他胸前有一个拳头大的洞。图利奥俯下身。"死了。"他说这话的时候,子弹从两座悬崖那边飞过来。图利奥和马克滚进了灌木丛,中士慢了一步,手臂中弹,痛得直哼哼。

"回营去找人来帮忙,再派些喷火兵来。"图利奥说。

他们又发现了几具海军陆战队队员的尸体,有几个是图利奥自己带的突击排的人,还有两个是联合攻击信号连的士兵。图利奥冲向右边,招来机关枪一阵猛扫,他捡起自己的步枪。他气炸了。

"你昏头啦?你这是在干什么?"马克说。

"去灭了那帮混蛋!"图利奥迅速从死者身上收集了几枚手榴弹。他叫马克待在原地,援兵到达之前别出来。他叫喷火兵跟着他,随后往山上走去,后面跟着那个不太情愿的列兵。图利奥瞥见就在几步外,香蕉树丛里有一支步枪伸出一截,露在外面,他一把抓住枪管,甩手一扔,然后丢进去两枚手榴弹。很快,他就到了第一个山洞口,往里丢了一枚手榴弹,然后又一枚。

图利奥带着气喘吁吁的列兵爬向第二个山洞。他投进一枚手榴弹,对喷火兵喊:"喷火!"没反应,这东西不管用了。

"天哪!这可怎么办?"这话其实是在对自己说。然后,他看见一枚手榴弹从头上划过,飞进了山洞。

"中了!"马克大叫。

"我叫你待在后面。"图利奥责备他,然后又扔了一枚手榴弹。

一阵咝咝咝的响声,声音很大,喷火兵把他的机器鼓捣好了,他把那根巨大的橙色火舌伸进洞里。里面有尖叫声。马克又扔了一枚手榴弹。洞口喷出一阵烟。

"我们回去把第一个山洞彻底清理一下吧。"图利奥说。三个人沿着陡峭的山路爬了下去。马克先投了一枚手榴弹,图利奥又投了一枚。火焰在马克左肩上方咝咝地响,他稍微有点灼伤。山洞里传来痛苦的惨叫声,然后安静了下来。

天黑后,图利奥来跟马克和中校一起吃饭,三人吃着冷冰冰的C口粮。图利奥说:"我决定延长服役,长官。奖金数额不小,现在我妈可以在家里装个厕所,以后就不用出去上厕所了。"

第二天,也就是7月4日,没有放假。临近傍晚,从山坡到海滩的区域都已经清理干净。6团1营只需要再清理几个山洞,洞里几乎全是查莫罗人、日本妇女和孩子。马克向比利J申请让他去帮忙,后来也正是他最能说动受惊的平民从一个又一个山洞里出来,但是,就连他也在一个大山洞前一筹莫展。他们能听到孩子在哭,还有受伤的成年人在呻吟。马克苦口婆心,一再劝说,始终没人出来。

月亮穆恩·穆林斯在用他那架破旧的小柯达相机拍一些未经批准的照片。他说他能让他们出来。他坐在靠近洞口的一块大石头上,开始用他的"红薯"吹奏悦耳哀怨的曲调。马克听到有说话声,有响动,再次向里面的人保证谁都不会受到伤害。

一个骨瘦如柴的日本女人抱着一个吓坏了的男孩犹犹豫豫地向洞口走过来,另一个女人抱着一个啼哭的婴儿也一起走出来。她俩都到了洞口,马克慢慢地迎上去。突然间,两个女人像是被人推了一把,猛地倒在地上。马克看到一张阴沉憔悴的脸——是个日本兵。他朝着惊慌失措的海军陆战队队员们抛了枚手榴弹。

月亮从大石头上纵身一跃,就在手榴弹爆炸的前一刻扑了上去。有人击毙了那个日本兵。马克俯下身凑近月亮,他想说点什么,但血从嘴里涌了出来,他死了。几个海军陆战队队员不顾形象,哭了起来。马克呆住了。比利J来了,他跪下来,满脸泪水,他想说点什么,但喉咙里哽得太厉害。月亮的右手还紧紧抓着"红薯",比利J把它挖了出来,递给马克,憋出一句话:"寄给他的家人。"

爱跳的乔蹲下来给月亮施临终圣礼。他垂下头说:"人间没有比这更伟大的爱……"

唐纳的病人终于到了他们的新落脚地。裕子在心里感叹,这真是地狱里的天堂。旁边有一条奔流的小溪,清凉新鲜的淡水,再也不用愁没水了;这里的草地也没有一个个弹坑,树木也没有遭到弹片的摧残。平民的物品扔得到处都是,它们的主人像是在匆忙间仓皇出逃的。

老医生命令手下挖散兵坑,他叫裕子在他旁边挖,她说"不用了",因为她实在太累,而且一个准备去死的人要这个有什么用。但小川的态度很强硬,不容她不服从,她只得尽力用一根小树枝在坚硬的地面上抠。见她可怜,小川说:"到我的坑里来吧。"他挖了一个容得下他们两个人的大坑。休息时,他说:"护士小姐,我给你添了不少麻烦。等友军来救我们的时候,我就让你回家。"

"我的家已经成了废墟,我的父母都死了。"

日军已经成了被猎捕的兔子,他们没有丝毫喘息的机会来构筑最后的防线,被一直赶到了岛的北部。在日军司令部的岩洞里,一个参谋正在向三名最高指挥官报告,已经没有前线了,士兵们擅自撤退了。指挥官们不相信这是事实,带着怀疑沉默良久,最后一致决定在黎明时分发动最后一次攻击,就此结束战斗。

一大早,裕子被叫声惊醒,这是在通知大家集合。小川少佐站在一块巨石上,向大家宣布:"我接到统帅部的命令,今晚会集结所有兵力发起一场总攻。我们野战医院也要参加,每一个能走的人都要战斗。"

裕子惊呆了。就在昨晚,小川少佐还说有友军要来,现在她知道他们绝对不会来了。只有几把枪和几把刀,大家开始动手把树枝削尖做成矛。

天黑后,小川对一百来个能走路的伤员说:"你们下山去岸边和其他人会合,我们的护士带着还能爬的或者还能一瘸一拐走几步的人去山顶的司令部。"他递给裕子一枚手榴弹:"如果有必要,就用这个。"

"请让我留下来吧,跟不能动的病人待在一起。让我和他们一起死在这里。"

"不行,跟他们在一起是我的责任。你必须走,这是命令。"

参加战斗的人开始下山,裕子也带着还能动的伤员往山上走。他们走得很慢,很艰难。伤员们一路呻吟,上气不接下气。她走到队末去搀扶伤势最重的人。他们走了两个小时。司令部在哪里？小川只给了一个大致的方向——上山顶。最后，她终于反应过来，他的意思是要他们去最安全的地方躲着。午夜时分，他们走到一片空地上，在这里可以俯瞰整个西海岸。在明亮的月光下，她能看到数百艘船。这最后一次进攻胜算有多大？

第二天晚上，所有的军旗都烧了，三名最高指挥官切腹自杀，这是武士阶级最光荣、最高贵的自杀方式。他们的尸体也烧了。包括男性平民在内的三千多个日本人爬下陡峭的山坡，前往加拉班市以北五英里外的西部沿海平原。零点，他们将向塔纳帕格小镇外的美军阵地发起冲锋。

裕子在山顶上听到了枪炮声。总攻开始了，然后敌舰发出闪光，紧接着听到远处有轰隆隆的响声，最后传来海滩附近爆炸的巨响。她呆呆的，像是被定住了似的。大炮的轰鸣停止了，下方战斗的喧嚣也减弱了。总攻结束了吗？她的朋友都死了吗？

东方破晓后，她看见之前所在的山谷里有几个小小的人影在走动。野战医院没出事！她奔向山谷，一个小时后，跑到了小川少佐面前。

"你怎么回来了，小傻瓜？你不明白我的心。我们几乎完全被敌人包围了。快回去！"

"不，我要死在这里，我回来就是要和你们死在一起。"

小川叹了口气："好吧，跟我和福田一起进坑里待着。"他知道怎么说都没用，这姑娘太犟。

她心满意足地缩进坑里，就好像这里是家。她终于明白了老人的用心，这给了她勇气。没过多久，一轮红日出现在天边，她看见山脊上有什么东西在动。

"少佐，他们来了。"她说。

"是的。"

这些小小的人影越来越大，她看到他们的脸是黑色的。他们伸展身体，然后蹲下。像大猩猩！她听到几声口哨，来自第27师的黑人开始慢慢地向野战医院包抄过来。她失去了时间的概念，心里只有一种莫名的恐惧。

老将军叫她。他躺在担架上,在旁边一个散兵坑里:"谢谢你,护士,是你让我活了下来。但最后的时刻到了,你不是军人,你的人生才开始,你必须为我们所有人活下去,逃到西部去。"她哭了。"我想给你留个纪念,但我什么都没有……只有这个。"他拿出一把小剪刀,"我从小就带在身边的。"

她流着泪谢过他后,爬回自己的坑里。她惊奇地看到受伤的战士慢慢地从散兵坑里冒出来,有些人不得不靠同伴扶着站起来,尽管颤巍巍的,十分虚弱,但个个神情傲然。他们面向北方皇居的方向,深深鞠躬,然后蹲下来,准备拿着木矛和棍棒跟敌人干。

黑人士兵们前进的速度加快了。她听到一阵奇怪的音乐,她从来没有听到过这种乐声,狂野的节奏令她不安。广播传送的音乐在山谷里回荡,她的心中充满了恐惧和好奇。

士兵们那么艰难地从坑里爬出来,准备最后搏命一击,此刻也同样被爵士乐吓坏了,他们惊慌失措地逃回了散兵坑。裕子听到附近有一声枪响:老将军一定是自杀了。然后从另一个坑里又传出一声枪响。裕子贴着坑的边沿看着越来越近的人影。现在她可以看清楚他们的黑脸了。他们一定是美国人从非洲带过来的食人族。

她拔下手榴弹的保险销,猛地掷到一块岩石上。"我死了。"她说。

下一幕,她听到嗡嗡的说话声,一种奇怪的语言,渐渐地越来越清晰。她微微睁开眼睛,一开始看不清楚,然后,她意识到四周都是外国人。一个年轻的美国中士俯下身,轻声用日语嘱咐她不要动。居然能从野蛮人口中听到日语!他的眼睛是那么善良。可她怎么受伤了?她想起了那枚手榴弹。本不应该活着的。喉咙口干得冒烟。"味增汤。"她说。

"不行,你受伤了,不能喝水。"他给她喝番茄汁,味道像毒药,她吐了出来。她没有被他友善的眼神迷惑,她知道他是敌人,没安什么好心。

"野战医院发生了什么事?"

"只有你一个人活了下来。"

作为一名护士,她想清楚地了解自己的伤势,好像伤在肚子那块,她试图掀开毯子看看,可实在没力气。

第二十章

那个年轻的美国人坐在旁边，向她解释说："我之前在一所日本大学读书，就在战争爆发前回到国内，志愿参军当了兵，可我不想杀日本人，所以就当了卫生员。"

她问之前听到的奇怪的音乐是什么，是不是美国发明的新战术。卫生员笑了："我们叫爵士乐。"

她从来没有听过这个名词。

他劝她放宽心："虽然那个医院只有你一个人活下来，但还有很多日本平民活着，他们在查兰卡诺阿附近的一个大营地里，大家都很高兴自己还活着。"

她还是不太相信他："美国恶魔看见女人就要强奸，对男人不是下杀手就是割睾丸，而且，他们还用黑猩猩一样的士兵。"这是她最怕的。

美国人笑了："救你的就是他们。"

她求他让她去查兰卡诺阿和同胞待在一起，这样她能死得安心。他得到批准，找了辆卡车送她过去。司机是个黑人，但有那个年轻的中士在，裕子感到很安全。她躺在卡车车斗里，望着天上的月亮，想起一幕幕伤心的往事，但她强忍住眼泪，不愿意当着敌人的面流泪。

过了一会儿，中士说："这是加拉班，只剩下废墟了。"她突然放声大哭。

"怎么啦，小姐？"

"这是我的家。"她想起了与她阴阳两隔的妈妈、爸爸和妹妹……还有哥哥。

"节哀顺变。"司机说。

她觉得奇怪，竟然听到这个黑面陌生人说出同情的话来。她昏昏沉沉的，随即便失去了知觉。

在发起自杀式攻击的三千多人中，只有极少数活了下来。卡拉汉神父在战场上为一大群人做弥撒，比利J、马克和图利奥都在。日本人的尸体层层叠叠垒在一起，令人毛骨悚然，滚滚热浪中，几百万只苍蝇拥在尸堆上方，肠子像气球一样在微风中来回摇曳，腐臭味铺天盖地。爱跳的乔注意到沙利文中校盯着那堆尸体,然后低下头祈祷。马克也看到了,他虽然没有低头,但心里在默默地为月亮和所有死去的人祈祷。

在回去的路上,马克想起了海尼莫阿,这是他登陆后第一次想到她。令他羞愧的是,现在想到她,心里已经没有那种刺痛感了,他原本以为这种痛会持续一辈子。他开始理解她为什么明明更爱他,还是选择了塔拉。她是对的,他一直以来都太自我,看不透。从此以后,有关她的记忆将不再有痛苦。

7月9日,海军中将"可怕的"特纳宣布已正式占领塞班岛,但马克只觉得难过,他知道战斗远没有结束。月亮走了。下一个倒下的又会是谁呢?

接下来的几天,很危险,也很艰难,海军陆战队队员们要让躲在山洞里的日本人自己走出来。马克和图利奥主动请缨,成功地挽救了很多人的生命。那天,马克在东岸的山洞里忙碌了一下午,汗如雨下,疲惫不堪,回到指挥所,发现比利J正在绞尽脑汁给阵亡官兵的妻子和父母写唁函。他把笔一扔:"我不知道该怎么给月亮的妈妈写。"

"我和图利奥给她和他弟弟写了一封信。"马克说,"我们告诉她本部连的人是怎么看待月亮的,每个人都签了名。"他把信递给比利J。他认真读完后,哽咽着说:"马克,写得真感人。我会把它跟我的信还有红薯一起寄过去的。"中校看着远方:"我现在还能看到那傻瓜大摇大摆地走在塔拉瓦海滩上,像个独立战争的战士,一边还吹着那该死的陶笛。"他写完了自己的那封信。"好了。现在我们得准备攻提尼安岛了。"他指着西南方向几英里外一个地势平坦的小岛。他们要拿它作为空袭日本的主要基地,"我们只有两周的时间来做准备。"

# 第二十一章

1

**塞班 1944年7月**

在加拉班以北的宿营地,马克放眼望去,目光越过两英里半的平静水域,落在提尼安岛的北端。这个岛比塞班岛略小,长十一英里,宽五英里。他能依稀看见乌希机场,中太平洋区最好的机场。照计划,B-29轰炸机将从这里出发,对日本本土发动大规模空袭。战列舰和巡洋舰正在猛烈轰炸整片区域。

有别于塞班岛,海拔五百英尺的提尼安岛地势相对平坦,在乌希机场另一侧是一系列高高的坡地。这次行动看起来并不太难,但他记得野兽在塔拉瓦战役结束后曾说过:"是不是恶战,就看你会不会中弹。"他和比利J的好运会不会就此到头?

图利奥走了过来。"平塌塌的鬼地方。"他说。从轰炸程度来看,应该不会有多少漏网之鱼。

"塔拉瓦看起来也是那样,但我们上去后,就不是那么回事了。"马克说。

塞班岛上的海军陆战队队员们很暴躁。太平洋战区陆军总司令罗伯特·C.理查森中将最近刚到,来给陆军部队颁发勋章。他事先甚至都没有跟尼米兹将军和"号叫的疯子"史密斯商量一下。陆海两军本来就存在矛盾,赫斯特报系的一则指控更是加深了积怨,该报认为塞班岛战役海军陆战队的伤亡远远超过麦克阿瑟指挥所造成的伤亡,因此,"合乎逻辑的做法是把太平洋地区的最高指挥权立即移交给"麦克阿瑟。该报还大肆吹捧陆军部队胜利进驻罗马何等风光,而当时他们还在塞班与敌人拼得你死我活,这更加剧了海军陆战队的不满情绪。照片上陆军士兵进入这座美丽的城市,走在撒着鲜花的街道上,意大利人夹道欢迎的场景与他们在塞班岛的待遇有天壤之别。他们扫清加拉班后,也没有美丽多情的姑娘冲上来拥抱他们。

而在他们这边,差不多就只有一件喜事:灶棚终于搭了起来,他们吃上了几周以来的第一口热饭。图利奥写信给母亲说,总算不用吃口粮了,真是太好了。现在他们睡在帐篷里,他搞了一顶大大的日本蚊帐。图利奥说:"我确实很想洗个澡,把一身的臭味洗掉。睡觉时也是这身衣服,已经穿了一个月了,这是没办法的事,大家都这样,不过别担心,我偶尔会洗洗内衣,所以也不是太臭。"

比利J在努力营造条件让士兵们过得好些。他们的联合攻击信号连小组发现了一大批酒,直接拿来分给了大家。中校只要求大家别把酒带出去,空瓶子妥善处理掉。第二天,他给55名伤员发了证书;他说他们一回到美国,就可以领到紫星勋章。

裕子自从进了日本平民收容所后,几乎一直在睡觉。有大饭团,她也吃不下,因为总是会想到山区医院里那些饥肠辘辘的士兵。很多人来向她打听自己的亲人,但她一个也不认识,他们都是查兰卡诺阿人。她很恼火——他们完全不知道战士们过得有多苦。他们太随和了,甚至说轻率都不为过。她不想吃东西,甚至不想再活下去。这些人只会念叨他们损失了多少财产。

那天,营地里都在传,说是有一个美国中尉正在收容所里搜寻伪装成平民的日本军人。没过多久,这个军官就进了裕子的帐篷。"你是护士吧?"他说的是日语。

"不是。"

他递给她一个包:"这是你的吧?"她把它落在山上了。她点点头。这个美国人笑了:"我朋友温特斯中士托我带过来的,是他把你送到这里来的。"

她接过包裹,举到前额,鞠躬表示感谢。中尉解释说这是温特斯在她最初接受治疗的屋子里发现的。她很感激,因为包裹里有病人托她保存的珍贵的物件:照片、头发和剪下来的指甲。

中尉问她是否愿意回野战医院去接受治疗,她硬说自己已经痊愈了。她急忙打开包裹,却发现包里只有美国药品、纱布和绷带,那些珍贵的遗物不见了。这犹如晴天霹雳,她伤心得哭起来。老将军送给她的那把小剪刀倒是还在,埋在那堆东西底下。这多少是一种安慰,但强烈的负罪感令她无地自容,她辜负了死去的病人,无法兑现许下的承诺了。

跟她住同一个帐篷的几个女人坚持要替她清洗伤口,换绷带。她们不顾她反对,拿走了她的脏衣服,给了她一身干净的衣服。她感到神清气爽,奇怪的是,从那一刻起,她觉得死去的病人冥冥之中在鼓励她,叫她活下去。


7月24日晚,第4师的士兵们上了坦克登陆舰。不久,第一波进攻的部队开始在提尼安岛西南海岸登陆。由于比利J的哥哥事先带着一小队人侦察了敌情,他们几乎没遭到火力阻击。几小时后,天亮后登陆的部队倒是受到了火力迎接,但伤亡极小。

第2师紧随其后,上午十点左右,6团1营上了岸,没有人员伤亡。沙利文命令全营以连为单位排成纵队行进,他领着部队钻进平坦的甘蔗地向乌希机场挺进。炽热的太阳是最大的敌人。有些人在抱怨苍蝇和恶臭,图利奥却说:"小意思。"在塔拉瓦失去的嗅觉再也恢复不了了。

第一个小时,一枪都没有放。唯一的冲突发生在几辆吉普车满载着战利品开过来的时候。"停!"副营长纳尔逊少校大吼一声。他和往常一样,看上去就像刚洗过澡一样。在第一辆吉普车里,一个海军陆战队中校抱着一口大钟。纳尔逊不顾对方的军衔比自己高,对着中校说:"我想让这个纵队停下来,中校。所有这些战利品都必须归还原处。我们是来这里打仗的,不是来抢敌人东西的。我要知道有哪些人拿了东西。如果有必要的话,我会拿着枪挡在前面!"

中校气得语无伦次,但少校不肯让步。

图利奥轻轻地推了推马克:"一个轻量级选手有着重量级选手的胆量。"

他们继续向此刻硝烟弥漫的机场推进。刚踏上一段上坡路,眼前就出现了一幕恐怖的场景:近百名日本人被海军的炮火炸得粉身碎骨。路上到处都是大块大块的肢体,切口很整齐,就像是放在一个巨大的砧板上剁开的,肉还是红的,血也没有被烈日晒干。

图利奥恶心坏了,大喊:"前面的混蛋走快点。"新来的补充兵没有一个不被这第一眼的战争场面吓到,一个个脸都绿了。臭味像是弥漫在马克的鼻腔里,他发誓再也不吃红肉了。他猛推前面的人。穿过这片停尸场只花了几分钟,但却感觉永远走不到头。他们穿过一丛丛甘蔗林,黄昏时分,距离机场还剩下一半的路程。第二天,他们帮着拿下了乌希机场,然后一拐弯直奔南方朝着小岛的尽头挺进。伤亡还是很少,马克不再担心他和比利 J 会死,他的预感只是胡思乱想而已。

7月27日,他们被台风的尾巴扫中。雨像是从大桶里倒出来的。滚烫的泥土蒸气腾腾,不到一个小时,红土就变成了齐踝深的烂泥。接下来的四十八个小时,倾盆大雨使得他们几乎一直在水深火热中挣扎。推进速度很慢。散兵坑里积了半坑的水,人躺在里面睡觉,这滋味实在太难受,是马克在流浪时的各种经历无法比拟的。他和比利 J 把雨披拉到头上盖住武器和弹药。这就像躺在游泳池里,只要脖子以下都浸在水里,还算暖和,但是一旦从水里出来,暴露在夜晚的凉气中,湿衣服贴在身上就会感觉浑身冰冷。更让人难受的是,无数条蜗牛钻进裤腿,吸附在皮肤上;到了第二天早晨,你得用一把锋利的刀或刺刀才能把它们撬掉。

向南推进的进程因为受并行部队的影响,慢了下来。该营营长"大汤姆"韦斯顿是水兵出身,原来只是个大头兵,不会看指南针。他在横向推进,沙利文一遍遍地打电话通知他直走,不要偏离方向。最后,大汤姆爬上一个小山丘,把一副巨大的日本望远镜架在高高的三脚架上。他看了半天,也没找到6团1营:"你到底在哪儿,比尔?"当然啦,6团1营此刻正藏在甘蔗林和树丛里。

比利J耐心地告诉他坐标:"汤姆,我就在这里。"

"我还是看不见你,挥挥你的地图。"

"你明知道不可以,汤姆。我是不会站起来的,拿个该死的地图挥给你看,让日本人把我的脑袋崩掉。"

"挥挥你的地图。我得知道你在哪里。"

比利J绝望地看看马克,然后拿起他的步枪把地图绑在枪管上,举起步枪伸到甘蔗上方挥了挥,嗒嗒嗒:"好吧,汤姆,托你的福,我的地图破了,好几个洞,刚刚被机关枪打穿了。这下你满意了吧?"

"哎呀,别生气了,比尔,别激动。我知道你在哪儿了。"

在接下来的几天里,他们不紧不慢稳步推进,过程单调平稳。太阳出来了,这下淋湿的衣服可以晒干了。到目前为止,总共没死几个人,看来不费多大代价就可以拿下这个岛;但是,当他们接近提尼安岛南端时,敌人的反抗变得强硬起来,伤亡人数也随之上升,此时距离首次登陆日已过了一周。

第二天一早,一艘装有十个喇叭的登陆艇驶近该岛南岸高高耸立的悬崖。"我们是海军陆战队,我们想帮助你们。"一名语言军官用日语通过广播喊话,"别害怕。我们带来了食物和药品。"登陆艇上的人能看到悬崖脚下成群的平民,有老人、妇女、孩子,全都蹲了下来,惶惶不安,一脸绝望。登陆艇渐渐靠近,语言军官看到悬崖上无数个洞穴中露出一张张惊恐的脸,他发现一个大洞里有军人,随即拿起望远镜对准那个方向,看到至少有二十个人站着,六个人看情形是受了伤,躺在地上。

"那边的士兵,别犯傻,战斗已经结束了。我们会给你们水,也会给你们治伤。我们不会开枪,只要你们爬到悬崖顶上,举起双手向北走。"

半英里外,6团1营在断断续续的步枪和机关枪的火力攻击下朝着悬崖缓缓推进。偶尔,山炮或迫击炮的炮弹会落到他们右边。"疯狗"麦卡锡和联合攻击信号连小队队长格雷迪上尉正朝比利J走去。又一发山炮炮弹从他们头上飞过。格雷迪立马卧倒,但疯狗在一旁哈哈大笑。"不用管它,他们还没调整好射程呢。"两人继续往前走,格雷迪听到炮响,纵身一跃,扑进一个浅坑。

"去你妈的,格雷迪!"疯狗轻蔑地说。紧接着一枚炮弹在旁边爆炸,疯狗应声倒地,左臂受了重伤。格雷迪大声呼叫医护兵,医护兵给他缠了一条止血带。疯狗很快就坐起来,咧着嘴笑。"谢天谢地,伤的是这条胳膊,不影响我喝酒。"看到比利J和马克走过来,他大笑起来,"嘿,中校,我给自个儿弄了个需要回国去治的伤,我要回珍珠港去会护士了。"

山炮又砰的一响,一声尖锐的呼啸。比利J和马克扑到地上。中校站起来,惊讶地发现自己竟然没有被弹片击中。"又没打中,马克。"他说完这话,就看到自己的勤务兵倒在地上,胸口在流血,眼睛睁着,但整个人处于休克状态。

"医护兵!"沙利文大叫,他俯下身。"你没事的,孩子,"他平静地说,"我们来看看你伤在哪儿。"

一名医护兵冲过来,割开马克的衬衫。"弹片,长官。"他说。他在伤口上撒了点粉,用纱布堵上。"你没事吧,中校?"马克咕哝了一句。

"你知道他们伤不到我的。你会没事的,孩子。"

但是马克知道自己快死了。都说你永远听不见打中你的那枚炮弹,他知道不是这么回事,因为他听到了。他能感觉到生命在一点点流逝,但还是挣扎着吐出几个字:"卡拉汉神父……"

"我明白。"他向关切地看着马克的图利奥大声说,"把爱跳的乔找来,我刚才还看见他在后面。"

"他失血过多,长官,我们最好把他送到后方去。"医护兵说。

比利J喊人开辆吉普车过来。

马克咳了一声,血从嘴里流出来。

卡拉汉神父跑到他身边,俯下身。马克想说点什么,但神父听不懂。

"告诉我父亲……"

"好,马克……"

他两眼呆滞,昏了过去。

吉普车来了。野兽小心翼翼地把他放到担架上,帮着医护兵把担架抬上吉普车。卡拉汉神父施临终圣礼的时候,疯狗准备爬进副驾驶座。

"你等下一辆大车,"比利J说,"图利奥,你一起去,把他安全送到海滩上。"

医护兵提醒司机在颠簸的路段慢点开。

"我们走吧。"比利J对爱跳的乔说。神父礼毕,退后。

比利J看着吉普车慢慢地向北驶去。

## 2

战斗在第二天算是正式结束了,但照例还得清剿最后剩下的顽敌,这过程很折磨人,也很危险。那些在战列舰上指挥行动的人口口声声说,这个岛现在"安全"了,可在岛上战斗的人一听到这几个字就火冒三丈。有人告诉记者,第2师"仅"阵亡104人,这是一场轻松的战役。"红迈克"艾德森将军反唇相讥:"哪有什么轻松的战役,每一场都是恶战。"

在提尼安岛上,6团1营刚刚在岛南端的悬崖处截住了一批日本兵。"他们就像无处可逃的老鼠,"比利J在给父母的信中说,"我们必须一点一点把他们挖出来。有时候,军人不准平民投降,这些可怜的人往往被逼得跳崖自杀。看到一大一小两具浮尸漂在崖下的水里,一个穿和服的母亲身上绑着一个婴儿,此情此景,让你怎能不落泪?我们不知道接下来要去哪里,目前的主要工作是在这里扎营。和以往不同,我们现在住在鬼子飞行员的宿舍里,很舒服。我的勤务兵马克被弹片打伤后,据说现在恢复得不错。你会喜欢他的,妈妈,他给我做饭,每天晚上给我铺床,让我睡得舒服,下雨天出去一定让我穿上橡胶套鞋。"可他没有告诉母亲,飞行员宿舍的墙上贴满了日本色情画片,野兽总是找各种借口来找营长说话,趁机色眯眯地欣赏那些画片。

一个星期后,比利J又在信中说,部队要回塞班岛编入战区预备队:"每个团都被分到一块特定的区域,有工程兵帮我们搭架子,我们管它叫'强力桁架'。这可比我们的旧帐篷好多了。这是个木地板加木栏杆的结构,你可以在栏杆上挂一个普通的小班帐篷,不需要绷索撑着,直接挂在这木架子上就行。这样,我们应该不会被台风吹走了,我们在提尼安岛战役中遇到过台风,这里的台风跟你在堪萨斯州看到的完全不是一个等级。"

8月13日,他回到了塞班岛。在该岛东部一片辟出来的空地上监督大家搭建宿营地后,他便带上新的勤务兵坐着吉普车前往陆军野战医院。医院里的人给他指了路,他找到了马克的病房。一个穿着泡泡纱工作服的护士把他带到病房中央。她的脸和手被岛上的珊瑚尘、海风和烈日弄得又红又糙。另一名护士正在移除屏风。

比利J脸色煞白:"怎么了?"

"对不起,中校,他刚刚断气。"医生说。

"他的伤没有那么重!"

医生耐心地解释说有并发症:"不幸的是,他是B型阴性,而且——"

"医生,我摸到一点脉搏!"一名护士说。

医生简短迅速地给护士下达了指令,俯下身检查马克的状况。比利J眼巴巴地看着,既担心又觉得还有希望。最后,医生转向他:"我以前在丹佛当实习医生的时候也看到过这种情况。"

"他能活下来吗?"

"我们在尽全力抢救。"

沙利文见自己在这里帮不上忙,就走了。

三天后,他可以和马克说话了。"还好吗,陆战队队员?"他说。

"棒极了!把我带回去吧。"他们握了握手。

"我去跟这里的其他弟兄打个招呼就回来,好吗?"比利J一回来,马克就说,"我一直在担心我不在,营里要乱套了,你自己一个人把鬼子扫清,一定很辛苦。"

沙利文坐在他的病床上,一本正经地说:"知道吗,真是不可思议,什么都顺起来了,没有再出乱子,没有报错信息,也没有吉普车开一半就没油了这种事。我觉得你实在该成为军官,这肯定会让我的担子轻一些。"然后,他的语气变得严肃起来:"马克,那天你把我们吓坏了。"

"医生告诉我了。"马克压低了声音。"那天我昏过去时做了一个非常奇怪的梦。"他看看周围,"如果你不笑我,我就告诉你。"

"你知道我不会的。"

"我梦见自己悬浮在半空,下面是床,我低头看着自己。很奇怪的感觉,我不觉得害怕,相反,感觉很美妙,非常安宁,非常安全。然后我看见你站在我身体旁边,很悲伤,低下头在祈祷。我想要告诉你别担心,我没事,但你听不到,我就很难过,于是就大声喊起来,这时候,梦就结束了……你答应过不笑的。"

"我当时的确站在你的床边,而且我也的确低下头祷告了。医生跟我说你死了。"

"死了?"马克大吃一惊,"没人告诉我你来过。"

时间过得很慢,因为没什么事可做,只能呆呆地盯着天花板,还有——思考。在过去的一年里,马克目睹了比利 J、图利奥和月亮种种了不起的行为。他扪心自问,自己和他们区别在哪里?一个令他汗颜的答案迟迟才浮现出来:他一直以来都太自我。他十几岁的时候就认定父亲考虑问题总是把自己放在第一位,他也得这样,否则将一事无成,所以他在不知不觉中变得只顾自己。这要在以前——甚至是几周前——有人拿这话来责备他,他定然会愤愤不平;但是此刻,他躺在床上,真相昭然若揭。他在想他们几个人谁更值得活下来。比利 J,图利奥,月亮,还是他自己?他不得不承认——不是他自己。他发誓,如果能活下来,一定要彻底改掉自私的毛病。

那天下午,卡拉汉神父在走访团里的伤员,他过来看马克。他们聊起了那些在提尼安岛上中弹的人,然后,马克突然来了一句:"神父,我想成为天主教徒。"

"那些顾虑呢?"

"我全他妈的不在乎了,神父。"

"很高兴你能加入我们。等你一出院,我们就安排。"

几天后,比利 J 带来了一张看上去很正规的文件。"你知道我们还发不了紫心勋章,先用这张证书顶着。"他坐在马克的床上,"那天我说让你当军官,不是在开玩笑。"

"中校,我很乐意当你的勤务兵。"

"是的,可我不乐意。以你的才能,不应该一直是个下士。"

"我是不是做了什么事把你惹毛了?"

"别跟我瞎扯。你知道自己跟在我身边是什么样子。需要什么吗?要拿邮件吗?"

"是,长官。还行,我没有什么可抱怨的,但我想早点离开这里,回营里去。营地怎么样?"

"棒极了。我们就在一个可以俯瞰马格西尼海湾的悬崖上,鬼子绝对上不去。我们南面是团司令部,北面是2营,马路对面是3营。他们的营长都换了,斯威夫特上校现在是副团长,一个新来的叫乔纳斯的中校管2营。哈夫纳中校,记得吗?他现在是3营营长。我们这个位置,根本不用担心外部安全问题。天黑后,我会派一队人执勤,守在警卫帐篷里,再安排两个人在哨位监视那条马路。我们在清剿散兵,也会撞见一些已经死了的敌人。"

谈到战务上的事,马克一下子就来劲了,他坐在床上直起了腰:"我很好奇这些可怜的家伙晚上都做些什么,躲在洞里,没有灯,可能也没有吃的。"

比利J笑了。"拉屎,要么打扑克。"他说起了那个坐落在林木茂盛的峡谷中的天然圆形剧场,"我们在那里搭建了一个舞台,幕布、放映室一应俱全,再弄台发电机发电,每天晚上都有电影看。"

"高级啊。坐哪儿?就坐地上?"

"哎,才没有!我们把沙袋一排排垒上去当座位。在高处,爱跳的乔有一个帐篷布围成的简易教堂,里面放了沙袋,可以垫在膝盖下。昨晚放电影的时候真是活见鬼。看完电影,我们正往外走,有个人的手电筒碰巧照到了最后一排沙袋。尽头靠近林子——"他突然大笑起来。

"怎么了?"

"有个日本兵就坐在那里。好了,这下大伙儿都大叫起来:'鬼子!'冲上去十来个人抓住了他。"马克哈哈大笑,"他们把他带到我们营审讯了一通。你能猜到他怎么说的吗?"

"他一直躲在山谷里,出来投降了?"

"哎,才没有!他说他出来投降是因为翻来覆去老是放那几部二流电影,他实在看不下去了。"

病房里每个听到的人都大笑起来。笑声小下去后,比利J说:"然后这混蛋开始让我们头疼了,不能给大家提供好一点的消遣!"

当天晚些时候,马克收到了信。有一封玛吉寄过来的长信,内容很丰富。她在檀香山有了套公寓,正准备飞往太平洋上的某个岛,不过要先等那边的敌人都清剿干净。她不知道是哪个岛,马克断定是塞班岛。他不愿意去想她和士兵们混在一起。海军陆战队队员已经够糟的了,陆军的那些个兵更是禽兽。

然后她提到了一件让马克感到好奇的事:"几个星期前,我们这儿来了几位名人,见面再告诉你。"总统来跟尼米兹和麦克阿瑟商量下一步的重大行动,她设法弄到了一张怀基基海滩上他们会面的那所私人住宅的照片。她还从一个爱吹牛的少校口中得知,他就在麦克阿瑟动身去布里斯班前,听到他得意扬扬地对一个副官说:"我们说服他们了!"

还有一封长信,是海尼莫阿的父亲写的,里面夹了一张一个月大的男婴的照片。弗林先生承认,他之前坚决反对女儿嫁给塔拉,但现在这个孩子令他感到无比骄傲:"这个小家伙看起来更像爱尔兰人,而不是毛利人。毫无疑问,他是弗林家的人!"马克这时候才意识到自己可能是这孩子的父亲。他端详着照片,似乎看出了几分相似。起初,他唯一的感受是痛苦,接着是羞愧,再后来是恼怒。如果这是他的孩子,海尼莫阿为什么不告诉他?他们原本可以通过电话结婚的,在这种情况下,大乔和比利J都不会反对。他越看照片,越觉得这个婴儿像麦格林家的人。海尼莫阿到底为什么要这么做?他知道她爱他,他也爱她。冥思苦想了一整夜,他终于想通了——海尼莫阿做的选择是最明智的。电话婚姻会毁了她的名声,孩子的人生就会有一个不好的开端。他了解她,相信她肯定已经把真相告诉了她丈夫。他希望骄傲的塔拉不会因此而为难她。

一个护士停下脚步:"怎么啦,陆战队队员?很痛吗?"

他猛地一惊,抬起头,这才意识到自己满脸是泪:"有一点,护士。"

"想要些什么吗?"

"不用,谢谢。"他的眼睛离不开那张照片。他希望海尼莫阿能原谅他。

八月底,马克出院了。营地已经完工,他跟图利奥和几名士官同住一个帐篷。那顶帐篷就搭在悬崖边。站在悬崖上,俯瞰美丽的马格西尼海湾,一派恬静安逸的田园风光,仿佛从来没有发生过战争。一直轻风习习的,所以他们很少受到蚊子和苍蝇骚扰。伙食也好了很多,现在有热的吃了,每人每周还能分到一片白面包。没有啤酒,近期也不太可能会有,但马克无所谓,他只是用啤酒和香烟来跟人换别的东西。

清剿工作已经快结束了。驻扎在旁边的一个团还在谈论那个坐在山上看海军陆战队和海军工程营打棒球的日本人。那天,裁判对工程营判罚不当,他实在看不下去,跑下山来,嘴里叽里呱啦嚷嚷着日语——"杀了裁判!"据说,一些海军陆战队队员显然不同意这么干,开枪把他打死了。

等马克恢复得可以游泳了,比利J把他带到悬崖下被珊瑚环绕的一个池子里。马克本以为这水温不可能舒服,肯定是热的,但他惊喜地发现,水竟然这么清凉,像是哪里流下来的山泉。

躺在海滩上晒太阳时,比利J聊起了大家给那几个有趣的指挥官起的绰号:"公牛"哈尔西、"醋乔"史迪威、"号叫的疯子"史密斯。他说:"马克,有没有可能大家叫我'疯狂的比尔'?"

马克笑了:"'疯狂的比尔'!他们为什么要这么叫你?你哪里像'疯狂的比尔'?"

比利J有点受伤,没有掩饰。

"你的绰号有什么问题?"

"什么绰号?"

"你不知道大家都叫你'比利J'吗?"

比利J坐起来,背绷得直直的,他很震惊:"'比利J'!你在开玩笑吧?"

"除了几个老枪炮军士,大家都这么叫你。"

"他们叫我什么?"

"'小鬼'。"

比利J笑了:"是他们培养了我。"

"野兽叫你'小伙子'。"

沙利文吃吃地笑了几声:"但是'比利J'听起来像个来自佐治亚州的胖小子。"

"我觉得这名字挺不错的,中校。好好品品。"

"比利J,比利J,比利J,比利J。"沙利文摇摇头,"哦,见鬼,这还不算太糟糕,我想我会习惯的。比利J,比利J,我妈妈会喜欢的。"

他们又下水游了很长时间,然后在沙滩上躺下来,用毛巾盖着赤裸的身体。

"马克,我和师里的情报副参谋长谈过你在山洞里的表现,他说目前很需要语言军官。"

"我宁愿留在营里。"

"你应该成为语言军官,这是对海军陆战队和国家尽责。我们离日本本岛越近,就越需要这样的人才,你能够拯救很多生命,但去不去还是要你自己拿主意,你可以跟着我直到战争结束。"

马克什么也没说。那天晚上,他无法入睡,想起了那些在他的劝说下走出山洞的惊恐的平民,想起了月亮的惨死。到了早上,他对中校说:"我一直在想你说的话。如果我还能留在6团的话,我立马点头。"

"恐怕一开始办不到,但我会尽量争取让你回来的。"

"好。"

"那么,马克,既然你同意了,我就开始办了。"

"好。"

下午,他们开着吉普车去了师司令部。沙利文向情报参谋官杰克·科利上校介绍了马克。听马克讲起他在日本和新英格兰的教育经历,上校很感兴趣。

"马克,去外面等几分钟。"比利 J 把他支开后,对上校说,"我要打报告给他申请银星勋章。那混账小子有胆量,有头脑,会成为一个好军官的。"

科利很感兴趣:"你说服我了,明天我去找总队的情报副参谋长,看看能不能使把力,尽快促成此事。他可能还得回珍珠港培训一小段时间。"

一周后,科利打电话给比利 J:"总队刚从珍珠港得到消息,他们同意了。只要医生觉得他的身体没问题了,等他的任命一下来,就让麦格林尽快过去,我会安排他上第一架飞机。"比利 J 感谢他:"大家都得谢谢你才是。下一场大戏是硫黄岛,他们真的缺语言军官。你的这个小家伙真是难得的人才。"

几天后,在晨间弥撒仪式上,马克和另外两个人接受了洗礼。三个人都得等一个星期后一位来访的主教给他们施坚振礼。仪式在加拉班那座被炮火毁了一半的教堂里举行。在场的还有沙利文、图利奥和营里的其他天主教徒。

图利奥情绪很低落。"马克,你不在,我会很无聊的。"他吐出了心事——他刚刚收到一封信,说弟弟托尼在诺曼底阵亡了,"看信的时候,我感觉五脏六腑都被掏空了。我真想杀了所有该死的德国人,我想向鬼子发泄。我们还耗在这里干吗?继续打啊。然后我想到了妈妈,不再想我自己了。马克,我该怎么给她写信?我该怎么说呢?我该不该狠狠地骂妹妹不把托尼的事告诉我?我居然得从外人那里得知这消息。"

"写些轻松开心的事吧,告诉她别为你担心,你会活下来的。你不觉得这样可以给她减轻些痛苦吗?"

"我没有兄弟了。"

走着走着,他们来到了塞班岛阵亡海军陆战队队员的墓地边。这所谓的墓地,其实就是一块围着铁丝网的空地。他们走进去,在 2 连罗林斯上尉的十字架前停下脚步。敌人坦克夜袭的那场仗,他打得真是好。"我永远不会忘记他像杰罗尼莫一样站在散兵坑里指挥战斗的情景,仿佛那只是一场足球赛。"他们找到了墨菲的十字架。马克说:"比利 J 一直在说:'妈的!他真不该跑到前线去玩坦克。'"然后,他们走到"月亮"穆林斯的十字架前站定,两人都说不出话来。当他们慢慢地朝营地走去时,图利奥说:"像月亮这样的人永远都不会再有了。"

他们在自己帐篷里看到一群愤怒的人。米尔斯军士长刚刚宣布,师里所有参加过瓜达尔卡纳尔岛登陆战的军官都可以休假回美国,但士兵不行。每张脸上都带着怨愤,有几个人在哭。"这相当于打了营里每个老兵一记耳光!"野兽愤愤不平地抱怨。"这就像发现你老婆一直在跟水兵乱搞。"另一个枪炮军士说。

其他人也纷纷插话:"他妈的军官占尽了好处,升职、休假、勋章,你说吧,有什么不是他们的?""有道理。军官们优先,我们只能捞些下脚料。""我只有屁股打烂了才能回家,然后他们补一补又会把我送回来。""他妈的猪食,他妈的破岛,样样都臭。"

马克心想,这真是太蠢了。他很内疚,因为自己也将成为一名军官,而且很快就要去夏威夷了。这些人亲眼看着一起从新兵训练营、艾略特和冰岛出来的弟兄死在瓜达尔卡纳尔、塔拉瓦、塞班和提尼安,现在他们能抬头等来的只有接下来要去攻克的一个个海岛,完了最后还有日本,或者就等哪天一命呜呼,死在战场上。不仅如此,伙食很烂,娱乐活动也很烂,除了几个陆军护士外,看不到一个女人,宿舍也很烂,而且最糟的是雨季来了,难怪他们对谁都来气,包括1连的狗和营里的宠物猴。有些人甚至把矛头对准了比利 J。这实在太不公平!马克开口维护,但图利奥递过来一个警告的眼神。

星期六,塞班岛战役的授勋仪式在烈日下举行。比利 J 佩上了海军十字勋章,图利奥和马克也都别上了银星勋章。所有嘉奖令都是由号叫的疯子签署的。一周后,马克升少尉的任命下来了。在营里的晋升仪式上,沙利文中校把金色的军衔章别在了马克的卡其衬衫领子上。当天晚上,他被士兵们无情地嘲弄了一番;但第二天早上,当他坐着吉普车离开时,这些人以标准的军姿向他敬礼,然后才闹哄哄地向他道别。比利 J 和图利奥把他送到为轰炸日本建造的、尚未竣工的大机场。比利 J 满面春风,像极了送儿子去寄宿学校的父亲。图利奥拥抱他:"再见。在山洞里多加小心。"

马克哽咽了:"再见,弟弟,看好6团1营。"当他登上那架海军陆战队C-42大飞机时,想到即将开启的冒险,他兴奋不已。他坐在凹背折椅上向他的朋友挥手。他们还能再见面吗?笨重的飞机缓缓升起,盘旋一圈,掠过承载着满满记忆的两个岛。在关岛着陆后加了油,他们继续飞,经停约翰斯顿岛,下一站将是瓦胡岛,但玛吉不可能等在那里,天气条件再加上机械故障,你无法判断飞机什么时候能到。在希卡姆机场,一名护卫军官接了他,开车把他送到了太平洋诸岛联合情报中心。报到后,他被带到海军陆战队基地卡特林营地,领了一身新军服和佩饰。他打量着镜子里的自己。真精神!他在军人服务社买了店里最贵的香水,然后打电话给玛吉。

她尖叫着欢迎他,想冲到海军基地来找他,但最终还是答应他就待在家里等。他问了路,然后叫了辆出租车。他贴在座椅边沿,感觉像是过了好几个小时,车子才在檀香山一幢不起眼的两层矮楼前停下来。她在顶楼的一个窗口往外张望,她大叫起来,有那么一刻,他以为她要跳出来。

他们在楼梯上相遇了。她冲过来,把一个花环扣在他脖子上,紧紧地抱住了他,然后,退后一步,细细打量他瘦削的、古铜色的脸庞。她上次见他时,他佩戴的还只是下士的军衔章,现在换成了金灿灿的领章,他是军官了,更神气的是那两道勋表。尽管笑容没变,还是那么富有感染力,但他看上去不一样了,好像长了几岁,更自信了。他刚抱起她,就遭到她反对。

"你的伤!"

"小伤。"

她把他拖进自己的房间,一边喋喋不休地讲她的工作。她不久就要动身去太平洋上的某个小岛。他知道说什么都劝阻不了,便装出一副感兴趣的样子。突然,她兴奋地蹦出一句:"天大的好消息!爸爸来了。"

马克很诧异:"怎么可能?"

"我觉得他在哈佛的老同学帮了点忙。"

"总统?"

"爸爸听说你要来这里,找了机会过来暂时到你的语言学校教一阵,他在给他们讲课,日本语言和文化方面的课题。我已经留话让他尽快赶回来。"他想插句话,告诉她自己刚刚才报到,但她喋喋不休讲个不停,讲她那几篇关于岛上受训部队的最新报道,讲她最近遇到了多少个重要的记者,他们都会帮她,还有公关部一位很好很好的海军上校要给她提供海军陆战队的消息。

他终于插了句话,说他想喝点真正的橙汁。她早就为他准备好了,几分钟后拿来一个冰冷的大罐子。他一口气灌下三杯,不得不去厕所排掉。当他回来时,父亲已经在房间里。马克顿时一脸喜色。"爸!"他一把抓住了父亲的手。

"别把我这手给甩断了。"教授嘴上在抗议,但也是满面笑意。看到儿子的样子,不由得大吃一惊。他成熟多了。父亲说:"看来海军陆战队很适合你啊。"

"就是个动物园,但我喜欢,我们那里有些什么样的怪胎,我说出来你都不会相信。"

在一家大酒店吃晚饭时,三个人的关注点都是家里人的事。还是不知道弗洛斯和她在东京的家人的情况,但教授刚刚收到威尔的一封短信。他现在是菲律宾某个地方的游击队员,他不能详细说,只说他身体很好。他们回到玛吉的公寓时已经过了十二点。她一早要跑一个新闻发布会,不得不上床睡觉;马克和父亲一直聊到凌晨两点。马克讲起了他在塔拉瓦的经历。起初,只是说些趣事,喝了点威士忌后,酒劲一上来,就提起了那次跌进日军地堡的倒霉经历,话匣子就这样打开了,又一杯酒下肚,他坦白了自己在登陆塞班岛时内心的恐惧,还讲了他和比利J在接下来的两天里死里逃生的几次经历。看到父亲脸色变得灰白,他一个劲地道歉:"我真不该都说出来,都已经瞒了你们这么久了。"

"我很高兴你告诉我这些,马克。"教授说。虽然这些事听得他毛骨悚然,但儿子竟然会向自己吐露心事,他感觉受宠若惊。"我一直在想,在这种情况下我会怎么做。我收到了一位神父的信。"他又接着说,"他说你在提尼安岛受了伤。"

马克很尴尬。卡拉汉神父透露了多少?马克说:"那一定是爱跳的乔,他是团里的随军牧师,人很好,一直在前线。"

"你的营长沙利文中校也写信给我,他向我保证你伤得不严重。"

"我很幸运能成为他的勤务兵,他是海军陆战队——也是全世界——最好的营长。"

"他对你评价很高。"

第二天早上醒来,马克有点宿醉。他从来没有像昨晚这样连喝几杯烈酒,他希望自己没有什么出格的言行惹到父亲,但他清楚地记得教授抱着同情的态度,丝毫没有批评的意思。

马克在语言中心受到热情接待。"凡是会哼哼几句日语的,都被我们招了进来。"教员告诉他,"我看你在东京上过学,那你肯定轻轻松松就能通过。这里主要就是边干边学,掌握审讯技巧。当然,军事训练你就都不用参加了。你和麦格林博士有亲戚关系吗?"

"他是我的父亲。"

教员顿时对他刮目相看:"他昨天讲珍珠港事件起因的那场讲座真是精彩。"

马克和其他十几名受训人员一起听了一堂课,课很长,讲的是审讯技巧,然后,每个人对着一名日本战俘进行练习,等战俘回到牢房,学生们再窃听他们的谈话。战俘们在模仿美国军官极度的礼貌样,嘲笑他们把自己当贵宾一样对待。下午三点左右,全体受训人员齐步走到礼堂,听麦格林教授的另一场讲座。

"你们当中的许多人只需要审问战俘,这相对来说比较简单。"他说,"然而,有一部分人必须说服从小接受训导认为投降可耻的日本军人去这样做。我只针对这个问题来讲。如果你认真听,也许可以保全自己的性命,也能挽救一些日本人的生命。我只能向你们提供一些建议,可能管用,也可能不管用,你们必须听进去,然后随机应变。你们将面对的是一批亡命之徒,他们的思维和你们的不同。"他开始论述西方人和日本人的思维差异:"你的思维方法是精确的,合乎逻辑的,道理上是讲得通的;但日本人是天生的辩证法大师,他知道自己的存在本身就是一种矛盾。你知道对与错、上帝与人、黑与白之间的区别;但对他来说,这一切都是和谐的,一个人好坏可以同时并存。他的思维要模糊得多。这么说吧:你的思维方式就像一个手提箱,容量有一定的限度;但是他的就像'风吕敷',他用来携带各种物品的包袱布,用同样的一块布,他可以装一点点东西,也可以装很多东西,然后也可以直接塞进口袋里。"看到全场的学员和教员都听得全神贯注,马克心里涌起了强烈的自豪感。

"你觉得日本人难以捉摸,自相矛盾,因为他在家里彬彬有礼,在地铁站却很粗鲁,他明明诚实到极致,却转脸对你使诈,他上一秒表现得很懒惰,下一秒就变得很勤奋;但是日本人认为这一切都是合情合理的——一个统一的整体。他想不通你怎么会不明白。对他来说,一个没有矛盾的人太简单,不值得尊重,而一个存在诸多矛盾的人,他的人生更丰富,更深刻,因为他必须克服自己的弱点。这种思想的基础是佛教,我不深入讲,但这就可以解释日本为什么会侵略中国。我们误以为,这些入侵行动是军事领导人策划的,他们和希特勒一样,要称霸全世界,这一悲剧性的误解导致了珍珠港事件。"教授能感觉到对面有抵触,"你必须认识到,日本军人同时受到形而上的直觉和兽性冲动的驱使。正是理想主义驱使少壮派叛军在战前实施暗杀和恐怖行动。那些去中国要把西方帝国主义者赶出东方的军人,最后却屠杀了大批的亚洲同胞。虽然严格的日本家族制度给了他们安全感,但也剥夺了他们的个性。可悲的是,咱们面对的,是一个能吃苦、肯吃苦、勇于自我牺牲的民族。他们每个人都是天人交战的矛盾体。先生们,你们就是要让这些人在不发生流血事件的情况下从洞里出来。"

他停顿了一会儿,又说:"我希望你们每个人都能活下来。但是,如果你不设身处地站在对方的立场上,你就没有机会活命。你必须成为他,理解他对死亡的看法。日语里的'别了'是'沙扬娜拉',他觉得这几个字揭示了生命的本质。山洞里的人对一切都说'沙扬娜拉',因为他的人生就是一场梦。世界上最伟大的领袖会死,国家会消亡,伟大的城市会被地震摧毁,大地会遭疾病蹂躏,但是他们信奉'易,不易'的道理,就是说事物永远在变化,变化是不变的规律。"

他审视着眼前的这群人,似乎在用意志力驱使他们理解。"让自己成为山洞里的那个人,了解他对死亡的认知令他有勇气去坦然接受任何灾难,同时也使他极度珍惜当下的每一刻,因为这可能是他生命的最后一刻。他知道这是命中注定的,所以毫无怨言地走向死亡。我相信,在座的各位几乎都认为这是悲观主义。其实不然,这是你们的敌人坦然接受一切的决心,无论是快乐、痛苦、成功,还是失败。"

他暴躁地用手指指前排的一个人:"你有没有听进去我前面半个小时讲的话?如果没有,你就没资格出去,不仅害你自己,也害山洞里的日本人。认真听。为什么日本人最欣赏的鱼不是鳟鱼、鲑鱼或梭鱼,而是可怜的鲤鱼?错的是你,不是他。你知不知道,美国人习惯性地鄙视的这种鱼,在日本可是英雄,因为它勇往直前,逆流而上,敢跳跃最陡的瀑布,跟海军陆战队队员一样?"人群中爆发出一阵笑声,包括马克在内的一半人都鼓起掌来。教授笑了,这样子让他儿子联想到正准备要吞下一只老鼠的大猫。"可一旦被人捕到,放上砧板,这位鱼类的荣誉勋章得主也不挣扎,就静静地躺着,淡定而勇敢地接受必须发生的一切。若命该如此,沙扬娜拉。让这样的一个人走出山洞,让他相信这样做是无法避免的,是体面的,这会是一项几乎不可能完成的任务。你该怎么做,我真的不知道,但我认为,如果你设身处地,想他所想,然后向他证明你是一个可敬的敌人来迎接他这个可敬的对手,那这个任务是能完成的。"他躬身快速行了个礼,"在座的各位,别了①。"

掌声雷动,全场听众自发地为他鼓掌,马克自豪得鸡皮疙瘩都起来了。

他和父亲单独在一家中餐馆吃饭,老麦格林受到了东方的礼遇。他用中文点了菜。马克从来没有尝过这么美味、这么多样的菜肴。"我真希望去塞班前听过你的讲座,"儿子说,"这样的话,月亮应该还活着。"他解释说,虽然自己的日语还是很流利,但他习惯纯粹以西方人的方式去处理问题。饭后,他们去了玛吉的公寓,她还在跑新闻。马克已经鼓足勇气,准备向父亲坦白几年来一直困扰他的问题。

---

① 原文为日文。

他给教授倒了一大杯波旁威士忌,加了点水,又给自己倒了杯鲜橙汁。他聊了一会儿语言学校的事,鼓动父亲争取六十天期满后再教一阵;然后,他终于局促不安地开口:"有件事我应该告诉你。"

"什么?"教授也不安起来。

"一个女孩。"

麦格林心里在说:噢,天哪,这孩子还是没有免疫力,抵抗不了"爱情"这种怪病的致命病毒:"我的确从来没有抽时间给你讲过性知识吧?"

马克咧嘴笑了:"有过几次,但每次开了头,就没再说下去,只是警告我,如果我要跟女孩子胡搞,最好是个好姑娘,因为最后可能得娶她。"

麦格林苦着脸,喝了一大口:"就连这都不算是什么好建议。"

"每次你有别的事要忙,顾不上我的时候,我总是觉得很庆幸。"

"我应该……"

"见鬼,我十岁的时候,哈里·莫顿就在他的谷仓里把性的事全都告诉我了。"他笑了起来,"他家人是演戏的,他吹嘘说他们甚至让他看他们做爱。"

"呃。"

"哈里说:'马克,这很简单,你就想象一根法兰克福香肠和一根裂开的法兰克福香肠。'"

教授哈哈大笑:"他比我高明。"

"珍珠港事件发生后我变了很多。"马克严肃地说。

麦格林点了点头。

"我之前一定是个让人抓狂的讨厌鬼。"

"是的。"

"一开始我让比利 J 很头疼。"

"比利 J?"

"沙利文中校。他那冰冷的蓝眼睛看着你的时候,你会恨不得钻进地缝里去。他也有很粗暴的一面。"他握紧拳头,硬着头皮坦白在瓜达尔卡纳尔岛临阵脱逃的事。

"你的中校说你在那里救了他的命。"

"哦,那个啊。他背着个大背包快要掉下海去的时候,我抓了他一把,这没什么。"然后他讲起了海尼莫阿,讲起了大乔和比利J不准他和自己真正爱的人结婚,"我恨透了他们,当时表现得像个傻瓜一样,但后来我明白了,他们是对的。她跟我到美国生活是不会幸福的。"他提到了那封分手信:"一开始我恨她,过了很长时间我才意识到她做得对。"他忍不住掏出了她孩子的照片。

麦格林迟疑地接过照片,他的表情凝重起来。

"你也这么认为吧?"

"天哪!马克!"

"我真的很爱她。"他掏出一张海尼莫阿的照片,"她是我见过的最特别的姑娘。和她在一起,我会很开心的,但她可能会思乡成疾,越来越憔悴。"他的眼里噙满了泪水。

他们沉默了好一阵。为消化情绪,他走进厨房,装作去倒橙汁:"长官,你要点什么吗?"

"不用。"

马克清了清嗓子。自己皈依天主教的事,该怎么说才能不刺痛父亲呢?他讲起自己在"鳄鱼"上刚蹲下来,就有炮弹从头顶飞过,鲜血、内脏和脑浆溅了他一身,他还讲起坦克夜袭的恐怖经历:"比利J和图利奥也经历了同样的事,也同样感到恶心,但从不退却。他们应付得了,我不能。我仍然会梦见那个被我用刀刺中喉咙的日本青年,还有那个被我用刺刀捅穿肚子的中年人和那个被我用枪托捣烂的可怜的家伙。我会梦到他们的脸。"他看到父亲面如土色,接着说:"爸爸,很抱歉,我不得不告诉你这些事情,但你必须明白我为什么会做那件事。"

麦格林猛地挺直了腰板:"什么事?"

"成为天主教徒。"

麦格林目瞪口呆,这也许是他有生以来第一次哑口无言。

"比利J和图利奥是天主教徒,营里的大多数人也是。当我在提尼安岛中弹时,我知道自己要死了。"他准备讲他在医院做的那个奇怪的梦,但最终还是没敢把这都说出来,"后来我醒过来,意识到自己还能活下去,我当时就觉得一定要皈依。"

"我很难理解。"麦格林很困惑,但他没有生气,也没有挖苦的心思。

"他们教会我如何面对死亡,爸爸。不要怪我,好吗?"

教授看着他。这样用探究的眼神看对方,这对他们父子来说是很少有的;他们第一次抱着理解的心态注视对方的眼睛。麦格林随手拍了拍马克的膝盖。马克很想拥抱父亲,但还是不太好意思这么做。

# 第二十二章

1

**柏林　1944年1月**

在1943年的最后六个月里,苏联红军在某些地方推进了足足250英里,把南部和中部的德军赶回了第聂伯河对岸。西线战场德军也有大败之势。盟军享有压倒性的空中优势。1944年初,德国国防军最高统帅部意识到,敌人要是大规模登陆法国,以目前的防御兵力根本无法阻挡,每一个拿得动武器的德国人都必须动员起来。

**华盛顿　1944年2月**

在美国海军情报局特别战略科,麦格林教授正在核对有关日本生产和人力的最新情报。他告诉扎卡里亚斯上尉,很明显,日本和其德国盟友一样窘困。麦格林担心,他照这意思提交报告,五角大楼的那些人不会重视。正如美国军方在珍珠港事件爆发前是低估了日本人,他们现在是高估了日本人。

**东京　1944年3月**

日本的生产水平之所以没有出现大滑坡,一蹶不振,完全是因为人民群众做出了巨大的牺牲。许多民用企业已转为战需生产,造成市面上衣服和日用品短缺。为应付生产,一直都需要不断吸收妇女和青少年来充实劳动力,工作日延长到一周七天,周日和宝贵的假期都被取消。全国上下的口号是"艰苦奋斗,坚持到底",市民们老老实实地将就着过苦日子。

火车上的状况极度糟糕,民众为了发泄,有的偷椅套,有的砸玻璃,直接把窗口当出入口。食物已经成了日本普通家庭最担忧的问题,营养水平跌破美国的贫困线。最富庶的人家都感到囊中羞涩。所有的高档餐馆都关门停业,因为工人和被征召的劳工强烈反对,他们抱怨:为什么他们忍受着苛刻的食物配给制度,而企业高管和军官在这种时候还要去侍合?煤气、木炭、棺材、衣服,样样都紧缺。大批娱乐场所被关闭,生活变得死气沉沉。

法国记者罗伯特·吉兰很震惊——如今东京遍地都是防空洞。震惊之余,他也很反感穿着破旧长罩衣的志愿者把挖出来的黏土直接倒在人行道上和排水沟里。公共电话线被拔了;轮胎扁塌塌的自行车摇摇晃晃在街上跑;旧车被遗弃在道旁。

吉兰说,日本人生活中一切令人愉悦的东西都消失了。爱美之心人皆有之。半个世纪以来,日本的诗人和画家要日本去满足大众的这种审美需求。雅趣、礼貌、女性的优雅都消失了。看到和服没了踪影,他很难过。这一来是因为穿着和服不方便劳动,二来,当权者要民众艰苦朴素过日子,于是,她们不得不穿上劳动裤,在他眼里,这种裤子就像小丑的戏服。

最让加藤顺受不了的是香烟定量配给。对他来说,一天六支是不够的,他从黑市买了台卷烟机。如今黑市在东京遍地开花。卷烟的纸,他用的是词典上撕下来的薄薄的纸张。为了充实那一点点烟草,他连茄子、牛蒡和虎杖的叶子都用上了。

在报社,加藤顺利用欧洲发过来的电讯上的信息在和其他地区的记者互通消息。所有这些信息他都会告诉他那位经济部的顾问——胖胖的藤田。然后,藤田会以一贯的左翼倾向对这些材料进行分析。那年的初春,顺收到通知,要去接受第二次体检。藤田建议他立即开始大量饮清酒,临见医生前,喝一杯酱油,这样可以让体温升高。这次他要到广岛的第5师团司令部报到。等他赶到时,已经有点发烧,还咳嗽。经过一个星期的检查,他又被刷了下来,这次,他们又叫他养好身体,等到下次1945年再来。

刚回到东京,他就被叫去加入一个特别的小群体,这段时间,日本外务省情报官冈崎胜男时不时会给他们做非正式的新闻通报。冈崎毕业于东京帝国大学,有修养,又有才智。1924年,他代表日本参加奥运会,与美国人和英国人结下了友谊。他属于亲西方派,时不时会向这个小组透露一些机密信息,作为他们写稿子的背景材料。他所说的一切都不能公开,用的时候必须不着痕迹,以免被人发现。例如,冈崎给他们提供了诺曼底登陆的细节,解释了可能引发的政治后果,然后,顺写了一篇文章,题为《如果法国沦陷会怎样?》,他总结说,有两种可能:德国要么当场投降,要么等到盟军抵达柏林。顺知道读者会就此联想到自己的处境。如果美国占领冲绳,日本会直接和谈,还是等到大军抵达东京再议?这个话题风险太大,顺不得不表达得尽量抽象,他把稿子给藤田,让他把把关,看看自己有没有出格。

他们与冈崎胜男的秘密会晤每一次都是在正式的新闻发布会之后进行。这名情报官向全体记者通报完毕,小圈子里的六个人会互相传递暗号,然后在冈崎的办公室前碰头。一旦被放进去,他们就会开始追问,他会谨慎作答。大家心照不宣,他说的话不能外传。

大家约定不向自己的上司汇报这些信息,而顺也只会偶尔向藤田透露一点他所了解到的情况。可有一个人不像顺那么谨慎,他在《每日新闻》上发表了一篇文章,称:"太平洋地区的决战将在远离本土的地方进行,可一旦敌人抵达我海岸线,我方则无力回天。"

总理大臣东条勃然大怒。他召集媒体,宣布:"即使东京一片焦土,我们也要战斗到死,直到打败敌人。"半小时后,信息局查封了《每日新闻》,并召集了当地所有报纸的主编,禁止他们再写这类文章。作者被带去审讯,还上了宪兵队的黑名单,因为他"无意间"向敌人泄露了机密情报。

作为冈崎的好朋友，户田正知道这个小圈子，但他刻意保持距离，不想让自己卷进去。他还在担心会有一场大规模的调查，把外务省新闻工作人员都查个遍，到时候就会被人发现自己与罗斯福给天皇发电报这事有干系。那天晚上，正雄一睡着，他就把东条对这篇文章的反应告诉了弗洛斯。

"这事与你无关吧？"弗洛斯说。

"当然，我一直都很谨慎。"

"那有什么好担心的？如果你这样，反而会招人怀疑。你明天早上去上班，一定要表现正常。"

"正常？"他笑起来，"自从离开美国后，我就没正常过。"

她怜爱地亲吻他。她现在最担心的是小宝宝，她还是很瘦，体弱多病，虽然已经一岁半多了，但龙子还没有自己迈腿开始学走路，她只会说"妈妈""爸爸"和"正"（正雄）。最近，她被哥哥传染了感冒，咳得很厉害，听得人心碎。

买东西也更麻烦了。最初有几个女人对她还挺友好，现在也会用怀疑的眼光打量她。要不是正的母亲和老同学帮她，她就没办法为家人提供像样的饭菜了。

跟往常一样，这天早上他们又被日本飞机的噪声吵醒。弗洛斯喉咙里咕哝了几声："又来了，听起来像有人在刮烧焦的锅，肯定是便宜货。"

正雄站在小门廊上热切地注视着天空。正走过来，一条胳膊搂住小家伙："这样每天早上在东京上空飞来飞去一点用都没有。"

"为什么，爸爸？"

"他们应该保卫这座城市。除非飞出去抵抗轰炸机，不然怎么保卫？陆军这帮人真是蠢得离谱。他们表现得像我们的救星一样，可他们就只会每天早上把我们吵醒。"

正雄去上学了。正发现厨房的水槽里有一只大老鼠在吃肥皂。曾经见到一只小老鼠都会惊慌的弗洛斯操起一根长棍子，漫不经心地抽打几下，把那只大老鼠赶走了。正专注地看着下方的房子。"过去常常有流浪猫睡在那个屋顶，"他指着下面的一幢房子说，"这几个月我一只都没看到。你说是不是被人给吃了?"

"以前爸爸常跟我们讲起一战时期柏林的猫,人们说那是'屋顶的兔子',是人间美味。"

正走近正在炖菜的弗洛斯:"你太瘦了,像是饿得脱形了。"

她搅了搅锅里的菜:"如果有下辈子,我还会选择同一个丈夫。"

一周后,龙子不哭不闹地离开了人世。家里每个人都感到内疚:弗洛斯怪自己没能给孩子哺乳,正雄怪自己把感冒传给了妹妹,正怨自己当初不该带他们来东京,但他不敢表露出来。

这个六月,异常炎热,洗衣房的工作很艰苦。在长时间的劳作过程中,姑娘们哀叹自己的命运。窝在这个蒸箱里又是洗又是熨,实在太痛苦了。她们真想回学校。周围发生的一切太不正常。男青年一个接一个地消失,教会的几个学生也被征召入伍。澄子喜欢的庆应义塾大学文学专业的菅野耕二也突然走了,他们甚至都没机会说声"再见"。她希望能给他写信。他会在哪里?他还回得来吗?可现在千里之外的战场上在战斗,国内也在战斗,照政府的口径,这是"国土保卫战"。洗衣房的女孩们也必须战斗,她们要赢,她们会战斗到底。虽然没有说出口,但心底里都在担心空袭,每个人都知道这很快就会发生。

澄子感到所有女孩子中她跟靖子最谈得来。靖子把陀思妥耶夫斯基和高尔基的书借给她看。与其他人不同,她对工人非常友好,早上见面,总是高高兴兴地跟他们打招呼,她跟他们说话也不端着架子,没有什么等级障碍。也许是高尔基写的那些关于底层人民的故事令她对劳动阶层产生了同情,从而能够理解他们的疾苦。

"你希望我们是在学校而不是这里吧?"澄子说。

"我在想为什么会有战争。"靖子若有所思地回答,"人类的某些特质导致了斗争。"

"有时候我告诉自己,这就如同自然法则。就连蚂蚁都有军队,要和其他蚂蚁交战。也许地球上所有的生物都注定要斗来斗去。"

"先破后立,也许这是一个必要的过程——在真正的和平到来之前。"

澄子压低声音："我有一个美国嫂子，只有几个朋友知道这事，她们从来不提。如果大家都知道了，会很麻烦。"

"我不会说出去的。"

"我的小侄子有一半美国血统，他人很好，他妈妈也是。我们有许多美国朋友。我怎么能仅仅因为我们在和美国打仗就讨厌他们呢？不过，让你讨厌的很坏的美国人也还是有的。"

最后，靖子总结了一句："我讨厌战争！"

人们普遍怀疑，官方公报轻描淡写，瓜达尔卡纳尔岛撤军和塞班岛沦陷的实际情况要严重得多，这加剧了日本平民对强加在他们头上的极端紧缩政策的怨恨。公众的不满集中在东条身上，最离谱的谣言都有人相信。人们确信总理大臣在用占领区搜刮来的烟草、威士忌和其他战利品贿赂宫内厅、天皇侍从和枢密院成员。街谈巷议都在说东条还向天皇的弟弟秩父宫和高松宫行贿，送轿车给他们。这些说法当然是空穴来风，但东条利用宪兵队镇压持不同政见的人，这方面确实存在滥用职权的过错，许多人被监禁，还有少数人被折磨致死。这种滥权行为在全日本引起了公愤，尽管镇压的程度远没坊间传闻的那么夸张。

七月中旬，民众的不满情绪已经十分直白，东条只好去向木户侯爵请教。塞班岛陷落令内大臣心烦意乱，他意识到该着手在暗中争取和平了。他直截了当地告诉东条，作为陆军大臣和总理大臣，他手上的权力太大了，而且，在海军那边有着类似的双重职务的岛田大将又是他一手提拔的。"这让大家都很担心，"木户冷淡地说，"天皇陛下很生气。"

东条深受打击，心神不宁，最后冷静下来，对好友佐藤贤了将军说："如果木户是这种态度，代表天皇陛下已经对我失去了信心，那我就不用再考虑重组内阁了，直接辞职吧。"

"绝对不可以在这种时候辞职，眼下正是战争最危急的时候！"暴躁的佐藤大声反对。权宜之计是用米内大将取代岛田大将，这不仅能稳住海军，还能安抚近卫这样的自由派。

东条遗憾地要求岛田让位。岛田很大度："我这个要走的人可以轻松地走,而你这个留下来的人还得继续肩负沉重的责任。"他祝东条打赢这场战争。一向自律的总理大臣感动得控制不住自己的情绪。

第二天,7月17日,岛田辞职,但是近卫和自由派根本不买账,木户也是。物色新的总理大臣是内大臣的首要职能,但按照传统,他必须首先召集"重臣",也就是前总理大臣,征求他们的意见,然后再向天皇提出建议。下午六点半,所有元老都响应了木户的召唤。现场弥漫着阴谋的气氛。几个月来,他们私下里徒劳地抱怨;此刻走到一起,打招呼时带着意味深长的神情。有人警告说,即便东条内阁重组,人民也不会支持。

东条顶不住压力,辞去了总理大臣一职。接替他的是曾被派驻朝鲜的小矶将军,他长了一双猫眼睛和一只扁塌塌的鼻子,人称"朝鲜之虎"。木户对这个人选很满意。小矶会比东条这样的人好驾驭,接下来的几个月很关键,要为最后争取公正的和平做铺垫。

## 2

到了夏末,粮食状况进一步恶化。大米供应量已经逐渐减少到一户人家一个月的口粮几乎连半个月都撑不了。大麦、玉米糙、高粱等杂粮也被当作主食拿来分发。除了农民,人们会在煮大米时加上大豆、大麦、红薯干、面条甚至海藻来增加分量。

几乎所有东西都是限量供应的——酱油、豆面酱、糖、面粉、食用油、蔬菜、海鲜。鸡蛋成了稀缺货,肉和香烟几乎绝迹,清酒和啤酒偶尔才能在市面上看到。要买干制食品、香肠、火腿和其他稀缺食物,就得排长长的队。跟许多其他城市居民一样,埃米不得不每周和松一起去乡下,用和服换大米、鸡蛋和时鲜蔬菜。市面上几乎找不到鞋子,但埃米设法从朋友那里搞来几双,还是从上海买的。肥皂也从市面上消失了。这种粗糙的黄色肥皂去污效果很好,但澄子嫌气味刺鼻。户田家虽然不能每天烧洗澡水,但至少不用去公共澡堂,那里的水不够热,也不太干净。

洗衣店的工作还是日复一日的单调。澄子和其他女孩都不再把午餐和随身用品放在手提包里,而是换成了"杂囊",也就是帆布背包,这样就可以解放双手,以便应付紧急情况。空袭就快来了,这是一定的。家里人千叮咛万嘱咐要她们带上三角绷带和烧伤药膏,除此之外,还有一个袖珍笔记本、一条手巾、一个装了点应急口粮(比如干黄豆)的烟盒和几片硬面饼。

有一天,澄子在她的衣袋里塞了一本剪报画册带到洗衣房给靖子和几个好朋友看。这是她从《生活》杂志上剪下来的,有广告照片和美国的生活场景照片。休息时,小姑娘们偷偷溜到二楼一个专门用来补衣服和缝扣子的小房间里。这里没有人盯着,她们可以无拘无束地聊天,有时候也会玩一种叫作"百首名诗"的纸牌游戏。她们如饥似渴地看着《生活》杂志照片上的美国汽车、机械和生活环境,惊叹不已。最受欢迎的是食物的照片,她们从没见过这么诱人的饼干、蛋糕和冰激凌,烤火鸡和多汁的牛排更是超乎想象。

入秋的第一天,澄子的堂兄友治穿着一身包得紧紧的海军军官服上门来拜访。他很得意这身军服,一直往上扯裤腿,不想让膝盖处鼓包。他是她父亲弟弟的独子,是个大方可爱的青年。1943年,他从一所采矿工程学院毕业后,靠澄子父亲引荐,进了日本制铁公司。

友治刚刚晋升少尉,配着新徽章,踌躇满志,他要去南方一个不知名的岛上指挥一支火箭炮小队。他说他是来求她们帮忙的:"妈妈和姐姐已经开始为我做千针带了,你们能不能帮我把它做完?"这是去打仗的人缠在腰上的一块窄窄的布,一千个人在上面用红线缝上一针,能给佩戴它的人带来好运。他的母亲和姐姐在那块布上用"判子"(印章)屁股印了一千个红点,已经收集了差不多七百针。

埃米是基督徒,原本是不信这一套的,她觉得是无稽之谈,可既然是亲戚,这个忙于情于理都得帮。她先从一个虎年出生的邻居开始。这样的人每年只可以缝一针,但结果来找他们的人很多,忙都忙不过来。为了这个侄子,埃米逼着朋友帮忙,弄了六十六针。然后,澄子和母亲到最热闹的街角,请路过的行人一人缝上一针。第二天早上,澄子又把它带到工作的地方。几天后,当友治再次登门的时候,腰带已经搞定。他向她们道别。澄子问他为什么这么伤心,他说:"恐怕我会被派到一个很小很偏的岛上,根本没仗可打。我想去菲律宾,他们说那里会有一场大战。"

过了一会儿,高穿着一身陆军伍长军服进了家门,他带来一束栀子花和一本写生簿。花是给母亲的,写生簿是给澄子的,满满一本军营生活的素描。听到堂兄要带千针带上阵,他哈哈大笑:"真是老土!他可能还会剪些指甲留下来。"

午饭时,看到桌上少得可怜的粗茶淡饭,他火冒三丈:"我们被耍了,你们应该看看军官们的伙食!"然后开始滔滔不绝地控诉陆军,士官们都没有人性,整个中队几乎没有一个人听说过莎士比亚,更别提看过他的作品。他说:"感觉就像跟一群牛在一起。当初真应该加入海军。"

当天下午,前田来了。他对陆军怨气更重。他夸张地说:"我发誓,我愿为国而生,也愿为国而死,但这是为了我的国家,而不是这该死的军队。"

"不要说死。"澄子吓得一哆嗦。

户田夫人出门去买东西,她走后,两个年轻人的言辞愈加激烈,他们尽情抒发对陆军和政府的不满。尽管很多话澄子都听不懂,但她还是被他们丰富的语汇和激昂的表达深深吸引。

"我向你保证,从今天起,我决不会再向那些遏制我们思想自由的势力屈服。"前田说这话的时候,一只手还搭在心口。

高也同样热情:"我仍然认为,自由是日本的唯一出路。"

"现有的权力结构和极权主义的确使日本走上了繁荣之路,但这只是暂时的。"前田说。

"现实会证明我们是对的。"高说。那天晚上,他在日记中写道:"我很害怕,因为陆军跟我想象的不一样。"

澄子和母亲终于迎来了她们害怕的日子。她们陪高来到东京车站。前田和他父母已经到了,神情都很严肃。顺也在,他给两个朋友带了小礼物。站台上都是给儿子送行的父母。

他们旁边是一个工人家庭,一大家子正在听一个男人向三个年轻的士兵训话,看样子,他可能是家里最年长的。他大模大样地说:"你们的责任,的确极其重要。"他继续用同样的语调说下去,有几个听他训导的年轻人咯咯咯地笑起来,高和前田都被逗乐了。他们接着唱起了战歌,然后高呼:"万岁!万岁!""万众一声,众志成城!"六七个小孩敲着锡皮小鼓给他们伴奏。澄子注意到高和前田的眼里都含着泪水。尽管满腹牢骚,但他们热爱自己的国家。

火车驶进车站,阵亡战士的父母们从车厢里鱼贯而出,虔诚地捧着装着自己儿子骨灰的白盒子。即将起程的战士向倒下的战友垂首致敬,然后开始上车。

前田家和户田家在做最后的告别。

"加油①!"顺说。这话的表面意思是"加油!",但两个朋友知道他在说"活着回来"。

"加油呀②。"这是澄子在用女性的表达方式说同样的话。

"路上小心③!"这是埃米在喊"保重",她还想说"回来!",可她的声音被四面八方"万岁!万岁!"的呐喊声淹没。

高和前田上了火车,不一会儿,就出现在一个窗口,挥着手向外张望。最后,火车慢慢地开动,驶向最后一站——门司港。他们将在那里登上运输船前往马尼拉,尽管他们并不知道目的地是哪里。

埃米和澄子回到家,发现一封信。有好消息——胜吾要回家了!他被调到皇军大本营作战科。他不能告诉她,由于辻政信中佐公开批评主将,被"逐出"了南京,派到热气腾腾的缅甸丛林,他们到的时候,日军刚打了一场大败仗。三个日本师团,加上钱德拉·博斯率领的印度国民军的一个师,侵入了印度东北部的目标英帕尔,又被逼返,损失惨重,65000人丧命,活下来的人精疲力竭,萎靡不振。辻政信奉命不惜一切代价恢复士气。他采用的其中一个方法是在青年军官中选了一批骨干,逼迫他们吃两名被俘的盟军飞行员的肝。自瓜达尔卡纳尔岛战役那会儿起,胜吾就一直在担心他的偶像越来越不正常。这种人吃人的变态行径令他作呕,他通过朋友疏通,安排了这次调动。对他来说,有生以来最困难的任务是

---

① 原文为日文。
② 原文为日文。
③ 原文为日文。

压抑着内心强烈的反感,不露声色地向即将被调往泰国的辻政信道别。

向南航行的运输船上层层叠叠的铺位挤满了人。第一天,有两艘船被美军潜艇埋设的水雷击沉;当船队驶到福摩萨附近时,又有一艘被潜艇击沉。此时,舱内的空气已经污浊发臭,好在大家已经习惯了忍受不适,几乎没人抱怨。高和前田写写信,聊聊活下来的想法,时间也就打发掉了。

前田在日记中写道:"我想父亲在火车站被我的情绪弄得有点尴尬。我很想告诉他,我为自己是前田家的人感到骄傲,我的内心很平静……但此刻我必须承认,我怕得要死。我们这批运输船有几艘已经被击沉。明天会不会轮到我们?怕归怕,我还是能平静地面对死亡。是吗?我真的能做到吗?"

这支庞大的船队在抵达马尼拉时已经有近一半被击沉。士兵们身上的军服脏得捂出了虱子,他们迫不及待地爬出已经臭气熏天的船舱。损失太惨重,高所在联队的剩余兵力被拨到"玉师团"的船上,跟这支著名的部队一起奔赴莱特岛。两人想到要作为补充兵加入一支完全陌生的部队,十分惶恐。他们被分配到八寻中队的第3分队。分队长神子体恤他们,安慰说会对他们一视同仁,当自己人看待。离开马尼拉的第一个晚上,神子通知大家,美军已经登陆莱特岛:"八寻中尉已经把上级的命令传达下来了:玉师团要阻截敌人。他说我们已经为这一天准备了很久,现在这一刻到了,我们必须把所有学到的技能都使出来了。"

神子不知道,就在几天前,在莱特湾一场持续三天的海战中,美国海军重创日本联合舰队,四艘航空母舰、三艘战列舰、六艘重型巡洋舰、三艘轻型巡洋舰和十艘驱逐舰被击沉。一旦玉师团登陆,莱特岛上的部队将成为"孤军",所有补给和增援都将被切断。败局已经注定。

但是神子镇定的样子令高和前田感到安心,他们觉得这个分队长跟他们是一类人。他在战前是一名小学教师,珍珠港空袭过后不久就被征召入伍,他也和他们一样热爱文学。他力劝他们不要对陆军这么反感,两人没有反驳他。"一开始我也一样,"他坦白,"但在'满洲'经过多年训练后,我学会了容忍士官的虐待,他们的残忍能让我们在战场上活命。"神子有些尴尬地透露,他已经喜欢上了陆军的战友情谊,一种生死相依的情谊:"我们都渴望在战斗中证明自己的价值,渴望为天皇效忠,粉身碎骨,在所不辞。"如此天真质朴的忠心打动了两个激进分子。

高承认:"知道上战场的时候,战友不会让你失望,这的确让人安心。"

黄昏时分,运输船的发动机停止了振动,接着,传来铁链咔嗒咔嗒重重的声响,这是下锚了。他们听到上面有人在大声下命令。莱特湾到了!高爬上陡梯,钻出了令人窒息的船舱。他享受着热带的新鲜空气。头顶上的夜空繁星点点,一片璀璨。大海很平静……但他能听到远处隆隆的炮声。他看了看手表。这一刻,值得铭记一辈子。一辈子?随着隆隆的炮声越来越密集,他心里在想:这一辈子会有多长?前面的人攀着垂在船帮上的绳梯往下爬。背着九十磅重的装备,高也开始艰难地往下爬。"跳。"下面有人在说。他重重地跌向一艘正在海浪中颠簸的驳船。他仰面落到船上的瞬间,前田也落下来,正好砸在他身上。

八寻中队走进附近的一片椰林,开始挖"章鱼壶",即章鱼陷阱,也就是日本版的散兵坑,同时等 57 联队的其他人上岸。汗水刺痛了高的眼睛,衬衫粘在背上,但他很享受这热带的炎热。他钻进自己的章鱼陷阱,鼻息间捕捉到的是异域的味道。他开始神游,不知不觉间,一道淡淡的粉红色从东方透出来。他爬出洞,舒舒服服地伸了个懒腰。好一派静谧祥和的景象。这时候,他听到远处传来一阵嗡嗡声。

"敌机!"有人大喊。高纵身一跃,扑进了他那个深深的散兵坑。

嗡鸣成了轰鸣。一批美国 B-24 轰炸机越来越近,像是没察觉到高射炮在开火,可还是有几架飞机被炮火吞没。高看到一枚枚小小的炸弹横七竖八地落向运输船,船上的人还在往下爬。几个"零式"战斗机机群向轰炸机扑过去,章鱼陷阱里顿时响起了欢呼声。轰炸机似乎全然不在乎,依旧镇定地保持飞行。两架"零式"突然爆炸,燃烧着像流星一样从空中坠落,看得高心惊胆战。又一拨轰炸机过来了。高像被定住了似的,呆呆地看着一连串炸弹落向他们搭乘的那艘运输船。有两枚撞到甲板,船很快就被火焰包围。高注意到第 57 联队的联队长呆呆地看着,像是丢了魂。大佐茫然地朝高走过来,嘴里喃喃自语:"我们现在还怎么去阻击美国人?"卡车、马和大部分弹药都在那艘燃烧的船上。

天刚擦亮,第57联队就开始沿着一条小路——2号公路——队形散乱地向北行进。整个上午,他们一直受到美军飞机的轰炸和扫射,高几乎一直处于恐惧状态,他看到十几个战友,有的被炸成了肉酱,有的被子弹打得千疮百孔。中午时分,他已经热得筋疲力尽,两腿一软,倒在了路边。前田过去拉他,没拉起来。神子低头看着他:"如果你待在那儿,很快就会被打死的。"他说完就走了。

高逼着自己站起来,靠前田搀扶着摇摇晃晃地往前走。11月3日这一天,这支联队共死了两百多人。天终于黑了,但也没有好过到哪里去。大家瘫倒在公路两边,顷刻间,一大群凶恶的蚊子扑过来。神子不断提醒大家不要睡着,否则醒来时眼皮上都是蚊子块,眼睛会肿得睁不开的。

午夜刚过,第57联队又继续行军。士兵们没有抱怨,连一句牢骚都没有,有些人甚至还开起了玩笑。高被他们这种动物性的热情感染,顿时有了劲。第二天傍晚,那条通向一个山脊顶的蜿蜒公路已经走到了尽头。右侧嶙峋的山体长满了齐肩高的白茅草,沟壑丛生,林深叶茂,这是一个天然堡垒。

他们的大佐认定这里地势有利,可以阻止美军,他下令停止前进。大家交头接耳地把话传下去:轻装上阵,只带战斗装备,在小背包里装上硬米饼和手榴弹。八寻中队很荣幸,作为先锋打头阵;而作为中队先锋的神子的分队更加荣幸。"荣幸个头!"前田低声对高说。他对神子没说什么,这个分队长春风满面,自豪得不得了。

天一亮,轻微的寒意就消失了,他们的军服很快就被汗水渗透。火药味扑鼻而来,高心跳加速。战场一定很近,但一片死寂,像墓地一样。他曾经好奇的那一刻就要来临。他会听到第一声枪响就掉头逃跑吗?一声枪响过后,又恢复了寂静。他听到鸟儿欢快的啁啾。他转过头,看见神子眼睛里闪烁着急切的光芒,队里的其他人也一样兴奋,除了前田。

当神子拨开灌木朝山顶走去时,小队长军曹大叫:"方向错了!"手榴弹开始爆炸,碎石泥块噼里啪啦打在高身上。他旁边的人在哼哼。高两

第二十二章

眼一黑，什么都看不到，他吓坏了，随即意识到必须控制住自己，否则会没命的。他强迫自己一动不动地等着，直到隐隐约约看见两边蹿起的一股股泥石喷泉。一枚手榴弹朝他滚过来。美国人这是从另一边把手榴弹扔过了山头！爆炸的瞬间，他滚进了一块洼地。

美国士兵从山上冲下来，他们冲着他过来了。他慌乱地蠕动着朝正在一枪接一枪不停开火的神子爬过去，右边的八寻也在开枪。高回过神来，意识到自己手里也有枪，于是扣动扳机，也不瞄准，瞎打一气。

接着传来迫击炮碎碎的闷响和一挺机关枪低沉的铮铮声，这枪声听起来比他们自己的机关枪声吓人。子弹咻咻地飞过去，他听到噗的一声，后面有个人被打到了，那人惊叫一声，血从嘴里喷出来。他们要全死在这里了，高知道自己命不久矣，心里腾地升起一团怒火，恨自己不争气，他装上子弹，继续射击。一道炫目的闪光，一声轰隆隆的巨响，一片黑暗，泥土和碎石像雨点一样砸到他身上。他很诧异，竟然没被伤到。他纵身一跃，跳进了一个冒烟的弹坑。

有人跌到他身上，是神子，然后又有两个人拿着轻机枪爬了进来。但是正当他们在装配武器的时候，两发迫击炮弹落下来，夹住了散兵坑。"出去！"神子大吼一声，慌忙逃向右边，高紧随其后。

他们匆匆忙忙在一棵被炮弹劈断的棕榈树的根系间挖了一个章鱼陷阱。突然间，迫击炮密集的炮火停了，高抬起头，被神子一把拽下来，在他的刺刀上搁了一顶头盔。"我在电影里看到过。"他说。什么也没有发生，分队长慢慢抬起头看了看。山坡上空无一人。"美国人走了。"他诧异地说，"在他们回来之前，我们先垫垫肚子。"

高焦急地四处张望，想看看前田在哪里。见他抬脚往外爬，神子说："你疯了？这是要去哪儿？"

"我怕前田出事。"

他小心翼翼地往左边爬，最后终于在一个冒烟的弹坑里找到了他的朋友。前田猫着腰，手里抓着上了刺刀的步枪，一副准备拼杀的样子。他惊恐地一转身，扑向高，后者及时闪开。"谢天谢地，是你！"前田说着，紧张地笑起来。

他们爬到神子的章鱼陷阱里,发现没人。几分钟后,神子轻悄悄地滑下来:"另外两个分队几乎全军覆没,只剩下三个人。"整座山就只有六个人守着。

天色暗下来后,神子把另外三个人带了回来,他命令他们在旁边挖洞。然后,他带着高和前田悄悄上山,从已经阵亡的战友那里收集弹药、武器和水。他们为黎明的进攻做好了准备。

时间过得很慢,根本睡不着觉。长时间的沉默之后,高问神子是否认同战死沙场是他们这一代人的宿命。神子说,他只会去想有一天能回到课堂的美好未来。高说:"我们学生被剥夺了独立和学习的权利,打发到前线来。我觉得一切都在消逝,一切终将消失。这也许是好事。从某种意义上说,这也许是一个很自然的过程。"

神子很困惑。他说大家都是日本人,必须为国家而战,你要在心里怀着希望,希望自己能活下来,战争结束后可以生活在一个更好的世界里。

"愚蠢的日本,但你说得对,分队长,不管多愚蠢,总归是我们的祖国,我们必须挺身而起保卫它。"高说。

"明天上午,我们肯定会有机会的。"

晚上,第4分队也来了。神子向大家通报了这个好消息。现在有十九个人对抗敌人。天破晓了,但是美国人没出现。两个小时过去了。美国大兵在哪里?还在睡觉吗?这些人是怎么回事?昨天他们刚刚钳制住八寻中队就撤了。他们果真像宣传册上说的那样胆小懦弱吗?到了九点,高隐约听到一声英语指令,他翻译成日语说:"他们的长官命令他们火速上山。"几分钟后,子弹开始噼噼啪啪打在神子的章鱼陷阱阵地上。敌人停火的片刻间,神子一一报出手下的名字,被叫到的人都应一声:"嗨!"

他大喊:"如果他们逼近,就扔手榴弹!"

敌人又开火了,这次重机枪也加入了。隔壁洞里有人喊前面的灌木丛着火了。高看到前方阵地横向的一大片浓烟滚滚,他能听到白茅草愤怒的声音。风把烟吹到一边的瞬间,他依稀看见山脊上冒出一个个人影。美国人!他的心咚咚狂跳。他几乎控制不住自己,想拔腿就跑。

"第3分队!上刺刀,准备手榴弹!"神子大声下令。

高的手不听使唤,好不容易才装上刺刀,两只手颤抖着揣好三枚手榴弹。有人喊了一声:"突击!"听到这,他真担心自己气接不上来,一口呛死。这是小队长箱田少尉在命令他们冲锋。高不情愿地往外爬,神子拉住他,大喊:"第3分队,守在原地!"他向满怀感激的高解释说,冲锋之前一定要有火力网掩护。尽管很害怕,高还是抑制不住好奇心,扒着洞口往外张望。敌人被燃烧的灌木丛遮住,突然间,一下子跃入眼帘,就在他右边一百码外,把他吓坏了。

神子下令:"右斜角,瞄准!射击!"

步枪和机枪开火了。

"突击!"箱田少尉大吼,怒气冲冲地重复着他的命令,要大家冲进那片致命的火海。高看到箱田倒了下去。箱田用一种透着少年气的高音回头喊:"神子,指挥!"

这些美国人个个都是彪形大汉,高觉得这下死定了,但是神子站起来扔出一枚手榴弹,两个人应声倒下,可敌人稍微停顿了片刻,很快又逼过来。高听到一声刺耳的呼啸,接着,前方仅几码外泥土飞溅。这枚炮弹来得太突然,两边的步兵都停止了射击。第二枚炮弹落下来,一群美国兵倒了下去。另一枚飞得远一些,落进了美军的重机枪阵地。

"我们的!"神子激动地大叫。

敌人的几挺机枪又响了起来,可是刚开火,日军的第四枚炮弹就呼啸着飞过去,落地炸开。顿时一片寂静,静得瘆人。高感觉到热浪袭来。在风的吹拂下,草地上的火正从山上迅速蔓延下来。

神子说:"我们必须找到箱田。"前田假装没听见,只有高跟着分队长去找倒下的小队长,但他们只找到箱田的腰带和军刀。

"肯定被美国人俘虏了。"高说。

一挺机关枪嗒嗒嗒嗒响起来,他们右脚边泥土飞溅。两个人跳进左边的一个坑里。高又克制不住好奇心,偷偷往外瞄。"他们又来了!"他说着准备掷手榴弹。

"太远了!"神子拦住他,自己两手各持一枚手榴弹走上前去。高动不了,紧紧趴在地上。然后,他听到后方有中队长八寻中尉的说话声!主力部队终于到了。高快步跟上神子,这名分队长欣喜若狂地大叫着,满脸喜悦的泪水。他把一枚手榴弹往头盔上一砸,数"一,二",然后把这枚导火索已经引燃的手榴弹扔上了山。高和其他人也照他的样子做。顷刻间,便传来五声炸响。

"突击!"神子大喊着不顾一切地朝着重机枪阵地攀爬过去。高感到体内涌起一股奇怪的力量,发现自己一边往前冲,一边在大叫。前田在他身边,也在往上冲,眼神也是兴奋得发狂。高看到两侧都有美国人的尸体,姿势很古怪。小分队跳进机枪阵地。看到几个机枪手肿胀的尸体,高惊得目瞪口呆。一名美国兵的子弹带像一串鞭炮一样噼啪作响,一枚手榴弹被引爆,把高和前田甩了出去。两个人都没受伤,但高蒙了一会儿,动不了。为什么还活着?这一定是场噩梦。前面的神子也呆住了,然后猫下腰,像是回过神来了。他朝着被美国兵称为"断头岭"的山顶冲去,高和前田紧随其后。高冲过山顶,看到敌人在山脊的另一边仓皇逃窜,犹如喜剧里的场景。可他的战友站在山头疯狂开枪投弹,在密集的弹雨中,十几个美国兵倒栽葱滚下去,看着就没那么有趣了。高不忍心扣下扳机,这太不人道了。旁边的前田一枪接一枪,以最快的速度在射击,他杀得正酣,两眼发光。

虽然此时高自己的嗜血欲已经消退,但他感到无比自豪。他们这支小分队在几枚炮弹的配合下,击退了敌人凶猛的进攻,为整个第57联队争取了时间,让他们可以上场把这山脊部署成一座堡垒。

前田激动得说不出话来,只会咧着嘴傻笑,像一只猫一样。他得意扬扬地举起一顶美国军官的头盔,最后终于憋出一句话:"古时候,武士会取敌人的首级,一个现代人,一个自由主义者,拿战利品合适吗?"

一条胳膊吊着三角巾的八寻中尉正在祝贺神子:"谢谢你顶住了这么大的压力。"

他们的大队长佐藤大尉突然冒了出来,把他们的名字记在了战功簿上,这对步兵来说是天大的荣耀。佐藤拿过前田手里的美国头盔,往自己脑袋上一扣,夸赞这头盔很轻。"没弹孔的有吗?"神子说他们能搞到。

当天晚上,接到佐藤的通知,由神子接替失踪的箱田任小分队队长。

他向高和前田倾诉心事。"我睡不着。"沉默了几分钟,又内疚地说,"我老是在想那些死在阵前的战友,任他们横尸荒野,我实在无法安心。"

"我今天不害怕了。昨天听到第一声枪响就想逃,但今天觉得很兴奋。就算真的死了,我也相信一定能见到我亲爱的哥哥义龙。有什么能比这样在天堂重逢更美好?"听了前田这话,高忍不住要笑出来,他用胳膊肘推推神子,两人心照不宣。"死亡算什么?"前田继续说下去,"我把它看作是通向天堂的一个过程。你看,即使是知识分子,如果他有信仰,也能发现死亡有意义,并且升华它的价值。只有当人们不清楚死亡的意义时,才会害怕死亡。"

早上,美国人再次向这个具有战略意义的"断头岭"发起进攻,这次有陆军第1骑兵师配合,阵线拉得更长。这次袭击的主要目标是高他们驻守的这座山。高所在中队的八十个人正在山上候着,上头命令他们先不要开火。等美国兵距离他们不足七十五码时,八寻中尉才大声下令:"开火!"

一长排的美国人倒下去,高看得目瞪口呆。可后面的人纷纷跃过这批倒在地上一动不动的战友,他们把手榴弹扔得老远,就像扔棒球一样。防线上伤亡惨重,高觉得这样下去他们坚持不了多久,但没有人惊慌失措,火力持续稳定,终于有两个美国人逃了。这一来,战局发生了逆转:其他美国人犹豫了一下,也转头往另一侧山下逃去。

他们守住了,但整个中队只剩下二十五个人。第一批人被打发回2号公路的另一边休息,前田和高也在其中。他们怀着感激之情用清凉的溪水洗了脸,灌满了水壶,吃了硬面饼,懒洋洋地躺在地上。高在想,这就是虚无的乐趣。前田太累了,无法进行哲学思考。

11月8日,一场台风席卷了"断头岭",狠狠地抽打着白茅草,天空一片漆黑。不久,另一场风暴也降临了——敌人的重型火炮开始狂轰滥炸,然后迫击炮开始精准地摧毁山脊顶部的章鱼陷阱。效果是毁灭性的。八寻命令中队返回原来的章鱼陷阱,退守那片离公路近一些的地方,做最后的抵抗。高和其他人连滑带滚地下坡回到原来的地方,发现每个坑都几乎积满了水。高一头扎进一个坑里，躲避追击他们的一枚炮弹。

往雾蒙蒙的山上看，高的可视距离只有十码。神子也跳进来："我们低估了敌人，他们不是懦夫，他们能把手榴弹扔得比我们远一倍，而且他们总是一副精力充沛的样子。"

高很郁闷，很难受，湿得像一只落汤鸡，他什么也没说，只希望他们能像敌人一样有那么多的大炮和食物。

一辆敌军坦克也来助攻，但八寻的两名士兵在它的轨道下扔了个炸药包。坦克爆炸后，美国步兵开始后退。神子从散兵坑跳出来，大喊："冲啊！"高欣然响应，因为他实在不想再窝在这水坑里，能出来是一种解脱。他们冲到山顶，神子把手榴弹一枚接一枚地扔向溃逃的美军，其他人也跟着照做，然后，他们滑下山坡，再回去拿手榴弹上来。很快，"断头岭"另一侧的山坡上就看不到一个敌人了。有几个士兵欢呼叫好，但神子没有得意，他对高说："这不是胜利，撤退只是美军的策略，他们还会再来，一次又一次，耗到我们没东西来阻击他们。"他命令大家回到山脚下的坑里去。风暴更猛了，仅剩的没被炮火摧毁的几棵棕榈树也被连根拔起。令神子意外的是，那天下午敌人没有再来。"我猜他们不喜欢这大雨。"他说。

早晨，敌人的重型火炮又开始为进攻开路。接着，美军第 24 师的两个营浑身湿透，冒着瓢泼大雨又发起了新一轮的进攻，他们艰难地推进了一段，最终还是被逼退。大雨成了守军的盟友。美国的补给线成了一片沼泽，步兵的双脚被水泡得脱了皮。

神子手下的士兵试图把章鱼陷阱里的水排空，但白忙活一场。这一天快结束的时候，他们已经浑身湿透，冷得受不了，只好烧防毒面具的橡皮管来取暖。高一向讲究，忍不住抗议："臭死了！"可前田缩成一团，伏在黑烟上，蹲守着那堆在闷燃的乌糟糟的东西。

第二天迎来的又是一个黑沉沉的黎明。敌人的炮弹撞击着他们上方的山头，雨越下越大，在持续不断的震动下，章鱼陷阱开始崩塌。高在想自己的死期是不是到了，倒是有一点值得欣慰——雨终于停了。

敌人的炮火一停，高就领着大家向山顶走去。山体上坑坑洼洼布满了弹坑，这景象令他联想到第一次世界大战的照片。站在山头，高看到下面一大群美国大兵正向他爬过来。至少两个营！高确信自己活不过这一天，他们只剩下十二个人来阻击这支来势汹汹的大部队。

神子奔走在防线上，狂打手势，让他们回到山脚的章鱼陷阱里。高不需要再有人来警告他，子弹飞过来的同时，他冲下山坡，像潜水艇一样扎进一个坑里。他看见手榴弹轻轻擦过草皮朝他滚过来，不过幸亏炸得早，没滚到最后这道防线。

四面八方都有人在叫没弹药了。神子噌的一下从坑里跳出来。高看得出，此刻支配他的，与其说是恐惧，倒不如说是愤怒。他朝山上冲去，后面只跟着一个人：前田。高发现自己也跟了上去。当神子快到山顶时，他抛出一枚手榴弹，冲动之下，用英语大呼："冲啊！冲啊！"

一个美国人以为这是命令，端着上了刺刀的步枪冲上了山头。他和神子面面相觑，两个人都像木头人一样定在那里，动不了。最后，这个大兵哇哇大叫着滚下了他自己那一侧的山坡。接着，又来了个意外。高和神子都听到八寻中尉在后方喊："中队，天心！"这意思是向后转再前进。他们从来没有听到过这样的命令，因为不能撤退，这是铁令，他们不知道这是效仿美军战术的新做法，目的是减少不必要的伤亡。

八寻一遍遍重复着这道命令，这听上去十万火急的态势倒把散兵坑里的其他人给引了出来，他们纷纷爬出坑准备发动最后的攻击。而八寻在那边急得跳脚，跑来跑去，一边喊着"天心！"，想让上面的人下山隐蔽起来。

高看看神子，希望他拿个主意，但他却呆呆地站在那里，一动不动。八寻肩上挂着一把缴获的美国卡宾枪，没有端起来，直接开枪，撂倒了一个美国大兵，接着又一个，然后自己也被打中，打了个旋倒下去。神子和高把他拖到一个弹坑里，高把水壶凑到中尉的嘴边。他喝了一大口后，头一歪，垂了下去。这样一来，八寻中队的命运就落到了神子手上。他受的教化太彻底，实在无法下令撤退，这太可耻。除了在光荣牺牲前狠狠地痛击敌人，让他们付出惨痛的代价，还有什么可做的？

他高呼一声："冲啊！"这次说的是日语。他冲上泥泞的山坡，高、前田和其他三人也一起冲上去。他们狂叫着把剩下的手榴弹都扔了出去。美军被震慑住了,一下子蒙了,乱了阵脚。神子想,要是有一把机关枪就好了,不贪多,一把就好。做什么白日梦呢?他恢复了理智,意识到这场仗他们已经输了,必须让他的兵活下来,再多活一天。

"跟我来!"他大喊一声,随即带着十名幸存者逃向 2 号公路。到了山脚下,他回头一看,敌人已经上了山头。他催促大家加快脚步,一行人沿着公路赶往奥尔莫克。他在暗暗诅咒自己贪生怕死。高和前田都看得出,这次撤退带来的耻辱感正在啮食他的良心。

"八寻中尉先下令撤退的。"前田说。

"这是我自己的责任。我抛下中队长的遗体,我把自己的生命看得比荣誉更重要。"神子小声嘀咕道。

"你救了我们这些人。为什么要做无谓的牺牲?"前田说。

神子振作了一些。

"如果我们这些人都死在那山上,对国家又有何益?"高说。

"这倒是真的。"神子轻松了许多。

他们走进一个涵洞,洞里有一条小溪。前田说:"我们只要尽自己最大的努力去做就好了,未来怎样不要去担心。我们还活着。"他开始脱身上的脏衣服,其他人也一样。露出来的腿像豆腐一样苍白。他们在小溪里洗衣服,洗着洗着,心情好了起来,甚至还有人像中小学生一样,湿衣服甩来甩去,互相嬉闹。闹够了,就在溪边躺下,四肢平摊,光着身子,只裹着块兜裆布。很快,他们就睡着了。

到了十一月中旬,美军坦克已经在蜿蜒的 2 号公路上徘徊,美军步兵最终控制了"断头岭"的绝大部分地区,除了山脉南端。神子和他的几个兵就在这一带,这次是补充进了安田中队。他们在坑里蜷缩了两天,口粮就只有一个饭团,八个人分。第三天,神子的胳膊和脚都受了伤,尽管只是轻伤,上头还是不由分说命令他去后方,并派高和前田护送他回奥尔莫克。几天后,这支最后只剩下不足四百人的联队被美军第 32 步兵师彻底击败。"断头岭"战役就此结束。

神子、高和前田沿着公路缓缓南行。走到一个峡谷附近时,一股恶臭直冲鼻腔,过了一会儿,跃入眼帘的是成千上万肿胀腐烂的尸体,上面还有一条条看起来像蛇一样的东西。前田的眼珠子都要蹦出来了:"这什么死法!"

一个形容枯槁的士兵坐在岩石上苦笑。"那是防毒面具的管子。我们管这里叫'死亡谷'。"他说他所在的师团在向"断头岭"挺进时,被美军的炮火轰得全军覆灭。

三个人走进丛林,一路上不断看到受伤的人摊开四肢躺在小径上,耐心地等死。高、神子和前田也很想放弃,但还是坚持往前走。他们在艰难地翻越一座高山时,遇到了另外七个掉队的人,得知美军已经攻到了"断头岭"下,看情形日军的整条防线都要垮了。三人继续跋涉,后来饿到实在受不了,直接冲进去偷袭了下一个经过的美军阵地,抱着一大捧美国大兵的口粮,从枪林弹雨中逃了出来。前田狼吞虎咽地吃下一块巧克力,他说:"如果我们像美军一样有这么多吃的,这会儿一定还在山顶上。"

神子不得不承认,战场上的输赢其实就是看补给是不是跟得上。他又问了一句:"我们怎么打得过这么富有的对手?"

# 第二十三章

1

**宿务市　1944年10月**

威尔再一次被俘后,在内格罗斯一关就是四个多月,然后被押到宿务市,等一艘从达沃过来的开往马尼拉的船。在市郊,他和另外二十名战俘会合,一行人在烈日下被押往教堂墓地。地面铺着碎砖,战俘们将碎砖拨开,刨出浅坑,用来睡觉。他们实在太累,所以尽管躺着不舒服,还是不分昼夜呼呼大睡。整整三天,他们懒洋洋地躺在闷热的石头墓地里。虽然很无聊,但威尔还是恢复了体力和兴致。他盯着远处的麦克坦岛,一看就是好几个小时。一名菲律宾战俘告诉他,麦哲伦就死在这里,当地人痛恨他要他们改信基督教,臣服葡萄牙,就把他杀了。

最后,他们被领着穿过街道来到码头上。他们一看见那艘船,闻到船舱里散发出的人臭味,就知道这是他们的船,错不了。他们发现达沃的战俘处境很惨,拥挤和咸水使许多人得了痢疾,还有些人得了疟疾和脚气病。虽然威尔在奥唐奈和甲万那端早就已经习惯了恶臭和禁闭,但跟着库欣在野外自由了几个月,一时还无法适应这种环境。前往马尼拉的旅程只有短短几天时间,但他感觉像是永远都到不了。得知船靠岸后他们还得在船舱里再待一阵,他很痛苦,只能自己强压着默默消化。第一天晚上死了两个人，第二天晚上又死了一个。最后，他们总算可以下船了。威尔深深地吸了一口马尼拉码头温热的空气，就连前往比利比德监狱的这段路他都很享受，尽管烈日当头。他在那里没待多长时间，不到一个星期就被押回了甲万那端。当熟悉的场景近在眼前时，他陷入了抑郁。那根柱子还在，他受了三天三夜酷刑的地方。如果再来一次，再让他暴露在户外忍受白天的酷热、夜晚的严寒和红蚁不断的啃食，他还能活下来吗？他发誓一定要避开是非。

他在里面看到许多张新面孔，有些老面孔已经快认不出来了。有几个人跟他打招呼，他们老了很多，也瘦了很多。他的眼前出现了一张笑脸，是布利斯中尉，他没有变，还是一副气定神闲的样子。威尔感到又有了勇气。

但是没机会叙旧，新来的战俘被带到营地一处偏僻区块，隔离关押。一星期后，他们终于被转移到主营区。威尔很惊讶，发现这里只剩下几千名战俘。布利斯告诉他，有两批人已经去了比利比德，之后要被送去日本。

他说："鬼子要在麦克阿瑟来之前，尽可能往那边输送劳力。"一名友好的卫兵告诉他美军已经登陆莱特岛："我们的轰炸机已经在轰炸克拉克机场了。"

一周后，他们被押上卡车。"通过地狱之门。"布利斯说这话的时候，车子正颠簸着开出营地，扬起滚滚尘土。威尔喜忧参半。谢天谢地！总算离开这个鬼地方了，可等待他们的又是什么呢？波波夫在同一辆车上，他蜷缩在角落里，垂头丧气，他看上去像是萎缩了，块头没以前大了。他的财产只剩下一个麻布袋里的一点东西。

威尔、布利斯、波波夫和另一名士兵被关在比利比德那幢老旧的联邦监狱的一间单人牢房里。他们在上层，抓着铁栅引体向上，能看到美军飞机扑向港口的船只。沮丧的波波夫只有在这种时候才高兴得起来："现在他们别想带我们离开马尼拉了！"但空袭停止了，波波夫陷入了绝望。

除了傻坐干等，几乎没事可做。偶尔会放一个人出去拿饭和水（这个管够），或者跟别组的人一起去打扫卫生。两周后，飞机又回来了。等到安全了,威尔用日语问看守他们的卫兵外头发生了什么事。卫兵的态度一天比一天好,他透露说美军已经控制了莱特岛的大部分地区,很快就会北上。

威尔把消息告诉了其他人。布利斯说:"难怪他们要送我们去日本,我们是人质。"四个人看着接下来的空袭,几乎忍不住要大声欢呼起来。威尔感到胸口像要爆炸。美军来了!消息从一个牢房传到另一个牢房,一片欢呼声。有些人兴奋得又叫又跳,有些人抱着自己坐在那里憧憬自由和故土。

波波夫却乐不起来,嘟嘟哝哝地说:"又是骗人的鬼话。"他那个麻布袋里的东西被卫兵洗劫一空,只剩下一个宝贵的防水袋,里面装的是甲万那端的狱友写给他的一沓借据。威尔鼓励他,想让他振作起来,但他只是悲哀地摇摇头。

第二天上午,兴奋的情绪被泼了盆冷水。美国军医在日本医生的监督下开始检查全体甲万那端战俘的身体状况,看谁的身体条件经得起去日本的艰苦旅程。波波夫申辩说自己快死了,可一名美国军医哀伤地摇摇头,波波夫骂他是背叛者。

12月12日傍晚,每人分到了半杯米饭和四分之一杯的汤。布利斯预言,这是"最后的晚餐"。他叫大家第二天一早把自己的水壶灌满。他在日记中写道:"麦克阿瑟都打到这里了,只差一步了,要是这样还没拦住我们,那可真是太气人了。"

离天亮还早,监狱警卫室的大锣就响了。现在大家都知道,他们一直害怕的日子终于来了,麦克阿瑟救不了他们了。威尔痛苦地从混凝土地上爬起来,摸黑冲了个澡,把胡子刮了刮——这样的享受,不知道要等到什么时候才会再有。他在包里放了一件夹克、一套换洗的衣服和一些盥洗用品。波波夫偷偷地在角落里点他的借据,好像生怕别人会来抢似的。每个人都喝了半杯稀粥。

天一亮,卫兵就把战俘放了出来,他们带着行李排好队。他们自己的指挥官——一名海军陆战队上校——和一名日本卫兵花了几个小时才统计出人数。一共1619人,除了30名战俘外,其余都是美国人,大约有

1100名军官,其中很多是校级。

日本医生试图安慰战俘。他用流利的英语解释说,有一艘邮轮已经抵达港口,这艘船会送他们去日本:"你们不会有危险。船上会有我们自己的妇女儿童,船身会有标记,这样就不会遭到轰炸。没什么好怕的。"看来,他并没有意识到,这些战俘最怕的是眼看着自由近在咫尺,还被送到日本去。

上午八点,长长的队伍缓缓穿过大门,踏上了里扎尔大街。受伤和带病的人都被留下来,扒着门窗大喊,向战友挥手道别。然而,队伍才走出一半,空袭警报就响起来。卫兵们手忙脚乱地让大家掉头,大喊着:"回监狱去!"

战俘们强忍着欢呼的冲动。

"速度!速度!"卫兵们大叫。

尽管一千个心声在祈祷,飞机还是没有出现。一个小时过去了。战俘们汗流浃背。卫兵在队列中跑来跑去,夺下战俘带着的蚊帐和热带头盔,丢在边上,积了一堆。这些东西在日本用不着。

最后,快到十一点的时候,一个军官发出号令,队伍又开始移动。道路两侧站着一长溜神情严肃的菲律宾人,个个流露出怜悯之情。战前,里扎尔大街熙熙攘攘,车水马龙,何等热闹;如今菲律宾人憔悴不堪,衣衫褴褛,小马和马车看不到了,许多商店用木板封住,房屋有被洗劫过的痕迹,几乎见不到金属,窨井盖和窗户上的铁条都被当成碎铁运去了日本。

战俘们寄望天空,盼云层散开,好让飞机继续轰炸。大多数人都光着脚,踩着滚烫的路面,苦不堪言。尽管提醒过得省着点用水,有些人还是没当回事,大口大口地喝着灌在水壶、空番茄酱瓶和其他容器里的水。

四周随处可见轰炸造成的废墟残骸,冒着黑烟的建筑还在往外喷溅火花。队伍穿过奎松桥,威尔很意外,这座桥竟然还完好无损。

他们拖着沉重的步子从卢内塔公园外走过,威尔诧异地发现里面挤满了仓促搭建的棚屋;大炮和高射炮阵地东一个,西一个。一个菲律宾人扔给威尔一块糖;卫兵一把揪住那人,把他摔在地上。战俘们来到城墙围抱的老城区,这地方当初建的时候白人还没涉足这片土地,很多年以后他们才来。巨大的火树环绕着这片老城区,枝头红花绽放,鲜艳夺目,这抹亮色在满目疮痍的背景中显得格格不入。

最后,他们穿过已沦为瓦砾的圣多明各教堂的开阔院落,走向7号码头——"百万美元码头",据说这是世界上最长的码头。著名的白色大理石柱子只剩下一片废墟。再过去,威尔看到一艘巨大的豪华邮轮:"鸭绿丸"号。一大群日本妇女和儿童正在上船,他们归心似箭,想在战火烧到吕宋之前回到祖国。妇女们穿着和服,手里拿着大大的布包或麻袋,好声好气地赶着兴奋的孩子,根本没有理会出现在码头上的战俘。跟在后面的是一批水手,看来是从沉船上逃出来的,还有一些士兵,他们是船上的高射炮炮手。

等一千五百名乘客都上了船,没有一刻耽搁,战俘们像牲口一样被赶上三块跳板。布利斯指着正匆匆忙忙往甲板上吊送美国汽车和电器的卷扬机说:"麦克阿瑟的帕卡德。"看到这台铮亮的汽车猛地撞向货舱壁,保险杠撞得稀巴烂,他笑了。后面有人在说:"真希望那个王八蛋就在车里。"

布利斯看上去真像是带着一群学生去校外旅行,他爬下舱口,跟在后面的是犹犹豫豫、勉勉强强的波波夫,他转向威尔:"我们绝对不可能活着出去。"

威尔推了他一把。

这个舱里有七百人。唯一的通风口是二十英尺见方的舱口。布利斯旁边的一个人昏了过去,但没倒,被拥挤的人群撑着杵在那里。威尔感到透不过气来,尽管舱口开着,离他不远。

大家都很蒙,没怎么说话。突然从黑暗中传来一声尖叫:"哦,我的天!这家伙在喝自己的尿!"

然后传来布利斯漫不经心的声音:"你知道我是'仙后'俱乐部的成员吗?"有人咕哝了一句:"我们这儿有个该死的基佬。"布利斯没有搭理他,他解释说,任何读过斯宾塞的骑士传奇全诗的人都可以加入这个团队:"我以为有人会感兴趣。"

威尔忍不住呵呵地笑起来,还有几个人也一样。尽管舱内很闷,但大家很安静。在来的路上,大多数人欠考虑,已经把水壶和水瓶里的水喝光了。他们拿着饭盒扇风,但没什么效果。

"船什么时候才开?"有人抱怨。船开了就会有点海风吹进来。

大家嚷嚷着要喝水,卫兵没理睬。他们的战友来菲律宾不也是窝在这货舱里一路熬过来的吗?他们可没有抱怨。美国人真是太逊了。战俘们这样一通折腾,渐渐耗尽了空气中的氧气。旁边一个少校因为窒息静静地倒了下去。威尔心里在感叹:这克制力真是令人钦佩。他竭力使自己平静下来。数百人上气不接下气,疯狂地挣扎,嚷嚷着要水。

凌晨三点,船才开始慢慢移动,有一丝微风飘进来,总算好受了些。他们沿着赞比勒斯海岸以大约二十海里的航速向北行驶,同行的还有一艘巡洋舰、几艘驱逐舰和运兵船,上空还有鬼子的一架银色大型两栖飞机。这样一路保驾护航,看来他们应该可以畅行无阻,不会被美国飞机击沉。

这个好消息刚传开,就响起了恐怖的空袭警报。接着,威尔听到飞机越来越近的轰鸣和甲板上高射炮的怒吼。子弹和弹片在货舱周围弹跳。

靠近舱口的人都一个劲地往里挤。这时候有人慢吞吞地操着南方腔调说了句:"谁想买我的手表?"一下子打破了紧张的气氛。发动机全速运转,船差点被击中,晃得很厉害。几十个人血流如注,旁边的人在尽最大努力帮他们止血。舱内积满了炸弹灰和铁锈屑。那些几个月没有祈祷的人此刻在祈求上帝来拯救他们。

俯冲下来的飞机发出的尖厉的呼啸声和机关枪嗒嗒嗒的鸣响越来越激烈,过了一会儿,渐渐安静下来。威尔和他的朋友们回到原来的位置透气。医护人员和志愿者尽最大努力为伤者包扎,将他们转移到最安全的地方。

飞机的轰鸣声、嗒嗒嗒的机枪声、炸弹的爆炸声又一次响起。这次没人再开玩笑。这一天断断续续来了好几场空袭。最后一次,岩石碎片飞进船舱——船已经搁浅,看样子是怕在海上被击沉。

## 2

太阳落山时,威尔感到船在笨重地移动,可能是在往海上倒。最后,它终于离开了海滩,感觉像是在往西行驶。但要是去福摩萨这船走得了这么远吗?有人爬上梯子去取伙食,很快就折回来,满头鲜血。没有食物,没有药,没有水。美军飞机造成这么大的破坏,战俘还想要什么?

当船在黑暗中驶向大海时,威尔时不时能听到闷闷的爆炸声。布利斯说:"深水炸弹,我们的潜艇一定是在追击。"大家都祈祷美军别再追了。这时候,发动机停止了运转,锚放了下去,威尔能听到小船驶近的声音。布利斯猜他们这是在撤离日本乘客和伤员。

一名卫兵冲着下面大吼,要所有的医生赶紧上甲板。他们爬上去一看,甲板上一片狼藉。英勇的炮手倒下一批,换上一批,五批倒下,志愿者冒死顶上。妇女和儿童的伤亡情况触目惊心。美国军医和卫生员发现甲板上、船舱内和餐厅里到处都是死尸和濒死的日本人。他们束手无策。只有蜡烛照明,没有药物,也没有绷带,让他们怎么救人?懊恼的卫兵把他们打了一顿。

靠近船体的战俘在舔钢板上有水蒸气凝结的地方。情况比前一天晚上更糟。有些人没敢一下子把水喝光,一直省着喝,比如威尔和布利斯,也已经把自己的水跟同伴们分了,一滴都不剩了。当气温升到 110 华氏度时,因水引发的争论演变成了暴乱。在过去几个月里,威尔曾目睹了各种令人无法容忍的穷凶极恶,但远不及眼前这一幕。这让他想起了小时候看的那本《加尔各答黑洞》描述的场景。他感到脖子上一阵剧痛,听到吱的一声。天哪,有人像吸血鬼一样在吸他的血。他转过身,一把抓住那人,对方疯狂地尖叫起来。布利斯把他一顿暴揍,那人像是死了,重重地倒下去。还有十几个人为了吸血挥刀砍向同伴的喉咙和手腕,有几个人在咬同伴的胳膊、腿和喉咙。

病人和伤者被这些疯子踩在脚下。一场野蛮的殊死搏斗爆发了。有个人挥舞着两个装满尿液的水壶,把周围的人都击倒在地。一名上校爬到梯子的中段,大声命令大家安静,他放出狠话,场面一度安静了下来,他开始好言好语,有人一把抓住他的腿,把他拖回到混战当中。

威尔觉得照这样下去,他也会发疯的。谁能想到会发生这么可怕的事?这是文明的终结。这时候,从货舱中央传来一个威严的声音,是威尔在巴丹医院遇到的玛利诺外方传教会的卡明斯神父。这条船上共有十四位随军牧师,他是其中之一。"我们在天上的父,愿人都尊你的名为圣!"他的口吻如此威严,狂乱的气氛平息了一些,"愿你的国降临。愿你的旨意行在地上,如同行在天上。"他继续祷告,凭他自己的信念强迫大家去聆听,然后他告诉他们——不,威尔觉得他是在命令他们——要有信心:"相信自己,相信彼此的善良本质。"威尔心里在嘀咕:这些人做了这么难以启齿的事,他怎么还能说人性善良呢?但他注意到战俘们看着对方,一脸羞愧。威尔不相信上帝会允许这种泯灭人性的行为,但他发现自己想去相信。神父继续说下去,没有被新一轮的呜咽和尖叫所吓倒。神父和舱口透进来的微弱的日光使大多数人恢复了理智。渐渐地,失心疯的场面得到了控制。这就像一场难以启齿的战斗终于结束。

黎明时分,他们的船靠近巴丹半岛西部基地的一个港口。一个名叫和田的非军籍翻译,一个驼背,爬了下来:"很快就要上岸了,你们可以带上裤子、衬衫、水壶和饭盒,鞋子一定不能落下。"威尔尽可能地往口袋里塞东西,舱内很暗,他翻着那只破旧的野战背包,找盥洗用品、衬衫和短裤。他像马克那样把所有东西都捆成一个行李卷。在他周围,大家正狼吞虎咽地吃着最后一点应急食物。

"行了,"和田在舱口喊,"先上来二十五个人。"这批人,包括五名伤员,慢慢地走上梯子。几分钟后,和田先生又返回来,让他们再上二十五个人。可刚踩上梯子,和田就狂躁地叫他们回去,直嚷嚷:"许多飞机!许多飞机!"

"来吧,"玛利诺外方传教会的另一位随军牧师达菲神父号召大家,"感谢上帝昨天保佑我们。如果这是神意,请拯救我们;如果不是,那就请带我们去天堂。"他祈祷完毕,诵了一段忏悔经,然后给所有人都赦了罪。

几秒钟后,一枚炸弹撞进货舱,弹片四处飞溅。达菲神父还站着,有人抓住他的两只脚,把他拽到了防护架下。船体上层的部件从舱口滚落下来,险些砸中威尔和布利斯。货舱的木地板坠入船舱,几十个人跌进船底。威尔旁边的人被困得死死的,无法脱身。火焰扫过残骸。炸弹落入其他几个船舱,船体被爆炸震得东摇西晃。

布利斯往梯子上爬,威尔也跟了上去,肩头扛着那捆行李卷。光脚踩在铁踏板上每一步都很痛苦,可威尔还是继续往上爬。布利斯站在梯子的顶端推那些堵在舱口的残骸,威尔上去帮忙,最后,两个人终于爬上了甲板。他们在舱口附近发现了一袋袋的粗糖,扔了几袋给下面的人,自己狼吞虎咽地吃了一把。威尔以为刚才这么一折腾,已经耗尽了最后一点力气,但这把糖又给了他力量。

他看到在昨晚的扫射和轰炸中丧生的日本人被包在草编的米袋里,排成一长排,足足垒了五层。再过去,战俘们像出笼的动物一样从另一个货舱里跳出来。燃烧的磷散发出刺鼻的气味,呛得威尔喉咙痛。火焰包住了船尾,舷窗里喷出滚滚黑烟。他听到几声枪响;卫兵在向捡了食物和药品的美国人开枪。威尔环顾四周,寻找布利斯。他在等威尔,准备往下跳。威尔大喊:"跳吧。我来了!"他跟着他朋友纵身一跳,扎进海里。清凉的海水很舒爽。在狭小的空间内被拘禁了两天,此刻在海水里扒拉了十几下,突然拉肚子了,然后他意识到那捆行李卷落在甲板上了,那里面有他的宝贝笔记本。他大声叫布利斯继续往前游,然后掉头朝燃烧的"鸭绿丸"号游去。此刻,它看上去就像一堆废铁。他攀上一个摇摇晃晃的绳梯,上到一半才发觉自己有多虚弱。凭着意志力,他继续往上爬,扑通一下倒在甲板上。他捡起行李卷,正要再往下跳,就在这时候,他注意到卡明斯神父犹豫不决地站在栏杆旁。

"船要沉了,神父!快跳啊!还等什么!"他大喊。

卡明斯不好意思地笑笑。"我完全不会游泳。"他摘下眼镜,小心翼翼地装进口袋,"好吧,不管怎样,还是来吧。"他说完便纵身一跃。

威尔也跳了下去,浮出水面后,想看看神父在哪里。他正在卖力地狗刨,头仰在水面上,活像一只落水的猫。

"我还以为你不会游泳呢,神父。"

"我——目前为止好像还行。"他喘着气说。

"别说话。如果不行了,就仰面躺着,让我拉你。"

神父使劲地点点头。

接着传来一声刺耳的呼啸,一架飞机俯冲下来,机关枪嗒嗒嗒嗒响起来,听得人胆战心惊。子弹打在附近的水面上。威尔一猛子扎下去,尽力往水下钻,感觉肺快要炸裂,才冲向水面,撞到一具被血染红的尸体。卡明斯!不,神父安然无恙,正手忙脚乱地游向岸边。又传来一阵轰鸣。一架飞机扑向他们。威尔狂挥手,水里的其他人也一样。机翼摇摆了一下,飞机嗖的一下飞走了。水里的人欢呼起来。

当他们快游到岸边时,威尔注意到前面的人在踩水。怎么了?然后,他看到前方拦着一道高高的海堤,几名日本兵站在上面正在朝水里开枪,阻止他们靠近。威尔顿时就感觉没了力气。他不知道卡明斯神父怎么能坚持这么久。趁一名卫兵犹豫不决没开枪的当儿,威尔慢慢地用蛙泳姿势游了过去,最后总算触到了沙滩。

他们在差不多齐腰深的水里站了一个多小时,央求海堤上的日本兵给点水喝。有些人硬着头皮喝海水,但喝下去就呕了。卫兵们不搭理,只是盯着下面,把枪对准任何一个企图靠近的人。一个发狂的战俘试图爬上这布满苔藓的海堤。一声枪响,他摔下来掉进水里,死了。

最后,一个卫兵用日语喊话叫他们爬。威尔开始攀登这面堤墙,他觉得自己肯定上不去,突然感到布利斯在后面推他。他把布利斯也拉了上去。半个小时后,一千三百多名战俘集合,报数后,被押往奥隆加波。短短一英里的路程,许多战俘是被刺刀逼着才坚持走完的。小镇坐落在山坡上,青山葱茏,风景怡人。他们被赶进两个相邻的网球场,周围有高高的铁丝网。战俘们一蹲下,就没有多余的空地了,膝盖还顶着前面的人。

太阳很厉害,半裸的战俘们被烤得皮肤开始发红。有人说鬼子送水过来了,可这只是谣言。威尔把他带的衣服拿出来挡太阳,光着身子的人羡慕地盯着他,像是准备来抢,威尔把备用衬衫给了布利斯。

有不少人断胳膊断腿,还有一些身上带着枪伤或弹片伤,但他们的呻吟被越来越高的呼声淹没,满场都在喊要水。最后,一名卫兵叫了五个人出去。这五个人拎着五加仑的罐子回来了。水！战俘们一哄而上，谁都想抢第一。一名上校对着一名卫兵喊话，让他进来维持秩序。一个日本人犹犹豫豫地走到吵吵闹闹的战俘中间，场地中央空了出来，这样就可以公平地分水了。每人五匙。第一批人抗议说这点水不够，但被后面的人一把推开。像是等了一个世纪，才轮到威尔，一名军官小心翼翼地往他的水壶里舀了五匙。他细细品味每一滴的甘甜。人生还有什么比水更美妙的东西？

他和布利斯安顿下来休息时，天已经黑了。明月当空，微风习习，吹得棕榈树沙沙作响。"像一张旅游海报。"布利斯说。这样缩手缩脚，威尔无法入睡。整整一夜，呻吟声和呜咽声一直回荡在耳边。

## 3

日出时分，一名日本兵把一根软管的喷嘴端伸进网球场。龙头一打开，水喷溅而出，战俘们欢呼雀跃，就像纽约市廉租公寓区的孩子在喷涌的消防栓旁嬉戏。灌饱了水，大家就开始想要食物和药品。这时传来一阵不祥的飞机轰鸣声，所有的念头一扫而光，心中只剩下恐惧。在球场里投一枚炸弹无异于一场大屠杀。飞机从上空划过，威尔听到了炸弹的爆炸声和机枪的扫射声。奥隆加波正在遭受重创。一架飞机在上空盘旋一圈，俯冲下来，机翼摆了摆。战俘们大叫起来。飞行员认出了他们是自己人了。其他飞机也冲下来打了个招呼，随后，便飞走了。

这时候的水泥地就像煎锅一样，他们身上布满了水疱。威尔感觉自己像个水壶——他喝下的水仿佛正从身体里蒸发出来。时间过得很慢。太阳下山了，还是没有吃的送来。突然间，像是凭空幻化出来的，空中出现了一团团云，大雨浇向一千三百多名蜷缩着的战俘。

第二天下午，翻译和田先生举着几张纸出现了："这是所有离开马尼拉的美国人的名单。"那些已经死了的人，得有人把他们的名字勾出来。照着名单一个个报下去，一直持续到太阳下山。很快，水泥地就不烫脚了，可之后又变得很冷。他们挤在一起又度过了一个悲惨的夜晚。早上又有十几具尸体。水是够多,但没有吃的。高级军官恳求卫兵让他们把尸体移出去,最后,日本人终于开恩,允许他们把尸体搬到一个山坡上。

威尔又饿又热,感到头晕目眩。"挺住。"布利斯说。他还是那样镇定。

第二天晚上,两名卫兵带来一大袋大米。这一次,大家没有一哄而上,而是有秩序地围成一圈,上校在中间,给每人发两匙生米。威尔往嘴里放了一粒米,细细咀嚼,直到它溶解。从来没有一家餐厅出过比这更美味的主菜。他和布利斯两个人一直吃到半夜。

接下来三天的伙食都是这个。战俘们越来越焦躁,脾气也越来越大,夜里还在喋喋不休说个没完,卫兵恼了,威胁要冲他们开枪。还是没有药物,没有绷带。

12月20日,681名战俘被三十辆卡车带走。威尔和布利斯在留下来的这批人当中。后来,也是在那一天,他们目睹了极度惨痛揪心的一幕:一名军医用一把钝钝的小折刀,在没有麻醉剂的情况下,给海军陆战队队员杜根截除一条已经生坏疽的胳膊。

"有什么需要吗?"军医问他,"要不要咬一块木头?"杜根说要一支烟,有人点了半支。威尔听到嘎吱嘎吱切割骨头的响声,几乎要吐,但杜根只是吐出那截烟屁股,咬紧牙关,仰头望着星星。他对医生说:"我忍得了,我们很快就可以离开这里,很快就能自由了。"最后,那条手臂终于切了下来,现在需要烧灼伤口进行消毒。日本人不准在这里生火,但最终还是递进来一块燃烧的木头。当火焰碰到伤口时,威尔闻到了一股难闻的气味。杜根一声不吭。两个小时后他死了。

第二天早上,和田宣布:其余的人可以跟车走了。上车点在半英里外,走不过去的要被处死。威尔不知道自己是不是撑得住,布利斯扶他站起来。"把胳膊搭在我肩上。"他说。

威尔想起了杜根,他死得那么英勇。"我能行。"说完便跟跟跄跄地朝门口走去,从十几个瘫在水泥地上的人身边走过,有几个人在无力地移动,卫兵们踢踢那些一动不动的身体,要它们动起来,有几个徒劳地挣扎了一下。一个小伙子正在拉他的朋友,一边哀求:"杰克,你能行的!"布利斯过去帮他,一起把这个极度虚弱的人拖走了。威尔希望自己有力气去帮助那些不能走路的人,但他自己能独力走完这段路都该算是万幸。他看到步枪枪托重重地砸在一个一动不动的受害者头上,惊得脸都抽搐了。卡明斯神父直接从拦阻他的卫兵身边擦过去,在死者身上画了个十字。走出门口时,威尔转过身,看见神父不顾卫兵的呵斥,正在为其他死去的人施临终圣礼。

车缓缓行驶在崎岖的山路上,一段漫长、炎热的旅程。飞机又从头顶掠过,威尔担心卡车车队扬起的尘土会招来轰炸和扫射,但运气不错,他们安全抵达了邦板牙的圣费尔南多。他们被押进一个空荡荡的电影院。这一次有足够的水等着他们。威尔希望还能像前几天那样有生米吃,当两个战俘把热气腾腾的米饭倒在两块瓦楞板上时,他的心怦怦直跳。他们离开比利比德后的第一顿热饭!他顿时又有了力量,现在他知道自己能活下去了。

到 12 月 24 日早晨,他和其他战俘已经恢复了精神。那天上午,他们被赶出电影院,押着走向火车站。围在街边的菲律宾人没有掩饰同情,默默地看着卫兵驱赶赤着脚、穿着破衣烂衫的战俘。车站损毁得很严重,威尔注意到拉着十节货车厢的车头布满了弹孔。每节车厢要装大约 130 个人。和田叫人主动出来坐到车厢顶上去——如果飞机看到美国人,就不会轰炸火车。没几个人肯站出来。烈日当头,坐在车顶,这一路肯定很遭罪。卡明斯神父攀上梯子,爬到一节车厢顶上。他虽然年纪大,但动作却似孩子一般敏捷。有二十来个人跟了上去。威尔抬脚要往前走,布利斯拉住了他:"别犯傻了,你最多撑一个小时就会掉下来。"他们爬进了一节用来装大米的车厢。几分钟后,里面就闷得让人透不过气来。火车开动时猛地一颠,震得伤病员痛苦地呻吟起来。

时间一小时一小时地过去。他们知道这不是去马尼拉,火车是在往北跑。快到夜里十二点的时候,他们在一个小镇停下来,附近教堂里的菲律宾人在唱圣诞颂歌,然后,他们隐隐约约地听到牧师在主持午夜弥撒。

"天哪!"有人惊呼,"今天肯定是平安夜。"

有人说了几句打趣的话,想活跃一下气氛,但大家笑不起来。威尔感到一阵天旋地转，昏了过去。当他醒来时，发现自己躺在车厢地板上，脸朝着地板上的一条大裂缝。一定是布利斯把他这么放的，否则他就闷死了。他不由得伤心起来，但一想到此刻卡明斯神父他们在车厢顶上受的罪，就不好意思再感到委屈了。火车在跑，上面一定冷得要命。

快凌晨三点时，火车才抵达目的地——联合省的圣费尔南多镇，位于仁牙因湾的顶端，离本间将军的部队最初登陆的地方不远。战俘们跌跌撞撞地出了车厢。尽管卡明斯神父从车厢顶爬下来的时候显得很疲惫，但他还是带着强烈的乐观情绪。

他们在铁路调车场的碎石地上躺下后，天蒙蒙亮就被叫起来，赶到大街上。人们在窗口同情地注视着缓慢行进的队伍。他们穿过一道门，进了一个围着高墙的校园。这里有阴凉地，还有明媚的风景——一个种着芙蓉和卷丹的花园。饥饿的战俘们开始扒植物的叶子，威尔也嚼起了甜甜的红色和橙色的芙蓉花。不到一个小时，这里就好像遭了蝗灾一样。然后，他们开始吃树皮和杂草。有人把一株卷丹连根拔起，球状根茎看起来很好吃的样子，威尔尝了尝，味道就像生红薯。布利斯警告说："最好别碰它。"可威尔还是狼吞虎咽地吃了下去。他感觉肚子要爆炸，他跪倒在地，眼前天旋地转。另外还有大约五十个人痛得在地上打滚。

这个该享用圣诞大餐的晚上，他们分到了半杯米饭。尽管中了卷丹的毒，但这并不影响威尔吃饭。他们正准备在草地上睡觉，和田宣布说"得走了"。有人抱怨起来，被卫兵恶狠狠的动作吓得住了嘴；卫兵们看这批战俘越来越不顺眼，火气越来越大。他们走了几英里。夜空星光灿烂，这会儿也没昨天晚上那么冷。威尔能闻到大海的气息。没多久，他们就经过了一排棕榈树，来到一片海滩上。光着脚走在沙滩上很舒服，还是温温的。威尔和布利斯挖了洞，用沙子把自己埋起来，在舒缓的海浪声催眠下，睡着了。

早上五点，他们被粗暴地叫醒，每一百人成一组，然后开始分发饭团。跟往常一样，还是不够分，威尔把自己的饭团跟布利斯分了。饭后，卫兵把他们领到水边，叫他们洗澡。这比食物更让他们开心。威尔尽情享受着这洁净的温水。接下来是在没有遮蔽的海滩上顶着烈日苦等。整个白天,每人只分到三匙水。死了两个人。

　　第二天早上,卫兵又清点了一遍人数后,押着战俘离开了沙滩。他们横穿过一个半岛来到码头上,岸边停着六艘大型运输船,仁牙因湾处处可见一半没入水中的船只。他们看着从运输船那边过来的驳船把士兵和弹药送进港。第一批战俘被赶上空驳船。这些驳船在汹涌的海浪中颠簸得很厉害,码头高出船八英尺。许多战俘犹犹豫豫不敢跳,被卫兵推了下去,落脚点不好的人摔断了胳膊和腿,其中一个一头撞在船舷上,直接栽进了水里。他的尸体被拖出来搬走了。

　　这些驳船驶向一万吨的旧货船"巴西丸"号。轮到威尔他们上驳船了,他知道犹豫会有什么后果,于是估量了一下驳船的起落,便跳了下去,他跌倒了,但没有受伤。布利斯也有点狼狈,但只是咕哝了一声。驳船正要开,空袭警报响了。混乱中,驳船驶向另一艘运输船,一艘烟囱上标着数字"1"的运输船:"榎浦丸"号。威尔攀着长长的梯子爬上了船,跟着队伍进了货舱。这里之前装的是日本运过来的马,地上都是粪便,更糟的是还有一大群向他们扑过来的大马蝇。他们尽力把马粪扫到一边,最后终于躺下来休息。

　　几个小时过去了。现在他们沾了一身的马粪,引得大批马蝇拥过来,没有人说话,生怕一张嘴就吞进去。最后,终于听到锚被拖起的声音。船在震动,北上的漫长旅程开启了。他们在敌人的国土上又会遭遇怎样的坎坷?威尔心里在问:会比自从在巴丹半岛被俘后所遭受的一切更惨吗?

4

**莱特岛**　1944 年 12 月 15 日

　　日军在莱特岛已经快顶不住了。神子、高和前田奋力穿过美军防线,来到奥尔莫克十英里外的一个十字路口,在这里遇到了几个伞兵。他们被派来阻击步步紧逼的美军。这几个人年纪不大,携带的装备很好,战斗热情很高。

　　"你们是以一对十。"神子警告说。

"我的目标是在死之前杀十个人!"一个长着娃娃脸的列兵说。他看到三个掉队的人怜悯的表情,脸唰的一下就红了。等走远后,神子破口大骂皇军大本营。"他们怎么敢把这样的孩子送去执行自杀任务!"他突然做出了一个决定,这要是在几周前,他会觉得是大逆不道的想法,"我们必须逃到另一个岛上去。凭什么要白白去送死?"

无论是前田还是高都不需要劝说,于是他们决定设法到最近的海边偷一艘当地的船,然后驾船去婆罗洲岛。于是,他们朝着正西方直奔海滨小镇帕隆彭。一路上,他们与当地的游击队交战,蹚过沼泽,翻过陡峭的峡谷,穿过流沙地带,虽然很想放弃这个堂吉诃德式的逃离死亡岛计划,但还是闷头前进。快到海边的时候,他们遇到了另外两个掉队的人。其中一个是渔民,他声称可以把他们带到某个安全的岛上。另一个受了伤,但靠人扶着,也一起到了海滩上。几英里外就是兵力日益萎缩的日军司令的临时司令部。听说附近的帕隆彭有一场大战,他们顿时受到了良心的拷问——自己竟然在这种时候当逃兵。他们抛下伤员,奔向内陆,准备去加入战斗,但半个小时后,一个正在撤退的日本军官命令他们跟着他的部队走。他们不情愿地服从了命令,一直走到那片椰林边——受伤的同伴户顷就在林子里。三个人交换了一下会意的眼神,偷偷地放慢脚步,脱离队伍,躲进了树林。他们一致决定逃跑,然后便开始找船。

这是圣诞节的傍晚,但他们并不知道。

麦克阿瑟将军刚刚宣布莱特岛战役正式结束,除了一些小的扫尾行动还在进行。他下一步准备进攻吕宋岛。天黑后不久,帕隆彭的战斗声平息下来。高听到远处有歌声,他熟悉这首歌,他在主日学校学过:

> 平安夜,圣善夜!
> 万暗中,光华射……

高意识到这是海滩边几座山上的美国陆军在播放圣诞颂歌,一时间压抑已久的思乡之情汹涌袭来,令他几乎无力招架。他们花了一个小时才找到一艘小木船,挂上一顶帐篷改造成的帆后,他们把仅有的几样东西和步枪放到船上。上船时,高说:"户顷呢?"

渔民中村警告说上五个人船可能会沉,但神子表示反对:"高是对的,我们不能抛弃战友。"

前田站在渔民一边:"他是专家。"

一个声音从黑暗中传来:"队长,我留下来,我认命。"

他们都吓了一跳,转身看到户顷蹲在一边。中村下了船,他说:"队长,我也留下。"高也跟着下了船。

神子和前田把船拖到海滩上,走到跟户顷静静地坐在一起的另外两个人旁边。沉默良久,户顷开口说话:"抱歉给大家造成这样的麻烦。"他挣扎着站起来,一瘸一拐艰难地走进了黑暗中。

"反正横竖都没希望,就算只有我们四个,船也会翻的。"渔民说。

神子气呼呼地站起来,冲着他大吼:"你为什么一开始不说?你先是怕死在陆地上,现在又怕死在海上!"

"谁在乎我们死在哪里,"现实主义者前田说,"陆上和海上,哪里活下去的机会大?"

没有回答,他们挤在一起,大眼瞪小眼。沉默被一声枪响打破。

"户顷。"神子说。

"可怜的家伙。"高说。

"他这么做总比害我们淹死的好。"前田说。

神子受不了:"让我们跟户顷一起死吧!让我们在陆地上光荣地做个了结吧!"他命令他们挨得再近一些,然后拿起一枚手榴弹往石头上一砸。他们都知道五六秒后就会爆炸。前田往后一闪。渔民中村大叫:"我去!"神子手一扬,把手榴弹甩向大海,几秒钟后就炸了。

他们迎着第一波潮水把小木船推下海后都上了船。当小船在月光下缓缓驶向大海时,中村完全变了个样,他拿出老大的架势操纵着小船向宿务岛驶去。月光突然被一片云挡住,高感到雨点拍打在脸上。雨越来越大,很快,他们就被一团不祥的乌云罩住。

中村的信心渐渐消失,他忧心忡忡地环顾四周:"我觉得我们应该掉头回去。"

"我们在海上,中村,反正都要死,索性死在这里吧!"神子说。

脆弱的小船被大浪抛来抛去,已经在剧烈颠簸。中村心一横,抓紧舵柄,乘客们用饭盒劲头十足地往外舀水。雨突然停了,来得突然,去得也突然。他们听到一阵马达的轰鸣,前方隐隐约约有个黑影向他们靠近,神子确信那是送第35军司令部去宿务岛的快艇。他们大声呼叫,希望船上的人听到,让他们上去,但那艘船嗡嗡叫着从他们眼前驶了过去。月亮从云层后面钻出来,匆匆露了一下脸;高看到那是一艘美国鱼雷快艇。

几个小时后,冉冉上升的太阳向他们展示出周围一个个光秃秃的岩石小岛。高透过晨曦隐隐约约看到西面有一个大岛。

"宿务岛。"中村猜道。他变了个航向。起风了,这是个好兆头;这条载得满满当当的小船乘着风轻快地滑过平静的水面。

"有一首歌,我教学生们唱的。"神子说完这话,又不好意思地补充了一句,"这是我最喜欢的歌。"他轻轻地哼唱起来:

> 从一个我叫不出名来的遥远的岛上
> 漂过来一个椰子。
> 你在远离故土的海上
> 漂泊了几个月?
> 我想着远方的潮水
> 思量何时才能重归故土。

高听得热泪盈眶,一开始他还遮遮掩掩的,生怕别人看出来,后来发现其他人也在默默地流泪。

# 第二十四章

1

**关岛　1944 年 11 月**

马克已经完成了培训。这段时间他过得很开心，他发现这些语言军官跟他很合得来，大多数人文静、内省，对下棋、阅读和听古典音乐远比逛酒吧、嫖妓和斗殴感兴趣，但几乎没人能达到海军陆战队的体能标准。起初，他们被马克的军功震慑住，因为他有战斗经验，便把他当成外人，后来得知他和他们中的大多数人一样，也出生在日本并在日本上过学，便很快接纳了他，而且还很崇拜他能立下战功。

感恩节前一周，他来到关岛，在他的新团——海军陆战队第 3 师 21 团——进行下一步训练，这仍属于第 2 师的临时增派任务。从塞班岛和提尼安岛战场下来的一批第 3 师的部队又被派到关岛增援。在这场解放关岛的血战中，有四名海军陆战队战地摄影师和一名战地记者丧生。他们正在操练备战，但不知道下一个目标是什么，按部署，他们接下来要攻打去东京半道上的一个鲜为人知的小岛，这里将作为 B-29 和护航战斗机对日本实施空袭后返回时的紧急迫降基地。

马克到关岛那会儿，这地方已经成了后续行动的主要海军基地。这里的生活条件对一个在塞班岛过惯了苦日子的人来说那是相当奢侈。比如说,海岛司令部军官俱乐部里毫无章法地摆设着各种不相称的玩意:当地的席子、岛上的纪念品和战争纪念物。降落伞像罩篷一样从天花板垂下来,既为了隔热,也为了装饰。装点着迷彩雨披的酒吧,坐镇的那人曾经是头等车厢的服务员,他什么饮料都能给你调出来。更重要的是,这里有很多护士和红十字会的姑娘。但士兵们不可以约她们出去,有人建议马克约会时待在军官的地盘上,因为有几个军官带着姑娘去了偏僻处,结果被心怀怨恨的士兵袭击了。

马克的第一个约会对象是个陆军护士,这姑娘性格很讨人喜欢,但脚踝很粗。后来,岛上又来了一大批更漂亮的海军护士,给这段关系画上了句号。他现在的对象是一个来自波士顿的红发女郎,长得很性感,她叫爱洛伊丝。

12月的第一天,马克在军官俱乐部意外地撞见了比利J:"中校,你怎么来了?"

"我和杜克·乔根森回家过圣诞节。"比利J说。马克把他们带到酒吧。比利J接着说:"半道上停下来加油,其中一个发动机出了点问题。"

"说出来你都不会信,"杜克中校说,"刚起飞,其中一个发动机就哼哼唧唧,声音不对劲,副驾驶从驾驶舱钻出来叫我们不要担心。"

"那小家伙看样子也就十九岁,下巴上就只有几根绒毛。"沙利文说,"'你是副驾驶吗?'我问,他说'是的',然后我说:'你觉得这架飞机怎么样?'"

杜克打断他:"小家伙说:'哦,还好,除了左舷发动机有点毛病。'我说:'什么意思?'他说:'嗯,有时候这个发动机会停下来,不运转。''然后呢?'我又问。然后这小子就只是跟你噗噗噗的,然后这样。"他用一根食指画了个向下的螺旋。

比利J笑了:"小家伙嘴巴噗噗噗的,杜克就说,'你个王八羔子,你没必要告诉我这个'。"

马克陪着他们在岛上转了一圈,然后带他们去吃饭。对于这个上一任的勤务兵,沙利文有一种引以为傲的感觉,仿佛这是自己的亲弟弟,他按捺不住,跟杜克讲起了马克进山洞的几段经历。马克脸红了,虽然觉得尴尬,但心里美滋滋的。第二天早上,他开着团里的一辆吉普车把他们送到了机场。

"我们说的就是那个小家伙。"比利J说。他走过去,副驾驶正在指挥一名地勤人员把飞机安定面和方向舵上的木块取出来。"为什么要放这些东西在里面?"比利J问。

"只是飞机着陆后的一个预防措施,万一起风。"

"你有没有忘记过,忘了把它取出来?"杜克问。

"哦,有,但也不是经常发生,偶然吧。事实上,就在三周前,我们有一架飞机没把木块拿掉就起飞了。"

"然后呢?"

小伙子咧嘴一笑,嘴里发出一阵噗噗噗的声音,手指比画着向下。

杜克抓住比利J的胳膊:"下一站是约翰斯顿岛,从那里起飞前,我要检查这木块,每次他妈的起飞前我都要检查,直到我们抵达加利福尼亚。你检查右舷,比尔,我检查左舷。"

比利J把杜克推上舷梯,然后和马克握了握手:"你在夏威夷见到你妹妹了吗?"马克向他简单讲了讲自己跟玛吉和父亲团聚的情况。沙利文抬起一只手搭到他肩上:"很高兴听到你在清理你的私人战场。我会想你的。也许回来的时候还会再见面。"

马克看着沙利文爬上飞机,感到一阵哽咽。要是比利J熬过了瓜达尔卡纳尔岛、塔拉瓦、塞班和提尼安,最后却在太平洋上送命了怎么办?

在接下来的三个星期里,马克和其他语言军官教了海军陆战队作战人员十几句日语,比如"出来投降"。他们还审问了在关岛战役中被俘的日本人。马克很惊讶,这些战俘几乎个个都很安于现状,他们似乎已经克服了最初因投降而产生的羞愧沮丧情绪。马克会和他们一起打牌,一起聊聊战前日本的事,他们把他看作朋友,他给他们带香烟和糖果,确保有人会定期给他们治伤。

有一个例外,一个陆军大尉,他总是独自坐在一边,每次马克想和他说话,他都干瞪着他。一天,马克注意到他在带刺的铁丝网围栏那边。一个战俘突然大叫起来:"切腹自尽！他在用铁丝网割自己！"

马克叫卫兵别让其他战俘靠近,自己慢慢地走过去,行了一个鞠躬礼,他说:"天气真好",然后请求让他讲下去。

大尉停下来,没有再继续割手腕,他鞠躬回礼:"我必须死,我颜面扫地,永远回不了家了。"

"这是令人痛心的事实。"马克说完在他旁边盘腿坐下来。

他抓住带刺的铁丝准备继续割。

"你认为日本能打赢吗?"马克镇定地问。

"不能,美国太强大了。我们日本人有武士道精神,但你们有更多枪炮,我们肯定会失败。"

"如果日本会失败,那么仗打完了,你为什么不可以回家?"

他干笑几声:"你不至于问这样的问题,少尉,你是知道的,一个投降的人,他的名字会从当地的户籍名册上划掉,他从此就不存在了。我的家人不会欢迎我,我必须死。"

"但如果日本打败了,将军们会蒙受耻辱,政府官员会蒙受耻辱,天皇也会。如果整个国家都蒙受耻辱,你为什么不能回家?"

"不,我不能回家。他们的耻辱不是投降者的耻辱。"

"你被俘时有伤在身。我知道你想杀死那个抓你的人。"

"我没杀死他,还让自己成了俘虏。"

马克点点头:"我明白,但我认为你的想法不对。战后日本的情况会大不一样,因为这意味着整个国家都投降了。"他站起来,躬身行了个礼:"如果你允许的话,我明天早上再来和你谈。"

大尉没说话,但低头回了个礼。

马克叫卫兵不要试图去抓他,也别给他食物和水。第二天早上,他又来了,鞠躬后递给大尉一包烟,坐下来。

沉默良久,大尉说:"我觉得,我还是回家吧。"他向马克躬身致意,然后点燃一支烟,若有所思地望着别处:"要是有人问你日本的精神实质是什么,你就说是山樱盛放的绚烂。"

马克什么也没说,只是欠了欠身。

"我决定了,回家。"大尉说。

12月20日,玛吉·麦格林与十几名记者和摄影师在阿加纳落地。千里迢迢从夏威夷过来的这一路,她几乎一直处于兴奋状态。她的梦想终于实现了。连着几个星期,她一直在骚扰堪萨斯城的上司,要求他派她去战区做随军记者。当劝诱失败后,她又威胁要利用父亲的关系找一个肯派她去战区的出版商:"我想报道女人在那里做些什么。"

"这主意不错。"回应很勉强。

"当然不止这个,我在那边,有什么就报道什么。"

上司气得怒吼,然后他说:"碰巧我们现在需要派一个人去太平洋。我会安排好这里的事。你就给我保证第一个到现场!"

在四十八个小时里,华盛顿省去了繁文缛节,通过了她的委派申请。她的随军记者制服太新了,她担心其他记者会怠慢她,但令她欣慰的是,在飞机上,大家并没拿她当小字辈。她在住处(一个帐篷)放下行李后,跟着其他几名记者一起前往海岛司令部军官俱乐部。其他记者在酒吧里抱怨没有什么硬新闻可报道。

玛吉很震撼。这里聚集着军界的精英,她认出了几张著名的面孔。临近傍晚,来了一批海军和海军陆战队军官,看到泰昂中尉像个普通人一样走进来的那一刻,她激动了一下,随即又觉得自己没出息。原本她和其他记者在一起,一名海军陆战队中尉把她单独叫到一旁,见泰昂进来,便把她介绍给了这位电影明星。等他走后,中尉说:"是个好人,但飞机开得不好。他来给我们送补给。不过,你可别坐他的飞机。"然后他指了指正在和其他海军喝酒的另一个中尉:"认识吗?"她认识,是亨利·方达。"跟他坐在一起的是太平洋部队总司令。"这名海军陆战队中尉说。

她听到一个熟悉的声音在喊她的名字,是马克。他上前拥抱她,然后介绍她认识一个身材清瘦、长相稚气的海军上尉:"这是艾德·麦克道尔。我们在塞班岛认识的。他是海军,很通人情。这是我的小妹妹。"

"小妹妹?"她反驳,"你也就比我早出来十分钟而已。"

马克把她领到一旁坐下,避开其他的记者。他解释说麦克道尔是联合攻击信号连的一名指挥官,从属于海军陆战队21团下面的一个营:"麦克战前是查尔斯顿 Monitor 杂志一名很有前途的记者,海军居然高明到让他来负责呼叫炮火支援。什么叫乱弹琴?这就叫乱弹琴!"

玛吉可不怎么欣赏麦克道尔,每次开口跟她说几句话,都很费劲,结结巴巴的,还带着口音。他是南卡罗来纳人,对黑人和犹太人肯定抱着陈旧的观念,而且长得也不怎么样,没什么看头。但马克坚持要她第二天上午跟着麦克在岛上转转,他要去开会,脱不开身。

上午十一点,麦克道尔开着一辆吉普车准时来到她的住处。他收拾得衣冠楚楚,但看得出很紧张。玛吉有叛逆情绪,她怨马克把她跟岛上最没劲的人拴在一起。她很了解自己的哥哥,他依然自认为有义务守护她的贞操,在他眼里,任何一个有魅力的男人都是掠夺她贞操的强盗。

麦克道尔费尽心思逗她开心,但显然她对他讲述的土著查莫罗人的历史背景并不感兴趣,听得很烦。后来,他把她带到一家查莫罗餐厅,这倒是成功博得了佳人的欢心。所谓的餐厅其实不过是一间摇摇欲坠的棚屋,顶上盖着瓦楞板。食物很好吃,气氛也很不寻常。此时,她已经习惯了他的南方口音,发现他有些一本正经的话其实挺诙谐的;可每每见她发笑,他就脸红,然后觉得有义务再给她讲一段历史。到下午三点左右,他换了个话题,讲起他和马克在塞班岛的经历,玛吉顿时来了劲,不厌其详地追问哥哥的英勇事迹,尤其是他解救山洞里的日本妇女和儿童的经过。

他们驱车穿过阿加纳镇的废墟时,看到一名黑人水兵从一间棚屋里冲出来,后面跟着六名白人海军陆战队队员。他们大喊大叫,向受惊的水兵扔啤酒瓶,水兵绊倒在地。几个白人冲上去打他,麦克道尔一脚急刹,车子嘎的一声停下来。他愤怒地大喊,要那几个喝醉的人住手,但是他们没理他,直到他揪住当中一个块头最大的家伙,抓着那人的衣领,威胁要开枪。

白人海军陆战队队员恢复了理智,局促不安地排成一排,他把他们的名字记到本子上。他狠狠地训了几句,叫黑人上吉普车后座,然后开着车走了。玛吉大笑起来。

"笑什么,麦格林小姐?"他说。

"你拿手指当枪使威胁他们。"

他歪着嘴笑了笑:"我忘了身上没佩枪。"

他的表现令她不由自主地生出了几分好感。

"你是从船上下来的吗,水兵?"麦克道尔问黑人。

"不,长官,我是第25仓库连的。"他很害怕,"我什么也没做,长官。"

"你在那间小屋里干什么?"

"只是在跟一个姑娘约会,她叫我进去的。然后那些白人进来骂我混蛋——对不起,女士。他们说所有的姑娘都是他们的。"

"黑人经常会碰到这种事吗?"玛吉问。嗅觉告诉她有料可挖。

"我不是抱怨,女士。我发现我已经不能再去那个镇子了。"

"这两个月,有色人和白人冲突不断。"麦克道尔说,"我们的一些白人海军陆战队队员老是为难他们,时不时会有人扔个手榴弹进他们的帐篷。幸亏都没有爆炸。"

"是暂时没有,长官。"黑人说,"他们叫我们黑鬼。照道理,我们满十八个月可以休假,但什么都没有。"

麦克道尔把他送到海军供应站。他下车后指着一片储存区:"上个星期,大约有三十个黑人兄弟在那里干活,没穿衬衫。这是违反规定的。一名白人宪兵叫他们穿上衬衫,他们拥上去围住他,还拔出了刀,他拔出手枪才把他们逼退。"

"搞什么嘛,这也太傻了,让他们在这么热的地方穿着衬衫工作。"

"是的,"他耐心地说,"但这是规定,宪兵也只是在履行职责。"两人都沉默了一会儿。他接着说:"你以为我来自南方,所以就一定为吉姆·克劳说话吗?"

她是这么认为的,但不肯承认,争辩说她压根就没这么想。

"我只是想说明,我们这里的情况很危险,可能会出大事。起因是黑人兄弟在这里受歧视。有些人知道怎么应对,但另一些人就不一样,即使对方明明没有恶意,他们也会受刺激。"

那天晚上,麦克道尔告诉马克,他已经上报了扔啤酒瓶事件,但上头决定不采取任何措施:"他们没有意识到,一起流血事件,死一个人,就可能引发一场大暴动。"

## 2

三天后,也就是 12 月 24 日,这样的事件真的发生了。为了争一个查莫罗女人,一名白人水兵冲一个名叫麦克莫里斯的黑人水兵开了枪。两个小时后,在第 5 野战仓库站岗的一名黑人水兵被一个喝醉酒的海军陆战队队员骚扰得连开两枪,第二枪致命。军官俱乐部里,大家都在谈论这两起枪击事件。晚饭后,马克说他开车送玛吉回去。这可是个大新闻,她怎么肯走呢。麦克道尔极力劝她考虑一下后果,这会让海军和海军陆战队很难堪。

"这就对了,我就该报道这种新闻。"

"你要是这么做,很可能会被打发回去的。"

"他说得对,"马克说,"仗还没打完呢。对付鬼子已经够麻烦的了。"

"鬼子?这话居然从你嘴里说出来,听着够怪的。"

"拜托,小声点。"马克说,"你想被人叫'毒舌小姐'吗?"

她来劲了,但也意识到他们说得对,只得不情愿地说了声:"好吧。"

"我只是希望你在这儿多待一阵。"说这话的麦克道尔脸涨得通红通红。

真是个傻瓜!可他其实一点也不难看,说实话,还挺可爱的。她没再争辩,由着他们把她送回去了。

早上,军官俱乐部里基本上都在聊那天晚上要举行的一场盛大的圣诞晚会。房间里已经用纸塑和一棵富有创意的硬纸板圣诞树装饰得花里胡哨。玛吉还在抱怨马克和麦克道尔对她的工作横加干涉,但心底里暗自庆幸前一天晚上没有当众公开表示愤慨。她很聪明,知道要想成为一名成功的随军记者,唯一的办法是不得罪不该得罪的人。当哥哥把麦克道尔带来当她的男伴时,她甚至都没有反对。马克身边是漂亮的红发护士爱洛伊丝,他说什么这姑娘都竖起耳朵认真听,一个字都不漏。

晚会很热闹,气氛很欢乐。身材魁梧的海军陆战队上校 H. A. 埃文斯也在,这个上校名声不太好,有个恶癖,喜欢毛手毛脚,当晚也总是伺机对每个在场的姑娘下手,摸人家屁股。一个月前,他来海岛司令部担任要务,用实际行动挣了个"咸猪手汉克"的外号。平日里,他挺随和的,灌下三杯酒后才会变成恶人。不幸的是,他那天发作得早,到十点,已经被马克和麦克道尔惹恼,他们一直在巧妙掩护玛吉和红发女郎,避开他一次次的虎扑。最后,他把马克推到一个角落里,命令他去拥挤的酒吧弄杯喝的来。马克无法拒绝,只能把玛吉交给麦克道尔。不论是军衔还是体格,麦克道尔都不是对手。上校缠着玛吉,一定要和她跳舞,她不想惹麻烦,就同意了。可在舞池里笨拙地转了几圈后,他把她逼到了门廊,玛吉不想得罪大人物,试图开几句玩笑话摆脱他,但他显然只对一件事感兴趣。她终于恼了,抬起脚踢他的小腿,可他喝得太醉,没感觉到疼。他一把搂住她的腰,把她像个包裹一样夹起来。她捶了他好几拳头,但他块头太大,太壮,而且家教也不允许她在公共场所大喊大叫。当他抱着她出后门时,麦克道尔提着一桶水和冰正好赶到,把那桶东西全都倒在了上校头上。"咸猪手"又惊又怒,舌头打结。

"对不起,长官,"麦克道尔礼貌地说,"我把饮料打翻了。"

这时,几个海军陆战队军官已经赶到,管住了"咸猪手汉克",但是马克实在按捺不住,猛扑过去,埃文斯惊得酒醒了大半,一把抓住马克的衬衫前襟。"这笔账我会记住的,杂种!"他抡起拳头,但两名海军陆战队上尉巧妙地介入,连哄带劝地把他架走,送回住处去了。

所幸当时大厅的另一头很吵,几乎没有人注意到这一幕。有人进来说,阿加纳那边逮捕了两卡车海军供应站"暴动"的黑人水兵,宪兵们发现了十四支自动手枪、一支左轮手枪、十九把刀和相当多的弹药。

听到这个消息,大家没心情再玩下去,大多数女人都撤了,被送回住处去了。马克建议也送玛吉和爱洛伊丝回去,玛吉平生第一次乖乖听话,没有反对。

把人送到后,两个男人也要回自己住处,车子开始往团区的方向开去。马克说:"我很佩服你对付汉克的方式,要是我,只会把他暴揍一顿,最后被送上军事法庭。"

"只是一时失手罢了。"麦克道尔揶揄道。

快到黑人水兵帐篷营地和海军供应站储藏区中间的那段路时,他们看到大约三十名黑人围着一辆吉普车。马克停下车,匆匆赶上去。他看见两个白人宪兵坐在自己的吉普车里。副驾驶座位上的那个在问:"到底怎么回事?"

"不关你的事!"有人大吼,"你算什么东西?"

"我是宪兵。这里在搞什么?"

一个黑人掐住那个宪兵的喉咙,宪兵伸手掏手枪的当儿,那个黑人抓起车座上的防暴枪,朝防暴枪的枪膛开了一枪:"如果你敢拿那把45口径的枪,我就打爆你的头。"

"别开枪。我们身上没武器。"麦克道尔喊道。

另一个宪兵已经去车后面维持秩序,他举起手枪准备装子弹,一个黑人端着一把卡宾枪往他肚子上一顶,扯着嗓子大吼:"我要把你的肚子打烂!"

宪兵推开卡宾枪,拿手枪枪口往那个威胁他的黑人头上一砸,慌忙爬进驾驶座。吉普车向前冲去,一个黑人操起一根棍子猛击副驾驶座上那个宪兵的脑袋。手枪和卡宾枪同时开火。吉普车一个急转弯,但看样子司机并没有中弹,只见车子打正方向,疾驰而去。

这一切发生得太突然,马克都惊呆了。在战斗中,他会自动做出反应,但看到自己人自相残杀,他蒙了,僵在那里,不会动了。麦克道尔把他拽向自己的车子:"我们走,离开这鬼地方!"

马克以为会再引来一阵枪击,但当他们全速冲出去时,没有人开枪。

第二天,海岛司令部召集调查法庭,调查非法集会和暴乱的原委。这不是一场真正意义上的审判,只是一个调查委员会,旨在发掘事件的真相,找到方法,减少有色人种群体和白人群体之间的摩擦,太太平平打赢这场战争,然后回家。碰巧,全国有色人种促进会常务秘书沃尔特·W. 怀特作为《纽约邮报》的记者正在附近的一个岛上。12月28日,他来到关岛,法庭允许他审问涉案的黑人。

12月30日,调查法庭在海军供应站开庭,调查程序正式启动。怀特作为观察员出席,他同时还是受到指控的几名黑人的律师。他很睿智,说话轻声细语,完全不是绝大多数人在印象中勾勒的那个煽动闹事的狂热分子形象;他也非常精明,决意不仅要为被告辩护,还要把暴动的原因揭示出来。

庭长塞缪尔·伍兹上校是一个仪表堂堂、温文尔雅的北卡罗来纳州人,以公正平和著称:"本法庭想要了解的是,是否存在针对任何种族的歧视。如果存在,那原因是什么?"

马克是圣诞夜吉普车事件的目击证人。他溜到门边的一个空座位上,朝台上瞥了一眼,大吃一惊——坐在伍兹上校右边的正是"咸猪手"汉克·埃文斯。他们的目光撞在一起,埃文斯认出了他,两眼冒火。

怀特彬彬有礼地质疑了黑人部队的军官的领导力,这些军官清一色的全是白人。他说,黑人们经常抱怨没有一名军官会同情地倾听他们申诉。马克认为怀特已经很好地阐述了自己的观点,他既没有感情用事,也没有夸大其词,言语间流露出的深深的忧虑,打动了马克。

下午庭审过程中,庭长问:"无论哪个地方,只要这地方有美国公民居住或工作,就会存在针对某些人的种族偏见,这个情况,没有一个指挥官能制止,这样说,对吗?"

"对,"怀特说,"但军方当局仍然有义务去减少摩擦,哪怕仅仅只是因为这种摩擦会严重影响我们的军事行动。"

第一天就这样结束了,他们通知马克不必每次都来,等到他自己上庭做证的时候再来就可以了。

3

圣诞节上午死在医院里的麦克莫里斯的那起枪击事件,法庭的取证过程持续了好几天。最后,马克和麦克道尔被传唤出庭。当他们进了海军供应站向问讯室走去时,马克说:"我得告诉他们,那天围着吉普车的黑人,有一个我看得很清楚。"

"掐宪兵喉咙的那个?"

"不是,是他身后的一个。那人有点像是他们的头儿,他骂得最响,还挥着一把刀。"

"我没看到。"

"我永远都不会忘记他脸上恶狠狠的表情,他右脸颊上有一道竖的很丑的大伤疤。"

"把卡宾枪顶在另一个宪兵肚子上的那个家伙,我倒是仔细看过,但我不知道能不能把他指认出来。"

当他们走进问讯室时,马克注意到怀特正在和几个黑人水兵说话,其中一个有一条青紫色的伤疤。他抬起头,看见马克正盯着自己,他眼里燃起了怒火。

马克推推麦克道尔:"就是那家伙,我好像认识他,1941年初在美国和平动员协会的研讨会上跟我吵起来的那家伙好像就是他,牛皮大王。"

在军法检察官与怀特对证人进行长时间的反复盘问后,伍兹上校宣布休庭。注意到那个带疤的黑人水兵在打量自己,马克回瞪他。毫无疑问,就是这个家伙在美国和平动员协会研讨会上叫他"种族主义者",就因为他不经意间把非洲裔的人叫成了黑人,这家伙还说他是在贫民区里观光的大学生公子哥,主持人(一个犹太人)拼命地劝和,马克才没有发作。

开庭后,军法检察官开始讯问马克,马克把自己看到的都说了出来。当被问及是否仔细观察过围着吉普车的有色人时,他回答:"是的,长官,掐伯尔茨中士脖子的那人后面站的那个。"

"他在干什么?"

"挥着一把刀,我觉得是一把卡巴刀;他还在大叫。"

"你记得他在叫什么吗?"

"他骂那个下士是混蛋。"

"你能形容一下他的长相吗?"

"是,长官。他的右脸颊上有一道伤疤。"马克看到另一个黑人按着他描述的那个人,"我很肯定,长官,就是坐在那边的那个水兵。"他指着那个有疤的人,然后他注意到"咸猪手"汉克·埃文斯凑在伍兹耳边说悄悄话。

埃文斯身体前倾,开口说话,这是他在这个法庭上第一次发言:"麦格林少尉,我一直在观察你和你刚才指认的那个水兵看对方的眼神,我有一个强烈的感觉:你们俩都想起了你们早就认识,在你刚才描述的事件发生之前就认识,对吗?"

"是,长官。"

"给我们讲讲吧。"埃文斯不怀好意的小眼睛闪着光。

"我在纽约见过他。"马克不安地回答。

"在什么样的情况下?"上校追问。

马克心想,这跟案子一点关系都没有,上回玛吉那件事得罪了他,他这是在借机报复。

"来,回答我的问题。"埃文斯的态度很强硬。

"1941年初,应该是在一个研讨会上。"

"什么样的研讨会?"

"APM,也就是美国和平动员协会,他们组织了个大会,我们被分成不同的小组参加各种研讨会。我参加的那个是在大北方酒店,我们要讨论的议题是吉姆·克劳。"

军法检察官显然被这种盘问法弄得很不耐烦:"埃文斯上校,你问的这些跟本案没有一点关系。我不明白你想达到什么目的,这是在浪费时间。"

"我要让他承认他和左倾分子混在一起。还是说,你都没听说过美国和平动员协会?"埃文斯上校怒气冲冲地反驳。

军法检察官没有让步:"但那也是战前的事,与本次调查无关。"他眼巴巴地望着庭长。

伍兹上校点点头,转向埃文斯:"军法检察官说得对。今后,请不要牵扯跟案件无关的事。你可以走了,少尉。"

埃文斯抓在手里的铅笔啪的一声断了,在肃静的法庭里听起来就像一声枪鸣。

马克正要走出这幢楼去吃午饭,一名海军陆战队上尉走过来跟他搭话:"麦格林少尉,我想问你几个问题。"他解释说他是情报部门的:"据我所知,美国和平动员协会是共产主义阵线。"

"是的,长官。"

"你究竟在那儿干什么?"

"长官,那时候我信奉他们的原则。要知道,当时它是唯一一个拥护和平、反对反犹太主义和种族歧视的组织,而且,它还支持工会。"

"这些你全都支持?"

"是的,长官,当时是那样的。希特勒入侵苏联后,我确实是退出了。他们想把它变成一个支持战争的机构。"

"我们得先搞清楚一点,少尉。你了解这个阵线吗?"

"是的,长官。"

"那你还加入?"

"是的,长官。那时候,我很天真,是共产主义者。"

"这可不是闹着玩的,少尉。过几天我们会找你谈谈。"

午饭时,马克把发生的事告诉了玛吉和麦克道尔,他轻描淡写,装作满不在乎的样子。玛吉也觉得没什么大不了的,可麦克道尔不这么想,他很担心,但没发表意见,直到她离开。这时候,马克才透露他在西雅图撒了谎:"那个招我的军士看了我的申请表后,叫我把加入过共产主义阵线组织的内容改掉,他让我回答'没有',我就照做了。"

两周过去了,情报处的那个上尉没有找他,但马克越来越焦虑。此时,调查法庭已经听取了最后一名证人的证词,军法检察官问沃尔特·怀特,是否依然如他早先所声明的那样,认为关岛的黑人部队士气低得令人沮丧。在重申了黑人部队士气低落的根本原因后,怀特说:"黑人并不是想要黑人将军。他们的诉求比这基础。在一场争取自由的战争中,比如我们现在的这场战争,不仅在关岛,在美国和其他地方的黑人都在问:他们在某种程度上被指派并且限定多年的身份。换句话说,差不多就是奴仆阶级,是还要持续下去,还是说,可以有机会凭他们个人的能力、忠诚和精力往上发展?"

庭长还有最后一个问题:"根据你参与本庭调查的感受和你对关岛的

观察,你是否怀疑,在关岛,在这支部队里,能够不分种族、信仰和肤色,不偏不倚、一视同仁地施行正义?"

"我现在对此确信无疑。"

就在同一天,马克被叫到师部的作战室,面对三个脸色阴沉的军官。"我们收到了你的档案和其他文件的复印件,"一个名叫奎因的上校说,"最让我们不安的是,你在征兵文件中声明你从来都没有加入过激进组织或政党,你回答的是'没有'。"

"是的,长官。"

"事实上,你当时是共产党员吗?"

"是的,长官。"

"也就是说,你撒谎了。"

"是的,长官。"

"你有什么话要为自己辩解的吗?"

"我只想说,我入党时,就我所知,成为共产党员并不犯法。"

"我们在意的是你撒谎了。"奎因上校把文件收起来,放进一个文件夹里,"你在塔拉瓦、塞班和提尼安岛的表现都不错,麦格林。"他啪的一声把文件夹摔在桌上:"但这个我一点也不喜欢,我不知道该怎么处理。走吧。"

马克把这个坏消息告诉了玛吉,她都要哭出来了。此时已经成了护花使者、一有空就陪着她的麦克道尔倒觉得还有希望:"马克,他们现在很缺语言军官。"

第二天,马克意外地看到沙利文中校从奎因上校的办公室出来。马克上前去打招呼:"你什么时候从美国回来的?"

比利J没有回答:"我刚在单身军官宿舍听说了你惹的麻烦。"

"奎因上校很恼火。"

"你为什么不告诉我应征那件事?我还以为你信任我。"

"我不想来烦你,当时觉得也不是什么大事,长官。"

"不是大事!"比利J的语气像冰一样冷,"应征作假不是大事?"沙利文狠狠地瞪了他一眼,转身走进了人事副参谋长的办公室。

"早上好,比尔。"奎因说着手朝一把椅子一挥,"找我什么事?"

"是麦格林少尉的事。我见过他在战场上的表现,他是个优秀的海军陆战队队员。"

奎因那张轮廓分明、皱纹明显的脸顿时沉了下来:"是的,我和杰克·科利谈过。我知道他被提拔,你起了很大的作用。但是,妈的!比尔,你也知道这事有多严重。这小子撒谎,而且,看那样子,他还不明白我们为什么这么紧张。他为自己辩解说他是共产党员那会儿,这事不违法。"

"我明白。"沙利文摇摇头,"不向征募官承认这事,这点完全不符合他的性格,他可能听了别人的馊主意才这样做,但这丝毫不能为他开脱,也改变不了事实。他的确是撒了谎,这是我最意外的,上校。他刚出新兵训练营进我队伍那会儿,他来我办公室接受训话的次数比谁都多。他老是要一些蠢招,但他从来没有撒过谎,也从来没有试图推卸责任。"

"那你有什么建议?总不能就这么过去吧。"

"我同意,但他在战斗中的表现确实出色,在未来一段时间内,我们仍需要像他这样的一流的语言军官。请再给他一次机会,上校。他还能挽救许多生命。"

奎因上校仔细想了想,最后,大手一拍桌子:"那我们怎么做,怎么让他长记性?"

"让人帮他起草一份申请给海军陆战队总部,声明他在应征时,对这个问题草率地做了否定的回答,现在希望改过来。然后你附上自己的赞同意见,并建议批准他的申请,把它提交上去。你可以列举他的战斗履历,同时申明我们接下来还需要高素质的语言军官。这样就行了。"

"是的,这样应该差不多能行。"奎因表示同意,"该死的,可我们必须让他明白,海军陆战队不能容忍撒谎。这个该怎么做?"

"我希望你让他领教一下著名的奎因风暴。"比利J微笑着站起来,然后,他看着上校的眼睛,严肃地说,"请记住,硫黄岛战役结束后他会返回第2师,到时候我会管教他。"

奎因微笑着伸出手:"是的,我相信你会的,比尔。谢谢你过来。"

马克还等在外头,沙利文从人事副参谋长的办公室出来,抬起眼。

比利J只是瞥了他一眼,继续往前走。马克跟在他旁边。

"可是,你没有听我说完。"他提出抗议。

比利J停下脚步,看着他的眼睛:"所以呢?"

"嗯,我那时候,加入共产党不算违法。"马克迟疑地说。

"那又怎样?"比利J淡淡地说,"在联邦调查问卷上撒谎算。这不仅违法,还不道德,而且,妈的,这不是个海军陆战队队员该有的样子。你还有别的事吗,麦格林?"

马克刚要申辩是征召新兵的军士叫他这么做的,突然想起来比利J有多讨厌推卸责任。看着中校猛地转过身去,大步走开,马克心想:"哦,见鬼去吧。"

比利J在远处转过身,看了他一眼,就上了吉普车。马克握紧拳头,瞪着远去的车轮带起的滚滚扬尘。

在军官俱乐部里,许多熟人在刻意回避他,红发护士爱洛伊丝变了心,投进一个新来的海军上校的怀抱。接下来的那个星期一,奎因上校把马克叫到跟前。他冷冷地说:"我已经被说服了,尽管觉得有点不妥。这次就放过你,让你把档案改好。去向副官报到,照他说的去做。我们很少给军官第二次机会。吸取教训,永远不要忘记。听清楚了吗?"

"是,长官。"

"走吧"。

三天后,马克上了一艘运输船,目的地是一个遥远的小岛——硫黄岛。从空中看下去,它就像一块肥猪肉。

# 第六部
# 生者与死者

# 第二十五章

1

**海上 1944年12月28日**

"榎浦丸"号载着一千多名战俘驶向福摩萨的高雄,这是去日本的漫漫旅程的第一站。威尔和布利斯与七百多人在后舱。他们发现波波夫很蔫,就千方百计地鼓励他,想唤起他的求生意志。这个货舱宽七十英尺,长九十英尺,空间很大,一侧有一个平台,病人被集中在这块,从这个凄凄惨惨的台子上滴下的排泄物滴滴答答地打在下面的人身上。日本人给他们的食物和水少得可怜,但对这些忍饥挨饿活到现在的人来说,这只是一种常态。

马蝇还在骚扰他们。每次一桶米饭从上面吊下来,就会突然出现一个长着翅膀的大部队,像进攻的战斗机一样飞扑过来;等桶触到舱底,米饭已经完全被马蝇盖住。但这吓不倒这些战俘,他们挥挥手,赶开像大黄蜂一样的虫子,贪婪地往嘴里扒饭,也不管会不会把虫子吃进去,只要尽量少吞下几只就好。还有精力的人趴在马槽里翻找麦粒,补充微薄的口粮。

第二天,海上下起了雨,他们争着用杯子和饭盒去接舱盖上滴进来的水,最成功的也只接到了几滴。威尔听到有人气愤地抱怨今天给的水是咸的。货舱里有人哭有人骂。这时候响起了卡明斯神父洪亮的声音。他告诉大家马来人划着独木舟航行数百英里，只喝海水。他们从小就受这样的训练，喝海水，活下去。神父说："我想，只要你努力，只要你有意愿，有信心，你也做得到。"四个人真的喝下后没出现不良反应。

　　日落时分，甲板上的枪炮声把威尔从不安的睡眠中惊醒。他和布利斯把波波夫从木舱盖上拖了下来，那块木舱盖是垫在钢质地板上当床用的。船的两边都发生了爆炸，船体剧烈晃动。"深水炸弹。"布利斯说。枪炮声持续了将近半个小时才安静下来，他们听到上层的日本人在鼓掌。驼背翻译和田先生高兴极了，眨巴着大圆框眼镜后面的两只眼睛，朝下面喊话——大日本帝国海军击沉了一艘美国潜艇。

　　晚上很冷，战俘们忙着拿钢笔、戒指和餐具交换香烟和水。第二天，12月30日，浪非常大，颠了一整天，苦不堪言。他们分到了半杯米饭和几匙水。到了晚上，又是一阵来自上空的密集轰炸，深水炸弹在水下爆炸，发出一声声闷响。一名日本兵兴奋得失足跌进货舱，摔死了。

　　早上，浪还是很大。此时，他们距离福摩萨还剩下大约一半路程，晚上变冷了。战俘们从沉没的"鸭绿丸"号上跳下水时所穿的夏服已经磨得只剩下薄薄一层，那天许多光着身子上岸的人领到的薄棉衬衫和裤子也起不了什么作用。寒意渗进船舱，大家挤在一起取暖。威尔不管多热一直穿在身上不肯脱下的那件破夹克此时帮了大忙。死的人越来越多，到后来，一天就能死十个，在1944年的最后一天，战俘们闹得太厉害，和田终于得到批准，让人把尸体拖上甲板，抛进了大海。

　　有个人呜咽着恳求卡明斯神父给他施洗，他就快死了。卡明斯爬到威尔身边。"你能不能……"他话说了半句，但威尔没水了，布利斯也没有。神父回到那个垂死的人身边，朝自己的两个指头啐了一口唾沫，抹在他的前额上："我奉圣父、圣子、圣灵的名给你施洗。"他握住那人的手，呜咽声停止了。

　　他们在新年的第一天享受了特别的款待——五块发霉的硬米饼和四分之三杯水。这相当于一场盛宴，但即便如此，还是有一些人爬来爬去，觍着脸讨烟抽，还有些人连哄带威胁地要别人分他一口吃的。

"他们就像笼子里的动物一样。"威尔低声说。

"我们竟然没有挠个你死我活,真是奇迹。"布利斯说。

天更冷了,冷得没法休息。两天后,和田叫人自愿上去清理甲板上的宿舍。威尔和布利斯主动站出来,上去一看,很惊讶——他们在一个大港口,周围耸立着陡峭的高山,山上白雪皑皑。这是台湾最南端的高雄。日本伤病员已经被送上了岸,志愿者们要对空出来的地方进行熏蒸消毒。每个人都干得很卖力,希望能得到一点额外的食物,但当有人伸出手时,被一个卫兵用一把带鞘的刀狠狠地拍了一下。

领头的美军上校又向和田要求增加口粮。他回答说,美军潜艇把所有的日军运粮船都击沉了:"要怪就怪他们,别怨我们。"

在接下来的几天里,食物和水还是少得可怜。天实在太冷,裹着厚大衣的卫兵都在瑟瑟发抖。"巴西丸"号上的数百名战俘被转移到这艘"榎浦丸"号上。1月8日下午,货舱下层的人都被转移到前舱,腾出地方放糖。

第二天早上,他们正吃着那一点点早餐,威尔听到一阵飞机的嗡鸣,听这音调,他知道是美国货。空袭警报响了起来,停在港口的许多船只高射炮连发。这时候,水和食物全抛到了脑后,一些战俘吓得大叫。木舱盖上的人纷纷散开,退到钢板上,恐慌情绪席卷了整个货舱。

"大家待在原地别动!"一名年轻的上尉大声说,"哪儿都一样。"

几声呼啸,炸弹落下来。船险些被击中,正在剧烈摇晃,另一枚炸弹撞到甲板。一道橘黄色的闪光,一声震耳欲聋的炸响。木舱盖坠入船舡,一些人跟着掉到三、四十英尺下的地方。松动的木头砸向人群。威尔感觉自己像是在太空中坠落。船颠得很厉害。金属块嗖嗖地飞过,船内壁奇迹般地出现了一个个洞,仿佛筛子似的。听得到尖叫声、哭声、呻吟声和下流的诅咒声,到处都是死人。威尔被尘土呛得直咳嗽。布利斯在哪里?急得他到处乱找,最后发现他在一堆碎片残骸下。烟尘散尽,威尔抬起一根巨大的横梁,他自己都不知道还能使出这么大的劲。布利斯慢慢地爬出来,头发被灰尘染成了白色,他想说点什么,但什么也说不出来。他摇摇晃晃地站起来,最后终于吐出几个字:"波波夫。"他们发现他双腿被压住,眼睛瞪得大大的。威尔和布利斯同一根扭曲的铁梁较上了劲,使出全部的力气才微微抬起一点。

"出来!"威尔大喊,但波波夫只是茫然地瞪着眼。

一个少校抓住波波夫,把他拖了出来:"我们得去救其他人。"三个人拼命地抢救周围的同伴。从一根扭曲的十八英寸粗的钢梁下传来声声微弱的呼叫,至少有五、六十个人被困住。威尔吓坏了。仅凭他们三个人,别说把它搬开,动都动不了,这得要一台蒸汽起重机才能移开。威尔瘫坐下来,筋疲力尽,无可奈何。舱内超过一半的人当场死亡。

黑暗中,受伤的人痛得直叫,没被伤到的人听着这声声惨叫越发恐慌。几个军医和卫生员把伤员拖到一边,包扎伤口。脏毛巾,汗衫,凡是能从幸运些的战俘那里弄到的东西,不管什么,能用的都用上了。

威尔和布利斯发现两名士兵正在照顾卡明斯神父。他眨巴着眼坐起来。"我根本没受伤。"他说,"只是被一根横梁撞倒了。"他挣扎着站起来,开始巡视伤员。他镇定的样子也令现场安定了些,当他看到有人没受伤时,就会专横地命令他也去帮着控制混乱的场面。

远处又有飞机在呜呜作响。美军又来了!大家又陷入了恐慌。这时候响起了卡明斯神父洪亮、威严的声音,他叫大家安静下来。呜咽声和呻吟声一下子就停息了。他抬起眼睛看向上方,他说:"神意难度啊!我们饱受煎熬,您没有干预,如今我们命悬一线,您要是还坐视不管,再来一波空袭,我们就死定了。主啊,我恳求您显灵,指引飞行员去轰炸其他靶子吧,不要再惩罚我们了,饶了我们吧!"

飞机从上方掠过,但没有炸弹落到"榎浦丸"号上。

第二天,尽管他们在底下喊着要食物、水和医疗救助,但上面毫无反应。人死得多,见怪不怪,还可以看到有人坐在尸体上吃他那点少得可怜的食物,这种场面也并不少见。

一个军医注意到和田先生正在舱口张望,他乞求他出于人道帮帮他们。

"那些是美国飞机,我们不在乎你们是死是活。你们的飞机也杀了我们的人。"和田嚷嚷着答复他。

第二天，一个戴着口罩、穿着白袍的日本医疗小队走下货舱，在一些轻微的伤口上抹了点红药水，但没去管重伤员。1 月 13 日，他们终于用绳子把伤病员吊了上去，其他人自己爬长长的梯子上去。威尔感觉像是从一间停尸房里走出去。他们被带到旧货船"巴西丸"号上，上次看到这艘船还是在仁牙因湾。上船时，威尔心里在问：这会是第三艘死亡船吗？他到得了日本吗？

离开马尼拉的 1619 人，活下来的不足 900。黎明时分，船缓缓驶出高雄港。六英尺深的货舱被隔成了两层，在这三英尺高的空间里威尔有一种透不过气来的恐慌感。

时间过得很慢。口粮一天只发一餐，量很少，战俘们靠这点食物，勉强维持着生命。第三天开始下雪，随着一路北进，天气越来越冷。为了取暖，他们钻在草席下躺成勺子形状，抱在一起，当有人不得不变换姿势时，他会说一声："换！"然后所有的人都齐刷刷地转向另一侧。前一天晚上，躺在威尔旁边的一个人没有转身。他死了。

几天后，天气已经极度寒冷。威尔感到内疚，就他一个人身上有夹克。肺炎病例越来越多。有时候能用金戒指贿赂卫兵，得一个空米袋当毯子用，但很快就拿不出什么东西来交换了。每天早上都能发现至少三十具新的尸体。"把你那边的死人推出来！"这令人痛心的吆喝让威尔想起了伦敦大瘟疫的凄惨故事。

自私风气盛行，适者生存成了当下的法则。"看来监狱生活要么使你腐化，要么使你高尚。"这是威尔的评论。

"兼而有之。"布利斯说。

牧师们树立了最好的人性榜样，最具有奉献精神的要数一位路德宗牧师、一位新教牧师和不屈不挠的卡明斯神父。每天晚上九点，卡明斯都会开开心心地宣布："神父传召你们啦，小伙子们！"然后先念一段主祷文，接下来为那些已经死去和快要死的人祈祷。在这之后，一定会再说上几句鼓励的话，确切地说是命令，要大家保持希望和信心。"再坚持一天！"他每天都会这样恳求大家，他还叫他们宽恕敌人。

"我不,"威尔对布利斯说,"我要用我最后一口气诅咒他们。"

"你真这么想?"

卡明斯没有鞋穿,他请大家帮着找找,九码以上,什么样的都行。布利斯解开自己脚上穿的那双十码的鞋,递过去。卡明斯不肯接受,但布利斯说他第二天早上可以再搞到一双。他从死人身上脱下一双。他还从这具尸体上扒了短裤和衬衫给卡明斯神父。神父问是哪里来的。布利斯咧嘴一笑:"天堂,神父。"卡明斯虚弱地笑了笑。很明显,他撑不了多久了,除非能多弄些水来。

1月24日晚上,威尔给卡明斯喂了几匙水,但他不肯再多喝。"分给孩子们吧。"说完就晕了过去。第二天,他发现很难坚持当日的例行巡视,在晚间祈祷时,他终于倒下了。几个人把他抬回睡觉的地方,他对他们说:"我不会有事的,孩子们。"第二天早上,他爬不出来,他嘴唇干裂,声音微弱;但当天晚上,他坚持要人把他扶起来,强撑着无力地念了一遍主祷文。

"你会活下去的,"一个叫莫舍的人说,"我们都已经熬到这一步了。"莫舍弄了点雪水,这雪是威尔舍命从甲板上偷来给神父的。

"我很冷。"卡明斯说。

莫舍找到了一张草席。在布利斯的帮助下,他把草席裹在自己的肩膀上,然后盖住神父,希望自己的体温能让他暖和一点。

"我没事。"卡明斯说。十五分钟后,莫舍一摸他的手,发现没有脉搏。他向威尔和布利斯大喊:"卡明斯神父死了。"

他们沉默不语,但波波夫拨弄着那包借据,似乎那是念珠,嘴里嘟哝了一句:"我是下一个。"

威尔帮莫舍用草席把神父裹起来。第二天早上,他们把他抬到死人堆顶上。缆绳放下来后,一个水手长在卡明斯神父脚上绑了一个活套结,在他脖子上系了个半结。"好了,把他拉上去吧!"他大声吆喝。

威尔和其他人看着这具瘦弱的身体映着冬日天空的背景缓缓上升。当卡明斯神父升出舱口时,一缕阳光洒在他身上,照亮了他。

"他亲眼看到发生的一切,怎么还能相信上帝?"威尔说。

"我父亲是个牧师,"布利斯说,"好人,就算未必受人爱戴,至少很受尊敬,可我从没见过他为了他的同胞奉献过什么,他嘴上说'上帝啊,来世啊',可当他躺在那里快死的时候,他很害怕,我觉得他是怕那上面根本没有上帝。"

第二天晚上,船抵达九州北部的一个重要港口门司。一大批军官、士兵和平民上了船。医生和卫生员给每个战俘做体检,其中一项是往肛门里插温度计。只有布利斯一个人被这个痛楚的过程逗乐。"我的屁眼还从来没被捅过,这可是头一遭啊!"他说。

黎明时分,翻译和田最后嘱咐他们:"你们将一直待在这里,直到战争结束。大日本皇军会保护你们,不让平民打你们,杀你们,他们之所以这么做,是因为你们的轰炸机对我国造成的杀戮和破坏,所以你们最好待在送你们去的地方。保重,别了①。"

他们被带到甲板上去领新衣服。跟威尔和布利斯一样排在队伍前面的人,领到了包括棉质长内衣和棉袄在内的一整套,但他们被迫冒着刺骨的寒风和雨夹雪全身剥光。一名卫兵不喜欢这样一个高个子的金发男人,不停地用棍子打威尔的后背,让他快点。缴获的英国鞋子不分大小随机分发,威尔费了好大的劲才把冻僵的脚塞进他领到的这双鞋里。

当威尔扶着波波夫下船时,两个人都被喷了一身的沙尔消毒剂,呛得直咳嗽,波波夫瘦弱的身体咳得直晃。这是个冷凄凄、雾蒙蒙的冬日,建筑物立在凄清的街道上,一派愁苦的景象。码头上穿着和服的装卸女工盯着这些从跳板上跟跟跄跄走下来的骷髅。他们离开比利比德以后就没有再刮过胡子,身上爬满了虱子,浑身发臭。他们顶着强劲的雨夹雪走在街道上。人们看着他们,一脸难以置信的表情,有些人甚至还捂住了鼻子。

虽然这段路并不远,但威尔怕自己还没到目的地就冻死在路上。布利斯帮他一起拖着波波夫。最后,他们排成一列进了一个空仓库,虽然算

---

① 原文为日文。

是室内,但窗户大敞着,灌进来的寒风逼得他们挤到一起抱团取暖。有人说有个水龙头,卫兵也没有阻止,任他们喝个痛快。威尔灌了一大口下肚,冻得胃都痉挛了。他提醒布利斯和波波夫要小心。

看到卫兵们提着几大桶热气腾腾的米饭进来,他们一下子高兴起来。好香啊。米饭用纸板盒舀出来,分给了他们。见其他卫兵又端进来更多的食物,他们喜出望外。每个人都分到了几匙咸鱼、一只大大的小龙虾、几片腌萝卜、一块带胡椒味的东西和一份味道像菠萝的水果。自从离开游击队后,威尔头一回吃得这么好。

早上,他们被分成几组。生病受伤的人去当地医院,其他人去劳动营。威尔和布利斯考虑到波波夫已经丧失了生存意志,便说服他跟着他们。他们和另外九十二人被分配到13号营,往南大约一百英里处,他们要在那里的煤矿干活。

离开马尼拉的1619人中,此时只剩下450人还活着,其中有许多只剩一口气吊着。威尔不知道去13号营的这些人中有多少能熬到解放,他决心一定要成为他们中的一员,尽管心里也害怕前路凶险。他们要在煤矿里做苦力,守在那里的人——和田先生说过——他们的国土正在遭受美国炸弹的摧残。

## 2

这是个难挨的寒冬,没东西取暖,衣食不足,生活很艰苦。比物资匮乏更糟的是对空袭的恐惧。十一月的第一天,警报的哀号令数百万人喉咙发紧。这是自两年半前的那场杜立特空袭之后,第一次响起真正的警报。几个月来,这座城市一直处于混乱之中,动不动就搞消防演习,首都的生活常常受到干扰。

人们害怕的这一天终于来了,弗洛斯和其他妇女一起满天搜索可怕的B-29。高射炮的轰鸣震破了天空;然后,安静下来,警报解除。广播里说,一架美国飞机飞过上空,但什么都没扔。

第二天早上又有警报,又来了一架飞机,还是没有投下炸弹就消失了。接下来的几周,一开始来了两架B-29轰炸机,后来又来了三架。大家都在传他们只是来拍照。报纸报道了政府的计划,说是要疏散所有没必要留守的平民,但这并没有发生,相反,家家户户都被贴上告示,命令人们在空袭期间待在家里。只有每个人都守住自己家,不让它被烧毁,东京才能保住。弗洛斯和其他妇女觉得,既然政府允许大批平民留在城内,那么空袭就不会太严重。

11月24日,东京迎来了第一场空袭。袭击目标是皇居西北十英里外武藏野的中岛飞机制造厂。没有战斗机护航,九十四架B-29轰炸机以每小时450英里的速度轰鸣着滑过城市上空,开始投放炸弹。只有四十八枚炸弹击中飞机厂,仅造成轻微破坏,其余的炸弹投到了码头和拥挤的城区。三天后,六十二架大型轰炸机飞向同一个目标,但是飞机厂完全被云层遮住,它们不得不转攻次要目标。

尽管损失很小,但平民和日军大本营还是脊梁骨发凉,因为事实证明他们没有有效的防御措施来对抗高空飞行的B-29。日本的基础工业已经被美国潜艇和飞机持续的攻击削弱了根基,炼油厂就只剩下一点点原油,炼钢厂没有焦炭,没有铁,军火厂也缺钢和铝。如果B-29继续袭击,经济就会全面崩溃。

十一月底发生了第一次夜间空袭,破坏程度还是不大,但东京各处突然发生数百起火灾,尽管火势不大,但看着委实吓人。十二月初,又一场空袭引发了更多起火灾,留下累累伤疤,遍及整个东京城。人们都在传,美国人将在12月8日珍珠港事件周年纪念日发动大规模空袭,这导致大批人出逃,有地方可去的人纷纷逃离东京。

正求弗洛斯离开东京,去外国人的避难地轻井泽,但是她不想离开丈夫,而且正雄也需要跟爸爸在一起。在珍珠港事件周年纪念日那天,她收拾了衣物,备了些应急口粮,打包准备带走,但尽管响了四次警报,却一直没有炸弹落下来。南部的静冈县成了袭击目标。在美军离开这座燃烧的城市两小时后,这个地区发生了一场大地震,大范围的震颤过后,造成很长一段轨道路基被毁,军火厂瘫痪,一家生产精密仪器的工厂被摧毁。到1945年初,东京市民已经习惯了轻微程度的攻击,对他们来说,空袭警报也只意味着生活不便而已。1月9日,"空中堡垒"第六次袭击东京,还是没有达到目的。

东京城沉闷的气氛令正很抑郁。人们戴着绗缝兜帽,扎着绑腿,每个人都打扮得像劳工一样。一天下午,临近傍晚,弗洛斯把正雄留给埃米,自己跟着丈夫去了市中心。没有路灯,夫妻俩在脏兮兮的雪地上深一脚浅一脚地走。他们看见一个小摊,有个人在卖吃的,炉子冒着热气,看着让人愉悦,但当他们走近时,一股令人作呕的气味扑鼻而来。他在烤大蒜,准备做汤。他们扭头就走,那人吆喝起来:"呵,你喝下这汤,能从头暖到脚趾,今晚就不会在防空洞里感冒了。一杯十钱!"

见大家都在排队,正和弗洛斯也凑了个热闹。这汤就是开水、大蒜末和一点海藻。他们继续走,发现每家餐馆都被长队包围,最后总算看到一家餐馆,一个顾客都没有。

"这是配给餐馆。"正解释道。他只有一张通票。

他们走过时,看到一家商店橱窗上贴着一张海报,上面画着一个面目狰狞的美国飞行员,配着标语:消灭美英禽兽!最后,他们终于看到一家没人排队的小餐馆。一道狭窄的门内,仓库一样的店堂昏暗龌龊。四张桌子挤满了食客,他们吃着小食,喝着海带汤,嚼着米饼。正建议来点柿子、米饼、米饭和茶。他留她一个人坐着等,因为这是自助餐厅。他回来的时候没带柿子。

"你知道一个要多少钱吗?三个半日元!"

由于天气不好,弗洛斯已经一个星期没去婆家,不知道胜吾刚从缅甸回来,进了日军大本营作战科。他举止异常,埃米很担心。每次来家里,他总是一脸阴沉,在屋子里转来转去,也不说出了什么事,只说缅甸的情况很糟糕。

胜吾这次回来原本希望祖国能让他重新振作起来,恢复活力,但看到这两年下来东京发生的变化,他十分沮丧。这里就像一座死城,人们都死气沉沉的,麻木得像机器人一样。日本人的战斗精神似乎已经衰退。就连在日军大本营里,他都感觉到了失败主义的悲观情绪。

他郁闷的情绪在一月的一个晚上终止了。他的一个热忱的青年军官朋友带他去听平泉澄的讲座。平泉原本是东京帝国大学的教授,因厌恶校园里兴起的共产主义思潮,离校自设了一个爱国学堂,他称为"青青",这个名字的灵感来自中国的一名爱国者在被蒙古侵略者处死前说的一句话:"浴雪常青色愈青。"也就是说,不惧火炼之"青",是为真青。

平泉个子不高,性情温和,但他带着一把长刀大步走向讲台。他把刀放在一边,开口说话。他绵声细语,没用一点手势,也没用夸张的面部表情来突出效果,但在场的每一个年轻军官都被他那炽烈的真诚感染,兴奋不已:"日本社会,建立在对父母、国家和天皇至忠至顺的基础上;'青青'告诉你,神道是它的骨头,儒教是它的血肉,武士道是它的血液。"

他谈及皇道,谈及他们的国家,绵声细语,却极具说服力。胜吾心中瞬间又燃起了为天皇、为国家献身的勇气。讲座结束后,经引荐,他认识了一名激情四射的年轻中佐竹下。经过几次长谈,他鼓动胜吾加入一个特别小组,这比"青青"更进了一步。国家危难关头,需要迈出这一步,但只有怀着最纯粹的理想的人,能毫不犹豫地为皇道奉献生命的人,才能加入。不到一周,胜吾就成了一个团体的忠实成员。这批人相信,无条件投降将摧毁"大和魂"(日本精神)和"国体"(国家本质)。胜吾对辻政信彻底失望后精神上的空缺终于被填上了,他这是从滚烫的油锅直接跳进了火里。

竹下和这个团体的其他领导人已经听说,高层文官越来越活跃,他们要向军方施压,在日本被摧毁之前,接受无条件投降的要求。2月12日,这些文官中的核心人物近卫公爵收到传诏,准备进宫与天皇陛下、侍从长和木户商讨战事。第二天晚上,近卫秘密登门拜访吉田茂。他是一名杰出的亲西方外交官,也属于和平派。近卫把第二天要呈给天皇的密函草案给他看。

吉田细细看下来,这份题为《奏疏》的文件也符合近卫一贯的风格,他几乎方方面面都异于常理、常态、常人。这份《奏疏》也是个矛盾体——客观与主观并存,既切合实际,又不切实际。一开头就大胆声明:"尽管令人遗憾,但我相信日本已经输掉了这场战争。"接下来便发出指控:天皇制面临的最大危险"不是战败,而是外部势力的威胁",而且,一些陆军将领深受亲苏情绪的影响,力主不惜一切代价与苏联结盟。

吉田虽然觉得近卫过于担心共产主义,但不得不佩服其文章结论严谨,无懈可击——只有避开军国主义者,和平谈判才有可能:"虽然他们明知道赢不了,但我相信他们还是会为了面子死战到底。因此,如果把树从根部切断,叶子和树枝就会枯萎死亡。"与此同时,近卫对付军国主义顽固分子的建议并不现实,尽管很称心:通过政变消灭他们,直接与美英两国谈判。

吉田基本上赞同近卫的观点,于是便帮着他开始修改草案,一直忙到深夜,最终合作定稿,添加了一些内容。第二天,近卫进宫,当着木户的面把这份长达八页的文件念了出来。尽管前后矛盾,东拉西扯的,这份《奏疏》还是令天皇和他的首席顾问热情高涨。与其他重臣不同,近卫揭露了问题的核心,虽然他的解决方案不切实际,但最终可以被务实的木户改造成一个切实有效的和平计划。

近卫觐见天皇的事,外务省很快就有了各种传闻,像往常一样,顺所在的内部小圈子收到了最准确的消息。这个和平的讯息让一部分人很忧虑,也包括他,因为他刚刚又收到了一张白字条,通知他到广岛接受第三次体检。他比以往任何时候都坚信绝对不能通过体检。和平近在眼前,这时候去送死真是太不值得了!他打听到陆军已经知道有人用酱油来诱发高血压。他不能再冒险用这招了,要是被发现,他爷爷会羞愧而死。

这次没有欢送会,也没有礼物,只有他的导师藤田再次警告他,叫他不惜一切代价逃避兵役。在去广岛的火车上,他遇到了另一个去体检的年轻人。

"我表弟最近刚刚接受了体检,他们现在连断胳膊断腿的人都收。"他说。

"断了一条胳膊的人,他们要来干吗?"

"呵呵,他可以用另一条胳膊给联队长擦靴子。现在就算只有一条腿对天皇都是有用的。我们这次是脱不了身了。"

第二天早上,沮丧的顺在联队司令部报到。第一个给他做检查的军曹轻声说:"好好表现。我们的医生是个妇科医生,你可以用你的记录骗过他。"军曹咳嗽了几声暗示他。

几分钟后,妇科医生问顺:"你的肺部状况好转了吗?"

"很遗憾,没有。"顺突然咳了起来。

"这段时间,他们要求我们让缺胳膊的人都过。"

"我是想为国家效力,但如果我顶不住严酷的训练,病倒了,作为推荐我入伍的人,你会负责吗?"

妇科医生忧心忡忡地查看顺的记录:"我看到你是《东京新闻》的人?"

"是的,先生。"

妇科医生被吓到了:"嗯,年轻人,为了军队的利益,我恐怕还是得拒绝你。"

# 第二十六章

1

在华盛顿，罗斯福总统正准备动身前往雅尔塔。这是克里米亚的一个海滨度假胜地。三巨头将在那里碰头，决定欧洲乃至远东地区的未来面貌。参谋长联席会议刚刚向总统建议，苏联加入对日战争至关重要。马歇尔和麦克阿瑟都深信，没有苏联帮助，要在"满洲"击败七十万精锐关东军，将赔上无数美国人的生命。

那天下午，麦格林教授正在重读他几周前写的一篇关于关东军的报告，白宫一个电话进来，通知他尽快过去。尽管在这个椭圆形办公室里，总统跟他打招呼时不拘礼节，把他当成老朋友，但他却一直谨守礼仪。

"弗兰克，我要告诉你的话不能传出去。"罗斯福透露他要去雅尔塔。这对麦格林来说不是什么新闻，但他很识趣，没挑破。麦格林很震惊，几个月不见，总统竟然老了这么多：他皮肤蜡黄，眼睛显出极度的疲态，双手颤抖，年龄和痛苦都写在他脸上。麦格林担心他可能没体力在这个至关重要的会议上对抗斯大林。

罗斯福敏锐地看透了麦格林的心思。"弗兰克，我想大概是因为昨晚熬夜了。"他这是在解释为什么会发抖，"我想听听你的看法，该如何处理远东问题。"

"我情愿就你听到的建议说说自己的看法。"

罗斯福笑了:"弗兰克,你一向是个厉害的牌手。"

"总统先生,如果你还记得的话,下棋更拿手。"

"乔治·马歇尔他们觉得,我们必须说服乔大叔尽快对日本宣战,否则我们会遭受惨重的伤亡。"

麦格林强迫自己不要皱眉:"那我们要给斯大林什么好处呢?"

"我们可能会同意维持外蒙古的现状,让他收回日本在1904年至1905年战争后占领的地区,比如库页岛南部。"

麦格林想了想:"那千岛群岛呢?"

"如果有必要的话,反正也不会影响到任何人。"

"除了日本人。"

罗斯福笑了:"弗兰克,你可真有趣。"

"总统先生,我不想有趣,我考虑的是战后的局势,除非你的邻居摩根索先生打算在日本和德国人手下耕田谋生。"

"弗兰克,你总是没等我们把眼前的问题解决掉,就先把将来的问题摆出来。"

"这代价听起来太高。"

"我相信我能说服维尼①。"

"代价是什么?"

"别担心,弗兰克,我是个很精明的马贩子。"

"总统先生,可惜你不是去贩马啊。"

罗斯福很苦恼:"看来,有些方面你并不赞同。"

"总统先生,我全都不赞同。"麦格林严肃地说完这话,停顿了一会儿,等罗斯福争辩,但他什么也没说,"让我来解释一下。首先,你的参谋长联席会议显然没有把扎卡里亚斯上尉上星期提交的那份报告当回事。"

"乔治向我保证,这又是扎克在胡思乱想。的确,他很有才华,但认为关东军主要存在于纸面上,实在没道理。"

---

① 维尼,丘吉尔的昵称。

"总统先生，我们的调查结果清楚地显示，关东军的大部分兵力早已转移到了莱特岛。"

罗斯福摇摇头："就连麦克阿瑟也同意乔治的看法。"

"他在信口开河。"麦格林说。

罗斯福被逗乐了："他经常这样，但这次他却与参谋长联席会议不谋而合。"

麦格林知道再揪着这个问题劝总统在雅尔塔会议上考虑战后局势，起不了任何作用："我强烈建议你不要向斯大林让步。拜托，不要拿日本的领土去贿赂他做他极想做的事。他想进'满洲'，他不会冒任何风险，也不会损失多少兵力。"

"你为什么会说这种话？"

"日本已经败了，总统先生，这只是时间问题。邀请斯大林进远东，如同打开鸡笼饲狼一样。"罗斯福在纸上做记号，麦格林怀疑他会不会只是在乱涂乱画，"总统先生，我能最后再提一个建议吗？"

"请说，弗兰克。"

"你到雅尔塔后，如果要达成什么协议，协议范围不要超越欧洲。我相信世界的命运取决于东方，我们必须让日本回归民主的轨道，在这个动荡不安的大陆上，一个弱小的日本会使权力的天平向共产党人倾斜。"

罗斯福隔着桌子探过身，伸出右手："谢谢你，弗兰克，你总能让我冷静下来。"

他们握手时，麦格林心里在想："天哪，我握着的是一个将死之人的手，他还以为自己是永远不会死的。"他心事重重地走出白宫，后悔刚才没有力劝总统叫停正在摧毁日本各大城市的恐怖轰炸行动。罗斯福是最有人情味的拥有至高权力的领袖，可他却批准了这场可能会导致数以百万计无辜平民丧生的军事行动，而他们唯一的罪过就是生在日本这片土地上。他想到了自己的女儿、外孙、外孙女。他们能熬过这场灾难吗？还有亲爱的威尔，刚刚得知他被囚在日本。他能活下来吗？还有马克，他正准备进攻日军占领的另一个海岛。他能平安无事吗？自己还能再见到日本的好友吗？

## 2

户田家族有一个人在硫黄岛,就是友治,那条千针带埃米和澄子就是替他做的,他刚刚升少尉。先前,他还抱怨自己去的不是战区,而是一个与世隔绝的荒岛;但来了以后,看到岛上壁垒森严,之前派过来的人个个神色凝重,他马上意识到这里会有一场激战。

硫黄岛一端狭窄,最显著的地貌要数位于这块的一座死火山,虽然只有548英尺高,但它笔直耸立在海面上的样子,看起来要雄伟得多。这是折钵山,一个锥形的碗。这座岛长近5英里,最宽处2.5英里,面积只有曼哈顿的三分之一。火山虽然不是活火山,但整个岛上随处可见蒸汽喷射流和沸腾的硫黄坑。从远处看,硫黄岛就像直布罗陀巨岩,但友治心里有点发毛,觉得它随时都有可能消失。前一天明明还在的一条路,一夜之间就会消失。岛的北部宽阔,是海拔350英尺的高原,这头的岩岸,人上不来,但狭窄的那头靠近折钵山有大片的海滩,有人告诉友治,美军一定会在这里发起猛攻。看起来像黑沙一样的东西其实是轻飘飘的火山灰和煤渣,重的人踩上去就会陷进去,没过膝盖。

岛上为数不多的平民早已撤离。陆军14000人和海军7000人分到五个防御区,1860人驻守折钵山,他们要独立作战,尽可能拖延敌人的进程。面向海滩的山坡上挖了无数的洞,为躲避炸弹和喷火器,入口做成了斜的。

岛上其他地方到处都是墙体厚实的碉堡。北部是四通八达的天然和人造洞穴,这是由暗室和隧道组成的迷宫,顶部通风,让蒸汽和硫黄烟溢出。第一道主防线是由大炮、轻机枪和埋在地下的坦克组成的掩体阵地网络;这条防线沿着高原的南部边缘布设,一左一右两个机场,都不大。在第二个机场后面,有一条特殊防线;户田少尉带一支火箭炮队就驻守在这里。海军航空军械兵巧妙地将60公斤和250公斤重的炸弹改装成了可沿着倾斜的木坡道电动发射的火箭弹。一枚"火箭"沿45度的斜面飞上去,向敌人阵地的大致方向呈弧线滑行约2000米,一触即爆。友治的这批炮对准了美军应该会登陆的那片海滩。

2月16日，马克所在的运输船距离目的地还剩下不到一半的行程。他对浮雕地图和照片着了迷。这个目标在现实中会是什么样子？他要做些什么？他对自己的任务有个大体的概念，但是，就连他的上司也不知道语言军官该做些什么。当然，他们要审问俘虏，翻译缴获的文件。但是他们该怎么做才能把战俘挖出来？显然，这地方布满了洞穴和隧道。

船上的人都在重新整理装备，一遍遍检查擦拭他们的保命武器。很多人给家人和爱人写了信。有些人看书；更多的人只是抽烟聊天。马克所在的第3师，大多数人是老兵，他们主要的牢骚是被降级为预备队留船待命。他们抱怨说，运气总是这么坏。而且，大佬们派出的第5师从来没在愤怒中开过一枪。

"这不公平。"一个在关岛战役快结束时才加入第3师的小伙子说。

"你从什么时候起开始指望海军陆战队里能有公平，孩子？"说这话的是个冷峻的老兵，其实也才刚满二十，虽然已经参加过三次登陆战。马克的心情很复杂。他想参加战斗，但心里隐隐感到不安，总觉得这一次他会死。

海军中将特纳正在旗舰上举行记者招待会，现场有大约七十名记者。玛吉不在，因为他们说这不是女士该待的地方。受到这样的歧视，她很生气，闷闷不乐地留守在关岛。

### 3

"号叫的疯子"史密斯在他的指挥舰"埃尔多拉多"号的船舱里读了一晚上《圣经》。他知道，几小时后，他的海军陆战队队员们上岸时将遭受惨重伤亡。几个星期前，他曾写信给海军陆战队总司令，说他觉得攻击硫黄岛这样的要塞不值得让这么多官兵去送死："真希望发生些什么，让这次行动取消。"

凌晨3:30,海军陆战队队员们吃了顿牛排早餐。这一天是2月19日,登岛日。马克走到甲板上。此时,天已经亮了。透过薄雾,他能看到硫黄岛,孤零零的,像是被遗弃在这里,这形状令他联想到一条半没在水中的鲸鱼。折钵山渐渐消失在低低的云团中,给人一种不祥的预感。

天还没亮,户田友治少尉就起来了。他在日记中写道:"今天我们收到了天皇送给我们的烟草,这是一份荣耀的礼物。"他爬到2号机场后面的山顶上,一支强大的舰队展现在眼前,看得他心惊胆战,他匆忙赶回阵地,让大家做好准备。敌人开始轰炸,马上进掩体避弹;轰炸结束,火速就位,向海滩发射火箭弹。

运输船和登陆艇驶向登陆点。马克心想:谢天谢地,海面还算平静。而且,也不需要攀越凹凸不平的礁石。他听到大炮的轰鸣,看看表,早上6:40。七艘战列舰、四艘重型巡洋舰和四艘轻型巡洋舰在往岛上扔炮弹。五分钟后,九艘炮艇开始向高原发射密密麻麻的火箭弹,其他炮艇向死火山山坡发射迫击炮弹。

7:20,传来一阵越来越响的飞机轰鸣声,然后,记者谢罗德看到了塞班岛过来的一批B-24。它们在空中慢慢盘旋着进行轰炸,炸弹在岛上逐个爆炸,这情形让他联想到闪烁的圣诞彩灯。8:03,这是马克的表显示的时间,轰炸停止,让一批舰载机靠近。他估摸远不止一百架,它们犹如一大群愤怒的大黄蜂开始对这个岛发起凶猛攻击。

日军缩在地堡、碉堡和山洞里。户田堵住耳朵来缓解震动。等到外面安静下来,他爬到地堡顶上,看着这支庞大的敌舰舰队摇摇摆摆就位。真是有条不紊,真是太帅了!他被如此大阵仗的装备震慑住了,但他并不惧怕那上面的人。他听过宣传讲座,看过宣传册,对这些美国军人非常了解,他们的英勇气概是做给人看的,至于光宗耀祖、光耀门楣,他们完全不感兴趣,他也很清楚有些冒失鬼敢坐着木桶冲下尼亚加拉瀑布,然而作为个体,他们很怕死,也没有好好思考过人死后会怎样。他们没有精神激励,完全依赖物质优势。这规模宏大的装备!

此时，满载着前五个攻击波的坦克登陆艇正在就位。透过烟雾，马克看到第一波小型水陆两用登陆车像水虫一样轻轻掠过水面，攀上海滩，笨拙地向前爬行。向前推进几码后，遇上一块陡峭的阶地，猛烈地翻搅一通，扬起滚滚黑色的火山灰。有几辆爬上了阶地，但其他的实在上不去，只得作罢，涌下车的乘客跋涉的动作就像在放慢镜头。当第一个攻击波翻过坍塌的火山灰阶地时，友治的炮队发射的简易火箭弹开始落到他们中间。

马克和21团的战友们簇拥着运输船的扬声器，监听岸上作战小组和空中观察员所用的频率。年龄小的在抱怨，说好玩的都让其他两个师给占了，他们只能在船上待命。像马克这样参加过塞班岛战役的知道前面是什么样的地狱；他们不是不情愿去冲锋陷阵，只是不急巴巴地盼着上去。硝烟笼罩了海滩，此时传来的战报要么含含糊糊，要么前后矛盾，大家争来争去，各执己见。伤亡人数是比预期高还是低？他们团要上了吗？一整天，他们三五成群凑在一起，最新的小道消息传来传去。马克想看一会书，但眼睛老是朝岸边瞥。其他人有的在擦拭一尘不染的步枪和卡宾枪，有的想眯一会儿，睡一小时，但睡不着。

黄昏时分，海军陆战队三万人已经上岸，将近六百人牺牲或因伤势过重生命垂危，幸存者都涌上一个4400码宽的狭小的滩头阵地。由于到不了第一天的目标位，他们就在松软的火山灰里掘壕，准备迎接预料中的反击。

友治在视察他的地盘。几枚炮弹落在附近，但他的发射装置完好无损，只有几个人受了伤。但到了早上，攻势变得异常猛烈，这撼天动地的声势，感觉把岛都炸得变了形。下午，炮击终于停止；每人发了一瓶一百粒装的维生素片、二十支金氏牌香烟、一副绑腿和几块硬面饼。又有四人受伤，三人阵亡。更令人痛心的是，三台火箭弹发射装置被摧毁。

马克感觉自己就像一场激烈的足球比赛中坐在替补席上的替补队员。一个老资格的枪炮军士一听到第一批统计出来的惨重的伤亡，就嘀咕说："我们要上了。"可到了晚上，大家一致认为，应该不会让他们上了。午夜时分，一个权威性的消息在整艘船传开：他们真的要上了。

早晨,马克开始跟着 21 团的第五波进攻的人翻过船舷。浪很大,等他跳进一艘小型登陆艇时,已经全身湿透。他们要换到一艘大一点的船上去,这个过程更困难,也更危险,因为小艇会蹦起六英尺高,重重地撞击那艘大船。浪太大,他们不得不卸下装备,用绳子吊上去。马克先站起来稳住,等到小艇被推到浪尖上的那一刻,尽量伸手往高处抓大船的绳梯,在被两艘船夹住之前,迅速往上爬。

"只差来一场雨,就惨到顶了。"马克说。好像是在回讥他,大雨点开始慢慢地落下来,不久,便越下越快,每个人都被滂沱大雨淹没。有人嚷嚷:"我们为什么还不上岸?"

马克能看见海滩上沙子喷溅,迫击炮在密集轰炸。他们的登陆艇盘旋了好几个小时,来来回回地打转。临近傍晚,他们终于登陆。马克两脚深陷在火山灰里,挣扎着向前跋涉。好在日军已经停火,但他知道他们随时都有可能再次开炮。他想快点,可越急反而陷得越深。他卸下装备(除了水壶和卡宾枪),放进一个弹坑,打算天黑后再回来取。他匆匆忙忙翻过那道高高的阶地,与此同时,他听到一声喀——咻——嘭!一枚迫击炮弹就在他身后爆炸。他跳进一个很新的弹坑,新得还在冒烟。

这一夜过得苦不堪言。他蜷缩在冰冷的火山灰里,倾盆大雨下个没完,中间稍微停了一会儿,他能听到陆地蟹在灌木丛和沙丘里爬行,感觉就像日本鬼子鬼鬼祟祟地摸了过来。每隔几分钟,空中就会出现照明弹,把整片海滩照得像个模糊不清的舞台。迫击炮弹每隔一阵就爆炸,各种炮弹从头顶飞过。户田友治的致命火箭弹再次落下,爆炸声常常伴随着惨叫。

第二天,冷雨又持续下了一整天,这是登陆日过后的第三天。日军火力减弱的时候,马克终于找到了 21 团的战地指挥所,这原本是敌人的一个高射炮阵地。马克没什么可做,趁着轰炸间隙,取回了他的装备。

对友治来说,这又是苦不堪言的一夜。他的阵地成了泥洞,还有一群虱子。"它们可真来了。"他在日记中写道,"地面是一片泥海。黑漆漆的,什么也看不见。气温急剧下降,非常冷。"

到了早上,该岛南端的海军陆战队队员继续对折钵山发起猛攻,决意要将它拿下。他们攻下一个又一个碉堡和地道,碰到小的洞窟,就咬着刀爬进去,与敌人近身格斗,最终把他们尽数消灭。10:15左右,一支先遣队攻到了火山口边缘,到处都是日本人的尸体。有人找到一根长管子,在一头挂上了一面54乘以28英寸的美国国旗。

几分钟后,下面海滩上有人看到了那面小旗子。虽然看不太清,但散兵坑里的人都欢呼起来,激动得互捶对方。马克他们团是从登陆指挥官嘴里听到的消息,他对着用来指挥各部队下船的喇叭宣布:"折钵山是我们的啦!海军陆战队第5师在那里升起了美国国旗。干得好,伙计们。"

马克激动得脊梁骨发麻。

登陆指挥官继续说:"我们只要再推进2630码就能拿下这个岛了。"

"只要,"马克身边的一个人说,"我们昨天进了二十五码,这就是说我们还得再熬一百零五天。"

## 4

一条未经证实的战报从"埃尔多拉多"号发过来的时候,玛吉就在关岛的新闻室里。消息称在折钵山山顶看到了一面美国国旗。几个男记者冷嘲热讽地说起了风凉话。其中一个说:"'埃尔多拉多'号上的电传打字员开什么国际玩笑!"其他几个也都不打算把这个不靠谱的消息发回美国的报社。然后电传打字机又开始咔嗒咔嗒地响起来:

> 官方证实,美国国旗此刻正飘扬在这座火山岛的最高处折钵山头。

男记者都欢呼起来。见此情形,玛吉感觉随军记者也没必要掩饰自己的情绪,于是用指关节按了按眼睛。她看到美联社的那个记者擦了擦眼镜,继续打字。

玛吉正忙着编稿子,协助记者的一名红头发的海军上尉招招手,把她叫进了他的办公室:"你想去哪儿?"

"硫黄岛!"她一点都没犹豫,直接大声说了出来,转念想到他们不会让一个女人上前线,于是又落寞地补充了一句,"尽量离前线近一些吧。"

上尉叫她等一会儿。半个小时后,他回来了:"现在有令单让你去'撒马利亚人'号。"这是一艘海军医疗船。上尉告诉她:"这船要去硫黄岛。吉普车明天早上五点会在你帐篷下面等,它会送你去上船,你一到,船就开。"她愣住了。上尉问:"玛吉,你在听吗?"

她激动得抱住了他。匆匆搞定折钵山的报道后,她冲回帐篷,为她这辈子最大的一次冒险做准备。她收拾停当,看了看手表,还要等十六个小时。

时间爬得像蜗牛一样慢。她没怎么睡,生怕不能及时醒过来。最后,她终于登上了那艘大船。它有一个街区那么长,船身白得发亮,两边各有一个四层舱高的红色十字,看似不会遭到什么攻击;但在第二天晚上,一架日本飞机扑过来两次,企图袭击这艘灯火通明的大船,第一次没有击中,第二次被一艘驱逐舰吓跑了。这半个小时,玛吉很激动,虽然什么也没有发生,但她觉得自己终于参与了这场战争。

在硫黄岛上,21团的一名海军陆战队队员在一个山洞里发现了日本人的一本笔记本,交到了团指挥所。这个笔记本就到了马克手上。他一看,这是该岛的基本防御方案。

马克把这一发现上报团情报副参谋长,他让马克立即将笔记本送到师部。于是马克就出发了,他冒着猛烈的迫击炮火,攀越一段荒凉的岩脊。光秃秃的岩脊随处可见峭壁和沟壑,炮火一停,这里就如同地狱一般阴森,马克吓得一激灵,但随即火气腾的一下就蹿了上来。一个小时才走了几百码,最后终于把这本珍贵的笔记本交到主管师部语言军官的少校手上,他才松了一口气。一路上没遇上一个敌人,但他却吓得浑身僵硬。在塞班岛,他几乎一直面临危险,可并没有像此刻这样怕得要死。为什么会这样?他反应过来,这是因为他在这里感觉是独自一个人——无依无靠。在塞班岛,他周围都是6团1营的战友,他们永远不会让他失望。而在这里,严格意义上来说,他不属于任何一支部队。他终于明白了作为补充兵员加入6团1营的那些人在被接纳之前是什么感受。

黎明时分,玛吉第一眼看到的是折钵山巨大的岩体。水上密密麻麻,挤满了各种舰船,看得人热血沸腾。三艘战列舰突然发出轰隆隆的巨响,把她吓了一大跳。"密苏里"号被一团火焰遮住——她像是在摇晃;随后,岛上响起了爆炸声,十几个地方碎石泥块冲天而起,仿佛一棵棵魔法树。透过硝烟,玛吉看到一架小型飞机——一架美国飞机——正冲向折钵山,可能是去援助困在山顶附近的海军陆战队队员;没想到机头突然间向上拉起,可还是太晚了,飞机撞上了火山,一侧机翼缓缓飞走,几乎像是电影中的慢镜头,看得她又惊又怕。

几艘小船由两侧的履带推动着靠近正在下锚的"撒马利亚人"号。她冲向浮桥去看个究竟。在第一艘船上,她看见三副担架横着绑在船头。她小心翼翼地爬下长梯,来到船尾的井形甲板上,看着面如土色的伤员被吊上船。她不由自主地仔细打量每一张新面孔,心里暗暗祈祷千万别是马克和麦克道尔。看到这些一动不动的伤员,她有了一个新的认识:她爱这两个男人。起初她嘲笑麦克,后来开始情不自禁地欣赏他,现在又进一步爱上了他。这是她第一次有这样的感觉,之前她爱的都是家里的男人。麦克既不像马克,也不像父亲,拿他跟他们比太荒唐了,可她却对他有一种从未有过的感觉。泪水涌了出来,她讨厌自己这么脆弱,一把抹掉眼泪,拿出笔记本开始工作。

她不知疲倦地在巨轮上奔走,记录下这静穆凄惨的景象、气味和声音。她发现自己很难保持冷静,好几次强忍着才没有像婴儿一样放声大哭,她无法把这些遭受重创的人当作冷静观察的对象,但她知道必须保持一定的距离,否则她的文字会显得过于伤感。

有个人挂着一个标签,上面标注着"紧急"这个词,一名医护兵正在给他输全血。他的额头上写着一个大大的 M,表示已经注射了吗啡。他动了动沾着血沫的嘴唇,想说点什么。担架员把他放下来,玛吉在他旁边跪下来。

"战士,"她结结巴巴地,还在绞尽脑汁想该说些什么,"你还好吗?"从附近一艘军舰传来一声炮响,她听不见他在说什么。

然后安静下来,他清楚地说:"我他妈的是海军陆战队队员。"

她看出他想笑。"好吧,你这个他妈的海军陆战队队员,"这是她平生第一次把淑女不该说的这几个字大声地说出来,"我问你感觉如何。"

他的脸恢复了血色,他微微一笑。"我——感到——幸运。"他看到她的脸上露出极度惊讶的表情,"因为——我在这里,姐妹,离开了那他妈的海滩。"

她什么也没说,希望他不要再浪费力气,但他有话要说。"我还有最——好的兄弟。"他顿了顿,疼得脸抽搐了一下,可还是继续说了下去,"我一直都知道他们喜欢我。"他好像精神了一点:"但我想不到——他们会把我——从那鬼地方救出来。"炮声再次响起。他接着说:"他们抬了我三英里,我感到很幸运。"

她听到了一个正在接受临终圣礼的人说的话。他雾蒙蒙的眼睛看见了玛吉:"你在给谁刺探情报?"

"家乡的亲人,陆战队队员。"

"家乡的亲人——哼,好吧——去他妈的亲人。"他闭上了眼睛,医生叫担架员把他抬走。他那句怨愤的遗言回响在她耳畔。他也像马克一样收到了绝交信吗?还是说,他这是在最后一次抨击霸道的父亲或专横的母亲?她记下了他的名字和编号,但她不打算写这个家庭。她走访一个个病房,记下看到的、听到的,一遍遍倾听类似的故事,每一段都在她脑海中烙下了印记,那些人在生命垂危的那一刻自然流露的情感在她脑海中留下了不可磨灭的印象。她知道自己不再是原来的那个玛吉了,她也不会再像以前那样去看待生命了。她以前在文字中读到的关于战争的描述此刻显得那么苍白。一天下来,她身心俱疲,躺在铺位上,听到时不时从那个凶险的小岛传来的阵阵战斗声,她祈祷自己的两个男人还活着。

第二天,第一批捕获的两名俘虏被带回21团指挥所,由马克接手,对他们进行审讯。他先审问的是一名中尉,一个字都不肯说。接下来的这个人是士兵,惊魂未定。马克给了他水和烟,问他是不是东京人。不是,他来自北方的雪国。马克讲起了自己十一岁时去那里旅行的经历,他们聊了聊本州北部的美景,然后,这名日本兵说他认识硫黄岛的日军总司令栗林将军:"他待我们很好。"

经过耐心询问,这名日本兵承认他是将军的一名译电员。意识到他的重要性后,马克征得上级的同意,护送他去师部。这一次,要护送这个人安全地通过危险区,马克紧张得顾不上害怕。师部的语言军官对这个战俘也同样重视。珍珠港那边可以从他嘴里撬出电码。他命令马克把他带到总队。他奉命照办。几个小时后,译电员已经在飞往关岛的飞机上。

玛吉所在的"撒马利亚人"号在离硫黄岛岸边不远处的海上停到第二天日落时分,便起锚起航,载着一大批伤员驶向塞班岛。每条走廊都成了病房,等待手术的人实在太多,许多伤员得靠冰敷来防止感染。玛吉强迫自己看着军医工作。不分昼夜,每半个小时一个截肢手术,每三个小时截下来的胳膊和腿就会塞满一个五十加仑的油桶。

三天后,船抵达塞班岛。玛吉痛苦地看着伤员被转移到等在那里的救护车上。先是一个靠管子呼吸和吸收营养液的人;接下来的这个,严重烧伤,一辆坦克全组人被一种新型地雷炙烤,就他一个活下来。前一天晚上,那人向玛吉一遍遍地描述那枚用200磅炸弹制成的飞弹。

担架都下船后,接下来轮到能自己行走的伤员。值更官把玛吉拉到一边,说最后一批是五个担架,都是日本人,她不能在报道中提及此事:"谢天谢地,幸亏海军陆战队伤员不知道他们也上了船——否则会引起暴乱!"

二十多个能走路的伤员在舷梯附近转来转去。这时候,日军伤员被抬了出来,在地上摆成了一排。一个高大的海军陆战队队员,衣服上血迹斑斑,手臂吊着三角巾,朝着离他最近的一个日本人大步走过去,年轻的值更官脸色煞白。海军陆战队队员手伸向他的卡巴刀,与此同时,玛吉看到值更官也伸手去拔他的45口径的枪,可海军陆战队队员却掏出来一包外壳撕烂的烟。他一声不吭地蹲下来,把一根烟塞进日本人两片干裂的嘴唇间,点燃后,见敌人的手动不了,便取下他嘴里叼的那根烟,让他吐气,他又让敌人长长地吸了几口。有人在舷梯口喊他快走,他站起来,把那包烟塞进口袋,头也不回,施施然地走了。玛吉在笔记本上匆匆记下了这一幕。这可以作为一个美好的结局,但她不知道编辑是否会出于盲目的爱国热情把它删掉。

那天下午,她从塞班岛飞到关岛,在帐篷里不分昼夜一直睡,醒来后,一心想再回去,再去硫黄岛,这次是去岛上。她向隔壁帐篷的记者——路透社的芭芭拉·芬奇——抱怨说,新闻处只想让她写战争中的女性:"女人能写的一定不止这个。"

芬奇是华南地区的一名资深记者,她也觉得一定还有别的可写:"今晚我要搭一架运送医疗物资的飞机去硫黄岛。你要不去申请明天飞?"

玛吉气喘吁吁地赶到新闻处,打算就算把人惹毛了,也要奋力抗争。可她没想到主管军官竟然没有反对,他给她写了一张令单。第二天深夜,她大步走向一架庞大的 C-47 的飞行员,她从来没有像此刻这么兴奋。医疗物资正在往飞机上搬,飞行员焦急地在一旁盯着。

玛吉把自己的令单递给他,灿烂地一笑,准备跟着一群护士和医护兵上机,但飞行员拉住了她:"对不起,已经装不下了。"

"可是人家说……"

"我不在乎人家怎么跟你说的。你只能待在这里写你的报道。难道你不知道我们在硫黄岛加不了油,必须在这里一次性加够才能往返吗?"她开始反驳,但他举起一只手:"请听我说,这架飞机的制造商建议海军,负重超过十三吨不要起飞,而我们现在要拖着十五吨半起飞。"

"再加 105 磅嘛。"她虚报了一点。

他招架不住那一脸恳求的表情:"哎,见鬼,上吧,要是不能起飞,你可别写信给你的国会议员。"

趁他没来得及改变主意,她急急忙忙上了飞机。在两个发动机的轰鸣声中,这架样子笨拙的飞机沿着跑道缓缓前进,快到尽头时,飞机终于离地,颤颤巍巍的,像个高贵矜持的老太婆,老大不情愿地爬升到空中。

天刚破晓,折钵山映入眼帘。玛吉能看到机场附近一朵朵怒放的炸弹,飞行员不得不在空中盘旋,浪费宝贵的燃料。经过漫长的等待——大概十分钟,敌人的炮火终于停息,飞机猛冲下去,在一座沙丘后面急匆匆地点地滑行。飞行员大吼:"不要走!快跑!"

她跳下去,发现自己一下子陷进了火山灰里,她挣扎着想要跑起来,但就像一场慢动作的噩梦。就在前方,她依稀看见两个帐篷深深地扎在形貌奇特的地表,中间有一条凹下去的路。来不及上医疗船的海军陆战队伤员想必就安置在这里。

"欢迎来到这个难言之岛,你们是我们的幸运星。"有人文绉绉地说。

她看到一个气质尊贵、头发花白的男人,穿着一身脏兮兮的粗布军服,没有佩戴徽章,他正在刮胡子,头盔倒扣着,里面盛了一半的水。他殷勤地向护士们点头致意,告诉她们他是少校,纽约人,军医。他指着两个帐篷说:"我的野战医院。"

"你管那叫医院?"玛吉说。

他在用剃刀刮脸:"在上帝和当局的眼中,它是。"他继续刮胡子。他说情况没那么糟,他们昨晚在照明弹下工作了一晚上。她往一顶帐篷里探头张望,这是一间手术室,没有家具,没有手术台,担架横在倒放的板条箱上。熬得两眼昏花的医生和医护兵在忙碌,她拍了几张照片。她注意到一个病人在盯着她看。他的一条腿都是血,弯成了一个不可思议的角度。他说:"你没有枪。"

"记者不带枪,陆战队队员。"

他平静地告诉她,医生想设法保住他的腿。"如果他能做到,当然会马上告诉我。我是说,两种情况,都不需要我自己去证实,我不是很幸运吗?"比起自己,他更担心玛吉,"拿着我的卡巴刀。"他说着伸手递给她一把自己的双刃短刀。

她犹豫了一下,但他坚持要她收下:"你有刀子防身,我能放心些。"

她给他拍了照片,记下了他的名字、编号和籍贯,然后走出帐篷,来到路上。"站住,丫头!"她刚停下脚步,就有一辆坦克从她身边擦过,她看到路对面有一个怒气冲冲的海军陆战队上尉,她猜刚才是他在喊。

"你一个女人在这里搞什么?"他问。

"我叫玛吉·麦格林,是记者。我来硫黄岛和海军陆战队队员们聊聊,给他们拍拍照。"

他收起玩笑的口吻:"你想去哪儿,姑娘?"

"去前线,你能让我走多远就走多远。"

"好。"他抓住她的胳膊,拉她上了这辆装载武器的战车,"不过,别指望我带你越过前线一步。"

越过前线又是什么?她很好奇。坦克猛地移动起来朝折钵山方向驶去。十分钟后,上尉建议她拍几张火山的照片。她能看见烟,听到远处的枪炮声,却看不见一个人影。然后,他又朝岛的另一端驶去。十五分钟后,这辆战车方向一转,停了下来。"最远只能到这儿了,姑娘,不能再往前了。"

她从坦克里钻了出来。偶尔能听到几声枪响,但还是看不见一个人,有一种被遗弃在月球上的感觉。

"日本人在哪里?"

他指指下方:"下面的某个地方吧。那里有一千个洞,我们的人在前方,要把他们挖出来。"她一个人往一个陡峭的沙丘上爬,爬到半山腰,她停下来喘口气,转过身,看见上尉正懒洋洋地躺在他的战车上,抽着烟。她一口气爬到顶上,放眼一望,吓了一跳——前方下面是一块巨大的华夫饼,山脊纵横交错,犹如蜂窝一般。难怪她没有听到战斗声,也没看见什么。几百码外有三辆坦克。她拍了一张照片。这时,其中一辆蹦了一下,几秒钟后,她听到一声巨响,刚才它应该是在开炮。她扫视一圈,终于看到三个海军陆战队队员,他们在挖坑。很快,人就不见了,四野又恢复了幽静。显然,整片地方到处都藏着人。她听到黄蜂嗡嗡在叫,抬起手挥了挥把它们赶开,她又拍了些照片,又挥挥手把聚过来的黄蜂扫开,然后像在华盛顿山滑雪似的滑下了沙丘。

她很得意,笑盈盈地迎向还懒洋洋地躺在那里的上尉。他弹掉香烟,狠狠地瞪着她:"我这辈子从来没见过这么蠢的行为。你知不知道双方所有的炮兵和一半的狙击手有整整十分钟的时间来决定要不要解决你?"

她试图为自己辩解。

"难道没人教过你这丫头,你不能站在地平线上吗?你还在那儿站了整整十分钟！知不知道，要是你中弹，我就得没完没了地填表、写报告，别以为仗打完了我就解脱了，要想解脱，还得再等上十年。他妈的！"他瞪着她，等她解释。

当他掉头往回开时，她终于鼓起勇气向他道歉。他停下坦克："丫头，你是想说，你真的这么没安全意识吗？你是说你跑到这里，不知道自己该怎么做？"

"你的意思是我应该趴下来拍照？"

"好主意，丫头。你觉得你下次能记住吗？"

"我不会忘记的，上尉，但那上头很冷清，什么都没有，唯一活的东西就是几只黄蜂。"

"黄蜂！"他几乎炸了。"这鬼地方没有黄蜂。"他伸出右手，做手枪状，嘴里发出砰砰的声音。

"它们不是真的黄蜂吗？"她低声说。

他什么也没说，回到医院附近，把她扶下车。"丫头，我只想告诉你，遇到你确实挺开心的。"就在他要离开的时候，她问起了麦格林少尉，问他是不是认识这个人，"哪支部队的？"

"海军陆战队第3师21团。"

他摇摇头，说他在第4师。

"那你大概不认识海军上尉艾德·麦克道尔吧？"

"认识，昨天刚见过。"他挥了挥手，"谢谢你让我度过了一个有趣的下午。"坦克开走了，伴随着轰鸣声，扬起一路的火山灰。

玛吉得知一小时后才能上C-47，便走进那个充当恢复病房的帐篷。空气中弥漫着烟味、汗味、灰尘和血腥味。伤员躺在帆布床上，耐心地等待撤离。出奇地安静。一个小青年在呻吟，其余人要么沉默着，要么在与医生和医护兵小声说话。有个人向她招招手，显然自从他上岛后就再没刮过胡子。"嘿，小姐，给我拍张照怎么样？"他妈要是在阿斯伯里帕克的报纸上看到他，一定会高兴得不得了。他叫一名医护兵把他扶起来，玛吉看到他只有一条胳膊。"幸好你注意到了。"他扯过一件外套，遮住那节残肢。她记下了他的姓名和地址，向他保证一定会把照片洗出来寄给报社和他母亲。

她瞥了一眼旁边一名伤员的卡片,海军陆战队 21 团一等兵。她走过去想问问他是否认识她哥哥,但发现他在睡觉。她查看他的伤情单:"左脚、左腿、肘部、臀部及腰部多处弹片伤。四万单位青霉素。"

"他们团被打惨了。"一名医护兵说,"昨天 21 团过来的有一百多例伤亡。"

玛吉脸色煞白,她急匆匆地沿着走道逐个查看伤情单,在最后一张床上找到了麦克道尔。他惊奇地看着她:"你跑到这儿来干什么?"

他的衬衫上都是血,已经干了;他的右臂吊着绷带。她哽咽得说不出话来,只吐出两个字:"麦克。"她跪在床边,握住他的左手:"发生了什么事?"

"没什么,只是胳膊断了。"

她轻轻地摸了摸那件血迹斑斑的衬衫。

"不是我的,我旁边那人的。"他开始责备她,说她无权在这里,姑娘家不应该来这种地方。她一个劲地点头,一直握着他的手,然后突然意识到自己的表现很不专业,于是就掏出本子,把他的伤情单上的信息抄了下来。最后,她终于鼓起勇气问起了马克。

"昨天见过他,或许是前天,在团指挥所里,他在和一个鬼子聊天,那样子,你会以为他们是老同学。"

一名军官在门口探头进来冲里面喊:"好了,伙计们,让我们把他们弄出去吧。"半个小时后,玛吉和麦克乘坐的 C-47 轰鸣着在坑坑洼洼的跑道上跑了起来。当它缓缓地爬升时,天边一轮血红的夕阳正在下沉。飞机绕着死火山盘旋一周,向回家的方向飞去。

在那个被炮火摧残过的避弹壕里,户田友治正在给他的父母写信,讲他们是怎么英勇奋战的,防线是怎么被攻破的,他现在有多沮丧,因为火箭弹已经没了。

"我会好好表现的,请放心,我不会给户田家丢脸的。你们一定要照顾好自己,一定要坚持到胜利。永别了。此信为我绝笔。"

写完家书,户田马上就去向第2混成旅团指挥官报到。这个冲动的旅团长曾经在"满洲"对抗过苏联人。友治主动要求扑到敌方坦克的履带下当人肉炸弹。旅团长夸他有勇气,派他去附近的坦克手藏身的山洞。午夜过后,背上缠着一盒炸药的户田走出山洞。他在隘谷附近发现了几具尸体,白天玛吉看到的三辆坦克就是从这里开炮的。注意到地上有坦克的履带印,他断定天一亮,敌人的坦克必定会从这里经过。他钻进臭气熏天的尸堆,在军服和脸上抹上血,身上挂上内脏。他心里在想:明天轮到谁来用我的肠子呢?

天终于破晓,坦克没有出现。太阳升起来了。他大汗淋漓,耐心等着、盼着咣当咣当的履带声响起。臭气熏得他直想吐,大丽蝇像秃鹫一样在头上盘旋。为什么不能结束得干净利落些?童年的记忆和背信弃义的想法打断了他求死的念头。他接受教育和训练就是为了这样来送死吗?为了供他上大学,母亲牺牲了一切。教授对他和同学们说,战争可以避免日本沦为一个三流国家,为天皇而死是美丽而光荣的。他真希望那些大谈这种美的教授自己来这死人的臭肠子堆里躺着。

最后,漫长的一天终于结束了,友治摸黑爬回了洞里。他折腾了一通,想把自己弄干净,但这令人作呕的死亡的恶臭牢牢地吸附在他身上。他睡睡醒醒,天亮前又被什么东西不由自主地拽回到战场。他又在坦克轨道上贴着腐烂的尸体度过了漫长的一天,痛苦地纠结作为一个日本人生命的价值。一开始,他盼着美国坦克能来;但到了下午,想到一个铁怪物从身上碾过,他怕了。就在傍晚前,他听到咣当一声,心惊肉跳,两辆坦克突然出现在隘谷里,噪声越来越大。他咬紧牙关,闭上眼睛,他能感觉到履带擦到了他右手的袖子,一切都完了。此刻,他明明白白地意识到这么做实在太蠢了,但后悔已经来不及了,他能闻到坦克的烟气,但令他惊讶的是,声音越来越小,很快就安静下来。天已经够黑,可以回洞去了,但他有好几分钟动不了,最后好不容易爬到安全的地方。幻想大部分都破灭了,现在他只确定一点:再也不会冒险去当人肉炸弹了。

海军陆战队第3师遭到日军的顽抗抵抗,进展还是很有限。马克的很多工作是审问俘虏。没有一套标准问题,每个语言军官都必须随机应变。马克会先诱使战俘说出他来自哪个部队,然后是军衔和经历。如果是炮兵,马克就会重点挖武器类型;如果是步兵,他就会核对当前掌握的《组织结构表》的信息是否正确,确定目前一个小队和中队有多少人。

但是今天他有一个更有趣的任务。他在一辆装有扩音设备的吉普车上跟随进攻部队前进。子弹噼噼啪啪地打在吉普车上,被车身弹开。马克跳到车外,用车身挡着子弹,蹲下来,手里拿着麦克风。"你们败了,"他用日语大声喊话,"这个岛已经基本上被我们控制了。留着性命,回去帮着建设新日本吧。我们敬佩你们,你们很顽强,没有辜负军人的使命。要抽烟,赶紧过来,这里有好多!还有很多好吃的。我们不会伤害你们的。"

一个小小的身影举着双手从山洞里蹑手蹑脚地走出来。马克向他鞠躬,对方很尴尬,没有回礼。

"这样,你把身上的衣服全都脱掉。"马克说。那人犹豫了。马克又说:"我们必须确保你没携带武器,也没有藏手榴弹。"他不情愿地脱了衣服。"现在上车吧。"马克邀请他。他尴尬地爬上了吉普车。另一个日本人也从洞口走出来,犹犹豫豫的。

"来找你的战友吧,"马克平静地劝说,"他很安全,你也不会有事。"

那人半步半步地往前挪。马克没有提高嗓门,一直保持谈话的语气:"现在,请脱下你的衣服。"

他开始脱衣服,但突然间回头冲向山洞,被马克身后的一名步兵开枪击毙。

上午,部队继续往前推进。马克得到批准,带一个叫矶部的战俘去前方。矶部是一名医护兵,他担心如果不及时治疗,他的许多受伤的战友会保不住性命。他画了一幅细节详尽的地图,把山洞的多条通道和五个不同的入口都画了出来。马克戴了一顶打扑克赢来的布鲁克林道奇队的棒球帽,他觉得这样可以显得亲和些,看起来没那么危险。他跟着矶部走到主入口,用手电筒照了照里面。他跨过一具挡着路的尸体,走到一段软质

第二十六章

石壁上挖出来的陡峭的台阶前,小心翼翼地下了大约二十五级,被矶部一把拉住。矶部注意到壁龛里有最近吃剩的食物,悄声说:"小心,下面有活的日本人!"他示意马克上来,然后冲着黑咕隆咚的下面喊:"有人在下面吗?"

"我们四个。"

马克回到上面,把手电筒指向台阶尽头。一个日本人拿着手榴弹站在那里,一副大无畏的样子。

"我已经投降了。"矶部说,"他们给了我食物、淡水和香烟,他们对我很好。你们也投降吧。"

拿手榴弹的人犹豫了。

"坚持下去是没用的,战友。"矶部说,"每个入口都有海军陆战队的人。他们会炸毁所有入口,把你们像老鼠一样封在里面,除非你们立即投降。回去和其他人商量一下吧。我们给你们半个小时,不多不少,就半个小时。"

半个小时过去了。

"告诉他们我们要开始炸了。"马克说。

矶部大声转达了马克的话。

"请再给我们半个小时!"领头的人喊道。

就在这半个小时的最后一秒,一个大尉出现了,他手里拿着一枚手榴弹。矶部平静地说:"请把手榴弹放下,大尉。"

对方做出让步,把手榴弹往心脏上方的口袋里一插,他这意思很明白:你要是敢耍花招,他就自杀。马克慢慢向前移动,伸手递过去一包香烟,大尉满腹狐疑地接过去,马克又递给他一壶水,他闻了闻,尝了尝,然后把手榴弹交了出来。

"我有十六个兵在下面,他们还在讨论是否投降。"

马克意识到得做些什么来说服下面的人。他爬出洞,拿来他的便携式扩音设备。"我给你们十六个人就一分钟的时间下决定。"他用命令的口吻说。才过了半分钟,就有七个人从下面急急忙忙跑上来。每个人都拿着一枚手榴弹,在水和香烟的贿赂下,每个人都把它交了出来。

天快黑了,马克知道他必须采取行动。"这是我最后的警告。"他对仍旧待在下面的人宣布,"一分钟后,我们会炸毁五个入口。"

他们把战俘赶到上面。马克看了看表。就剩下最后五秒的时候,又有一个战俘从洞口慌慌张张地跑出来。马克一挥手,五声爆炸响起。

矶部悲哀地摇摇头:"该投降时不投降,太不识时务了!"

海军陆战队在全线推进,但每一码都得同敌军展开一番争夺。这场残酷的战斗进行到 3 月 25 日,栗林估计他只剩下 1500 人,扎堆挤在岛上最难攻的一平方英里的地块。在东北端,一百多人躲在一片石窟群里。五天来,海军陆战队用尽各种手段,都没把他们从洞里逼出来。马克请示允许他下去跟他们谈谈。

指挥步兵的上尉不敢相信自己的耳朵:"你是认真的吗,麦格林?"

"是的,长官。"他知道如果对这些山洞进行强攻,战士们会送命。

"好吧,麦格林,如果你是认真的,你就是个傻瓜。"

"那你是不同意吗,长官?"

上尉仔细地打量着他:"麦格林,自杀是赢不了勋章的,但我不会阻止你,这是你自己的命,去吧。"

马克奔下山岩,冲进山谷,卡宾枪举在头顶。今天,他戴着一顶头盔。在谷底,他放下枪,慢慢地走向洞窟。他在认为接近对方的时候放下武器,这是基本常识,他希望他们会觉得他是打着休战旗来的。他在一个经过伪装的洞口停下来,朝着里面大声喊:"我给你一个投降的机会,不要害怕。"他盯着洞里的一团黑,又迈出了一步。"我把武器留在后面了,我是打着白旗来的。"他慢慢地向前移动。马克说:"很快就要开始进攻了,这片肯定会被我们突破的,这个洞里的每个人都难逃一死。"

他决定冒险再往里面走走。几步之后,他依稀看见有几个人蜷缩在地上。眼睛适应里面的昏暗后,辨认出了一个个衣衫褴褛的人,他们抓着手榴弹,有几个松松地握着步枪。

"你们没辜负军人的使命!但是你们的大多数战友都死了,你们的陆军和海军也帮不了你们。放下武器,出来吧。"他听到几个人在互相嘀咕。

"我保证你们不会受到伤害。我们会给你们治伤,给你们食物和水。"他等了一会儿又说。

最后,有个人说:"你能给我们点时间吗?我们得商量一下。"

"我半个小时后再来。"他说着慢慢地退了出去。一出洞口,马克丝毫没有犹豫,毅然决然地走向第二个洞窟。他在这里发现了至少五十个人。他把刚才说的话重复了一遍:"我会给你们时间,好好商量一下,我会再回来。"

海军陆战队的战士们趴在山顶,惊奇地看着马克走向第三个、第四个和第五个洞。在这第五个洞里,马克发现了四个人。他们肩并肩站着,几乎是立正的姿势。他刚开始讲他们在战斗中表现得如何勇敢,其中一人就拿着步枪走上来,急急忙忙地说:"我必须和其他洞里的战友商量一下。"说着便从马克身边擦肩而过,马克的第一反应是阻止他,但最终还是控制住自己,没动。等待的过程挺不自在的;另外三个日本人一直盯着他看,他什么也没说。最后,第四个人,走出去的那个中尉,回来了。"战士们还需要点时间。"他说。

"十分钟,我只给你十分钟。"马克说。

中尉又离开了。马克看了看表,下午 3 点 13 分。他两手大拇指钩着腰带。十分钟过去了。中尉在洞外叫,等马克一步步倒退走出洞口,中尉示意他跟在后面。

马克指指其他的山洞:"他们呢?"日本人摇摇头。马克问:"那些洞里不是有军人吗?"

"他们不会出来的。"

"你洞里的那三个呢?"

"他们不会来的。"

马克怒了:"到底在搞什么?"

"来吧。"中尉说着向其他山洞走去。

他们经过两个山洞,没有人出来,但在第三个洞口,有一个人一瘸一拐地走了出来。马克以为自己的任务失败了,正在这时候,他发现三个人在第一个洞口探头探脑,在阳光下眨巴着眼。他决定再回去,看看能不能说服他们都出来。如果他们肯出来,其他洞里的人兴许会效仿。他慢慢地走了进去,里面的人怀疑地看着他。"我仁至义尽,给了你们投降的机会。我现在再给你们一次机会。如果不投降,海军陆战队会带着喷火器和炸药下来。我警告你们,我们知道每一个山洞和每一个入口的位置。我会把这些信息告诉我们的人。"他顿了顿,"你们会再考虑一下吗?"

没人说话。

"要么投降,要么死。"马克说完走了出去。他对投降的五个人说:"走吧。"示意他们朝海军陆战队的防线走。马克跟在最后。他不知道山洞里的人会不会开枪,他们会不会出手阻止战友做辱没自己的事,一阵扫射把他撂倒呢?

他每走一步都觉得会有好多杆枪对准自己开火。当他走近山脊时,一名海军陆战队队员在上面大喊:"他们有手榴弹!"

战俘们转过身,马克看到每个人手里都有一枚手榴弹顶着自己的肚子。"别害怕,"他强作镇定,"继续往前走,没有人会伤害你们。"日本人开始上坡。马克对着上面的海军陆战队队员喊话:"退后,让他们过。"

在山顶上,马克叫战俘们坐下,他递给第一个人一杯水,那人一饮而尽,把手榴弹放在地上,其他四个也一样。

马克把那几个洞和通往入口的路径都画了出来,向那个海军陆战队上尉指出了去每个入口最安全的走法。当他们开始放炸药时,马克觉得终于可以放松下来,他感觉自己被耗空了似的,他瘫坐在地上,心里纳闷怎么会这么累。

"你不知道你在山洞里待了两个多小时吗?"上尉说。

马克很诧异,感觉像是只过了半个小时。山谷里传来爆炸声,五个洞都被封住了,空气中弥漫着刺鼻的无烟线状火药的气味。看到马克脸上的神情,上尉说:"麦格林,对敌人心软是赢不了战争的。"

马克苦着脸说:"你确定?"

二十四小时后,登陆日过后的第二十三天,一小批海军陆战队官兵肃立在一个焚毁的日军地堡周围,一名上校宣读了一份公告,宣布终于攻下了硫黄岛。三个士兵在地堡边站定,把一面旗子挂到一根八十英尺长的杆子上,号兵吹响升旗号角,旗子升了上去。

"号叫的疯子"史密斯转头对他的副官说:"这是到目前为止最费劲的一场硬仗。"

马克正在审问他前一天带进来的其中一名战俘。他告诉马克,有个军官言之凿凿地说,美国人从一名死去的日本军人身上取了一块左臂骨,送去给那个该死的犹太人罗斯福做拆信刀。正当马克被这个荒诞的谣言逗得哈哈大笑时,师部来电话叫他马上过去。十五分钟后,他接到命令:收拾装备,搭飞机去塞班岛。他被即刻调回原来的第2师,他们正准备开拔奔赴冲绳。他跟朋友们告别后,又来到关押战俘的地方。这里的战俘已经超过 125 个。他和几个认识的人聊了几句,希望他们到了夏威夷能放下心理包袱。

他乘坐的飞机在日落时分起飞,当时栗林正通过无线电向东京报告战斗已接近尾声。户田和十几个战友躲在一个幽深的洞穴里,有水和食物维持生命,他们决心不到万不得已绝对不出去。

那天,在关岛玛吉的帐篷里,她和麦克道尔正在庆祝他被任命为冲绳战役的新闻联络官。他的胳膊还吊着三角巾,但一个星期后就可以拆掉了。他从军官俱乐部搞了点香槟过来。她举杯祝贺他——这份新工作他完全能够胜任,而且这样一来,他的生命也有了保障。

"我已经够走运了。"他承认,"下次不会再这么走运了。"

她亲吻他:"来,为唯一一个吊着三角巾失去童贞的男人干杯。"

他的脸红了:"你不应该说这种话。"

"好吧,那就为唯一一个这样做的麦克道尔干杯。我亲爱的麦克,我发誓你脸红得像个女学生。"

他一条胳膊搂住她:"我从没想过我会这么幸运,凭我这副长相。"

"你这是为了保全我的名节,要娶我吗?"

"我希望你不要这样说话。"他显然不高兴了。

她虽然表现得有点轻浮,但其实想告诉他昨天晚上对她有多重要。

他们的结合伴随着愉悦和惊奇,那种美妙无法言传。语言太苍白,她所能做的就是深情地微笑着说:"好的,亲爱的。"

麦克道尔猜到了她想说什么,温柔地亲吻她。

5

在塞班岛,6团1营正在为下一场行动做最后阶段的准备。这个岛已经成了一个小美国,到处都是吉普车、轿车和其他车辆,六个露天影院不仅放映电影,还有贝蒂·赫顿和格特鲁德·劳伦斯等名人登台献演。格蒂泼辣出格的言辞令许多年轻的海军陆战队队员大跌眼镜。一个十七岁的男孩向比利J抱怨:"我的天,长官,这就像听自己妈妈说脏话一样!"

伙食还是不行,但有啤酒。马格西尼海湾附近的医院干净整洁,人员齐备,效率堪比美国本土任何一家医院。它已经全面投入使用,不仅因为有伤员,而且岛上还有一种由蚊子传播的疾病——断骨热,只有极少数人没染上。

最大的外在变化也许应该算已经竣工的艾利机场。几英里外的提尼安岛上建了一个更大的机场,能够往返东京的庞然大物B-29的轰鸣声已经像第五大道上的车流声一样平常。许多海军陆战队队员对这些巨型飞机很着迷,常泡在艾利机场,也包括已经升少校的"疯狗"麦卡锡。他刚休假回来。这趟休假已经成了大家口中的传奇,他最出格的恶作剧是把一条活鲨鱼放进了一个住在圣地亚哥附近的海军陆战队将军的游泳池里。精力旺盛的疯狗说服一个空军酒友带他去东京,第二天早上回来,脸色苍白的疯狗一下飞机就吐了。在东京上空看到的景象令他清醒得两天没去军官俱乐部。

三月中旬,马克又回到了这个所谓的"天堂"。他在第2师司令部报到时得知自己将以语言军官的身份随原来的团前往冲绳。离开司令部,他回6团1营。一路上心事重重,喜忧参半。能见到图利奥和朋友们固然开心,但是该怎么面对沙利文中校?他忘不了在关岛的那一幕,他最崇拜的人当时表现得那么冷血。

他走近一片新的户外健身区。轻量级的人在打沙袋,中量级的在跳绳,重量级的在进行空拳练习。在拳台的一角,正在观看两名中量级练习对打的是图利奥和"爱跳的乔"卡拉汉。

"你这个王八蛋!"图利奥大叫起来,抱住了马克,"欢迎回家!"

神父伸出一只手:"上帝保佑你,马克。我们真的很高兴你能回来。"

其他人也围过来,你一拳我一拳地捶他的背,问他硫黄岛是否和塔拉瓦一样糟。他必须进山洞里把鬼子赶出来吗?他有没有见过他们在第4师的老朋友?最后,图利奥终于把马克拉到一边:"我听说你在关岛出事了,幸好比利J在。"

"幸好?见鬼,他对我可刻薄了。"

"比利J?那老家伙可爱你了。他救了你的命。"图利奥从其他士官那里得知,是沙利文找老朋友奎因上校求了情。

马克大吃一惊。

"为了让你保住军衔,他把自己都搭上了。他像老妈一样维护你。你早该跟他说实话的。"

马克既懊恼又宽慰,上山去比利J的帐篷。

"你还真是不急着来见我啊。"沙利文伸出手,"你从硫黄岛过来一着陆,杰克·科利就给我打电话了。"

"很高兴见到你,中校。"马克紧握住沙利文伸过来的手,"图利奥告诉我了,是你保住了我在部队里的前途。"

比利J拉出一张帆布椅子给马克,一声不响地盯着他看了一会儿:"马克,那次争执你吸取了什么教训?"

"嗯,用野兽的话说,你可以拿你的屁股来赌,我再也不撒谎了。"他咧开嘴笑了。

"科利上校告诉我你在硫黄岛表现很好,肯定可以再拿一枚勋章。"

"硫黄岛上的每个人都有资格拿勋章,长官。我听说这次去冲绳,我被分配到2营。怎么会这样?为什么不是1营?"

这下轮到比利J不自在了:"嗯,也许接替你的托尼冲热可可比你在行。"他像是在为自己辩护,然后,他叹了口气:"好吧,我承认,你在硫黄岛做的那种傻事,我不想亲眼看到,也许是我老了。而且,图利奥要是看见你手无寸铁地进洞去面对鬼子,他会尿裤子的。你跟2营走。"

裕子的伤已经痊愈,她现在是平民收容所的一名护士。白天,她照顾生病的孤儿,这些孩子都很喜欢她;晚上,她的主要工作是倒夜壶。

在马克抵达塞班岛几天后,一个日本平民冲到诊所找裕子:"裕子!一个工人觉得他在加拉班南端的树丛里找到了你哥哥的坦克。"

下班后,她找到她的新朋友,一个名叫查克的美国宪兵,他借了一辆吉普车,两个人直奔加拉班。眼前的景象令她不知所措。上一次看到的是一片废墟;而如今,这里已经成了一座美国城市,好是好,但是亲爱的加拉班没了。

他们徒劳地找了一个小时,后来经一个大兵指点,才来到塔波加峰脚下的一处偏僻地。在茂密的树丛中有七辆锈迹斑斑的坦克,被推土机胡乱地堆在一起。裕子爬上第一辆底朝天的坦克,接着是第二辆、第三辆。第四辆侧卧着,上面有白色的字——"燕子"。哥哥的坦克!她觉得心脏快要爆炸。她想打开炮塔,可任她怎么使劲都纹丝不动,查克用锤子砸也不管用,锈住了。炮塔没砸开,倒是引来了一群海军陆战队队员。

"怎么回事?"有人问。

"这个日本姑娘想看看里面。来,搭把手。"查克说。

"为什么?"

"她哥哥在里面。"

海军陆战队队员们商量了一下,走了,几分钟后带来了锤子和凿子。他们爬上坦克开始忙活。半个小时后,盖子嘎吱一声开了。裕子几乎被恶臭熏昏过去,她屏住呼吸往里看。两具尸体,已经面目全非,几乎已经烂到了骨头,但在第一个人破烂的衣服上有两个字:"裕子"。是她亲爱的哥哥。他旁边有一支手枪。

她的眼泪滴落到哥哥身上,她默默地祈祷了一会儿,然后慢慢地爬了下去。查克和海军陆战队队员爬下去一看,面色阴沉下来。其中一个海军陆战队队员轻轻地抓住她的胳膊,想拉她走,她不肯,查克抓住另一条胳膊。最后,她说了声:"哥哥,别了。"她上了吉普车,车子疾驰而去。她坐在车里,任泪水哗哗直流,被迎面而来的风带走吹散。

马克尽可能地找机会跟老战友待在一起。在他们上船的那天,他陪比利J最后一次检阅一脸稚气的补充兵。马克心里在想,这一个个都像是刚离开妈妈的幼崽。

几个小时后,他们都开始上船,一批批地登上停在塔纳帕格港的运输船。马克跟随2营,营长是比利J的老朋友。前方是一千两百英里的航程,他们要穿过菲律宾海,奔赴去日本途中的最后一个重要岛屿:冲绳岛。马克看着塔波加峰渐渐消失在大海中,他心里在想检阅时看到的那些求战心切的孩子究竟有几个能活下来。

# 第二十七章

1

**日本九州 1945 年 1 月**

13 号营与大牟田相距两英里。大牟田是一座死气沉沉的城市,见不到几根草,也没几棵树。营地四周围着十英尺高的黑色木栅栏,栅栏顶上有两排带刺的铁丝网,在这堵墙内侧一半高的地方另有三股铁丝网,是带电的。墙内的木制建筑也被漆成了难看的黑色。一名中年翻译告诉威尔和布利斯,作为军官,他们可以合住一个单间,在进去之前要先把鞋子脱下来放在长凳上。他解释说,这是日本的一种习俗,就像进家里一样。他像个旅馆服务员一样自豪地介绍,房间里有八张榻榻米,两个人住很宽敞。但士兵没这么幸运,他们得住士兵房,八个人挤一个十张榻榻米的房间。

布利斯以前从来没见过榻榻米垫子,他小心翼翼地一步一步踩上去,脚下会有轻微的晃动,他觉得很新奇。见布利斯这么开心,这名翻译(他让他们叫他"井上先生")也很高兴。他解释说,边上那团折起来的东西是日式床垫。"不过,没有你们的厚。"他又抱歉地加了一句。他请他们每天早上把床垫叠好收起来。

第二天早上,其他军官大赞这里的设施好。营房两头各有一个干净的厕所,里面有一个小便池和三个坐便器。另一幢建筑里有澡堂,他们可以每天在一个装有四个燃煤热水装置的大池子里泡澡。

他们被带到一个大食堂里,士兵们也在这里吃饭。这顿饭吃的是米饭和杂鱼,还灌了一水壶的茶。他们坐在桌边狼吞虎咽地埋头猛吃。一名军装笔挺的军官大步走进来,语调短促生硬地讲了一通日语:"你们是来这里采煤的,会有人教你们些日语,足以让你们听懂监工的指示。你们要努力干活,要是不努力,就会被枪毙。"他用马鞭抽了一下大腿,大步流星地走了出去。

井上焦急地弯着腰,一直等到他走了,才告诉他们这是营地指挥官若杉中尉。身体条件顶得住户外劳动的士兵要在矿井里干活。井上说:"你们要努力工作,拜托,否则会受到惩罚,甚至有可能会挨枪子儿。现在,士兵们到外面排队,等候分配固定营房。"

分房过程很慢。井上把军官们叫到一边。根据《日内瓦公约》,他们不必劳动,但有各种任务,比如管理食堂或库房,还有的得去监督在煤矿里干活的士兵。"有志愿者吗?"没有人回答,井上显然很尴尬。布利斯和威尔看了看对方,都举起了手。还有几个人也主动承担了这项任务。

晚饭后,威尔营房的军官们听说可以去澡堂。他们正准备爬进热气腾腾的大浴池,一个半年前来的美国下士突然大叫:"先洗澡!"他解释说,这是日本的习俗,这是个好习俗。洗过后就可以泡在水里享受了。水很烫,但威尔已经习惯了日本式的泡澡方式,慢慢地把身体浸入水里。"互相留意着点,"下士警告说,"你们中有些人可能会体力不支昏过去。"他建议他们泡到全身彻底暖和,穿好衣服,裹上厚外套,箭一样地冲回营房,趁身子还暖和赶紧睡觉:"你可以把水壶灌满热水,带去焐被窝。"

第二天醒来时,迎接他们的是阴冷的天气。他们收到通知,吃完早饭要去矿区。因为中饭得在矿场吃,所以每个人都得了个便当——一个装满米饭的木盒子。他们的队长是彼得森中士。他警告说,这活儿挺苦的,在有明湾底下挖掘的这批矿井,其中有一个,有几处地方冰冷的水会涨到齐膝高。他们没穿厚外套,胳膊下夹着便当,齐步走出门去。走了不到一英里,他们来到一排空煤车旁。前方是一个巨大的钢和波纹锡板结构的建筑物。他们被领着绕过一座大型建筑,在一个鸟居前停下来。眼前是两根直立的木柱,顶部由两根横梁连接。"这是通往神社的入口。"威尔向布利斯解释。

后面有人说:"他们要我们向那些混凝土球门柱祈祷吗?"

一个日本平民走了过来,彼得森让大家保持安静。两人交谈了几分钟后,彼得森说:"这位是三井煤矿公司的高级职员。他欢迎你们成为三井的员工,他希望你们在这里过得愉快。他还说,你们每天早上都得在这里停一下,听他的命令脱帽立正,直到仪式结束。"这名高级职员冲他们喊了一声口令,大多数人都脱帽立正,还有些人得靠旁边的人推推他才反应过来。这名职员看了看队伍,很满意。

彼得森领着大家走进一个大厅,大厅的一端有一个高出的平台,面对着一排排长凳。战俘们刚刚落座,一个身形高大的平民走了进来。他皱着眉头打量了一下他们,看表情好像很反感这群乌合之众。"你们是来学习采煤的。"他的英语很好,"如果你们按吩咐去做,就会受到善待,但只有辛勤工作的人才会得到报酬。"军士每天十五钱,士兵十钱,"不过,三井煤矿公司对勤劳的工人很慷慨,会根据你们的产出来发奖金,三至五十钱一天。勤劳的人可以在营地里购买商品;懒惰的人什么都买不到。这就是日本的规矩。"

他们忧心忡忡地沿着两条狭窄的轨道进入一座巨大的建筑物。威尔想这一定就是煤矿了。他在电影中看到过矿井,以为会乘升降梯下矿井,但彼得森解释说这是一个斜井,他们要乘车沿着陡峭的斜坡下去。黑暗中出现了一串小火车,战俘们纷纷上车,每辆都有一名监工。威尔车上的那个矮矮小小的,态度很粗暴,体形像一只大猩猩。小火车一开始走得很慢,后来就快了。它跑起来隆隆作响,偶尔会经过一盏白炽灯,灯光照着粗糙的岩壁。几分钟后,一股潮湿发霉的气味冲进威尔的鼻孔。很热,他不得不脱了夹克。

车子颠得他老是往边上撞,等车速慢下来时,右肩膀已经很疼。监工示意他们下车,他自己还没等车停下来就哧溜一下跳了下去,动作很灵活。他转过身,不耐烦地挥挥手,让他们跟上。威尔和三个士兵跟进一个小间,领到了工具、矿工帽和矿灯。监工给他们演示了一下怎么打开这靠电池供电的矿灯,然后拔腿走下其中一个矿井。通道变得非常窄。威尔很纳闷:这么窄,运煤车怎么过得了？远处传来一阵隆隆的声响,监工急忙把他们赶到井筒一处宽一些的地方。就在这时,一辆装满煤的矿车从黑暗中冒出来。三名战俘推着它,全都一脸煤灰,盯着他们看。

"你们是新来的美国佬吗？"一个瘦骨嶙峋的年轻人问道。

"是的。"

"祝你们好运,伙计们。"

这三个人比威尔还瘦,他好奇地看着他们从眼前过去。他们全身都是煤尘,背上被一道道汗水冲刷过的部位露出白色的皮肤。走了四分之一英里后,监工指指矿顶,士兵们不知道他要他们干什么,三名战俘开始动手把散石铲到一边。监工火了,甩手打了离他最近的那人一巴掌,正打在脑袋上,他大喝一声:"不是这边！"

威尔翻译给士兵们听,他主动提出让他来转达指示。监工点点头。他说他们必须构筑一个壁座来支撑坑道顶部,但首先得清掉散石,"动作要快,趁着还没塌方"。

威尔解释清楚后,战俘们马上动手把散石挪开,然后开始支撑沉降的坑顶。太热了,他们都脱得只剩内裤。到午饭时间,壁座的主要支架已经搞定,塌方的危险过了。吃午饭时,监工跟威尔聊起了他的家庭情况。他有五个孩子,很难挣到足够的钱来养活他们。他补充说,为三井工作很好,因为有奖金。饭后,威尔不再自己动手干体力活,只是在一旁监督。这让监工很生气,威尔解释说自己是军官,他也不买账。威尔说:"如果美国人让日本军官干活,你乐意吗？"

"日本军官不会投降。"监工虽然这么说,但没有再坚持。

十小时轮班结束,此时壁座已经完工。他们抓着衣服,疲倦地跟着监工往井筒出口走去。到了上面,他们交还了矿工帽、矿灯和工具,跟着监工进了公司的澡堂。五英尺深的热水池在等着他们。威尔进水池泡了几分钟,后来感觉水越来越冷,越来越脏。他用毛巾擦干身子(这块毛巾只有面巾那么点大,得一遍遍地拧干),穿上了衣服。

吃晚饭时,威尔和布利斯得知,战俘可以每三个月寄一张明信片回家,最多只能写三十五个字,不能提营地及其位置,不能提工作条件及待遇,不能涉及疾病、战争、衣食需求以及财务状况。他们还了解到,军官的基本工资是每月四十日元,军士十日元,士兵四日元。饭后,他们去找波波夫,但他不在营房,有人觉得他被送进医院了。

接下来的一个星期,威尔一直在煤矿里监督采煤。条件很恶劣,一天下来,士兵们几乎连路都走不动了。一开始,在温暖的矿井里工作还觉得挺爽的,但很快,战俘们身上的皮肤开始出现炎症,汗水刺得皮肤、眼睛,甚至生殖器都火辣辣的,怎么抓怎么挠都不管用,到处都痒,到处都火烧火燎的。唯一的安慰是井上在极力为他们争取好一点的条件,经常为他们说话,尽管这样做会连累他自己保不住饭碗。

## 2

威尔从一个医护人员口中得知波波夫进了一间特殊病房。

"就是个小棚屋,没暖气,什么都没有。"那人说,"我们管它叫'死屋'。"

布利斯建议想想办法把波波夫送进医院。

"他要是能熬到早上,那就是奇迹了。"那人说。

"如果他真的没死,你能确保让他回医院吗?"威尔问。

"没有人能活着走出'死屋'。"

威尔和布利斯互相看了对方一眼。"我们给你五十日元。"威尔说。

"还有,他在医院里每待一天,就给你十日元。"布利斯说。

那人犹豫了一下。布利斯递给他四根香烟,他把烟藏进口袋:"如果他早上死了呢?"

"我们还是会给你五十日元。"

临近午夜,威尔带着两条毯子、一个灌满了热水的水壶与一个装着米饭和鱼肉的盒子,蹑手蹑脚地走出营房。天寒地冻,明亮的冬月照着营地,幸好没人。他小心翼翼地打开小屋的门。在月光下,他们能看到三四个一动不动的人形。

"波波夫。"他压着嗓子叫了一声。

没有回应。他走到第一个人边上,摸摸那张脸,冰凉冰凉的,死了。他走到下一个人身边,听到呼哧呼哧刺耳的呼吸声。"波波夫!"威尔推了推那人,听他呻吟了几声。是个陌生人。

"波波夫!"

从房间另一边传来一个微弱的声音:"这里。"

威尔走到他身边:"我们会救你出去的。"

"你把我给忘了。"他抱怨道。他冷得牙齿咯咯打战。威尔将暖暖的水壶放在他的胸口,然后又把两条毯子盖在他身上。

"他们不让我们去医院。"他给波波夫喂了几匙用碎鱼片调味的米饭,"明天早上,有个卫生员会送你去医院。"

"谢——谢,哥们。我还担心你完全把我给忘了。"

"坚持到早上,你能行的。"他脱下夹克,费了好大的劲才给波波夫穿上,然后他又用毯子把他裹住。

早饭后,井上发现威尔在发抖。布利斯向他透露说威尔把自己的夹克给了别人,翻译非常感动,脱下自己身上那件暖和的羊毛衫,坚持要威尔收下。"我的大衣已经够暖和了。"他一边说,一边穿上那件已经磨薄了的旧外套。

当天晚上,大家都听说了从英国战俘那边传过来的最新消息。他们的盟友设法从外面弄进来一部收音机,一个零件一个零件地偷运进来的。消息称麦克阿瑟已经攻下了马尼拉,不久就会占领整个菲律宾。更重要的是,B-29对日本的空袭越来越频繁。这些"超级空中堡垒"的新闻迅速传遍了整个营地,威尔第一次看到了笑脸。乐观主义者预测再过一个月,战争就会结束;悲观主义者则担心卫兵会因为空袭来报复他们。猜得没错。只要触犯了所谓的规定,最微不足道的"过错"都会招来一顿毒打。卫兵们用大锤柄、铁管或两英寸厚四英寸宽的板子打他们,有时会让他们用脚趾和手撑着保持水平姿势一个小时。战俘们被拧胳膊,扯头发,踢小腿、肚子、脊椎骨;谁要是晕过去,弄醒了继续打。

最狠毒的要数"比利小子"和"独臂强盗"。后者的左臂只剩下肘部以上半截。他个子没别人高,但比谁都歹毒,使一根短棍,体罚时下手越重越有快感。他学了几句英语,打完后,还要扯着嗓子大骂一通:"你们美国人他妈的坏。你们总是惹大麻烦。你们骗我们。你们偷我们。你们在背后骂我们猴子。我惩罚你们的时候,你们不表现出应有的尊重和耻辱。你们不愿意做好。你们不悔改。你们不合作。为什么不?我们把你们关起来。我们抽你们,我们打你们,我们瞪你们。你们感激吗?见鬼,不。你们从禁闭室出来,昂着头冷笑说:'你们他妈的没一个好的!'"

可单就残忍这一点来说,他无法与比利小子相提并论。这家伙的体格在日本人中算高大了,有175磅。威尔曾经亲眼看见他残酷地用刺刀捅人,而那人只不过被他撞见在看《日本时报》;还有一次,他发现一个年轻的水兵坐在自己的铺位上抽烟,他大吼一声"不行①!"抡起拳头砸在那名战俘的脸上,然后又用钉靴重重地踩他的光脚,这还不够,他还命令两名卫兵继续打,一直把他打死。尸体被送到医院。比利小子一口咬定他死于心脏衰竭,还强迫一个日本医生照他的意思填写集中营档案。

若杉中尉纵容这种恐怖统治,一次又一次地驳回美国高级军官要求改善矿井工作条件和制止手下偷窃红十字会物资的诉求。到2月底,情况已经非常糟糕,美国战俘的营地首领迪格斯中校召集军官们开会,建议向若杉郑重请求改变现状。

布利斯不赞成:"那混蛋是冷血动物。他恨透了咱们,求他只会起反作用。"

正当他们在争论的时候,井上冲进来,他激动得几乎说不出话来:"若杉中尉要走了!我们现在有了一位新的指挥官!他要见迪格斯中校。"

威尔建议由他来代井上来翻译,井上把他们领到行政楼。走过一条一尘不染的走廊,他们来到营地指挥官的办公室前。迪格斯敲了敲门,里面有人用日语礼貌地邀请他进去。桌子后面坐着一个五十岁模样的男人,两鬓斑白。"请坐,先生们。"他用流利的英语说,"我是渡边少佐。"他

---

① 原文为日文。

递烟给他们。

"有人告诉我,这里士气很低落,几乎没有什么娱乐活动,听不到笑声,也听不到歌声。我们得想个办法。"他拿起一沓纸,"我发现有相当多现成的娱乐器材。有棒球设备,足够同时进行几场比赛。我看我们还有几个足球。哦,对了,还有乐器——三把吉他、两把曼陀林、两把手风琴和一把小提琴。不如你们自己来组织演出活动,你们可以在食堂或其他地方搭一个舞台。"他翻过一页,继续说:"我们这里还有几套象棋和跳棋,还有扑克牌。"

威尔和迪格斯惊呆了。

"我自己有个计划。"他走到窗前,"那边!我想我们可以把那块地改造成一个园子,你们可以在那里散步聊天。你们有什么问题吗?"

"伙食呢,少佐?"迪格斯说。

"这是当务之急。我觉得我们可以做些改善,甚至可能再想想办法改进一下矿井里的工作条件,但你也得明白,我们是在战时条件下运作,资源有限,我们自己的老百姓都没什么吃的,空袭造成了严重困苦。我能保证的就是我们会尽力而为,但不要指望有奇迹发生。"他把他们领向门口的时候,他问威尔跟历史学家麦格林是不是亲戚。

"他是我父亲,长官。"

"我读过他的书,很喜欢。西方人很少有这样深刻的见解。"他建议威尔不要再下井去监督采煤了,"我相信你留在营里会更有用,这样可以帮助迪格斯中校照顾士兵们的需求。"

威尔答应了,他请求批准他去探望一个住院的朋友。少佐点点头:"我还有一些建议来管教你们的士兵,我听说他们很难管束,甚至比澳大利亚人还糟。我希望你们能以英国和荷兰战俘为榜样。"

那天下午,布利斯和威尔去医院看波波夫。这家医院有187张床位,是达特茅斯学院毕业的陆奥男爵专为战俘建造的。他们发现波波夫半躺在一个干净的铺位上,嘴里哼哼着在数一沓纸。看到他们走过来,他满面笑容。"198张借条,一共4314565美元!"这些都是他在甲万那端做买卖赚来的,"回家后,我就有足够的本钱做生意了。"

他还是很瘦，但精神不错。自己被从"死屋"里救出来这件事，他一开始一个字都没说，等布利斯走开去和另一个朋友说话，他才提起。他抽出威尔的那张借条，把它撕了。"谢谢你，老兄。"他看了看，见布利斯还没过来，听不到他的话，"你从来不像别人那样瞧不起我。我知道要是我告诉你个秘密，我从没跟别人说起过的事，你是不会笑我的。"他紧张地清了清嗓子："我在十六岁那年娶了个女孩，一个真正的美人！梅布尔只有十四岁。我们住在一个很烂的矿区小镇里。"他说着说着表情变得狰狞起来："这桩婚姻后来被我家老头子宣告无效，取消了。王八蛋！我后来就离家出走，成了拳击手，就学怎么把人揍得屁滚尿流。"

在返回营地的路上，威尔说："我们为什么能活下来？只有四分之一或五分之一的人活了下来。很多人能活下来，是因为相信上帝；有些人，比如你，是因为相信人性。我两样都不信。"

"你能活着也许是因为你是个顽固的家伙，也许是因为你这种人天生有九条命。"布利斯说。

"看看那些活下来的人渣，他们偷同伴的食物和水，而最高尚的人，比如卡明斯神父这样的，反而没有最坏的那些人幸运。"

"我们一个个居然都活下来了，不可思议！"布利斯说，"该死的陆军只教我们在被俘时交代姓名、军衔和编号，真正重要的却不告诉我们。"

走到营房附近时，他们遇到了比利小子。"至少我们不必再担心那个杂种了。"威尔说，"少佐会管住他的。"两人都向比利小子利落地行了个礼。

他直直地瞪着威尔，眼神里是恶狠狠的仇恨。

"我想，他这在警告我们，他还是13号营的老大。"布利斯说。

3

**东京** *1945年2月*

这个冬天特别冷，一些住户的水管爆了几个月才有人来修，弗洛斯家楼上那户的厕所水管爆了，害得他们不得不连续几个星期打着伞。地上的水结冰后,正雄滑来滑去,很开心;但是对于弗洛斯来说,这是很危险的,因为她已经有了四个月的身孕。

随着轰炸力度加大,这渐渐成了生活的一部分,甚至可以算是一场必须承受的自然灾害。有一次埃米去乡下采购食物,她在半道上停下来欣赏一群蜜蜂扑过来的壮观景象。"蜜蜂",这是日本民众对"超级空中堡垒"的叫法。她看着一个机队隐隐出现在东方的天空。它们拖着白色的尾气,保持着完美的队形在蓝金色的天空中滑过,这画面令她联想到成群结队的珍珠鱼在宇宙的海洋中遨游;但在这些优雅的鱼儿开始下卵的那一刻,这充满诗意的想象瞬间被打破。

她匆匆赶回家,发现这一带还是好好的,松了一口气。当天晚上,她在日记中写道:"几乎每次空袭,我都觉得美国人又带来了一种新式炸弹和炮弹,在音效上有别于上一次。这种陌生的噪声加剧了每次侵袭带来的恐怖感和惊险感。这种时候,我不仅为我们自己家和我们这一片,也为全东京的人祈祷。"

全国各地对轰炸的恐惧与日俱增,这催生了一种新的迷信:如果你吃大葱红豆饭团,你就永远不会被炸弹击中。更好的办法是,早餐只吃大葱,肯定能保你平安。但到了二月底,又推波助澜地生出一个附加条件:你必须让别人知道这一招,通过连锁信一个个传下去,不然无法奏效。另一个迷信的起源是一对夫妇奇迹般地躲过了一枚离他们很近的炸弹,他们在旁边发现了两条死金鱼,认为金鱼是替他们死的。这消息一传十,十传百,不久,就很难再找到活金鱼了,工厂开始大量生产瓷金鱼,以高价出售。尽管埃米对这种迷信嗤之以鼻,可她还是让澄子吃大葱当早餐。

在二月的最后一个星期天,澄子醒来后看到黑乎乎的街道和死气沉沉的房子盖上了一层美丽的白雪。东京很少下这么厚的雪。她迅速穿好衣服,她要躺在雪地里刷几个天使印出来。一连几个小时,她享受着这座城市幻化成仙境的乐趣。突然,刺耳的社区警报响了起来。"蜜蜂"来了!巨大的飞机轰鸣着飞过头顶,没有造成任何破坏,但在正的公寓附近零零星星地投了几枚炸弹,东京的部分区域被炸毁。

接下来的两天,大雪和大火导致这座城市的很多地方瘫痪。火车和电车无法通行,整个城市成了一座座孤岛。澄子去不了洗衣店,除了看书,便帮妈妈买买东西,做做饭。

顺在执行一项特殊任务,他四处走访受灾最严重的地区,采访幸存者。他走在浅草的废墟间,失去家园的人们在冒黑烟的残垣中挖掘自己的财物,无论老少,都在埋头苦干。顺很佩服,在这种情况下还能这么振作。

Bon Soir①咖啡店已经成了一堆灰烬,他上周还来这里喝过咖啡,附近那家著名的毕加索咖啡馆也成了一片废墟。前面有一群人在电影院前排队。"这些人真勇敢啊!"他在笔记本上匆匆记了一笔。走过几个街区,又有一家剧院,他能听到里面传出来的欢快的音乐。

他乘火车去上野站。车坂町和御徒町的状况令他大吃一惊,一片焦土!然后他又到了另一个区,1923年的那场东京大地震没把这里摧毁,他看到许多老房子还在,看来又躲过了一劫。

他向车站走去,准备回自己的公寓。通常,火车上不会有陌生人跟你说话,但如今东京兴起了一种新的同胞情谊,人们能更主动地为他人着想。在拥挤的车厢里,他们会自觉地往里挪,不需要别人推;为了让更多的人挤进车厢,即便坐在陌生人腿上也不介意。

几天后,在地铁上,顺听到一个老师在教导他的学生:"丘吉尔和罗斯福制定了所谓的《大西洋宪章》,约定要把日本人赶尽杀绝。他们真的这么说的,男男女女格杀勿论!同学们,我们能让他们得逞吗?"学生们齐声给出洪亮的回答——"不能!"

顺想告诉他们,罗斯福和丘吉尔从来没有说过这样的话,但他意识到,经过最近这几场轰炸,他这么做可能会挨打。

老师说:"如果敌人打到本州,他们会切掉所有男人的睾丸,让他们生不了孩子。妇女会遭到强奸。所有的孩子都会被送去孤岛,在那边的甘蔗地里干活。"

---

① Bon Soir,法语"晚上好"的意思。

空袭在很大程度上改变了日本人的生活和举止,但却没有达到其首要目的——摧毁所有的生产设施。战略轰炸摧毁了德国,但几乎没有使日本的生产进程放慢,这个国家三分之二的工业散布在家庭作坊和规模不超过三十个工人的小工厂里。因此,负责马里亚纳群岛B-29行动的柯蒂斯·李梅将军想出了一个激进的方案:他要让他的"超级空中堡垒"卸下大部分武器,增加有效载荷,在夜间进入日本低空。这次不扔爆破炸弹,飞机要在一大片区域的易燃建筑上投放燃烧弹。两天后,在没有征求华盛顿意见的情况下,他自己下令,让下级层层传递,对东京实施B-29大规模空袭。

第二天,3月9日上午,机组人员在临飞前受命时,听到他们要在5000到8000英尺的低空袭击这座首都,纷纷表示抗议。而且,除了尾炮,所有的枪炮都要卸除以减轻负荷。这对必须上飞机的人来说,听起来无异于自杀。下午5:36,第一架B-29在关岛北机场跑道开始缓缓向前移动,不到四十分钟,马克看到塞班岛和提尼安岛的"超级空中堡垒"也加入了这个庞大的机群。他已经听说它们的目的地是东京,当这333架巨型轰炸机轰鸣着向北飞去时,他在祈祷弗洛斯和她的家人以及户田家的所有人都能避开它们的攻击。

一轮新月在东京上空洒下淡淡的幽光,可星星很亮。午夜时分,李梅的导航飞机轻松地找到了它们的目标,准备用M-47凝固汽油弹标出东京的心脏地带,市中心一片长方形区域,纵向三英里,横向四英里。不久之前,这里还是东亚最热闹的娱乐区;如今,几乎见不到来往车辆,大多数商店和剧院都用木板封了起来。七十五万低收入工人聚集在一个拥挤的城中城里,在这个昼夜不眠的城中城里,成千上万的家庭作坊在一刻不停地运转。

从江户时代起,东京因为木建筑众多,常常被大火侵犯。这些大火灾成了这座城市不可分割的一部分,因此被冠上一个诗意的名字——"江户之花"。尽管有现代消防设备,但对大规模的火灾还是没辙。

4

3月9日午夜,警报长啸,弗洛斯并不觉得这比之前的十几次紧急。到目前为止,轰炸还没有造成大范围的破坏,似乎没什么可慌的。然而,街道上的人在担心拂扫全城的强劲北风,简直跟台风一样猛,一旦起火,火势会迅速蔓延。

在低空飞行的导航飞机扑向这座毫无戒备的城市,它们还没被发现,头两架轰炸机在目标上空交叉路径,于12:15同步投下一串炸弹,步调完全一致。

在地上的人看着低空飞行的飞机黑压压地笼罩在头顶,这令人敬畏的景象惊得他们一时无法动弹。正雄看得入迷,隆隆作响的轰炸机令他联想到巨龙。弗洛斯和正走到他身边,惶惶不安,害怕随时会被击中。埃米和澄子在她们麻布那边的院子里看着飞机轰鸣着从上空掠过,有惊无险,可过了一会儿,她们听到远处传来一连串的爆炸声。

在离地面一百英尺的地方,M-47燃烧弹爆裂,两英尺长的凝固汽油棒散落开来,一触即燃,喷溅出胶质火焰。几分钟后,一个火光熊熊的X被蚀刻在东京市中心。又有十架导航飞机轰鸣着把凝固汽油弹扔到X上。紧接着是主力部队,一共三个空军联队,排成有序但随机的阵形,这样不容易被打中。飞行高度从4900英尺到9200英尺不等。探照灯柱漫天乱晃,试图锁定这些轰炸机。高射炮空放一通。没有战斗机的影子。

风越来越大,大火在强风的煽动下迅速蔓延,与此同时,随后的一批B-29散开呈扇形阵形扑向住宅区投放数千根凝固汽油棒。火势越来越大,形成了恐怖的火焰风暴,跟德累斯顿的情形一样。巨大的火球从一幢建筑跳到另一幢,犹如飓风般猛烈,筑起超过华氏度的熊熊潮波。

被反空袭法令束缚在城里的平民吓坏了。水根本起不了作用,救火的市民们很快就把水桶一扔,拿衣服和棉被去扑火,可什么都不管用。唯一的念头是逃命。

听到警报时,加藤顺正在宿舍里。他知道自己一大早得去跑新闻,报道这事,所以想尽量多休息一会儿,但是飞机的轰鸣声越来越响,他意识到这一次不同寻常。他没有棉兜帽,拿起钢盔往头上一扣,抓起一袋应急物资,冲出门去。这一片地势高,可以俯瞰火灾的中心区,顺看着一簇簇炸弹在建筑物上绽放。

赤红的烈焰灼焦了四面八方黑色的夜空。燃烧声被B-29震耳欲聋的咆哮声盖过。爆炸撼动了大地。他感觉到滚滚热浪袭来,然后听到狂风可怕的呼啸声。

顺的四周都是从暗红色的天空中飘下来的燃烧的碎片。附近一幢房子的屋顶突然蹿起一团大火,他冲过去帮房主救火。他用"灭火拍"拍打火焰。长杆子一头绑上一捆布条,蘸上水就成了这所谓的"灭火拍"。隔壁的整幢房子轰的一声燃起大火,像一个煤气很旺的烤炉。屋里的人跑了出来,他也跟着人群跑。在他的右边,所有的一切都在燃烧。怎么一下子就这样了?他跑到左边的大路上。一辆消防车停在那里,什么都做不了,水龙带软塌塌的,四围都是燃烧的建筑物。没水了。

他发现自己几乎完全被火焰包围。只能走墨田河上的桥逃出去,但现在这座桥也被隔在火墙之外。一群人聚集在街上,盯着火焰,仿佛被催眠了似的。

一个小女孩大叫起来:"妈妈,我着火了!"

火焰舔着她的棉质劳动裤。顺刚伸出手去拍她背上的火,就被一阵大风掀倒在地,他挣扎着站起来,火焰此刻已爬上女孩的双腿,她在痛苦地尖叫,他用包拍打火焰,火终于灭了。小女孩的母亲泪流满面,俯下身凑近女儿。她死了。

烧焦的树和电话线杆像火柴棍一样散落在路上。消防员大声疾呼,要大家过桥,不然就死定了。小女孩的母亲还抱着死去的女儿,大火已经在舔女孩的尸体,顺刚把那位母亲拽走,火就扑了上来。可她还是甩开他的手,回去找自己的女儿了。顺的衣服在冒烟。他一路狂奔,跃过一根根树干。这些树干就像巨型壁炉里燃烧的木头。他很诧异,自己居然这么灵活。耀眼的强光晃得他什么都看不见,他上气不接下气,撑到最后,跌跌撞撞,站都站不稳,然后,透过滚滚浓烟,他隐隐约约看见了一座混凝土桥。

桥上一片慌乱，人们都在拼命地往前挤，想要过桥，熊熊大火如追逐他们的猛兽。顺觉得自己挤不过去，便冲向左边。一阵大风被卷进火里，扫起一股砾石尘暴，打在他脸上，刺痛。前方，一座工厂的屋顶上一个个油桶冲天而起，蹿到一百英尺高的地方炸成一团团火球。

这里不安全。他又冲回桥上。栏杆几乎被乌泱泱的人群压弯。每个人都带着自己的财物：有的拖着手推车，有的扛着自行车。顺发现对面也有逃生的人过来，但太晚了，已经回不去了，他被夹在了当中。

天空一片焦红，巨大的热气流冲击着上方的B-29，有些飞机被抛上去几千英尺。

顺觉得自己被钉在了桥的栏杆上。狂风一阵阵地把火星吹向惊恐万状的人群。他觉得自己完蛋了。两岸的建筑物都被大火吞噬。炭渣落在他前面一个女人的肩上，好在火被他扑灭了。火星落在他自己的衣服上，他慌慌张张一通狂拍，也灭了。他旁边的一个男人身上着火了，但顺忙得顾不上。一个小男孩尖叫起来，头发着火了，男孩的父亲身上也起了火，他去帮儿子，可是怎么都扑不灭。男孩母亲怀里的婴儿突然尖叫起来，顺看到那娃娃的嘴里红红的，想伸出手去掏，那母亲挖出一团燃烧的余烬，给孩子盖上一件夹克，结果夹克也着火了。

那位父亲把妻子和儿子都扔到河里，自己抱紧婴儿，也跟着跳了下去。顺的睫毛没了，头盖骨被烫到了——头盔不知道掉哪儿了——他摸摸自己的头发，烫的。他翻过栏杆，跳了下去。水冰冷冰冷，他感觉像是有一把匕首直插他的鼻腔。他挣扎着浮出水面，他一向不太会游泳，知道自己坚持不了多久。一只木筏漂过，他拼命地抓住。一个小个子男人把他拖上了船。就是那个抱着孩子跳下水的男人，他已经把妻子拉了上来。顺很好奇，这么瘦小的身体哪里来的这么大的劲。男人用手掬起水往妻子身上泼，而她此刻什么都顾不上，心思全在失踪的幼子身上。

水流加快了。木筏从另一座桥下漂过，桥上也挤满了人，都在尖叫。有人跳了下来，撞到木筏一侧。是个女孩，顺伸手去拉她，但她沉得太快。桥下，一些人顶着一大块烧焦的镀锌钢板，口中念念有词，他们在求佛保佑。

河两岸的火势更加恐怖。一幢建筑物崩裂,顺能听到类似啃啮的声音。木筏被卡住了,顺和小个子男人都没办法。

一位老人划着船经过。

"行行好,带上我的妻子和孩子吧。"小个子男人说。

老人接过孩子,叫夫妇俩也一起过去。顺愁苦地看着他们上船,他实在不好意思开口要求搭船。

老人示意他也过来。"别把船弄翻了!"他说。

下一座桥是木桥,从头到尾都在燃烧,火焰映在水面上,形成了一个火环。男人紧紧抱住自己的孩子,身体挡住妻子。

"趴下!"老人对顺大喊。

他尽量往船底缩,心里默默祈求上帝保佑。小船像个扇贝似的在燃烧的桥下打转。顺听到很多人在呻吟,不知道声音是从哪里传过来的。他抬起头,发现他们已经从燃烧的桥下安全通过。人们在水中挣扎,他伸出手,但一个都够不着。

最后,他们来到一个地方,见没有房子着火,老人把船划到岸边,他们艰难地爬上了岸。那个女人在哭泣,儿子失踪了,宝宝也死了。丈夫试图安慰她,伸出手搂她,触到她身上烧伤的部位,痛得她叫起来,可她还是紧紧抱着死去的宝宝,蹲下,不肯动。

"野部,野部,振作起来!"丈夫说,"走吧,蜜蜂已经飞走了。"

她抱着宝宝来回晃动,一句话也不说。

顺瘫倒在河岸上,昏了过去。

他从断断续续的昏睡中醒来时,已是黎明。小个子男人和他的妻子已经走了。他站起来,环顾四周。东京市中心已被夷为平地,竖在那里的只剩下石像、混凝土柱子、混凝土墙以及钢框架,还有电话线杆,东一根西一根,顶端冒着烟,像蜡烛一样。

从地面散发出来的热浪令这冷冽的冬日恍若炎炎夏日。3月10日,他记得今天是建军节,不知道会不会有人在庆祝。在东方,一块凝结的鲜血——太阳——正冉冉升起,它似乎在热浪中晃动,但天空中却黑沉沉的,让人有一种不祥的感觉。

他朝着一座桥走去。死在桥上的人已经把它堵死了。河水仿佛蒸发了似的,河里满是尸体和物件。穿制服的人把尸体捞起来,一具具摆在岸边,像市场上的鱼一样。

一家工厂的残骸扭曲变形,犹如融化的糖果。到处都是尸体。有些赤身裸体,通体黝黑;有些半蹲着,像是要跑;有些双手合十做祈祷状;还有些坐着呈沉思状。有个男人的脑袋只剩下葡萄柚么大。在一所学校的操场上,裹着草席的尸体已经堆得老高。空气中弥漫着死亡的恶臭。

他经过一家医院,这里有个应急水池,此刻池里垒满了四仰八叉的尸体。一个衣衫褴褛的男人跟跟跄跄走到他身边。"我之前就跟他们在一起。"他的语气很平淡,他不敢相信眼前的这一切,"其他人都死了,真是奇迹,我甚至都没伤到。"他呆呆的,两眼茫然。

人们用长棍拨弄着一层层尸体,想看看有没有自己的亲人。一个老妇人的宽腰带里漏出一些钱,但是没有人去碰。

随处可见各种痛苦的死状:有母亲试图为烧成焦炭的婴儿挡火,有丈夫和妻子在最后的拥抱中被高温熔合在一起。更催泪的是看着幸存者徒劳地寻找亲人。一个男人在人行道上给妻子写留言,看得他潸然泪下。

顺在临近中午时赶到了报社。报社大楼完好无损,事实上,这一带没受到什么破坏。上司派他和一名摄影师去报道轰炸事件,他们驱车前往浅草区,经过检查站,被警察拦下来,但凭记者证,可以通关。他下了车,钻过警察拉的封锁线走了进去。他放眼望去,这一片已经完全被毁。一座死城,恶臭熏天,眼前的灾情令他震惊。这个曾经熟悉的地方已经面目全非,他完全认不出哪是哪。除了摄影师摁下快门发出的声音外,周围一片死寂。昨天,战争只是个抽象的概念;现在,他明白了什么是战争。他忍着恶心,恍恍惚惚地回头向车子走去。

东京十六平方英里的土地被烧毁,市政府官员估计有130000个成人与孩子在这场浩劫中丧生。

## 5

黎明时分,马克回到艾利机场,想看看从东京返回的B-29。当第一批飞机出现在远处时,等候在机场的人欢呼起来。李梅的参谋长带回了大火现场的照片,证实东京已是一片火海。以最小的损失换来如此巨大的成功,整整一个小时,祝贺道喜一波接着一波。最后几批飞机也陆续降落。马克的一个朋友——一名副驾驶——走过来时摇摇头,他面如死灰,整整一分钟,只会说"天哪"。"你能闻到肉烧焦的臭味,"他说,"我觉得飞机上的每个人都在狂吐。"

在欧洲,飞机是在高空实施轰炸,那味道上不来;而在日本,这场轰炸成了令人作呕的现实。

无论是空军的最终报告,还是华盛顿普遍的欣喜反应,都令麦格林教授感到沮丧。当晚,李梅又派出313架轰炸机,去敌人的第三大城市名古屋上空投放凝固汽油弹,大批平民又将惨死。毫无疑问,这种新方法非常成功,人人叫好。麦格林还记得,这些人当初对发生在西班牙和中国的不分青红皂白屠杀平民的行为有多反感。欧洲战场刚开战时,罗斯福还向所有交战各方发急电,敦促他们避免轰炸平民的暴行,他表达了当时所有美国人的人道伦理。甚至在珍珠港事件爆发后,尤其是开明人士,还对美国空军领导人强调白昼精确轰炸、旨在摧毁军事目标的空袭方针表示赞赏。可尽管空军吹得天花乱坠,但显而易见,大规模空袭到底是否奏效,令人怀疑,所以他们索性扩大范围,把敌方用以支撑战斗力的所有资源全部摧毁,片甲不留,哪怕造成生灵涂炭也在所不惜。

麦格林动笔起草一份备忘录给那个在椭圆形办公室的朋友,提出从形成到落实,既没人明说、也没人记录的一项政策,如果持续下去,会造成怎样的战后问题。"东京和名古屋的平民百姓遭受了令人震惊的伤亡,毫无疑问,日本各大城市也将上演类似的惨剧。最终,我们会不会因此背上污名,成为践踏人权的头号罪人?我们的成功会不会带来更大的成功,最终给这个国家带来耻辱？总统先生，在日本领导人低下头接受无条件投降之前，是否一定要这样去摧残全体日本人民？我们明明摇着国际民主的大旗，一定要为了出珍珠港这口恶气这样有失风范的心理需求，死死揪住无条件投降不放吗？请原谅我的直率，但是一想到这么多好友陷身火海，我五内俱焚，这样的灾祸在几年前是万万想不到的。"

东京的这场大规模空袭过去两天后，顺在东京站，准备去换火车。人群的惨状看得他倒吸一口气，差点呛住。男男女女个个面色苍白，都有烧灼过的痕迹。大多数人被烟熏得黑乎乎的，眼睛红肿。有些人的眉毛，跟他的一样，也没了。许多人穿着足袋，有些甚至光着脚。

他在上野站下车后不久，就被烟和死亡的恶臭逼得再次屏住呼吸。车站里挤满了无家可归的人。他们蹲在地上吃着领到的饭团，等火车送他们去乡下。顺试着想象自己的家乡檀香山出现类似的场景。他朝浅草走去。几天前看到的房子都成了灰烬。一眼望去，到处都是焦土和荒凉。太可怕了！太可怕了！任你怎么想，都想象不到会这样。他真希望华盛顿的那些人能亲眼看看，再想想自己的建筑、纪念碑和大道沦为废墟的惨状。

受害者汇集成几股人流，两眼茫然地向本所走去。另一些人从反方向涌来，看来是想从被烧毁的房屋中抢救点财物出来，也可能是在寻找朋友和亲人。

有一家很棒的鳗鱼店，他上周还在这里吃了一顿美味的午餐，如今是一堆烧焦的垃圾。他继续往前走，恍若置身于梦境，一场噩梦。这是大慈大悲的观音菩萨吗？可世世代代人钟爱的仁王门不见了，一根柱子都没保住，寺庙被夷为平地，中间有一个标志，围着一圈人，他们在祈祷，向它抛硬币祈福。顺坐在一块大石头上，他很累，但精神比身体还疲惫。

心爱的浅草，迷人的浅草。全都没了！观音挺过了东京大地震，却被美国人付之一炬。来这里避难的人的尸体堆得高高的。有一个很小的小孩，红通通的，肿得硕大。他感到胸口一阵揪心的痛。他想哭，可是没有眼泪。

突然，有人扯着嗓门嚷嚷起来，正在沉思的他一下子被拉回现实。一名官员正在向人群厉声呼吁,要他们把这地方收拾干净。人们把破裂的茶杯和烧焦的床垫放下,顺从地去干活,连最小的孩子都在帮忙。此时已是黄昏,眼前的景象令顺惊叹不已。他意识到自己的眼泪在哗哗地流,他内心涌起一股潮水般汹涌的爱意。他对自己说,我要与这些人同生共死。

在华盛顿,麦格林正在看《时代》周刊。文章称,这次投放燃烧弹是"梦想成真",证明了"只要方法得当,把它点着,日本的城市会像秋叶一样燃烧起来"。他甩手就把那本杂志扔到了房间的另一头,可心里也清楚这段文字说出了几乎所有美国人的心声。不单偷袭珍珠港,还有巴丹死亡行军这种暴行,对于这样的敌人,他们可没什么同情心。只有极少数人基于人道为成千上万被大火残害和火化的日本平民发出呼声。

他从《纽约时报》上剪下一个牧师的信,寄给总统:"上帝给了我们武器,那我们就用上吧。"

"这是美国舆论的一个典型,"他写道,"我们绝大多数公民真心认为,在考文垂、鹿特丹、华沙和伦敦的罪行,到了德累斯顿、名古屋和东京就成了英雄壮举。你顺应大多数民意,会为你赢得掌声。但是再过一百年,他们又会怎么说呢?"

# 第二十八章

1

**乌利西环礁  1945年3月**

就在马克离开塞班前往冲绳几天前,他妹妹登上了一架飞往乌利西环礁的飞机,"冰山行动"的主力部队将在那里集结。同行的还有一些记者和海军新闻官麦克道尔上尉。一想到又有一场战役要去报道,玛吉就兴奋不已,尽管麦克已经警告过她,这次海军不许任何女人上岸,但她还是相信自己一定能设法上去。

在两个小时的飞行过程中,坐在玛吉前面的鲍勃·谢罗德可兴奋不起来。他心里只是在想:"又是一场登陆战,又会有许多优秀青年丧生,天知道什么时候才是个头。"他一点都不喜欢去冲绳,他在硫黄岛上目睹的血淋淋的场面已经够他受一辈子的了。而且,冲绳岛战役看起来还是所有行动中最重要的一环,此役将为历史性的中太平洋战役画上句号。冲绳岛是防御日本国土的最后一个重要堡垒。南北纵长六十英里,中部仅两英里宽,它将是最后一场战役——攻入日本——理想的集结待命区,平坦的腰部可作为机场,两个深水海湾可作为海军基地。

玛吉看着下方的乌利西,惊讶地说:"大部分是暗礁啊!"在乌利西礁湖内的庞大舰队像是停泊在海中央。这是一种假象。位于关岛西南400

英里外的乌利西由一系列扁平的小岛组成,这些小岛形成了一串项链形的环礁,112平方英里的巨大泊地可以容纳近一千艘舰船,这里已经成为美国太平洋舰队的主要集结点。时至今日,也很少有人知道它的重要性,包括仍然控制着乌利西以东110英里外的雅浦岛的日本人。

飞机降落在法拉洛普岛上的简易机场。开辟这个3300英尺长的机场是为了保护停泊在这里的大批战舰。驳船把记者们送到小一些的阿索尔岛上,环礁司令部就设在这里。安顿好后,麦克道尔陪着玛吉来到人称"黑寡妇"的军官俱乐部。一个头发花白、体态羸弱的小个子男人坐在酒吧的高脚凳上,大家的目光都集中在他一个人身上。他的故事就快讲到高潮部分时,周围的听众身体前倾,支着耳朵,突然间,全都大笑起来。

"过来见见厄尼·派尔。"麦克道尔说。

玛吉跟在后面,战战兢兢。厄尼是她的偶像,他报道了大部分欧洲战役,这次将跟着海军陆战队第1师登陆冲绳岛。派尔热情地欢迎玛吉,给她买了一杯喝的。他没有问她好好的一个姑娘家来这里做什么,他把她当成一个同事:"我听说你上了硫黄岛,那鬼地方,我连看都没看到。如果我们能单独待几分钟,我想听你跟我讲讲那里的情况。"

玛吉激动得鸡皮疙瘩都起来了。

"远东这里的情况跟那边很不一样,"他说,"距离、气候和整个心理方式,我还是没适应,而且审查制度也很不一样。"

其他记者很感兴趣,他们听说派尔和海军起了冲突。在这里,不能像在欧洲那样指名道姓地报道,他很恼火,扬言"要回家去,或者去菲律宾"。

"我甚至连个在阿索尔弄混凝土的海军工程兵都不能写。"

接下来的几天过得很愉快,环礁司令"好斗的"凯辛准将招待得很好。阿索尔只有几百码宽,长度也差不多,但是有椰子树、棕榈树和白色的沙滩,风景不错,更重要的是,也不太热。

当天晚上,玛吉在"黑寡妇"遇到了海军陆战队第6师指挥官莱缪尔·谢泼德少将。他邀请她去冲绳采访他的部队。

"我没有上岸的通行令,长官。"她说。

"玛吉,我相信你一定会来报道我们师作战的。"

她又说了一遍她没有通行令,他没回答,只是神秘地微微一笑,然后呵呵地笑出声来。

3月25日,记者们乘坐小船前往"帕纳明特"号,军方要对"冰山行动"做个简单介绍。途中,看到三艘刚刚在日本海岸附近遭遇神风特攻队自杀式袭击的航空母舰,麦克道尔告诉玛吉,三艘船的伤亡总数超过了1500人。当他们的船接近"富兰克林"号时,玛吉简直不敢相信自己的眼睛,毁成这样,居然还能一路开回来,不可思议。

第53特遣部队的情报官萨特芬少校解释说,拿下冲绳岛"就等于咱们的一只脚挤进了日本帝国的门缝,接下来就可以长驱直入,狠狠地踹它,给它送终"。"冰山行动"是太平洋战区最大的一次行动,"除了在菲律宾和阿留申群岛的部队外,西太平洋地区所有可调拨的部队都将参与本次行动"。

美国陆军航空部队的B-24和B-25会摧毁五十五个机场,截断中国沿海的航运,让福摩萨彻底失去作用。高速航空母舰已经在保护扫雷舰,这些扫雷舰在冲绳附近海域布雷,水雷密集程度堪比第一次世界大战期间的北海。潜艇则在通往日本内海的出入口巡逻。

萨特芬说:"4月1日是'爱心日'(Love Day),简称L日,登陆冲绳岛这一天的指定叫法。"岛上崎岖的地形对他们是个考验,"岛上山很多,从北到南都是陡峭的山地。这将是我们攻入的第一个人口密集型敌岛,大约有450000人生活在这座岛上,我们没有理由认为他们会和日本本土的人有什么不一样。所以我们应该会遭遇疯狂的抵抗"。

听到这话,玛吉心里一惊,担心起马克来,她知道他要跟着原来的部队第2师一起登岛。他的任务就是进洞把那些疯狂的平民挖出来。

"我们不知道平民会不会有武器,"一名陆军上校补充说,"我们怀疑有一支警察部队和由当地人组成的地方军。我们知道岛上有数千个洞穴,还有碉堡、地堡和战壕。敌人的防御会很强硬——甚至可能还要糟。"

在回阿索尔的路上,玛吉很安静。麦克道尔知道她在担心什么,安慰她说登陆部队会有最强大的海空炮火掩护。当晚,凯辛准将在"黑寡妇"

为记者们举行了一场告别宴会。停泊在礁湖上的六艘医疗船上的七十名护士和一艘挪威船上的两名女无线电报务员被接了过来。除了将军、他们的参谋和其他高级军官外，在场的还有这段时间在附近岛上慰问士兵的丹尼斯·戴和海军陆战队第5师军乐队队长鲍勃·克罗斯比。

厄尼·派尔当然也在，陪他的是马克斯·米勒，海军预备队中校。派尔最近老是胡思乱想，这段时间在乌利西他已经好几个晚上失眠，一直在担心登陆的事。他老是跟米勒说，如果再去闯滩头阵地，他铁定会送命。他最近给妻子写信说："我躺在床上细想，就会非常害怕，怕再上战场，我会崩溃，真的成了战争神经症患者。如果我觉得自己快顶不住了，我就辞职回家。"但那天晚上，厄尼成了全场的焦点，有求必应地为大家签"纸币证书"——其实就是把你去过的各个国家的钞票粘在一起，再请朋友和名人在上面签名。

派尔的其中一个崇拜者是海岸护卫队指挥官杰克·登普西，两人已经成了好朋友，但那天晚上烈酒无限量供应，还没到午夜，厄尼就已经醉得向登普西发起了挑战，要和他较量一下。这个前重量级拳王和和气气地挡开了几拳，没让他受伤。

麦克道尔把玛吉送到她的住处时，已是凌晨四点。他吻过她后准备走，她还想让他多待一会儿，但他提醒说早上还要乘船去冲绳。四十几名记者睡眼惺忪地来到阿索尔码头。前一天晚上招待他们的主人——"好斗的"凯辛——也来送行，他还带来了一支黑人水兵乐队，这支乐队突然用布基伍基的曲风奏起了一首哀伤的送别曲。每个记者上哨戒舰时，一名海军公共联络官会向其分发一个机密资料夹和凯辛送的三瓶上好的威士忌，这些机密资料必须等上了运输船才能打开看。玛吉和派尔上的是同一艘哨戒舰。

一个同事冲他喊："记得低下头，厄尼！"

他吼回去："听着，你们这些混蛋，我会在你们坟头喝酒的！"他转身冲着来送他的登普西举起拳头。"想打架吗？"登普西笑了，但玛吉注意到，送派尔上船时，这个拳击手的眼里噙着泪。

数百英里外，海军陆战队第2师也在向同一个目标进发。

## 2

那天下午,海军陆战队三个师和陆军四个师准备投入战斗。约三十万大军已经集结,准备去驱逐冲绳岛上的七千个日本兵。士兵们反复整理自己的装备,给步枪上油,清点领到的日币。

天已经暖了些,海面平静得像一块玻璃。"这完全就是夏威夷的夜景,"一名军官对身边一起在看夕阳的谢罗德说,"可明天会死很多好人。"

厄尼·派尔在给妻子杰瑞写信:"又是一场进攻,我又要跟着上了,本来不打算再上的,但我觉得还是得报道一下海军陆战队,要想如实报道,只能跟着他们走,所以我就来了。但我已经向马克斯·米勒保证,我也已经向自己保证,现在我向你保证,如果能熬过这一关,以后再也不参加了。"吃完火鸡晚餐后,他收拾好要带上岸的东西,洗了个澡,然后上床睡觉,可他翻来覆去,感到又紧张又虚弱。

晚饭后,麦克道尔设法从收尾工作中挤出一点时间,跑到甲板上跟玛吉道别。她从未见过他这么紧张。他说:"等我们回关岛后,如果回得去的话,你愿意嫁给我吗?"

"愿意。"她没有犹豫。

他偷偷地扫了一眼四周,匆匆地吻了她一下。

主力部队直奔冲绳岛腰部附近西海岸的一段长长的海滩,但第2师转向另一边,他们将在该岛南端附近发起佯攻,把守军的注意力吸引过来,掩护主攻部队登陆。士兵中有些人在抱怨,但带队的军官向他们保证,过后被列入预备军的希望很大。这次马克一点都不怕,没有以前包括登陆硫黄岛时那种惶惶不安的感觉。作为语言军官,他没理由参加这次佯攻,但他说服了六团2营的营长哈夫纳中校让他参加行动,他说他快闲出病来了,就这样干等,在他们和敌人接触之前,他什么事都没有。

凌晨四点,他们被叫醒。这一天是复活节,也是愚人节。吃完常规早餐——牛排鸡蛋早餐,士兵们拿起摆在铺位上的装备,赶到甲板上集合等候。

这时候，海军陆战队第2师已经接受了现实，既然不让他们上，就只能服从命令。拿马克来说，他很期待能乘上这些灰色的小船，在晨曦中风平浪静地出去遛一趟，然后再回到运输船上休息，睡个好觉。就算最后真的登陆，情况也不会太糟，自己人应该已经控制了滩头阵地。太阳出来了，看来会是个大晴天。突然间，六架日本飞机出现在运输船上方。海军炮手向敌机发射高射炮弹，但它们摆摆翅膀，毫发无损地飞走了。

比利J倚在栏杆上观察6团1营，为佯攻做准备。他希望鬼子会咬钩。隔着几艘船，马克能看到冲绳岛另一边的主力部队，浩浩荡荡，阵容之大，十五平方英里还不止：有大型武装人员运输船、武装货船、坦克登陆舰、火箭炮舰、驱逐舰、巡洋舰和战列舰。

场面令人生畏，也许有1500艘军舰，这无疑是世界历史上最庞大的舰队。这么壮观的场面我们还有机会再看到吗？运输船正在往下放空登陆艇，一会儿要送海军陆战队队员过去。这些小艇一下水，就像小鸭子一样围着母船转。最后，得到下船的命令，海军陆战队队员们翻过船栏进入指定的登陆艇。湛蓝的海面映着蔚蓝的天，上面闪着朵朵白色的小浪花。马克的小船很快就到了离海岸几英里的地方。眼前的海岸线令他联想到南加州：浅褐色的田野和草原、灌木丛、小山。

小艇向攻击发起线靠近，驱逐舰、巡洋舰和战列舰的炮声震耳欲聋，炮弹从头顶飞过，咻——咻——，但也只有第一次听到的人才觉得紧张。再靠近些，他们能看到由步兵登陆艇改装成的火箭炮艇开始发射，喷出的火焰和烟雾令场面更加震撼。登陆艇接近日军小型武器射程时，马克能依稀看到海浪在撞击海滩。敌人的迫击炮和大炮在这支小型船队间炸起一股股喷泉。小艇胡乱地转向，做出一副被赶跑的样子。海军飞机继续扫射轰炸，海滩上、山上，处处可见炸弹开花。

小艇迅速驶回母船，马克注意到有几艘船在冒烟。大伙匆匆忙忙上了船，因为上头命令大型武装人员运输船尽快驶到远海，避免再遭到神风突击队的袭击。找到哈夫纳后，马克得知"欣斯代尔"号已被神风队击中。

"啊，那是杜克·乔根森的部队。"马克大吃一惊，他想起了他们在关岛见面的情形。

"明白。"哈夫纳点点头,没在意马克与一名高级军官这么热络,"我发誓,那么吵,我都听见了杜克的大嗓门:'该死的鬼子。老子胡子都没刮完。谁给我叫辆该死的交通艇,船在下沉。'"

令人哭笑不得的是,整个登陆过程几乎就只损失了"欣斯代尔"号和两艘坦克登陆舰。主力部队在该岛另一边进展顺利,没遭遇什么危险。海军陆战队两个师和陆军两个师涌上岸时,几乎没有遭到抵抗。踏上"黄色海滩",派尔没看见也没听到有一个日本人,没有一例战损伤亡,没有一艘炸毁的小艇,也没有一辆燃烧的坦克。整个海军陆战队5团,卫生员只收治了两个人:一个是伤了脚;另一个是中暑。他听见一个陆战队队员说:"见鬼,这简直就像麦克阿瑟的一场登陆!"其他人认为是派尔给他们带来了好运,一名中士嚷嚷着想把厄尼缠在脖子上当护身符。他们连脚都没弄湿。冲绳岛是小菜一碟。

谢罗德慢慢地蹚过浅水,他在想:"这也太奇妙了!看不到一艘炸毁的水陆两用车和登陆艇。"他能看到坦克已经开到了远处的山上;甚至连水陆两用运输车也在海滩上跑来跑去运送物资,恍若和平时期;没有人在手忙脚乱地挖散兵坑,每个人都站着。他在笔记本上写道:"这场面太不可思议了。"

玛吉在医疗船"康福"号上,一上午她沮丧地在一旁当看客,看着部队轻松登陆。在关岛,她曾求太平洋舰队的最高公共联络官米勒少将允许她跟着海军医护兵随海军陆战队一起上岸,但"敏船长"(记者们这样叫他)命令她留在"康福"号上,报道医生们如何利用全血来拯救伤员。这不公平,所有的男记者都在岸上搜集好素材,而她甚至连个伤员都没机会采访。

傍晚时分,美军三万多人在一个长度不足三英里、纵深不及一英里的滩头阵地登陆。死亡28人,失踪27人。陆军和海军陆战队继续在各条战线上迅速推进,到第二天夜里,美军已经拿下卡迪纳机场,还进行了一番抢修,以保证紧急着陆的需要。整个过程感觉像是囊中取物。第二天早上,玛吉的沮丧情绪变成了叛逆。他们让她报道全血,可一直没有伤亡人员送过来,待在这船上又怎么执行"敏船长"的命令？她决定去问问上级军官的意见,于是搭了一艘经过的车辆人员登陆艇去停泊在一千码外的"埃尔多拉多"号。她觉得一定能在船上找到"敏船长"的副官。爬到舷梯口,她遇到了麦克道尔。

"你在这儿干什么?"他问道。

"你知道的,我得报道医生是怎么用全血来救伤员的。"她开始施展嘴皮子功夫,"海军需要更多的民众去捐血。我要是能拍几张好一点的照片就好了,照片配上文字,效果会很好。"

"国内送过来的血确实不够。"他承认。所有的血都在"棕色海滩"上陆军的血库里。

她向他敬了个礼:"长官,请允许我去'棕色海滩'拍血库的照片。"

"你真是不可救药。"

"是,长官。"

"哎,见鬼。"他抓住她的胳膊,"我们先去军官室吃午饭,之后会有一艘登陆艇去海滩。"

她兴奋得没心思好好吃饭,只勉强吃了几口,唠唠叨叨地扯东扯西,就是不敢提这趟行程,生怕他变卦。他把她带到上登陆艇的地方:"没多远,傍晚前,它就会再把你送回来的。"

"是,长官。"她轻快地应了一声,偷偷地挤挤眼睛,然后跳进了小艇。小艇正要开动,"埃尔多拉多"号上有人嚷嚷起来:"那姑娘不能上岸!"玛吉暗暗嘀咕:"哦,见鬼。"那个声音继续说:"她得戴个头盔。"

一个头盔飞了下来,她伸手接住,这才意识到这是她唯一的战地装备,她没带水壶,甚至连地图都没有。这"没多远"的行程不仅花了两个小时,而且距离海滩还有一半的水路,她和一个澳大利亚记者就得下来换乘一辆水陆两用车。

两人跳上岸。"这是'橙色海滩',"水陆两用车的司机解释说,"'棕色海滩'的浪太大了。"玛吉抬腿往沙滩上走,听到司机在车上喊:"我今天不回来接你们了。起风了。"

玛吉非但不发愁,反而很高兴,这意味着她可能得待上一夜。她问澳大利亚人"棕色海滩"在哪里,他甚至都不知道还有个"棕色海滩"。他问:"你的地图呢?"

"我没有。"她坦言。

他也没有,说:"我就写我碰到的第一支作战部队。"

这主意听起来不错。可哪里有战斗?战斗的声音远在天边,直到她听到嗖的一声,紧接着是一声爆炸。二十码外沙子喷溅。"流弹。"澳大利亚人说得很镇定,然后又一本正经地加了一句,"你给它拍张照吧。"

以前父亲总是教她,如果迷路了,就去找警察,于是她走到一条土路上。几分钟后,一辆宪兵的吉普车开到她旁边。

"'棕色海滩'在哪里?"她问道。

两名宪兵从来没听说过"棕色海滩"。"是个陆军海滩。"玛吉说。

"我们带你去一个真正的海滩吧,姐妹。我们送你去海军陆战队第6师。"

玛吉跳进吉普车,但澳大利亚人情愿自己去找另一个师。玛吉心花怒放,真是事事如意。第6师师长是谢泼德少将,她记得在乌利西,他亲口邀请她去找他,她一再强调自己没有通行令,可他只是呵呵地笑笑。

谢泼德见到她并不意外。他早就猜到,即使没有通行令,她也会忍不住上岸来的。"亲爱的,你真是个勇敢的姑娘。"从来没有人说过比这更中听的话。他邀请她一起用餐,她刚在一张用木板做的桌子旁坐下,就听到一阵轰隆隆的巨响,像是有好几辆货运列车从头顶驶过。太吓人了,她担心自己害怕的样子都被人家看出来了。

"别怕,玛吉,这是我们的。"谢泼德解释说,这是他们师的155毫米榴弹。又来了一发,她又抖了一下。"你会习惯的。"他说。

饭后,该师的资深战地摄影师把她拉到一边。他说她的相机太闪了,会招来狙击手的冷枪。他在镀铬部件上涂了一层黑漆。"如果我们在前方引敌人开火,作战部队会让我们退下来的。"他主动提出第二天早上教她一些要点,但她说到时候自己应该已经走了。

和谢泼德坐在一起的一名上校向她招招手。"你该回海滩去了。"他说。

她说没小艇来接她回船上，但或许可以搭顺风船回去。

"还是在这里过一夜保险。"上校说，路上有狙击手盯着。

玛吉良心上过不去。如果晚上她不回"康福"号，麦克可能会有麻烦。她跟谢泼德坦白，她上岸来只有口头命令。

"我不会给平民下命令的。你自己做决定吧，玛吉。不过上校刚才说的话你可要记住。"

玛吉很心动，但嘴上还在说"还是回去的好"。她说："况且，从来没有一个女记者彻夜不归，跟着海军陆战队作战师。"

谢泼德笑了："这点我也同意。"

她说："也许，就为了不挨批，让一个海军陆战队司机去当狙击手的靶子，好像也不太公平。"

"我也认为这不公平。"谢泼德被逗乐了。

那天晚上，她睡在少将的野战办公室里，其实就是一顶帐篷。一觉醒来，见天色大白，心里有点懊恼，匆匆解决了早餐。她得知前方有八名海军陆战队队员伤势严重，一辆医疗吉普车马上就要出发去野战医院送物资。她记得一位经验丰富的摄影师曾对她说过，想做什么就去做，千万别去问人家同不同意，于是也没问可不可以，直接跳上了后座。

"你跟我们一起去吗？"一名海军中校惊讶地问她。

"除非你们把我扔下去。"

"那倒不至于。"

玛吉被四个全副武装的海军陆战队队员包围着，就这样奔赴前线了。梦想成真了！吉普车往山上开去，绕过一个弯道，看到一辆坦克，坦克的炮管挡住了他们的去路，吉普车司机甚至都没减速，只是挥了挥手，炮塔上也有一只手挥了挥，坦克开了一炮，然后抬起炮管，刚好让吉普车安全通过。过了一会儿，玛吉听到后面又传来一声炮响。开炮的节奏，一拍都没漏。除了悬垂的树枝，没有什么可看的，但是战斗声越来越响。他们在一个村庄的废墟间匆匆忙忙打发午饭。玛吉有点好奇这里的村民是死是活，情况怎么样。

中校说："这地方真的被我们扫平了。"

饭后,他们继续赶路,玛吉抱着相机随时准备拍照。没有人,只有死鸡、死狗、死老鼠。这一整片都被炸毁了,哪里还找得到地方来充当救护站,更别说野战医院了。找了半个小时才发现一幢建筑物,四面巨大的石墙完好无损。

一个卫生员往里面看了看,喊了一声"空的!",那就接着再找。

玛吉不耐烦了。这一天都快过完了,还没看到前线。"我们明天能看到吗?"她问道。

其他人都被逗乐了。"就在我们脚下啊,"中校说,"我们从那辆坦克旁边经过之后,就一直没退出前线啊。"他告诫她,不要在她的稿子里写她已经越过前线好几英里,"我们这么转来转去,可能在这无人区推进的距离不会超过一千码,一直在这个范围内打转"。

"噢。"她说。

天快黑了,他们才找到野战医院。这是一座木头建筑,有很多窗户,每一块窗玻璃上都有纵横交错的胶带粘着。指挥官是个瘦削的军医,他目瞪口呆地看着玛吉:"你怎么来了?"

"她想拍你们是怎么用血救人的。"中校解释说。

吃过一顿热腾腾的炖菜,她被领着参观了一下。这原本是冲绳的一所学校,十几个伤员躺在一间教室里,工作人员住另一间。一名药剂师军士长把玛吉带到她晚上要睡的小床边。他说,这位置好,万一夜里敌人摸进来,"要割喉咙,你会是最后一个"。

她被喊叫声和两声枪响惊醒。外面一片漆黑,黑暗中亮起两道刺眼的强光,是吉普车的前灯。她抓起相机冲了出去,看到四名伤者躺在担架上被抬了进来。她看着军医在一盏手电筒的光柱下抢救一个胸口被打了个大洞的海军陆战队队员。医生命令药剂师军士长叫醒两个人来打手电筒。

"叫一个就行了。"玛吉放下相机,拿起了手电筒。

"你凭什么认为你不会晕倒?"军医问这话的时候都没有抬头。

她感到喉咙口有东西顶上来,可还是说:"我不会的,医生。"

整整两个小时,她看着这名来自威斯康星州的医生用百倍的细心挽救了一个生命。最后一针漂亮地缝好,玛吉的胳膊已经没知觉了。她放下沉重的手电筒,可手还一直抖个不停。

她觉得不可思议,这个伤员竟然忍受得了这样的手术。"这么痛,他怎么受得了?"她问道。

"哦,人类的忍耐极限还从来没有达到过。"药剂师军士长的声音透着疲倦,一副漫不经心的腔调。

玛吉恼了:"说什么呢,军士长!"

躺在板条箱上的军医在黑暗中喊她:"姑娘,睡吧,不要惦记吃早饭了。"他答应配合她让她拍几张照片。

这一天,海军陆战队把该岛一切为二,陆军两个师在敌人散乱的抵抗中稳步向南推进。相对来说,伤亡人数还是很少。日军这是怎么了?他们放弃了吗?

在东京,总理大臣小矶国昭正在拼命地为保住位子做无谓的努力。他甚至打算对内阁进行彻底重组,但对他提交的这份计划,木户侯爵的反应相当冷淡,小矶一怒之下宣布第二天就辞职。

这次又得由木户来推荐一名新的总理大臣。第一步他先分别试探四名军方领导人的意见。他对每个人都建议,或许该组建一个"皇军大本营"或"战争指挥"内阁,由总理大臣(必然是军人)一人掌控国家事务和最高统帅部。

陆军参谋总长东条和陆军大臣都表示反对。东条承认:"冲绳那边的战况是不太好,但日本必须做好战斗到底的准备。"陆军大臣也同样悲观:"但是苏联打败德国后,他们也许会建议盟国跟我们和谈。"

海军军令部总长怀疑,即使冲绳岛战役胜了,也未必能结束战争,"敌人只会卷土重来"。

这三人的话让木户相信,最高统帅部终于认清现实,知道日本是赢不了的。至于第四个军事领导人海军大臣米内光治,据木户的线人透露,他正在暗中争取和平,所以当米内推荐海军大将铃木贯太郎时,木户接受了这个人选。他相信自己能够说服年迈的铃木和平解决日本的困境。

4月5日下午,"重臣"们在宫中集合,帮助木户遴选总理大臣。首先发言的是东条。"小矶在辞呈中说,国家事务和最高统帅部都需要进行修正。"他挑衅地看了看在场的所有人,"这是什么意思?"

"这点小矶总理大臣没有特别说明。"木户平静地说。

"在战争期间,政府多次进行变动是不可取的。"东条的口气咄咄逼人,"下一个内阁必须是最后一个!现在,有两种观点:一是认为我们应该战斗到底,以保障国家的长远利益;二是坚持迅速实现和平,哪怕得接受无条件投降也在所不惜。我认为这个问题必须得解决。"

海军大将小高回答说,他们还必须考虑各种各样的问题,"这个内阁要肩负起我们国家的命运直至最后一刻,这个内阁还将集结全国的力量。是战是和这种问题不能在这里讨论"。

两名前文官总理大臣试图安抚东条,两人都坚称必须战斗到底。虽然讲得一本正经,但木户听得出这是在假意迎合。关于下一任总理大臣必须具备哪些必要条件,大家辩论了一个小时。一名文官说铃木合适,在场的人纷纷表示赞同,除了东条,但他的意见被当场驳回。七十八岁高龄的铃木推辞说自己听力不好,但最终还是被木户说服,同意走马上任。随后觐见天皇时,已经在御前当了七年侍从长的铃木也准确地领会了陛下没有说出口的话:他得尽快结束这场可怕的冲突。

### 3

玛吉还在前线拍照,采访海军陆战队队员,了解真正的仗是怎么打的。这是她人生中最紧张、最难忘的时刻。战争的现实面貌令她恐惧、厌恶,但作为回报,她也看到了战士们舍生忘死的英勇气概,而这些人,她在生活中原本是不屑于搭理的。

"冰山行动"依然势如破竹,进展远远超乎预期,一路上敌人只有几个前哨点在抵抗。4月8日中午,特纳将军自信满满地发无线电报给尼米兹:

我可能是疯了，但看情形日本人已经放弃了，至少在这段是这样。

尼米兹回电嘲讽他：把"疯了"后面的全删了。

几个小时后，陆军的两个师在首里城以北终于遇到了第一个强大的日军防御阵地。这个山脊看起来不像是什么难以突破的障碍，山势相对平坦，而且也不高，只是一个被野草、灌木和小树覆盖的矮矮的土丘。4月9日上午，步兵冲到山头，遭到激烈抵抗，被迫撤退，伤亡惨重。真正的冲绳战役开始了，而这次冲在前面的是陆军大兵，不是海军陆战队队员。至于海军陆战队第2师，此刻还在运输船上待命，在中国东海转悠，准备随时上阵。

那天上午，把玛吉送到野战医院的吉普车又来了。"你还在这里？"那名海军中校说。他让她带上相机："你得走了。"

"回去？"她心里咯噔一下。

中校呵呵地笑起来。他告诉她，如果想去看看最前线的医疗站，就上来，"这个站点现在已经不算是最前线的医疗站了"。他们由作战部队一路护送，半道上被两场激烈的交火耽误了一会儿，但中午不到，她就看着第一个伤员进了新医院。在接下来的四十八小时里，她采访了无数个伤员，忙得晕头转向。

4月11日上午，她的吉普车被一名海军陆战队宪兵拦住。他哀怨地说，她不该再让他们做这种事了。玛吉不知道他在说什么，她压根儿就不认识他："我从来没有要求过你为我做任何事啊。"

"你是没有，小姐，但是他们每天都会用无线电来查问两三次，问我们有没有看到你。"他说上头下了见人即抓的命令，"我们收到的是见人即杀，但我想应该是传输错误。"他抱怨说，光是今天，她就从他身边过去了三次。

"你想现在就要逮捕我吗？"

"不是我。"但她是否可以去见一下师部的公共联络官？

车子沿着海边跑了几英里,最后把她送到了一座损毁了一半的建筑前,她在这里见到了该师的公共联络官,这名中尉看起来像是有一脑袋的官司。

"你被捕了。"他说。

"你不能逮捕我,我是来自首的。"玛吉说。

两人争了几句后,中尉告诉她,她的罪名是伤了一名将军的颜面。

第二天一早,她乘一艘运送伤员的坦克登陆舰离开了冲绳。年轻的舰长是一个中尉,他说:"你可以留在船上,等我用无线电通知舰队他们已经找到你了。"十分钟后,他收到了最优先级回复:

把麦格林小姐关在住处
万万不得让她下船。

中尉把她带到他的舰长室:"你做了什么?"

她不知道,她问他大家怎么好像都听说她在岸上失踪了。就在这时,空袭警报突然响了起来,空中密密麻麻的小点呼啸着冲下来。神风特攻队大举进攻了!有一个径直朝她冲过来。十几艘军舰向这架飞机发射炮弹。玛吉吓得愣住了。有个活生生的人对准她,把她当成目标,誓要与她同归于尽。然而这架飞机有个更大的目标——她右边一艘护航的驱逐舰。撞上了,轰的一下炸起来,场面惊人,玛吉以为船马上就会沉下去,她能看见甲板上有小小的人影在爬;半个小时后,当这艘驱逐舰驶过时,她看见上面躺着一排排被烧焦的裸体。

玛吉看到四面八方都有燃烧的船只,沉了的,严重受损的,肯定不下二十艘。下午,一艘汽艇靠过来。一名海军陆战队宪兵命令她先上,自己在后头盯着。她掩饰住内心的惶恐,向坦克登陆舰上的人挥手告别。汽艇驶到"康福"号医疗船边上。"上船吧,女士。"宪兵粗声粗气地说。

她在甲板上见到了一名和蔼可亲的海军机上护士,可一个中校的态度就没那么好了:"麦格林小姐?"

"是,长官。"

"在我们开船之前,你得待在住处,哪儿也不许去。"他厉声说。

"交给你了,长官。"海军陆战队宪兵说着咧嘴一笑,"再见,玛吉。不管什么事,你就跟他们说你没干过。"

她哥哥还在去塞班岛的途中。就在神风特攻队袭击之前,海军陆战队第2师奉命起航返回塞班岛。显然,冲绳岛这场战役用不上他们了,这样在海上干等着,要是中几枚鱼雷,死的人会比打一个月的仗死在战场上的还多。那天晚上,他们得到消息:罗斯福总统去世了。整艘船弥漫着忧郁的气氛。他是这些人唯一熟悉的总统,他们中的大多数人感觉像失去了一位至亲。马克也在哀悼,尽管他是美国和平动员协会成员那会儿,曾一度把罗斯福看作是反动分子。

他的父亲也在痛惜失去了一位老友。伤心之余,教授还在担心:总统过世会影响到战争的走向吗?继任的哈里·杜鲁门也会要求无条件投降吗?尽管有种种过错,但罗斯福毕竟是人道主义者,有远见,偶尔也会听取好的建议。麦格林觉得哈利·杜鲁门甚至都不知道他是谁,就算知道,也肯定不会来问他的意见。

在东京,日本的宣传家们正在借此事大做文章,说罗斯福死得很痛苦,临死前还说"我错得厉害",而事实上,总统的原话是"我头痛得厉害"。但新任总理大臣铃木大将在广播里向美国人民表达了慰唁。同一天,他还批准组织一支志愿军,吸收十五岁到五十五岁的男性以及十七岁到四十五岁的女性,为本土保卫战做准备。

几天后,麦克道尔偷偷来见玛吉。她怕他会生气,可他却只是抱住她,叫她不要担心。

"我真的忍不住。"她试图解释。

"是啊,你忍不住要犯傻。"他温柔地亲吻她。

令她懊恼的是,眼泪不争气地狂流:"我希望没给你惹麻烦。"

他笑了:"谁他妈的在乎啊!你觉得我加入海军是为了往上爬吗?"他叫她"不要和任何人说话。等他回来,他会处理的",他得先和厄尼·派尔去别处转一下,"陆军想带他去此处以北几英里外的一个叫伊江岛的小岛,他要我陪他一起去"。

派尔此时正在"帕纳明特"号上休养,他在冲绳岛染上了感冒。"我老了,不能再跟着这帮孩子在战场上折腾了。"他向谢罗德坦白,"再过一个月左右,我也要回家了。"他还给他的好朋友马克斯·米勒中校写信说:"我有一种诡异的感觉,老天有眼,又让我躲过一劫,但如果我还不知足,拿自己的命再去赌,那死了也是活该。所以我要说话算话,我向你保证过,也向自己保证过,那是最后一次。"

他说话算话,和麦克道尔在船上看着陆军登陆伊江岛。美军没遭受什么伤亡就控制了三个简易机场和小岛三分之二的地方。4月17日,派尔、麦克道尔和其他记者上了一艘希金斯艇。有点冷,厄尼套了件夹克,不想让自己再感冒:"我就像书里说的那辆单马车,说不定什么时候就突然散架了。"

他们生怕闯进雷区,不敢自己走,在海滩上等向导来领他们去305团的战地指挥所,可左等右等,向导也没来,他们索性驾着吉普车跟上了一辆弹药车,一路上很警惕,时刻提防有狙击手放冷枪。前方不远处,一个士兵一脚踩在地雷上。恐怖的场面看得厄尼脸色煞白:"我真希望自己是在阿尔伯克基。"

下午,派尔采访了许多官兵。"我有一种如鱼得水的感觉。"他告诉麦克道尔。他感冒好了,兴致很高,不祥的预感也消失了,不再觉得自己要死了。第二天早上,派尔、麦克道尔和305团的几名军官坐上一辆吉普车又上路了,还是前一天那条窄得只能容一辆车通行的小路。前方耸立着一座600英尺高的山峰,大兵们叫它"小尖塔"。整条路的地雷都已被排除,也没有狙击手的踪影,这趟旅程显然不会有什么危险。

在伊江村附近的一个十字路口,一阵嗒嗒嗒高音调的枪声传来,麦克道尔听出这是日本机关枪。一架31口径的南部机枪正在扫射他们的左侧和近前方。麦克道尔看见左边的田野里尘土闪烁。驾驶员一脚踩下刹车,车上的人冲向路边的浅沟。派尔、麦克道尔和一名上校,他们三人都没事,只要趴在地上别起来。最后,上校小心翼翼地抬起头找他的战友。

麦克道尔和派尔也抬起头来。看到其他人都在，派尔笑了，大声喊："你们没事吧？"

突然间一阵扫射，路面被啃烂，上校的脑袋上方是跳飞的子弹。他转头问厄尼有没有事，却看到厄尼仰面躺着，脸上没有血，然后发现他的左太阳穴上有个洞。这时，麦克道尔身子瘫软下来；他的右眼不见了。

士兵们用薄木板做了个棺材，把派尔和他爱的大兵们葬在一起，葬在这个离中国东海约一百码的地方。他是戴着头盔下葬的。"我们觉得他应该想要这样。"一位牧师说，"大家觉得这样看起来更自然。"他们把麦克道尔安放在他旁边。

4

冲绳岛上的官兵都在为厄尼·派尔的死唏嘘叹惋。玛吉首先想到的是麦克道尔，但似乎没人知道他是死是活。在几个小时里，她一度绝望，又燃起希望。听到真相的那一刻，她悲痛欲绝。她庆幸自己被禁足在自己的小房间里；她想一个人待着，独自承受伤痛。事实上，她不习惯这种情绪。她只经历过家族的几位长辈过世，在她眼里，那都是正常的死亡，不是横死。

然而失去麦克道尔，她感觉就像腹部挨了一记重拳。在遇见麦克之前，她一直以为自己这辈子永远都不可能真的爱上一个人。她想起一开始他显得那么迟钝，后来发现他是个少有的好男人——寡言少语、善解人意的行动派——她对他的好感与日俱增。还有谁能那么痛快镇定地把一桶冰水扣在"咸猪手汉克"头上？

日子一天一天地挨过去，冲绳岛上的战斗越来越激烈。玛吉无事可做，只能干坐在船舱里，等着船开。最后，满载伤员的"康福"号终于起航驶向关岛。这艘灯火通明的巨型白船没有遭到神风特攻队的骚扰。玛吉终于获得了自由，她一刻不停地采访拍照，试图借工作来摆脱伤痛。4月28日晚，她累得精疲力竭，往小床上一倒就睡了过去。自麦克死后，这是她第一次实实在在地睡着。突然，警报声蛮横地把她拖回现实。她听到有喊叫声,然后有东西打到船体发出砰的一声闷响。"康福"号似乎在剧烈晃动。外面有人在尖叫。由于常规警报器被毁,公共广播系统发出了全船警报。玛吉闻到了烟味,听到一阵猛烈的爆裂声。她猛地打开门,门口的火焰扑过来的冲击力差点把她弹回去,前方是一片火海。她砰的一下甩上门,打湿两条毛巾,用毯子把自己裹起来,爬到床底下,再用一条湿毛巾盖住头和肩膀,用另一条捂住口鼻。

半个小时后,水兵找到了她。她上面的床垫已经被烧毁,但她还活着,趴在地上。她想翻身,但感到背上一阵刺痛。第二天,她得知神风特攻队袭击了他们的船,伤了四十九人(包括她),死了二十九人。

船在关岛靠了岸。尽管身上有烧伤,她还是能够自己走下船去。记者团中尉来迎接她,他很同情,但带来了坏消息:她的随军记者资格被取消了。中尉责备她——她伤了一名海军将军的颜面,还让海军和其他军种的几名将军为她担忧。她正准备上一架飞往旧金山的空军货机,一名海军陆战队将军走过来,对她的伤势表达关切之后,他祝贺她死里逃生,表示他很遗憾要把她送回去。

玛吉微微一笑,这个她还能做到:"但是你一定要下达对我见人即杀的命令吗?"

"没有的事。"他申辩说。

"那见人即抓呢?"

"也没有这回事。"他露出慈父般的笑容,"我们只是想救你的命,玛吉。"

马克也在哀悼麦克道尔,但他对妹妹的遭遇一无所知,他以为她还在冲绳岛近海的一艘船上报道这场战役。他已经回到塞班岛,在为下一场战斗进行训练。有传言说他们要去攻打九州或本州,还有传言说有几个营可能还得回冲绳岛去。他过得很开心,游泳,阅读,跟图利奥和6团1营的其他老朋友胡闹。他和比利 J 的感情进一步升华。他升了中尉,还因为在硫黄岛的功绩又拿了一枚银星勋章,中校自豪得不得了,简直把他当成了自己的亲弟弟。

与此同时,冲绳岛上的战斗还在持续,陆军仍然是战斗主力。他们最终以巨大的伤亡代价突破了首里城前方的防御工事,在海军陆战队的帮助下向南推进。冲绳岛现有 170000 个美国人,这里也和塞班岛一样,正在被改造成一个小美国。他们拓宽整改了道路,建起了军需品存放站,安置了高射炮,并搭建了连接所有陆军和海军基地的电话网络。

日军在 5 月 4 日发动了一次亡命反击,但第二天中午,美军就收复了失地,以前所未有的速度继续向前推进。日军那边,即使是最激进的少壮派指挥官也觉得冲绳守不住了,败局已经无法扭转。

几天后,5 月 8 日正午,美军突然三次炮火齐鸣,大炮和舰炮几乎全体开火,把日本人搞得很诧异。这是美国人在庆祝——德国投降了!但是,即使承认必败无疑,日军也没有丝毫懈怠,他们决心奋战到底,让美国人每进一步都付出血的代价。

# 第二十九章

## 1

**13 号营 1945 年 4 月**

渡边少佐承诺的改革有许多已经实现。美国战俘还真的玩起了棒球和足球,当然是在天气条件允许的情况下。大家都很喜欢业余的综艺表演和乐队演出。同样受欢迎的是歌咏会,大伙儿齐唱美国人最喜欢的《上帝保佑美国》和全世界人民最喜欢的《保佑他们》。伙食的量略有增加,煤矿里的条件也一度有所改善。但是,日本各地一次次地遭受燃烧弹空袭,无形之中,比利小子那帮家伙的势力也就大了起来。他从未公开反对过少佐,但"绅士吉姆"(战俘们这样叫他)无法亲自盯着集中营,于是战俘们挨打的现象越来越频繁。

而且比利小子现在有了一个强大的盟友,美国人哈利·艾博特中校。尽管他级别比迪格斯高,但他只要求当食堂主任。他效率很高,人也勤快。他列了一长串的规则,张贴出来,任何人违反,不论级别高低,都得受罚。他不能容忍偷窃食物或物资的行为。涉及食物,他的命令就是法律,这么一来,他成了 13 号营里最有权势的战俘。

一开始,其他军官还挺喜欢他的,因为他管理有成效,但后来听说他不仅自己动手殴打犯规的人,还把人交给比利小子接受更严厉的惩罚,这时候,他们就想换掉他。迪格斯中校先是劝他宽容些,但是不管用,于是就试图换另一个军官来接管食堂,可艾博特不答应,他有比利小子撑腰。

波波夫现在已经完全康复,他在食堂干活,一直在向威尔和布利斯通报艾博特的所作所为。新的受害人是一个名叫班宁的下士,他用香烟从日本人那里买来米饭,在食堂里卖给别人。中校把班宁打趴下后,还踹了几脚,然后交给了比利小子,任他把班宁带去了警卫室。

"我听到班宁对艾博特大喊:'艾博特,就算我活不到你被送上军事法庭的那一天,别人也会送你上去的!'我发现班宁整整两个星期,几乎没怎么吃东西,然后艾博特让我给他送去半盘米饭。你知道的,他是海军陆战队队员,很强壮的那种硬汉,但我告诉你,他快要饿死了。"

威尔把这话一五一十地告诉了迪格斯,两人一起去食堂。艾博特正在弹曼陀林,眼神迷迷蒙蒙的。迪格斯问他为什么把班宁交给鬼子。

"因为他拿米饭做非法交易,他在腐化其他人,班宁是自找的。不管是谁,只要被我逮到在做黑市买卖,都是一样的下场。"

迪格斯愤怒地要求他去把班宁从警卫室弄出来,别让他死在那里。

艾博特淡淡地打量着他:"迪格斯中校,我资历比你高,你没权对我下命令。我在正当履行我的职责。我来管食堂,你去管其他的事。"

威尔和迪格斯向渡边少佐求助。他很尴尬,但没勇气承认,受空袭事件影响,比利小子这批强硬的卫兵势力越来越大。"你们美国人为什么不能像英国人和荷兰人那样守规矩呢?你们和澳大利亚人总是惹麻烦。"

为了辩解,迪格斯向他投诉比利小子折磨人的新花招。他会逼人跟自己较量柔术,一遍又一遍地把对方摔在地上。"还有,长官,"威尔补充说,"你能不能管管那个在警卫室里快饿死的美国下士?他叫班宁。"

"没这么严重吧?但我会调查的。"渡边马上岔开话题,"我必须强调,你们得停止这种买卖,太可耻了。"

一走到外面,迪格斯就说:"我觉得他不敢对抗比利小子。"

几天后,迪格斯和威尔被叫到指挥官的办公室。渡边和蔼地招呼他们,几乎带着歉意:"我有个不幸的消息要告诉你们,你们的总统昨天去世了。"

威尔大吃一惊。这么久以来,罗斯福一直是他们的总统,久得令人觉得他会永远是他们的总统。

"坐下吧,先生们。"

往事桩桩件件涌上心头,令威尔一时难以排遣:"我父亲是他的好友,他们是哈佛同窗。"

渡边把总统过世的报道读给他们听:"要知道,你们可能会觉得很怪,但在所有的国家领导人中,我最崇拜的就是罗斯福先生。希望你们的某位牧师能为他主持一场追悼会。你们在美国会这样搞吧,迪格斯中校?"

"是的,少佐。"

"请你叫个牧师明天这样搞一下好吗?就安排在操场。"他犹豫了一下,"我……我很抱歉我不能亲自到场,但我会派我的仪仗队代表我参加的。"

第二天下午,大多数能来的美国人都来了,包括共和党人,大家在操场集合。到场的还有八名身着全套军礼服的日本士兵,就在仪式开始之前,渡边本人也出现了。

一位新教牧师叫战俘们面对美国,一个美国号手吹响丧葬号音。威尔感到喉咙口有块东西顶了上来,他强忍着眼泪。全场静默良久之后,牧师做赐福祈祷。

尽管渡边这样公开对敌人表示尊敬,但他还是无法阻止下属的暴行。他尴尬地向威尔和迪格斯承认,他管束不了比利小子,总是有证人证明他没有做错事。5月初,一名中士跑来找威尔,他说有个战俘在警卫室外遭毒打。威尔赶过去,见独臂强盗正举着棍子准备抽人,那人已经满头是血。威尔从后面上去一把抓住棍子。独臂强盗吃惊地转过头。

"怎么了?"威尔用日语问道。

"他没有向我敬礼。"

威尔认出了"水管鼻"麦吉,一个精力充沛的爱尔兰人。"该死,麦吉,我前几天还告诉过你要好好敬礼。"他转过头面向独臂强盗,"应该好好揍一顿这个蠢货。把他交给我吧,我来揍他,一定打得他一辈子都忘不掉。"

他怒气冲冲的样子让独臂强盗信以为真,由着他把麦基带走押回营房。威尔抓起一把扫帚,像是要拿来揍人,他把小伙子推进门:"你这蠢猪!给我大声叫!"扫帚柄狠狠地抽在柱子上,麦基嗷嗷大叫着装疼。几分钟后,威尔把扫帚递给他:"现在把营房打扫一下。"

到四月底,战俘们已经习惯了在去本州的路上看到B-29。飞机在大牟田投了几枚炸弹后,营地里便加紧建造大型水泥槽来存储消防用水。妇女们第一次进入营地来帮工,大多数都很年轻,自被俘后一心只考虑生存的男人们突然间性意识觉醒。一天早晨,威尔在营房的厕所里小便时,听到咯咯咯的笑声,他转过头看见一个十七岁左右的女孩正盯着他看。

她在欣赏他的生殖器。他臊得脸都红了,慌忙扣上扣子。

"美国男人能让女人生出又大又壮的宝宝。"她说着便开始脱她的劳动裤,吓得他仓皇退避。其他人可没这么不情愿。这些通常被称为"混凝土安妮"的女人会索要一块肥皂作为回报,但也有一些只对怀孕感兴趣的。

春天早早地来了,偶尔会有和煦的微风拂过营地,带来有明湾的咸味。几乎每到午夜,B-29机群都会轰隆隆地从头顶经过,飞往本州。大家很高兴,终于快熬出头了,很快就能自由了。每逢这时候,警卫室边上的空袭警报就会拉响,战俘们在黑暗中发着牢骚拖拖拉拉地摸向120英尺长,但仅6英尺深、8英尺宽的防空洞。

尽管响了无数次警报,但一直没有炸弹落入营地,直到五月初,威尔还是像往常一样慢悠悠地走出去,刚走到防空洞口,瓦砾就像雨点一样劈头盖脸地落下来。另一枚炸弹砸到操场附近的同时,他冲进了安全地带。接着又传来好几声爆炸。

有人打开门,威尔能看到外面的熊熊火光。"医院。"迪格斯中校大叫一声,匆匆忙忙地向外跑,威尔和十几个人跟在后面。营地成了一片火海。医院和其他建筑,包括他自己的营房,都在燃烧。日本人在用老式水泵采水灭火。有些战俘在帮忙,还有些在喊:"别管他们!烧吧!烧吧!"

大牟田似乎被笼上了一层橙色,像是整个城市都在烧。有些美国人乐得欢蹦乱跳,但威尔担心早上比利小子会来报复。

挨打的人次确实是多了，稍有一点所谓的"不守规矩"，就是一顿毒打。当天，班宁死在了警卫室里。老资格的美国军医普鲁特坚持要求看一下尸体。他大吃一惊——班宁显然是被活活饿死的，他本来有170磅，现在缩得只剩下三分之一。

当天晚上，艾博特中校发现一个叫哈里斯的人在厨房里偷馒头。他大声训斥，列数偷盗如何要不得，给听得见他吼声的所有人都上了一课后，打发人去找比利小子。那魔头还带来了两个帮手，三个日本人当着在食堂里干活的全体战俘的面，又是棍棒，又是拳头，一顿毒打后，哈里斯被他们拖进了警卫室。

在接下来的一个星期里，有人报告说哈里斯在遭受各种虐待。一名下士看到他跪在锋利的竹竿上，日本人在用皮带抽他。还有人看到他被吊着手指挂在警卫室外面。有人做证说，一顿毒打之后，日本人又泼了他一身水，在他脖子上缠了一根电线，通上电。他们什么也不给他吃，受了九天的折磨后，他躺在警卫室外面雨中的泥泞地上不省人事。翌日早上，一个日本医生宣布他死于心力衰竭。

大牟田遭受的几场空袭让矿场的监工变得更加暴戾，他们把挫败感都发泄到了战俘身上。战俘们经常看到比利小子在和矿场主管说话，他准是在怂恿他们下狠手。威尔和布利斯主动要求再下井去看看是否能帮上忙。第一天，他们组的成员都不肯去一个新的硬石矿井寻找矿脉。

"这是自杀。"一名士兵告诉威尔，"你去问问白数。"他也是监工，但对战俘比较同情："让他告诉你，上次派去的那批人出了什么事。"

白数一开始吓得什么都不敢说，但威尔向他保证不会说出去，他才承认上一批人没算准炸药爆炸的时间，所有人都被炸成了碎片。他也怕死，但不得不服从命令，否则就会丢掉饭碗。

威尔向一名高级职员投诉说这严重违反《日内瓦公约》："战争很快就要结束了，我保证，如果你不帮我们，我会把你推上战犯席接受审判。"

那人吓得脸色煞白，马上挤出小职员巴结的谄笑："上尉，这是个误会。三井公司严令我们一定要善待战俘。"他叫来监工头，大声斥责他竟然犯这么愚蠢的错误，一转身，对威尔点头哈腰，一副谄媚相。

尽管如此,大多数监工对待战俘还是非常苛刻,有些人受不了,故意摔断胳膊或腿以求脱身,而性子烈的就搞破坏报复:他们在发动机里灌进细灰,把手提钻和特殊工具埋进瓦砾;更常见的一种手法是拔掉传送带滚轮上的开口销,让数百英尺的橡胶受损;他们还从食堂偷来糖,掺进各种发动机用的汽油里。

这些破坏行为激怒了比利小子,他比焦头烂额的煤矿公司职员还要生气。他与艾博特继续狼狈为奸,联手镇压。到6月初,营地里几乎没有一个军官再愿意和这个中校说话。尽管动不动就会招来毒打,但战俘们变得越来越叛逆。尤其令他们愤怒的是,卫兵偷他们的红十字会包裹。自1月份以来,每个战俘只收到半个包裹,卫兵们却老是拿着美国香烟和巧克力在他们眼前炫耀。

波波夫不仅身体恢复了,兴致也恢复了,他说服另外两个在食堂干活的战俘跟他一起去夜探防空洞,那里存放着数百个红十字会包裹。一个人负责把风,另一个人帮第三个人从防空洞的通风口钻进去。在接下来的一个多云的夜晚,计划开始实施,波波夫负责望风,但就在第三个人开始下通风口的时候,艾博特出现了。

"小偷①!"他大叫起来。

几个卫兵跑向防空洞去抓贼。三人在夜色的掩护下躲进最近的一间营房。波波夫和其中一人从厕所逃脱,而第三个人——"水管鼻"麦基——走的是营房里面,一名荷兰战俘被他撞倒,气急之下,撕破了他的衬衫。

翌日早晨,艾博特中校把大家召集到户外。他脸色铁青:"昨晚,有几个人企图从防空洞里偷食物,我们所有人的食物。你们有些人认出了这几个贼,我要你们站出来指认他们。"

没有人动。

"出来!"他命令。没有人动。艾博特一个个地看过去,见麦基的衬衫破了,"是你吗?"

---

① 原文为日文。

"不是,长官。"

"拉开衬衫。"

麦基照办,拉开衬衫,露出了红肿的抓痕。

艾博特抓住麦基晃了晃他的身体:"这是在哪里刮到的?"

"煤矿。"麦基说。

"你个死骗子,你在食堂干活。"他开始猛烈地推晃麦基。迪格斯中校从人群中挤出来。

"放开他!"

艾博特不理他,打了麦基一记耳光。

迪格斯抓住艾博特的胳膊:"妈的,中校,够了,别死盯着他了。"威尔和其他五六个军官也走上前来,气势汹汹的样子逼得艾博特放开了麦基。

"你要是去比利小子面前告他的状,我发誓,一定让你尝尝这么做的后果。"迪格斯说。

"我只是在做你们其他军官该做的事。这地方真是丢人现眼。"艾博特说得理直气壮,但凶悍的眼神暴露了他的本质。

威尔当即就去了渡边少佐的办公室,他气得浑身发抖,说话的时候还没平复下来。"少佐,情况已经到了无法忍受的地步。"他把刚才在操场上发生的事情说了出来,又把闷在心里的抱怨也宣泄了出来,历数日本卫兵近来的种种暴行,"你怎么能容忍他们对班宁和哈里斯做出那种事?你们怎么能这样啊?还是人吗?"他讲起了三艘"死亡船"上战俘所遭受的暴虐:"你们怎么能为这么不人道的行为开脱?"

渡边一直低头听着。威尔站在他面前,气得直冒汗。最后,他终于开口:"什么都不能为不人道的行为开脱,麦格林上尉。我不否认你对我所说的一切,我也相信确实发生了这样的事。"他指着一把椅子:"请坐下来听我说。"他一直等到威尔勉强坐下才继续说下去:"我曾在哥伦比亚大学求学,我的家人虽然是佛教徒,但也有信基督教的朋友,还有很多西方朋友。我所有的基督徒朋友都是忠诚爱国的日本人,但珍珠港这事让他们很痛心。我本人也是。我们都知道美国不是我们真正的敌人,尽管在有些问题上,你们不理解我们。"

"这和你们的暴行有什么关系?"

"请耐心听我说。我住在一个约五万人口的美丽的小城,那里有我们引以为傲的美丽的寺庙、神社和园林。人们很有教养,总体上来说,性情都很温和。城外大约一英里的地方有一个小型军工厂。在过去的三个月里,我们的小城被轰炸了六次。工厂在第一次空袭时就已经完全被摧毁,但是后续又进行了五次空袭——针对的是无辜的平民。城里四分之一的人因此丧生,我相信你们的海军陆战队在整场战争中遭受的伤亡也不会比这更高。"

"我很遗憾,少佐,但这是你们自找的。"

"我们自找的?这不能下定论。我刚刚收到一封从我曾经美丽的家乡寄过来的信。上周五,我自己家那幢简陋的房舍被燃烧弹击中,几分钟后,我失去了父亲、母亲、亲爱的妻子和两个孝顺的女儿。"

威尔很窘迫。

"上周我不得不去了趟东京。看到我们最大的城市几乎成了一片废墟,我无比震惊。你能想象纽约市沦为一片残垣断壁、碎石瓦砾吗?你能想象华盛顿的国会大厦成为废墟,林肯纪念堂里到处都是尸体吗?现在让我来问你,上尉。你觉得,对我数十万同胞的屠杀,其暴虐程度,不及你们在'死亡船'上遭受的摧残吗?"

威尔无言以对。

"我承认,你们的暴行是经过消毒的,没有一个美国人会用棍棒殴打日本妇女,用刺刀刺日本婴儿,但是日本妇女和婴儿被活活烧死,烧死他们的人坐在高处,没有听到一声他们临死前惊恐的惨叫。"他站起来,"我为我的同胞犯下的累累暴行感到羞愧。我只要求你扪心自问,你们消了毒的谋杀不及我们面对面的暴行残忍吗?我一直铭记耶稣的话,尤其是那句'让无罪的人来扔第一块石头'。"他弯腰鞠躬,然后打开了门。

威尔慢慢地朝营房走去。渡边的这番话让他很受触动,但他并没有被说服。对日本投弹是为了结束一场由他们自己挑起的战争,他们只要投降就可以结束一切苦难。美国又不会奴役他们,也不会强奸他们的女人,殴打他们的男人。

他见比利小子就在前面,便利落地行了个礼,但比利小子一把抓住他的胳膊:"他们说你是美国柔术冠军。"

威尔微笑着回答他:"没有什么美国冠军,我只学了点皮毛。"

"你给我练练手是够格的。"

威尔知道比利小子有多享受这种乐趣,不答应也没用:"我尽力而为吧。"

比利小子揪住威尔的衬衫,把他摔倒在地。威尔慢慢地站起来,心里在琢磨怎样才能不出手又不受重伤。

比利小子得意扬扬地说:"大美国人,小日本人。"威尔又被他摔在了地上,然后又慢吞吞地站起来。下一个回合,比利小子冲着威尔的脚一记扫踢,把他铲倒,他向前扑倒的那刻,比利小子抬起膝盖,正中他下巴。这时候,一群战俘和卫兵已经围了过来。卫兵们欢呼喝彩,而战俘们都为他捏了一把汗。

威尔的腿已经站不稳了,再这么被踢一脚,骨头就断了,他得保护自己。比利小子揪住威尔的衬衫,威尔一转身,抓住对手,一个大背跨把他拍在地上。

战俘们不由自主地欢呼起来。

比利小子慢慢地站起来,小心翼翼地向前移动。他目露凶光,活似凶神恶煞。两人绕着对方转。比利小子猛地向前冲过来,威尔往边上一闪,趁势把他推倒在地。这一次,战俘们明智多了,没有欢呼叫好,但心里乐翻了。

两个人揪住对方的衬衫,又一次转圈对峙,恼羞成怒的比利小子一个快动作,威尔看似要吃亏,但他虚晃一招,一转身,一记过肩摔又把对方拍在地上。

比利小子爬起来,向威尔猛冲过来,威尔不费吹灰之力就让他摔了个嘴啃泥。这一次,他爬起来的同时,抓起了他的棍子,他恶狠狠地朝威尔逼近。一个威严的声音喝止了他。

"把那名战俘带到我办公室来!"渡边少佐的语气很专横,他说完就大步流星地走了。

几分钟后,渡边在他的办公室里对威尔说:"你在这里再待下去,他们不会让你再多活一天的。14号营的指挥官是我的朋友,你会喜欢他的,他英语很好,会下将棋,他管理的营地还是模范营,他很幸运,手下的士官都不错。"

布利斯来了,他把威尔的东西都包在一条毯子里:"战后见。今晚我会要为你用火点个屁。"

渡边心里在说:这些美国人真是疯子。他和威尔握手告别:"后会有期。"

威尔心里在说:这些日本人真是怪人。他感谢渡边这样帮他。

一个职员把他带到楼后,一辆小卡车在那里等着他。职员叫他上后面的车斗,他爬进去后,帆布盖就拉上了。小卡车朝着大门驶去,威尔弓背蹲下。

几分钟后,威尔闻到了有明湾的气息。他们爬上了一座小山,放眼望去,左边一大片海,浪头起起落落。他安全了,麻烦没了。他轻轻地拍拍司机的肩膀:"14号营在哪里啊,战士?"

司机指着海湾对面:"那里,在长崎。"

## 2

前自由派外务大臣吉田茂依然在暗中活动,秘密争取和平。他之前帮近卫合拟了《奏疏》,这份主张尽快终止战争的《奏疏》令军方大为光火。听说小泽中将本人正秘密筹划与英国进行谈判,他立即赶到了皇军大本营。小泽彬彬有礼地招呼这名外交官,但当他听说日本海军计划用潜艇送一名谈判代表去英国时,惊得下巴都掉了。

"这种冒险的举动我一概不知。"他生硬地说。

吉田觉得自己像个傻瓜,可这消息是一位德高望重的元老告诉他的。他匆忙告辞。几天后,两个宪兵队的人到他大矶町的家里来找他,很客气地请他跟他们走一趟司令部。吉田以为是小泽告发了他,但后来在接受盘问时,他诧异地发现,自己被捕的原因与潜艇事件毫无关系。

"关于近卫公爵在二月份呈交天皇的那份报告,请把你知道的一切都交代出来。"

他猜得没错,他们发现了那份《奏疏》是他帮着写的:"我无可奉告。"根据宪法,通信隐私仍受到尊重。况且,他们怎么能叫他透露呈给天皇的报告写了些什么?

他们不肯罢休,从刨根问底的追问可以看出,他们真正想知道的是近卫向陛下提了哪些建议。其他审讯者开始盘问他与英美大使的友谊。他承认,自己跟格鲁尤其要好,在珍珠港事件后,格鲁被软禁在美国大使馆期间,他还时不时送吃的过去。

"我们得知,你当时承诺要与格鲁大使秘密会晤。你们在哪儿见面的?会面的目的是什么?"

"我从来没有做过这样的承诺!"吉田很愤慨。

"我们有证据。"

"那就拿出来。"

一名审讯人员递过来一封信,这是吉田在大使被遣返前写给他的。

"我寄这封信光明正大,我也知道要审查。这只是一封告别信而已。"

另一名审讯者指着信中的一句话,这句话是表达将来在局势好转的情况下再见面的愿望。

"那只是表示,'待时局好转,我们再见'。"

"换句话说,这是秘密会面的承诺。"

"当然不是,"吉田恼怒地说,"英语这样表述,你们可能会觉得是这个意思,但我只是在道别,根本没有什么所谓的秘密会晤。"

尽管吉田一再解释,审讯人员还是听不进去,他们礼貌地把他送进牢房,关押起来。他无可奈何,毕竟,这可以算是他们家族的传统,他的父亲也曾因在萨摩藩起义期间支持叛军而锒铛入狱。

因《奏疏》受到牵连的,吉田只是第一个,陆续被捕的还有十几个。其他的被发现有亲西方倾向的人也被带来审问,包括西园寺亲王的秘书和日美协会会长,主要目的是获得足够的证据把近卫弄进牢里。近卫向木户侯爵抗议:"为什么宪兵队这么迫切地调查我那份《奏疏》的内容?我实在搞不懂他们为什么要这样做。我是遵照圣意呈上这份报告,依照要求表达我的意见而已。"他怒不可遏,因为他觉得自己的家族和皇族一样尊贵:"如果再这样下去,所有的官爵勋位,我都不要了,统统放弃。在这种有损人格的情况下,我不能履行作为重臣的职责。我会直接去找陆军大臣阿南,要他给我个说法。"

木户想了想:"你先别去找阿南,让我先去会会他,我会让他给我个说法的。"当天晚些时候,陆军大臣向内大臣保证,宪兵队会停止所有有关《奏疏》的审讯。

近卫的怒火平息了,但是外务省这边的焦虑气氛还是没有消减。正怕听到有人敲他办公室的门,担心自己会莫名其妙地跟和平组织扯上关系,进而被查出他参与了罗斯福给天皇发函这事。

只有一个人看起来好像毫不在意,这人就是风度翩翩的冈崎,尽管大家都知道他跟吉田走得很近,但这名情报官镇定自若地在走廊里穿行,一如既往地穿着美国产的服装,举手投足依然散发着自信。他还在给顺的那个小圈子透露情报。

美国摧毁日本工业中心的行动还在持续。在东京,朋友见面打招呼的问候通常是"还没有烧光吧?",别的似乎都无关紧要。顺想起了在第一次大规模燃烧弹空袭前一直在东京广播电台不停播放的小曲:

> 我们为什么要害怕空袭?
> 广阔的天空有钢铁防御。
> 老老少少,是时候挺身而起!
> 我们肩负着保家卫国的光荣使命。
> 来吧,敌机!尽管来吧!

顺和他的室友懒得再去防空洞,他们蜷缩在壁橱里,用短波收音机收听B-29机组人员的对话。顺很着迷,这是自战争开始以来他第一次听到美国人讲英语。更妙的是飞机上播放的爵士乐,这令人振奋的音乐听得两个年轻人如痴如醉。

五月初,一串燃烧弹击中了正家的公寓楼,他们家也被烧了个精光。胜吾在皇军大本营附近为他们找了个新住处。一家人在新地方过得很艰难,弗洛斯身边的朋友更少了,周围的邻居对他们戒心很重。已经九个月身孕的她无法出去买东西,好在有外务大臣东乡和其他人给他们送吃的用的。

5月23日,晚饭快吃完的时候,两名便衣男子找上门来。其中一人说,他们奉命要把正带到司令部去接受审问。

"你必须照顾好妈妈,我就指望你了。"正对正雄说。小男孩强忍住眼泪,狠狠地瞪着宪兵。正想抱一抱弗洛斯,此去一别,可能再也见不到了,但他不想在陌生人面前表露这种情绪,可弗洛斯没有这样的顾虑,她抱住了他。两个宪兵尴尬地看着他们告别。

"别为我们担心。"她的眼神比话语更有说服力。

在宪兵队司令部,正表示,吉田也好,《奏疏》也好,他一概不知。

"我们知道。"一名少佐说,"在调查中,我们发现你帮着说服罗斯福总统给天皇发函。"

正没有否认他参与了此事:"我只是想阻止一场灾难性的战争。"

少佐问还有谁参与,但正拒绝回答。少佐威胁说:"户田,除非你配合我们,不然会有大麻烦的。"

"就我一个人。"他说。

少佐极力要求他再考虑一下,然后就叫人把他带走了。他被带到代代木的驻军监狱,关在吉田隔壁。待了还不到一个小时,空袭警报响了,接着,又传来飞机的轰鸣声、炸弹落在原宿地区的爆炸声,爆炸声之后是喊叫声。监狱着火了。一名卫兵把正和吉田带到存放蔬菜的库房,但温度越来越高,他们感觉要被活活烤死在这里。

"我们出去吧!"卫兵说。他领着他们来到街对面的明治神宫。他们跑到神宫外苑安全处。有那么一刻,正想趁机逃跑。可他又能去哪里呢?

两天后的晚上,五百多架"超级空中堡垒"又来轰炸东京的心脏地带。大火第一次烧到了皇居。着火的碎片飞过护城河,点燃了灌木,火势蔓延到几座建筑，包括宫殿本身。二十八名工作人员丧生，但天皇和皇后现在住在御花园里与宫殿相隔半英里的御文库（即皇家图书馆）。这对皇室夫妇在御文库的防空洞里很安全，但在宫墙外，皇太后、皇太子和其他皇室成员的御所以及外务省和总理大臣的官邸都被烧毁。整片金融区、商业街区和政府机构所在区很快燃起了熊熊大火，包括东京陆军监狱的临时拘留所，里面的六十二名盟军飞行员被活活烧死。

雨点般密集的火球刚落到目标周边，弗洛斯和正雄就冲出了他们那幢两层高的木楼。高射炮早已被炸毁，B-29轰炸机低低地掠过东京市中心，没有受到任何惩罚。飞机的轰鸣让人心惊胆战，但正雄没有表现出一丝胆怯，他领着身怀六甲的母亲直奔皇军大本营。这是胜吾教他们的——一旦有危险，就去军用防空洞。其他平民也涌进了大门。

一架飞机在低空掠过，把一捆捆咝咝啪啪作响的燃烧弹扔到他们那幢楼的楼顶。几秒钟后，大火就蹿了起来。正雄只带出来一个消防水桶，此刻看到大火，想起了落在家里的自己的那些宝贝。他催妈妈快跑，母子俩逃到防空洞旁边那片开阔的场地上。数百名平民聚集在入口处，门是关着的。

一个个大火球向他们落下来，人们像树叶一样纷纷散开。弗洛斯感到肚子一阵阵剧痛，心里暗暗祈祷千万别早产；医生向她保证过，十天内孩子是不会出来的。正雄被飘下来的火球迷住了，这景象在他眼里犹如空中的灯笼。仿佛是在看烟花。没有恐慌，没有尖叫。妈妈们在安抚自己的孩子，而孩子们虽然很害怕，但没有叫，也没有闹，安安静静地缩在父母身边。

军官一声令下，士兵们为大家打开防空洞。他们没有横冲直撞，等着向导领他们进去，但是前面的人刚进去，空中就冒出一批新的火球，大伙儿急了，争先恐后地朝里面涌。正雄拉住母亲，他不想她被挤爆。他看着"灯笼"静静地飘落。就在着地前，轰的一声炸出根根圆柱体。其中一根飞向弗洛斯，正雄用自己的身体挡住妈妈，圆柱体擦着他的头斜飞过去。他头上罩着一顶棉兜帽，弗洛斯不肯戴这种兜帽。正当这根圆柱体开始咝咝冒火之时，正雄啪的一下把水桶扣在了她的头上。

他领着母亲逃进防空洞。里面一片漆黑,外面的人一个劲地把里面的人往里推。正雄和弗洛斯离入口处近,目光所及之处,一整片的火海。孩子们哇哇大哭,妈妈们在安抚他们。外面的浓烟飘进来,呛得里面的人直咳嗽。温度越来越高。

弗洛斯被烟熏得眼泪直流。在深处的人快要窒息,拼命地往外挤,想要透口气,而外缘的人则一个劲地往里挤,想要避开火焰。弗洛斯感到头晕,然后便昏了过去。正雄学电影里消防员的样子,把妈妈驮在背上,使劲地拖着她向入口处挪动。他希望外面的火已经小了,待在里面呛死,还不如出去碰碰运气。眼看着就要到门口了,他却撑不住,被压趴了。他感到有人扶起了妈妈,挣扎着站起来,看见一个士兵背着她在往外走。他跟着他们走到一片没有火的空地上,听到身后传来声声惨叫。幸亏及时逃出来,又有一个火球落到洞口,爆发出熊熊火焰。

士兵给弗洛斯喂了点自己水壶里的水,向他们道歉后,急匆匆地跑去救人了。母子俩紧紧地挨在一起,在这片越来越小的"安全岛"上等了好几个小时,火终于灭了。

这是自三月那场浩劫以来最具毁灭性的一场袭击,首都十七平方英里的地方一夜之间被毁。黎明的晨光展示出一片焦土,但烟尘太浓,根本看不见初升的太阳。人们在茫然中游荡,寻找失散的亲人。士兵们把幸存者分成一组一组,给每人发一个饭团。一个军官一组一组地警告他们:"千万别把这里发生的事说出去!"

这是正雄几个月来第一次吃到白米饭。尽管犯恶心,弗洛斯还是硬着头皮咽了下去。他们听到一声如释重负的呼唤:"啊!您没事,实在是太好了①!"是胜吾。他抱了抱正雄,然后小心翼翼地把弗洛斯扶起来。"你没事吧?"他关切地问。

"没事。"她弯下腰把正雄揽进怀里,"他昨晚救了我们的命。我不知道他是怎么做到的,他把我从防空洞里背了出来,要不是他,我已经闷死了。"

---

① 原文为日文。

胜吾握了握小家伙的手："好样的。"

一个女人向胜吾举起了拳头，她的脸被煤烟熏得乌黑，身上的衣服已被烧焦。"你们这些军官！"她冲着他嚷嚷，"你们还穿着这么好的靴子，可我们老百姓要么光着脚，要么穿着破破烂烂的鞋子，在这空袭的炼狱里没日没夜地逃命。我们没东西可吃，你们倒是吃得肥肥胖胖。"

胜吾低着头，没吱声。

"你们这些军人，一个个脑满肠肥，怎么还好意思大摇大摆地在我们身边晃来晃去？为什么不开着飞机去保家卫国，把'蜜蜂'打下来？不要脸！"

胜吾开口回应。

"你以为我只是个放肆的女人。"她摇晃着手里的水桶，"你以为我怕你吗？来吧，打我啊！开枪吧！我宁愿死，也不愿活在你们造成的这个乱世里。"

胜吾沮丧地护送弗洛斯向大门走去，硬着头皮忍受着身后不依不饶的指责。他们的那幢楼已经烧成了灰，冒着青烟。即便如此，仍有两名住客在废墟中翻找自己的财物。胜吾让弗洛斯等一等，别急，他去找车子送他们去户田家。

在等待过程中，正雄注意到一群人聚集在一架B-29的残骸周围。征得妈妈同意后，他挤了进去，看到一块机翼碎片旁躺着一具烧得焦黑的美国人的躯干。有些人在为他的灵魂祈祷，但有一个妇女抱着一个死婴从人群中挤出来。"美国刽子手！"她嚷嚷着抬脚就踹。

一个旁观者温和地制止了她："他也有母亲啊。"愤怒的女人转过身，泪如雨下。

3

接近中午，胜吾才找到车送弗洛斯和正雄去户田家。埃米和澄子在搬家，她们要去东京以北120公里外的长野，一个朋友帮他们在那里租了一套小宅子，她们已经去了五六次，东京家里已经快搬空了，只剩下几件大家具和床褥被服。请不到医生，但深夜来了一个助产士给弗洛斯做检查。她让一家人放心，孩子没伤到，弗洛斯仍然觉得疼是前一个晚上折腾造成的。埃米以为弗洛斯一定会跟她们一起去长野。

"我不能把正一个人留在监狱里。"她说。

胜吾赞同母亲的意见。"你这种情况再也经不起空袭了，反正你留下也帮不了他。"他承诺会想办法把正弄出来的，"对他的指控也不是太严重，而且他还有一些有权势的朋友。"

最后，弗洛斯终于被说服，相信离开东京对全家人都好。他们准备了三天，第三天夜里，最后一批东西打包完毕，天亮就可以走了。

那天夜里，空袭警报又响了。他们挤进自己家的防空洞里。凑合当顶盖用的木板上铺了一英尺厚的土。他们坐在粗糙的长凳上，准备一旦有燃烧弹掉下来，就冲出去。

在低空飞行的飞机声响越来越大，轰鸣声震耳欲聋。显然，飞机就在头顶，一家人冲出洞去。巨大的飞机在下方的火光映照下闪着明晃晃的橙色，似乎来自天外，有一种奇异的美感。火球落到附近。他们忙用水去浇墙壁。几分钟后，附近的两幢房子突然腾起大火，眼看着就要烧过来了，他们冲进屋子去拿衣物和贵重物品，穿着鞋子在榻榻米房间里跑来跑去。反正房子很快就会着火，脱不脱鞋又有什么两样？

他们带着行李匆匆忙忙地朝街道另一头走去。眼下最安全的地方是附近庙里的那片空地。不止他们，还有很多人也在赶往同一个地方。没有人跑，没有人哭，也没有人大喊大叫。正雄回过头，看见身后蹿起了熊熊大火。

"看！"他惊叫一声。她们都转过头去。自己家一定着火了。虽然这是意料之中的事，但埃米内心总觉得这不会发生。丈夫从中国回来，发现自己家成了一片焦土，情何以堪！

寺庙的空地上挤满了人。户田一家裹着毯子，蜷缩在地上。没人睡得着，但大家都没怎么说话。太阳一升起，他们就伤心地往家的方向走，一路上经过一堆堆冒着青烟的废墟，但他们没想到自己家竟然完好无损。谢天谢地！澄子还在怀疑自己的眼睛，突然大叫起来："真不该穿鞋进去的！"现在她们得用湿抹布把榻榻米地板都擦干净，万万不能任家里脏脏的就离开。当她们终于可以动身走的时候，一路步行过来的胜吾已经赶到，帮着把最后一批家当搬去上野车站。

这个终点站一片混乱，一大群一大群的人扛着塞满了家居用品和衣物的巨型"风吕敷"包袱，推推搡搡地涌向四面八方。一个五斗橱看起来像是自己在走，澄子只看到有两条腿在下面，然后一个大和服柜和其他家具也跟了上来。

看情形很难挤上火车，她们把"风吕敷"包袱交给胜吾，人先挤上了一节满是站客的车厢。胜吾费了好大劲才把东西从窗口递上去。空座当然没有，但就在火车开动时，一个中年男人看到弗洛斯有身孕，就把自己的座位让给了她。胜吾在站台上跟着跑，他在找她们。弗洛斯坐着！太好了！埃米和两个孩子伸长着脖子也在找他。他们都挥了挥手。

火车在加速，弗洛斯很内疚——那个男人把宝贵的座位让给了她，此刻被挤得很狼狈。在日本，很少有男人会把座位让给女士，尤其是自己要因此站好几个小时。被他的善意感动的同时，她也不由得惊叹有些人在这种最困难的时候展现出的人品。澄子在想："一个人能在如此恶劣的环境下仍保持绅士风度，这才是真正的绅士。而且，他也很勇敢，敢在战争时期慷慨地帮助外国人。"这家人，尤其是弗洛斯，此刻还沉浸在悲伤的情绪之中，但至少他们脱离了首都的险境。

出东京两个小时后，他们听到一阵飞机发出的尖厉的嗡鸣声，而且越来越响，乘客们不安地往外张望。这几个星期，美国航空母舰的舰载机一直在扫射火车和其他目标。火车停下来更危险。

飞机的尖啸声过后是机关枪可怕的嗒嗒声。子弹喷射进前面的车厢。弗洛斯怕逃不过这一劫，一条胳膊护住正雄，而儿子此刻像被催眠了似的直勾勾地盯着窗外。又是一声怪异的尖啸，一架飞机俯冲下来，又是一通猛烈的扫射。

不知怎的，飞机突然间就走了，正如来的时候那样突然。空袭结束了，火车还在跑。

4

依战况来看,日军加强了冲绳岛的防卫,美军接二连三地遭到神风特攻队的袭击,损失越来越大。于是,上头命令马克的新团——海军陆战队8团——占领两个适合放雷达搜索设施的近海小岛。6月3日,海军先来了一场猛烈的炮火轰炸,随后二十六艘坦克登陆舰载着8团在冲绳岛西北的一个美丽的小岛伊平屋岛下了锚。岛上没有开火。马克心里在嘀咕,不知道这会不会又是日军在要什么伎俩。他看着两个营涌上海滩。一枪都没放。马克随3营一起上岸,迎接他们的是寂静,他松了口气。岛上没有一个日本兵。唯一的阻力来自一场滂沱大雨,那天晚上,马克他们不得不睡在一片泥海里。第二天,海军陆战队向岛的另一端推进,惊恐万状的冲绳岛居民和一大群牲畜在大军前方奔逃。

六天后,马克的部队没有遇到任何阻力就上了第二个岛,这个岛就在冲绳岛南部以西。一名士兵说,这比在加州任何一条高速公路上开车都安全。接下来的几天就像度假一样。岛上为数不多的平民得集中起来问话,被海军的炮火伤到的几个冲绳人得接受治疗。唯一值得兴奋的是逮到了两名假扮平民的日本飞行员;到了第三天,马克发现他们已经有问必答,肯放开了跟他聊。海军陆战队队员们除了在海滩上溜达消磨时间,还可以骑冲绳的小马,还有人不加鞍具直接骑在小公牛背上,想借此来驯服它们。

6月16日,假期结束,海军陆战队8团被调往冲绳,接受海军陆战队第1师战术指挥,接替已经疲惫不堪的海军陆战队7团。6月18日,天刚破晓,马克又加入了战斗,这次是跟着2营。刚过正午,一名陆军将军来到前线视察马克的部队。有消息说这个大个子是西蒙·玻利瓦尔·巴克纳中将,第10军团司令。

有人想知道一个陆军将军跑到前线来做什么。他坐在一块岩石的裂口里,望着战场:"这里情况很不错,我想我可以去看下一支部队了。"旁边的人听到他这么说。不一会儿,五枚炮弹正好落在观察哨上。一块弹片击碎了一堆珊瑚。说来也怪,一块锯齿状的碎片飞起来,嵌进了巴克纳的胸膛。十分钟后他就死了。

8团向南朝着真壁方向急速推进。三天后,美军正式宣告冲绳岛已被攻克,但对于马克来说,这只是开始,他得动员洞里的日本兵和平民自己走出来。

在一个洞里,他说服了一名日本兵投降,条件是答应让他继续和他想娶的冲绳护士在一起。探访下一个洞时,差点酿成大祸。这是一个巨大的多层迷宫,步兵们一直在用烟幕弹逼里面的人出来,他们正准备倒汽油进去放火烧,马克让他们等半个小时。他借助绳子进入洞口,在里面摸索了几分钟。

一个女人喊了声"你好",她说的是英语:"我来自夏威夷,我哥哥和我在一起,他是冲绳人。"

"我们是来救你们的。"马克说。

一男一女慢慢地从山洞深处走出来,很自觉地跟在马克身后出了洞。海军陆战队队员用水和香烟迎接他们。一个中尉热情地跟那个男人握手。看到海军陆战队队员把一罐罐汽油搬到山洞口,这个冲绳人激动地狂打手势。他用日语向马克解释说,用汽油烧,死的不只是在高层的日本兵,还有在低层的约八百个平民:"让我跟你一起回去把平民带出来吧。"

马克把情况告诉了主管中尉,他同意再等半个小时。可差不多半个小时后,冲绳人才把马克带到一个巨大的洞窟里。这里聚集着一大群人。

冲绳人解释说,马克是海军陆战队队员,会把他们都带到安全的地方,"他们给我们水喝,还给我们烟抽,一个大个子海军陆战队队员还跟我蹭脸"。

他和马克往外走去,其他人跟在后面。走到一半,六个日本人端着步枪挡住了去路。冲绳人向他们解释,但领头的军人大喝一声:"你是间谍!"

马克伸出手:"我没带武器,我是来救人的。"

几个日本兵商量了一下,最后勉强同意让他们都过去。

"你们不跟我们走吗?"马克说,"你们在战斗中表现得很英勇,但仗已经打完了。跟我走吧,不会有损你们的名节的。"

但士兵们什么都没说,默默地走向上层。

等平民都被赶到外面后,马克告诉中尉里面还有几百名日本兵,他们不肯出来。汽油泼进山洞,随后,一块燃烧的破布丢了进去,大火轰的一下蹿了起来。

"你已经尽力了,麦格林。"中尉说。

那天晚上,马克想着被大火烧死的日本兵,久久不能平静。在接下来的一个星期里,九千名拒绝出洞的军人和平民像老鼠一样被火焰喷射器或炸药消灭。到六月底,残敌清理行动终于完成。在三个月里,以牺牲 7000 多名美国军人为代价,一共消灭敌军 100000 人、平民 42000 人。

海军陆战队 8 团返回塞班岛,为最后进攻日本本土做准备。马克内心既焦虑又无奈。在和平最终到来之前,还要死多少无辜的百姓?他抵达塞班岛的那天,发现比利 J 正在收拾行李。他说他要回美国培训新军官。"看来你得自己收拾战场了,马克。"比利 J 抓住他的手,顿了一下,有点尴尬,"给我写信,多跟我说说你的事。"他不由自主地拥抱了一下马克,然后继续收拾行李。

# 第七部
## "负万钧雷霆，忍奇耻大辱"

# 第三十章

1

**硫黄岛　1945年7月**

　　菲律宾群岛和太平洋上的那些"跳板"岛屿上的日军已经与本土失联。几乎没人能再回到祖国，那些没有切腹自杀、没有死于最后一次自杀式攻击的人现在已经被遗弃，受着病痛和饥饿的折磨。他们日复一日地躲避游击队和美军的追捕，一心只想活下去。太平洋诸岛中，每平方英里聚集的散兵，数硫黄岛上最多。至少有一千人仍然窝在数不尽的洞穴里，天黑后才出来觅食，寻找安全些的藏身之地

　　海军工程营已经开辟了二十英里的公路，建造了大片大片的房屋，还平整了中部的高原，来修建一条一万英尺长的跑道，这是太平洋战区最长的跑道。溜出来觅食的日本人经常会在午夜时分相遇，但彼此不说一句话。只有当新月高照之时，他们才会触景生情，停下来悄悄地聊起家乡、亲人和食物。

　　澄子的堂兄户田友治少尉，已经尝试过吞枪自尽，但当他把手枪插入嘴里，扣动扳机时，却只听到一声空响。几个星期前，他已经跟手下的兵说过允许他们投降，但在此之前，他还提醒他们，如果投降，会给家人带来永生永世的耻辱，他们将遭到排斥，从城镇和村庄的户籍登记簿上除名，

从法律上讲,他们将不复存在,从此只能改名换姓,远走他乡,自谋出路。

户田自己也开始盘算投降,尽管他知道,作为一名军官,战后很可能会被处死。他和另外五十人被赶来赶去,从一个山洞逃到另一个山洞,最后在六月中旬被发现,被美军的手榴弹和烟幕弹逼到了山洞的最深处。海水灌了进来,只有包括户田他们八个人在内的少数人逃脱,进了稍微高一点的横向地道。户田听见轰的一声,大火在水面上迅速蔓延——美军把洞里倒的汽油点燃了。只有跟着户田的那几个人活了下来。

第二天,一束黄色的光在烟雾弥漫的洞里探寻。一个日本水兵拿着手电筒一步一步朝前走。"美国人给我们香烟和食物,要多少给多少,他们对我们很好。有很多俘虏,甚至还有一个少佐。"水兵弯身鞠躬行礼,"你自己做决定吧。"他说完就离开了。

"如果你们想投降,那就去吧。"户田对其他人说。

这些人依次行正式的鞠躬礼向他告退,一个接一个地出了山洞,直到户田身边就只剩下一名伤员。"你什么想法?"他问道。

"我不想死。"那人说。

"我也不想。"户田说。但他在逃命时丢了兜裆布,不能这样赤条条地出去投降。他找到一卷棉布,然后,拿着手枪,后头跟着那个受伤的人,蹑手蹑脚地出了山洞。几个美国人迎在洞口,其中一个还伸出手要跟他们握手。

"我是军官,在见你们之前,我必须穿好衣服。"户田矜持地转过身去,包住裆部,然后才投降。

他一直保持镇静,表现得泰然自若,可等到洗完澡,却崩溃了,这是他有生以来第一次哭。他默默地往身上套干净的作训服,不肯说一句话,但出神地看着一名美国医生为敌人处理腿部的伤,任血和脓液弄脏自己的制服。没有一个日本医生会这么做!

他很厌恶其他战俘庆祝劫后余生的各种丑态。他们庆幸自己保住了性命,甚至乐得唱起了下流歌曲。同为日本人,他觉得很羞耻。那天晚上,他想咬舌自尽,伸出舌头,一拳又一拳猛击自己的下巴,尽管很痛,可没出多少血;然后他又把几股细绳搓在一起,企图勒死自己,可快昏过去的那一刻,一个卫兵冲了进来。

他在心里暗暗骂自己倒霉,然后耸耸肩。他对自己说:"也许,这就是我的命,我得活下去。"但是他不肯和其他战俘说话,整整两天不肯吃东西。最后,他终于被说服,开始进食,但还是觉得这样投降失去了尊严。

自从乘小木船离开莱特岛之后,他的堂弟高已经十多次逃脱追捕和死亡。神子伍长一行人现在已经逃到宿务岛西面的大岛内格罗斯,威尔就是在这里被俘的。他们在这个岛上遇到了另外六个掉队的人,说服这六人一起跟他们去追寻自由。依旧以神子为首的这批人钻进茂密的丛林,直奔西南海岸,他们翻山越岭,连着几个星期几乎只靠蜗牛和螃蟹填肚子。

到了六月底,前田已经瘦得可以用拇指和食指圈住手腕,搓搓手臂上的皮肤,会扬起白色的粉末,头发已经掉了一半,每次在小河里看到自己那张骷髅一样的脸,他都会吓一大跳。被毒虫咬到,奇痒难忍,他们也只能拿尿当药。睡着时,水蛭钻进眼窝,紧紧吸住,吸饱了血,鼓得像弹珠,掉在地上,他们再捡起来吃掉。不能浪费啊。

他们已经非常虚弱,每天只能走两公里。食物成了心头的执念。一个名叫 Ohno 大野的士兵讲起他听过的一个传闻:一个厨子用一个被处决的菲律宾人做了汤来招待他的部队。

"吃人肉,想想都恶心,但我曾经在书上看到过,说是很好吃。"前田说。

"只要你不知道自己吃的是什么。"神子补充了一句。他注意到大野正偷偷地盯着前田,仿佛把他当成了做汤的材料。

大野迅速移开目光,辩解说:"当人饿到极致时,什么都会吃。"

"你吃过人肉吗?"高问道。

"没有。"大野说,"但我以前在火葬场工作,没过多久,你就意识不到你在烤的是一个人了。"

"呃!"高厌恶地叫起来。

"听着,"大野辩解说,"如果你怕这怕那的,你就不能当火化工。"

第二天早上,高醒来后发现大野和前田睡的那两堆落叶上都没人。

他在附近的一条小河边找到了他们。前田刚洗完澡,正在伸展瘦得皮包骨头的身体,大野在一棵灌木后面探头探脑,手里拿着长刀,像一只在跟踪老鼠的猫一样盯着他。

"当心!"高大喊一声,他朋友惊恐地抬头看过来。

大野的眼睛闪了闪,他内疚地丢下刀,大呼:"原谅我吧!"高上去就把他揍了一顿,打得自己的手都破了才作罢。大野不敢还手,老老实实地挨打,最后倒在地上,满脸是血。

那天下午休息时,前田给高看一首诗。"这是我最后的作品。"他念了出来,声音微弱沙哑:

> 到今秋时分,
> 萧萧风起,
> 孤零零,冷冰冰,
> 扫荡一切。

那天晚上,高梦见自己在一个明媚的春日早晨参加一个葬礼。花的气味很刺鼻,他从未见过这么蓝的天空。"我们该把他埋了,还是火化?"神子问道。他穿着纹付羽织裤①,一种礼装。

"火化,请交给我吧,我来搞定。"大野说。

"不,"一个女人说着拍了一下手掌,她身边有几个漂亮的姑娘在服侍她,"我们必须先做料理。"姑娘们做了一道汤,端给高一碗。味道就像萨摩汤,一种加了猪肉和蔬菜的黄豆酱汤。"嗯,味道很好。"高咂着嘴说。

"当然啦,这可是前田的肉。"其中一个女孩说。

"啊!这是前田?"另一个女孩乐呵呵地笑着说,"好吃!"

梦中极致的欣快感让高醒来后觉得精神焕发,自从上了莱特岛,他还从来没有这么心满意足过。他很纳闷,然后模模糊糊地想起了梦里的情形。奇怪的是,他并没有感到厌恶,心旷神怡的感觉还在持续。第二天,

---

① 日本男性的第一礼装,包括黑色纹付的羽织和纹付的裤。——编者注

前田走不动,得靠他扶着走,他发现自己一边走一边在有节奏地咕哝"我——想——吃——前田,我——想——吃——前田"。可他并没有因此产生强烈的负疚感。

又翻过一座高山后,他们来到山下的小河边,最近下过几场暴雨,导致水流湍急。神子先涉水过河,蹚到对岸,挥挥手表示安全,另外两人也过了河,接下来轮到前田了。他羸弱的双腿支撑不住,一下子就被冲走了,高瞥见他那张惊恐的脸,随即拔腿追过去。前田在湍急的水流中无力地挣扎,高还没伸手够到他,就看不到他的头了。高往下游跋涉了一个小时,都没有发现朋友的踪影。他回头去找其他人,但他们也不见了。他孤身一人,流落在敌人的领地上。

## 2

**东京　1945年7月**

高的大哥正还在监狱里。那天下午,他被带到审讯室,他们又要他供出同伙,他又拒绝回答,于是又挨了一顿打,这次是用一根粗棍子打的。最后,他被卫兵抬回到床上。

隔壁牢房里的吉田刚被释放。他刚回到大矶町的家,又被叫到目黑小学,他被带到一名中将的办公室。这名将军的态度岂止礼貌,简直热情似火:"阁下,没有人比您更爱国了。"

昨天的阴谋家今天突然变成了阁下,爱国人士。"非常感谢。"吉田说着就要走。

"请稍等片刻,阁下,容我把话说完。"将军顿了顿,好像很尴尬,"说实话,是否起诉您,是军方内部争论的一个重大问题。我坚持主张不应该起诉您。最后,阿南将军拍板决定不予起诉。"他等了一会儿,显然是等吉田对阿南表示感谢,但是吉田什么也没说。

吉田获释背后的原因是军方最近决定秘密求和,他们觉得眼下这种形势,让苏联从中斡旋是最合适的。但是,他们托一个名叫广田弘毅的前总理大臣去试探苏联大使的意见,他发现大使的态度很暧昧,这给最高统帅部泼了盆冷水。

一直以来，木户侯爵作为天皇的机要顾问，觉得必须遵从传统，不参与，不干涉，凌驾于政治之上，但今时不同往日，必须积极行动起来。当然最好由陆军发起倡议，因为他们要是反对，凭其手中的权力可以阻止一切其他源头的和平行动，只有一个例外，谁都无法反对，那就是天皇。木户决定对陛下直抒胸臆。危难关头，要说服天皇陛下通过个人干预来结束战争，必须采取这种前所未有的做法。

早上，木户把他所有的论点整理成一篇题为《应对现状的临时计划》的报告，在当天下午呈交天皇。报告声明日本必须坚决谋求和平，为此，应结束敌对行动，并且把条件降至最低限度以求实现体面的和解。

天皇看到这份报告很满意，他建议遣一名特使前往莫斯科，传达他本人的意愿，请苏联促和，结束战争。

天皇选定近卫来执行这项任务。7月12日，他被召入宫内。天皇单独接见了他，这是木户的建议，虽然有违宫规，但这位内大臣说这样更能坦诚相见。近卫认同必须尽快结束战争。在他这样表态后，天皇说："准备动身去莫斯科吧。"

近卫原本是反对让苏联来做中间方的，但他觉得要纠正自己当总理大臣那会儿犯下的错，任何能补救的事都得去做："既然这是陛下的圣谕，臣愿为陛下赴汤蹈火。"

"这次，他看起来很坚决。"天皇对木户说。

加藤顺和他的室友还在用收音机收听经过东京上空的美国飞行员聊天。听爵士乐和活泼的美国语音，试着揣摩他们的新俚语，几乎成了一种上瘾的嗜好。奇怪的是，顺并没感觉到身份冲突。虽然轰炸拉近了他与日本人民的距离，但他并不把这些飞行员视作敌人。他们的谈话和音乐似乎与地面上的恐怖场面毫无关系。最近，他经常能听到美国人的声音，他期待听到他们的声音。甚至冒着被发现的风险反而令每晚的冒险更加刺激。而且说实话，现在风险很小，警察和宪兵队被空袭搞得很忙，他们得维持治安，防止人们抢劫。况且每天过日子就是在冒险。顺这么大胆,还因为他知道战争也许很快就会结束。跟苏联接触求和的事他都清楚,他和藤田讨论了很久,藤田作为一名共产党人,反应比顺热烈得多,而他在外务省的绝大多数有影响力的朋友私下里都表示,他们对苏联有疑虑,认为应该对美国和英国提出媾和倡议。

尽管率先提出了请苏联斡旋的策略,但军方还是没有放弃战斗准备,他们已经完成了日本本土的自杀性防御计划,集结了一万多架飞机。这些劣质飞机(其中绝大多数是仓促改造的教练机)有三分之二要投入九州战役,马克所在的师将作为先头部队率先上阵;其余的飞机要阻止美军在东京附近登陆。有塞班岛和硫黄岛的血的教训,他们计划用五十三个步兵师团和二十五个旅团2350000人的兵力在海滩上消灭侵略者。预备队包括近4000000名陆海军文职雇员和准备拿着前膛枪、竹长矛、封建时代的弓箭以及现代的莫洛托夫鸡尾酒(汽油弹燃烧瓶)上阵的28000000个民兵。

3

**华盛顿** *1945年7月*

麦格林教授在和约瑟夫·格鲁会面。两人都深信,现在是时候开出合理条件,发起和平谈判了。这名前驻日大使已经力劝杜鲁门总统通知日本,无条件投降并不意味着天皇制的终结。格鲁提醒说,没有这样的保证,日本人可能永远都不会投降。支持格鲁的不仅有麦格林,还有几名国务院专家,如尤金·杜曼(格鲁在东京的助理)、约瑟夫·巴兰汀和乔治·布莱克斯利教授。麦格林多次争取面见新总统,都没有成功。

"这个问题我已经考虑过了,"杜鲁门对格鲁说,"我觉得这是个好主意。"他叫格鲁去咨询一下参谋长联席会议、战争部长和海军部长的意见。福雷斯特很赞同,但史汀生有疑虑,马歇尔则担心此时发表公开声明为时过早。史汀生说,声明如何措辞要看美国的新型秘密武器——原子弹——能否试验成功。

负责设计并测试原子弹的物理学家尤利乌斯·罗伯特·奥本海默博士

曾透露，一枚原子弹的威力可能致多达20000人丧生。史汀生十分反感，马歇尔也是，但他还是赞成用它来迅速终结这场战争，保全美国人的生命。参与这个项目的顶尖科学家都赞同使用原子弹；但其他八名杰出的科学家反对这么做，理由是美国此举将加速军备竞赛，而且还会妨碍达成将来对此类武器进行控制的国际协定。他们建议："选个合适的无人区，做演示性引爆，让核弹在世人面前亮相。"

然而这些警告都被忽视了，有些人理所当然地认为，必要时，可以投放核弹。首先，得有一个人来按下按钮。哈里·杜鲁门，这名参加过一战的炮兵上尉满怀信心地承担了这个责任。他认为，毕竟，这只是件武器而已——事实上，只是一门巨型大炮，必须用它来挽救美国人的生命。

7月15日，杜鲁门抵达波茨坦，来与斯大林会面。两天后，他们讨论太平洋战争的时候，这个苏联领导人才透露，日本一直在主动示好，"我没有正面回答，因为他们还没打算接受无条件投降"。

杜鲁门早就知道了这一切，因为东京与莫斯科之间来往的"紫密"电文早就被截获并且破译，但他还是装作这是第一次听到这个消息。杜鲁门暗自高兴，因为斯大林说再过几个星期，苏联红军就可以去攻打日本人了。但首先，他们得和蒋介石谈妥一些小事，比如大连的控制权。

杜鲁门已经收到消息，原子弹在阿拉莫戈多试验成功，但第二天下午再次见到斯大林时，他只字未提。斯大林倒是透露了一个秘密，一个杜鲁门早就知道的秘密：天皇要求斯大林把近卫公爵视作和平特使，接受他。

"我应该不理他吧？"斯大林像是在征求意见。

"你看着办。"

"要是我把他们哄睡呢？我可以告诉他们，他们关于近卫来访的信息太模糊，我无法给出具体的答复。"

杜鲁门认为这是个好主意。

### 华盛顿　1945年7月17日

麦格林教授猜到了波茨坦发生的事。他和办公室里的另一名文职人员起草了一封信，准备寄给《华盛顿邮报》的编辑。起初，他们想把它交给上司扎卡赖斯上尉,但麦格林担心他不会及时处理,因此,他们擅自做主把这封信寄到了《华盛顿邮报》,署名"观察员"。7月18日,这封信出现在报上,声称以判例为依据的美国军事法明文规定,征服或占领并不影响战败国的主权。这封信指出,可直接通过正常外交渠道与美国谈判。

麦格林给玛吉打电话。她正在城里做最后的安排,她又要飞回太平洋,这次的目的地是麦克阿瑟的司令部。麦格林叫她看一下早上《华盛顿邮报》上的信函专栏。几分钟后,她在哈哈大笑:"你的大作,爸爸?"

"算是吧,这只是玩具枪,但也许可以闹出点动静来。"他的语气变得严肃起来,"玛吉,恐怕杜鲁门会搞出大乱子。珍珠港那口恶气,他们一定要出,现在是日本人怎么难受他们怎么来,到时候秋后算账,怕是有的苦吃了。"

那天晚上父女俩碰头吃晚饭。他心情不错,很健谈,因为见多识广的华盛顿人猜想这是政府放的一个测风气球,的确引起了一场小小的骚动。玛吉因为新任务兴奋得不得了:"麦克阿瑟的人根本不在乎海军那边的几个将军怎么看我,我会比在海军那边自由得多。"她说她第二天早上就要飞过去。

麦格林说他刚刚收到马克的信:"他已经回到塞班岛,准备下一场登陆战。这回想必是日本本土,可能是九州。"

两人都想起了威尔。他寄过来的几张卡片,说他很好,在日本的某个地方。他们都在寻思美军一旦登陆日本,他会怎样。玛吉担心她不仅会失去两个哥哥,还会失去弗洛斯。

4月26日,杜鲁门总统命令美国战争情报局向日本发送同盟国的最后警告——《波茨坦公告》,该公告威胁要彻底摧毁其国土,除非日本接受无条件投降。不出所料,外务大臣东乡建议考虑一下,而军方主张直接回绝,无须考虑。总理大臣铃木采取折中方案来应对,他对记者说:"我们做默杀处理。""默杀"的字面意思是"以沉默杀之",铃木的意思是人们常说的"不予置评"或"无可奉告",但杜鲁门却以词典定义"嗤之以鼻冷处理"为准,这也无可厚非,于是铃木的话就被解读成了断然拒绝。

使用原子弹的作战命令起草完毕,指示新上任的战略空军司令卡尔·安德鲁·斯帕茨将军"大致自1945年8月3日起,一俟天气符合目视投弹条件,即可对广岛、小仓、新潟和长崎中的其中一个目标"投放原子弹。

# 第三十一章

1

**长崎 1945年8月1日**

再次见到长崎的那一刻,威尔又兴奋又期待。就在全家离开日本去威廉斯敦之前,教授为了给《国家地理》杂志写文章做实地调查,把每个人都拉了过来。这个门户城市就是他这篇文章的主题,当初中国文化和西方文明就是经由这里输入日本的。

他们的父亲在探索历史的过程中表现出孩童般的兴奋,这种情绪感染了他们所有人,甚至包括马克,起初他装作很无聊的样子,但当教授讲起长崎如何成为通往外部世界的窗口时,他很快就被吸引住了。麦格林有一种让历史重现的天赋,就如他写的书一样,他栩栩如生地向孩子们讲起1543年的第一批欧洲探险者,以及随后从西方连绵不断涌过来的传教士和商人。到十七世纪早期,葡萄牙人、荷兰人、英国人和俄国人已经在俯瞰长崎港的山上建立了贸易商行和聚居点。他带着孩子们到处跑,累得他们脚都快断掉了,他向他们展示了整个长崎地区在很久以前就深受外国服饰、食物、语言、建筑、宗教和风俗习惯的影响,以至于这么多年过去后仍保留着许多早期与外国人接触的痕迹。

长崎是一个壮观的港口,尤其是在这个八月的第一天。城市的主要部分在山上，可俯瞰长崎港。北面浦上河流域有一个工业中心，长崎的大部分劳动力都集中在这里。这个综合体始于长崎火车站北边，这里原先有个纺织厂，1941年，纺织厂的机器和女工一并搬到了中国，这块地被三菱公司收购，他们在这里建了一个机械制造厂，但给14号战俘营留出了一块地方。

在长崎线的铁轨和浦上河之间，矗立着几幢板岩屋顶的红砖建筑，这死气沉沉的建筑让威尔联想到狄更斯笔下《荒凉山庄》中那阴森凄凉的工厂，但他发现里面的气氛很友好，比他见过的任何一个战俘营都要好得多。威尔到的时候，这里关押的战俘约有两百名，其中十六个是英国人，二十四个澳大利亚人，其余的都是荷兰人。先前也有一些美国人，但是已经在那一年的早些时候和其他同盟国战俘一起被转移到了不同的集中营。

经历过13号营的苦难，这里简直就是天堂。宿舍很宽敞。有一间活动室，里面有两张乒乓桌，还有几张供打牌和下象棋的桌子，还有吉他和小提琴，从来都不缺演奏的乐手。旁边是一间浴室，里面有一个给战俘用的大澡盆和一个给卫兵用的小澡盆。威尔到这里的第一天就大开眼界，看到在三菱造船厂干了一天活后汗流浃背的战俘与卫兵大声交谈，甚至还来回抛接肥皂，其乐融融。

只有"其他军衔"（英国人对士兵的叫法）必须工作。军官们除了种西红柿、下棋、看书、锻炼身体和保持精神正常外，几乎什么也不做。而且，船厂的工作——大多数其他军衔的人干的活——虽然也辛苦，但根本无法和采煤相提并论。这些人每天早上七点半离开营地，由一名战俘军官、一名军士和几名卫兵陪同，穿过岩佐桥到浦上河对岸，走四英里左右到船厂。隔着海湾，船厂对面就是城市。

看守他们的卫兵中尽管有几个严厉的工头，但没有像独臂强盗和比利小子那样的虐待狂。起初，威尔总想让大家知道他们有多幸运，但很快就意识到说这种话只是在招人恨。他还了解到，来长崎之前，他们也经历过地狱，拖着病体来到这里。刚过去的这个冬天，冷得扛不住，一百多人死于肺炎。食品供应逐渐减少，连着几个月，几乎没有一点绿色蔬菜。肉少得可怜,厨子不得不去屠宰场弄猪骨头和牛骨头,加上土豆和面粉炖一大锅。有时候,战俘们吃的是清蒸的拌在一起的小麦和大豆。

每逢星期天,战俘们可以去浦上大教堂做弥撒。威尔每次都去,但主要是为了出去走走,散散步。仪式过程中,他耳朵在听,心里能想象出父亲的反应。这是个历史建筑,不远处还有一个地标,就在那里,二十六名基督徒因拒绝放弃自己的宗教信仰被钉上十字架处死,其中绝大多数是日本人。

威尔感觉时间过得很快。这里没什么英文书,所以他花大量的时间来学荷兰语。他的老师们很有耐心,为这个勤奋苦学的学生鼓掌叫好。

去教堂几次,威尔注意到长崎人不似他在门司和大牟田遇到的人那么有敌意,也许是因为几个世纪以来他们已经见惯了外国人,又或许是因为这里还没有经历严重的空袭。在他进营约一个月前,美军扔过几枚炸弹,其中一枚落进了14号营,但几乎没造成什么伤亡。自那以后,营房边上挖了防空洞,尽管后来飞机经过时,响过几次警报,但都没有炸弹丢下来。

八月的第一天,湿热难耐,威尔在活动室里费劲地啃一本荷兰文的书,听到瞭望塔上的卫兵大喊:"空袭!"他把消息传给大家,自己冲出门去。战俘们慌慌张张地涌出屋子,跳进防空洞。威尔在防空洞口扫视天空。

"快进来!"一名荷兰军官大喊。

但是威尔看得出了神,天空中的斑点越来越大。

"外面危险!"一名卫兵大吼。就在这时候,一架飞机扑下来,机关枪突突突地开火,子弹落在威尔身后,他听到闷闷的声响——嘶,嘶!

卫兵大叫:"小心!"拽住他的衬衫把他甩进了防空洞。他听到一声爆炸,然后又一声,又一声。一枚炸弹击中了隔壁的房子,防空洞上下震动,洞壁开始崩塌,然后嘎吱一声碎响,那座被炸弹击中的房子的混凝土墙倒在了防空洞上。威尔被撞倒,感到千斤重量压在身上。他想,这下完了。他以为自己死定了,直到有人把他拉出来。他还活着,他不敢相信。没有人说话。最后大家都爬了出去,惊得目瞪口呆,呆呆地盯着一个直径十码的大洞。防空洞的残骸哗啦啦地倒塌,落进这个大洞里。

旁边那个防空洞的人没他们幸运。一枚炸弹正巧落进他们洞里,死了两个人。

## 2

五天后,早上 8:15,一枚原子弹被投放到广岛,日本的第八大城市。许多平民已撤离到乡下,但仍有 245000 人留守。这座城市几乎看不到战争的创伤,但顷刻间,约 100000 人丧生,同样多的人因灼伤、损伤和一种新的可怕的疾病——辐射中毒——而处于濒死状态。死的人当中还有二十二名美国战俘,包括几名女性。一个二十三岁的美国人被人从废墟中拖出来,却被幸存下来的日本人活活打死。

三天后,另一架美国飞机"博克之车",装上了一枚长十英尺八英寸、直径五英尺的球形钚弹。飞机驾驶员查尔斯·斯维尼少校在起飞时听说,这枚绰号"大胖子"的炸弹一出,第一枚原子弹就会成为过时淘汰品。

"博克之车"朝着它的主目标小仓飞去。它似乎是被霉运缠上了。先是发现炸弹舱油箱的燃料选择器失灵,限制了飞机的航程,但斯维尼拒绝返回。"博克之车"比预定时间提前一分钟到达九州南部海岸上空,准备在这里与两架飞机会合。几分钟后,观测机到了。等照相飞机又等了四十五分钟后,斯维尼直奔小仓。得知小仓上空有烟雾,他问管"大胖子"的军官是否同意轰炸二级目标。这名武器专家同意后,斯维尼向机组成员宣布:"去长崎。"随即飞机转向西南方向。

14 号营的一些战俘仍像往常一样在造船厂干活,但大多数人还在营地清理最近那场轰炸留下的碎石瓦砾,修复被损坏的防空洞。威尔在监督一组人用泵把防空洞里的水抽出来。

快到十一点的时候,威尔组里一个听力极好的人觉得有架飞机在响。威尔爬出防空洞去听,好像是能听到轻微的嗡鸣声,但又觉得可能是精神紧张造成的幻听,毕竟什么都看不见嘛。

霉运继续缠着"博克之车"。当它接近目标时,天气恶化了。长崎上空的云层覆盖率可能已达九成。由于燃料不足,他们只能飞一趟。斯维尼建议用雷达瞄准投弹,负责"大胖子"的武器专家同意如果无法进行目视轰炸,就改用雷达。落点选在长崎中心的高地上,以达到最大的破坏效果,爆炸将摧毁这座美丽的城市的主体,也就是港口区,甚至还可以穿透至浦上谷的工厂内部。

十一点整,长崎出现在雷达上。投弹手大喊:"我看到了,我能看到这个城市了。"他不需要用雷达了,可以通过目视来瞄准了。透过云层的缝隙,他依稀看到浦上河边一个露天体育场的椭圆形边缘。它在预定的核爆震源西北方,偏离原目标近两英里,但也只能投在这里了。这枚核弹现在要在离14号营仅一千码的地方爆炸。十一点过一分,它开始下落,飞机突然晃了晃,蹿了上去。

威尔还是什么也看不见,一个在屋顶上干活的士兵大喊"是有一架飞机"。威尔注意到三个降落伞几乎就在他头顶上方开花。这到底是什么东西?他兴冲冲地跑进营房去通知正在写晨间报告的荷兰军官。

正当威尔在楼梯上往二楼走的时候,他看到窗外一道淡蓝色的强光。几秒钟后,传来一阵呼呼的怪声。顿时,他感觉肺像是瘪塌了,有什么东西在他的后脑勺上重重地砸了一下,他感到全身火烧火燎,仿佛有一片烧得通红的铁在烙他的身体,然后他就失去了知觉。

后藤美智子太太正准备去岩佐小学参加空袭会议。她在那里教二年级,学校现在停课,但校长想把教职员组织起来以应对紧急情况。她看看表。后藤太太答应十一点来照看两个孩子。她打开窗户,想喊正在后院里的孩子。五岁的美子在玩两个娃娃;比她大三岁的肇指着天空。"飞机!"他大叫。"一架很漂亮的银色飞机飞过来了,妈妈!"看到三个降落伞突然间绽开,他兴奋得大叫,"美子,看降落伞!"

"进来,孩子们,"后藤太太叫他们,"大藤太太快到了。"

一道惊人的闪光,一声爆炸巨响。美智子看到成千上万个黄色的球突然出现，有些像棒球那么大，有些像篮球那么大，整片大气都是粉红色的，一连串金色的圈射向天空。"好美啊!"她内心在惊叹。刹那间，她感到自己被一股力量猛地往后一冲，然后昏了过去。

直接处于爆炸点下方的人只听到一声"飒——"！事后，幸存者对那道闪光的颜色各执一词，有些人认为是粉红色，有些人认为是蓝色、红色、深棕色、黄色、紫色，各种说法都有。火球散发出的热把"爆心投影点"周围一千码范围内的花岗岩表面都熔化了。在浦上谷，无数的生命和物体被焚灭，烧得只剩下影子，印在墙壁和桥梁上。

闪光过去几秒钟后，一阵可怕的震荡摧毁了两英里内的一切，除了几幢坚固的建筑物。这一天要是没有云，世界上最美的城市之一长崎，它的中心就会被夷为平地。原子弹要是落在目标位置，也就是室外体育场，14号营的大多数战俘会当场死亡。威尔他们真是运气好，现在离爆心投影点相距差不多 1500 码，在建筑物内和在防空洞里干活的人都没有被闪电直接扫到。

这枚原子弹落下一分钟前，总理大臣铃木把军事领导人叫到一起召开紧急会议。苏联已经对日本宣战。

他说："在目前情况下，我的结论是，我们唯一的出路是接受《波茨坦公告》，结束战争。我想听听你们的意见。"

什么声音都没有。

"为什么不说话?"海军大将米内说，"有话直说，不然什么都解决不了。"

其他三名军事领导人觉得遭到了背叛，他们中有一个人居然肯商议投降。然而，苏联入侵"满洲"对这三人造成的冲击，超过了广岛的那枚原子弹。

一名军官进来打断了会议，告诉他们美军刚刚投下了第二枚原子弹。这消息激怒了三个顽固的军人。他们纷纷表示即使天皇还能在位统治，也不接受《波茨坦公告》。他们还要求，日本战犯只能由日本自己来审判，军队也得由他们自己来解散，而且必须限制进驻日本的占领军。

东乡强忍着心里的不耐烦情绪，耐着性子解释这些条件有多荒谬。

"你们有胜算吗?"他问。

"没有,"陆军大臣阿南承认,"但我们必须在本土再轰轰烈烈地大战一场。"

"你能阻止敌人登陆吗?"

"如果幸运的话,我们能在敌人登陆之前击退他们,"陆军参谋总长梅津大将说,"至少,我可以说,我们能摧毁一支侵略军的主力。也就是说,我们有能力狠狠地重创敌军。"

"那又有什么用?"东乡说,"敌人还会发动第二次、第三次攻击。"

但这三个顽固不化的军方将领不肯让步,争来争去,到头来也没个结果。

## 3

威尔苏醒过来。一根破管子里涌出来的水哗哗地浇在他身上。一片漆黑,什么都看不到,过了好一会儿他才想起发生了什么事。虽然头木木的,重重的,但他还是意识到必须逃出去,这里随时都有可能起火,但他被一根梁压住,无法动弹。他挣扎了一下,想侧过身,结果水力更猛了,他小心翼翼地一点一点扭动身体,终于可以移动一点了。虽然很累,但他知道要是停下来休息,会没命的。他最后使了一把劲,终于从梁下钻了出来。

跪下来喘口气后,他开始在黑暗中寻找出路。他转来转去,最后在废墟中看到了一缕光线,感觉就像从噩梦中冲了出来。他挣扎着爬向破碎的屋顶。衬衫和裤子黑乎乎的,破破烂烂的。他站起来,目之所及,到处都是一堆堆的废墟,到处都是滚滚黄烟。大教堂在燃烧,职业高中也在燃烧。天空越来越明晰地透出红色与暗黄色。一切都陷入了混乱。

数不清有多少堆火。这个时间,许多家庭主妇本来在做午饭,炭炉子里滚烫的热炭引燃了废墟中的易燃物。一阵疾风被吸向核爆震源,把这成千上万的小火扇得火势熊熊,这阵风威力之大,连大树都被连根拔起。仿佛从巨大的焊枪里喷出来的大火,像撕硬纸板一样把屋顶的瓦楞板胡乱撕开,把房屋炸毁,把金属桥梁烧得变了形。

威尔看到附近有根电线杆在爆燃，一家工厂的汽油罐像慢镜头中的火箭飞向天空。他爬到地面寻找其他的幸存者。大多数在外面干活的战俘都被建筑物和水塔挡住，没被一道哔哔作响的黄光照到，那声音听着就像在火上泼水。由于没有直接暴露在闪光下，他们并没有出现主要的辐射症状，比如脱皮；而没有遮蔽物保护的人此刻正躺在地上呻吟。有一个人像火把一样在燃烧；另一个人的裤子着了火；第三个人被烧得惨不忍睹，他向威尔大叫："救救我！"他的肋骨支在外面，他一头栽倒，死了。

一家煤气厂在爆炸，碎片在他周围缓缓落下，煤气厂冒出令人窒息的滚滚毒气。他喉咙发烫，舌头肿胀。他向铁路跑去。许许多多人怔怔地沿着铁轨鱼贯而行，他们被火烧过，半裸着，但什么都不管，一个劲地往前走。有些人被烧得焦黑，看不出是男是女。

一名铁路工人喊他们等一等，救援火车快来了，但没人理会。一个女人尖叫着跑向威尔，她的劳动裤不见了，腰间只有一条白色的布腰带，腰带也着火了，威尔伸出手去拍，想把火扑灭，但他惊恐地发现她的皮肤荡在自己的手指上，她倒下去，死了，也算是解脱了。

旁边有一个死婴，母亲受了重伤，正在挣扎，想爬到孩子身边，凄惨的叫声听得人心碎。威尔抱起婴儿，交给她，她抱住孩子，死了。蛆虫在她的伤口上蠕动。天哪，这是从哪里冒出来的？

他看到了北野，他是营地的卫兵，一直对他们不错。他已经集合了二十名战俘，想把他们带到安全的地方。他告诉威尔，岩佐桥过不去，他准备去试试下一座。但这座桥也被毁了。他们听到一个男孩在叫。他的衬衫和裤子都没了，身上只剩下内衣，头上和身上都挂着剥落的皮。是后藤肇，他叫道："妈妈！她在房子下面！"

战俘们急忙跑到已经倒塌的后藤家，动手刨挖废墟。看情形，毫无希望，但小男孩和一直在抽泣的妹妹一个劲地求他们再试试。威尔看见瓦砾里伸着一只手。他大声叫人过来帮忙，几分钟后，他们挖出了美智子。她的脸黑乎乎的，身上劳动裤也撕破了，但看起来没有受伤。两个孩子扑上去抱住妈妈。看到美子被烧得这么严重，她吓了一大跳。小女孩的眉毛不见了，脸肿得连鼻子也不见了。

"帮帮她好吗？"美智子问威尔。

他能做什么呢？他抱起小女孩，跟上其他人。小男孩扶着妈妈，她起初还跟跟跄跄的，很快就有了劲。

在前方，北野正在解救一个被困在房子里的老妇人。几分钟后，他们看到一个妇女拼命地想把儿子从倒塌的墙下救出来。五个战俘合力撬起墙，让北野和这个母亲把儿子拉了出来。又往前走了二十米，他们拖出一个老头。他的皮肤像手套一样剥脱下来，看得威尔毛骨悚然。

在街角，他们发现一个老头躺在那里，看样子像是已经死了，却突然间抽搐起来。火快烧过来了，北野让战俘背上他："我们必须带他走，否则他会被烧死的。"他把老人扶到一个魁梧的澳大利亚战俘的背上。

见火势凶猛，往北走不通，北野发现可以走右边，于是带着战俘穿过一条运河，来到浦上河东面一座陡峭的小山下，最后，总算走到一条没有燃烧的建筑物挡道的路上，开始上坡。还有许多人也在拖着沉重的步子往上走。一个蓬头散发的妇女只穿着一件破烂的衬衫，她的脸、胸部和手上都有皮肤剥落，暗红色的，还挂着，她的眼睛不自然地发亮，她显然在忍受极大的痛苦，但什么也没说。

她旁边的一个男人像绵羊一样在低声哀叫："痛死了！痛死了！"

其他人轻蔑地看看他。

前方有一幢两层高的木结构校舍正在燃烧，这里的高年级学生接受过急救训练。一个学生冲着战俘们喊："里面有人！"

威尔听到一声闷闷的呼救：一个学生被倒下的横梁困住，出不来。威尔放下小女孩，和其他战俘一起冲过去，他们抬起横梁，把小男孩拖了出来，看到一副肚子爆裂、内脏溢出的惨状。旁边躺着一个老师，已经死了。许多学生衣服着了火，纷纷往水池里跳。另一些人摇摇晃晃地从大楼里走出来，烧得血肉绽露。一阵大火蹿起，轰的一下吞没了整幢楼，困在里面的学生声声哀号，听得人心碎。

战俘们带着十几个受伤的人继续艰难地往山上走。威尔抱着美子，起初还挺轻松的，后来感觉沉得像铅块一样。走在威尔旁边的一个女人突然瘫倒在地。北野看了看她的伤势。

"她这样子怎么能走到现在？"他说。她腿部的每根韧带和肌肉都被锋利的玻璃碎片割断了。两个荷兰人用一扇门板当担架抬起她，带着她一起走。这时候，大家都已经累得抬不动腿，气也喘不过来，强撑着走到一片视野开阔的梯田里，北野立即招呼大家就地休息，战俘们满心感激地瘫坐下来。

威尔在尽力安抚强忍着眼泪的美子。"她真是个勇敢的姑娘。"他对后藤太太说。

"爸爸在很远的地方，那里很危险。他要我勇敢，要我帮助妈妈。"美子说。

美智子把小女孩抱过去，让她躺在自己的腿上，小女孩在妈妈的摇篮曲安抚下睡着了。肇轻轻地推推威尔，低声说："她是个小娃娃，她以为爸爸还活着，其实他一年前就在中国去世了，但她这么爱爸爸，我们就没有告诉她。"

这是威尔第一次近距离观察这个母亲。尽管此刻她的脸脏兮兮的，身上的衣服破破烂烂的，但看得出这是个很有魅力的年轻女子。美智子注意到他在看她，羞怯地垂下了头。

"挺奇怪的，你竟然懂日语。"她说。

"我是在东京长大的。"他向她讲述了自己小时候的受教育经历。

"你是英国人吗？"

"不是，美国人。"他们沉默了一阵。

"刚才学校里那场面太可怕了，"她说着身体不由自主地抖了一下，"我想起了我自己的学生。"

他们注意到其他战俘跑进另一块地里找吃的，搜了些茄子和其他蔬菜回来。威尔也去地里给后藤一家摘了一个南瓜和几根茄子。美子醒了，但她什么也吃不下。男孩和他母亲硬着头皮啃生茄子，见他们其实并不想吃，只是不好意思拒绝他的好意，威尔就说他自己一个人吃得完。

太阳快落山时，北野问战俘们是待在山顶上过夜，还是折回去找其他战俘。

"待在这里没用。"一个澳大利亚人说。荷兰人也表示认同。

北野指着山脚附近的几幢房屋提议："那我们去村里吧。"一行人默默地出发，向目的地走去。

当他们走近村子时，威尔注意到大多数房子是倾斜的，木纸结构的推拉门已经被轰掉。他感觉自己的脚有千斤重，背上的负担压得他难以承受。在通往村子的桥上，一个军官挥舞着军刀向他们跑过来："停！你们要是敢逃跑，我就砍死你们！"

北野走上前去，军官用剑指着他的喉咙。

"搞什么？"北野愤怒地问道。

"你是我们的兵？"军官说着，仔细地看了看北野，"我还以为你是个逃犯。"他把剑插回鞘里。

威尔和其他战俘走过去。"没事吧？都搞清楚了吗？"威尔用日语问道。

见战俘们没什么敌意，军官放松了下来。他拍了拍北野的后背："我得走了，你们自己保重。"

他们走到胜山小学附近的一个十字路口，威尔终于意识到他们是在哪儿了。左边就是长崎的守护神诹访大神的神社。每年秋天，著名的长崎御昆其节就在这里举行。他们刚拐进西山路，就听到有人大叫："空袭！"其他人也跟着叫起来，像接力一样，把消息传开。北野大声提醒大家找地方隐蔽。

战俘们都往一间屋子旁边的防空洞里钻，就在这时，一架飞机从上空掠过，但没有投下炸弹。他们继续赶路，来到宪兵队的一幢营房前。

"这地方看起来不错。"北野朝里面喊话，"我们想请你们帮个忙！"没有人回答，他又喊了一遍。一片寂静。他们刚进去，就来了个宪兵。"请帮帮我们，"北野说，"我们是从战俘集中营过来的。可以让我们在这里休息一会儿吗？"

宪兵有疑虑，听到北野解释说他是个卫兵，这才放下戒心："啊，原来如此。"他领着战俘们穿过一条走廊。这里的墙壁完好无损，但窗子被炸掉了，四处都是散落的碎片。

"我们能吃点东西吗？"北野问。

煮好的晚饭刚刚被炸了,米饭里混了玻璃碴子,但北野说没问题,可以吃。一个澳大利亚人建议把米饭泡在水里,这样玻璃碎片就会沉下去。他们从井里打了水,狼吞虎咽地吃下漂洗过的米饭,这是自8月1日空袭以来他们吃的第一口煮熟的米饭。威尔感到一小片玻璃进入了食道,但他又咽了一大口米饭把它压了下去。

饭后,北野通知宪兵们说他要把战俘带回14号营地。他们好像看疯子一样看着他,其中一个说:"那里一整片都是火海!绝对过不去的。"

"我们能办到,我们必须回去报告。"北野说。

半个小时后,战俘们来到一堵火墙前。北野在找突破口的时候,宪兵们把战俘们赶到了一起。

"美子快死了,"后藤太太说,"我们得送她去医院。"她拼命地把威尔拉到一堆瓦砾后面,躲开宪兵。

"哪里还找得到医院?我们最好和其他人待在一起。"浦上谷所有的医院肯定都已经被炸毁了。

"大村有一家很好的医院。"她解释说,坐火车到那里只需要一个小时,他们可以去长崎北郊搭乘火车。

黄昏时分,他们爬上半山腰,绕开下方熊熊的火焰,直奔北方。走着走着,看到前面有一个伤势严重的日本兵倒了下去,他的同伴想拉他起来,但他尖叫起来。

"为天皇陛下效忠的人不应该表现出痛苦!"一名愤怒的士官大声呵斥,抬起脚就踢他,其他士兵也围上去一起打他。

看到威尔义愤填膺的表情,美智子赶紧把他拉走。"他们就这样。"她说的是英语。

在火光中,一个女人注意到威尔是个外国人,大叫一声:"凶手!"一口唾沫啐到他脸上。

"他救了我们的命。"美智子挡到两人中间。

女人破口大骂,挣扎着去打他,但体力不支瘫倒在地。威尔束手无策地傻站着,美智子抓住他的胳膊,赶紧把他拉走了。他们穿过一块空地,看到至少五十个十几岁的女孩横七竖八地躺在那里,长长的皮肤像缎带一样挂在脸上、腿上和手臂上。她们伸手向战俘讨水喝。

几个村妇在用黄瓜片给女孩们敷烧伤部位，其中一个警告威尔不要给她们水："水喝下去，她们会死的，大家都这么说。"附近，一道火焰冲天而起，让威尔看到了女孩们被巨大的水疱破相的惨状。

威尔和美智子继续赶路，不久就遇到一支长长的队伍，这些人也是去火车站。他们像是在梦游，面无表情，一言不发，缓缓地向前移动，身上的衣服破破烂烂的，还在冒烟。威尔怔怔的，失了神，直到美智子抓住他的手把他拉开。眼前的场面触目惊心：源源不断的人流向前涌去，静默无声，他们衣不蔽体，鲜血淋淋，却没有一人情绪失控，甚至没有一滴眼泪。此情此景显得如此不真实，叫人害怕。这简直就是一幅末世赴难图。

就在这时，他听到一阵嘎嗒嘎嗒的响动，一匹马慢慢地拖着一辆烧焦的马车穿过田野。马是粉红色的，它的皮被灼掉了，它跟在威尔后面摇摇晃晃地走了几步。

美智子在一个大南瓜前停下来，她说想给她的光脚降降温。威尔很惊讶，她竟然一句都没抱怨，坚持走到现在。她把右脚插进南瓜里，以为里面会又湿又凉，结果却烫得大叫起来。

她不顾疼痛，一瘸一拐地继续往前走。他们来到一个更加荒凉的地方。没有火，只有冒烟的废墟。前方远处有一群人正在上火车。威尔希望能赶上这趟车，可他还在扶着步履蹒跚的美智子往前奔，火车引擎就已经开始噗噗冒烟，火车开了。威尔懊恼得粗话都蹦出来了，他把美子放到地上。她喊妈妈。

"请活下去，妈妈。"小女孩的声音很微弱。

一架飞机从头顶掠过，威尔愤愤地向它挥了挥拳头，还是没有炸弹落下来。他欣喜地叫起来："火车停了！"乘客们慌慌张张地逃下车，生怕再遭到空袭。

最后，一名列车员大声招呼大家上火车。威尔和后藤一家挤进了一个双人座，火车又开动了。受伤和烧伤的人默默地忍受着痛苦，但每到一站，他们就会向窗外的人讨水喝。站台上的人摇摇头。这是不允许的。

有一站，威尔跑下去，在装满水的消防桶里把衬衣浸湿。两个孩子和美智子急切地吮吸湿漉漉的衬衫,抬头看他的眼神充满了感激。他自己也润了润肿胀的舌头。

火车驶进大村站时,已过九点。威尔记得当初父亲也带他们来过这里,这座城市在十七世纪是基督徒集中地。在车站,他们得知医院里病人太多,得第二天早上再过来。

美智子说:"去我娘家吧。"她出生在此处往北十英里外的一个村子里。还算幸运,赶上了末班车。他们从汽车站艰难地走到山上,爬了一段长长的山路,来到一幢两层楼的农舍前,此时已近夜里十一点。美智子捶了捶前门,没有回应,门是锁着的,但美智子知道怎么从后面的一个小窗户进去。他们先用冷水给两个孩子洗了澡,把他们抱上了床。然后,威尔擦洗身子,美智子处理自己脚上流血的伤口。

她在沏茶的时候,肇走进来:"妈妈,美子在叫你。"

美子张开双臂要妈妈抱。之前说过的话她又嘱咐了一遍:"妈妈,请你活下去。如果我们都死了,爸爸会很孤独的。"她把朋友亲戚每个人的名字都叫了一遍,最后叫到爷爷奶奶,她说:"妈妈,他们对我真好。"她哭喊了几声"爸爸,爸爸!"后就咽气了。

美智子终于崩溃了。

"别哭,妈妈,我会照顾你的。"肇安慰她。

她亲亲他,让他回去躺下。

她在厨房里想给威尔和自己倒点茶,突然放声痛哭。威尔揽住她。"我也会照顾你的。"他说。

他们听到肇在他房间里呕吐。他在发烧,有他妹妹的所有的症状。美智子向他承诺:"明早就送你去医院。"她尽量安抚他,想为他减轻些痛苦。

躺在床垫上,威尔才意识到身上有那么多处淤伤和割伤。这一天的打击实在太大,这样的小伤又算得了什么?他翻过来,侧过去,怎么躺都不舒服,好几个小时都无法入睡。后来,他做了个噩梦,梦见一匹粉红色的马驮着一个骷髅骑士。他醒过来发现现实比噩梦还要糟。一阵模模糊糊的负疚感和羞耻感涌上心头,死者的哀号回荡在耳边。在隔壁房间,美智子在为美子的死自责。

在长崎,成千上万活下来的日本人也怀着同样的负疚感。明天又会发生什么呢?

第三十一章

# 第三十二章

1

那天晚上在东京,内阁成员还在争来争去,谁也说服不了谁。总理大臣铃木深感气馁,快到十一点时,他宣布休会,指示内阁官房长官安排一次紧急御前会议。不到一个小时,参加会议的人揣着一肚子的疑问被召集到皇居御文库附属室的地下空间。会议室简陋昏暗,通风不畅,闷热难耐。

临近午夜,天皇走进来,缓缓坐进宝座台上的座椅,满面倦容,神色忧虑。尽管室内闷热,外务大臣东乡仍泰然自若,他声明,只要"国体",即国家的本质能得以维持,就应该立即接受《波茨坦公告》,也就是同盟国提出的无条件投降的要求。

海军大将米内同意这一观点。见他答应得这么痛快,阿南大怒,他激动地表态:"我反对外务大臣的意见!"他固执地坚持陆军的条件。"要不,我们就奋战到底,向死而生。"阿南声泪俱下,声音尖厉起来,"我敢肯定,我们一定能让敌人承受惨重的伤亡。即使失败,也有一亿人民愿意为荣誉而死,让大和民族的丰功伟绩彪炳史册!"

陆军参谋总长梅津美治郎光头上的汗亮晶晶的,他噌的一下站起来:"这么多勇士为天皇献出了生命,我们岂能接受无条件投降!"

平沼男爵缓缓起身，阿南和梅津满腹狐疑地看着这名前总理大臣。虽然平沼是众所周知的极端国民主义者，但他们仍然担心他和其他"重臣"一样，是个巴多格里奥主和派，只是想找个投降的借口。男爵问了几个问题，其实都是在向军方要一个回答："这仗还能继续打下去吗？"

梅津相信他们可以通过防空措施制止进一步的原子弹攻击。他补充说："我们一直在为将来的行动保存实力，我们会及时做出反击。"

平沼不为所动，他支持东乡，但提出了一个附加条件。"首先，我们应该按陆军的要求与同盟国进行谈判。"这个脾气急躁的老人转向天皇，"根据历代先皇遗教，陛下也有责任防止国家动乱。我想请陛下考虑到这一点，做出圣断。"

老调重弹的争论持续了两个小时，几乎在逐字逐句地重复说过的话。最后，总理大臣缓缓起身。"形势确实很严峻，但我们没有浪费时间纸上谈兵。我们无先例可援，我也难以启齿，但我怀着最大的敬畏之心，斗胆请天皇陛下明示圣意。"他面向天皇，"陛下是否能做出圣裁，日本是该直接接受《波茨坦公告》，还是向同盟国提陆军想要的条件？"他向天皇走去，众人大惊。

"总理大臣阁下！"阿南大声抗议。

但是年迈的铃木一直走到天皇的宝座台前。他弯下腰深深地鞠躬。天皇镇定地让铃木回到座位上去。老人听不真切，一只手拢在左耳上。天皇挥手示意他回去坐下，然后站起来。"朕慎重考虑了国内外的局势，得出结论，若让战火延烧，我大和民族行将覆灭，血雨腥风继续肆虐，世界永无宁日。"通常，他的声音是不带情绪的，但此刻明显听得出内心的压力，"朕不忍看到无辜子民受难。唯有结束战争，才能恢复世界和平，才能使国家脱离这可怕的苦难。"他一时哽咽，说不下去。垂首聆听的大臣们听到这里，难以自制，冲上前去，有些人不顾体面地抽泣起来。

天皇再度开口，但不得不再次停下来，最后好不容易又接着说下去："想到那些为朕尽忠效力的人，那些在遥远的战场上负伤阵亡的士兵和水兵，那些在国内空袭中失去了全部财产乃至生命的家庭，朕心如刀绞。毋庸讳言，看着日本忠勇的战士被解除武装，朕难以承受。同样不堪承受的是,那些为朕忠心效力的人现在要作为挑起战争的罪犯受到惩罚。可如今,我们不得不负万钧雷霆,忍奇耻大辱,无法承受也得承受。"他回忆起他祖父明治天皇在 1895 年面对沙俄、德国和法国三重干预时的感受:"朕咽下泪水,与尔等回顾往昔的痛苦,并在此批准依外务大臣所述之基本原则接受同盟国的公告。"

其他人站着。"陛下仁慈,臣恭听明白。"铃木说。

天皇点点头,然后,好像背负着难以承担的重负,缓缓地走出了房间。

内阁成员聚集在铃木家中起草相同的照会致同盟国各成员,声明接受《波茨坦公告》,"只要上述公告不包含任何有损天皇的君权的要求"。

第二天,8 月 10 日,早上潮湿闷热。在市谷高地,陆军省的五十多名军官在防空洞里等阿南将军。他们被匆匆召来开紧急会议,心里都在嘀咕:阿南将军是要宣布陆海军合并吗?莫非要说原子弹的事?难道是昨晚的御前会议?

9:30,将军登上一个小讲台,平静地说:"昨晚的御前会议已经决定,接受《波茨坦公告》。"

几个军官难以置信,大叫起来:"不!"

阿南举起双手示意他们安静:"我不知道该如何解释,但既然圣意如此,就没办法了。"他承诺会争取一下,让同盟国接受陆军的最低要求。他说:"不管发生什么,我都要你们保证军队不出乱子。你们,还有你们的手下,都必须抛开个人的感受。"

户田胜吾控制不住自己,大声说:"那军队保卫国家的职责何在?"

阿南朝胜吾挥挥他的马鞭:"谁不服从阿南,那就先把阿南砍倒!"

散会后,胜吾和其他二十名持异见的军官在陆军省的另一个房间里秘密会晤。他们都是平泉澄教授青青学堂的弟子,都认为不能接受无条件投降。

"这将摧毁'大和魂'和'国体'!"一名大尉激动地说,"所以,我们违抗天皇的和平决断是完全正当的。那是误判,是下策!"

"对皇权真正忠诚,我们就必须暂时违抗陛下的命令!"胜吾说。

但让他们放弃空谈、落实行动的是一个中尉："我们必须策划一场政变！"其他人纷纷表示赞同，反应很热烈。

"我要警告你们，"阿南的内弟竹下正彦中佐说，"我们打算去做的事是死罪。"不能鲁莽冲动，贸然行事。"首先，我们必须把陛下与那帮反战分子隔离开来，这样我们就能说服阿南将军劝说天皇继续打下去。"他们可以在本土发动一场决战，重创敌人，美国人或许会因此让步，达成一个体面的和约，"要是行不通，我们可以进山里展开游击战，继续战斗。"

他们都回忆起了1936年2月26日那场失败的兵变（即"二二六"事件），发誓绝对不能再犯当年的错误。这一次，他们会调动驻守东京的部队包围皇居，切断通信线路，控制广播电台、报社和重点政府机构，然后逮捕铃木、东乡、木户和其他卖国贼。

破晓时分，威尔苏醒过来。他悄悄地漱洗完毕，走到屋外。站在山上，他可以一眼望到海湾对面的长崎。那里还在冒烟，他想起昨天的经历，不由得打了个冷战。他看到美智子在门口一个劲地向他招手。美智子把他拉进门，责怪他不该走出去，邻居要是看到，说不定会去报警。她已经给肇穿好了衣服，他的脸很肿。威尔想陪她一起送孩子去医院，但美智子坚决不答应，那样他会被抓起来的，而她也会身败名裂。但她还是让他出了点力，没有阻止他把肇抱到她事先推到后门口的独轮手推车上。威尔担心地看着美智子推着孩子下坡，走向公交车站。

等了很久，汽车才来。在一个女乘客的帮助下，美智子把肇弄上了车。到了大村，她也很幸运，又有好心人帮她。清斋医院看病的队伍排得老长，等到中午才轮到肇。一名女医生检查了肇的病情，把美智子拉到一边："这孩子得了原子弹病。"

"你有什么办法吗？"

"我不能打包票。"然后她又接着说下去，甚至有点气呼呼的，"但我不想袖手旁观，眼睁睁地看着你儿子这样的孩子忍受这么可怕的疾病，什么都不做。"她解释说，医院里没人知道该怎么做，"据我观察，长崎那些受害者之所以会死，是因为他们的肠胃里都是毒气"。她检查了一下，确信门

第三十二章

是关紧的,才说下去:"我母亲是中国人,她告诉了我很多不被医生认可的中医治疗方法。"她写下一个地址,接着说:"离这里三个街区,有一家中药铺,你找天道桑。"她把这个也写下来,又说:"如果排便带血,他就有可能活下来;如果没有,他就没救了。"

美智子一连鞠躬五六次,向医生道谢。

去药房和回公交车站的一路上都有好心人帮美智子背肇。对她来说,最困难的是把小车推上陡峭的山路。半道上,一个爱管闲事的邻居要帮忙,美智子谢绝了他。一直小心地守在后门的威尔迎他们进门的时候,已经临近傍晚。

"他真是个勇敢的孩子,一整天没吭一声。"美智子说。

肇无力地笑了笑。服药后,他像是睡着了,两个大人轻手轻脚地走出他的房间,但没过多久,他坚强地挣扎着站起来,大喊:"妈!我得上厕所!"

肇昏倒了。威尔冲进来,看到粪便狂泻而出,被吓住了。

"带血的!"美智子高兴得大叫。

他们把肇弄干净后,又抱到床上。两人担心地看着他,一个小时后,他睁开双眼,眼神呆滞,他向威尔伸出手:"爸爸!你回来了!"

威尔跪下,抱住孩子。

"你叫我要勇敢,叫我保护好妈妈和美子。"

"你是个很勇敢的孩子,肇。"威尔的声音沙哑了。

孩子在狂出汗,他妈妈不停地用湿毛巾给他擦拭。肇问道:"我会死吗,爸爸?"

"不会的,儿子。"

"太好了。"他困恹恹地说完,不一会儿便睡着了。

美智子出门去安排美子遗体火化的后事,走了几个小时。她回来没多久,肇就醒了,吃了点味增汤,又继续睡。他脸上已经有点消肿,水疱也没那么凶了。

"真是奇迹。"美智子在胸前画了个十字。

"你是天主教徒吗?"

"是的,我们家好几代都是,我们这种叫'隐匿的基督徒'。"威尔早在小时候来长崎时就已经了解了这个群体,但他还是让美智子自己说下去,"我的祖先不愿弃教,就转入地下了。"两百多年来一直秘密进行宗教活动,形成了一套自己的礼拜仪式,后来基督教合法了,他们也不愿意加入任何基督教会,一直坚守世代相传的仪式。

美智子把威尔带到楼上一个小房间里,这里有一个假佛坛。她拿起一尊小小的观音木像,观音在佛教里是代表慈悲的无性别神明。这尊像刻画的是一个身穿和服、怀抱婴儿的女人。美智子翻转神像,让威尔看刻在背后的十字架。对"隐匿的基督徒"来说,这样的像代表圣母玛利亚和圣婴。

喝茶的时候,他们听到肇在无力地呼唤。他们在他床边跪下来,孩子抬眼看看他妈妈:"我梦到爸爸回家了。只是个梦吧,妈妈?"

"是的,肇。"美智子轻轻地摸摸他的头。

孩子微笑着说:"晚安。"

移门拉上的那一刻,威尔想起了这两天的各种恐怖经历。这女人真是太完美了!光着脚,那么痛,她是怎么一声不吭忍下来的?她对他人那么体贴,那么富有同情心。"你真美!"威尔说着轻轻地吻了吻她的脸颊。

"你好温柔,不像我们这里的男人。"美智子说。

威尔搂住她,又亲了一下她的脸颊。

美智子挣脱他的怀抱,道了声"晚安",就进了自己的房间。

威尔正往床垫上躺,听到美智子一声尖叫,他冲进她房间,见她满头的头发像个假发套一样抓在手上。美智子大哭。威尔安慰她,但她推开他,拿一条毛巾盖住了脑袋。

美智子忧心如焚,威尔跪在她身旁,双手拢起她的脸,吻她的唇。他说:"你还是很美。"他心里想的是,他们在几个小时里一起经历的悲伤与痛苦比大部分夫妻一辈子经历的还要多。他这辈子从来没有说过,也没有听到麦格林家(除了弗洛斯外)有谁说过的那句话脱口而出:"我爱你!"这几个字就这么自然而然地说了出来,那么接下来一遍遍地亲吻她,不也是自然而然、顺理成章的事吗?美智子由着这个高大温柔的男人亲吻她,两人犹犹豫豫，试探着开始做爱。

## 2

策划哗变的陆军军官争取到了越来越多的支持。竹下向追随他的人保证，他的姐夫阿南最终也会加入他们，并把梅津也拉了进来。有陆军大臣和陆军参谋总长支持政变，近卫师团及东部军的两名本地指挥官也必定会跟从。这将是名副其实的陆军行动，是为国家的利益，在陆军最高指挥官的领导下依法奉命行事。

此时，日本已经收到同盟国的回复。对于日本有条件地接受《波茨坦公告》的表态，回复虽然没有断然拒绝日本保留天皇的要求，但也没有明确其命运。同盟国坚持，日本的政府体制取决于日本人民自由表达的意愿。

在御文库里，木户向天皇解释这会有什么样的后果，但天皇毫不在乎地说："这无关紧要。如果人民不想要天皇，留着有什么用？朕认为，让人民来决定，完全正确。"

但海军军令部总长和陆军参谋总长在同盟国的回复中看到了继续打下去的充分借口。当天下午，内阁讨论时，东乡争辩说没有理由不接受同盟国的条件："我们绝大多数忠诚的人民怎么可能会不想保留我们的传统体制？"

就在阿南动身去参加这次会议的前一刻，胜吾和几个反对政府决定的陆军军官冲进他的办公室，要求拒绝同盟国的提案。胜吾说："如果办不到，你应该剖腹自尽！"阿南可能因此受了刺激，在会上激烈地反对东乡。有三个文官也支持阿南，他们吵吵嚷嚷，嗓门震天，搞得铃木也改变了立场，倒向他们一边。东乡大怒，去向木户告状：铃木"变节"了。内大臣木户把总理大臣铃木叫到宫内省。必须设法把铃木拉回来，让他遵从圣意，争取和平。

"有人急于捍卫国家本质，他们说的那些道理我无意辩驳，"木户对铃木说，"但是，外务大臣东乡仔细研究过后，向我们保证，争议的段落并没有值得反对的内容。如果我们在这个阶段拒不接受《波茨坦公告》,战争因此延续下去,百万无辜国民将死于轰炸与饥饿。"木户看得出来:老人被说动了:"如果现在能实现和平,我们中的四五个人也许会被暗杀,但就算这样,也值得。别动摇了,也别犹豫了,让我们遵照圣谕,接受《波茨坦公告》吧!"

"就这样干吧!"总理大臣铃木大声说。

在翌日下午的会议上,大部分内阁成员赞成接受同盟国的要求,但仍有四个人反对,还有几个不太愿意明确表态,但在年迈的总理大臣的胁迫下,最终除了一个人,其他人全都表示同意。铃木说:"我最后拿定主意,遵从圣意,在这个紧要关头结束战争。我会把这里讨论的全部情况奏明陛下,请陛下做出最后的决定。"

虽然这场兵变的几个主谋,要数阿南将军的内弟竹下军衔最高,但实际领头人是少佐畑中健二,他少言寡语,勤奋谦虚,与典型的革命者形象截然相反。他坚守国体的奉献精神和不肯妥协的态度打动了胜吾和其他人。竹下与阿南虽是亲戚,但他一直不肯出面利用这层关系拉他入伙。现在,畑中执意要与陆军大臣做一次正面交涉。

闷热潮湿的夜晚,畑中和其他几个核心成员,包括胜吾,都挤进了阿南家简朴的木制平房里。燃烧弹空袭过后,这里成了他的官邸。

将军平静地接待了他们:"什么事?"

畑中站出来:"陆军大臣,您必须与那些想投降的人做切割。我们囚禁木户、铃木、东乡和米内后,会宣布戒严,到时候我们会把宫城与外界隔离。"

"你们打算怎么做?"阿南礼貌地问。

"得到您的配合,长官,还有梅津将军、田中将军和森纠将军。"田中是东部军司令官,森纠统领着守卫宫城的近卫师团。

"你们如何处理通信问题?"阿南还指出了他们计划中的纰漏。

"我们必须执行这个计划!"他的内弟竹下说。其他人低声附和,包括胜吾。竹下接着说:"而且必须赶在御前会议正式接受同盟国照会之前。"

"但是会出现很多复杂的状况。"阿南说。他不置可否的态度让在场的一个大佐有点动摇,但竹下、畑中、胜吾和其他人依然很坚定。

"我们必须立刻行动。"畑中说。

"给我点时间,让我好好考虑一下。"阿南把他们送到门廊。"小心,你们可能已经被人盯上了。"他关切地提醒他们。

竹下仗着自己是亲戚,留了下来:"你会跟我们一起干吗?"

"当着那么多人的面,不宜表露自己的想法。"阿南回答。他没有再说什么,但竹下觉得他是在默认,于是又乐观起来,安心地走了。还是很有希望阻止天皇投降的。

## 3

威尔经历了不平静的一天。破晓时分,他醒过来,看到美智子安静地躺在他身边,头上仍包着毛巾。想起昨晚做爱时,毛巾散开,她那副不安的样子,他笑了。他还是不敢相信,觉得受宠若惊——这么好的女人,竟然会爱上他。他被这张脸迷住了。经历了过去两天的种种磨难,她的面容还是那么安详。

美智子睁开眼睛,见威尔正专注地看着自己,她莞尔一笑,把他拉近,吻他。大门外一阵骚动,打破了这一刻的浓情蜜意。听起来像是有五六个人进了屋子。美智子匆忙套上一件浴衣,出了房间。威尔听到她在跟进屋的人说话,但听不真切。看来这家人回来了。

威尔套上借穿的工作服后,走出了房间。三个女人和一个老男人冷冷地打量着他。美智子眼泪汪汪的,因为刚刚把美子的事告诉了他们。她尴尬地向她祖父、母亲、妹妹及小姑子介绍威尔。他们之前在大村,有个姨妈在轰炸中受了伤,他们一直待到她咽气才回来。

美智子向他们讲起了威尔把她和孩子从倒塌的家中救出来又一路护送到这里的经过。但看起来她家人并不把这当回事,她丈夫的妹妹埋怨她没有把后藤中尉的武士刀从废墟中抢救出来。

美智子的亲戚对威尔这个敌人表现出的无言的鄙视令他深感屈辱，但最令他痛心的是他们对美智子的冷漠和鄙视，似乎她给家人带来了永世的耻辱。所以，半个小时后，当小姑子得意扬扬地带着两个宪兵进门时，威尔简直如释重负。两个宪兵倒是对威尔客气得不得了。

"我会回来的。"威尔用英语对美智子说。他向她和她家人鞠躬后转身离开。往长崎的路上，其中一个宪兵对威尔说，逃跑的战俘，数他跑得最远。听这话好像这是什么光荣的事。他们那辆快散架的货车抵达长崎市郊时，已是下午三点左右。

这大白天的，一眼望去，一大片废墟摊在眼前，令他不敢相信自己的眼睛。一个炸弹能造成这么大的破坏？人们在闷燃的废墟中游走，有的在寻找失踪的家人和朋友，有的拿着棍子在瓦砾中翻找自己的财物。腐烂及烧焦的人肉散发出阵阵带甜味的恶臭，熏得威尔差点犯呕。他们经过浦上河旁一间工厂的残骸，男男女女在忙着把原本在工厂二楼工作的两百多个女孩的尸体或尸块搬到外面。

快到长崎车站时，威尔注意到一支长长的队伍，每个人的肩上都背着包袱。他们有的带着自己同伴的骨灰（日本人给火化的）；有的用担架或门板抬着伤员。车子开到近旁，威尔发现他们是 14 号营的人。宪兵允许他跟着这支队伍走。过了一座桥后，卫兵让筋疲力尽的战俘停下来休息。威尔找到了北野。听说他们要去造船厂以南几英里外的三菱宿舍，那里就是他们的新家。

威尔比绝大多数人状态好，于是主动要求抬担架。后来发现很吃力，幸亏走了几百码后又停了下来。谢天谢地！走到相手海道，每个人都不约而同地停下了脚步，尽管卫兵并没有叫大家停下来。左边是海，右边是一座陡峭的山，附近是太平寺。其中一个卫兵建议去跟住持说说，让他们把战俘的骨灰寄存在寺里。住持答应了。

当他们走出通往户町镇的隧道时，已是黄昏时分。他们默默地拖着沉重的步子穿过寂静的街道，走到了宿舍，一幢宽敞的两层高的木楼。

威尔睡睡醒醒，老是做噩梦。他又梦到了那匹粉红色的马，咧着嘴的骷髅跨在马背上，这次还拖着一车的尸体，手脚横七竖八地支棱着；然后他梦到了那个燃烧的学校,年幼的学生被困在火里发出声声哀号。他被他们的惨叫声惊醒。屋里很黑,只听得到呼吸声、鼾声和梦呓。威尔担心美智子和肇,便再也无法入睡。为什么她的头发会掉光?她明明跟他一样,待在屋子里,没有被"闪电"闪到啊;但美智子没有告诉威尔,她在窗口看到了数千个神秘的黄球。

4

第二天早上,命令下来,要召开一场紧急御前会议。军政要员们匆匆赶到御文库附属室,满腹牢骚,抱怨自己这样被召过来毫无准备地来进行正面交锋,他们把怨气撒在年迈的总理大臣身上,但他毫不理会。快到十一点时,身着军服的天皇走进会议室。铃木说:"微臣向陛下请罪,内阁仍然没有达成一致意见,同意接受同盟国的照会。"他转向三名军方领导人,这三人也是最主要的反对派:"请向陛下陈述你们的理由。"

梅津说:"我必须劝谏陛下,继续进行战斗是必要的。如果投降意味着国体的终结,那就必须牺牲全体国民,来一场最终的决战。"

阿南激动得几乎说不出话来。"我也建议继续战斗,除非同盟国明确承诺保证陛下的安全。"阿南咳了一声,清清嗓子,"我们仍然有机会获胜,哪怕不行,至少也可以争取以更好的条件来结束战争。"

天皇审视的目光扫了一遍在场的其他内阁成员,没人站起来,天皇点点头:"如果没有其他意见,那朕来说说自己的看法,望尔等都同意朕的结论。"全场肃静,气氛紧张。天皇又说:"朕认真聆听了反对照实接受同盟国回复的所有理由,还是坚持之前的观点。朕已研究过国内国际形势,得出结论:这仗不能再继续打下去了。"

天皇用戴着手套的手拭去脸颊上的泪水。有几个人见状无法自持,抽抽搭搭地哭了起来。

"朕完全明白,要忠诚的陆海军将士向敌人交出武器,眼睁睁看着自己的国家被占领,本人可能还要被指控为战犯,对他们来说何其困难。"天皇直视陆军大臣,"阿南,朕明白这对你而言尤其困难,但你必须承受。"

天皇悲伤到破音，只得停下来。

"那么多人战死沙场，其家人仍在遭受痛苦，"他再一次擦去脸上的泪水，"想到这些，锥心之痛，难以承受，但朕不忍子民继续受苦，愿冒一己性命之危以拯救苍生。"

天皇停下来，因为有两名大臣已经瘫倒在地。

"人民对此毫不知情，听到朕突然下此决定，定会感到意外。朕什么都愿意去做。若对人民有利，朕愿广播宣告。"他叫内阁起草一份终战诏书。

大臣们悲不自胜，互相抓着对方。铃木挣扎着站起来，再一次道歉，蹒跚着走到宝座台前，向天皇鞠躬。

天皇站起来，疲惫地朝门口走去。

投降的消息很快就传遍了日军大本营，各级都开始乱来，纪律涣散。派驻大本营的宪兵士官擅离岗位，卷走了衣物和食物；低级军官不尊重上级，开口辱骂；高级军官把自己反锁在办公室里，喝威士忌和清酒。

畑中和他的核心成员正在开会，他们准备执行一个紧急计划。"我们仍然很有希望控制皇居的，"他告诉胜吾和其他六个人，"近卫师团的两个少佐还站在我们这一边。"现在有了一个新的目标：截下天皇给民众的诏书录音，不能让它送到日本放送协会去。这项任务由胜吾来负责。

当天那个炎热的下午，畑中骑着自行车在东京四处活动，企图把政变的气焰再煽起来。胜吾打听到录音安排在宫内厅二楼的一个房间里，他大步走进去，那架子好像他是主事的。他问日本放送协会的四个人："是否一切准备就绪？"回答是"是的"。

"谁负责把录音盘带到录音室来？"没人知道，胜吾猜这人应该与内大臣木户有关，于是决定去他的办公室看看。

胜吾的哥哥正又在一个宪兵队监狱里受审。审他的人不忍心再刑讯逼供，只是敷衍地问了几句，叫他招出同谋。正只摇了一下头，审讯官就不再问下去了。见他狂咳起来，两个审讯官很担心，叫卫兵把他送回牢房,给他一点水喝。卫兵这段时间看着正一直不肯松口,已经对他有了敬意,一个多星期以来,时不时地会塞点零零碎碎的食物给他。正感到自己活不了多久了,每一次呼吸都很困难。他闭着眼睛躺在小床上,想起了弗洛斯和正雄。他不知道他又有了一个女儿,两个星期前才出生。

在长野市郊,弗洛斯正在用奶瓶喂宝宝吃奶,她还是奶水不足。弗洛斯能听到正雄在屋外跟家里的"产蛋功臣"("甲鸡"和"乙鸡")玩耍。她能闻到埃米在小厨房的柴火灶上炖煮食物的香气。澄子前天下班带回来些肉骨头,这是长野广播站给的。她已经在那里工作了一个月,因为所有同龄人以及比她大的年轻人都必须参加劳动。她办公室里的人都很好相处,部门主管是个五十多岁的男人,性情温和友善。有三个播音员,轮流播报本地新闻和天气预报。澄子的工作是把东京的日本放送协会发过来的照计划放送的节目记下来,转给本地的报社。播音员要澄子帮他们卷烟,理所当然地认为这种杂务就应该由下级职员来干。澄子觉得自己有义务干这活,因为她是部门里唯一的女孩子。

空袭警报响了起来。过了一会儿,正雄冲进房间:"妈妈,飞机来了!"

弗洛斯能听到发动机在响,不是B-29,这架飞机要小得多。她从窗口望出去,看到一架美国海军飞机正冲下来,机关枪嗒嗒嗒开火。

正雄见飞机方向一转冲他们飞来,"强击机!"他大叫一声,冲出门去救那两只鸡。

"正雄!"弗洛斯尖叫。

但正雄没有理会越来越大的飞机噪音,一把抓起"乙鸡"。飞机飞得很低,弗洛斯甚至能看到飞行员的脸。恐怖的机关枪声响了起来,扑溅的尘土呈一道直线划向正雄。

又一架飞机呼啸着扑下来。正雄恍恍惚惚地抬起来,左臂已经麻木,他自己也不知道为什么,不由自主地抬起还正常的右胳膊挥了挥。美军飞行员也挥手回应,没发一颗子弹,嗖的一下飞回了高空。

弗洛斯把婴儿往埃米怀里一塞,冲出屋去。正雄的左胳膊在流血,看起来已经被打烂了,右胳膊还夹着疯狂挣扎的"乙鸡"。

"'甲鸡'没事吧?"正雄嘟囔了一句,昏了过去。

5

晚上 8:30,天皇签署终战诏书。盖上御玺后,内阁成员逐一加签,投降决定正式落案。

另一边,兵变的计划正在落实。午夜时分,一千名士兵在皇居周围筑起了一道封锁线。大部分人以为这只是紧急加固固定警戒点,完全不知道自己已经沦为叛军。很快,所有的大门咣当一声合上,就这样把天皇与外界隔绝开来。

半个小时前,胜吾看着天皇被护送到宫内厅二楼的话筒前。他听到天皇问:"声音多大合适?"日本放送协会的一个高级职员回答,正常音量即可。但当天皇对着话筒的时候,他不自觉地压低了声音,有些地方也没说全。

"朕深鉴世界大势及帝国之现状,欲以非常措置收拾时局……"

胜吾此时内心充满了敬畏,他不能完全理解这话的含义,但知道就是投降的意思。之前,畑中命令他一旦确定天皇在录音,就去最近的出口——坂下门,于是胜吾悄悄地离开了房间。

在坂下门,一批手持上了刺刀的步枪的士兵拦下了胜吾。他们是近卫师团的人。胜吾大喜——皇居被封锁了。然而在场的军官都不知道畑中在哪儿,他们只知道,没有他点头,谁都不许离开皇居。

胜吾看到有几辆车从宫内厅驶过来,士兵截住车,胜吾认出车上坐着的是日本放送协会的人。有一个人说录音已经交给了宫内侍从保管,胜吾立刻点了十几个人,带着他们往宫内厅赶去,心里暗暗责怪自己没留在那里盯着,看是谁拿了录音盘。胜吾发现录音室里空荡荡的,折回坂下门,却得知一切都出错了。东部军司令官与近卫师团的师团长都拒绝加入,畑中自己也已经承认政变失败,答应天亮前把所有军队撤离皇居。但胜吾还不知道,虽然畑中口头认输,可私下里并没有放弃。他正赶去日本放送协会,那个地方还被他自己的部队控制着,他决意阻止他们播放录音盘,他要自己向全国呼吁。

胜吾很晚才得知畑中已经去了日本放送协会,他赶到那里时,已是8月15日清晨,天刚亮没多久,他好说歹说,才说服守在播音室门口的人放他进去。他看到畑中拿手枪指着正准备开始播报早间新闻的立野守男的头。

"我得跟全国人民说几句话。"畑中说着一把推开话筒前的立野。

播音员跟他争了起来。这时候,电话响了,是东部军,他们要和播音室里的叛军军官说话。畑中拿起听筒。"立即给我收手!"一名高级军官命令他。

"我必须最后向公众解释一下!"畑中说。但对方拒绝了他的要求,畑中放下听筒。这场叛乱就这样结束了。胜吾心里落下了一块大石头,但他什么都没说,暗自庆幸还没人去动天皇。一切都是徒劳,现在整个国家必须忍受失败的卑屈,但胜吾已没有眼泪可流。

他和沮丧的畑中离开播音室不久,立野宣布天皇将在中午通过广播宣读诏书:"让我们全体恭敬聆听天皇玉音。"

中午12:00,日本最受欢迎的播音员和田伸显和田信贤脸色苍白、身体僵硬地坐在话筒前,他说:"以下是一段极其重要的广播,所有聆听者请起立,天皇陛下将向日本全体国民宣读诏书。我们现在敬送玉音。"

在国歌《君之代》恭敬、感人的旋律过后,有几秒的静默,最后,没几个日本国民听到过的声音从广播里传出来:"朕深鉴世界大势及帝国之现状,欲以非常措置收拾时局,兹告忠良尔等臣民……"

# 第三十三章

## 1

加藤顺在信息局会堂里听这段广播。他心里在想,总算等到这一天了!天皇讲的这些话,字字句句全都理解并不容易,但顺和会堂里的其他人都清楚,这就是在宣告无条件投降。周围的大多数人在流眼泪,顺内心狂喜,但表面上还是一脸肃穆。

"笃道义,巩志操,誓发扬国体精华,可期不后于世界之进运矣。"天皇陛下最后结言。

在敬畏的气氛中,全场静默。有些人忍得面容扭曲,控制不住情绪,索性旁若无人地哭起来。此时,整个日本帝国有几百万人在哭,这也许是人类历史上人数最多的一次,但是,在屈辱和悲伤的情绪底下,有一种无法否认的解脱感,即使军人也一样。终于摆脱了长年累月的战争、死亡与毁灭的枷锁。

在信息局里的人慢慢地走出会堂,顺和另外四个人向外务省走去。一路上,他们在严肃地讨论无条件投降可能带来的后果:美国会如何占领日本?会成立什么样的政府?

"对我们新闻从业人员会有什么样的影响?"顺问道。他们给政府写过宣传稿,会因此坐牢吗?

快到目的地时，《每日新闻》的一个人说："我觉得他们会逮捕天皇陛下，追究他的责任。"

"作为战犯？"顺问道。

"当然。还有谁更活该？"

另一个人说："无论如何，天皇是该退位了。"

其他人都表示认同，没有人对天皇陛下有一丝同情。

在外务省，冈崎仍然是一副衣冠楚楚、胸有成竹的样子。他向他们解释天皇的话是什么意思："我们不知道会发生些什么，我们这些平民会受到什么样的待遇，占领条例是什么；但我可以向你们保证，依照《波茨坦公告》，同盟国会按国际法原则对待我们。"

顺虽然觉得冈崎这番冷静的分析很有说服力，但他还是担心自己的状况。一个带着二世面孔的他，会不会被指控叛国？他写过的那些关于美国残暴轰炸行动的文章，会让他成为注意目标，他得十分低调。

全国的民众都专心聆听了天皇讲话，被他那高调门，甚至有点缥缈的嗓音所震慑，但他有些地方没说全，再加上广播信号不好，只有极少数人完全明白他在说什么，但每个人都知道这是在宣告投降，或者同样灾难性的大事，毕竟这是天皇第一次向国民讲话。

与日本本土相隔千里的军人和平民工作者也听到了天皇讲话。在中国，户田家的一家之主没有哭，他知道这对国家来说是最好的决定。当他在收拾宝贵的方案和文件时，一个参谋军官冲进了他的办公室。

"好！"看到那堆文件，他大声叫好，"把所有对敌人有用的东西都烧掉。警告你的职员，谁不服从命令，就要受到惩罚。"

等军官一走，户田马上把文件仔仔细细地包好，放进他的保险箱里。没有这些方案和宝贵的科学资料，生产得耽搁好几个月，甚至好几年。他怎么舍得烧掉？作为一个热爱和平的人，他必须把这些资料完整地交给中国人的主管机构。

在内格罗斯岛，高对投降一事一无所知。他找不到神子，便加入了另一帮人。一个星期后，他们突然遭到菲律宾游击队员的袭击。他们的首领是个中尉,他呼吁大家战斗到底,但其他人,包括高,都想立刻投降。一个叫田边千的乐手是他们的发言人:"我们到底为什么要这样去送死?为了日本?我们要守卫的这个国家就要败了。"

中尉愤怒地举起军刀,但高制止了他。

"日本迟早会投降的,"田边继续说,"这点我肯定。我的父母和我的兄弟姐妹都不会乐意我这样白白去送死。"他郑重恳切地劝说中尉:"投降后谁来重建日本?我们的家乡被烧毁了,得靠我们这些年轻的战士来重建她。"田边站起来,挥了挥手里的一块白布:"我现在就下去,中尉。谁跟我走?"田边对高微微一笑:"记得我离家前教给我妈妈的那首歌吗?"田边开始朝山下走去,一边走,一边唱了起来:"丘,丘,累露,累露……"

中尉举起步枪,开火,田边打了个旋,死前回望高,一脸困惑。

"瞧见没,"中尉说,"我们决不能投降,决不!"他告诉他们附近有一个没人居住的小岛:"今晚,我们可以找几条小木船,逃出去。我们可以永远抵抗下去!"

永远是多远?高心里在嘀咕,但没有出声反对。现在,他有了一个人生目标:活下去,回到日本。他最大的遗憾是不能和前田一起回去。

在东京郊区,田边千的母亲刚刚在车站月台上听到了天皇的那段话,魂还没回过来。当她下台阶往街上走的时候,看见一个高高瘦瘦的士兵在唱:"丘,丘,累露,累露……"她大喊一声:"千!"拔腿追上去,但挡在前面的人太多了。她急急忙忙地跑到庙里,告诉里面的师父刚才发生的事。

"魂魄,它可能是来帮你的。"他说。

她点点头,田边肯定已经死了,他的魂是回来跟她道别的。

弗洛斯、澄子和埃米在长野医院的候诊室里听到了天皇的"鹤音",内心一阵狂喜,但没有声张。一个身上白袍脏兮兮的医生走到弗洛斯面前,他说正雄的手术很成功。

"他的胳膊?"她问道。

医生同情地压低声音回答:"没能保住。"

弗洛斯极力控制情绪，向医生表示感谢。

"他现在还昏昏沉沉的，不过他想见你。"

正雄坐在床上。看到他包着绷带的左臂残肢，弗洛斯一下子哭了出来，埃米和澄子也一样。

正雄用右臂搂住弗洛斯，抬眼看着奶奶和澄子。"不痛的。"他说。

一名官员和一个卫兵走向他父亲的牢房，他们带来了好消息。"你可以回家了。"官员说。

正仰卧在小床上，无力地挣扎了一下，想爬起来。

"我们很抱歉，迫不得已对你做了那些事。"官员说。

正嘴里嘟哝了一声，官员不知道他在说什么。

"他在说英语。"卫兵说。

官员俯下身，凑过去听："'弗洛斯'在英语里是什么意思？"

这是正咽气前吐出的最后几个字。

## 2

在华盛顿，弗兰克·麦格林醒着躺在床上，他在反复琢磨政府的一个提议：他愿意当占领军首领麦克阿瑟将军的政治顾问吗？他的第一反应是反感，一股怨气冲上脑门。早干吗去了？之前怎么不找他咨询？继而转念一想：这是多么难得的机会啊，能够亲眼见证历史，甚至还有可能对日本的前途命运施加点影响，而且还能与弗洛斯和户田一家相聚。可与此同时，他已经厌倦了官僚作风，很想念威廉斯敦的宁静祥和。他答应他们会认真考虑一下。

"奥林匹克行动"，也就是进攻日本本土的行动计划，已经终止训练。整个塞班岛上的人都听到了一个小道消息：第2师将作为占领军被派往九州。马克盼着见他哥哥，他就在那里的某个战俘营里。从上一次见面到现在，发生那么多的事，威尔一定吃尽了苦头。

在塞班岛平民收容所里，顺的表妹裕子和其他人聚在一起收听来自东京的特别广播，大家静静地听着他们的天皇讲话。此时，他们中的大部分人已经意识到不该跟美国开战。啊，我的祖国已经崩溃了！裕子这么想着，心痛得潸然泪下。

他们的待遇提高了，不仅吃得比以前好了，而且还可以每星期去海里泡个澡。裕子觉得美国人这么做是想让他们从战败的屈辱中振作起来，忘却悲伤。她去山里安葬死去的日本军人。美国的阵亡军人有正儿八经的坟墓和十字架，跟他们相比，这些日本人的命运真是凄惨。

玛吉在马尼拉。麦克阿瑟的参谋正准备迎接从东京过来的一个日本代表团，来安排他们在战场上的部队投降。麦克阿瑟的新闻官向玛吉保证，她可以随将军一道前往日本，时间暂定在月底。玛吉在菲律宾只待了一个星期，就已经结交了一些有影响力的朋友。她满脑子都是点子，想好了该在日本写些什么。亲眼见证并且报道占领初期的情况，这真是千载难逢的机会！而且，终于能见到亲爱的弗洛斯了，她一定吃了不少苦。还有威尔，他一定还活着，不管什么苦难，他都能挺过来，向来如此。不过，"奥林匹克行动"已经没必要了，马克还会去九州吗？

在户町的宿舍里，威尔和其他战俘还不知道天皇已经发表了投降演说，跟威尔一样状态还可以的人在忙着帮平民清理上浦谷的瓦砾。那天，他们照常从新宿舍走到海湾，然后乘渡船前往上浦车站。他们早早地收了工，傍晚前，就已经回到户町，正在点名，突然传来一声霹雳，领头的荷兰军官一头扎进了旁边的一个水塘里。威尔和其他人恐慌了一阵。又是一枚原子弹吗？一名卫兵大叫说"只是打雷"。看到荷兰人湿淋淋地从池塘里爬出来，大家都哈哈大笑。

第二天早上，他们又出发去上浦，但接下来的三天，都没再出去干活，就待在营地休息。卫兵们还在争论是否该把投降的消息告诉战俘。有些人——比如北野——主张立刻释放战俘，把大部分人吓了一跳。既然总部没有指令下来，那就一切照常吧。

第三十三章

13号营的卫兵已经跑得无影无踪。波波夫找到一支日本步枪,和布利斯一道离开营地直奔大牟田。他在第一个村子里看到一个曾经苛待过他们的监工。那人撒腿就跑,波波夫举起枪,大喊一声:"稍等一下!"对方停下脚步,眼里满含畏惧,他慢慢地走过来。一旁的屋子里出来一个女人和三个衣衫褴褛的小孩。

"我他妈的为什么这么做?"波波夫说着放下了枪,"这是你老婆和孩子?"那人点点头。波波夫问:"你就住在那破屋里?"

"嗨!"

"你还记得在矿里你对我们有多刻薄吗?"

"嗨!"

"我没把你的头轰掉,你该感谢你老婆和孩子!"

监工鞠躬致谢。

"你见过瘦成这样的小孩吗?"布利斯说,"你家里的米喂不饱这些孩子吗?"

"食物很少。"那人用英语回答。

"妈的,"波波夫说,"我们回仓库去给他们拿点米。"他转头面向监工:"在这儿等着。"回头往仓库走的时候,波波夫说:"我猜他们吃得也没比我们多多少。我差点把这混蛋给毙了!"

8月19日下午,威尔听到一阵嗡鸣声,一名卫兵大叫:"空袭!"低空有一架飞机正朝他们飞过来,当它扑向宿舍区时,惊叫声此起彼伏。它投下一个黑乎乎的东西,降落伞爆开,落在附近,卫兵们发现是应急物资。营地指挥官觉得这下必须把投降的消息告诉战俘了,他把三名同盟国高级军官叫到跟前。

"我之所以请各位过来,是要告诉你们,日本已经战败。"这话说得很痛苦,"我想,到今天为止,你们一直过得很辛苦。我觉得同盟国会来接你们的,我是希望你们在此之前就留在户町宿舍里等。"

听到这消息,战俘们几乎没表现出什么情绪。威尔觉得也许是长期的煎熬令他们变得麻木,丧失了热情。不过,听到以后再也不需要组队去干活了,他们倒是欢呼起来。

当天晚上,威尔读了几段《圣经》,这是营里仅有的几本英文读物之一。其中最触动威尔的是《诗篇》第90篇的两句:

> 我们经过的日子,都在你震怒之下。我们度尽的年岁如一出故事。
>
> 我们一生的岁月是七十载,若壮而有力亦可达八十。
>
> 但其中可矜夸的,不过是劳苦愁烦;因悠悠岁月转眼成空,我们便飘然逝去。

而威尔的七十载中,差不多有四年是在地狱中度过的。经历了饥饿和疾病的长期折磨,这宿舍里的人又有多少能活到六十岁?威尔自己开始隐隐有一种病弱感,他不知道是不是跟原子弹有关。他想起了美智子,想起她的头发像假发一样脱落。这仅仅只是开始吗?她会像她女儿那样惨死吗?

天亮后,威尔去找北野,问是否可以去大村附近的那个村子。北野央求他留在这里,这样跑过去可能会有危险,有些人也许会因为空袭报复他,"请再多等几天吧"。

听到这样的劝告,威尔松了口气,但又觉得很羞愧。他能想象到自己走进那间村屋的尴尬场面,一屋子都是美智子的亲戚,个个都讨厌他。威尔不敢想下去。

3

宫城叛变虽被镇压,但抵死不降的气节并没有陨灭。在一波自我毁灭的风潮中,十个自称"护皇权驱外夷正义团"的年轻人在距美国大使馆不远的爱宕山上引爆手榴弹自杀;属于某个佛教教派的十一名交通事务员,在皇居门外自杀;十四名学生在代代木练兵场上集体切腹。

通信中心三天两头遭到攻击。一个少佐带领六十六个士兵冲进川口的日本放送协会广播站,霸占了人家的地盘,好在不久就撤了;约四十个平民,包括十名女性,强占松井的广播站后,又攻击了一个邮局、一个电站、一家本地报社和当地的行政公署。

在公众场合,不良行为也屡见不鲜。有些人开着强占的车四处逃窜,没车的就靠两条腿,背上还驮着自己的财物。有些人偷了政府存在山上的汽油逃之夭夭。很多地方已经乱套。为了生存,人们不择手段。美国军队即将占领日本的消息一公布,就触发了这些"不日本"的行为。荒唐的谣言导致恐慌蔓延:中国人在大阪登陆,他们来复仇了;几千名美国兵已经在横滨奸淫掳掠。人们纷纷转移家里的女孩和财产。

报章登载劝谕栏目,教人如何与敌军相处。警告女人:"晚上绝对别出去;手表和贵重物品留在家里;面临被强奸的危险之时,表现出最有尊严的态度,决不妥协,高声呼救。"年轻女性应避免挑逗性的行为,比如吸烟或不穿袜子外出。所有女孩子都应穿最肥大的劳动裤,或者剪短头发,扮成男孩。一些工厂还向女工发放了毒药胶囊。

现在是副总理大臣的近卫公爵非常担心,他命令警视厅厅长保护日本女性的贞洁。他说:"在和平占领的情况下,日本人民的生命是有保障的,但我们不知道性饥渴的美国兵在战场上憋了那么久,会对日本女性做些什么。"

警视厅厅长把娱乐区的业界协会会长叫到跟前,对他们说:"我们必须在日本女人周围筑一道防波堤,预防占领军对她们实施性侵。你们得招一批妓女,有照的,没照的,都拉过来,还有艺伎、咖啡厅女郎、女招待,搞一些设施场所,为美国兵提供性服务。"厅长还说,政府会提供5000万日元资助这些场所,警视厅不光出人去招募所需的"服务人员",还会为他们的招募活动大开方便之门。休闲娱乐协会就此诞生,它的总部外墙挂着一块大大的广告牌:"日本新女性注意! 占领军娱乐项目招募新女性。这是政府为应对战后局势而设立的一个应急机构。应募者须有积极配合的精神。"

8月30日下午两点,银色的C-54运输机"巴丹"号渐渐接近横滨厚木航空基地。道格拉斯·麦克阿瑟将军正在飞机上跟他那个经常跑日本的军事秘书博勒·斐勒斯准将讨论日本的命运。"很简单,"麦克阿瑟无比自信地说,"我们可以借助日本政府的手段来实施占领。"比如说,他要给日本女性投票权。

对此,玛吉应该会很高兴,但她坐的位置太靠后,他们的话她一个字都听不到。

"日本男人不会喜欢。"斐勒斯说。

"那我不管,我就是要让军方颜面扫地。女人可不想打仗。"

飞机着陆后,下午2:19,麦克阿瑟紧紧咬着他的那根斗钵长长的玉米芯烟斗在舷梯顶端止步。"这就是回报。"他说。他点上烟斗,走下台阶。玛吉挤到前面,当罗伯特·艾克尔伯格将军迎上来的时候,麦克阿瑟离她就只有一步之遥。他俩握了握手,麦克阿瑟满面笑容:"鲍勃,从墨尔本到东京是很长的一段路,但看来这里是路的尽头了。"

加藤顺在远处看着仪式,内心很震撼。他跟几个记者乘公司的一辆卡车赶过来报道此事,这是他时隔五年第一次看到美国人。虽然他想抢这条新闻,但他也担心被人发现自己是在美国出生的。

一支由破车组成的车队在等着,要送麦克阿瑟一行人去横滨的临时司令部。领头的是一辆红色消防车,起步时猛地向前一冲,爆破声惊人,然后车队开始缓缓地向十五英里外的横滨驶去,一路上乒乒乓乓噪声不断。玛吉在后面的一辆车里,与麦克阿瑟的座驾隔了几辆车。整条路上几千名日本兵一字排开,背对麦克阿瑟,戍守在道旁,看得她极度兴奋,她觉得这阵仗搞得好像麦克阿瑟就是天皇本尊似的。

顺既兴奋又担忧,目送车队远去。一个美国记者走了过来。

"帝国酒店还能住人吧?"美联社记者罗素·伯兰斯问。

顺是在场唯一的一个会说英语的记者:"是的,先生,几乎完好无损。"

"载我过去,好吗?"

伯兰斯跳上车,给每人发了一根好彩牌香烟。顺深吸了一口,他都快忘了真正的香烟是什么味道。天旋地转的,简直要晕过去。太过瘾了!

9月2日黎明,天灰蒙蒙的,有点冷。玛吉暗暗嘀咕这会不会是个不好的兆头。今天要在东京湾的"密苏里"号战列舰上举行正式的投降仪式。玛吉和来自世界各地的记者一道登上一艘驱逐舰,在差不多7:30的时候,上了这艘由杜鲁门总统的女儿主持命名仪式的大型战列舰。玛吉想起从珍珠港过来的这一路,还有自己在这场野蛮的太平洋战争中的种种经历。她真希望马克和威尔都能来,还有她父亲。他曾经提醒过家人,美日两国势必会因各自的盲目展开一场不必要的残酷的战争。父亲要是看到船上这一排排喜气洋洋的面孔像是在信心满满地庆祝一个美丽新世界的开启,一定会气得七窍冒烟,想到这,她不由自主地笑了。他一定会洋洋万言教训他们:这样的希望是何等的幼稚。她很激动,可一想到亲爱的麦克,胸中就腾起一团怒火。他白白地死在一个没人会记得的岛上,对于别人来说,它顶多就是厄尼·派尔的阵亡地。

她看着几艘驱逐舰靠到边上,一大批醒目光鲜的同盟国将军上船。8:05,她认出了身姿矫健的尼米兹上将。他冲她浅浅一笑,显然认出了玛吉,她强忍着才没有冲他挤眼睛。他一定还记得去给海军陆战队第2师的官兵颁授勋章、表彰塔拉瓦战役军功的那趟大岛之行。

又一艘驱逐舰驶近,这是为纪念"谢南多厄"号飞艇指挥官而命名的"兰斯当"号。舰上载着十二名日本代表。在场的旁观者只有极少数人跟玛吉一样对其首领重光葵心怀恻隐。内阁总辞后,重光葵接替东乡担任外务大臣。他一瘸一拐的,像是忍着剧痛。显然,那条假肢在折磨他。玛吉想起很多年前曾与他见过面,那时候他的左腿还没有被暗杀他的人炸掉。她父亲因为他的进步思想对他颇为钦佩,要是见到他今天被迫忍受这样的屈辱,一定会极度心痛。

见重光举步维艰,玛吉身边的几个记者幸灾乐祸的样子令玛吉火冒三丈,真想抡起拳头揍他们一顿。一个好心的美国海军军官主动来扶他,这个勇敢的老人甩开他伸过来的手,玛吉看在眼里,心里十分骄傲。他爬上舷梯,走向举行仪式的甲板,脸上像戴着面具。

接下来先是牧师祷告,然后播放《星条旗》音乐,玛吉激动得发抖。麦克阿瑟脚步轻快地走向一张摆满了文件的桌子,身后跟着哈尔西上将和尼米兹上将。麦克阿瑟以他一贯的夸张风格向众人宣布:"今天,我们主交战国的代表,聚集在这里,缔结一个庄严的协议,从而使和平得以恢复。"麦克阿瑟说话之际,玛吉能感受到在场众人的情绪,她估计每个人心里想的,都是家国和个人在这场浩劫中的遭遇。

麦克阿瑟的结语应该会让她父亲感到欣慰:"在这庄严的仪式之后,我们将告别充满血腥杀戮的旧世界,迎来一个美好的世界,一个建立在信仰和理解基础上的世界,一个维护人类尊严,致力于追求自由、宽容和正义的世界,这是我最殷切的希望,也是全人类的希望!"

玛吉闭上眼睛祈祷了一小会儿:但愿美好的言辞能引发美好的行为。就在这时,云层散开,富士山显现出来,在阳光下闪闪发光。真应景啊!可她刚发完感叹,就看到一个醉醺醺的同盟国代表在向日方代表做鬼脸。真恶心!谢天谢地,不是美国人。重光冷冷地瞪着那个醉鬼,还是面无表情,他慢慢地戴上高高的礼帽,其他几个非军职日本代表也学他的样。日本人自有一套微妙的方式来表达情绪,爸爸要是看到这一幕,一定会非常开心。

麦克阿瑟的结语还没完:"让我们祈求,从此全球恢复和平,上帝永远保佑和平!仪式到此结束。"麦克阿瑟走到哈尔西身边,一条胳膊搂住他的肩膀,说了句话。玛吉后来才知道,他当时说的是:"比尔,飞机到底在哪儿?"然后,远方传来一阵轰鸣声,几百架舰载机和B-29掠过"密苏里"号,为仪式画上了一个振奋人心的叹号。

第二天,玛吉一直在打听广岛和长崎的情况,最后她给出版社发电报说她要去趟长崎,那座"被遗忘的原爆城"。

这趟长途火车旅行是一场不可思议的冒险。很多车厢顶上都挤满了乘客,火车停站次数奇多。在有些车站,解除了武装的日本士兵对军服上已经没有穗带但仍带着佩刀的军官仍旧唯命是从;但还有些车站就是另一幅光景,士兵在大声辱骂他们的上级。

9月7日,玛吉惊恐地注视着窗外,昔日的上浦谷,如今只剩下一堆废墟,她不敢相信自己的眼睛。绝大多数的大型建筑只剩一根烟囱。一个澳大利亚记者也凑过来,被这景象吓得目瞪口呆。他来长崎探访一个收押澳大利亚和荷兰战俘的集中营。他不会日语,但玛吉打听到战俘已被转移到别处,她觉得这是个值得挖掘的题材,就设法搭了一辆老旧的卡车,跟澳大利亚记者一起前往户町宿舍。

"这里有没有美国人?"这是玛吉的第一个问题。

一个澳大利亚人说,所有的美国佬都在几个月前被带走了;但一个荷兰军官说,是有一个美国上尉在这儿。过了一会儿,玛吉搂着错愕的威尔。她很震惊,没想到他现在瘦得像骷髅一般,形容枯槁,肤色惨白。"威尔,威尔!"玛吉激动地呼唤着他的名字,紧紧抱住他不放。

最后,威尔把她从怀里推开,手搭着她的两臂。"你变了很多!"他说。他轻轻地摸摸她颈子上的疤痕。

"一架神风机撞上了我当时在的那条医疗船。"玛吉漫不经心地说。她关心自己看到的这个城市的惨状,而威尔只急于了解马克和弗洛斯的情况。她刚开始讲,其他战俘就围了过来,他们想知道外头什么情况,他们只听说日本投降了,但卫兵还是没有解除武装,坚持要他们留在这里,别出去。

"我们的飞机已经来投过食品和物资。"威尔解释说,"红十字会的三个人刚刚来过,好像是两个瑞士人、一个瑞典人。他们答应马上叫人来救援。"

澳大利亚记者被他的同胞团团围住,他说美国佬正在对九州南端一个城市的跑道进行延长施工。"我觉得你们可以在那儿上飞机去冲绳岛。"

一个小时后,威尔和玛吉终于在宿舍一个安静的角落里聊起了家里人的事。聊完了家事,玛吉说她很震惊,没想到长崎被毁成这样。威尔简单地跟她说了说"闪电"过后他的遭遇,听得她心惊肉跳。威尔让她去问问卫兵和其他战俘,他说他们可以提供更有价值的信息。他把她带到北野面前,北野又跟她讲起了那趟上山下山的逃难经历。她对战俘营救平民的事特别感兴趣,做了大量的笔记。黄昏时分,北野建议她晚上住到海湾对面他妹妹家去。

接下来的三天,北野和威尔带玛吉在满目疮痍的浦上谷到处转了转。空气中依然弥漫着恶臭的死亡气息,荒凉的景象令她感到恶心。这时候,威尔才说起他去美智子的村子的那回事。

"我答应回去看她们的。"他建议她也一道去,北野能帮他们安排。

他们找到北野的时候,他刚开完紧急会议。营地指挥官下令让所有战俘集合。北野告诉他们:"我们刚接到命令,把所有武器弹药交给你们战俘。"其他营在投降文件签署后立即接到了命令,由于原子弹的缘故,再加上长崎地处偏远,他们迟至今日才接到命令。北野还说:"上头还命令我们离开这里,你们现在自己做主了,喜欢去哪儿就去哪儿。"

"要去大村另一边的那个村子,该怎么走?"威尔问北野。

可以搭火车,但火车班次不稳定,他建议最好还是借卫兵用的那辆烧木炭的丰田车。兄妹俩向北经过浦上谷时,威尔讲起了美智子的事,她如何赤脚徒步穿越山路,如何痛失爱女,肇又如何奇迹般地康复。听到美智子头发脱落,玛吉惊得倒吸一口气,叫出了声。她听得出威尔很在乎这个女人,她心里在琢磨他到底有多认真。在男女关系上,威尔一向很冷静,从没让自己陷入过感情泥沼,但显然这场战争改变了他。

午后,车子爬上了通往那幢大村屋的陡坡。下车时,威尔指了指海湾对面。长崎就在那里,卧在山后面,景色很美,因为今天没有战争的迹象。威尔敲敲门,美智子的母亲开门让他进去。她一再鞠躬,把他们带进屋里。美智子躺在"布团"上,一群女人围着她,都是亲戚和邻居。

"恶妇!"威尔心里蹦出这两个字。这些亲戚之前对他肆意奚落,现在个个点头哈腰,向他致歉。有两个急匆匆地跑去厨房泡茶,其他人给威尔和玛吉拿来了软枕。威尔在美智子身边跪下,美智子冲着他无力地微笑。他抓住她的手,她握紧他的。她得漱口了,感染的牙龈在出血。皮肤上有一块块的紫斑,脖子上有溃烂的伤口。头上的毛巾滑下来,露出光秃秃的脑袋,玛吉见状差一点没忍住眼泪。

"他们要来接她去医院。"美智子的母亲一边用湿布为女儿擦拭冒汗的前额,一边解释,"她什么也不吃,有时候神志不清,迷迷糊糊的。"

"我带了个人来见你。"威尔说着示意玛吉过来。

玛吉被美智子的坚忍感动,她跪下来:"我是威尔的妹妹。"玛吉说的是日语,引得周围的女人叽叽喳喳一阵骚动。

威尔真想拿扫帚把她们都赶出去,让他不受干扰地与美智子待一会儿。他有一肚子的话要说,可他怎么能当着这些陌生人的面说出来?他咬牙切齿,尽量不去理会这些瞪着眼睛看热闹的女人。

"我很快就要回家了。"他说,"保持联系,让我知道你和肇过得怎么样。如果有什么我能做的,告诉我。"

威尔写下威廉斯敦的地址,然后握着美智子的手:"别了①。"

美智子垂下了头。

回长崎的一路上,威尔和玛吉没怎么说话。快到长崎的时候,玛吉注意到威尔纠结的眼神,心里暗暗希望他不是在考虑返回村子,做出什么日后追悔莫及的高尚举动。玛吉的确很欣赏美智子,但她心里清楚:这个女人和威尔之间除了苦难,没有什么共同点。

车开到船厂附近的时候,威尔大吃一惊——港口停着好几艘美国船:有一艘大油轮,看上去像是被改造成了航母,还有几艘自由轮和一艘白色的医疗船。谢天谢地,救援终于来了!

第二天,玛吉回到户町宿舍,发现哥哥病得很重。玛吉担心是辐射造成的,建议他上医疗船接受治疗。威尔不肯,玛吉和北野不由分说地把他抬上丰田车,驱车直奔海湾对岸。出岛码头上已经搭起了帐篷和小屋。威尔经过登记、消毒,在一个医护兵的帮助下,用热水和冷水冲洗过后,穿上新衣服。这时,他才意识到自己要起程回家了。

"可我得再去见美智子一面,我不该走得这么突然。"威尔说。

"我会去见她,跟她解释的。"玛吉说。

"你一定要告诉她,我想为她和肇做点什么。"

玛吉向他承诺一定把话带到。然后,医护兵把威尔带到一个房间做

---

① 原文为日语。

全面体检。他前面是个澳大利亚人,被问到这几个月来的饮食,那人开始原原本本地讲从被俘后都吃了些什么,医生不耐烦地打断他:"我对战争故事不感兴趣,你就告诉我事实。你说的这些东西,要是真吃了,没人能活下来。"

"呵,可我活下来了,妈的,不只是我,其他人也活下来了。你最好别坐在那儿,摆出一副上帝的姿态,指责我们扯谎,你再这样,信不信我们打扁你的头?"

医生气得毛发倒竖:"我是美国军官,下士,你这样对我说话,我可以把你送上军事法庭!"

澳大利亚人苦笑几声:"你和你那该死的军队能把我怎么样?你们能有什么新花招是这四年里鬼子没对我干过的?"

"把他带走。"医生开始检查威尔。

领了新衣服、《圣经》、香烟、毛巾和肥皂后,威尔和二十来个战俘被登陆艇送到了白色的医疗船边,上了船。扬声器里在唱"除了我,别和别人坐在苹果树下"。威尔怎样也想不起自己后来是怎么躺下的,但醒过来时,他感到船在动,他听到有人说:"冲绳岛,我们来啦!"

4

海军陆战队第2师还在去长崎的途中,跟以往一样,马克所在的运输船上还是没有空调,船舱里又热又潮又臭,幸好,他住的是军官区,有饮水机供应冰水。他看到两名士兵匆匆忙忙、偷偷摸摸地往水壶里灌水,他从他们身边走过,什么也没说。

马克想知道他们到长崎后,会面对什么样的情况。他们荷枪实弹,准备应付各种可能。假如这是一艘日本运输船,驶往刚刚被原子弹摧残过的旧金山,马克知道成为亡国奴的美国人会怎么对待他们。当晚马克无法入睡,他一直在担心威尔:他挺过来了吗?

他哥哥此时正在冲绳岛上和其他的长崎战俘焦急地等飞机送他们去

菲律宾。怎么还不来？除了吃、等、发牢骚，无事可做。其他战俘一看到红十字会的姑娘立马活跃起来，但威尔的心思都在美智子身上：她还在医院吗？已经太晚了吗？

又换了个医生检查威尔的病情，医生很肯定地说不是辐射后遗症，只是疲劳和营养不良。到了西岸，他会被送到莱特曼综合医院。医生又说："他们会把你养得肥肥胖胖的。"第二天早上，巴士送这批曾经的战俘去机场，大伙儿很兴奋，威尔受到感染，也激动了起来。终于，真的要回家了！

布利斯和波波夫乘坐的一架B-24轰炸机正从九州起飞。起飞前波波夫已经和飞行员打过招呼，叫他绕到13号营上空，让他扔一只臭袜子下去。当飞机低低地滑过营地上空时，波波夫开心得大叫。这架B-24飞过海湾，扑向长崎，让机上的乘客看个够。满目疮痍，惨不忍睹，看得布利斯头皮发麻。飞机飞得很低，他可以清清楚楚地看到地上的女人和小孩。他们在干什么？他们住哪里？他惊奇地看着一个小女孩钻进一块瓦楞金属板下的洞里，从他眼前消失了。

在前往菲律宾的长途飞机上，威尔老是想起从马尼拉到门司的那段地狱之旅。他怎么忘得了在第一艘船上酷热和饥渴驱使人去吸食同伴的血那恐怖的一幕？他又怎么忘得了超越自私的人性、帮助他人活下去的那些人表现出来的勇气？从那里活下来的人，谁都不会忘记比尔·卡明斯神父，他激励、鞭策、说服大家鼓起勇气活下去的样子。

最后，他终于看到了阿拉亚特山，这是他永生难忘的地标。没多久，克拉克机场进入视野。此时，他的思绪转向岛上的同志：大无畏的索科罗与无与伦比的库欣。他们活下来迎接麦克阿瑟了吗？想起吉姆骂那个把他贬为列兵的大将军的那些话，他不由自主地笑了。他现在还是个列兵吗？还是说，战争胜利了，普天同庆，顺便把他也赦免了？很多个月后，威尔会知道，多亏惠特尼将军，库欣中校又重获麦克阿瑟垂青，而且还得了一笔不菲的现金，奖励他为胜利做出的贡献。

飞机在克拉克机场着陆后，威尔的第一个要求是打电话给他父亲。经久不息的铃声把正在睡觉的管家昆比太太从床上唤起，听到电话里是威尔，慌乱得花了一分钟才搞清楚他是从菲律宾打来的电话，然后又花了一分钟惊叹电话真奇妙。最终威尔拿到了他父亲在华盛顿住所的电话号码。弗兰克·麦格林的一声"喂"听起来很精神,因为他没睡着。听到威尔的声音,弗兰克一时语塞,只会一遍遍唤他的名字,最后,他声音沙哑地问他还好吗,威尔也很激动,只会说:"是的,爸!"

"你几时回来?"麦格林问。

"早上可能会有一架 C-54 飞往特拉维斯,如果运气好,我三四天就能到那儿。"他会去一家综合医院接受康复治疗。

"我来找你。"麦格林接着又告诉他,自己刚答应当麦克阿瑟的顾问。"但我最快也是一个月后才走。你接下来有什么打算吗?"

"我不知道,爸。"威尔紧张地笑起来,"我还不敢相信自己已经自由了。"

"波士顿亚当斯—斯诺律师事务所的老亚当斯一直缠着我,问你的情况。当初你就是拒绝了那家公司,跑去给马歇尔当幕僚的吧?"

"是的,爸。"这是新英格兰最好的律师事务所,看来他们还想要他,他很欣慰。

5

一接近日本海岸,马克就能感受到一丝温暖怡人的微风。离岸小岛从正在散开的浓雾中隐隐透出来,很快就在天空的背景上呈现出一个个剪影。一种喜忧参半的情绪在全船弥漫开来。最后,马克看到了长崎湾的入口。平静的海面被微风掀起小小的白浪。马克看到有一些东西漂在水上,等反应过来,吓了一大跳。那是肿胀的尸体,大字形摊开,肚子被气鼓得圆滚滚的,颜色犹如南瓜灯。右边就是传说中的长崎,他小时候来过,在他眼里,这座城市略微有点旧金山的风韵,他甚至觉得能看到哥拉巴宅邸,乔乔桑抱着婴儿在阳台上等那个混蛋平克尔顿归来①。然而,来

---

① 乔乔桑、平克尔顿,为歌剧《蝴蝶夫人》里的男女主角,美国海军上尉平克尔顿与日本艺伎乔乔桑结婚后回国,三年后与美国妻子回到长崎,才发现乔乔桑生下了他的小孩。

的可不是负心汉平克尔顿,而是大批海军陆战队队员来填充这个被摧毁的城市。马克看不到严重的破坏痕迹,想必再往上游方向过去的某个地方才是原子弹的爆炸点。

一个日本领航员引导他们避开水雷;神枪手在射击水雷角杆,把它们引爆。马克看到一群修女在码头上向他们挥舞手帕,海军陆战队队员也挥手回应。大家松了口气。看来这回不费一兵一卒就可以安全登陆。他们的船小心翼翼地驶向海湾对岸的一个大型建筑群。有人说那是三菱造船厂。他们要在那儿的一个仓库里过夜。

第二天,马克和图利奥开着吉普车在浦上谷里跑,他们不敢相信自己的眼睛。仅仅一个炸弹能造成这么彻底的破坏吗?谷地中心只剩下一片灰烬和瓦砾;远处外围,马克只能看到建筑物的残垣断壁,外墙被炸开,建筑骨架偏离中心向外倾斜。马克看到好几处奇怪的粉末状物质,像是白灰,又像是苏打粉。

"哪个可怜鬼被炸得就剩下这点了。"图利奥说。

"让你觉得内疚,自己还活着,而最优秀的人死了。"马克说。

图利奥点点头:"比如月亮,不知怎的,我总觉得我让他和那帮死去的弟兄失望了。"

"我也有这种感觉。最有资格得勋章的是已经牺牲的那批人。"

次日,在浦上谷巡视时,马克松了口气——这一片已经竖起了英文和日文的双语告示牌:"禁止进入""辐射""危险"。刚回到船厂,他一眼就看到图利奥和一个女记者聊得正起劲。两个人同时向他招手,女记者不顾一切地冲向吉普车,激动得不得了,差一点被撞倒。是玛吉。她几乎是把他从车上硬生生地拽下来,抱住了他,然后一肚子的话噼里啪啦全倒了出来,马克的大脑来不及接收,有一半根本没听懂。

"别激动。"马克说。周围一双双羡慕的眼睛盯得他很尴尬。海军陆战队队员围着他们,像在看戏。

"散了吧。"图利奥把好奇的看客赶走了。

两天后,马克和玛吉开着团里的吉普车直奔大村。他们发现美智子在家。她看上去没什么血色,还是一副体力枯竭的样子,但水疱已经消失,烧也退了。一见面,马克就成了肇的英雄,他由着肇在吉普车上爬来爬去,任他研究自己的配枪。马克带来了一大堆吃的,看到糖果棒,肇的眼珠子都突出来了。马克和肇把食物搬进厨房,玛吉在大房间里用日语向美智子解释威尔可能有辐射后遗症,已经回美国治病去了。

"他非常关心你和肇,他想为你们做点力所能及的事。"

"谢谢你。"美智子抬眼看着玛吉,顿了顿,又缓缓地说下去,"威尔桑对我很好,没有他相助,我们没办法来我父母家。"美智子的视线悠悠地移向马克,然后又投向虚空:"威尔桑是美国人,但他经历了很多苦难……甚至原子弹……"

这段经历对她来说是个意外,对威尔来说,又何尝不是呢?她之前总听人说英美军人何等野蛮,她至少得杀一个敌人再死。

结果,敌人完全不是人家说的那样。这个高大的美国人与她素不相识,却帮助她熬过了长崎的噩梦,向她展示了从没领略过的温柔与善意。当他温柔地亲吻她、拥抱她的时候,她做出回应,这是很自然的反应。此刻,她心里暖洋洋的,对他充满了感激,而且,她还想不顾一切地投入他的怀抱。这个她所信赖的男人,真正的男子汉,在她痛苦的时候,他鼓励她;在她万分悲痛,感觉整个世界轰然倒塌的时候,他安慰她。

对于所发生的一切,种种血淋淋的现实,她一时还难解其意。她可能还没缓过来,惊魂未定,可对威尔的思念明明白白,毋庸置疑。但现在,她必须养好身体,照顾好肇,面对接下来这段不会有威尔陪伴的人生。玛吉和马克的出现也让她认清了现实。

"请转告威尔桑,我现在没事了。我很幸运还有双亲可以投靠,很多人无家可归。我永远不会忘记他对我的好,我祈祷他能早日康复。"

玛吉感动得流下了眼泪。在回去的路上,她思前想后,作为美国人,心中不免感到愧疚——自己的国家伤害了这么多无辜的人。人类绝不该遭受这样的残暴,绝不!当天晚上,玛吉躺在床上,在想美智子,她在许多方面都很可爱,她将来会怎样。马克也在想美智子,他也很同情她,但庆幸威尔已经回家了。

早上,玛吉对马克说:"我调查已经搞完了。你要不跟我一起回东京去看看弗洛斯和户田一家吧?"玛吉已经去过户田家,发现里面空无一人,他们已经搬到乡下去了,但预计很快就会回来。

马克本来也打算去一趟东京,他在图利奥的帮助下拿到了十天假。他们坐火车过去,这一路令马克毕生难忘。他们经过的城市,每个都被常规炸弹从头到尾彻底夷为平地,像篝火燃尽后剩下的一堆堆灰烬。他看到东一个西一个孤零零的人影在搜寻有价值的东西。

马克觉得不可思议,铁路状况竟然这么好,铁轨和路面都完好无损。到了本州后,他们转乘一列已经很拥挤的火车。车上的日本军人和平民不单给兄妹俩让路,还让出了自己的座位。玛吉坐了下来。马克全程站着,一直到东京,让身边的日本人很纳闷。

几个十来岁的男孩鼓起勇气开口跟马克说话,他礼貌地回答后,一大堆的问题抛了过来。一个想知道在美国学电机工程要多少学费,还有一个想知道马克认不认识他在美军陆军服役的哥哥,还有些想试试自己的英语水平,但没有一个向马克要香烟、要食物或要钱。

玛吉凭她的工作身份,顺利地在帝国酒店弄到了房间。打开行李归置好后,她把马克带到街对面日比谷公园边上的同盟通信社大厦。她把他带到一个大厅,这里相当于一家美国报馆的本地新闻部,一大群记者在写稿,讲电话,差人送稿。玛吉已经对这忙乱的场面习以为常,但马克觉得很新奇。

玛吉为自己安排了一个位置来写稿,然后,她要求派辆车送她一下,也如她所愿,这派头,搞得好像她是沃尔特·李普曼①似的。车子开了一个小时才到户田家,因为轰炸造成道路不通,绕了好多路。弗洛斯冲上来,张开双臂想把两个人都揽进怀里。她一时间说不出话来,然后把正和女儿惨死的消息告诉了他们。

埃米把宝宝抱了出来,这个孩子活了下来。"我们叫她玛吉。"埃米说。

玛吉正逗着和自己同名的小婴儿,正雄走了进来。看到他裹着绷带

---

① 沃尔特·李普曼,二战及冷战时期美国著名新闻从业人员、专栏作家及传播学学者。

的断臂,玛吉惊得差一点倒吸一口凉气,硬生生地压了下去。弗洛斯把事件经过一说,马克心里顿时有一种奇怪的罪恶感。

"我救了'乙鸡'呢。"正雄得意扬扬地说。他对马克的勋表和自动手枪非常感兴趣。舅舅递给他一包口香糖,他不知道该怎么做。马克示范了一下,他兴致勃勃地跟着学。

马克变化之大令弗洛斯十分震惊,一开始她甚至有一种陌生感,但现在这样子确实是她了解的那个马克。"你还是个懒散的流浪汉。"弗洛斯疼爱地调侃他,责怪他教坏了自己的儿子。弗洛斯急着想知道家里人的消息。

"威尔吃尽了苦头。"玛吉简单地讲了讲长崎的情况。

弗洛斯不敢相信威尔竟然能挺过那样的苦难活下来。

"你会为他感到骄傲的。"玛吉接着便说起马克的英勇壮举,还有他从山洞里救出很多日本人的事。

弗洛斯亲了亲马克:"这点我不感到意外,但我看不出你怎么能规矩到连军官都当上了。"

玛吉问起户田家其他人的情况。澄子在照顾一个生病的邻居;胜吾刚刚被同盟国逮捕。"我们担心他会被打成战犯。"埃米说,接着又解释,胜吾曾经跟过臭名昭著的辻政信中佐。这个天生打不死的家伙听到天皇的诏书,"痛如肝肠寸断"。他目前潜伏在缅甸丛林里,秘密从事"光复日本"的地下活动。

埃米说起高被派去莱特岛时,语气中透着焦虑和痛苦,探询的目光投向马克。

"我没去过那儿。"马克说。但他听说那边的日军伤亡惨重,不想让她抱太大的希望。

穿着劳动裤的澄子走进房间,看到房间里有个美国军人,惊得气都不敢喘,惊愕地盯着房间里的每一个人。

"澄子,"埃米说,"这是弗洛斯在海军陆战队的弟弟。"澄子感到一阵慌乱,害羞地鞠躬后,冲着他莞尔一笑。马克想:原来这就是小澄子啊!都快长成大姑娘了,还挺漂亮。

在回同盟通信社的路上，玛吉问马克接下来有什么打算："你的资历肯定已经攒够了，可以退出海军陆战队了。"

"我还没想好。如果就这样走人，总感觉像逃离事故现场似的。"马克伸长脖子看着周围的一大片残垣断壁，"有一部分搞语言的人会留下来，跟着海军技术代表团或美国战略轰炸调查团，待到明年春季。可能还挺有意思的。你呢？"

"大新闻就在这里。"玛吉解释说她老板想让她留在这里报道占领过程，直到欧洲出现新的情况。玛吉要先去同盟通信社把一篇稿子发出去，她叫马克等着她，但他执意要自己去走走，溜达一圈，然后再回酒店。

马克信步穿过丸之内商业区，来到皇居外苑，不由自主地走到象征天皇的二重桥上。几个男性平民在鞠躬，一个大尉保持立正姿势，捧着一个祷文卷轴在念："在下为输掉这场战争向陛下及全体国民深表歉意。"

马克回头朝有乐町站走去。日本人真是怪人。这长长的一路走来，日本士兵和军官纷纷向他鞠躬。马克真希望他们别这么卑躬屈膝。不对，这些日本人不是真的卑躬屈膝。马克意识到，鞠躬的军人这是在表示承认他们的国家战败。痛痛快快地认输是很体面的做法。

他走回雄伟的第一生命大厦，这是麦克阿瑟的新司令部。他注意到一个老汉，背上驮着一大捆山一样高的柴火，他在向麦克阿瑟的军旗鞠躬，然后转身又向着皇居同样深深地一鞠躬。一名美军少校向马克咧嘴一笑："莫名其妙的东方人！"他那语气仿佛这是什么好笑的事。

马克没说什么。少校是个"光秃领章"，战役勋表上没有星。换句话说，他从来没有参加过战斗。他才是莫名其妙的人。那老汉只是坦然承认今天的这个"幕府将军"一时的权力，同时对大道另一边永恒的权力表达虔敬之心。马克想起了比利J的那封时隔数日才收到的信，这封写于对日战争胜利日的信，开头是他最喜欢的一句话："接下来要做的就是收拾战场，这得花上好几年的时间。"马克断定：这就是答案。他要帮着整理战场，他要和海军陆战队一起留在日本。

在一架飞往旧金山的运输机上,他哥哥威尔也在思考自己未来的人生。他准备好接受亚当斯—斯诺律所那份诱人的工作了吗？他已经不是 1941 年离开华盛顿时的那个威尔·麦格林了,他的变化不会亚于玛吉和马克的变化。天知道弗洛斯经历了怎样的苦难,但她可能会保持她的沉稳个性;至于教授,大家对他知根知底,这些年一直没变。

13 号营渡边少佐对他说的那番话并没有化解威尔对日本人的仇恨,他把这种仇恨带到了 14 号营,但他在长崎的经历令恨意烟消云散。渡边说得对,双方都有错,而且怀恨下去,最终会毁了自己;但他永远都不会忘记过去的种种遭遇,也不可能完全宽恕虐待他和他同伴的那些人。

他听到有人说:"看,金门大桥！"

壮丽的大桥横在远处。此刻展现在威尔眼前的是一个和平有序的城市,没有半点破坏的痕迹。他终于真切地感受到了自由,难以置信的磨难终于结束了。虽然还是感到迷茫,有点恍惚,但他明白生活还将继续,哪怕一切都不再简单。但是今夜,他将躺在凉爽干净的床单上,享受这极致美妙的舒爽;明天,他将再度拥有那些美好的东西,他在战俘营里朝思暮想……怕自己再也见不到的那些美好的东西。

他回到家了。